KB053927

염상섭 중편선
만세전

책임 편집 · 김경수

서강대학교 국어국문학과와 같은 과 대학원 졸업.
현재 서강대학교 국어국문학과 교수.
저서로는 『현대소설의 유형』 『염상섭 장편소설 연구』 등이 있음.

한국문학전집 09

만세전

염상섭 중편선

초판 1쇄 발행 2005년 1월 25일
초판 16쇄 발행 2012년 5월 8일
개정판 1쇄 발행 2014년 1월 24일
개정판 10쇄 발행 2022년 10월 5일

지 은 이   염상섭
책임 편집   김경수
펴 낸 이   이광호
펴 낸 곳   ㈜문학과지성사
등록번호   제1993-000098호

주   소   04034 서울 마포구 잔다리로7길 18(서교동 377-20)
전   화   02)338-7224
팩   스   02)323-4180(편집) 02)338-7221(영업)
전자우편   moonji@moonji.com
홈페이지   www.moonji.com

ISBN 89-320-1569-4 04810
ISBN 89-320-1552-X(세트)

염상섭 중편선
만세전

김경수 책임 편집

문학과지성사 한국문학전집 09

| 차 례 |

일러두기

1. 이 책에 수록된 작품은 염상섭이 1920년대에 발표한 작품들 중에서 선정한 4편의 중편소설이다. 각 작품의 정확한 출처는 주에 명기되어 있다.
2. 이 책의 맞춤법은 1988년 1월 19일 문교부 교시 '한글 맞춤법'에 따르는 것을 원칙으로 하였다. 따라서 호칭이나 어휘의 일부를 현대어 표기로 바꾸었다.

> 예) 그래 아버님께서두 얼마든지 밑천을 대어주는 것도 좋겠지만, 그 처제애를 데려오는 것이 어떠냐고 하시기에…… →아버지

단 작품의 분위기에 영향을 준다고 판단되는 방언이나 구어체 표현, 의성어 · 의태어 등은 그대로 두었다.

> 예) 숙부님께서나 가슈.
> 이분이 김선생 조카 되시는 분이구랴.

3. 원본의 한자는 가급적 한글로 바꾸었으며, 작품 이해에 도움이 될 만한 한자는 그대로 두고 괄호 안에 넣었다(예 ①). 반복적으로 등장하는 한자어는 최초에만 괄호 안에 한자를 병기하고 후에는 한글로만 표기하였다. 또 책임 편집자가 독자들의 이해를 위해 필요하다고 판단되어 부가적으로 병기한 한자는 중괄호([ ])를 사용하여 표기하였다(예 ②).

> 예) ① 花郎의 後裔→화랑의 후예(後裔)
> ② 차마→차마[車馬]

4. 대화를 표시하는 『 』혹은 「 」은 모두 " "로 바꾸었고, 대화가 아닌 강조의 경우에는 ' '로 바꾸었다. 또 책 제목은 『 』로, 영화 · 단편소설 등의 제목은 「 」로 표시했다. 말줄임표 '··' '...' '......' 등은 모두 '……'로 통일시켰다.
5. 외래어 표기는 1986년 1월 7일 문교부 교시 '외래어 표기법'에 따라 바꾸었다(예 ①). 단 작품의 제목이나 중요한 어휘로 등장하는 경우에는 원본을 그대로 살렸다(예 ②). 또 일본의 몇몇 대도시 지명은 당시 통용되던 대로 한자 독음을 우리말 식으로 표기했다(예 ③).

> 예) ① 쩌어날리스트→저널리스트
> ② 조선의 심볼(현 외래어 표기법으로는 '심벌')
> ③ 동경(현 외래어 표기법으로는 '도쿄')

6. 과도하게 사용된 생략 부호나 이음 부호는 읽기에 편하도록 조절하였다.
7. 책임 편집자가 부가적인 설명이나 단어 풀이가 필요하다고 판단한 경우에는 본문에 중괄호([ ])로 표시해놓거나 책의 뒤쪽에 미주로 설명을 붙여놓았다.

만세전 萬歲前

1

조선에 만세가 일어나던 전해의 겨울이었다. 그때에 나는 반쯤
이나 보던 연종시험을 중도에 내던지고 급작스레 귀국하지 않으면
안 될 일이 있었다. 그것은 다른 때문이 아니었다. 그해 가을부터
해산 후더침으로, 시름시름 앓던 나의 처가, 위독하다는 급전(急
電)을 받은 까닭이었다.

그때의 일은 지금도 눈에 선히 보이는 듯하지만, 내가 동경에서
떠나오던 날은 마침 시험을 시작한 지 제2일 되던 날이었다. 그날
나는 네 시간 동안이나, 시험장에서 휘달리다가 새로 1시가 지나
서 겨우 하숙으로 허덕지덕 돌아오려니까, 시퍼렇게 언 찬밥덩이
(밤낮 찬밥뎅이만 갖다가 주는 하녀이기에 내가 지어준 별명이다)
가, 두 손을 겨드랑이에다 찌르고 뛰어나오는 것하고, 동구 모통

이에서 딱 마주쳤다.

"앗! 이 상, 지금 오세요? 막 금방 전보가 왔는데요. 한턱 내셔야 합니다, 하하하"하고 지나쳤다.

그러지 않아도 사오 일 전에 김천 형님의 편지가 생각이 나서, 오늘쯤 전보나 오지 않을까 하는, 근심인지 기대인지 자기도 알 수 없는 막연한 생각을 하며 오던 차에 그런 소리를 듣고 보니, 가슴이 뜨끔하면서도 잘잘못 간에 일이 탁방이 난 것 같아서, 실없이 안심이 되지 않을 수 없었다.

'흥, 찬밥뎅이를 만났으니 무에 되겠니. 그예 나오라는 게로구나!'

나는 속으로 이렇게 생각을 하며 그래도 총총걸음으로 들어갔다. 채 문지방에 발을 들여놓기도 전에, 주인 여편네가 문간 곁방에서, 앉은 채 미닫이를 열고 생글생글 웃으며,

"지금 막 여기 댁에서 전보가 왔는데요……"

하고, 위체 봉투와 함께 하얀 종잇조각을 내밀었다.

일전에 김천의 큰형님이, 서울서 편지를 부치시며, 집에서 시급하다는 통기가 왔기로, 그 동리의 명의(名醫)라는 자를 데리고, 어제 올라왔는데, 수일간 차도를 보아서, 정 급한 경우이면 전보를 놓으마고 한 세세한 사연을 볼 때에는, 전보는 해서 무얼 하누? 하던 나도, 전보를 받고 보니, 그예 죽지나 않았나 하는 생각이 나서 구두를 끄를 새도 없이, 황황히 뜯어보았다. 그러나 일전에 온 편지의 말대로 위독하다는 말은 없이, 어서 나오라는 명령과, 전보환을 보낸다는 통지뿐인 것을 보면, 언제라고 걱정을 해본 일이

있었던 것은 아니지만,

'아직 죽지는 않은 게로군……'

하는 생각이 나서, 마음이 풀어지는 동시에, 도리어 좀 의아한 생각까지 없지 않았다.

'그리 턱을 까불지는 않아도, 대면이나 시킬 작정으로, 이 야단인가?'

나는, 구두를 벗으면서, 이런 생각을 할 때에, 공연히 일종의 반감까지 잠깐 일어나는 것을 깨달았다.

돈은 그 달 학비까지 병(倂)하여 백 원이나 보내왔었다. 병인은 죽었든 살았든, 하여간, 돈 백 원은 반갑지 않은 게 아니었다. 시험 때는 당하여오고 미구에 과세(過歲)를 하려면, 돈 쓸 일은 한두 가지가 아닌데, 우환이 잦은 집안에다가 대고 철없는 아해 모양으로 덮어놓고 돈 재촉만 할 수도 없는 터에, 마침 생광(生光)스러웠다. 사실 이런 생각을 할 때에는, 시험 본다는 핑계를 하고 귀국도 그만두어버릴까 하는 생각이 없지 않았다. 그러나 아버님 꾸지람이나 가정의 시비도 시비려니와, 실상 돈 한 푼이라도 쓰려면, 나가느니밖에 별책(別策)이 없었다.

"아주 일어나실 가망이 없는 게로군요. 얼마나 걱정이 되시고 그립겠습니까."

내 처가 앓는 것을, 전부터 아는 주부는, 방 안에서, 농인지 인사인지 알 수 없는 소리를 하며 해해 웃고 있다.

"걱정이다마다. 요새 밥맛이 다 없는데!"

나는 이같이 코대답을 하고, 자기 방으로 들어가서 책보퉁이를 내어던진 후에 서랍 속의 도장을 꺼내가지고 다시 나왔다.

문간으로 나오는 나를 본 주부는, 또다시 농 반 진담 반으로, 내 얼굴을 살피듯이 쳐다보며,

"아, 점심도 아니 잡수시고, 왜 이리 급하세요. 돌아가시기도 전에 진지를 못 잡숫도록 그렇게도 설우세요?" 하며, 혼자 깔깔댄다.

"암, 그저 눈물이 안 날 뿐이지, 허허허."

"뭘 그러세요, 사내답지도 못하게. 다다미〔疊〕하고 계집은, 새로 갈아대는 것만 좋다고 하는 소리도 못들으셨습니까? 으응, 속으론 벌써 장가가실 예산부터 치시면서…… 내흉스럽게…… 헤헤헤."

나는 속으로,

'요 계집이 돈푼 생긴 것을 보더니, 더럽게 요러나?' 하며, 주부의 바스러진 분상(粉相)을 돌려다보고 앉았다가,

"글쎄, 그럴까? 당해보아야 알지."

이같이 한마디 대꾸를 하고, 나온 나는 큰길로 빠져나와서 우편국으로 향하였다.

10원짜리 지폐 열 장을 양복 주머니에 든든히 집어넣고, 우편국에서 나온 나는 위선 W대학 정문을 향하여 총총걸음을 걸었다.

교수실에는 마침 H주임교수가, 서류 가방을 만작거리면서 나오려고, 머뭇거리며 있었다. 나는 H교수가 모자까지 쓰고 나오기를 기다려서, 좁은 마루 한구석으로 청하여가지고 나직나직하게, 내 의(來意)를 말하였다.

"……"

H교수는 가끔가끔, "응, 응, 옳지! 옳지!"하며 듣고 나서 고개를 한참 기울이고 섰더니

"사정이, 정 그렇다면 하는 수 없겠지요. 그러나 추후 시험은 좀 귀찮을걸! 삼사 일간쯤 어떻게 연기할 수 없을까?"

"글쎄요. 그러나 사정도 딱하고, 기위 이렇게 되고 보니 좀처럼 착심이 될 것 같지도 않고……"

"응! 그도 그래! 그러면, 정식으로……"

H교수는 이같이 허가를 하여준 후에, 몇 가지 주의와 인사를 남겨놓고, 교무실로 들어가버렸다. 나도 뒤따라섰다.

의외에 얼른 승낙을 하여주기 때문에, 나는 할인권까지 얻어가지고 나오기는 나왔으나 시험 치르기가 귀찮아서 하는 공연한 구실이라고, 오해나 하지 않을까 하는 자곡지심¹이 처음부터 앞을 서서, 좀 쭈뼛쭈뼛한 것이 암만해도 불유쾌하였다. 종점으로 나와서 K정(町)으로 향하는 전차에 올라앉아서도, 아까 H선생더러, 얼김에 한다는 소리가, '어머님 병환이……'라 한 것을, 다시 생각해보고, 혼자 더욱이 찌뿌드드한 생각을 이기지 못했다.

'왜 하필 왈, 어머님의 병환이라 했누? 내 계집이, 죽게 되어서 가겠다면, 어디가 어때서, 어머니를 팔았더람?' 이같이 뇌고 뇌었으나 소용은 없었다.

그럭저럭 시간은, 벌써 3시가 넘었었다. 어차피, 4시 차로는 떠날 꿈도 안 꾸었었지마는 이젠 11시의 야행(夜行)으로나 출발할 수밖에 없다고 결심을 하고, 나는 K정에서 전차를 내리는 길로, 스카타니야[塚谷屋]로 뛰어들어갔다.

반 시간 남짓하게나 이것저것 뒤적거리다가, 위선 급한 재킷 한 개를 사가지고, 그 자리에서 양복저고리 밑에, 두둑이 입고 나서, 몇 가지 여행 용구를 사 들고, 거리로 나왔다. 그러나 그외에는 또 별로 갈 데는 없었다. 인제는 그 카페로 가서 점심이나 먹을까 하다가, 돈푼 가진 바람에 그랬던지, 아직 그리 급하지도 않은 듯하고, 머리치장이 하고 싶은 생각이 나서 근처의 이발소로 찾아 들어갔다.

"다 깎으세요? 아직 괜찮은데요. 면도나 하시지요."

한 손에 가위를 든 이발장이는 왼손으로 머리 뒤를 살금살금 빗기면서, 이렇게 물었다.

"그럼 면도나 할까!"

나는 이같이 대답을 하고 나서 깎지 않아도 좋을 머리까지 깎으려는 지금의 자기가, 별안간 야비하게 생각되는 것을 깨닫고, 앞에 세운 체경 속을 멀거니 들여다보다가, 혼자 픽 웃어버렸다…… 가만히 눈을 감고 자빠져서도, 이처럼 여유 있고 늘어진 자기의 심리를 의심스러운 눈으로 들여다보지 않을 수 없었다.

'싫든 좋든 하여간, 근 육칠 년간이나, 소위 부부란 이름을 띠고 지내왔는데…… 당장 숨을 몬다는 급전을 받고 나서도, 아무 생각도 머리에 돌지 않는 것은, 마음이 악독해 그러하단 말인가. 속담의 상말로, 기가 너무 막혀서 막힌 둥 만 둥해서 그런가?…… 아니, 그러면 누구에게 반해서나 그런다 할까? 그럼 누구에게?……'

그러나 면상으로 미끄러져 나가는 면도칼 소리, 아니 그보다도 그 이발장이의 맥박 소리만도 못 되는, 뱃속에서 묻고 뱃속에서 대답하는 혼잣소리건만, '누구에게?'냐고 물을 제, 나는 감히 대답할 수가 없었다. 그럴 용기가 없었다고 하는 것이 가할지도 몰랐다. 그러나 뱃속 저 뒤에서는 시즈코(靜子)! 시즈코(靜子)! 하는 것 같았다. 그러나 죽을 힘을 다 들여서 '시즈코다'라고 대답을 해본 뒤에는, 또다시 질색을 하며 머리를 내둘렀다. 실상 말하면 시즈코가 아니라는 것도, 시즈코라고 대답하니만치 본심에서 나온 대답이었다. 그러면서도 자기가 지금 머리를 깎으려고 들어온 동기가 최초에 어디 있었더냐는 것은, 명료히 의식도 하고 부인하지도 않았다.

'과연 지금 나는 시즈코를, 내 처에게 대하는 것처럼 냉연한 태도를 내버려둘 수는 없으나, 내 처를 사랑하지 않으니만치, 또 다른 의미로 시즈코를 사랑할 수는 없다. 결국 나는, 한 여자도 사랑하지 못할 위인이다.'

이 같은 생각을 할 제, 나는 급작스레 고독을 느끼지 않을 수 없었다. 생활의 목표가 스러져버리는 것 같았다.

'그러나저러나 지금 이다지 시급히 떠나려는 것은 무슨 이유인가. 내가 가기로, 죽을 사람이 살아날 리도 없고, 기위 죽었다 할 지경이면, 내가 안 간다고 감장할 사람이야 없을까. 육칠 년이나 같이 살아온 정으로? 참 정말 정이 들었다 할까? 입에 붙은 말이다. 그러면 의리로나 인사치레로? 그렇지 않으면 일가들에게 대한 체면에 그럴 수가 없다거나, 남편 된 책임상, 피할 수 없어서 나간다는 말인가. 흥! 그런 생각은 애당초 염두에도 없거니와 그런 허위의 짓을 하지 않으면 안 될 이유는 어디 있는가. 그럼 왜

가려 하나?'

여기까지 와서는 더 생각을 이어갈 용기가 없었다. 만일에 어디까지든지 캐물을 것 같으면 자기 자신의 명답을 얻었을지도 모르나, 그것은 잇몸이 근질근질하는 것 같아서, 다시 건드리지도 않고 자기 마음을 살짝 덮어두었다.

세수를 하고 치장을 차린 뒤에, 어디로 가리라는 결심도 채 정하지 못하고, 이발소에서 뛰어나왔다.

'바로 하숙으로 돌아갈까?'

혼자 이렇게 생각을 하면서도, 머릿속으로는 떼치지 못할 어떠한 그림자를 쫓으면서 길 밖에서 머뭇거리다가 잡지 권이나 살까 하고 동경당(東京堂)을 들여다보았다. 공연히 이 책 저 책을 한참 뒤적거리다가, 손에 잡히는 대로 잡지 한 권을 들고 나와서도, 우두커니 길거리를 내다보며 섰다가 아래로 향하고 발길을 떼어놓았다. 어느덧 ×정 삼거리로 나와 발끝은 M헌(軒) 문전에 뚝 섰다.

아직 손님이 들어오지 않은 홀 속은, 길거리보다도, 음산하게 우중충하고, 한가운데 놓인 난로에도 불기가 스러져가는 모양이었다.

"에그, 잊어버리게 되었습니다그려! 왜 그리 한 번도 안 오세요?"

밖에서 들어온 사람 눈에는 그림자만 얼쑹얼쑹하는 컴컴스레한 주방 문 곁에 서서, 탁자를 훔치던 손을 쉬고, 하얀 둥근 상(相)만 이리로 돌리며, 인사를 하는 것은 P코였다.

나는 난로 앞으로, 교의를 끌어당겨놓고, 앉으면서,

"그럼 시험 안 보고 술 먹으러 다닐까. 그러나 오늘은 시즈코가 어디 갔나?" 하며 물었다.

"그저 오매불망 시즈코올시다그려. 시험 문제를 내건 칠판 뒤에도, 시즈코 상의 얼굴이 왔다 갔다 하지요? 하하하."

"그리구 그 뒤에서는, P코 상의 이런 눈이 반짝이구……"
하며, 나는 눈을 흘기는 흉내를 내어 보였다.

"그런 애매한 소린 마세요. 두 분이 보따리를 싸시거나, 정사(情死)를 하시거나 내게 무슨 상관이나 있나요? 시즈코 상! 시즈코 상!"

P코는 반쯤 웃으면서도 호젓한 표정으로 시즈코를 불렀다.

여우(女優) 머리를 어푸수수하게 쪽찌고, 새로 빨아 다린 에이프런을 뒤로 매며, 살금살금 나오는 시즈코는 위선 시선을 P코에다가 보내며,

"이거 웬 야단이야!"

이렇게 한마디 하고 나서, 그 신경질적인 똥그란 눈을 이리로 향하고, 공손히 인사를 하였다. 나는 고개만 끄덕하고 잠자코 말았다.

"시즈코 상! 이번에 이 상이 성적이 좋지 못하신다면, 그 죄는 시즈코 상에게 있습니다."

둘의 거동을 한참 건너다보던 P코는, 이같이 한마디를 내던지듯이 하고 돌아서서, 탁자를 정돈하고 있었다. 시즈코는 거기에는 대꾸도 안 하고,

"참 요새 시험 중예요?" 하며 나에게 물었다.

"그럼, 시험 중에 찾아왔길래, 정성이 놀랍다고, P코 상이 놀리는 게 아닌가. 그러나 P코 상을 찾아왔는지 시즈코 상을 보러 왔

는지, 술이 그리워서 왔는지, 그것은 내 염통이나 쪼개보기 전에 야 알 수 없는 일이지. P코 상! 일이 끝나건 올라와요."

나는 P코를 청해놓고, 시즈코를 따라서, 2층으로 올라갔다.

난로 앞에 자리를 만들어 나를 앉혀놓고, 시즈코는 저편에 가서서, 영채가 도는 똥그란 눈으로, 무엇을 탐색하는 것 같이 내 얼굴을 똑바로 쳐다보다가 생긋 웃었다. 이 계집의 정기가 모두 그 눈에 모였다고도 할 만하지만 항상 모든 것을 경계하는 눈치가 역력하다. 혹간은 무심코 고개를 돌릴 만치 차디차고 매정스러울 때도 있다. 그러나 어느 때든지 생긋 웃는 그 입술에는, 젊은 생명이 욕구하는 모든 것을 아무리 해도 감출 수가 없었다. 하면서도 결코 소리를 내지 않고 웃는 호젓한 미소에는, 침정(沈靜)과 애수의 그림자를 어느 때든지 볼 수 있었다. 남성이란 남성을 저주하면서도, 그래도, 내버리고 단념할 수 없는 인간다운 애착이며 성적 요구에서 일어나는 울도(鬱陶)한 내적 고투를, 그대로 상징한 것이 이 계집애의 시선과 미소였다.

"왜 그리 풀이 죽으셨어요? 너무 공부를 하시느라고, 얼이 빠지셨습니다그려."

시즈코는, 좀 어색한 듯이, 체경 있는 쪽으로 잠깐 고개를 돌리고 머리를 만작거리며 입을 벌렸다. 이 계집애의 나직나직한 목소리에도 좀더 크게 했으면 좋겠다 하는 생각이 날 만치, 제약되고 압축된 탄성이 있었다. 이 계집은 자기의 목소리에서까지, 자기를 억제하고 은휘하려 한다.

"왜, 누가 얼이 빠져? 어서 가서 술이나 갖다주구려. 벌써 거진

6시나 되었을걸."

나는 시계를 꺼내 보며 재촉을 하였다. 시즈코는, 나가려다가
돌쳐서며,

"왜 어딜 가세요?" 하고 물었다.

"가긴 어딜 가!"

"뭘, 인제 시험을 마쳐놓고, 어디든지, 조용한 데로, 여행을 하
시는 게지! 어디 좀 보면 알겠지!" 하며, 저쪽 체경 탁자 위에 놓
인, 내가 들고 들어온 봉지를 두 손으로 만작거리며, 건너다보고
서 있다. 그 속에는 내가, 아까 스카타니야에서 사가지고 온, 풍침
과 여행용 물잔과, 비단 여편네 목도리를 넣은 종이갑이 들어 있
었다.

한참 만작만작하던 시즈코는,

"그러면 그렇지, 요건 풍침! 요건 무언구?" 하며 석경을 바라보
며 눈을 깜작거리다가,

"어디 펴볼까? 펴보아도 괜찮겠지?" 하고 풀기를 시작하였다.
나는 웃으며, 하는 대로 내버려두었다.

풍침, 컵, 왜비누…… 등을 탁자 위에다가, 진열대처럼 벌여놓
더니 맨 밑에 있는 갑을 펴들고, 생글생글 웃다가, 난로 앞으로 와
서 서며,

"어디를, 가시기에, 이건 누굴 줄 거야?"

하며 내밀었다. 그때의 그의 눈과 그 입술에는 시기에 가까운 막
연한 감정을 감추려고 애를 써 웃는 빛이 살짝 지나갔다.

"그건 알아 무얼 해!" 하며 나는 휙 뺏어서 테이블 위에다가 던

져버렸다.

"잘못했습니다. 누가 줄 사람을 주지 말라고 했습니까. 하하하"
하고 시즈코는 좀 어색한 듯이 웃고 섰다.

나는 너무 심하게 했다고 후회를 하였다. 그러나 기회가 마침
좋다고 생각한 나는 벌떡 일어나는 길로, 진회색 바탕에 흰 안을
받친 목도리를, 갑에서 꺼내서, 갑에 달린 종이를 쭉 찢어서 둘둘
말아가지고, 시즈코 앞으로 덤벼들며, 목을 껴안으면서 허리춤에
꾹 끼워준 후에 ······하였다.[2]

이삼 분이나 지난 뒤에, 시즈코는 나의 팔을 뿌리치고 얼굴이
발개서 나갔다. 뒷모양을 가만히 노려보고 섰던 나는, 두세 걸음
쫓아나가며,

"노하지 말아요. 그리구 어서 가져와!" 하고 곱게 일렀다.

나의 한 일은 점잖치는 못했으나, 물건을 주었느니 받았느니 하
는 것을, 알리기 싫은 나는, 그리하는 수밖에 없었다.

나는 멀거니 섰다가, 여기저기 흐트러진 물건을, 빈 갑까지 싸
서 놓고, 자기 자리로 와서 앉았다.

위스키 병을 들고 올라온 시즈코는 한 잔을 따라 놓고, 뾰로통
하여 섰다가, 체경 앞으로 가서 머리를 고치고, 다시 와서도 멈칫
멈칫하며 바로 앉지를 않았다. 나의 눈에는 수색이 있어 하는 것
이 도리어 기뻤다. 더구나 노기가 있는 것은 인격적 자각의 반영
이라고 생각할 때, 미안하기도 하고 위로하여주고 싶었었다.

"왜 그래? 오늘 밤에 어딜 갈 텐데 섭섭하기에 되지 않은 것이
나마 사가지고 온 것이야. 조금이라도 어떻게 알지는 않겠지? 남

의 눈에, 띄는 것이 피차에 재미없어서 그런 거야."

"천만에! 도리어 미안합니다. 그러나 어딜 가세요? 지금 떠나실
테여요?"

시즈코는 될 수 있는 대로 냉연히 물었으나, 흥분한 마음을 무
리히 억제하는 양이 역력히 보였다.

"글쎄, 집엘 좀 가야 할 일이 있는데…… 밤에 떠날지, 아직 시
험이 끝이 안 나서……"

나는, 어느 틈에 정숙한 말씨로 변하였다.

"무슨 볼일이 계시기에 시험을 보시다가 가세요?"

하며, 계집은 고개를 들고 쳐다보았다. 그때에 마침 요리가, 승강
기로 올라오기 때문에 시즈코는 일어섰다. 나는 그길에 P코를 부
르라고 일렀다. 시즈코는,

"예에?" 하고 한참 나를 돌아다보고 섰다가, 돌쳐서서 P코를 소
리쳐 부른 뒤에 접시를 들어다 놓았다. P코도 뒤따라 들어왔다.

"재미있게 노시는데, 쓸데없이 폐올시다그려, 하하하"

하며, P코는 내가 내놓은 교의에 털썩 앉으며 식탁에 놓였던 잡지
를 들어서 뒤적거리기 시작하였다. P코의 푸근푸근한 얼굴은 언
제 보아도 반가웠다.

명상적이요 신경질일 뿐 아니라, 아직 순결한 맛이 남아 있는
시즈코에 비하면, P코는 이러한 생애에 닳고 닳아서, 되지 않게
약은 체를 하면서도 상스럽고 천한 구석이 있지만, 그래도 나는
이러한 여자에게 흥미를 느낀다.

"올라오라니까 왜 그리 우좌해³? 꼭 모시러 가야만 하나?"

나는 잡지를 빼앗아서, 손을 내미는 시즈코에게 넘겨주고, 손을 잡아서 만작거리며, 시비를 걸어보았다.

"우좌하긴 누가 우좌해요? 이런 문학가 양반네들만 노시는 데에는, 감히 올 수가 없으니까 그렇지요" 하며, P코는 손을 뿌리치고, 시즈코를 살짝 건너다보고 나서, 나를 다시 향하여 방긋 웃었다.

P코에게 대한 시즈코는, 어떠한 때든지 눈엣가시였다. 비단 나뿐 아니라 어떠한 손님이든지, P코와 친숙한 사람도 나중에는, 시즈코에게로 빼앗기는 모양이었다. 그러나 시즈코가 고등여학교를 3년이나 수업하였다는 것, 소설이나 잡지 권을 탐독한다는 것이, P코로서는 경앙(景仰)하는 동시에 한손 접히는 것이다. 그러나저러나 나는 어느 때든지, 두 계집애를 다 데리고 이야기하지 않는 때가 없었다. P코나 시즈코가, 다른 손님을 맡은 때에라도 밤이 늦도록 기다려서, 만나 보고야 나왔다. 더욱이 P코가 없을 때에 그리하였다. 이것이 시즈코에게는 눈치를 채이면서도 의문인 모양이었다.

"참, 그런데 언제 떠나세요?"

시즈코는 보던 책을 식탁 위에다가 놓으며, 나를 쳐다보고 물었다.

"글쎄……" 나는 이렇게 대답을 하며, 시즈코를 건너다보고 앉았었다.

"왜, 어딜 가세요?"

P코는 일어나서, 시즈코가 앉은 교의 뒤로 가며 물었다.

"오늘 밤에 떠나세요?"

또다시 잼처 시즈코가 물었다. 나는, 지금 막 들어온 전등불을 쳐다보며 앉았다가,

"실상은 내 마누라가 앓는 모양인데, 턱을 까부니 어서 오라고 야단은 야단이지만, 아직도 갈까말까다."

"그럼 어서 가보셔야죠. 그동안에 돌아가셨으면 어떡하나!"

P코는 나를 책망하듯이, 눈을 똑바로 뜨고 쳐다보았다.

"죽으면 죽었지, 어떡하긴 무얼 어떡해."

나는 잠자코 앉았는 시즈코를 건너다보며 웃었다.

"사내는 다 저래! 저런 남편을 믿고 어떻게 사누?"

P코는 기가 막힌다는 듯이 혼자 탄식을 하며, 시즈코의 교의 뒤에 매달려서, 시즈코의 얼굴을 들여다보며 동의를 구하였다.

"누가 믿구 살라는 것을 사나. 부부간에 서로 믿는다는 것은, 결국 사랑한다는 말이지만, 사랑한다는 것도 극단에 가서는, 남이 나를 사랑하거나 말거나, 저 혼자의 일이다. 저 사람이 받지 않더라도 자기가 사랑하고 싶으면, 자기가 만족할 데까지 사랑할 것이다. 외기러기 짝사랑이라고 흉을 보지만, 결단코 흉을 볼 게 아니야. 그와 반대로 사랑치 않는 것도 자유다. 절대 자유다. 사람에게는 사랑할 권리도 있거니와 사랑을 받지 않을 권리도 있다. 부부간이라고 반드시 사랑해야 한다는 법이 어디 있을까."

시즈코와 P코는, 나의 입을 똑바로 노려보고 앉아서 들으며, 시즈코는 무엇을 생각하는 것처럼 가끔가끔 고개를 끄떡거리고 있었다. 나는 따라놓았던 술 한잔을 들어 마시고 나서 또다시 말

을 꺼냈다.

"그러나 문제는 선도 아니요 악도 아닌 그 어름에다가 발을 걸치고 있는 것이다. 죽거나 살거나 눈 하나 깜짝거리지도 않으면서 하는 공부를 내던지고 보러 간다는 것이 위선이다. 더구나 여기 술 먹으러 오는 것을 무슨 큰 죄나 짓는 것같이, 망설이는 것부터 큰 모순이다. 목숨 하나가 없어진다는 것과, 내가 술 먹는다는 것과는 별개한 문제다. 그 사이에 아무 연락이 있을 리가 없다. 그러면서도 '내 처'가 죽어가는데 술을 먹다니? 하는 소위 '양심'이 머리를 들지만, 그것이 진정한 양심이 아니라, '관념'이란 악마가, 목을 매서 끄는 것이다. 사람은 그릇된 관념의 노예다. 그릇된 도덕적 관념으로부터 해방되는 거기에 진정한 생활이 있는 것이다. 사랑치 않으면 눈도 떠보지 않을 것이요, 사랑하고 싶으면 이렇게 해도 상관이 없는 것이란다"

하며 나는 벌떡 일어나서 시즈코의 어깨를 짚고 꾸부리고 서 있는 P코를 껴안으며 키스를 하려 하였다. 무심코 섰던 P코는,

"에구머니 사람을 죽이네!"

하고, 깔깔대며 뛰어 달아나서, 자기 자리에 앉았다. 그 사품에, 나는 웃으면서 일어나는 시즈코와 딱 부딪쳤다……

술이 얼큰하게 취하여, 문간으로 나오는 나를, 앞서 따라 나오던 시즈코는, 거진 입이 닿도록 내 귀에다 대고,

"정말 밤차로 가세요?" 하며 소곤거렸다.

"왜? ……생각나는 대로 하지"

"글쎄요……" 하고 나서, 시즈코는 무슨 말을 할 듯 할 듯하다

가, P코가 쫓아나오는 것을 보고 한걸음 물러섰다.

"하여간 갈 길이니까 어서 가야지. 그럼 한 달쯤 있다가 올 테니까, 그때 또 만납시다."

나는 이같이 한마디 남겨놓고 길거리로 나섰다.

거리는, 아직 초저녁이지마는, 첫추위인 데다가, 낮부터 음산했던 일기는, 마치, 눈이나 오려는 듯이 밤이 들어갈수록, 쌀쌀해졌다. 사람 자취도, 점점 성기어가고, 인도 위에 부딪히는 나막신 소리는, 한층 더 요란히 들린다. 여기저기 점두에 매달린 전등 불빛까지 졸린 듯 살얼음이 잡히어가는 듯 보유스름하게 비치는 것이, 더욱 쓸쓸해보였다.

나는, 곧 차에 뛰어오르려다가, 사람이 붐비는 갑갑한 차 속으로 기어들어갈 생각을 하니까 얼근한 김에 차마 올라설 용기가 나지를 않아서 그대로 돌쳐서서, O교 방면으로 꼽들었다.

화끈화끈 다는 뺨을, 살금살금 핥고 달아나는 저녁 바람에, 정신이 반짝 날 듯하면서도, 마음은 어찌하여 그렇다고, 지목하여 말할 수 없이, 조비비듯 조바심이 나서 못 견딜 지경이다. 자기 자신에게 대한 반항인지, 자기 이외의 무엇에 대한 반항인지, 그것조차 명료히 깨닫지 못하면서, 덮어놓고 앞에 닥치는 대로 무엇이든지 해내려는 듯한 터무니없는 울분이, 가슴속에서 용심지같이 치밀어 올라왔다. 컴컴한 속에서 열병에나 띄운 놈 모양으로, 포켓에 찔렀던 두 손을 꺼내가지고, 뿌리쳐보기도 하고, 입었던 외투나 윗저고리를 벗어서, O교 다리 밑으로 보기 좋게 던져버렸으면, 하는 공상도 머릿속에 그려보면서 발은 기계적으로 움직여 O

교 정류장을 지나, S교를 향하고 돌쳐서서 여전히 컴컴한 천변가
로 헤매며 내려갔다.

이러한 공상이 한참 계속된 뒤에는, 별안간에 눈물이 비집어 나
올 만치, 지향할 수 없이 애처로운 생각이 물밀듯하여, 참을 수 없
는 공허와 고독을 감(感)하면서, 눈물이나 마음껏 흘려보았으면
하는 생각이 일어났다. 그러나 그다음 순간에는,

'무슨 때문에 눈물이 필요하단 말이냐. 공허와 고독에 대한 캠
퍼 주사가, 새큼한 눈물 맛인가! 흠, 정말 자유는 공허와 고독에
있지 않은가!'

나는 속으로 이같이 변명해보았다.

그것은 마치 종로에서 뺨 맞은 놈이, 행랑 뒷골에서 눈을 흘기
다가, 자기의 약한 것을 분개하여보기도 하고, 혼자 변명하기도
해보는 셈이었다. 그러나 이렇게 겁겁증이 나서, 몸부림을 하는
일종의 발작적 상태는, 자기의 내면에 깊게 파고들어 앉은 '결박
된 자기'를 해방하려는 욕구가, 맹렬하면 맹렬할수록, 그 발작의
정도가 한층 더하였다. 말하자면, 유형무형한 모든 기반(羈絆), 모
든 모순 모든 계루에서, 자기를 구원해내지 않으면, 질식하겠다는
자각이 분명하면서도, 그것을 실행할 수 없는 자기의 약점에 대한
분만(憤懣)과 연민과 변명이었다.

나는 참을 수 없어서 포병공창 앞으로 달아나는 전차에 뛰어올
랐다. 이러한 때에 미인의 얼굴이라도 쳐다보면, 캠퍼 주사만 한
효과가 있으리라 생각하기 때문이었으나, 나의 이지(理智)는 그것
조차 조소한다.

그러나저러나, 노역과 기한에, 오그라진 피부가 뒤틀린 얼굴밖에, 내 눈에는 비치지 않았다. 그들은 시든 얼굴을 서로 쳐들고 물끄럼말끄럼 마주 건너다보기도 하고, 곁의 사람을 기웃이 들여다보기도 하고 앉았다. 나도, 그들의 얼굴을 이 사람 저 사람 쳐다보다가,

'여러분, 장히 점잖고 무섭소이다그려!'

이렇게 한마디 하고, 일부러 하하하 하며 웃어보면, 어떨까 하는 생각을 하고 나서, 나 혼자 제풀에 빙긋해버렸다.

이렇게 안 나오는 거드름을 빼고, 될 수 있는 대로 우좌한 태도로 좌우를 주시하는 것은 비단 일본 사람이나 조선 사람에게만 한한 무의식한 관습이 아니라, 사람의 공통한 성질인 동시에 사람이란 동물이, 얼마나 약한가를 유감없이 반영한 것이다. 약하기 때문에 조그만 승리와 조그만 자랑을 갈구하고, 약하기 때문에 성세(聲勢)를 허장(虛張)하며, 약하기 때문에 자기의 주위에 경계망을 쳐놓고 다른 사람을 주시할 필요가 있는 것이다. 상대자의 용모나 의복 행동 언사를 면밀히 응시하고 음미함으로써, 자기의 비열한 호기심을, 만족시키려는 본능적 요구가 있는 것도 물론이겠지만, 상대자에게 관한 일체를 탐규(探窺)하는 데에는, 여러 가지 의미로 필요한 조건이 있다. 위선 자기 방어상, 상대자의 강약과 빈부의 정도와 계급의 고하를 감정할 필요가 있고, 그다음에는 의복 언어 거조 등이, 시속적 유행에 낙오가 됨은 현대 생활상, 그중에도 도회 생활을 하는 자에게 대하여 일대 수치요 고통이기 때문에 또한 필요한 것이다. 만일에 일보를 진하여 비교적 협소한 범위의

사교나 상업상 거래가 있는, 소위 신사 계급이라든지 상인 간에는 한층 더한 것을 볼 수 있다. 그들에게는, 피차에 요구하는 바가 있고 아유(阿諛)할 필요가 있으며 농락하려는 일편에, 농락되지 않으려는, 우월욕과 경계와 추세라는 등 관념으로 말미암아 자연히 상대자의 표정이나 비식(鼻息)을, 규점(窺覘)할 필요가 절긴(切緊)하게 된다. 그러나 이러한 경향은 비교적 상류계급에 올라갈수록 더한 것이요, 그중에서도 부인이 가장 발달되었다 할 수 있다. 왜 그러냐 하면, 그들은, 자기의 생명인 애(愛)를, 얻으려는 또 한 가지의 욕구가 있기 때문이다. 이런 점으로 보면, 제일 진순하고 아리따운 것은, 전차나, 집회나, 가로 상에서, 청년 남녀가 정열에 타는 아미로 서로 도적질을 해보는 것과, 소위 하층 사회의 부박한 기풍이다. 이성을 동경하는 청년 남녀에게는 불결한 욕심이 없다. 적어도 물질적 욕심이 없다. 아첨할 필요도 없고 경계할 이유도 없고 우월하거나 농락하려는 야심도 없고 방어하고 반발하려는 적대심이란 손톱만큼도 없다. 다만 미를 동경하고 모색하며 이에 감격한다. 더구나 그러한 심리가, 영원히 흐르는 물결에 뿌려지는, 월광의 은박같이, 아무 더러운 집착 없이 순간순간에 반짝이며, 스러져버리는 것이, 더욱이, 방순하고 정결하다 할 수 있다. 그러나 위선(僞善) 없이 살지 못하리라는 것이 오늘날 우리의 운명이다. 그리하여 인생의 움[芽]같은 그들도 미인의 얼굴을 결코 정시(正視)하는 일은 없다. 절도질을 한다. 그것이 무엇보다도 고약한 버릇이다.

그다음에, 노동자에 이르러서는, 자랑할 것도 없고 숨길 것도 없고 부끄러울 것도 없는 대신에 적나라한 자기와, 동정과, 소수의 적에 대한 방위적 단결이 있을 따름이다. 생활의 양식으로는 제일 진실되고 아름답다. 하므로 그들은 사람과 사람끼리 만날 때에, 결코 응시하거나 음미하거나 탐색하지는 않는다. 그러나 그들의 병은, 무지한 것이다.

하고 보면 결국 사람은, 소위 영리하고 교양이 있으면 있을수록 (정도의 차는 있을지 모르나), 허위를 반복하면서 자기 이외의 일체에 대하여, 동의와 타협 없이는, 손 하나도 움직이지 못하는 이기적 동물이다. 물적 자기라는 좌안(左岸)과 물적 타인이라는 우안(右岸)에, 한 발씩 걸쳐놓고, 빙글빙글 뛰며 도는 것이, 소위 근대인의 생활이요, 그렇게 하는 어릿광대가 사람이라는 동물이다. 만일에 아무 편에든지 두 발을 모으고 선다면, 위선 어떠한 표준하에, 선인이나 악인이 될 것이요, 한층 더 철저히 그 양안의 사이로 흐르는 진정한 생활이라는 청류에, 용감히 뛰어들어가서 전아적(全我的)으로 몰입한다 하면, 거기에는 세속적으로는 낙오자에 자적(自適)하겠다는 각오를 필요조건으로 한다……

나는 이러한 생각을 하며, 역시 이 사람 저 사람 쳐다보고 앉았다가, 시즈코의 지금의 생활을 생각해보았다.

그 애가 반역자라는 점은 찬성이다. 그러나 자기의 생활을, 자율하여 나갈 힘이 있을까. 자기 생활의 중류에 뛰어들어갈 용기가 있을까? 다소의 자각도 있고 영리는 하지만. ……그러나 허영심이 앞을 서기 때문에 물질적으로나 정신적으로나 믿을 수 없는 것이다……

전차는, 종일 노역에 기진하여, 허덕허덕 다리를 끌면서, 잠이 들어가는 집집의 적막을 깨뜨리려는 듯이, 빽빽 기쓰는 듯한 외마디 소리를 치며, E가도의 암흑 속을 겨우 기어 나와서, 대낮같이 전등이 달린 차고 앞에 와서, 한숨을 휘 쉬며 우뚝 섰다. 졸음 졸듯이 고요하던 찻간 안은, 급작스레 왁자해지면서 우중우중 내려왔다.

나도, 검은 양복바지에 푸른 저고리를 입고 벤또갑을 든 사오인의 직공 뒤를 따라내려왔다. 쌀쌀한 바람이 확 끼쳤다.

"아 요새도 밤일을 하슈? 오늘은 제법 춥지요?"

"예, 인제 참 겨울인데요."

"이리 들어와, 좀 녹여 가시구려."

차고 문간에 섰던 차장과 이같이 수작을 하며, 따뜻해 보이는 차장 휴게실로, 끌려 들어가는 직공들의 뒤를, 부러운 듯이 건너다보며, 나는 그 사이 골짜기로 들어섰다.

하숙으로 휘돌아 들어오는 길에 뒷집에 있는 ×군을 들여다볼까 하며, 한참 망설이다가, 결심하고 들어가보았다. ×군은, 내가 이 밤으로 귀국하게 되었다는 말을 듣고, 당자인 나보다도 놀라며, 진정으로 가엾어하는 모양이었다. 나는 사람 좋은 ×군을, 도리어 웃으면서, 하숙으로 돌아왔다.

뒤미처 따라온 ×군과 같이, 짐을 수습하여 주인에게 맡긴 후에 인사 받을 새도 없이 총총히 가방을 들고, 우리 둘이서, 정거장으로 향한 것은, 그럭저럭 10시가 넘은 뒤였다. ×군이 재촉을 하는 대로, 나는,

"늦으면 내일 떠났지, 하는 수 있나!"

하면서도 허둥허둥 동경역에 도착해 보니까, 내 시계가 틀렸던지, 그래도 10분 가량이나 여유가 있었다.

가방을, 뒤에 섰는 ×군에게 맡겨놓고, 차표를 사려고 출찰구 앞에 들어가 섰으려니까 곁에서 누가 살짝 건드리며,

"이 상!" 하는 낯익은 소리가 들린다.

나는, 깜짝 놀라서 돌아다보았다. 역시 시즈코다. 자주 보자에다가 네모진 것을 싸서 들고 옆에 선 ×군의 시선을 꺼리는 듯이, 옆을 흘겨보고 섰다.

"웬일이야? 이 추운 밤에."

나는 의외인 데에 놀라며, 위무하는 듯이 한마디 했다.

"난, 안 가시는 줄 알았지!"

"한참 기다렸어?"

"아뇨, 난 늦을 줄 알고, 허둥지둥 나왔더니……"

"미안하구려, 어서 들어가지, 그럼……"

시즈코는 거기에는 대답도 안 하고, 맞은편 출찰구로, 총총걸음을 걸어갔다.

×군이 자리를 잡으려고 앞서 들어간 뒤에, 시즈코는 입장권을 사가지고 와서, 맨 끝으로, 둘이 나란히 서서 걸으며, 입을 벌렸다.

"오래 되실 모양이에요?"

"뭘, 고작해야 2주일쯤이지."

"오래 되시건 편지라도 해주세요. 그동안에 나도 어떻게 될지 모르니까."

"왜, 어딜 가게?"

"글쎄요, 밤낮 이 모양으로만 하고 있을 수도 없으니까……"

시즈코는 말을 끊고, 잠깐 고개를 기울이고 걷다가, 가까이 와서 매달리듯이 몸을 살짝 실리며,

"이렇게 급하지만 않았다면, 나도 같이 경도(京都)까지라도 가는 것을……" 하며, 나를 쳐다보며 웃었다. 나는 샘쳐 무엇을 물으려다가, ×군이 황황히 손짓을 하며 부르는 바람에, 시즈코와는, 총총히 인사를 하고 차에 올라서, ×군과 바꾸어 앉았다.

친구에게 전송을 받거나, 물건을 받은 일은, 별로 없기도 하려니와, 도리어 귀찮은 일이지만, 시즈코가 무엇인지 보자에 싼 채 창으로 디밀며, 지금 펴볼 것 없다 하기에, 나는 그대로 받아서 선반에 얹을 새도 없이, 차는 움직이기 시작하였다.

반 간통쯤 떨어져서, 오도카니 섰던 시즈코의 똑바로 뜬 방울 같은 두 눈이, 힐끗하더니 몰려나가는 전송인 틈에 스러져버렸다.

2

반찬 찬합같이 각다구니를 여기저기 함부로 벌여놓고 꼭꼭 끼어 앉았는 틈에서, 겨우 잠이랍시고, 눈을 붙였다가 깨니까, 아직 동이 트려면 한두 시간이나 있어야 할 모양. 찻간은 야기에 선선하면서도, 입김과 궐련 연기에 혼탁했다. 다시 눈을 감아보았으나 좀처럼 잠이 들 것 같지도 않고, 외투 자락을 걸친 어깨가 으스스

하여, 일어나 앉으며 담배 한 개를 피워 물고 나서, 선반에 얹은 시즈코가 준 보자를 끌어내렸다. 아까 받아 얹을 때에 잠깐 보니까 과자 상자 위에 술병 같은 것이, 두두룩이 얹혀 있는 것 같아서 그리한 것이다. 네 귀를 살짝 접어서 싼 자주 모사(毛紗) 보자기를 들치고 보니까, 과연 갑에 넣은 위스키 중병이 얹혀 있다. 어한 겸 한잔할 작정으로, 병을 쑥 빼려니까, 갸름한 연보랏빛 양봉투가 끌려나왔다.

'별안간에 편지는 무슨 편지인구. 응, 그래서 아까 예서는 풀지 말라고 한 게로군……'

나는, 혼자 속으로 이렇게 생각을 하며, 꺼내서 옆에 놓은 모자 밑에 찔러 놓은 뒤에, 한 잔 위선 따라서 한숨에 켰다.

영리한 계집애다. 동정할 만한 카페의 웨이트리스로는 아까운 계집애다,라고 생각은 했어도 이때껏 내 차지로 해보겠다는 정열을 경험한 때는 없다고 해도 거짓말은 아니다. 원래가 이지적 타산적으로 생긴 나는, 일시 손을 댔다가, 옴칠 수도 없고 내칠 수도 없게 되는 때에는, 그 머릿살 아픈 것을 어떻게 조처를 하나, 하는 생각이 앞을 서는 동시에, 무슨 민족적 거구(渠溝)가 앞을 가리는 것은 아니라도, 이왕 외국 계집애를 얻어가지고, 아깝게 스러져가려는 청춘을 향락하려면, 자기에게 맞는 타입을 구하겠다는 몽롱한 생각도 없지 않아서 그리하였다. 그러나 술 한 개가 인연이 되어, 편지까지 받게 되고 보니, 불쾌할 것은 없으나 다소 예상외인 감이 없지 않았다. 물론 어떠한 정도의 애착이 없는 것은 아니지만, 그렇다고 그것이 곧 생명의 내용인 연애도 아니려니와, 설혹 연애에 끌려 들어간다 할지라도 그것으로 인하여, 공연히 자기의 생활에 파란을 일으키고, 공연한 고생을 벌어가며, 안가(安價)한 눈물과 환멸의 비애를 사고 싶은 생각은 없었다. 내가 많지 않은 학비나 여비 속에서, 특별히 생각하고 숄을 사다가 준 것도, 그 애에게 폐를 많이 끼친 사례도 되고 또는 기뻐하는 양을 보고 향락하겠다는 의미에서 지나지 않았다. 만일 시즈코의 사랑을 바란다 할지경이면 나는 구차히 물질에게 중매 들기를 원치 않았을 것이다.

나는 이런 생각을 하며, 두어 잔 더 마시고 나서, 편지를 꺼내서 피봉을 들여다보았다. 침착하고도 생생하고 정돈된 필적은, 그 애의 용모와 같이 재기가 발려 보였다. 나는, 앞의 사람은 졸고 앉았지만, 누가 보지나 않을까 하고, 그대로 포켓에다가 집어넣으려다가 그래도 궁금증이 나서 쭉 뜯어보았다.

지금은 이 편지를 올릴 기회가 아닌지도 모릅니다. 왜 그러냐 하면, 나는 물질로써 좌우되는 천열한 계집이라고 생각하실 것이, 너무도 창피하고 원통하기 때문이외다. 그러나 그러할수록에……

이렇게 서두를 낸 나의 위선적 태도에 대한 예리한 비판과 공격, 자기의 절망적 술회, 자기의 장래에 대한 희망 등을, 간단간단히 요령만 쓴 뒤에, 형편 따라서는 세말(歲末)쯤, 혹은 경도의 고모 집으로 갈지 모르겠다고 하였다.

나는 한 번 쭉 보고 나서, 혼자 웃었다. 그러나 그것은 조소거나, 나에게 대한 신뢰에 대하여 만족한 미소는 아니었다. 애를 써 설명하자면, 그 계집애의 조리가 정연한 이론과, 이지적이요 신경 과민적인 그 애의 두뇌에 대한 만족이었다.

나는 곧 답장을 써볼까 하다가, 하나 둘씩 일어나 앉는 사람들의 시선이, 귀찮아서 그만두어버리고, 또다시 잔을 들었다.

……왜, 우롱을 하세요? 무슨 까닭에 농락을 하세요? P코와 저를 놓고 희롱을 하시는 것은 유쾌하시겠지요. 그러나 너무 참혹하지 않습니까. 물론 당신도, 애(愛)는 유희가 아니라는 것은 아시겠지요.

……누가 당신께서 손톱만큼이라도, 나를 사랑하신다는 것은 아니지만, 나에게는 견딜 수 없는 고통입니다. 혹시는 모욕입니다. 당신의 태도가, 그외에는 어떻게 할 수 없으시다면, 우리는 이 이상 교섭을 끊는 것이 정당한 일이겠지요……

이것이 시즈코의 최대 불평이었다. 나는 술병을 싸서 놓고, 가만히 드러누워서 편지 사연을 곰곰이 생각해보았다.

시즈코가 과거의 쓴 경험——그로 말미암은 현재의 경우에서도, 어떻게 해서든지 헤어나려는 자각과 진실되이 자기의 생활을 인도하려는 노력 그것을 생각할 제, 나는 감상적으로 그 애를 위하여 울고 싶었다. 옆에 앉았을 지경이면, 그대로 답삭 껴안고, 네 눈(四眼)에서 흘러나오는 쓴 눈물을 같이 맛보고 싶었다. 그러나 그런 생각도 그 순간뿐이었다.

'계집애하고 키스를 하면서도 침맛을 분석하는 놈에게, 애(愛)

가 있다는 것부터 틀린 수작이다.'

이렇게 생각을 하며, 아까 M헌 2층의 광경을, 머리에 그려보았다.

……그때 시즈코는 어떠했을까? 모욕이란 의식부터 머리에 떠올랐을까? ……그러나 자기 말마따나, 이때껏 한 남자의 입밖에는 몰랐었다면, 그리고 나에게 대한 애욕이 있다 하면 확실히 몽중(夢中)이었을 것이다. 그리고 보면, 시즈코도 아직 행복하다.

이런 생각을 할 제, 사람의 행복은——적어도 사람다운 정열은, 정조로부터 나오는 것이 아닌가? 하는 생각도 해보았다.

그러나 자기는, 이때껏 연애다운 연애를 해본 일도 없으면서, 청춘의 특권이요 색채라 할 만한 정열이 고갈한 것은 웬 까닭인가. 하여간 성격이 기형적으로 성장하였다는 것은 사실이다. 이것은, 정열을 소각시킨 제일 원인이지만, 동시에 인간성의 타락이다. 하지만 자기를 살리기 위하여, 어떠한 경우에는 이 정열을 억제해야 할 필요도 있으니까, 반드시 성격이 기형화하였거나, 인간성이 타락하여 그렇다고만도 할 수 없지……

그러나 자기를 살린다는 것이, 자기의 비열한 쾌락을 만족시킨다는 것이 아닌 이상, 사람을 우롱한다는 것은 죄악이다. 정열이 없으면 없을 뿐이지, 그렇다고 사람을 우롱하라는 것은 아니다. 사람에게는 사람을 우롱할 권리도 없거니와, 극단으로 말하자면, 사람을 우롱하는 것은, 인생을 유희함이라는 의미로서 결국 자기 자신을 우롱하고 유희함이다.

무슨 까닭에, 자기는 굳세고 높게 살리겠다 하면서, 가련한 일

개 여성을 농락하려 하는가. 사실 말하자면 오늘까지 나의 시즈코에 대한 태도는, 그런 공박을 받을 만도 하다. 시즈코 앞에서도 P코를 귀여워하는 체하고, P코의 손을 잡은 뒤에는, P코가 보는 데서 시즈코의 비위를 맞추려 하는 체하는 그런 더러운 심리는, 창부보다 낫다 하면, 얼마나 나을까. 자기에게 창부적 근성이 있기 때문에 사람을 창부시하는 것이 아닌가. 정신적 창부! 그것이 타락이 아니고 무엇일까. 일 여성을 사랑할 수 없을 만치 타락하였다. 그리고 정신적 타락은 육체적 타락보다도 한층 더 무서운 것이다. 타락이라는 것이 어폐가 있다 하면, 그만큼 사람 냄새가 없어졌다고 하는 것이 옳을까. ……하지만, 사랑이니 무어니 머릿살 아프다.

나는, 이런 생각을 하며 누웠다가, 숨이 괴로워서 벌떡 일어나, 데크로 나왔다.

차 안의 전등은, 아직 안 나갔으나, 젖빛 같은 하늘이 허예져가며, 인기(人氣) 없이 꼭꼭 닫은 촌가가, 가끔가끔 눈앞으로 날아가는 것을 보면, 동은 벌써 튼 모양이었다. 아침 바람이, 너무도 세어서, 나는 무심코 외투 깃을 올리며 이삼 분 섰다가, 그래도 견딜 수가 없어서, 다시 들어와 자기 자리에 드러누웠다.

한 두어 시간이나 잤을지. 사람이 너무 붐비는 바람에, 잠이 깨어서 눈을 뜨고 내다보니까, 기차는 플랫폼에서 어슬렁어슬렁 기어나가는 모양. 나는 일어나기가 싫기에, 지금 바꾸어 들어와 앉은 앞자리의 사람더러, 예가 어디냐고 물어보았다.

"나고야예요."

"에? 인제야 나고야?"

나는 이같이 놀란 듯이 반문을 하고, '암만해도 중도에서 하루 묵어가야 하겠군' 하는 생각을 채 결심도 못하고 또 잠이 들어버렸다.

한잠 늘어지게 자고 나서 보니까, 기차는 아직도 기나이지방(畿內地方) 어귀에서 헤매는 모양. 시간표를 들추어보니 경도에서 내리려면, 아직도 세 시간, 고베(神戶)에서 묵어간다면 다섯 시간 가량이나 있어야 할 터이다.

'을라(乙羅)나 가서 볼까?'

내년 신학기에는 동경음악학교로 전학을 하겠다고, 규칙서를 얻어 보내라고 한 을라의 부탁을 이때껏 월여(月餘)나 되도록 답장도 안 한 것을 생각해보았다. 그것은 나의 태만도 태만이려니와, 만 1년간이나 음신(音信)이 격절한 오늘날에, 불쑥 편지를 한 것도 이상하고, 또다시 서신을 왕복하는 것은 피차에 머릿살 아픈 일이기 때문이었다.

'지금 만나면 어떤 얼굴로 볼꾸?'

창턱에 기대어앉아서, 방울방울 방울을 지어 올라가는 담배 연기를 물끄러미 쳐다보며, 가장 정숙한 듯이 가장 부끄러운 듯이 꾸미는 을라의 팔초한⁴ 하얀 얼굴을, 머릿속에 그려보았다.

'요샌 히스테리가 좀 나앗나? 병화하고는 여전한가? 그러나 내게 또 불쑥 규칙서를 얻어 보내란 핑계로 편지를 한 것을 보면, 그동안 또 무슨 풍파가 있었는지도 모를 일이다.'

이런 생각을 할 제, 별안간에, 이왕이면 고베에서 내려서, 을라를 찾아보려는 호기심이 와락 일어나서, 또다시 시간표를 뒤적거리며 누웠다.

도지개를 틀면서, 그럭저럭 네 시간 동안을 멀미를 내고, 겨우 감방 속 같은 삼등 찻간에서 해방이 되어, 고베 역두에 내려선 것은, 은빛같이 비치는 저녁해가, 롯코산(六甲山) 산등성이에 걸렸을 때였다. 큰 가방은 역에다가 맡겨두고, 오글오글 끓는 정거장에서, 빠져나와, 휘 한숨을 쉬일 때는 사람이 살 것 같았다.

전차에 올라탈까 하다가, 저녁이나 먹고 나서, 올라에게 찾아가리라 하고, 모토마치도리(元町通)로 향했다. 작년 초여름 일을 생각하고, A카페의 아래층으로 들어가서, 여기저기 옹기옹기 앉아 있는 다른 손님들을 피하여, 한구석에 자리를 잡았다. ……두세 접시나 다 먹도록 작년에 보던, 두 팔을 옥여쥐고 아기족아기족 돌아다니던 그때의 그 계집애는, 흔적도 보이지 않았다. 차를 가지고 온 하녀더러 물어보니까,

"왜요?" 하고, 의미 있는 듯이 웃을 뿐이다.

"왜, 어딜 갔니? 그저 여기 있긴 있겠지?"

"흥! 언제 만나보셨어요? 아세요?"

"글쎄 말이야!"

"벌써 천당 갔답니다!"

"응? 무슨 병으로?"

"폭발탄 정사(情死)라는 파천황의 죽음을 하였답니다"

하며, 깔깔 웃다가, 다른 손님이 들어오는 것을 보고, 뛰어 달아나갔다.

폭발탄 정사라는 말에 귀가 번쩍 뜨여서, 그 계집애가 다시 오기만 어느 때까지 기다려도 돌아본 체도 안 하고, 분주히 돌아다닌다. 기다리다 못하여 불러가지고 셈을 하면서,

"누구하고 그랬어?"

하며, 물어보았으나, 내 얼굴만 말끄러미 쳐다보다가,

"누가 압니까? 요다음 오세요. 이야기를 할게요"

하고, 바쁜 듯이 팔딱팔딱 신소리를 내며 뛰어들어가버렸다.

'사실, 그것은 알아 무얼 하나!'

나는 이렇게 생각하고, 일어나 나오면서도, '어떤 놈하고 어떻게 하였누?' 하는 호기심이 없지 않았다.

카페에서 나온 나는, 에이마치사정목(榮町四丁目)에서, 야마테(山手)방면으로 꼽들어, 잊어버린 길을 이리저리 헤매면서, C음악학교로 찾아갔다.

시간은 아직 늦지 않았으나, 밤은 들어가는 것 같았다. 저녁 뒤의 연습인지 아래층 저 구석에서 은근하고도 화려하게 울려나오는 피아노 소리에 귀를 기울이며, 기숙사 문간에 섰으려니까, 을라는, 기별하러 들어간 하녀의 앞을 서서, 발을 벗은 채, 통통거리며 2층에서 내려왔다.

"이게 웬일예요? 참 오래간만이올시다그려! 어서 올라오시지요."

인사할 말을 미리 생각하였던 사람처럼 이렇게 한마디 한 을라는 미소가 어린 그 독특한 눈으로, 힐끗 나를 쳐다본 후에, 부끄럽다는 듯이 눈을 내리깔며, 태연히 문설주에 기대어섰다. 나는 빨간 끈이 달린 발 째진 짚신 위에 가벼이 얹어놓은 하얀 조그만 발

을 들여다보며, 구두끈을 풀고 올라서서 을라의 뒤로 따라섰다.

"응접실은 추우니까, 내 방으로 가시지요."

을라는 이렇게 한마디 하고 아까 내려오던 층계를 지나서, 끌고 들어가다가, 잠깐 섰으라고 하고 누구의 방인지 뛰어들어갔다. 방문을 열어놓은 채 꿇어앉아서, 무어라고 한참 재깔재깔하더니, 생글생글 웃으며 나와서 2층으로 나를 데리고 올라갔다.

"사내를 함부루 끌어들여도 상관없나요?"

나는, 자리를 한구석으로 뚤뚤 말아서 밀어놓은 것을 돌려다보며 이렇게 물었다.

"아무 염려 없에요. ……그렇지만, 혹시, 이따가, 사감이 들어오더라도, 서울서 오는 오빠라고 하세요."

"그런 꿔다박은 오빠 노릇은 어려운데……"

이런 실없는 소리를 정색으로 하며, 을라가 권하는 대로 책상 앞에 앉았다.

"옳지, 오빠 행세를 하려면, 싫어도 이렇게 상좌에 앉아야 하겠군……"

농도 아니요 빈정대는 것도 아닌, 이런 소리를 또 한마디 하며, 펴놓았던 책이며, 버선짝 옷가지를, 부산히 치우는, 을라를 건너다보았다.

을라는, 치우던 것을 한편으로 몰아놓고, 책상 모퉁이에, 비스듬히 꿇어앉아서, 윤광 있는 쌍거풀진 눈귀를 처뜨리며, 약간 힐책하는 어조로,

"그 왜 그러세요. 1년 만에 뵈오니까 퍽도 변하셨습니다그려."

하며, 수기(羞氣)가 있는 듯이 고개를 숙여버렸다.

"글쎄요, 내가 그렇게 변했을까. 그러나 을라 씨의 얼굴이야말로 참 변하셨소그려! 그래도 그 눈만은 여전하지만! 하하하하."

나는 일부러 이런 소리를 기탄없이 해보았다. 어찌한 까닭인지, 아까 올 때에는, 퍽 망설이기도 하고, 만나면 어떠한 태도로 대해야 할지 어금니에 무엇이 끼인 것같이 이상하게 근질근질하더니, 지금 여기 들어와서, 이렇게 마주앉고 보니, 어디까지든지 조롱을 해주겠다는 생각이, 반성할 여유도 없이 머리를 압도했다.

"차차 늙어가니까, 그렇지요. 그렇게 내 얼굴이 변했을까요?"

의외에 내가, 파탈한 태도로 수작을 하는 데에 안심한 을라는, 책상 위에 버텨놓았던 큼직한 석경을 들어서 들여다보며, 또다시 말을 계속했다.

"그런데 벌써 방학이에요? 나두, 이번에는 나갔다가 들어올 텐데, 동행하실까요?"

"작히나 좋겠소. 그러나 이 밤으로 준비하시겠소?"

"이 밤으루?"

"난, 내일 아침 차로 떠날 텐데요."

"이틀만 연기하시면 되지, 내일이 토요일이지요? 적어도 내일까지만 묵으세요."

"무어 할 일 있나요. 모처럼 만나러 왔던 사람은, 폭발탄 정사를 해버렸구!…… 나도 정사나 하겠다는 사람이나 있으면 묵을지 모르겠지만……"

"참 변한다 변한다 하니 이 선생같이 변하신 양반이 어디 계세요. 아아, 참······"

올라는 급작스레 무엇에 감격한 듯이, 얕은 한숨을 쉬며, 고개를 숙였다. 그것이 무엇을 의미하느냐는 것을, 직각한 나는, 얄밉기도 하고, 일종의 모욕 같은 생각이 나서,

"그래, 그 변한 원인이 어디 있단 말씀이오? 아마 을라 씨에게 있겠지? 그렇다면 책임을 져야 하지 않소?"

나는, 말끝에, '되지 않게!'라는, 한마디가 혀끝까지 나오는 것을, 입술로 비벼버렸기 때문에 애를 써 한 말이, 내 얼굴의 표정도 쳐다보지 않는 올라에게는, 농담인지 진담인지 알 수 없었던 모양이었다. 혹 알고도 모르는 체하는 버릇도, 이 계집애에게는 항용 수단이지만, 하여간 올라는 내 말에 잠깐 얼굴을 붉히는 듯하더니, 다시 눈살을 찌푸리며,

"그런 소린, 해 무엇하세요? 그러나 참 정말 모레쯤, 나하고 같이 가세요. 같이 못 가시더라도, 내일 오후부터는 자유니까 이야기할 것도 있고, 구경도 시켜드릴게······ 하여간 그리 급한 볼일은 없지요?"

단조와 적막과 이성에 대한 기갈에 고민하던 그때의 올라에게 대하여, 나의 방문은, 의외일 뿐 아니라, 진심으로 반가웠던 모양이었다.

"글쎄, 그래도 좋지만, 고베는, 멀미가 나도록 구경을 했는데, 또 무슨 구경을 해요?"

"아 참, ······그러면 어차피 대판(大阪) 공회당의 음악회에 갈까 하는데요, 거기에라도 가시지. 토요일하구 일요일하군, 이 근방

학생들은, 죄다 제 집에 나가서 자기두 하구……"

'말도 잘하지만 수완도 할 만하다.'—나는 이런 생각을 하며, 작년 가을에 기숙사로 들어가기 전에, 여염집 하숙 주인인지 어떤 절간의 중인지 하는 일본놈하고 관계가 있었다는 소문을 생각하며, 또다시 을라의 희고 동글납대대한 얼굴을 쳐다보았다.

"아무려나 되어가는 대로 합시다. 그러나 요새 병화군은 어데 있나요?"

나는, 을라의 얼굴을 한참 쳐다보다가, 참다랗게 이같이 물어보았다.

"그걸, 왜 날더러 물어보세요? 아시면 당신이 더 잘 아시겠지요."

을라는 병화의 말을 듣더니, 별안간에 얼굴을 붉히고, 독기 있는 소리로 톡 쏘았다.

'나도 퍽 대담하게 되었지만, 너도 참 대담하구나' 하며 나는 천연히,

"아뇨, 요샌 서울 있는지 몰라서 물어본 것이에요. 그러나 그다지 놀라실 게 무엇이에요?" 하고 대답하였다.

을라도 지금 자기의 말이, 오히려 우스웠다고 후회하는 듯이, 소리를 낮추며,

"글쎄, 병화 씨하고 무슨 깊은 관계가 있는 듯이, 늘 오해를 하시지만……"

"누가 오해는 무슨 오해를 해요. 사람에게 러브를 할 자유조차 없다면, 죽어야 마땅하지…… 오해를 하거나 육해를 하거나 아주 육회(肉膾)를 하거나, 그까짓 게 다 무어예요. 하하하하. 참 너무

늦어서 미안하외다. 인제 차차 가봐야지……" 하고, 나는 모자를
들어서 만적만적하다가,

"에잇 실미적지근해 못 살겠다."

이같이 토하듯이, 혼잣말처럼, 한마디 하고 와락 일어났다.

"왜 그러세요? 그렇게 달음박질 가시려면, 왜 내리셨에요?
…… 그런데 무엇이 실미적지근하시단 말씀이에요?"

을라는 '실미적지근하다'는 말에, 무슨 활로나 얻은 듯이 반기
는 낯빛으로, 그대로 앉아서, 나를 만류한다.

"누가 을라 씨 보려구 내린 줄 아슈? 다 만날 사람이 있어서, 불
원천리하고 온 것이라서 마음에두 없는 놈하고, 폭발탄을 지고,
불구덩이루 들어갔다니, 세상은 고르지도 않아? 대체 날더러는
어쩌란 말인구!"

"참 정말이에요? …… 누구에요? …… 일본 여자? 조선 여자?"

어리광하듯이 생글생글 웃으며, 쳐다보는 을라의 얼굴은 아무
리 보아도, 이십오륙 세로는 보이지 않았다.

"그건, 알아 뭘 하시려우? 그러나 참 어서 가야지! 또 뵙시다"
하고 나는 어쩌나 보려고, 손을 내밀었다.

그래도 손을 내어줄 용기는 없었던지, 을라는, 물끄러미 나의
얼굴만 쳐다보다가,

"지금 가시면 어데로 가실 작정이에요? 내일 떠나시진 않을 테
지요?"

"되어가는 대로 하지요. 여관에 가서 생각을 해봐서 마음 내키
는 대로 하지요."

"내일 음악회는, 참 좋아요. 동경서 일류들만 와서 한다는데……"

"일류인지 이류인지, 송장을 뻐듯드려놓고, 음악회란 다 뭐예요? 에이 가겠습니다. 사감이나 오면 안 나오는 누님 소리까지 하면서, 더 있을 필요가 있나!" 하고, 나는 방문을 열고 훌쩍 나섰다. 을라도 하는 수 없이 쫓아나오며,

"왜, 날더러 누이라구 못하실 게 뭐야. 그런데 송장이란 무슨 소리세요? 왜 그리 이상스럽게만 구세요? 수수께끼 같은 소리만 하시고, 난 무엇에 홀린 것 같습니다그려."

나는 느런히 서서 층계로 내려오며, 지금 나가는 이유를 이야기해 들려주었다. 을라는 깜짝 놀라는 듯한 표정으로,

"그거 안되었습니다그려! 그러면서 여긴 왜 들르셨에요? 남자란 참 무정도 하지, 어쩌면 부인이 돌아가셨는데……" 하며, 책망을 하는 듯한 을라의 얼굴에는, 그럴듯하게 보아서 그런지, 이때껏 멋모르고 만류한 것이, 부끄럽기도 하고 일편으로는 분하기도 하다는 낯빛이 돌며, 눈과 입이, 샐룩해졌다. 그러나 내가 불쑥 온 것이 무슨 의미가 없지는 않은가 하는 일종의 기대가 있는 듯도 하다.

"그러기에 남자하고는, 잇살도 어우르질 마슈. 더구나 나 같은 놈하군. 자, 그러면……"

나는 이같이 한마디 던져두고, 인사하는 소리도 채 다 듣기 전에 캄캄한 문밖으로 휙휙 나와버렸다.

깔깔 웃고 싶으니만치 심사 사나운 유쾌를 감하면서, 을라와 작

별하고 나온, 나는 그날 밤은 고베 역전의 조고만 여관 뒷방에서, 고요히 새우고, 그 이튿날 저녁에야 연락선을 타게 되었다.

　방축이 터져 나오듯 별안간에 꾸역꾸역 토해 나오는 시꺼먼 사람 떼에 섞여서 나는 연락선 대합실 앞까지 왔다.

　시모노세키(下關)에 도착하면 그 머릿살 아픈 으레 하는 승강이를 받기가 싫기에, 배로 바로 들어갈까 했으나, 배에는 아직 들이지 않는 모양. 나는 하는 수 없이 대합실로 들어갔다. 벤또나 살까 하고 매점 앞에 가서 섰으려니까, 어느 틈에 벌써 눈치를 챘던지, 인버네스'를 입은 낯 서투른 친구가 와서, 모자를 벗으며, 국적이, 어디냐고 묻는다. 나는 암말 안 하고 한참 쳐다보다가, 명함을 꺼내서 내밀고, 훌쩍 가게로 돌아서버렸다.

　"본적은?"

　내 명함을 받아 들고, 내가 흥정을 다 하기까지, 기다리고 있던 인버네스는 또 괴롭게 군다. 나는 그래도 역시 잠자코, 그 명함을 도로 빼앗아서, 주소를 기입해 주고 나서, 사놓았던 물건을 들고 짐 놓은 자리로 와서 앉았다. 궐자는, 또 쫓아와서,

　"연세는? 학교는? 무슨 일로? 어디까지?……" 하며, 짓궂이 승강이를 부린다. 나는 실없이 화가 나서, 그까짓 건 물어 무엇에 쓰려느냐고 소리를 지르려다가, 외마디소리로 간단간단히 대답을 해주고, 부리나케 짐을 들고 대합실 밖으로 나와버렸다.

　"미안합니다그려" 하며, 좀 비웃는 듯이 인사를 하는 궐자의 흘겨뜨는 눈에는, 뱃속에서 바지랑대가 치밀어 올라온다는 것이 역력히 보였으나, 내 뱃속도, 제게 지지 않을 만큼 썩 불편했었다.

승객들은 우글우글하며 배에 걸어놓은 층층다리 앞에 일렬로 늘어섰다. 나도, 틈을 비집고 그 속에 끼었다.

아스팔트 칠(漆)한 통에 석탄산수를 담고, 썩은 생선을 절이는 듯한 형언할 수 없는 악취에, 구역질이 날 듯한 것을 참으며, 앞을 서려고 우당퉁탕대는 틈을 빠져서, 겨우 삼등실로 들어갔다. 참외 원두막으로서는, 너무도 몰취미하고 더러운 2층 침대에다가, 짐을 얹어놓고 옷을 갈아입은 후에, 나는 우선 목욕탕으로 뛰어들어갔다.

내가 제일착이려니 하였더니, 벌써 삼사 인의 욕객이 욕탕 속에 들어앉아서 떠든다.

"오늘은 제법 까불릴걸!"

"뭘, 이게 해변가니까 그렇지, 그리 세찬 바람은 아니야."

시골서 갓 잡아 올려오는 농군인 듯한 자가, 온유해 보이는 커다란 눈이 쉴새없이 디굴디굴하는 검고 우악한 상을 이 사람 저 사람에게로 돌리면서 말을 꺼내니까, 상인인 듯한 동행자가 이렇게 대꾸를 하였다.

"조선은 지금쯤 꽤 추울걸?"

"그렇지만 온돌이 있으니까, 방 안에만 들어엎디었으면 십상이지."

조선 사정에 익은 듯한 상인 비슷한 사람이 설명을 했다.

"응, 참. 온돌이란 게 있다지."

촌뜨기가 이렇게 말을 하니까, 나하고 마주 앉았던 자가, 암상스러운 눈으로 그자를 말끔히 쳐다보더니,

"노형 처음이슈?" 하며, 말참례를 하기 시작했다. 남을 멸시하고 위압하려는 듯한 어투며, 뾰족한 조동아리가, 물어보지 않아도 빚놀이쟁이의 거간이거나 그따위 종류라고, 나는 생각하였다.

"이 추위에, 어째 나섰소? 어딜 가기에?"

"대구에 형님이 계신데, 어머님이 편치 않으셔서……"

"마침 잘되었소그려. 나도 대구까지 가는 길인데. ……백씨께선 무얼 하슈?"

"헌병대에 계시지요."

"네? 바로 대구 분대에 계셔요? 네…… 그러면 실례입니다만, 백씨께서는 누구세요? 뭘로 계셔요?"

시골자의 형이 헌병대에 있다는 말에, 나하고 마주 앉은 자는 반색을 하면서, 금시로 말씨가 달라진다. 나는 그자의 대추씨 같은 얼굴을 또 한 번 쳐다보지 않을 수 없었다.

"네, ×라고 하지요…… 아직 군조(軍曹)예요. 형공도 아십니까? 그런데 노형은 조선엔 오래 계신가요?"

"네."

궐자는 시골자를 한참 멀뚱멀뚱 쳐다보다가,

"암 알구말구요. 그 양반은 나를 모르실지 모르지만…… 아, 참 나요? 그럭저럭 오륙 년이나 '요보' 틈에서 지냈습니다."

"에구 그럼 한밑천 잡으셨겠쇠다그려."

이번에는 상인 비슷한 자가 입을 벌렸다.

"웬걸요. 이젠 조선도 밝아져서, 좀처럼 한밑천 잡기는……"

"그러나 조선 사람들은 어때요?"

"요보 말씀이에요? 젊은 놈들은, 그래도 제법들이지마는, 촌에 들어가면 대만(臺灣)의 생번(生蕃)보다는 낫다면 나을까. 인제 가서 보슈…… 하하하."

'대만의 생번'이란 말에, 그 욕탕에 들어앉았던 사람들이, 나만 빼놓고는 모두 킥킥 웃었다. 나는 가만히 앉았다가, 무심코 입술을 악물고 쳐다보았으나, 더운 김에 가려서, 궐자들에게는 자세히 보이지 않은 모양이었다.

사실 말이지, 나는 그 소위 우국지사는 아니다. 자기가 망국 민족의 일 분자라는 사실은 자기도 간혹은 명료히 의식하는 바요, 따라서 고통을 감하는 때가 없는 것은 아니나, 이때껏 망국 민족의 일 분자가 된 지, 벌써 7년 동안이나 되는 오늘날까지는, 사실 무관심으로 지냈고, 또 사위(四圍)가 그렇게, 나에게는 관대하게 내버려두었었다. 도리어 소학교 시대에는, 일본 교사와 충돌을 하여 퇴학을 하고, 사립학교로 전학을 한다는 둥, 순결한 어린 마음에 애국심이 비교적 열렬하였지만, 지각이 나자마자 동경으로 건너간 뒤에는 간혹 심사 틀리는 일을 당하거나, 1년에 한 번씩 귀국하는 길에, 시모노세키에서나 부산, 경성에서 조사를 당할 때에는 귀찮기도 하고 분하기도 하였지만 그때뿐이요, 그리 적개심이나 반항심을 일으킬 기회가 사실 적었었다. 적개심이나 반항심이란 것은 압박과 학대에 정비례하는 것이요, 또한 활로를 얻는 유일한 수단이다. 그러나 7년이나 가까이 동경에 있는 동안에, 경찰관 이외에는, 나에게 그다지 민족 관념을 굳게 의식하게 하지 않았을 뿐 아니라, 원래 정치 문제에 대해, 무취미한 나는, 이때껏 별로

그런 문제로, 머리를 썩여본 일이, 전연히 없었다 해도 가할 만했
었다. 그러나 1년 2년 세월이 갈수록, 나의 신경은 점점 흥분해가
지 않을 수가 없었다. 이것을 보면 적개심이라든지 반항심이라는
것은, 보통 경우에 자동적 이지적이라는 것보다는, 피동적 감정적
으로 유발되는 것이다. 다시 말하면 일본 사람은, 소소한 언사와
행동으로 말미암아, 조선 사람의 억제할 수 없는 반감을 비등케
한다. 그러나 그것은 결국 조선 사람으로 하여금 민족적 타락에서
스스로 구해야겠다는 자각을 주는 가장 긴요한 동인이 될 뿐이다.

지금도 목욕탕 속에서 듣는 소리마다 귀에 거슬리지 않는 것이
없지만, 그것은 독약이 고구(苦口)나 이어병(利於病)이라는 격으
로, 될 수 있으면 많은 조선 사람이 듣고, 오랜 몽유병에서 깨어날
기회를 주었으면 하는 생각이 없지 않다.

……그들은 여전히 이야기를 계속하고 있다.

"그래 촌에 들어가면 위험하진 않은가요?"

처음 간다는 시골자가, 또다시 입을 벌렸다.

"뭘요, 어딜 가든지 조금도 염려 없쇠다. 생번이라 해도, 요보는
온순한 데다가, 도처에 순사요 헌병인데, 손 하나 꼼짝할 수 있나
요. 그걸 보면 데라우치(寺內) 상이 참 손아귀 힘도 세지만 인물은
인물이야!"──매우 감격한 모양이다.

"그래 촌에 들어가서 할 게 뭐예요?"

"할 것이야 많지요. 어딜 가기로 굶어죽을 염려는 없지만, 요새
돈 모을 것이 똑 하나 있지요, 자본 없이 힘 안 들고…… 하하하."

"그런 벌이가 어디 있어요?"

촌뜨기 선생은 그 큰 눈을 더 둥그렇게 뜨고, 일종의 기대와 호기심을 가지고 마주 쳐다보는 모양이다.

"왜요? 한번 해보시려우?"

그는 이렇게 한마디 충동이며, 무슨 의미나 있는 듯이 그 악독해 보이는 얼굴에, 교활한 웃음을 띠고 한참 마주 보다가,

"시골서 죽도록 땅이나 파먹다가 거꾸러지는 것보다는, 편하고 재미있습니다. ……게다가 돈은 쓰고 싶은 대로 쓸 수 있고……"

여전히 뱅글뱅글 웃으면서, 이 순실한, 어머니 뱃속에서 나온 그대로 있는 촌뜨기를 꾄다.

"그런 선반의 떡 같은 장사가 있으면 하다뿐이겠소."

촌뜨기는 차차 침이 말라온다.

"그러나 밑천이 아주 안 드는 것은 아니지요. ……위선 얼마 안 되지만 보증금을 들여놓아야 하고, 양복이나 한 벌 장만하여야 할 터이니까…… 그러나 노형이야, 형님이 헌병대에 계시다니까, 신분은 염려 없을 터인 고로 보증금은 없어도 좋겠지."

제딴은, 누구나 그 직업을 얻어 하려면, 보증금을 내놓는 법인데, 특별히 그것만은 면제해주겠다는 듯이, 오만한 태도로 어깨를 뒤틀며, 지나가는 말처럼 또 한마디했다. 그러나 정작 그 직업의 종류가 무엇인가는 용이히 가르쳐주지 않는다. 실상 곁에서 엿듣고 앉았는 나 역시 궁금하지만, 이러한 소리를 듣는 시골 궐자는, 더한층 호기의 눈을 번쩍이며 앉았는 모양이다. 그러나 그것을 토설치 않는 것은, 나와 그외의 두세 사람이 들을까 꺼려서 그러는 것 같기도 하고, 또는 그 시골뜨기가, 더욱더욱 열(熱)해진 뒤에

자기의 부하가 되겠다는 다짐까지 받고서, 이야기하려는 수단 같기도 하였다.

"그래 그런 훌륭한 직업이 무엇인데, 어디 있어요?"

이번에는 그 시골자의 동행인 듯한 사람이, 가만히 듣고 있다가, 욕탕에서 시뻘겋게 단 몸뚱어리를 무거운 듯이 끌어내며 물었다. 그자도 물 속에서 불쑥 일어서서 수건을 등 뒤로 넘겨서, 가로 잡고 문지르며, 한 번 욕실을 휙 돌아다보고, 그 3인 이외의 사람들이 자기들의 대화에는 무심히 한구석에 앉았는 것을 살펴본 뒤에, 안심한 듯이, 비로소 목소리를 낮추며 입을 벌렸다.

"실상은 쉬운 일이에요. 나도 이번에 가서 해오면, 세번째나 되오마는, 내지의 각 회사와 연락해가지고, 요보들을 붙들어 오는 것인데…… 즉 조선 쿠리(苦力) 말씀이에요. 노동자요. 그런데 그 것은 대개 경상남북도나 그렇지 않으면 함경, 강원, 그다음에는 평안도에서 모집을 해야 하지만, 그중에도 경상남도가 제일 쉽습니다. 하하하."

그자는 여기 와서 말을 끊고, 교활한 듯이 웃어버렸다.

나는 여기까지 듣고 깜짝 놀랐다. 그 가련한 조선 노동자들이 속아서, 지상의 지옥 같은 일본 각지의 공장으로 몸이 팔려가는 것이, 모두 이런 도적놈 같은 협잡 부랑배의 술중(術中)에 빠져서 그러는구나 하는 생각을 할 제 나는 다시 한 번 그자의 상판대기를 쳐다보지 않을 수 없었다.

'옳지, 그래서 이자의 형이 헌병 군조라는 것을 듣고, 이용할 작정으로 이러는 게로군!'

나는 이런 생각도 하여보며, 가만히 귀를 기울이고 앉았었다.

　궐자는 벙벙히 듣고 앉았는 그 두 사람의 얼굴을 등분(等分)해 보고 빙긋 웃고 나서, 또다시 말을 계속한다.

　"왜 남선 지방에, 응모자가 많고 북으로 갈수록 적은고 하니, 이 남쪽은 내지인이 제일 많이 들어가서 모든 세력을 잡기 때문에, 북으로 쫓겨서 남만주로 기어들어가거나, 남으로 현해탄을 건너시거나 두 가지 중에 한 가지 밖에 없는데, 누구나 그늘보다는 양지가 좋으니까 '제미 붙을 일 년 열두 달 죽도록 농사를 지어야 주린 배를 불리긴 고사하고 반년짝은 강냉이나 시래기로 부증이 나서 뒈질 지경이면, 번화한 대판, 동경으로 나가서 흥청망청 살아보겠다' 는 수작으로, 나두 나두 하고 청을 하다시피 해오는 터인데, 그러나 북선 지방은 인구도 적거니와, 아직 우리 내지인의 세력이 여기같이는 미치지를 못했으니까, 비교적 그놈들은 평안히 살지만, 그것도 미구에는 동냥 쪽박을 차고 나서게 되리다. 하하하."

　자기 강설에 열복하는 듯이, 연해 '옳지! 옳지!' 하며 들어주는 것이, 유쾌하기도 하고, 자기의 견문에 자기도 만족하다는 듯이 또 한 번 깔깔깔 웃었다.

　"그래 그렇게 모집을 해가면, 얼마나 생기나요?"

　촌뜨기는, 구수하다는 듯이 침을 흘리며 묻는다.

　"얼마가 뭐요. 여비가 있지, 일당이 또 있지, 게다가 한 사람 모집하는 데에 일 원 내지 이 원이니까──그건, 회사와 일의 종류에 따라서 다르지만, 가령 방적회사의 여공 같은 것은 임금도 싼 데다가, 모집원의 수수료도 제일 헐하고, 광부 같은 것은 지금 시세로도 일 원 오십 전으로 이 원 까지라오. 가령 지금 천 명만 맡아 가지고 와서 보구려. 이삼 삭 동안에 여비나 일당에서 남는 것은, 그까짓 건 다 제하고라도, 일천삼사백 원, 잘만 되면 근 이천 원은 간데없는 것일 게니 ……하하하, 나도 맨 처음에―그건 제주도에서 모집해 갔지만―그때에 오백 명 모아다 주고, 실살고로 남긴 것이, 팔구백 근 천 원이었고, 둘째 번에는 올 가을에 팔백 명이나 홋카이도 탄광에 보내고, 근 이천 원 돈이 들어왔다우."

노동자 모집원이라는 자는 입의 침이 마르게 천 원, 이천 원을 신이 나서 뇌며 목욕탕 속에서 나왔다.

"에, 에" 하며, 일평생 들어보지도 못하던 천 원 이천 원 소리에, 눈을 휘둥그렇게 뜨고 귀를 기울이고 앉았던 시골자는, 때를 다 밀었는지, 그 장대한 동색(銅色) 거구를 벌떡 일으켜, 다시 욕탕 속에 출렁 집어넣으면서, 만족한 듯이 또다시 말을 붙였다.

"그래 조선 농군들이 가서, 그런 공사일을 잘들 하나요?"

"잘하구 못하는 것은, 내가 상관할 것 무엇 있소마는, 하여간 요보는 말을 잘 듣고 힘드는 일을 잘 하는 데다가 임은(賃銀)이 헐하니까, 안성맞춤이지……그야 처음 데려갈 때에는 품삯도 많고, 일은 드러누워서 떡 먹기라고 푹 삶아야 하긴 하지만, 그래도 갈 노자며, 처자까지 데리고 가게 하고, 게다가 빚까지 갚아주는데야 제아무런 놈이기로 안 따라나설 놈이 있겠소. 한번 따라나서기만 하면야, 전차(前借)가 있는데, 그야말로 독 안에 든 쥐지, 일이 고되거나 품이 헐하긴 고사하고 굶어 뒈진다기루 하는 수 있나……하하하."

벌써 부하가 되었다는 듯이, 득의만면하여 모집 방법의 비술까지, 도도히 설명을 해주고 앉았다.

나는 좀더 들으려고, 일부러 머뭇머뭇하며 앉았으려니까, 승객이 다 올라탔는지, 별안간에 욕객의 한 떼가 디밀어 들어오기에, 금시초문의 그 무서운 이야기를, 곰곰 생각하며 몸을 훔치기 시작하였다.

스물두셋쯤 된 책상도련님인 그때의 나로서는, 이러한 이야기를 듣고 놀라지 않을 수 없었다. 인생이 어떠하니 인간성이 어떠하니 사회가 어떠하니 해야, 다만 심심파적으로 하는 탁상의 공론에 불과할 것은 물론이다. 아버지나, 그렇지 않으면 코빼기도 보지 못한 조상의 덕택으로, 공부자(工夫字)나 얻어 하였거나, 소설권이나 들춰보았다고, 인생이니 자연이니 시니 소설이니 한대야 결국은 배가 불러서, 포만의 비애를 호소함일 따름이요, 실인생 실사회의 이면의 이면 진상의 진상과는 아무 관계도 연락도 없을 것이다. 그러고 보면 내가 지금 하는 것, 이로부터 하려는 일이 결국 무엇인가 하는 의문과 불안을 느끼지 않을 수가 없었다. '일 년 열두 달 죽도록 애를 쓰고도, 반년짝은 시래기로 목숨을 이어나가지 않으면 안 되겠으니까……' 하는 말을 들을 제, 그것이 과연 사실일까 하는 의심이 날 만치, 나는 귀가 번쩍하였다. 나도 팔구 세까지는 부모의 고향인 충청도 촌 속에서 자라났고, 그후에 1년에 한 두어 번씩은, 촌락에 발을 들여놓아보았지만, 설마 그렇게까지, 소작인의 생활이 참혹하리라고는, 꿈에도 들어본 일이 없었다.

'시를 짓는 것보다는 밭을 갈라고 한다. 그러나 밭을 가는 그것이 벌써 시가 아니냐. ……사람은 흙에서 나와서 흙에 돌아간다. 흙의 방순한 냄새에 취할 수 있는 자의 행복이여! 흙의 복욱(馥郁)한 생기야말로, 너 인간의 끊임없는 새 생명이니라……'

이러한 의미로 올 봄에 산문시를 쓰던, 자기의 공상과 천려(淺慮)가 도리어 부끄러웠다. 흙의 냄새가 방순치 않다는 것도 아니다. 그 향기에 취할 수 있는 자가 행복스럽지 않다는 것도 아니다. '조반 후의 낮잠은 위약(胃弱)'이라는 고등 유민 계급의 유행병에나 걸릴까 보아서, 대팻밥 모자에 연경(煙鏡)이나 쓰고, 아침저녁으로 호미 자루를 잡는 것이 행복스럽지 않고 시적(詩的)이 아니라는 것이 아니다. 그러나저러나, 일 년 열두 달, 우마(牛馬) 이상의 죽을 고역을 다 하고도, 시래기죽에 얼굴이 붓는 것도 시일까? 그들이 삼복의 끓는 햇빛에, 손등을 데면서 호미 자루를 놀릴 때, 그들은 행복을 느끼는가? ……그들은 흙의 노예다. 자기 자신의 생명의 노예다. 그리고, 그들에게 있는 것은, 다만 땀과 피뿐이다. 그리고 주림뿐이다. 그들이 어머니의 뱃속에서 뛰어나오기 전에, 벌써 확정된 유일한 사실은, 그들의 모공이 막히고 혈청이 마르기까지, 흙에, 그 땀과 피를 쏟으라는 것이다. 그리하여 열 방울의 땀과 백 방울의 피는 한 알의 나락을 기른다. 그러나 그 한 알의 나락은 누구의 입으로 들어가는가? 그에게 지불되는 보수는 무엇인가.─주림만이 무엇보다도 확실한 그의 받을 품삯이다……

나는, 몸을 다 훔치고 옷 입는 터전으로 나왔다.

나는 사람 드는 사람, 한참 복작대는 틈에서, 부리나케 양복바지를 꿰며 섰으려니까, 어떤 보지 못하던 친구가, 문을 반쯤 열고

중절모자를 쓴 대가리를 불쑥 디밀며, 황당한 안색으로 방 안을 휘휘 둘러보더니,

"실례올시다만, 여기 이인화(李寅華)란 이가 계십니까?" 하고 묻는다.

"네에, 나요. 왜 그러우?"

나는 궐자의 앞으로 두어 발자국 나서며 이렇게 대답을 하였다. 궐자는 한참 찾아다니다가, 겨우 만난 것이 반갑다는 듯이 빙글빙글 웃으며, 문을 활짝 열어젖히고 서서, 이리 좀 나오라고 명령하듯이 소리를 친다. 학생복에 망토를 두른 체격이며, 제딴은 유창하게 한답시는 일어의 어조가, 묻지 않아도 조선 사람이 분명하나, 그래도 짓궂이 일어를 사용하고 도리어 자기의 본색이 탄로될까 봐 염려하는 듯한 침착지 못한 행색이, 나의 눈에는 더욱 수상쩍기도 하고, 근질근질해 보이기도 하였다. 나의 성명과 그 사람의 어조를 듣고, 우리가 조선 사람인 것을 짐작한 여러 일인의 시선은, 나에게서 그자에게, 그자에게서 나에게로 올지 갈지 하는 모양이었다. 말하자면 우리 두 사람은, 일본 사람 앞에서 희극을 연작(演作)하는 앵무새의 격이었다.

"무슨 이야긴지, 할 말 있건 예서 하구려."

나는 기연가미연가하며, 역시 일어로 대답하였다.

"하여간 이리 좀 나오슈."

말씨가 벌써 그러한 종류의 위인인 것을 의심할 여지가 없다고 생각한 나는, 그 언사의 오만한 것이 위선 귀에 거슬러서, 다소 불쾌한 어조로,

"그럼 문을 닫고 나가서 기다리우" 하며 소리를 지르고, 다시 내 자리로 와서 주섬주섬 옷을 마저 입기 시작하였다. 여러 사람의 경멸하는 듯한 시선은, 여전히 내 얼굴에 거미줄 늘이듯이 어리는 것을 깨달았다. 더구나 아까 이야기하던 세 사람은, 힐끔힐끔 곁눈질을 하는 것이 분명했으나, 나는 도리어 그 시선을 피하였다. 불쾌한 생각이 목구멍 밑까지 치밀어 오르는 것 같을 뿐 아니라, 어쩐지 기운이 줄고 어깨가 처지는 것 같았다.

옷을 다 입고 문 밖으로 나오니까, 궐자는 맞은편에 기대어, 웅숭그리고 서서 기다리는 모양이다.

"미안합니다만, 나하고 짐을 가지고 저리 좀 나가십시다."

뒤를 쫓아오면서 애원하듯이 말을 붙이는 양이, 아까와는 태도가 일변하였다.

"댁이 누구길래, 어딜 가잔 말요?"

"에에, 참, 나는 ××서(署)에서 왔는데, 잠깐 파출소로 가시지요."

자기의 직무도 명언하지 아니하고, 덮어놓고 가자고 한 것이 잘못되었다는 듯도 하고, 한편으로는 자기가 일인 행세를 하는 것이, 내심으로 부끄럽고, 또한 나에게 '노형이 조선 양반이 아니오?' 하고, 탄로나 되지 않을까 하는 염려가 있어서 앞이 굽는다는 듯이, 언사와 태도는 점점 풀이 죽고 공손해졌다. 이것을 본 나는, 도리어 불쌍하고 가엾은 생각이 나서, 층계를 느럭히 서서 내려가다가, 궐자의 얼굴을 쳐다보았다. 아무 의미 없이 빙글빙글 웃는 그 얼굴에는, 어색해하는 빛이 역력히 보였다. 나는 잠자코 자기

자리로 가서 순탄한 말로,

"나는 나갈 새도 없고, 짐이라곤 이것밖에 없으니, 혼자 가지고 가서 조사할 게 있건 조사하고, 갖다주슈" 하고, 가방 두 개를 들어내서 주었다.

"안 돼요, 그건. 입회를 해주셔야 이걸 열죠. 그러지 마시고 잠깐만 나가주세요. 이건 내가 들고 갈 테니."

선실 내의 수백의 눈은, 모두 나에게로 모여들었다. 여기저기서 수군거리는 소리도 들렸다. 나는 얼굴이 화끈화끈해 더 섰을 수가 없었다.

"내가 도적질이나 한 혐의가 있단 말이오? 가지고 가서 마음대로 하라는 데야, 또 어쩌란 말이오. 정 그럴 테면, 이리들 들어와서 조사를 하라고 하구려. 배는 떠나게 되었는데 나가자는 사람도 염치가 있지……"

나는 분이 치밀어 올라와서 이렇게 볼멘소리를 질렀다.

"그러지 마시고 오늘 이 배로 꼭 떠나시게 할 테니, 제발 잠깐만 나가주세요. 자꾸 시간만 갑니다. ……여기선 창피하실까 봐 그러는 것입니다."

"창피하다? 흥 창피? 얼마나 창피하면, 예서 더 창피할꾸. 그런 사폐 볼 것 없이 마음대로 하슈."

홧김에 이렇게 소리는 질렀으나, 그 애걸하는 양이, 밉살스런 중에도 가엾어 보이지 않은 것도 아니요, 어느 때까지 승강이만 하다가는 궐자 말마따나, 이로울 것도 없고, 시간만 바락바락 가겠기에, 나가기로 결심하고, 윗저고리를 집어 입고 나서, 어떻게

58

될지 사람의 일을 몰라서, 아까 사가지고 들어온 벤또 그릇까지 가지고, 가방을 들고 앞서 나가는 형사의 뒤를, 따라섰다.

형사가, 큰 성공이나 한 듯이 득의만면하여,

"진작 그러시지요. ……" 하며, 웃는 그 얼굴에는, 달래는 듯하기도 하고 빈정대는 듯한 빛이 보였다. 나는 무심중에 주먹이 부르르 떨리는 것을 깨달았다.

갑판으로 나와서, 승강구까지, 불러다가 조사를 하게 하려 해보았으나, 그것도 들어주지 않아서, 화가 나는 것을 주리 참듯 참고, 결국 잔교(棧橋)로 내려섰다.

대합실 앞까지 오니까, 아까 내 명함을 빼앗아간 인버네스가, 양복에 외투를 입은 또 한 사람과 무시무시하게 경계를 하고 섰다가, 우리를 보더니, 아무 말 안 하고, 기선 하물을 집더미같이 쌓아서 놓은 뒤로, 앞서 들어갔다. 가방 가진 자도 암말 안 하고 따라섰다. 나는 가슴이 선득하는 것을 참고, 아무 반항할 힘도 없이, 관에 들어가는 소같이 뒤를 대어 섰다. 네 사람이 예정한 행동을 취하는 것처럼, 묵묵하고 침중한 가운데에 모든 행동을 경쾌하게 하는 것이, 마치 활동사진에서 보는 강도단이나, 그것을 추격하는 정탐 같았다. 네 사람은 하물에 가려 행인에게 보이지 않을 만한 곳에 와서 우뚝우뚝 섰다. 대합실의 유리창에서 흘러나오는 전광만은, 양복쟁이의 안경테에 소리 없이 반짝 비쳤다.

"오늘 하루 예서 묵지 못하겠소?"

양복쟁이가 위선 입을 벌리며, 가방을 빼앗아 들었다. 좁은 골짜기에서 나직하게 내는, 거세고도 굵은 목소리는, 이 세상에서 들어본 소리 같지 않았다. 나는 얼빠진 놈 모양으로, 아무 생각 없이 안경알이 하얗게 어룽어룽하는 그자의 퉁퉁하고 둥근 상을 쳐다보며 섰었다. 그자도 나의 표정을 하나라도 놓치지 않으려는 듯이 입술을 악물고, 위협하는 태도로 노려보다가, 별안간에 은근한 어조로,

"하루 쉬어서, 가시구려" 하는 양이, 마치 정다운 진객을 만류하는 것 같았다. 무슨 죄가 있는 것은 아니나, 이같이 으슥한 골짜기에서, 을러보았다 달래보았다 하는 것을 당하는 것은 나의 수명이 줄어들어가는 것 같았다. 만일 내가 부호로서 이런 꼴을 당했다면, 위불없이 강도나 맞았다고 생각했을 것이다.

나는 정신을 바짝 차리고 대답을 하려 하였으나, 참 정말 기구멍이 막혀서 입을 벌릴 수가 없었다.

"묵긴 어디서 묵으란 말이오? 유치장에나 가잔 말씀이오? 이 배에 떠나게 한다는 약조를 하였기 때문에 나왔으니까 약조대로 합시다."

이렇게 강경히 주장은 하면서도, 마음은 평형을 잃고, 신경은 극도로 긴장했다. 대체 나 같은 위인은 경찰서의 신세를 지기에는, 너무도 평범하지만, 그래도 이 배만 놓치면, 참 정말 유치장에서 욕을 볼 것은 뻔한 일, 하늘이 두 쪽이 되는 한이 있더라도, 이 배를 놓쳐서는 큰일이라고 결심을 단단히 하고서도 웬일인지 가슴은 여전히 두근두근하지 않을 수가 없었다.

"그럼 예서 잠깐 할까?"

양복쟁이가, 나와 인버네스를 등분해 보며, 저희끼리 의논을 한

다. 나는 위선 마음을 놓았다.

"네, 그러지요."

인버네스가 찬성을 하니까 양복쟁이는 나에게로 향하여,

"이것, 좀 열어보아도 상관없겠지요?" 하고, 열쇠를 내라고 청한다. 나는 곧 승낙을 하였다. ……가방은 양복쟁이의 손에서 용이히 열렸다.

어린아이 관(棺) 같은 정방형의 트렁크를, 유리창 그림자가, 환히 비치는 하물 쌓인 밑에다가 열어놓고 들쑤시는 동안에, 그 옆에서 인버네스는 조그만 손가방을 조사하고 앉았다. 나는, 이편에 느런히 서 있는 학생복 입은 자와 함께, 두 사람의 네 손길만 내려다보고 섰었다. 큰 트렁크를 맡은 자는 잠깐 쑤석쑤석하여보더니, 그 위에 얹어놓은 양복이며 화복들을 손에 잡히는 대로 획획 집어서, 내 옆에 선 형사에게 주섬주섬 던져주고 나서, 그 밑에 깔렸던 서류 뭉텅이와 서적 몇 권을 분주히 들척거리고 앉았다. 조그만 트렁크 속에서 소득이 없었던지 그대로 뚜껑을 닫아서 옆에 놓고 인버네스도 다시 큰 가방으로 달려들어서 들여다보고 앉았다가, 양복쟁이의 분부대로, 서적을 하나씩 들어보아가며, 일일이 책명을 수첩에 기입하며 앉았다. 가방 속에서 갈팡질팡하는 형사의 네 손은, 1분 2분 시간이 갈수록 가속도로 움직인다. 나는 또 무슨 망령이나 부리지 않을까 하는 불안과 의혹을 가지고, 전광에 벌겋게 번쩍이는 양복쟁이의 곁뺨을 노려보고 섰었다.

여덟 눈과 네 개의 손은 앞에 뉘어놓은 트렁크 한 개에 모든 정력을 집중하고, 1초간의 빈틈없이 극도로 긴장했으면서도, 여덟 입술은 풀로 붙인 듯이, 아무도 입을 벌리려는 사람이 없었다. 절대 침묵이 한 간통쯤 되는 컴컴한 골짜기에, 밀운(密雲)같이 가득히 찼다. 비릿한 해기(海氣)를 품은 차디찬 저녁 바람이, 귓가로 솔솔 지날 때마다, 바삭바삭하는 종잇장 구기는 소리밖에, 나에게는 들리지 않았다. 그보다 큰 배에 짐 싣는 인부의 소리도, 잔교 밑에 와서 부딪는 출렁출렁하는 파도 소리도, 아마 이 네 사람의 귀에는 들리지 않았을 것이다. 무겁고 찌뿌드드한 침묵 속에 흐릿한 불빛에 싸여서, 서고 앉고 하여 꾸물꾸물하는 양이, 마치 바다에 빠진 시체를 건져놓고, 검시(檢屍)나 하는 것같이, 처량하고 비장하며 엄숙히 보였다. 그러나 1분 2분 3분 5분 10분······ 시간이 갈수록, 나의 머릿속은 귀와 반비례로 욱신욱신해졌다. 그 세 사람이, 일부러 느럭느럭하는 것은 아니건만, 빼앗아 가지고, 내 손으로 하고 싶을 만치 초초했다. 나는 참다 못해 시계를 꺼내 들고,

"인제는 2분밖에 안 남았소. 난 갈 테요" 하고 재촉을 하였다. 그제야, 양복쟁이는 눈에 불이 나게 놀리던 손을 쉬고, 서류 뭉텅이를 들어 뵈면서,

"이것만은 잠깐 내가 갖다가 보고, 댁으로 보내드려도 관계없겠지요?" 하고 일어선다.

나는 언하(言下)에 쾌락하였다. 사실 그 속에는, 집에서 온 최근의 편지 몇 장과 소설 초고와 몇 가지 원고 외에는 아무것도 없었다. 애를 써서 기록한 서류라야, 원래 나에게는 사회주의라는 '사'자나 레닌이라는 '레' 자는 물론이려니와, 독립이라는 '독' 자도 없을 것은, 나의 전공하는 학과만 보아도 알 것이었다. 아니 설령 내

가 볼셰비키에 관한 서적을 몇백 권 가졌거나 사회주의를 연구하거나, 그것은 학문의 연구라, 물론 자유일 것이요, 비록 독립 사상을 가진 나의 뇌 속을, X광선 같은 것이나 심사법(心寫法)으로 알았다 할지라도, 실행이 없는 다음에야 조사하기로, 소용이 무엇인가. ──이러한 생각은 나중에 생각한 것이지만, 그 당장에는 하여간 무사히 방면되어 배에 오르게 된 것만 다행히 여겨, 궐자들과 같이 허둥지둥 행구를 수습하여가지고 나섰다.

짐을 가볍게 해준 트렁크를 두 손에 들고, 어서 올라오라는 선원의 꾸지람을 들어가며 겨우 갑판 위에 올라오자, 기를 쓰는 듯한 경적과 말울음〔馬嘶〕 소리 같은 기적 소리가 나며, 신경이 재릿재릿한 징소리가, 교향적으로, 호젓이 암흑에 싸인 부두 일판에 처량하고도 요란하게 울렸다. 배는 소리 없이 미끄러져 벌써 두어 간통이나 잔교를 떨어졌다. 전송하러 온 여관 하인들이며 인부들의 그림자가 쓸쓸한 벌판에 성기성기 차차 조그맣게 눈에 띄고, 잔교 위에서 휘두르며 가는 등불이, 쓸쓸한 바람에 불려 길어졌다 짧아졌다 한다.

나는 선실로 들어갈 생각도 없이 으스름한 갑판 위에, 찬바람을 쐬어가며 웅숭그리고 섰었다. 격심한 노역과 추위에 피곤하여 깊은 잠에 들어가는 항구는, 소리 없이 암흑 속에 누웠을 뿐이요, 전시(全市)의 안식을 지키는 야광주는, 벌써부터 졸린 듯이 점점 불빛이 적어가고 수효가 줄어가면서, 깜작깜작 졸고 있다. 나는 인간계를 떠나서 방랑의 몸이 된 자와 같이, 그 불빛의 낱낱이 어떠한 평화로운 가정의 대문을 지키고 있으려니 하는 생각을 할 제,

선뜩선뜩한 별보다도 점점 멀리 흐려가는 불빛이 따뜻이 보였다. 나의 머릿속은 단지 혼돈하였을 뿐이요, 눈은 화끈화끈 할 뿐이다.

외투 포켓에다가 두 손을 찌르고, 어느 때까지 우두커니 섰는 내 눈에는, 어느덧 뜨끈뜨끈한 눈물이 비어져 나와서, 상기가 된 좌우 뺨으로 흘러내렸다. 찬바람에 산뜩산뜩 스며들어가는 것을, 나는 씻으려고도 아니하고 여전히 섰었다.

3

사람이란 자기보다 우월하거나 열등한 사람에게 대할 때같이, 자기의 지위나 처지라는 것을 명료히 의식할 때가 없다. 동위동격 자끼리는 경우가 같기 때문에 서로 공명(共鳴)하는 점도 많고 서로 동정할 수도 있을 뿐 아니라, 누가 잘난 체를 하고 누가 굽힐 여지가 없다. 그렇지만 우열이 상격(相隔)하면 공명이나 동정이라 하는 것보다는 먼저 자기의 지위나 처지에 대한 의식이 앞을 서서 한편에서는 거드름을 빼면, 한편에서는 고개가 수그러지고, 저편이 등을 두드리는 수작을 하면, 이편은 마음이 여린 사람일 지경 같으면, 황송무지해서 긴한 체를 해 보이기도 하고, 자존심이 굳센 자면 굴욕을 느껴서 반감을 품을 것이요, 또 저편이 위압을 하려는 태도로 나오면 이편은 꿈틀하여 납청장[7]이 되거나, 그렇지 않으면 반항적 태도로 나오는 것이다. 사회 조직이라든지, 교육이라든지,

한층 더 들어가서 사람의 심리가 근본적으로 잘되어 그렇든지 못되어 그렇든지 하여간 사람이란 그리 해보고 싶은 것이다.

그러나 자기가 저편보다는 낫다, 한손 접는다고 생각할 때에 느끼는 자랑과 기쁨이, 자기를 행복하게 하고 향상케 함보다는, 저편보다 못하다 감 잡힌다고 생각할 때에 일어나는 굴욕과 분개가 주는 불행과 고통과 저상(沮喪)이 곱이나 큰 것이다. 더구나 자존심이 강한 사람에게 대하여는, 보통 사람보다도 열 곱 스무 곱 백 곱이나 큰 것이다. 그뿐 아니라 그 우열감이 단순한 개인과 개인과의 관계를 벗어나서 집단적 배경이 있을 때에는, 순전한 적대심으로 변하는 동시에, 좁고 깊게 사람의 마음속에 파고들어앉아서, 혹은 노골적으로 폭발되기도 하고 혹은 은근히 일종의 세력을 기르게 되는 것이다.

그러나 그중에도 다행한 일은 자존심이 많고 의지가 강한 사람일수록 그 굴욕과 비분으로 말미암아 받는 바 불행과 고통과 저상이, 도리어 반동적으로 새로운 광명의 길로 향하여 용약하게 하는 활력소가 된다는 것이다. 그러나 사람이란 얼마나 강한지 의문이다. 약하기 때문에 잘난 체도 해보고, 약한 죄로 남을 미워도 해보고, 웃지 않을 때에 웃어도 보며 울지 않아도 좋을 것을 울고야 마는 것이라고 생각하는 나는, 나 자신까지를 믿을 수가 없다.

되지 않게 감상적으로 생긴 나는 점점 바람이, 세차가는 갑판 위에서 나오는 눈물을 억제하여가며 가만히 섰다가, 목욕한 뒤의 몸이 발끝부터 차차 얼어 올라오는 것을 견디다 못하여, 가방을 좌우쪽에 들고 다시 선실로 기어들어갔다. 아까 잡아놓았던 자리는 물론 남에게 빼앗기고 들어가서 낄 자리가 없었다. 나는 실없이 화가 나서 선원을 붙들어가지고 겨우 한구석에 끼었으나 어쩐지 좌우에 늘어앉은 일본 사람이 경멸하는 눈으로 괴이쩍게 바라보는 것 같았다. 사가지고 다니던 벤또를 먹을까 해보았으나, 신산하기도 하고 어쩐지 어깨가 처지는 것 같아서, 외투를 뒤집어쓰고 드러누워버렸다.

동경서 시모노세키까지 올 동안은 일부러 일본 사람 행세를 하려는 것은 아니라도 또 애를 써서 조선 사람 행세를 할 필요도 없는 고로, 그럭저럭 마음을 놓고, 지낼 수가 있지만, 연락선에 들어오기만 하면 웬 셈인지 공기가 험악해지는 것 같고 어떠한 기분이 덜미를 잡는 것 같은 것이 보통이다. 그러나 이번처럼 휴대품까지 수색을 당하고 나니 불쾌한 기분이 한층 더하지 않을 수 없었다. 눈을 감고 드러누워서도 분한 생각이 목줄띠까지 치밀어 올라와서 무심코 입술을 악물어보았다. 그러나 사면을 돌아다보아야 분풀이를 할 데라고는 없다. 설혹 처지가 같고 경우가 같은 동행자를 만난다 하더라도 하소연을 할 수는 없다. 왜 그러냐 하면 여기는 배 속이니까 그렇다는 말이다. 나를 한손 접고 내려다보는 나보다 훨씬 나은 양반들이 타신 배이기 때문이다.

그 이튿날이었다. 밝기가 무섭게 하나 둘씩 부스스부스스 일어나서 쿵쾅거리며 오르락내리락하는 바람에, 나도 일어나서 세수를 했다. 수백 명이나 되는 식구가 송사리 새끼 끼우듯이 끼여서 자고 난, 판도방* 같은 속이 지저분하기도 하고 고약한 냄새에 머릿골이 아파서 나는 치장을 차리고 갑판으로 나갔다. 훨씬 해가

돋지는 못해서 물은 꺼멓게 보일 뿐이요 훤한 하늘에는 뿌연 구름이 처져 있는 것이 희미하게 보이나, 아직도 컴컴스레하였다. 춥기는 하지만 그래도 상쾌하다. 선실 속에서는 벌써 아침밥이 시작되었는지 연해 밥통을 날라 들여가고 갑판에 나왔던 사람들도 허둥지둥 뒤쫓아 들어가는 모양이다.

이 삼등실에 모인 인종들은 어디서 잡아온 것들인지 내남직할 것 없이 매사에 경쟁이다. 들어가는 것도 경쟁, 나오는 것도 경쟁, 자는 것도 경쟁, 먹는 것에 이르러서는 한층 더한 것이 예사이다. 조금만 웬만하면 이등을 타겠지만, 씀씀이가 과한 나로는 어느 때든지 지갑이 얄팍얄팍하여서도 못 타게 되고, 그 돈으로 술 한 잔이라도 사 먹겠다는 타산도 없지 않아서, 대개는 이 무료 숙박소 같은 데에서 밤을 새는 것이다. 하여간 차림차림으로 보든지 하는 짓으로 보든지 말씨로 보든지 하층 사회의 아귀당들이 채를 잡았고, 간혹 하급 관리 부스러기가 끼여 있을 따름이다. 나는 그들을 볼 제 누구에게든지 극단으로 경원주의를 표하고 근접을 안 하려고 하지만, 그것은 나 자신보다는 몇 층 우월하다는 일본 사람이라는 의식으로만이 아니다. 단순한 노동자라거나 무산자라고만 생각할 때에도, 잇살을 어우르기가 싫다. 덕의적(德義的) 이론으로나 서적으로는 소위 무산계급이라는 것처럼, 우리 친구가 되고 우리 편이 될 사람은 없다고 생각하면서도, 실제에 그들과 마주딱 대하면 어쩐지 얼굴을 찌푸리지 않을 수 없었다. 혹은 그들에게 대한 혐오가 심해지면 심해질수록, 그 원인이 그들 자신에게 있는 것이 아니라는 논법으로, 더욱더욱 그들을 위하여 일을 해야겠다는 결론에 이르게 될지는 모르나, 감정상으로 그들과 융합할 길이 없다는 것은 아마 엄연한 사실일 것이다.

나는 이런 생각을 하다가 어제 저녁도 궐하였기 때문에, 시장한 증이 나서 선실로 기어들어갔다. 한차례 치르고 난 식탁 앞에 우글우글하는 사람 떼가 꺼멓게 모여 서서 무엇인지 말다툼을 하고 있는 모양이다.

"······그래, 갖다놓기 전에 와서 앉으면 어떻단 말이야?"

신경질로 생긴 바짝 마른 상에 독기를 품고 빽빽 소리를 지르는 것은, 윗수염이, 까무잡잡하게 난 키가 조그만 사람이다. 그리 상스럽지 않은 얼굴로 보아서, 어떤 외동다리 금테'쯤은 되어 보인다.

"글쎄, 그래두 안 돼요. 차례가 있으니까, 지금부터 앉아 있어도 안 드려요."

검정 학생복을 입은 선원은 골을 올리려는 듯이 순탄한 어조로 번죽번죽 대꾸를 하고 섰다.

"그래 우리로 말하면 이 배의 손님이지? 그래 손님을 그따위로 대접하는 법이 어디 있단 말이야······? 대관절 우리를 요보로 알고 하는 수작이란 말야?"

애꿎은 요보를 들추어낸다.

"누가 대우를 어떻게 했단 말예요? 밥상을 차려놓거든 와서 자시라는 게 무에 틀렸단 말씀이우?"

"급하니까 얼른 가져오라는 게, 어째서 잘못이란 말이야? 조선에서만 볼 일이지만, 참 그래 무얼루 호기를 부린담?"

까만 수염을 가진 자의 어기가 차차 줄어가는 것을 보고 섰던 구경꾼 속에서는, 불길을 돋우려는 듯이,

"두들겨주어라, 되지 않게 관리 행세를 하려구, 건방지게……"

"참 건방진 놈이다."

"되지 않은 놈이, 하급 선원쯤 되어가지고 관리 행세는, 마뜩찮게…… 흥!"

　이런 소리가 여기저기서 떠들썩한다. 관리면은 으레 그렇게 해도 관계없고 또 자기네들도 불복이 없겠다는 말씨다.

"도시 조선의 철도가 관영(官營)이기 때문에 저런 것까지 제가 젠척을 하는 거야. 사유 같으면야 꿈쩍이나 할 텐가."

　누구인지 일리 있는 듯한 이런 소리를 하는 분개가도 있다. 여러 사람이 와짝 떠드는 바람에 선원도 입을 닫고 슬슬 빠져 달아나기 때문에 싸움은 그만 하고 흐지부지했다. 그 자리에 모였던 사람은 그대로 식탁에 부산히들 둘러앉았다. 나는 그 싸우는 양이 더러워 보이기도 하고 마음에 께름하여 다시 바깥으로 나가려다가, 그래도 고픈 배를 참을 수가 없어서 누가 권하는 것은 아니지만, 마지못해 먹는 것처럼 제출물에 쭈뼛쭈뼛하며 한구석에 끼어앉아 먹기를 시작했다.

　'먹는 데 더러우니, 구구하니 아귀들이니 하여도 배가 고프면 하는 수 없는 거다.'

　젓가락을 짓고 물을 마시며, 나는 이런 생각을 해보고 혼자 뱃속으로 웃었다.

　선실 속에서는 쌈 싸우듯 해가며 겨우 아침밥들을 먹고 와서는

이 구석 저 구석에서 짐들을 꾸리는 빛에, 애를 써서 먹은 밥을 다시 꿱꿱하며 도르는 빛에, 또 한참 야단이다. 나도 밥을 먹고 나니까 어쩐지 메슥메슥한 증이 나서 자기 자리로 가서 누웠었다.

육지가 차차 가까워오는지 배가 그리 흔들리지도 않고 선객의 반분쯤은 벌써부터 갑판으로 나갔다. 나도 짐을 꾸려가지고 나갔다. 의외에 퍽 가까워진 모양이다. 선원들은 오르락내리락 갈팡질팡하며 상륙할 준비에 분주하고 경적은 쉴 새 없이 처량한 우렁찬 소리를 아침 바람에 날린다. 승객들은 일 이등과 격리를 시키려고 인줄같이 막아 맨 밑에 우글우글 모여 서서 제각기 앞장을 서려고 또 한참 법석이다. 그래야 일 이등의 귀객들이 다 나간 뒤라야 풀릴 것을……

배는 잔교에 와서 닿았다.

"영치기영차, 영치기영차."

닻줄을 낚는 인부들 틈에서 누렇게 더러운 흰 바지저고리를 입은 조선 노동자가 눈에 띨 제, 나는 그래도 반가운 것 같기도 하고, 마음이 턱 놓이는 것 같았다.

배에서 끌어내린 층층다리가 잔교 위에 걸리니까, 앞장을 서서 올라오는 것은 흰 테 두른 벙거지를 쓰고 외투를 입은 순사보와 육혈포 줄을 어깨에 늘인 일본 순사하고, 누런 복장에 역시 육혈포의 검은 줄을 늘인 헌병이다. 그들은 올라오는 길로 배에서 내려서는 어귀에 좌우로 지키고 서고 그다음에는 이쪽저쪽에서 승객이 통해 나가는 길의 중간에 지키고 섰다. 이같이 경관과 헌병이 소정한 자리에 서니까, 그제서야 일 이등 승객이 하나둘씩 풀리기 시작하였다. 교통 차단을 당한 우리들 삼등객은, 배 속에 갇힌 유난민(遊難民) 모양으로 매우 부러운 듯이 모든 광경을 바라만 보고 섰었다.

"삼 원이로군! 삼 원만 더 내었더면 한번 호강해보는군!"

이런 소리가 복작대는 속에서 들렸다. 이번에는, 우리들도 내리게 되었다. 나는 한중턱에서 천천히 걸어나갔다. 층계에서 한 발을 내려디딜 때에는 뒤에서 외투 자락을 잡아당기는 것 같았다. 그러나 열 발자국을 못 떼어놓아서 층계의 맨 끝에는 골똘히 위만 쳐다보고 섰는 네 눈이 있다. 그것은 육혈포도 차례에 못 간 순사보와 헌병 보조원의 눈이다. 그 사람들은 물론 조선 사람이다.

나는 될 수 있는 대로 태연히 그들에게는 눈도 거들떠보지도 않고 확실한 발자취로 최후의 층계를 내려섰다.——될 수 있으면 일본 사람으로 보아달라는 요구인지 기원인지를 머릿속에 쉴 새 없이 뇌면서…… 그러나 나의 그 태연한 태도라는 것은 도살장에 들어가는 소의 발자취와 같은 태연이다.

"여보, 여보."——물론 일본말로다.

나는 나의 귀를 의심하였다. 으레 한 번은 시달리려니 하는 생각이 있었기 때문에 공연히 부르는 듯싶었다. 나는 모르는 체하고 두서너 발자국 떼어놓았다. 하니까 이번에는 좌우편에 쭉 늘어섰던 사람 틈에서, 일복(日服)에 인버네스를 입은 친구가, 우그려 쓴 방한모 밑에서, 이상하게 번쩍이는 눈을 무섭게 뜨고 앞을 탁 막는다. 나의 등에서는 식은땀이 쭈르륵 흘렀다.

"저리 잠깐 가십시다."——인버네스는 위협하듯이, 한마디 하고 파출소가 있는 방향으로 나를 끌었다. 나는 잠자코 따라섰다. 뭣도 모르는 지게꾼은 발에 채이도록 성화가 나서, "나리, 나리" 하며 쫓아온다. 그 소리에는 추위에 떠는 듯도 하고, 돈 한 푼 달라고 애걸하는 것같이 스러져가는 애조가 있었다. 나는 고개만 흔들면서 가다가, 파출소로 들어갔다.

파출소에 들어선 나는 시모노세키에서 조사를 당할 때와도 다른 일종의 막연한 공포와 불안에 말이 얼얼해졌다. 더구나 일본서 그런 종류의 사람들에게 대하듯이 다소 산만하게 할 수 없다는 생각이 머리에 떠올라와서, 제풀에 자기를 위압하는 자기의 비겁을 내심에 스스로 웃으면서도, 어쩐지 말씨도 자연 곱살스러워지고, 저절로 고개가 수그러지는 것 같았다.

형사의 심문은 판에 박은 듯이 의외에 간단하였다. 나중에 가방에는 무엇이 들어 있느냐 하기에, 나는 시모노세키에서 빼앗길 것은 다 빼앗겼으니까, 볼만한 것은 없겠지만, 그래도 미심쩍거든 열어보라고 열쇠를 꺼내서 주려고 하였다. 아무리 형사라도 사람이란 우스운 것이다. 열쇠까지 내어주니까 웃으면서 그만두라고 하며, 생색이나 내는 듯이 어서 나가라고 쾌쾌히 내쫓는다. 아마 시모노세키서 온 형사에게 벌써 자세한 이야기를 듣고 있는 모양 같았다. 나는 안심하였다는 듯이 한숨을 휘 쉬고 나와서, 위선 짐을 지게꾼에게 들려가지고, 정거장으로 가서 급히 맡겨놓고 혼자 나섰다.

4

구차한 놈이 물에 빠지면 먼저 뜰 것은, 물어보지 않아도 주머
니뿐이다. 운이 좋아야 한 달 30일에 29일을 젖혀놓고, 마지막 날
하루만은 삼대 주린 놈이 밥 한 술 뜨니만큼 부푸는 것이 구차한
놈의 주머니다. 그러나 그것도 겨우 몇 시간 동안이다. 그리고 남
는 것은 돈에 날개가 돋쳤다는 원망뿐이다.

'엥, 돈이란 조화가 붙었어! 그저 한 푼 두 푼 흐지부지 어느 틈
에 어떻게 빠져달아나는지, 일 원짜리를 바꾸어 넣어도 그만이요,
십 원짜리를 바꾸어 넣어도 그만이니 이 노릇이야 해먹을 수 있
담!'

피천 닢도 남지 않은 두 겹이 짝 달라붙은 주머니를 까불면서,
하늘을 쳐다보고 하는 소리가 겨우 이것밖에 안 되지만, 결국에
도달하는 결론이라는 것은, '그저 굶어 죽으라는 세상이야' 라는
한마디에 지나지 않는다.

그도 그럴 것이 워낙이 구차한 놈이 가뭄에 콩나기로, 돈 원이
나 돈 10원 얻어걸린대야, 어디에다가 어떻게 별러 써야 할지 모
르는 데다가, 뒤주 밑이 긁히면 밥맛이 더 있다는 셈으로 없는 놈
이 돈푼 만져보면 조상 대부터 걸려보지 못하던 것이나 얻은 듯
이, 전후 불각하고 쓸데 안 쓸데 함부로 써버려야지, 한푼이라도
까불리지를 못하고 몸에 지녀두면 병이 되는 것이 구차한 놈의 상
례다. 구차하기 때문에 이러한 얌전한 버릇이 있는 것인지, 이

따위로 버릇이 얌전하여 구차한 것인지는 별문제로 치고라도, 어떻든 자기도 모르는 중에 흐지부지 까불리고 나서 안타까워하는 것이 구차한 놈의 갸륵한 팔자라는 것이다.

그러나 이러한 팔자가 좋고 그른 것은 제2문제로 하고 하여간 조선 사람의 팔자를 아무리 비싸게 따져본대야, 이보다 더 나을 것도 없고 더 신기할 것도 없다. 부산이라 하면 조선의 항구로는 제일류요, 조선의 중요한 문호라는 것은, 소학교에 한 달만 다녀도 알 것이다. 사실 부산은 조선의 유일한 대표이다. 조선을 축사(縮寫)한 것, 조선을 상징한 것은 과연 부산이다. 외국의 유람객이 조선을 보고자 하면, 위선 부산에만 끌고 가서 구경을 시켜주면 그만일 것이다. 거룩한 부산! 조선을 짊어진 부산! 부산의 팔자가 조선의 팔자요, 조선의 팔자가 곧 부산의 팔자였다.

나는 배 속에서 아침은 먹었건만, 출출한 듯하기도 하고 두세 시간 남짓이나 시간이 남았고, 늘 지나다니는 데건만 이때껏 시가에 들어가서 구경해본 일이 없기에, 위선 조선 음식점을 찾아보기로 하고 나섰다.

부두를 뒤에 두고 서(西)로 꼽들어서 전찻길 난 데로만 큰길로 걸어갔으나, 좌우편에 모두 이층집이 쭉 늘어섰을 뿐이요, 조선집 같은 것이라고는 하나도 눈에 띄는 것이 없다. 이삼 정(町)도 채 가지 못해서 전찻길은 북으로 꼽들이게 되고, 맞은편에는 색색의 극장인지 활동사진관인지 울그데불그데한 그림 조각이며 깃발이 보일 뿐이다. 삼거리에 서서 한참 사면팔방을 돌아다보다 못하여 지나가는 지게꾼더러 조선 사람의 동리를 물었다. 지게꾼은 한참 머뭇거리며 생각을 하더니 남편으로 뚫린 해변으로 나가는 길을 가리키면서 그리 들어가면 몇 집 있다 한다. 나는 가리키는 대로 발길을 돌렸다. 비릿하기도 하고 고릿하기도 한 냄새가 코를 찌르는 해산물 창고가 드문드문 늘어선 샛골짜기를 빠져서, 이리저리 휘더듬어 들어가니까, 바닷가로 빠지는 지저분하고 좁다란 골목이 나타났다. 함부로 세운 허술한 일본식 이층집이 좌우편에 오륙 채씩 늘어 섰는 것이 조선 사람의 집 같지는 않으나 이 문 저 문에서 들락날락하는 사람은 조선 사람이다. 이 집 저 집 기웃기웃하며 빠져나가려니까, 어떤 이층에는 장고를 세워놓은 것이 유리창으로 비쳐 보였다. 그러나 문간에는 대개 여인숙이라는 패를 붙였다. 잠깐 보기에도 이런 항구에 흔히 있는 그러한 종류의 영업을 하는 데인 것이 분명하다. 그러나 계집이라고는 씨알머리도 볼 수가 없다.

'아마, 배갈잔이나 퍼부어가며 뚱땅거리고 밤을 새다가, 낮을 밤으로 알고 자빠져 있는 게로군.'

나는 이런 생각을 하며 돌쳐 나오다가, 들어가보고 싶은 호기심이 불쑥 났으나, 차 시간이 무서워서 걸음을 재쳤다. 다시 큰길로 빠져나와서 정거장으로 향하다가 그래도 상밥 파는 데라도 있으리라 하고 이 골목 저 골목 닥치는 대로 들어가보았다. 서울 음식같이 간도 맞지 않을 것이요 먹음직할 것도 없겠지만, 무엇보다도 김치가 먹고 싶고 숟가락질이 해보고 싶었다. 그러나 조선 사람집 같은 것은 그림자도 보이지 않았다. 간혹 납작한 조선 가옥이 눈에 띄나 가까이 가서 보면 화방[10]을 헐고 일본식 창살틀을 박지 않은 것이 없다. 그러나 우스운 것은 얼마 되지도 않는 시가이지만 큰길이고 좁은 길이고 거리에 나다니는 사람의 수효로 보면 확실히 조선 사람이 반수 이상인 것이다.

'대체 이 사람들이 밤이 되면 어디로 기어들어가누?' 하는 생각을 할 제, 큰 의문이 생기는 동시에 그 불쌍한 흰옷 입은 백성의 운명을 생각해보지 않을 수 없다.

몇천 몇백 년 동안 그들의 조상이 근기 있는 노력으로 조금씩조금씩 다져놓은 이 토지를, 다른 사람의 손에 내던지고 시외로 쫓겨나가거나 촌으로 기어들어갈 제, 자기 혼자만 떠나가는 것 같고, 자기 혼자만 촌으로 기어가는 것 같았을 것이다. 땅마지기나 있던 것을 까불려버리고, 집 한 채 지녔던 것이나마 문서가 이 사람 저 사람의 손으로 넘어 다니다가, 변리에 변리가 늘어서 내놓고 나가게 될 때라도, 사람이 살려면 이런 꼴도 보고 저런 꼴도 보는 것이지 하며, 이것도 내 팔자소관이라는 안가(安價)한 낙천이나 단념으로 대대로 지켜 내려오던 고향을 등지고, 문밖으로 나가고 산으로 기어들 뿐이요, 이것이 어떠한 세력에 밀리기 때문이거나 혹은 자기가 견실치 못하거나, 자제력과 인내력이 없어서 깝살리고 만 것이라는 생각은 꿈에도 없다. 그리하여 천 가구면 천 가구에서 한 집쯤 줄었어야, 다만 '아무개네는 이번에 아무 촌으로 이사를 간다네' 하며 그야말로 동릿집 이야기 삼아, 저녁밥 후의 인사 대신으로 주고받을 뿐이요, 어떠한 사정이 어떻게 되어서 한 가구가 주는지 그 내막이야 아무도 모를 것이다. 그뿐 아니라 천 가구에서 한 가구쯤 줄어진대야, 남은 구백구십구 가구에게 대하여는 별로 영향이 없을 것이요, 또 한 가구가 줄었는지 늘었는지 조차 판연(判然) 부지(不知)로 있는 사람이 대부분일 것이다. 이같이 해 한 집 줄고 두 집 줄며 열 집 줄고 백 집 주는 동안에 쓰러져가는 집은 헐려 어느 틈에 새 집이 서고, 단층집은 이층으로 변하며, 온돌이 다다미(疊)가 되고 석유불이 전등이 된다.

'아무개 집이 이번에 도로로 들어간다데' 하며 곰방담뱃대에 엽초를 다져 넣고 뻑뻑 빨아가며, 소견(消遣) 삼아 숙덕거리다가 자고 나면, 벌써 곡괭이질 부삽질에 며칠 어수선하다가 전차가 놓이고, 자동차가 진흙덩어리를 튀기며 뿡뿡 달아나가고, 딸꾹 나막신 소리가 날마다 늘어가고, 우편국이 들어와 앉고, 군아가 헐리고 헌병 주재소가 들어와 앉는다. 주막이니 술집이니 하는 것이 파리채를 날리는 동안에 어느덧 한구석에 유곽이 생겨 샤미센(三味線) 소리가 찌링찌링 난다. 매독이니 임질이니 하는 새 손님을 맞아들인 촌서방님네들이, 병원이 없어 불편하다고 짜증을 내면 너무 늦어 미안하였습니다 하는 듯이 체면 차릴 줄 아는 사기사가 대령을 한다. 세상이 편리하게 되었다.

'우리 고향엔 전등도 놓이고 전차도 개통되었네. 구경 오게, 얌전한 요릿집도 두서넛 생겼네. ……자네 왜갈보 구경했나? 한번 보여줌세.'

몇천 년 몇백 대 동안 가문에 없고 족보에 없던 일이 생겼다. 있는 대로 까불릴 시절이 돌아왔다. 편리해 좋아, 번화해 좋아, 놀기 좋아 편해하며 한 섬지기 팔면, 한편에서는,

'우리겐 인제 이층집도 꽤 늘고, 양옥도 몇 개 생겼네. 아닌 게

아니라 여름엔 다다미가 편리해, 위생에도 매우 좋은 거야' 하고 두 섬지기 깝살릴 수밖에 없게 된다. 누구의 2층이요 누구를 위한 위생이냐.

양복쟁이가 문전 야료를 하고, 요리 장수가 고소를 한다고 위협을 하고, 전등 값에 몰리고, 신문 대금이 두 달 석 달 밀리고, 담배가 있어야 친구 방문을 하지 전찻삯이 있어야 출입을 하지 하며 눈살을 찌푸리는 동안에 집문서는 식산은행의 금고로 돌아 들어가서 새 임자를 만난다. 그리하여 또 백 가구 줄어지고 또 이백 가구 줄었다.

'어디 살 수가 있어야지. 암만해두 촌살림이 좋아, 땅이라두 파먹는 게 안전해!' 하며 쫓겨 나가고 새로 들어오며 시가가 나날이 번창해가는 동안에 천 가구의 최후의 한 가구까지 쓸려 나가고야 말지만, 천번째 집이 쫓겨 나갈 때에는, 벌써 첫째로 나간 사람은 오동잎사귀의 무늬를 박은 목배(木杯)를 행리에 넣어가지고, 압록 강을 건너가 앉아서, 먼 길의 노독을 배갈 한잔에 풀고 얼쩡하여 앉았을 때다.

'까불리는 백성, 그들이 부지깽이 하나 남기지 않고 들어내이고 집어내일 때에 자기가 이 거리에서 쫓겨 나갈 줄이야 몰랐으렷다. 구차한 놈이 주머니를 털 적에 내일부터 밥을 굶을지 거리에 나앉을지 저도 모르게, 최후의 1전까지를 말리듯이. 그러나 이 시가의 주인인 주민이 하나 둘씩 시름시름 쫓겨 나갈 제, 오늘날 씨알머리도 남지 않고 아주 딴판의 새 주인이 독점을 하리라는 것은 한 사람도 꿈에도 정신을 차리지 못했으렷다. 역시 구차한 놈의 주머

니가 털리듯이 부지불식간에 그럭저럭 흐지부지 자취를 감추고
만 것이다⋯⋯'

이런 생각을 해볼 제, 잣단[11] 세간 나부랭이를 꾸려가지고 북으
로 북으로 기어 나가는 '패자의 떼'의 쓸쓸한 뒷모양이 눈에 보이
는 것 같다. 나는, 그리 늦을 것은 없으나 쓸쓸한 찬바람이 도는
큰길을 헤매기가 싫어서 총총걸음을 걷다가, 어떤 일본 국숫집 문
간에서 젊은 계집이 아침 소제를 하고 있는 것을 보고 별안간 들
어가보고 싶은 생각이 나서 우뚝 섰다. 이때까지 혼자 분개하고
혼자 저주하던 생각은 감쪽같이 스러지고 눈에 보이는 것은 걷어
올린 옷자락 밑에 늘어진 빨간 고시마기[12]하고 그 아래에 하얗게
나타난 추울 듯한 폭신폭신한 종아리다.

"들어오세요."

모가지에만 분때가, 허옇게 더께가 앉은 감숭한 상을 쳐들며 나
를 맞았다. 뒤를 이어서,

"오십쇼, 들어오십쇼" 하고 줄레줄레 나와서 맞아들이는 계집애
가 두셋은 되었다.

이러한 조그마한 집에 젊은 계집이 네다섯씩이나 있는 것은 물
어보지 않아도 알조다. 나는, 걸려드나 보다 하는 불안이 있으면
서도 더러운 호기심을 가지고 2층으로 올라가서, 인도하는 대로
구석방에 들어가서 앉았다. 위선 술을 데우라 하고 간단한 음식을
시키고 앉았으려니까, 다른 하녀가 화롯불을 가지고 바꾸어 들어
왔다. 화로에 불을 쏟아놓고 화젓가락으로 재를 그러모으며 앉았
던 계집애는, 젓가락을 든 손을 잠깐 쉬며,

"어디까지 가세요?" 하고 나를 쳐다본다. 넓은 양미간이 을크러 져서 음침하기도 하고 이맛전이 유난히 넓기 때문에 여무져 보이 지는 않으나, 그래도 해끄무레한 예쁘장스러운 상이다.

"서울까지…… 너는 어디서 왔니?"

"서울까지예요? 참 서울 구경을 좀 했으면…… 여기보다 좋겠 지요."

묻는 말에는 대답을 안 하고 이런 소리를 한다.

"그리 좋을 것은 없어도 여기보다는 좀 낫지."

이때에 음식을 날라 올려왔다. 나는 술에 걸신이 들린 사람처 럼, 몇 잔이나 폭배를 하고 나서, 계집애들에게도 권하였다. 별로 사양들도 안 하고 돌려가며 잔을 주고받는다. 이번에는 다른 계집 애가 갈아 들어오는 술병을 들고 들어왔다. 이 계집애도 판을 차 리고, 화로 앞에 앉는다. 이쁘든 밉든 세 계집애를 앞에다가 놓고 앉아서 술을 먹는 것은 그리 싫을 것은 없지만, 너무 염치가 없이 무례하고 뻔뻔하게 구는 데에는, 밉살맞고 불쾌하지 않을 수 없었 다. 술 한잔이라도 얻어걸린다는 것보다는, 주인에게 한 병이라도 더 팔게 해주는 것이 이 사람들의 공로요, 주인의 따뜻한 웃는 얼 굴을 보게 되는, 첫째 수단이니까, 그리하는 것도 이 사회의 도덕 으로는 용서도 할 만한 일이지만, 내가 조선 사람이기 때문에 한 층 더 마음을 놓고 더욱이 체면도 안 차리고 저희 마음대로 휘두 르며, 서넛씩 몰켜 들어와서, 넙적넙적 주는 대로 받아먹고 앉았 는가 하는 생각을 할 제, 될 수 있는 대로는 계집애들을 업신여기 고 조롱하는 태도를 취하려고, 대가리에 피도 안 마른 것이 어느 틈에 술을 배웠느냐는 둥 코밑이 정해진 지가 며칠도 못 되었으리라는 둥 하며 놀렸다. 그래도 그중에 화롯불을 가져온 계집애는 다른 것들처럼 그렇게 기승스러운 것 같지도 않고, 조용하다는 것보다는, 저희들 중에서도 좀 쫄려 지낸다는 듯이 한풀이 죽어서, 실없는 소리를 주거니 받거니 하며 떠드는 꼴만 웃으며 가만히 바라보고 앉았다.

"담바구야, 담바구야, 동래(東萊)나 우루산(蔚山)의 담바구야……"

"잘 하는구먼. 그러나 너희들은, 몇 해나 되었니? 여기 온 지가."

한 년이 담바귀타령의 입내를 우습게 내며 콧노래를 부르는 것을 들으며 물었다. 이것이, 조선에 와 있는 일본 사람에게는 남녀를 물론하고 누구더러든지 물어보는 나의 첫인사다. 그것은 얼마나 조선 사람에게 대하여 오만한 체를 하며 건방진 체를 하는가 그 정도를 촌탁해보기 위해 그리하는 것이다. 아무리 불량하게 생긴 노가다패(우리 조선 사람은 일본 노동자를 특히 이렇게 부른다)라도, 처음에는 온순할 뿐 아니라 도리어 이국 풍정에 어두우니만치 일종의 공포를 품는 것이 보통이지만, 반년 있어 다르고, 1년 있어 달라진다. 5년 10년 내지 20년이나 있어서 조선의 이무기가 된 자에 이르러서는 더 말할 것도 없는 것이다. 그러나 여기서 제군이 생각할 것은 어찌하여 1년 2년 5년 10년…… 해가 갈수록 그들의 경모(輕侮)하는[13] 생각이 더욱더욱 늘어가고, 따라서 십 배 백 배나 오만무례하도록 만들었느냐는 것이다.

여기에는 여러 가지 이유가 있을 것이다. 그러나 이것만은 사실이다——조선 사람은 외국인에게 대하여 아무것도 보여주지 않았으나, 다만 날만 새면, 자릿속에서부터 담배를 피워 문다는 것, 아침부터 술집이 분주하다는 것, 부모를 쳐들거나 내가 네 아비니, 네가 내 손자니 하며 농지거리로 세월을 보낸다는 것, 겨우 입을 떼어놓은 어린애가 엇먹는" 말부터 배운다는 것, 주먹 없는 입씨름에 밤을 새고 이튿날에는 대낮에야 일어난다는 것…… 그 대신에 과학적 지식이라고는 솥뚜껑이 무거워야 밥이 잘 무른다는 것도 모른다는 것을, 외국 사람에게 실물로 교육을 하였다는 것이다. 하기 때문에 그들이 조선에 오래 있다는 것은 그들이 우리를 경멸할 수 있다는 이유와 원인을 많이 수집했다는 의미밖에 안 되는 것이다.

"담바구야 담바구야…… 노이구곤 오데기루네……"

입을 이상하게 뾰족이 내밀었다 방긋 벌렸다 하고, 젓가락으로 화롯전을 두들겨가며 장단을 맞춰서 콧노래를 하다가 뚝 그치더니,

"얘가 제일 잘해요. 우리는 온 지가 삼사 년밖에 안 되었지만……" 하며, 벙벙히 앉았는 화롯불 가져온 아이를 가리켰다.

"응! 그래? 너는 얼마나 있었길래?"

말땀도 별로 없이 조용히 앉았는 것이, 어디로 보아도 건너온 지 얼마 안 되는 숫보기로만 생각하였던 것이, 조선 소리를 잘한다는 것은, 정말 의외였다.

"예서 아주 자라났답니다. 쟤 어머니가 조선 사람인데요" 하며, 담바귀타령을 하던 계집이, 이때까지 하고 싶던 이야기를 겨우 하게 되었다는 듯이 입이 재게 대신 대답을 하고 나서, "그렇지!"

하며 당자의 얼굴을 들여다보았다. 그 소리가 너무도 커닿기 때문에 조소하는 것같이 들렸다. 일인 아비와 조선인 어미를 가졌다는 계집은 히스테리컬하게 얼굴이 주홍빛이 되고 눈초리가 샐룩해졌다. 어쩐지 조선 사람의 어머니를 가진 것이 앞이 굽는다는 모양이다.

"정말 그래? 그럼 어머니는 어디 있기에?"

나는 호기심이 생겨서 물었다.

"……대구에 있어요."

고개를 숙이고 앉았다가 간신히 쳐들면서 대답을 한다.

"그런데 왜 여기 와서 있니? 소식은 듣니?"

왜 여기까지 와서 있느냐고 묻는 것은 우스운 수작이지만 나는 정색으로 이렇게 물었다.

그 계집은 생글생글하며 나를 쳐다보더니,

"글쎄 그러지 않아도 누가 대구 가시는 이나 있으면 좀 부탁을 해서 알아보고 싶어도, 그것도 안 되구…… 천생 언문으로 편지를 쓸 줄 알아야죠" 하며 이번에는 어이가 없다는 듯이 커다랗게 웃었다. 그것은 분명히 자기자신을 조소하는 웃음이었다.

"그럼 아버지하군 지금 헤어져 사는 모양이구나?"

"그야 벌써 헤어졌지요. 내가 열 살 적인가? 아홉 살 적에 나가사키(長崎)로 갔답니다."

"그래, 그후에도 소식은 있니?"

"한참 동안은 있었는데 지금은 어떻게 되었는지…… 하지만, 이 설이나 쇠고 나건 찾아가볼 테여요."

하며, 흑흑 느끼듯이 또 한 번 어색하게 웃었다. 그 웃음은 어느 때든지 자기의 기이한 운명을 스스로 조소하면서도 하는 수 없다는 단념에서 나오는, 말하자면 큰일을 저지르고, 하도 깃구멍이 막혀서 나오는 웃음 같았다.

"아무리 조선 사람이라도 길러낸 어머니가 정다울 테지? 너의 아버지란 사람이 어떤 사람인지는 모르겠다만, 지금 찾아간대야 그리 반가워는 아니할걸!"

조선 사람 어머니에게 길리어 자라면서도 조선말보다는 일본말을 하고, 조선 옷보다는 일본 옷을 입고, 딸자식으로 태어났으면서도 조선 사람인 어머니보다는 일본 사람인 아버지를 찾아가겠다는 것은 부모에 대한 자식의 정리를 초월한 어떠한 이해관계나 일종의 추세라는 타산이 앞을 서기 때문에 이별한 지가 벌써 칠팔 년이나 된다는 아비를 정처도 없이 찾아 나서려는 것이라고 생각할 제, 이 계집애의 팔자가 가엾은 것보다도 그 어미가 한층 더 가엾다고 생각지 않을 수 없었다.

"어머니도 불쌍하지만, 아버지두 나쁜 사람은 아니니까, 찾아가면 설마 내쫓기야 할까요" 하며 아범을 찾아가면 어떻게 맞아줄까 하는 그 광경이나 그려보듯이 멀거니 앉았다.

"그래두 어머니가 조선 사람이니까 싫구, 조선이니까 떠나겠다구 하는 게지, 조선이 일본만큼 좋았더면 조선 사람 뱃속에서 나왔다기로서니 불명예 될 것도 없고, 아버지를 찾아가려는 생각도 아니 났을 테지?"

나는 물어보지 않아도 좋을 것까지 짓궂이 물었다. 계집애는 잠자코 웃을 뿐이었다. 나는 이야기가 더 하고 싶은 생각이 없지 않았지만 어느 때까지 능장을 부리고 앉았을 수도 없어서 새로 들여온 밥을 먹기 시작하였다.

"애, 이 양반께 데려다달라구 하렴! 너야말로 후레딸년이다. 어미를 내버리고 뛰어나오는 망할 년이 어디 있단 말이냐."

담바귀타령 하던 계집이 반분은 놀리듯이 반분은 꾸짖듯이 찧고 까불기 시작한다.

"참 그러는 게 좋겠지. 여기 있어야 무슨 신기한 꼴이나 볼 줄 아니? 나 같으면 그런 어머니만 있으면 벌써 쫓아갔겠다. 하하하."

이번에는 곁에 앉았던, 커다란 입귀가 처지고, 콧등이 얼크러진 제2의 계집애가 역시 놀리는 수작으로 말을 받았다. 저희들끼리도 업신여기면서 한편으로는 얼굴이 반반한 것을 시기를 하는 모양이다. 나는 밥을 먹다 말고,

"그럼 너는 왜 이런 데까지 와서 난봉을 피우니?" 하며, 실없는 말처럼 역성을 들어주었다.

"그야 부모도 없구 의지할 데가 없으니까 그렇지"
하며 좀 분개한 듯이 한마디 하고 나서,

"그런 소린 고만 하고 술이나 좀더 먹지…… 또 가져올까요?"
하고, 그만두라는 것도 듣지 않고 뛰어내려갔다.

"그러나, 너 아버지를 찾아간대야, 얼굴이 저렇게 이쁘니까, 그걸 밑천을 삼아가지고 무슨 짓을 할지 누가 아니? 그것보다는 여기서 돈푼 있는 조선 사람이나, 하나 얻어가지고 제 맘대로 사는 게 좋지 않으냐. 너 같은 계집애를 데려가지 못해하는 사람이 조

선 사람 중에도 그득하단다."

나는 다소 조롱하듯이 이런 소리를 하고, 계집애의 얼굴을 들여다보며 웃었다.

"글쎄요, 하지만 조선 사람은 난 싫어요. 돈 아니라 금을 주어도 싫어요."

계집애는 정색으로 대답을 했다. 조선이라는 두 글자는 자기의 운명에 검은 그림자를 던져준 무슨 주문이나 듣는 것같이 이에서 신물이 나는 모양이다. 이때에 나는 동경의 시즈코를 생각하면서,

"그럼 나도 빠질 차례로군" 하며 웃었다.

계집도 웃으며 잠자코 나의 얼굴을 익숙히 쳐다보았다. 입아귀가 처진 밉살맞은 계집이 술병을 들고 올라왔다. 나는 먹고도 싶지 않은 술잔을 받으면서,

"이거 보게, 이 미인을 데려갈까 하고 잔뜩 장을 대고 연해 비위를 맞춰드렸더니, 나중에 한다는 소리가 조선 사람은 싫다는 데야 눈물이 찔끔하는 수밖에. 하하하. 너는 그러지 않겠지?"

"객지에서 매우 궁하신 모양이군요. 글쎄…… 실컷 한턱 내신다면…… 히히히."

이 계집애는 나의 한 말을 이상스럽게 지레짐작을 하고 딴청을 한다.

"넌 의외에 값이 싼 모양이로구나!" 하며 나는 인력거를 부르라 명하고 일어서버렸다.

짓궂이 붙들고 승강이를 하는 것을 간신히 뿌리치고 나섰다.

'이러기 때문에 시골자들이 빠지는 것이다!'

나는 일종의 불쾌를 감하면서 인력거 위에서 이런 생각을 해보았다.

기차는 하마터면 놓칠 뻔했다. 짐을 맡기고 간 것까지 잔뜩 눈독을 들여둔 그쪽 사람들은 은근히 찾아보았던지, 내가 허둥허둥 인력거를 몰아 오는 것을 아까 만났던 인버네스짜리가 대합실 문 앞에서 힐끗 보고, 빙긋 웃었다. 나는 본체만체하고 맡겼던 짐을 찾아가지고 찻간으로 뛰어올라왔다. 형사도 차창 밖으로 가까이 와서, 고개를 끄덕하며 무어라고 중얼중얼하기에 나는 창을 열어주었다.

"바루 서울로 가시죠?" 하며 왜 그러는지 커다랗게 소리를 지른다. 나는 웃으면서, 내 처가 죽게 되어서 시험도 안 보고 가니까 물론 바로 간다고(나중에 생각하고 혼자 웃었지만), 하지 않아도 좋을 말까지 기다랗게 늘어놓았다. 형사는 또 무엇이라고 중얼중얼하는 모양이었으나, 바람이 휙 불고 기차가 움직이기 때문에 자세히 들리지 않았다. 그러나 웬 셈인지 나하고 수작을 하면서도 연해 왼편을 바라보는 게 수상스러웠다. 그러나 차가 움직이자 양복쟁이가 저쪽 문으로 들어오는 것은 나 역시 무심코 보았을 뿐이었다.

5

기차가 김천역에 도착하니까, 지금쯤은, 으레 서울 집에 있으려니 했던 형님이 금테모자에 망토를 두르고 나왔다. 그러지 않아도 혹시 아는 사람이나 있을까 하고 유리창 바깥을 내다보며 앉았던 나는 깜짝 놀라 일어나서, 창을 올리고 인사를 하려니까, 형님은 웃으며 창 밑으로 가까이 오더니 어떻든 내리라고 재촉을 한다. 어찌할까 하고 잠깐 망설이다가, 형님이 그동안에 내려와서 있는 것을 보든지 웃는 낯으로 인사를 하는 것을 보든지 그리 급하지는 않은 모양이기에 나는 허둥지둥 짐을 수습하여 가방을 창밖으로 내주고 내려왔다. 뒤미처서 양복쟁이 하나도 창황히 따라 내렸다.

형님은 짐을 들려가지고 가려고 심부름꾼 아이까지 데리고 나와 있었다. 출구 옆에 섰던 아이놈에게 가방을 내주고 우리들이 나가려니까, 그 밑에 바짝 다가섰던 헌병 보조원이 아까 내린 양복쟁이와 수군수군하다가, 형님을 보고,

"계씨가 오셨어요? 오늘 저녁에 떠나시나요?" 하며 물었다. 형님은 웃는 낯으로,

"네, 네!" 하며 거의 기계적으로 오른손이 모자의 챙에 올라가 붙었다. 그 모양이 나에게는 우습게 보이면서도 가엾었다. 어떻든 형님 덕에 나는 별로 승강이를 안 당하고 무사히 빠져나왔다.

형님은 망토 밑으로 내다보이는 도금을 물린 검정 환도 끝이 다리에 터덜거리며 부딪는 것을 왼손으로 꼭 붙들고 땅이 꺼질 듯이 살금살금 걸어 나오다가, 천천히 그동안 경과를 이야기하여 들려준다.

"네게 돈 부치던 날 아침은 아주 시각을 다투는 것 같았으나, 낮부터 조금씩 돌리기 시작해 그저께 내가 내려올 때에는 위험한 고

비는 넘어선 모양이지만, 지금도 마음이야 놓겠니. 워낙이 두석 달을 끌었으니까. ……그러나 곧 떠나지 않은 모양이로구나? 나는 어제쯤 올 줄 알구, 이틀이나 나왔지!" 하며 형님은 차근차근한 목소리로 이렇게 물었다.

"전보 받던 날 밤에 떠났죠만 오다가 고베에서 하룻밤을 묵었지요."

나는 꾸며댈까 하다가, 입에서 나오는 대로 대답을 하였다.

"무슨 급한 볼일이 있기에 돈을 들여가며 묵었단 말이냐?"

벌써부터 형님에게는 불평이 있다는 말소리다.

"별로 볼일은 없지만, 몸도 아프고 완행이 되어서 여간 지리하여야지요."

"웬만하면 그대루 내친 길에 올 게지. 너는 그저 그게 병통이야" 하며 형님은 잠깐 눈살을 찌푸리는 듯하였다.

이 형님이라는 사람은 한학으로 다져 만든 촌생원님이나 신학문에도 그리 어둡지는 않을 뿐 아니라, 우리 집에는 없으면 안 될 사람이다. 부친이, 합방 전후에, 거의 정치광 명예광에 달떠서 경향으로 동분서주하며 넉넉지 않은 재산을 흐지부지 축을 내놓은 푼수로 보아서는 지금쯤 내가 유학을 하기는 고사하고 밥을 굶은 지가 벌써 오랜 일이었겠지만, 얼마 안 남은 것을, 이 형님이 붙들고 앉아서 바자위게 꾸려나가기 때문에 이만큼이라도 부지를 하게 된 것이다. 다른 것은 그만두고라도 보통학교 훈도쯤으로 이천여 원 돈이나 모은 것을 보면 규모가 얼마나 짜인 사람인가를 상상하기에 어렵지 않을 것이다. 그러나 나로서는 존경하면서도 성미에 맞을 수는 없었다. 생각하면 우리 삼부자같이 극단으로 다른 길을 제각기 걸어나가는 사람들은 없다. 세상에는 정치밖에 없다는 부친의 피를 받았으면서 보수적 전형적 형님과 무이상(無理想)한 감상적 유탕적 기분이 농후한 내가 태어났다는 것이 불가사의의 '아이러니'다.

"그래 학교의 시험은, 어떻게 되었단 말이냐?"

형님은 한참 있다가, 또 물었다.

"보다가, 두고 왔지요."

나는, 또 무슨 소리가 나올까 보아서 우물쭈물할까 하다가, 역시 이실직고를 하고 말았다.

"그럴 줄 알았더면 전보를 다시 놓을 걸 그랬군!"

하며 시험을 중도에 폐하고 온 것을 매우 애석해하는 모양이나, 나는 전보를 안 놓아준 것이 잘 되었다고 생각하며 잠자코 따라 걸었다.

"그래 추후 시험이라도 봐야 하겠구나? 언제도 추후 시험인가 본다고 일찍이 나와서 돈만 들이고 성적도 좋지 못한 적이 있었지 않았니? ……어떻든 문학이니, 뭐니 하구, 공연히…… 그까짓 건 하구 난대야 지금 세상에 어디다가 써먹는단 말이냐?"

이런 소리는 1년에 한 번이나 두어 번 귀국할 때마다 꼭 두 번씩은 듣는다. 형님한테 한 번 아버님한테 한 번이다. 그러나 어떠한 때에는 아버님에게는 귀에 못이 박히도록 들을 때가 있다. 처음에는 열심으로 반대도 해보았다. 교육이라는 것은 '사람'을 만들자는 것이요 기계를 제조하는 것이 아니니까, 학문을 당장에 월급푼에 써먹자고 하는 것도 아니요, '똥테'(나는 어느 때든지 금테를 똥 테라고 불렀다) 바람에 하는 것도 아니라는 말도 해드리고, 개성은 소중한 것이니까 제각기 개성에 따라서 교육을 해야 한다는 문제 를 들추어가지고 늘 변명을 해왔다. 그러나 결국은 단념하는 수밖 에 없는 것을 깨달았다. 그들의 세계와 자기의 세계에는 통로가 전연히 두절된 것을 발견했다. 그것은 마치 무덤 속과 무덤 밖이, 판연히 다른 딴세상인 것과 같은 것이라고 생각하게 되었다. 그리 하여 그후부터는 부자나 형제로서 할 말 이외에는, 그리고 학비 이야기 이외에는 아무 말도 입을 벌리지 않기로 결심을 하였다. 모친이나 자기 처나 누이동생에게 하듯이만 하면 집안에 큰소리 가 없을 줄 알았다. 되지 않은 이해니 설명이니 사상 발표니 하기 때문에 감정이 상하고 충돌이 생기는 것이라고 생각하였다. 그러 나 이렇게 생각을 하고 나니까, 자기의 주위가 어쩐지 적막해진 것 같고, 가정이란 것은 밥이나 먹고 잠이나 재워주는 여관 같았 다. 여관 중에도 제일 마음에 맞지 않는 여관 같았다.

지금도 1년 만에 만나는 첫대목에 형님에게, 그러한 소리를 들 으니까, 불쾌하지 않을 수 없는 동시에, 작년 여름에 나왔을 때에, 학교 문제로 삼부자가 한참 논쟁을 하다가,

'집구석이라고 돌아오면 이렇게들 사람을 귀찮게 굴 테면, 여관 으로라도 나간다' 하고 이틀 사흘씩 친구의 집으로 공연히 떠돌아 다니던 생각을 해보면서 잠자코 말았다. 어쩐지 마음이 호젓하기 도 하고 섭섭한 것 같아졌다.

우리는 한참 동안 잠자코 있다가, 형님 집으로 들어가는 동구까

지 와서 전에 보지 못하던 일본 사람의 상점이 길가로 하나 생기고, 골목 안으로 들어서서도 두 집에나 일본 사람의 문패가 붙은 것을 보고,

"그동안에 꽤 변했군요!" 하며, 형님을 쳐다보니까, 형님은 무슨 생각을 하는 사람처럼 웃으며 고개만 끄덕끄덕하였다.

나는 앞장을 선 형님을 따라 들어가며, 작년보다도 한층 더 퇴락한 대문을 쳐다보고,

"거의 쓰러지게 되었는데 문간이나 좀 고치시지?" 하며, 혼잣말처럼 물었다.

"얼마나 살라구! 여기두 얼마 있으면, 일본 사람 촌이 될 테니까, 이대로 붙들고만 있다가, 내년쯤 상당한 값에 팔아버리련다. 이래뵈도 지금 시세루 여기가 제일 비싸단다."

형님은 칠팔 년 전에 살 때와 비교하여서 거의 두세 곱이나 시세가 올랐다고 매우 좋아하는 모양이다. 나는, 오늘 아침에 부산에서 본 광경을 생각하며,

"그야 다른 물가는 따라서 오르지 않았나요? 전쟁 이후에 어떤 것은 삼 배 사 배나 올랐는데요"라고 대꾸를 하며 안으로 쫓아 들어갔다.

형수와 작은아버지 오신다고 깡충깡충 뛰는 일곱 살짜리 딸년이 안방에서 나와서 맞았다. 작년에 보던 것과는 다른 상스럽지 않은 노파도 하나 있었다. 나는 안방으로 들어가서 귀찮은 맞절을 형수와 하고 나서 조카딸의 절도 받았다. 그러나 그제서야 과자 푼어치나 사가지고 왔더면 하는 생각이 났다. 인사가 끝난 뒤에

형님은 벙벙히 앉았다가,

"건넌방에서두 나와 보라지!" 하며 형수를 쳐다보았다. 형수는
암말 안 하고 섰더니,

"애! 너, 가서, 건넌방 어머니 오라구 해라" 하며 딸을 시켰다.
나는 어리둥절하여,

"건넌방 어머니가 누구예요?" 하며 형수를 쳐다보았으나 머리
에는 즉각적으로 어느 생각이 떠올랐다. 형수는, 애를 써서 헛웃
음을 입가에 띠고 잠자코 말았다.

"네게는 이야기를 한다면서도 우환두 있고 해서 자연 이때껏 알
리지를 못하였다만, 작은형수가 하나 생겼단다" 하며, 형님이 웃
었다. 단 형제가 사는 집안에 작은형수라는 말도 우습지만, 나는
대개 짐작하면서도,

"작은형수라니요?" 하며, 되물으니까, 윗목에 섰던 형수가,

"그동안에 난 죽었답니다" 하며, 풀 없는 웃음을 일부러 보였다.
형수는 그동안에 유난히 늙은 것 같았다. 눈가가 우심히 퍼레지고
이마와 눈귀에 주름이 현연히 보였다. 형수의 말을 받아서 형님이
무어라고 입을 벌리려 할 제, 건넌방 형수가 들어오는 바람에, 닫
아버렸다. 분홍 저고리에, 왜반물치마를 입고 분을 하얗게 바른
시골 새아씨가, 아까, 눈에 띄던, 늙은 부인이 열어주는 방문으로
살짝 들어왔다. 고작해야 열아홉 살쯤 되어 보이는 조촐한 새아씨
다. 이맛전이 넓고 코가 펑퍼짐한 듯하나, 이 집에서 상성이 난 아
들깨나 낳을 것 같기도 하다. 그렇게 보아서 그러한지 뻣뻣한 치
마가 앞으로 떠들썩한 것이 벌써 무엇이 든 것 같고 얼굴에는 윤

광이 돌아 보인다. '큰형수'와 느런히 세워놓고 보면 고식(姑息)이라 하는 것이 알맞을 것 같다. 나는 형님의 소원대로 상우례[15]를 하였다. 두 사람의 맞절이 끝나니까, 형수는 앞장을 서서 휙 나가버렸다. 새형수도 뒤미처 나갔다. '큰형수'는 마루에 앉아서 짐을 지고 들어온 하인더러 무엇을 사오라고 분별을 하고 새형수와 마누라[16]는 뜰로 내려가서, 나를 위하여 점심을 차리는 모양이다. 머리도 안 빗은 조그만 늙은 아씨가 마루 끝에서 왔다 갔다 하는 것이 창에 붙은 유리 밖으로 마주 내다보일 제, 시들어가는 감국 같다는 생각이 머릿속에 떠올라왔다. 어쩐지 가엾어 보였다.

'그래두 세 식구가 구순하게 사는 것이 희한한 일이다.'

나는 이런 생각을 하며 벙벙히 앉았으려니까, 형님은, 무슨 말을 꺼낼 듯 꺼낼 듯하다가,

"넌 지금 1년 만에 나오지?" 하며, 딴소리를 물었다.

"올 여름 방학에는 안 나왔지요."

"응, 그래…… 너도 혹 짐작할지는 모르겠다만, 청주 읍내에서 살던 최 참봉이라면 알겠니?" 하며 형님은 목소리를 한층 더 낮추었다.

"알지요."

"그 집이 지금 말이 안되었지. 웬만큼 가졌던 것은 노름을 해서 없앴겠니마는, 최 씨가 작고하기 전에 벌써 다 까불려버렸지…… 지금 데려온 저것이 그이의 둘째딸이란다. 어렸을 젠 너두 보았을걸?"

"네에!" 하며, 나는 무심코 웃었다. 최참봉이라면 내가 어렸을

때에는 우리 집하고 격장에서 살던, 청주 일군은 고사하고 충청도 전판(全販)에서도 몇째 안 가는 부자였다. 술 잘 먹기로도 유명하고 오입깨나 하였지만 보짱[17] 크기로도 유명하였었다. 작은형수라는 것은, 내가 소학교에 들어갈 때에, 지금 마루에서 뛰어다니는 형님의 딸만 했었다. 그렇게 생각을 해보니까, 부엌에서 음식을 차리고 있는 노부인이 낯이 익은 법하기도 하고, 일편 반갑기도 해서 혼자 웃으며,

"그럼 저 마님이 최 참봉의 부인이 아녜요?" 하며, 물어보았다. 형님은 반색을 하면서,

"응, 참 너는 그 집에 늘 드나들며, 놀지 않았니?" 하며, 나를 쳐다보았다. 나는 어쩐지 가슴이 선뜩하면서 몸이 근질근질한 것 같았다. 최 참봉 마누라라는 이는 딸 형제밖에는 낳아보지 못한 사람이었다. 내가 어려서 놀러가면, "내 아들 왔니!" 하기도 하고, "내 사위 왔구나!" 하기도 하며 퍽 귀여워했다.

"금순아, 금순아! 넌 어디루 시집가련? 저 경만이(내 아명) 집으로 가지?" 하면 지금의 저 형수는, 똥그란 눈으로 나를 말똥말똥 쳐다보다가, 어떤 때에는 '응!' 하기도 하고 나는 시집 안 간다고 짜증을 내보기도 하였다. 지금 학교에 다니는 내 누이동생과는, 한 살이, 위든가 하기 때문에, 나보다는 두 살이 아래일 것이다. 나는 우리 남매하고 돌아다니던 십사오 년 전의 어렴풋하던 기억을 머릿속에 그려보면서 제풀에 얼굴이 화끈거리는 것을 깨달았다. 어렸을 적 일이니까 당자도 잊어버렸을 것이요, 누이도 모르겠지만, 저 마누라는 나를 알아볼 것이요, 실없는 소리라도 사위

니 아들이니 하던 생각을 하렷다 하는 생각을 할 제, 마주 닥치면 피차에 어떠할꼬 하고 지금부터 내가 도리어 얼굴이 간지러운 것 같았다. 아무튼지 이상한 연분이다. 물론 그때만 해도 반상(班常)의 별을 몹시 차리던 시절이니까, 두 집의 부모끼리는 왕래가 별로 없었고 더구나 저편에서는 나를 데리고 실없는 소리를 했을망정 감히 내 딸을 누구의 몫으로 데려가시오라고는 못했다. 하지만, 지금 형님의 장모요 그때의 금순 어머니는 확실히 장래에는, 나에게 둘째딸을 주리라는 생각은 있었을 것이다. 그러면서도 기어코 우리 집으로 들여보내고야 만 그 어머니의 심사는 알 수 없을 것이다. 형님은 잠깐, 동을 떼어서 다시 입을 벌렸다.

"그래 우리 집이 서울로 이사한 뒤에는 최참봉이 실패하고 울화에 떠서 연전에 죽었다는 것은 알았지만, 그렇게까지 참혹하게 된 줄은 몰랐었더니, 올 여름에 산소 일절로 해서 청주에 들어갔다가, 최씨의 큰사위를 만나니까, 장모하고 처제가 자기에게 들어와 있는데, 저 역시 실패를 하고 지금은 자동차깨나 부리지만, 그것도 인제는 지탱을 해갈 수가 없는 터요, 혼기가 넘은 처제를 처치할 가망조차 없다면서, 어떻게 한밑천을 대어주었으면 좋을 듯이 말을 비치기에, 집에 올라가서 무슨 말끝에 우연히 그런 이야기를 했더니……"

"최 참봉 큰사위라면 그때 우리 살 때에 혼인한 김현묵(金賢默)이 말씀이죠?"

나는 어려서 보던 조그만 초립둥이를 머리에 그려보며 앉았다가 형님 말의 새치기로 물었다.

"옳지 그래! 그때는 열두어 살밖에 안 되었지만, 지금은 퍽 완장 (頑丈)해지기두 하고 위인이 착실해서 조치원에서는 상당한 신용 이 있지…… 그래 아버지께서도 얼마든지 밑천을 대어주는 것도 좋겠지만, 그 처제애를 데려오는 것이 어떠냐구 하시기에, 들을 때뿐이요, 흐지부지했었지. 그런데, 그후에 아버지께서 또 내려오 셔서 김현묵이를 만나보시고, 우리 집안이 절손이 될 지경이니, 우리 집으로 데려오게, 저편 의향을 들어보라고, 일을 버르집어놓 으시니까, 현묵이야 어떻든 인연을 맺어놓기루만 위주니까 물론 찬성이요, 그 집안에서들도 유처취처라는 것을 매우 꺼리는 모양 이나 우리 집안 내력도 알고, 형편이, 매우 급하니까 결국은, 승낙 을 한 모양이지."

"그래 큰아주머니나 어머니께서는 어떤 의향이셨에요?"

"아버지께서야 원래 큰형수를 못마땅해하시니까 말씀할 것도 없지만, 어머니께서는, 처음에는 반대를 하시다가, 역시 손자를 보겠다고 첩을 얻어 들이는 것보다는 낫다고 하시고, 당자도 인제 는 자식이라고는 낳아볼 가망도 없구 하니까, 내 말대로 하겠다기 에, 되어가는 대로 내버려두었지."

나는 잠자코 듣기만 하고 앉았었다. 그러나 아들자식이란 그렇 게도 낳고 싶은 것인지 나에게는 의문이었다. 무후(無後)한 것이 조상에 대한 죄라거나 부모에게 불효가 된다는 말부터 나에게는 이해할 수 없는 것이었다. 우연이든 필연이든 낳는 자식은 죽일 수 없으니까 남과 같이 길러놓기는 하여야 하겠지만, 그렇게 성화 를 하면서 한 생명이 나타날 기회를 인력으로 만들지 못해서 애를 쓸 것이 무엇인지, 사람이란 의외에, 호사객이라고 생각하였다. 한 생명을 애를 써서 낳아서 공을 들여 길러놓는다기로 그것이 자기와 무슨 교섭이 있단 말인가. 장수하여서 자기보다 앞서지 않을 지경이면 삿갓가마나 타고 장여(葬輿) 뒤에 따르리라는 것만은 분명히 예기(豫期)할 수 있는 일이겠지만 그다음 일이야 누가 알 일인가. 위인이 착실할 지경이면 부모가 남겨주고 간 땅뙈기나 파서 먹다가 뒤따라 땅속으로 굴러 들어가버릴 것이요, 그렇지도 못하면 그나마 다 까불리고 제 몸뚱어리 하나도 추스르지 못하는 것은 말할 것도 없지만 거기에 매달린 처자의 운명까지 잡쳐놓을 것이다. 기껏 잘났대야 저 혼자 속을 썩이다가 발자취도 없이 스러질 것이며, 자칫하면 자기의 생명을 저주하고 낳아준 부모를 원망할지도 모를 것이다. 그러나 종족을 연장하려는 것이 생물의 본능이라고 할지도 모른다. 하지만 종족의 보지(保持)나 연장이라는 의식으로 사람은 결혼을 원하는 것인가. 그보다도 한층 더한 충동이 보다 더 굳세게 사람의 마음속에서 움직이지는 않는 것일까. 당자 되는 이 형님은 말 말고라도 우리 아버님부터 큰형수를 자기 딸같이 귀여워하였다 하면, 아무리 아들을 못 낳기로, 제2의 아내를 얻어 맡기려는 생각은 없었을 것이지! 낳는다는 것이 무엇이람? 자손이란 무엇에 쓰자는 것이람! 나는 이런 생각을 하다가,

"서울집에 있는 것이나 데려다가 기르시지요. 에미두 죽게 되구, 저는 있는 게 도리어, 귀찮으니까" 하며 형님의 눈치를 살펴보았다.

나는 자기 소생을 형님에게 떼어 맡겼으면, 짐이 덜리어서 시원

스럽겠다는 말이나, 듣는 사람에게는, 양자라도 할 수 있는데 왜 유처취처라는 남 못할 일을 하였느냐고 힐책하는 것같이 들린 모양이다.

"글쎄 그두 그렇지만 너두 장래 일을 생각하면 그럴 수야 있니. 그뿐 아니라 저편 처지가 말 못되었으니까, 사람 하나 구하는 셈치고 어떻든 데려온 것이지" 하며 형님은 변명을 하였다. 나는 그 이상 더 말할 필요가 없다고 생각하면서도, 사람 하나 구한다는 말이, 귀에 거슬리기에, 밖에서 듣지 않도록, 일본말로 반대를 하기 시작했다.

"그건 형님, 잘못 생각이시겠지요. 설혹 결혼을 해서 한 사람이 구하여졌다 하더라도, 형님은 그것을 자기의 공으로 아실 것도 못되거니와, 처음부터 구한다는 생각을 가지고, 결혼을 하셨다는 것은, 형님이 자기를 과중히 생각하시는 것이요, 또 사실상 그러한 것은 둘째 셋째로 나오는 문제겠지요. 누구든지, 저 사람을 행복스럽게 할 사람은 이 넓은 세상에 나밖에 없다고 생각하는 것은 한편으로 보면, 좋은 일 같지만, 다른 한편으로 보면 불완전한 '사람'으로서는 너무 지나치는 자긍이겠지요."

형님이, 잠자코 앉았는 것을 보고, 나는, 또다시 입을 벌렸다.

"진정한 사랑은 그 사람의 행복을 비는 마음에서 나오는 것이요, 그 사람의 생활을 지배하고 운명의 진로까지를 간섭하는 것은 아니겠지요. 그러니까 사람이 사람을 구(救)한다는 것은 잠월(潛越)한 말이요, 외형으로는 아름다우나 사실상으로는 무의미하고 공허한 말이겠지요."

형님은 나의 말을 음미하듯이 정신을 차리고 가만히 듣고 앉았다가,

"구한다는 사실이 이 세상에 없다 하면, 너부터 굶어 죽을라! 그는 고사하고 여기 어린아이가 우물로 기어들어가면 너두 쫓아가서 붙들겠구나?" 하며 형님은 웃으며 나를 쳐다보았다.

"그건 구제가 아니라, 의무지요." 나는 구하지 않으면 너부터 굶어 죽으리라는 말에 불끈해서, 약간 목청을 돋우어서 한마디 한 뒤에 다시 뒤를 이었다.

"의무라 하면, 당연히 할 일, 또는 하지 않아서는 안 될 일을 의미하는 것이지요. 그러면 자식을 낳아서 교육을 시키든지, 우물에 빠지려는 아이를 붙들어낸다는 것은, 당연한 의무를 이행하는 것이요, 자선적 행위는 아니라 할 수 있겠지요. 그는 그만두고 지금 자살하려는 사람을 붙들어낸다 하더라도 그 행위가 자선도 아니요, 그 사람의 행복을 위한 것도 아니지요. 다시 말하면 생명이라든지 생이라는 공통한 입각지에 서서 자기는 생을 긍정하기 때문에, 생의 부정자를 자기의 주장에 동화시키려고 하는 행위가 즉 자살을 방지하는 노력이외다그려. 하고 보면, 결국은, 자기를 중심으로 하고 하는 말이 아니에요? 하여간 소위 구제니 자선이니 하는 것을, 향기 있고 아름다운 말이나 행위로 알지만 실상은 사회가 병들었다는 반증밖에 안 되는 것이올시다. 근본적 견지에서 사실을 엄정히 본다 하면 구제라는 말처럼 오만한 말도 없고 자선이라는 행위처럼 위선은 없겠지요. 만일, 구제한다 하면 무엇보다도 자기를 구제하고, 자기에게나 자선을 베푸는 것이 온당하고 긴

급한 일이겠지요."

형님은 어디까지든지 불평이 있는 모양이나 먼 데서 온 아우를 불쾌하게 안 하려는 듯이, 웃으면서,

"너같이 극단으로 나가면 이 세상에 살아갈 수 있겠니? 설사 살아간다 하더라도 인생의 이상이니 목적이라는 것은 없지 않을 거 아니냐" 하고 온화한 낯빛으로, 입을 다물었다. 아까 문학은 배운대야, 써먹을 데가 없다고, 눈살을 찌푸리던 수작과는 딴판이다.

"인생의 이상이란 것은 나는 생각해본 일도 없습니다. 구태여 말하자면 자기를 위하여 산다 할까요. 하지만 결코 천박한 의미로 하는 말은 아닙니다."

내가 이렇게 대답을 하니까, 형님은 나를 잠깐 쳐다보고 나서, 무엇을 생각하듯이, 고개를 숙이고 말았다. 나도 잠자코 말았다.

부산히 차려 들여온 점심을 형제가 겸상을 하여 먹은 뒤에 나는 아랫목에 잠깐 누웠었다. 어쩐둥 잠이 들었다. 한잠 늘어지게 자고 나서 눈을 떠보니까, 흐린 날이 저물어 들어가는지 방 안이 한층 더 우중충해졌다. 아까 식후에 학교에 다시 갔다가 온다던 형님은 벌써 돌아와서 건넌방에 들어가 앉았는 모양이다. 내가 일어나서 양칫물을 달라는 소리를 듣고 형님은 안방으로 건너와서,

"눈이 올지 모르는데 술이나 한잔 먹고 떠나련?" 하며, 밖에다 대고, 술상을 차리라고 일렀다.

형님이 나에게 술을 권하는 것은 여간한 마음으로 하는 것이 아니다. 더구나 학교에서 오다가 자기는 먹을 줄도 모르는 일본 청주를 사들고 온 것이라 한다. 나는, '이것이 혼인상 대신인가!' 하

는 실없는 생각을 하여보며 혼자 따라 마셔가며, 속으로 웃어보았다. 형님도 대작을 하기 위하여 억지로 몇 잔 한다.

"그런데 이번에 올라가거든 좀 집에 붙어앉아서 약 쓰는 것도 살펴보구, 모든 것을 네가 거두어줄 도리를 차려라."

형님은 두 잔째 마시고 나서 이런 소리를 들려주었다. 나는 잠자코 말았다. 사실 내가, 약 쓰는 법을 알 까닭이 없는 일이다. 형님은 또 화두를 돌렸다.

"나두 며칠 있다가 형편 되는 대로 곧 올라가겠지만, 아버님께 산소 사건은 아직두 사 오 일은 있어야 낙착이 날 듯하다고 여쭈어라. 역시 공동묘지의 규정대로 하는 수밖에 없을 모양이야."

나의 귀에는 좀 이상하게 들렸다. 내 처가 죽을 것은 기정의 사실이라 치더라도 죽기도 전에 들어갈 구멍부터 염려들을 하고 앉아 있는 것은 아들을 낳지 못해서 성화가 난 것보다도 구석 없는 짓이요 일 없는 사람의 헛공사라고 생각 않을 수 없다.

"죽으면 묻을 데가 없을까 봐서 그러세요? 공동묘지는 고사하고 화장을 하든 수장을 하든 상관없는 일이 아닌가요? 아버지께서는 공연히 그런 걱정을 하시지만, 이 바쁜 세상에, 그런 걱정까지 하는 것은 생각해볼 일이지요."

나는 이렇게 핀잔을 주고 눈살을 찌푸려 보았다.

"공연히가 무에 공연히란 말이냐?" 형님은 눈을 똑바로 뜨고 나를 꾸짖고 나서, 말을 이었다.

"너두 지각이 났으면 생각을 해보렴. 총독부에서 공동묘지 제도를 설정한 것은 잘되었든 못 되었든 하는 수 없이 쫓아간다 하더라도, 대대로 내려오는 자기의 선영이 남의 손에 들어가게 되고 게다가 앞길이 멀지 않으신 늙은 부모가 계신데, 불행한 일이 있는 날에는 어떻게 한단 말이냐? 그래 아버님 어머님 산소를 공동 묘지에다가 모신단 말이 될 말이냐? 자식 된 도리는 그만두고라도 남이 부끄러워서 어떡한단 말이냐. ……계수만 하더라도 만일에 불행한 경우를 당하면 어떻든 작은 산소 아래다가 써야지, 여기저기 뿔뿔이 흐트러져 있으면 그게 무슨 꼬락서니란 말이냐?"

형님은 매우 화가 난 모양이다. 그러나 내게는 도저히 알 수 없는 이야기다.

"그래 어떡하신단 말씀예요?"

나는 속으로 웃으며, 다시 물었다.

"어떻든지 간에 충북 도장관과는 아버님께서도 안면이 계시고 나도 아주 모르는 터는 아니니까, 아버님 대만이라도 작은 산소에 모시도록 지금부터 허가를 맡아두구, 계수도 사람의 일을 모르니까, 이번에 아주 자리를 잡아놓아주자는 말이야. 그런데 그보다도 더 시급한 것은, 큰 산소하고 가운데 산소의 제절 앞의 산판을 물러가지고 식목이라도 다시 하자는 것인데 뭐, 아주 말이 아니야, 분상이 벌거벗은 셈이요……"

분상이 벌거벗었다는 말에 나는 속으로 웃었다.

"그 문제가 이때껏 낙착이 안 났어요?" 하며, 나는 또 한 잔 들었다.

"낙착이 다 무어냐. 뼛골은 뼛골대로 빠지고 일은 점점 안 돼가니, 어떻게 해야 좋을지…… 지금 붙들어다가 징역을 시킨달 수도 없고……" 하며 형님은 눈살을 찌푸렸다.

산소 문제라는 것은, 셋째 집 종형이 문서를 위조해서 팔아먹은 것이다. 우리 집이 종가는 아니나 실권은 여기서 잡고 있는, 말하자면 우리 집 문중 소유인데, 몇 평이나 되는지 노름에 몰려서 두 군데의 분상만 남겨놓고 상당히 굵은 송림째 얼러서 불과 백여 원에 팔아먹은 모양이나 워낙이 헐가로 산 것이기 때문에 당자가 좀처럼 물러주지 않는 터라 한다. 제절 앞에 거름을 하고 논을 갈든 밭을 갈든 그는 고사하고 이해관계로라도 무르는 것은 나도 찬성하였다.

"어떻든 무를 수는 있겠죠?"

나는 여전히 혼자 훌쩍훌쩍 마셔가며 물어보았다.

"글쎄 셋째아버지께서만 증인으로 서셨으면 아무 말 없이 본전에 찾겠지마는 번연히 자기가 관계를 하시고 내용까지 자세히 아시면서 모른다고만 하시니까 무사히 될 일두 이렇게 말썽만 되지 않겠니?"

"그럼 셋째아버지도 공모를 하셨던가요?"

"그러게 망령이 나셨단 말이지. ……그나 그뿐이라더냐! 자식을 잘못 두어서 그랬기로서니, 어찌하란 말이냐고 되레 야단만 치시니 기막히지 않겠니?"

"그럼 당자를 붙들어내면 될 게 아녜요?"

"당자야 벌써 어디룬지 들고 튀었다 하더라만, 아마 요새는 들어와 있나 보더라. 일전에도 갔더니 셋째어머니가 앞장을 서서 우는 소리를 하시며, 자식 하나 없는 셈 칠 테니, 그놈을 붙들어다가, 징역을 시키든 목을 돌려놓든 마음대로 하고, 인제는 그 문제로 우리 집에는 와야 쓸데가 없다고 하시는 것을 보면, 어디 갔다는 말은 공연한 소리요, 모두 부동이 되어서 귀찮게만 굴자는 수작 같아서 실없이 화가 나지만……"

셋째 삼촌이라는 이는 집의 아버지와 이복인 데다가 분재한 것을 몇 부자가 다 까불려버린 뒤로는 한층 더 말썽이 많아졌다. 언젠지 나더러도, "네 형두 딱하지, 그예 징역을 시키고 나면 무에 시원할 게 있니? 돈푼 더 주고 무르면 그만 아니냐? 그까짓 것쯤 더 쓰기로 얼마나 더 잘살겠니?" 하며 갉죽갉죽하는 소리를 한 일이 있었다. 그런 소리를 들으면 머릿속까지 지끈지끈한 나는,

"내야 뭘 압니까. 그런 이야기는 형더러 하시구려" 하며 피해버린 일도 있었다. 나는 그런 생각을 하다가,

"아무쪼록 구순하게 하시구려" 하며 말을 끊어버렸다.

실쭉한 저녁을 조금 뜨고 나서, 캄캄히 어두운 뒤에 다시 짐을 지어가지고 형님과 같이 정거장으로 나왔다. 드문드문 전등불이 반짝이는 큰길가에는 인적도, 벌써 드물어가고, 모진 바람이 쌀쌀히 부는 대로 가다가다 눈발이 차근차근하게 얼굴에 끼쳤다.

"오늘 밤에는 꽤 쌓일걸!"

형님은 이런 소리를 하며 앞서갔다. 정거장 안에 들어서니까, 순사보 한 사람이 형님하고 인사를 하며, 나를 아래위로 한번 훑어보았으나, 별로 조사를 하자고는 안 한다. 지워가지고 온 짐을 맡기고 나서, 형님과 아는 일본 사람 사무원이 들어오라고 권하는 대로 우리는 사무실로 들어가서 난로 앞에 섰었다. 이삼 사무원은

우리를 돌아다보며 앉은 채 묵례를 한다. 우리들더러 들어오라고
한 사무원은,

"매우 춥지요? 동기 방학에 나오시는군요" 하며, 나의 옆에 와
서 말을 붙이며 불을 쬔다. 이러한 경우에 일본 사람이 조선 사람
보다 친절한 때가 있다고, 나는 생각하였다. 순사나 헌병이라도
조선인보다는 일본인 편이 나은 때가 많다. 일본 순사는 눈을 부
르대고 그만둘 일도, 조선 순사는 짓궂이 뺨을 갈기고 으르렁대고
야 마는 것이 보통이다. 계모 시하에서 자라난 자식과 같은 심사
이다. 불쌍한 처지에 있는 사람끼리 만나면 피차에 동정심이 날
때도 있지만 자기 자신의 처지에 스스로 불만을 가지고, 자기 자
신에 대한 증오의 염이 심하면 심할수록, 자기와 동일한 선상에
있는 상대자에게 대해서는 일층 더한 증오를 느끼고 혹시는 이유
없는 분풀이를 하는 것이다. 조선 사람에게 대한 조선인 관헌의
태도도 그러한 심리에서 나오는 것이 아닌가 나는 생각해보았다.

사무원과 유쾌히 이야기를 주거니 받거니 하며 섰으려니까, 외
투에, 모자 우비까지 푹 뒤집어쓴 젊은 조선 사람 역부가 똥그란
유리등을 들고 창황히 들어오며, 일본말로,

"불이 암만해도 안 켜져요" 하고 울상이다. 역부의 외투에 붙었
던 하얀 눈이, 훈훈한 방 안 온기에, 사르르 녹아서 조그만 이슬이
반짝 어리었다.

"빠가! 안 켜지면 어떡한단 말이야. 시간은 다 되었는데."

이때까지 웃는 낯으로 나하고 이야기를 하고 셨던 사무원이 눈
을 부르대며 소리를 지르고 나서, 저쪽 구석으로 향하더니,

"이 서방, 이 서방, 어서어서 같이 가서 켜고 오오!" 하며, 조선
말 반 일본말 반의 얼치기로, 이서방에게 명했다. 나는 사무원의
살기가 등등한 뚱뚱한 얼굴을 바라보고 깜짝 놀랐다. 두 역부는
다른 등에 또 불을 켜들고 허둥허둥 나갔다. 두 사람이 나가는 것
을 보고 사무원은 태연히 웃으며,

"참 빠가로군!" 하며 나를 쳐다보았다. 나도 따라서 웃어 보였으
나, 머리로는, 눈보라가 치는 속에서 신호등으로 기어올라가서 허
둥거리는 두 청년의 검은 그림자를 그려보았다. 조금 있으려니까,
땡땡 하는 소리가 몇 번 난 뒤에 역부들이 들어왔다. 사무원도 우
리를 내버리고 저편에 가서 짐을 뒤적거리고 있다. 우리는 플랫폼
으로 나왔다.

　기차 속은 석유등을 드문드문 켜기 때문에 몹시 우중충하고 기
름 냄새가 심했다. 오늘 온 밤을 이 속에서 샐 생각을 하니까, 또
하룻밤을 묵고 급행으로 가고 싶은 생각이 간절하나 꾹 참고 난로
앞에 자리를 잡았다. 찻간에 사람은 많지 않았다. 끄레발[18]에 갈모
를 우그려 쓴 촌사람 오륙 인하고 양복쟁이 서너 사람이 난로 가
까이 앉고 저편으로 떨어져서 대구에서 탄 듯싶은 기생 같은 젊은
여자가 양색 왜증[19]인지 보라인지, 검붉은 두루마기를 입고, 이리
로 향하여 앉은 것이 마음에 반가워 보였다. 나는 심심파적으로
잡지를 꺼내 들었으나 불이 컴컴해 몇 장 보다가 말아버렸다. 저
편으로 중앙에 기생에게 등을 두고 앉은 사십 남짓한 신사를 바라
보다가 나는 무심코 우리 집에 다니는 김 의관 생각이 났다. 기생
하고 동행인지 혼자 가는지는 모르나 수달피 털을 댄 훌륭한 외투

를 입고 금테 안경을 버티고 앉았는 것이 돈푼 있어 보이기도 하나, 안경 너머로 이 사람 저 사람의 얼굴을 유심히 바라다보는 작은 눈은 교활해 보였다.

기차가 추풍령에 와서 닿으니까, 일본 사람의 사냥꾼의 한 떼가 개를 두 마리나 데리고 우중우중 들어와서 기다란 총을 여기저기다가 세우고 탄환 박힌 혁대를 끌러놓은 뒤에 난로 앞으로 모여들었다. 나는 피해서 저편 기생 뒤로 가서 앉았다. 촌사람들도 비슬비슬 피해서 이리저리 흐트러졌다.

"아, 영감! 이거 웬일이쇼?"

누구인지 이렇게 소리를 버럭 지르는 바람에 나는 무심코 고개를 돌렸다. 얼금얼금한 얼굴에, 방한모를 우그려 쓰고, 손가락 사이에는 반쯤 타다 남은 여송연을 끼워가지고 난로를 등을 지고 섰는 자의 말소리다. 헌 양복에 각반을 차고 일본 버선에 조선 짚신을 신은 꼴이 아마 사냥꾼 일행인 모양이나, 동행하는 일본 사람이 난로 앞에 서는 자리를 사양하는 것을 보면 일행 중에서는 지위가 높은 모양이다.

"그러나, 영감은 웬일이슈?"

수달피 털을 붙인 외투를 입고 앉았던 금테 안경이 앉은 채 인사를 하며 물었다.

"군청에서들 가자기에 나섰더니, 인제야 눈이 오시는구려" 하며 얼금뱅이가 웃었다.

"이 바쁜 세상에 사냥은 너무 '하이칼라'인걸 허허허. 공무 태만으로 감봉이나 되면 어쩌려우?"

김 의관 같은 안경잡이가 한층 내려다보는 수작을 한다.

"영감같이 돈이나 벌려면은 세상도 바쁘지만 시골 구석에 엎뎄으니까 만사태평이외다. 한데 지금 어딜 다녀오슈?"

"대구에를 갔다 오는데, 이때까지 장관에게 붙들려서⋯⋯"

"에? 그래 그건 어떡하셨소?"

"그거라니?"

안경잡이는 딴전을 붙이는 모양이다.

"아, 저 토지 사건 말요."

얼금뱅이는, 주기가 도는 뻘건 얼굴이 한층 더 벌게지는 듯하며 여전히 난로를 등지고 서서 묻는다.

"그러지 않아도 그 일절로 내려온 것인데 계약은 성립이 되었지만, 내 일이 낭패가 되어서⋯⋯ 연 이틀을 붙들고 놓아주어야지. 매일 기생에 아주 멀미를 대었소⋯⋯ 참 술 잘 먹는데⋯⋯"

"에! 에!" 하며, 얼금뱅이는 감탄하는 듯 부러운 듯하게 대꾸를 하다가,

"그래 지금 인천으로 가시는 길이오?" 하며 또 물었다. 금테 안경은 눈살을 잠깐 찌푸리는 듯하더니,

"나야, 원래 관계 있소. 저 사람이 죄다 하니까. 헌데, 영감하고 이야기하던 것은 아주 틀리는 모양이오? 어떻게 과히 무엇하지도 않겠고 영감 체면도 상하지 않게 할 터이니 잘 해보시구려" 하며, 한층 소리를 낮춰서 다정한 듯이 웃어 보였다.

"글쎄 나중에 기별하지요만, 어떻든, 반승낙은 받았으니까, 그쯤만 알아두시구려."

얼금뱅이는 이렇게 대답을 하고 좌우를 한 번 휙 돌아보았다.
이야기는 뚝 끊기고 얼금뱅이는 그 옆의 빈자리에 앉았다. 두 사
람의 대화는 어쩐지 암호를 써서 하는 것 같으나 나도 반짐작은
하였다. 나는 첫눈에 벌써 김 의관 같은 사람이라고 생각한 나의
관찰이 빠른 것을 혼자 속으로 기뻐하였다.

김 의관이라면, 나는 진고개 군사령부에 쫓아가보던 생각을 어
느 때든지 한다. 우리 집이 아직 시골에 있을 때에 나는 소학교를
졸업하고 서울 와서 김 의관의 큰집에서 중학교에 통학을 했었다.
첩의 집에만 들어박혔던 김 의관이 그때는 왜 본집에 와서 있었던
지, 나 있는 방과 마주 보이는 뜰 아랫방에 있었다. 그게 그해 8월
스무날께쯤 되었었는지 빗방울이 뚝뚝 듣는 초가을날 오후였다.
학교에서 막 돌아와서 문간에 들어서려니까, 김 의관 마누라가 울
상을 하고 뛰어나와서 책보를 받으면서,

"경식이 아버지가 지금 뉘게 붙들려 가셨는데, 이리 나간 모양
이니 좀 쫓아가봐주게" 하며, 허겁지겁이었다. 나도 깜짝 놀라서
가리키는 편으로 골목을 빠져서 달음박질을 하여 가노라니까, 양복
쟁이 두 사람에게 옹위가 되어 가는 모시두루마기 입은 김 의관이
눈에 띄었다. 나는 가슴이 두근두근하나 사오 간통이나 떨어져서
살금살금 쫓아갔다.

김 의관이 붙들려 가는 것을 쫓아가본 일이 이번째 두 번이다.
몇 달 전에, 내가 학교에 들어간 지 얼마 안 되어서다. 그때가 아
마 첩과 헤어져가지고 본집으로 기어든 지 며칠 안 되던 때인 듯
싶다. 어느 날 순검이 와서 위생비던가 청결비던가를 내라고 독촉

을 하니까,

"없는 것을 어떻게 내란 말요? 이 몸이라두 가져갈 테거든 가져가구려" 하며, 소리소리 질러가며 순검에게 발악을 하다가, 그예 순검이 가자고 끌어내니까 문지방에 발을 버티고 안 나가려고 한층 더 소리를 지르며,

"이놈, 이놈, 사람 죽이네. 어구, 사람 죽이네" 하고 순검보다도 더 야단을 치다가, 그예 붙들려 가고야 말 제, 나는 가는 곳을 알려고 뒤쫓았었다. 그때에, 나는 김 의관이 이 세상에 제일 잘난 사람이라고 생각했다. 나는 시골 구석에서 순검이라면 환도 차고 사람 치고 잡아가는 이 세상의 제일 무서운 사람으로 알고 자라났다. 그러나 김 의관은 그 제일 무서운 사람더러 이놈 저놈 하며 할 말을 다 하고 하인 부리듯이,

"이놈! 거기 섰거라. 누가 잘못했나 해보자!" 하며 안으로 들어와서 문지방에서 벗겨진 정강이에다가 밀타승[20]을 기름에 개어 바른다 옷을 갈아입는다 별별 거레를 다 하고 나서 의기양양하게 순검보다 앞장을 서서 나가는 것을 보고 나는 어린 마음에 유쾌도 할 뿐 아니라 제일 무서운 사람이 제일 못나 보이고, 제일 우습던 김 의관이 제일 잘나 보였다. 더구나 쫓아가서, 교번소에 들어가더니 거기 앉았던 사람더러 무어라무어라 몇 마디 하고 웃으며 나오는 김 의관을 볼 제, 나는 이 사람이 이렇게도 권리가 있나 하고 혼자 놀랐었다.

그러나 이번에는 아무 말도 없이 올가미에 씌인 개새끼처럼 고개를 축 늘어뜨리고 두 양복쟁이에게 끌려서 가더니 병정이 좌우

에서 파수를 보는 커다란 퍼런 문으로 들어가서 자취가 스러지고 말았다. 나는 무서워서 가까이 가지도 못하고 가던 길로 급히 돌아와서 집안 식구더러 이러저러한 데더라고 가르쳐주었다. 그날부터 경식이와 행랑아범은 하루 세 끼 밥을 나르기에 골몰이었다. 그러더니 한 보름 지나니까 김 의관은 해쓱한 얼굴로 별안간 풀려나왔다. 그때의 김 의관은 조금도 잘나 보이지 않았다. 그러나 무슨 까닭인 줄은 나도 짐작했었다. 그런데 반 달쯤 갇혔다가 나온 김 의관은 금시로 부자가 되었는지 양복을 몇 벌씩 새로 장만하고 헤어졌던 첩을 다시 불러다가 큰마누라하고 살게 하며, 매일 나가서는 술이 취해 들어오기도 하고, 새 양복을 찢어 가지고 들어오는 때가 있었다. 그러한 지 한 달쯤 되어서는, 시골에다가 집과 땅을 장만했으니 내려가자 하고 처첩을 다 데리고 낙향을 해버렸다. 그때서야, 제일 무서운 사람에게도 발악을 쓰던 김 의관이, 두어달 전에, 올가미 쓴 개새끼처럼 유순해지던 까닭을 알게 되었다.

내가 일본에 가기 전에는 자기 시골에서 학교를 세워가지고 교장 노릇도 하고 장(場)거리에 나와서는 정미소를 한다는 소문을 들었으나, 그후에, 나와서 들으니까 그것도 인천 가서, 다 까불리고 지금은 남의 집에 들어서 다른 첩과 산다고 한다. 지금 이 좋은 외투에 몸을 싸고 금테 안경을 쓴 신사도 인천을 가느니 토지의 계약을 했느니 하는 말을 들으면 이전에 붙들려 가보기도 하고 낙향도 하고 정미소도 해보다가 인천 미두에 다니지나 않는가 하는 생각이, 머리에 떠올랐다.

'그러다가 호상차지나 하러 다니구?'

나는 이렇게 생각을 해보고 혼자 속으로 웃으며, 또 한 번 돌려다보았다.

기차가 영동역에 도착하니까 사냥꾼의 일행은 내리고 승객의 한 떼가 몰려 올라왔다.

"눈이 이렇게 몹시 왔다가는 내일 어디 장이 서겠나? 오늘도 얼마가 손인지 알 수가 없는데……"

"공연히 우는소리 말게, 누가 뺏어가나? 허허허" 하며, 장꾼 같은 일행이 들어와서, 자리들을 잡느라고 어수선하게 쿵쾅거리며 주거니 받거니 제각기 떠들어댄다.

정거장에 도착할 때마다 드나드는 순사와 헌병 보조원은 차례차례로 한 번씩 휘돌아 나갔다. 기차는 또다시 움직이기 시작하였다.

내 앞에는 역시 갓에 갈모를 쓰고 우산에 수건을 매어 든 삼십 전후의 촌사람이 들어와서 앉았다. 곰방담뱃대에 엽초를 부스러뜨려서 힘껏 담고 나더니, 두루마기 속에 손을 넣어서 이 주머니 저 주머니를, 한참 뒤적거리다가, 내 옆에 성냥이 놓인 것을 보고,

"이것 잠깐만……" 하며, 내 얼굴을 뚫어지게 들여다보았다. 갓쟁이로는 구격(具格)이 맞지 않게, 손끝과 머리를 끄덕하며 빠르게 나의 눈치를 보는 것이, 분명히 내가 일본 사람인가 아닌가 하는 염려를 가진 모양이다. 나는 웃으며 성냥통을 집어주었다.

담배를 붙이고 난 촌자(村者)는 또 한 번 고개를 끄덕하며 나에게 성냥갑을 도로 주고 나서 인제는 안심하였다는 듯이, 싱글싱글 웃으며 나의 얼굴을 멀거니 쳐다보다가,

"우리 인사하십시다" 하며 번잡스럽게 말을 붙인다.

나는 몹시 덜렁대는 위인이라고 생각하고 웃으며 하자는 대로 했다.

인사를 한 뒤에야 매캐한 독한 연기를 훅훅 뿜으며,

"어디로 오세요?" 하며, 궐자가 묻는다.

"김천서요."

나는 마주 앉은 자의 광대뼈가 내밀고, 두꺼운 입술을 커다랗게 벌린 까맣게 그을은 얼굴을 쳐다보며 대답을 했다.

"고향이 거기세요?"

"네에."

"말소리가 다르신데요?"

"……"

"어떤 학교에 다니시나요? 일본서 오시지 않으세요?"

무료한 듯이 잠자코 앉았다가 또다시 묻는다.

"어떻게 아슈?" ……나는 웃으며 물었다.

"아, 일본 갔다 오시는 분은 모두 그런 양복을 입으십디다" 하며, 궐자는 외투 위로 내다보이는 학생복 깃에 달린 금 글자를 바라보고 웃었다.

"노형은 무엇을 하슈?"

나는 딴소리를 하였다.

"네에, 갓〔笠〕장사를 다닙니다."

"갓이오? 그래 요새두 갓이 잘 팔리나요?"

"그저 그렇지요. 촌에서들은 그래두 여전히 갓이 씌우니까요."

나는 좀 의외로 생각하였다. 두 사람은 잠깐 말이 끊기었다가, 나는 다시 물었다.

　"그러나 노형부터 왜 머리는 안 깎으슈? 세상이 바뀌었을 뿐 아니라 귀찮고 돈도 더 들지 않소?"

　"웬걸요. 촌에서 머리를 깎으려면 더 폐롭고 실상 돈도 더 들죠…… 게다가 머리를 깎으면 형장네들 모양으로 내지어(內地語)도 할 줄 알고 시체(時體) 학문도 있어야지요. 머리만 깎고 내지 사람을 만나도 대답 하나 똑똑히 못하면 관청에 가서든지 순사를 만나서든지 더 귀찮은 때가 많지요. 이렇게 망건을 쓰고 있으면 '요보'라고 해서 좀 잘못하는 게 있어도 웬만한 것은 용서를 해주니까, 그것만 해도 깎을 필요가 없지 않아요?"

하며, 껄껄 웃어버린다.

　"그렇지만 같은 조선 사람끼리라도 양복을 입으면, 대우가 다른 것같이, 역시 머리라도 깎는 것이 저 사람들에게 덜 천대를 받지 않소? 언제까지든지 함부로 훌뿌리는 대로 꿈적꿈적하고 '요보' 소리만 들으려우?"

　나는 궐자의 말이 일리가 있다고 동정은 하면서도 무어라고 하나 들어보려고 이렇게 물었다.

　"훌뿌리거나 '요보'라고 하거나 천대는 받을 때뿐이지요만, 머리나 깎고 모자를 쓰고, 개화장이나 짚고 다녀보슈. 가는 데마다 시달리고 조금만 하면 뺨따귀나 얻어맞고, 유치장 구경을 한 달에 한 번씩은 할 테니! 노형네들은 내지어나 능통하시지요? 하지만 우리 같은 놈이야 맞으면 맞았지 별수 있나요. 허허허."

천대를 받아도 얻어맞는 것보다는 낫다! 그도 그럴 것이다. 미친 체하고 떡 목판에 엎드러진다는 격으로 미친 체하고 어리광 비슷한 수작을 하거나 스라소니 행세를 하여 어떻든지 저편의 호감을 사고 저편을 웃기기만 하면 목전에 닥쳐오는 핍박은 면할 것이다. 속으로는 요놈 하면서라도 얼굴에만 웃는 빛을 띠면 당장의 급한 욕은 면할 것이다. 고식, 미봉, 가식, 굴복, 도회(韜晦), 비겁…… 이러한 모든 것에 만족하는 것이 조선 사람의 가장 유리한 생활 방도요, 현명한 처세술이다. ……조선 사람에게 음험한 성질이 있다 하면 그것은 아무의 죄도 아닐 것이다. 재래의 정치의 죄다. 사기 취재가 조선 사람에게 제일 많은 범죄라고 일본 사람이 흉을 보지만 그것도 역시 출발점은 동일한 것이다. ……내가, 이러한 생각을 하고 앉았으려니까, 궐자는 무엇을 경계하는 눈치로 찻간을 한 번 휘돌아보고 나서 또다시 입을 벌렸다.

"어떻든지 우리는 그저 내지인과 동등한 대우만 해주면 나중엔 어찌 되든지 살아갈 테에요" 하며 궐자는 또 한 번 사방을 휙 돌아다보고 나서, 목소리를 한층 낮추어 계속한다.

"가령 공동묘지만 하더라도 내지에도 그런 법률이 있다 하면 싫든 좋든 우리도 따라갈 테에요. 하지만 노형은 자세히 아시겠지만 내지에도 그런 법이 있나요?"

의외에 궐자는 공동묘지 이야기를 꺼낸다. 나는 아까 형님한테 한참 설법을 듣고 오는 길에 또 이러한 질문을 받는 것이 괴상하다고 생각했다. 언제 규정이 된 것인지 어떻게 시행하라는 것인지는 나로서는 알 바도 아니요, 그까짓 것은 아무렇거나 상관이 없는 것이지만, 아마 요사이 경향에서 모여 앉으면 꽤들 문젯거리로 삼는 모양이다. 나는 한 번 껄껄 웃어주고 싶었으나 그리할 수는 없었다.

"일본에도 공동묘지야 있지요."

나 역시 누가 듣지나 않는가 하고, 아까부터 수상쩍게 보이던 저편 뒤로 컴컴한 구석에 금테를 한 동 두른 모자를 쓴 채 외투를 뒤집어쓰고 누워 있는 일본 사람과 김천서 나하고 같이 오른 양복쟁이 편을 돌려다보았다. 나의 말이 조금이라도 총독정치를 비방하는 것은 아니지만 그중에서 무슨 오해가 생길지 그것이 나에게는 염려되는 것이었다.

"정말 내지에도 공동묘지가 있어요? 하지만 행세하는 사람이야 좀 다르겠죠."

"그야 좀 다르겠지요만, 어떻든지 일본에서는 화장을 흔히 지내기 때문에 타고 남은 뼉다귀만 …… 아마 목구멍뼈라든가를 갖다가 묻고 목패든지 비석을 세우지요. ……그러지 않아도, 살아 있는 사람도 터전이 좁아서 땅조각이 금조각 같은데, 죽는 사람마다 넓은 터전을 차지하다가는 이 세상에는 무덤만 남고 말 게요. 허허허."

나는 이러한 소리를 하면서 묘지를 간략하게 하여, 지면을 축소하고 남는 땅은 누구의 손으로 들어가고 마누 하는 생각을 하여보았다.

"그리구서니 자기의 부모나 처자를 죽었다구 금세루 살라야 버릴 수가 있습니까? 더구나 대대로 내려오는 자기 집 산소까지를……"

궐자는 나의 말이 옳다는 모양으로 고개를 끄덕끄덕하면서도 그래도 반대를 한다.

"화장을 지낸다기루 상관이 뭐겠소. 예전에 애급이라는 나라에서는 왕후 장상의 시체는 방부제를 쓰고 나무관에 넣은 시체를, 다시 석관까지에 튼튼히 넣어서 피라미드라는 큰 굴 속에 묻어 두었지만, 지금 와서는 미라밖에는 되지 않고 만 것을 보면 죽은 송장에게 능라주의(綾羅紬衣)를 입히고 백 평 천 평 되는 땅에다가 아무리 굳게 파묻기로 그것이 무엇이란 말이오? 동상을 세우면 무얼 하고 송덕비를 세우면 무엇에 쓴다는 말이오?……"

내 앞에 앉았는 촌자는 무슨 소리인지 귀에 자세히 들어오지 않는 모양이다. 어리둥절하여 앉았다가,

"무어요? '미라'라는 건 무어예요?" 하며 묻는다.

"'미라'라는 것은 한문자 목내이(木乃伊)라고 쓰는 것인데, 사람의 시체가 몇백 년 몇천 년을 지나서 돌로 변해진 것이라우……조선박물관에도 있는지는 모르지만 일본에는 동경의 제국박물관에 있습디다."

"에, 그런 것이 있어요?"

"글쎄 그러고 보니 말이오, 가만히 생각하면 사람의 일이라는 것은 얼마나 헛된 것이오? 이 몸이 땅에 파묻히면 여러 가지 원소로 해체되어 이 우주의 공간에 떠돌아다니다가 내 자식 내 손자 증손자의 콧구멍으로도 들어가고 입구멍으로도 들어가서 살이 되고, 뼈가 되고 피가 되다가 남으면 똥이 되어서 다시 밖으로 기어

나가고 하는 동안에, 이 몸은 흙이 되어서 몇백 몇천 년 지난 뒤에는 박물관에 가서 자빠지거나 지질학자나, 골상학자나 인류학자의 손에 걸려서 이리저리 데굴데굴 굴러다니고 말 것이 아니오? 그러면서도 배에서 쪼르륵 소리가 나게 될 날이 미구불원한 것은 꿈에도 생각해보지 않고 죽은 뒤에 파묻힐 곳부터 염려를 하고 앉았다는 것은 너무도 얼빠진 늦둥이 수작이 아니오? 허허허."

나는 형님에게 하고 싶던 말을 아무것도 모르는 이자를 붙들고 한참 푸념을 했다. 이야기를 하고 나니까 어쩐지 열없었다. 그러나 내가 한참 떠드는 바람에 여러 사람은 이리로 시선을 보내는 모양이다. 등 뒤에 앉았는 기생아씨도 몸을 틀고 앉아서 귀에 들어오지도 않을 이야기를 열심으로 듣는 모양이다.

"나는 모르겠습니다만, 그래 노형께서도 양친이 계시겠지요만, 어떻게 하실 텐가요?"

갓장수는 역시 불평이 있는 듯이 물었다.

"되어가는 대로 하지요" 하며, 나는 웃고 입을 달았다.

"그래도 우리나라 풍속에 부모나 조상을 위하는 것은, 좋은 일이겠지요."

나는 더 말해야 쓸데가 없다고 생각하고 암말 안 하려다가, 그래도 오해를 사면 안 되겠기에 또 대꾸를 해주었다.

"누가 그르다고 했소? 물론 부모와 조상을 위해야 하겠지요. 하지만, 장사를 잘 지내고 무덤을 잘 만드는 것이 효라고는 못하겠지요. 그리고 조상의 분묘를 잘 거두는 것은 좋은 일이겠지만 산소치레를 하라는 말은 아니겠지요. 그뿐 아니라 부모를 생각하여 조부모의 산소를 돌보고 조부모를 위하여 증조의 묘를 찾는다 하면 어찌하여 5대조를 위하여 10대조의 묘를 찾지 않고 10대조를 위하여 백대조의 묘를 찾아올라가지 않는가요? 노형은 지금 시조의 산소가 어디 있는지나 아슈? 허허허. 결국에 말하자면 자기에게 친근할수록 더 생각하고, 찾는 것이니까, 그 친근한 정리만 어떠한 수단 형식으로든지 표시했으면 고만이 아니오? 일부러 표시를 할 게 아니라 마음에만 먹고 있어도 상관없지요."

"나는 모르겠습니다" 하며 갓장수는 픽 웃었다. 나는 잠자코 말았으나 어쩐지 불유쾌했다. 갓장수 따위를 데리고 그러한 논란을 한 것이 점잖지 않은 짓 같기도 하고 남이 들으면 웃을 것 같아서 혼자 부끄러웠다.

두 사람이 잠자코 앉았으려니까, 차는 심천(深川) 정거장엔지 도착한 모양이다. 승객도 별로 없이 조용한 속에 순사가 두리번두리번하고 뚜벅 소리를 내며 들어와서 저편 찻간으로 지나간 뒤에 조금 있으려니까, 누런 양복바지를 옹구바지로 입고 작달막한 키에 구두 끝까지 철철 내려오는 기다란 환도를 끌면서, 조선 사람의 헌병 보조원이 또 들어왔다. 여러 사람의 눈은 또 일시에 구랄만 한[2] 누렁저고리를 입은 조그마한 사람에게로 모였다. 이 사람은 조그만 눈을 뚱그렇게 뜨고 저편서부터 차츰차츰 한 사람씩 얼굴을 들여다보며 이리로 온다. 누구를 찾는 것이 분명하다. 나는 공연히 가슴이 선뜩하였으나 이 찻간에는, 나를 미행하는 사람이 있으리라는 생각을 하니까 안심이 되었다. 찻간 속은 괴괴하고 헌병 보조원의 유착한 구두소리만 뚜벅뚜벅 난다. 그러나 여러 사람의 가슴은 컴컴한 '램프'의 심짓불이 떨리듯이, 떨렸다. 한 사람 두 사람 들여다보고 지나친 뒤의 사람은 자기는 아니로구나 하는 가벼운 안심이, 가슴에 내려앉는 동시에 깊은 한숨을 내쉬는 모양이 얼굴에 현연히 나타났다. 헌병 보조원의 발자취는 점점 가까워 왔다. 나는 등을 지고 돌아앉았고 내 앞의 갓장수는 담뱃대를 든 채 헌병의 얼굴을 똑바로 쳐다보고 앉았다. 헌병 보조원은 내 곁에 와서 우뚝 섰다. 나는 가슴이 뜨끔하여 무심코 쳐다보았다. 그러나 헌병 보조원은 나를 본체만체하고 내 앞에 앉았는 갓장수를 한참 내려다보고 섰더니 손에 들었던 종잇조각을 펴본다. 내 가슴에서는 목이 메게 꿀떡 삼키었던 토란 같은 것이 쑥 내려앉는 것 같았다.

"당신, 이름이 뭐요?"

헌병 보조원은 갓장수더러 물었다.

"나요? 김××예요" 하며, 허둥허둥 일어났다.

"당신이 영동(永同)서 갓을 부쳤소?"

"네에."

"그럼 잠깐 내립시다."

찻간 속은 쥐죽은 듯한 침묵에서 겨우 벗어났다. 여기저기서 수군수군하는 소리가 난다. 나의 말동무는 헌병 보조원의 앞을 서서 허둥지둥 차에서 내렸다.

그러나 문밖으로 나간 뒤에 정신을 차리고 보니까, 내 앞에는 수건으로 질끈 동인 헌 우산 한 개가 의자의 구석에 기대어 있었다. 나는 유리창을 올리고, 캄캄한 밖을 내다보며, 소리를 쳤으나 벌써

간 곳이 없었다. ……난로에 석탄을 넣으러 온 역부에게 내어주었다. 그러나 누구의 것이냐고 서툰 일본말로 묻기에, 나는 벌써 조선 사람인 줄 알아채고, 일부러 조선말로 대답을 했더니,

"나니(무엇이야)? 나니?" 하며 여전히 못 알아들은 체하고 일본말로 묻는 데에는 어이가 없었다.

자정이나 넘은 뒤에 차는 대전에 와서 닿았다. 김 의관 같은 하이칼라 신사는 커다란 가죽 가방에 담요를 비끄러매어서 옆에 놓았던 것을 앞에 앉았던 사람에게 들려가지고 내려갔다. 그러나 기생은 내리지 않았다.

얼마나 정차하느냐고 소제하는 역부더러 물어보니까, 30분 동안이라고 먹따는 소리를 꽥 지르고 달아난다. 나는 하도 심심하기에 모자를 집어 쓰고 차에서 내려서 플랫폼으로 어슬렁어슬렁 걸어나갔다. 그동안에 눈이 5, 6촌은 쌓인 모양이다. 지금은 뜸하나 뼈에 저린 밤바람에 모가지를 자라목처럼 오그라뜨렸다. 맨 끝에 달린 찻간 앞까지 오니까 불을 환하게 켠 차장실 속에 얼굴이 해끄무레한 두 청년이 검정 방한모에 소매통이 좁은 옥색 두루마기를 입고 누런 복장을 입은 헌병과 마주 서서 웃으며 이야기를 하는 것이 환히 보였다. 얼굴 모습이 같은 것을 보면 두 청년은 형제 같고 헌병 가슴에 권총을 단 줄이 늘어진 것을 보면 일본 사람이 분명하다. 나는 수상히 여겨서 창 밑으로 가까이 가보니까, 세 사람은 여전히 웃으며 뭐라고 속살거린다. 그러나 그 청년들의 어설프게 웃는 미소와 입술이 경련적으로 위로 뒤틀린 것은 공포 그

자체 같았다. 나는 발을 돌이켜 목책으로 막은 입구 앞으로 가서 서슴지 않고 내 손으로 열고 나갔다. 아무것도 막지 않고 좌우편으로 눈발이 쳐들어오는 횅뎅그레한 속에는 한가운데에 난로랍시고 놓고 그 가에 옹기옹기 사람들이 모여 섰다. '대합실도 없이 이런 벌판에 세워둘 지경이면 어서 찻간으로 들여보냈으면 작히나 좋을까!' 나는 이런 생각을 하고 난로 옆을 흘끗 보려니까 결박을 지은 범인이 너댓 사람이나, 나무 의자에 걸어앉고, 그 옆에는 순사가 세 명이나 앉아서 지키는 것이 눈에 띄었다. 나는 깜짝 놀랐다. 그중에는 머리를 파발을 하고 땟덩이가 된 치마저고리의 매무새까지 흘러내린 젊은 여편네도 역시 결박을 해 앉혔다. 부끄럽지도 않은지 나를 부러워하는 듯한 눈으로 물끄러미 쳐다보다가 고개를 숙였다. 뒤에는 쌕쌕 자는 아이가 매달렸다. 나는 가슴이 선뜻하고 다리가 떨렸다. 모든 광경이 어떠한 책 속에서 본 것을 실연해 보여주는 것 같은 생각이 희미하게 별안간 머리에 떠올라왔다. 나는 지금 꿈을 보지 않았나 하는 의심까지 났다.

정거장 문 밖으로 나서서 눈을 바삭바삭 밟으며 큰길거리로 나가니까 7년 전에 일본으로 도망갈 때에 오정때 대전에 내려서, 점심을 사먹던 집이 어디인지 방면도 알 수가 없었다. 길 맞은편으로 쭉 늘어선 것은 컴컴스그레해서 자세히는 안 보이나 일본 사람집인 모양이다. 야과온포(夜鍋縕飽: 밤에 파는 일본 국수)를 파는 수레가 적막한 밤을 깨뜨리며 호젓하고 처량하게 찔렁찔렁 요령을 흔드는 것을 한참 바라보고 섰다가, 그때에 밥을 팔던 삼십 남짓한 객주집 계집은 지금쯤 어디 가서 파묻혔누? 하는 생각을 하

며 다시 정거장 구내로 들어왔다. 발자국 하나 말 한마디 제겪 소
리도 없이 얼어붙은 듯이 앉았는 승객들은, 웅숭그려뜨리고 들어
오는, 나의 얼굴을 쳐다보며 여전히 오그라뜨리고 앉았다. 결박을
지은 계집은 또다시 나를 쳐다보았다. 곁에 앉았는 순사까지 불쌍
히 보였다. 목책 안으로 들어오며 건너다보니까 차장실 속에 섰던
두 청년과 헌병은 여전히 이야기를 하고 섰는 것이 보인다. 나는
까닭 없이 처량한 생각이 가슴에 복받쳐 오르면서 몸이 한층 더
부르르 떨렸다. 모든 기억이 꿈 같고 눈에 띄는 것마다 가엾어 보
였다. 눈물이 스며 나올 것 같았다. 나는, 승강대로 올라서며, 속
에서 분노가 치밀어 올라와서 이렇게 부르짖었다.

'이것이 생활이라는 것인가? 모두 뒈져버려라!'

찻간 안으로 들어오며,

'무덤이다. 구더기가 끓는 무덤이다!' 라고 나는, 지긋지긋한 듯
이 입술을 악물어보았다. 모자를 벗어서 앉았던 자리 위에 던지고
난로 앞으로 가서 몸을 녹이며 섰었다. 난로는 꽤 달았다. 뱀의 혀
같은 빨간 불길이 난로 문틈으로 날름날름 내다보인다. 찻간 안의
공기는 담배 연기와 석탄재의 먼지로 흐릿하면서도 쌀쌀하다. 우
중충한 램프 불은 웅크리고 자는 사람들의 머리 위를 지키는 것
같으나, 묵직하고도 고요한 압력으로 사뿟이 내리누르는 것 같다.
나는 한 번 휙 돌려다본 뒤에,

'공동묘지다! 구더기가 우글우글하는 공동묘지다!' 라고 속으로
생각하였다.

'이 방 안부터 위불없는 공동묘지다. 공동묘지에 있으니까 공동

묘지에 들어가기를 싫어하는 것이다. 구더기가 득시글득시글하는 무덤 속이다. 모두가 구더기다. 너도 구더기, 나도 구더기다. 그 속에서도 진화론적 모든 조건은 한 초 동안도 거르지 않고 진행되겠지! 생존 경쟁이 있고 자연도태가 있고 네가 잘났느니 내가 잘났느니 하고 으르렁댈 것이다. 그러나 조만간 구더기의 낱낱이 해체가 되어서 원소가 되고 흙이 되어서 내 입으로 들어가고, 네 코로 들어갔다가 네나 내나 거꾸러지면, 미구에, 또, 구더기가 되어서 원소가 되거나 흙이 될 것이다. 에잇! 뒈져라! 움도 싹도 없어져버려라! 망할 대로 망해버려라! 사태가 나든지 망해버리든지 양단간에 끝장이 나고 보면 그중에서 혹은 조금이라도 나은 놈이 생길지도 모를 것이다……'

나는 차가 떠나기 전에 자기 자리로 와서 드러누웠다. 등 너머에 누운 기생의 머리에서 가끔가끔 끼쳐오는 머릿내와 향긋한 기름내 분내를 코로 훅훅 맡아가며 눈을 감고 누웠었다.

'이것도 구더기 썩는 냄새다!'

나는 이런 생각을 해보면서도 코를 막으려고는 안 했다. 차가 움직이기 시작했다. ……어느덧 잠이 소르르 왔다.

몇 번이나 깼다 들었다 하며 편치 못한 잠을 잔 둥 만 둥하고 눈을 떠보니까 긴긴밤도 어느덧 훤히 밝았다. 으스스하기에 난로 앞으로 가며, 옆의 사람더러 물어보니까 시흥(始興)에서 떠났다 한다.

인제는 서울도 다 왔구나! 생각하니까, 그래도 반갑지 않을 수 없다. 영등포를 지나서 한강 철교를 건널 때에는 대리석으로 은구

(隱溝)²²를 놓은 듯한 사람 그림자라고는 없는 빙판을 바라보고 무심코 기지개를 한 번 켰다. 용산역에까지 오니까 뒤의 기생이 일어나서 매무새를 만지작거리며 곧 내릴 사람같이 나를 유심히 바라보고 머뭇거리다가 차가 떠나려고 호각을 부는 소리가 나니까 그대로 앉아버렸다. 처음 서울 오는 기생 같지는 않으나 아는 사람이 없어서, 마음이 불안해서 그리하는지 수상하였다. 내가 자기 자리로 와서 선반의 짐을 내려놓고 앉은 뒤에도 나의 일거일동을 눈으로 좇으면서, 무슨 말을, 비칠 듯 비칠 듯 하다가 입을 벌리지 못하는 모양이다. 서울에서 찾아갈 길을 묻자든지 무슨 까닭이 있는 것 같아서 이편에서 먼저 입을 벌리고 싶었으나 대학 제복 제모에 경의를 표하기 위하여 입을 다물어버렸다.

기차는 남대문에 도착하였다. 집에서 나온 큰집 종형님과 짐을 들고 나와서 인력거를 탈 때까지는, 그 기생이 출구 목책 앞에서 혼자 쩔쩔매는 양이, 멀리 보였으나, 내 인력거채는 남으로 향하다가 북으로 꼽들어버렸다.

6

온밤 새도록 쏟아진 눈은 한 자 길이나 쌓인 모양이다. 인력거 꾼은 낑낑 매며 끄는 모양이나 바퀴가 마음대로 돌지를 않는다. 북악산에서 내리지르는 바람은 타고 앉았는 사람의 발끝, 코끝을 쏙쏙 쑤시게 하고 안경을 쓴 눈이 어른어른하도록 눈물을 핑 돌게 한다. 남문 안 장²³으로 나가는 술집 더부살이 같은 것이 굴뚝으로 기어나온 사람처럼 오동²⁴이 된 두루마기 위로 치룽²⁵을 짊어지고 팔짱을 끼고 충충 걸어가는 것이 가끔가끔 눈에 띌 뿐이요 거리에는 사람 자취도 별로 없다. 아직 불이 나가지 않은 길가의 헌등(軒燈)은 졸린 듯이 뽀얗게 김이 어려 보인다. 인력거꾼은 여전히 허연 입김을 헉헉 뿜으며 다져진 눈 위로 꺼불꺼불하며 달아난다.

나는 1년 반 만에 보는 시가를 반가운 듯이 이리저리 돌려다보고 앉았다가, 어느덧 머릿속에 가죽만 남은 하얗게 센 얼굴이 떠올랐다.

'이래도 역시 서방이라고 기다리고 있을 테지?'

나는 이런 생각도 해보았다. 그러자, 별안간 대구 기생의 얼굴이 떠올랐다. 갸름하고 감숭한 얼굴, 무슨 불안을 호소하려는 듯한 눈……

'지금쯤 어디를 헤매누? 말을 좀 붙여보았더라면 좋았을걸!' 하며, 정거장 앞에서 짤짤거리며 아는 사람이나 나왔는가 하고 헤매던 꼴을 그려보면서, 이러한 후회도 하였다. '그러나 이야기를 해보면 무얼 해! 갈 놈은 어서어서 가고 스러질 것은 한시바삐 스러져야 할 것이다……'

나는 추운 생각도 잊어버리고 멀거니 앉았다가 우리 집에 들어가는 동구를 지나쳤다. 인력거꾼의 꾸지람을 들어가며 두어 간통이나 되짚어 내려와서 내렸다.

집안 식구들은 벌써 일어나서 수세(漱洗)까지 하고 앉아서 기다렸다.

"공부두 중하지만 그렇게도 좀 안 나온단 말이냐"

하며 어머님은 벌써부터 우는 목소리다.

"그래두 눈을 감기 전에 만나보게 되었으니 다행이다" 하고 또 우신다. 과부가 된 뒤로 본가살이를 하는 큰누이도 훌쩍훌쩍하고 섰다. 작은누이도 덩달아서 운다. 뜰에서 멀거니 바라보고 섰던 큰집 사촌형수도 돌아서며, 행주치마로 콧물을 씻는 모양이다. 그래도 아버지만은 사랑에서 들어오셔서 잠자코 절을 받으셨다.

"초상난 집 모양으로 울기들은 왜 이리 우슈?" 하며 나는 핀잔을 주었다. 해마다 오면 어머니의 울고 맞아주는 것이 귀찮다. 그러한 때에는 내 처도 으레 제 방으로 피해 들어가서 훌쩍거렸다. 그러나, 나는 왜 우는지 알 수가 없었다. 혼자서 눈물이 핑 돌 때가 없지 않지만 남이 우는 것을 보면 도리어 웃어주고도 싶고 뭐라고 입을 벌릴 수가 없다.

"좀 어떤 셈예요?"

인사가 끝난 뒤에 어머니에게 물으니까,

"그저 그렇지, 어서 들어가보렴" 하며 어머니가, 안방에서 나와서 건넌방으로 앞장을 서서 들어갔다.

"아가 아가! 서방님 왔다. 얘, 얘, 일본서 서방님 왔어……"

혼수상태에 있던 병인은 눈을 슬며시 뜨고 시어머니의 얼굴을 바라다보고 나서 곁에 섰는 나를 물끄러미 쳐다보고 까맣게 탄 입술을 벌리고 생그레 웃는 듯하더니, 깔딱 질린 눈에, 눈물이 글썽글썽해지며 외면을 한다. 두꺼운 이불을 덮은 가슴이 벌렁거리며 괴로운 듯이 흑흑 느낀다.

"우지 마라, 우지 마라, 인제 낫는다."

어머니는 이렇게 달래면서도 역시 훌쩍거리며, 나가버리셨다. 병풍으로 꼭꼭 막고 오줌똥을 받아내는 오랜 병인의 방이다. 퀴퀴한 냄새에 약내가 섞여서, 밤차에 피로한 사람의 비위를 여간 거스르는 게 아니지만, 그래도 금시로 나가버릴 수가 없어서 그 옆에 앉았었다.

"울지 말아요, 병에 해로우니."

나는 겨우 한마디 하고 무슨 말로 위로를 해야 좋을지 몰라서 벙벙히 앉았었다.

"중기(重基), 중기 보셨소?" 병인은, 눈물을 씻으며, 겨우 스러져가는 목소리로 한마디를 하고 나를 쳐다보았다. 곁에 앉았던 계집애년이 집어주는 수건을 받는 손을 볼 제, 나는 비로소 가엾은 생각이 났다. 가죽이, 착 달라붙고 뼈가 앙상한 손이 약간 바르르 떨렸다.

'저 손이 이 몸에 닿던 포동포동하고 제일 귀여워하던 그 손이던가?' 하는 생각을 해보니까, 어쩐지 마음이 실쭉해졌다.

"……난, 나는 죽는 사람이에요. ……하, 하지만, 저 중기만은……" 하며 또 기운 없이 입을 벌리다가, 목이 메고 말았다. 시원하게 울고 싶으나 기운이 진해서 눈물만 쏟아지는 모양이다.

"그런 소리 말아요, 죽기는 왜 죽어…… 마음을 턱 놓고 있으면, 나아요."

"……인제는 더 살구두 싶지 않아요. ……어, 어떻든 저것만은 잘 맡으세요……" 또다시 흑흑 느끼다가,

"……저것을 생각하니까, 하, 하루라두 더 살려는 것이지……"
하며, 엉엉 목을 놓고 우나, 가다가다 목이 메어서 모기 소리만큼 졸아들어갔다.

나는 무어라고 대꾸를 해야 좋을지 망단하였다. 죽어가면서도 자식 생각을 하는 것이 불쌍하기도 하고 우습기도 하였다. 오래 앉았으면 점점 더 울 것 같고, 또 사실 더 앉아 있기도 싫기에 나는 울지 말라고 달래면서, 안방으로 건너와서, 아랫목에 깔아놓았던 조선옷과 갈아입었다. 정거장에 나왔던 사촌형이 들어와서,

"사랑에서 부르시네" 하며, 이르고 자기 방으로 들어갔다. 이 형님은 종가(宗家)의 장남으로 태어난 덕에 일평생 손 하나 까딱하지 않고 우리 집에서 40년을 지내 왔다. 그러나 이 형님에게 자식이 없는 것이 집안의 큰 걱정거리란다.

사랑에 나가서, 깜짝 놀란 것은 김 의관이 아버님 옆에 앉아 있는 것이다.

'언제부터 또 와서 있누?' 하며 어제 차 속에서 보던 금테 안경을 생각하고 들어가서 인사를 하니까,

"잘 있었나? 얼마나 걱정이 되나?" 하며 한층 더 점잔을 빼고 장죽을 물고 앉았다. 아랫목에 도사리고 앉으셨던 아버님은,

"거기 앉아라" 하며, 그동안 내 처의 병세를 소상히 이야기를 하며 무슨 탕(湯)을 몇 첩이나 썼더니 어떻게 변하고, 무슨 음(飮)을 몇 첩을 써보니까 얼마나 효험이 있었고 무엇이 어떻게 걸려서 얼마나 더쳤다는 이야기를 기다랗게 들려주셨으나 나에게는 무슨 소리인지 잘 알아들을 수가 없었다.

나는 가만히 듣고 앉았다가,

"그 유종(乳腫)은 총독부 병원에 가서 얼른 파종을 시켰더면 좋았을걸요" 하며 한마디 하니까,

"요새 양의가, 무어 안다던? 형두 그따위 소리를 하기에 죽여도 내 손으로 죽인다고 하였다만……" 하며 역정을 내셨다. 나는 잠자코 말았다.

안에 들어와서 급히 차려주는 조반을 먹다가,

"김 의관은 왜 또 와 있에요?" 하며 어머니께 물어보았다.

"집을 뺏기고 첩허구 헤어진 뒤에 벌써부터 와 있단다."

"자기 큰집은 어떡하구요?"

"큰집은 있기야 있지만, 언제는 돌아다나 보던? 더구나 셋방으로 돌아다니는데…… 매일 술타령이요 사람이 죽을 일이다" 하며 어머니는 눈살을 찌푸리셨다.

"그, 왜, 붙여요."

김 의관에 대한 숭배심을 잃은 나는 진정으로 보기가 싫었다.

"왜 붙이는 게 뭐냐? 아버지께서는 이 세상에 김 의관만 한 사람이 없다고 누가 무어라고만 하면 소리소리 지르시고 꼭 겸상해서 잡숫다시피 하시는데……"

김 의관은 서 자작(徐子爵)이라는 합방할 때까지 대각(臺閣)에 열(列)하여 합방에 매우 유공한 사람의 일긴(一緊)으로 그 서씨의 집을 얻어 들였었는데, 서씨가 올 여름에 죽은 뒤에는 집까지 빼앗긴 모양이다. 그러나 그 대신으로 서씨가 하던 사업——이라야 별다른 게 아니라 장사집 호상차지하는 것이지만, 이것만은 대를

물려받았다 한다.

"그건 고사하고 여보. 김 의관이 유치장에 들어갔다가 그저께야 나왔다우…… '모닝코트'를 입구, 하하하."

시험이, 며칠 안 남았다고 책상머리에 앉아서 무엇인지를 꼼지락꼼지락하고 앉았던 누이동생이 돌아다보며 말참견을 하였다.

"응? 허허허. 무슨 일루?"

"누가 아우. 밤중에 요릿집에서 부랑자 취체로 붙들려 들어갔다가 2주일 만에 나왔다우, 하하하……"

"허허허."

나는 7, 8년 전에 군사령부에 가던 일을 생각해보며. '이번에는 누가 쫓아갔던구?' 하고 또 한 번 웃었다.

"아, 참 너두 밤출입 하지 마라. 요새는 부랑자 취체로 퍽 심한 모양인데……"

어머니는 곁에서 주의를 시켜주셨다.

"왜 내가 부랑잔가요? 그런데 나와서 무어라구 해?" 하며 누이더러 물어보았다.

"아버지께서는 누가 먹어내기 때문에 들어갔다구 하시지만 큰집 오빠가 그러는데, 요릿집 다니는 놈들은 모두 잡아갔다는데요. ……그러고도 호기 좋게 정무총감을 보고 막해냈다고 혼자 떠들더라던가. 하하하. 아무튼지 미친놈이야!"

"그 왜 남의 집 사내더러 미친놈이 다 뭐냐? 너야말로 미친년이로구나."

어머니는 잠깐 꾸짖고 나가시더니, 아랫방에서 중기가 깨었다고 안고 나오는 것을 받아가지고 들어오신다.

"자아, 네 아범 봐라. 네 아범 왔다. 얼마만이오?"

어머니는 겨우 핏덩어리를 면한 조그만 고깃덩어리를 얼러가며 나에게 데미셨다. 처네에 싸인 바짝 마른 아이는 추워서 그러는지 두 팔을 오그라뜨리고 바르르 떨면서 핏기 없는 앙상한 얼굴을 이리 향하고 말끄러미 쳐다보다가, 으아 하며 가냘픈 목소리로 운다.

"그, 왜, 그 모양이에요?"

나는 눈살을 찌푸리며 고개를 돌렸다.

"왜 어때? 모습이 이쁘지 않으냐? 인제 석 달쯤 된 게 그렇지…… 그러나 나면서 어디 에미 젖이라고 변변히 먹어봤니, 유모를 한 달쯤 댔다가 나가버린 뒤로는 똑 우유로만 길렀는데."

울음을 시작한 어린아이는 좀처럼 그치지를 않고, 점점 더 발악을 한다. 파랗게 질려서 두 발을 버둥거리고 배를 발딱발딱 쳐들어가며 방 안을 발칵 뒤집어놓는다.

"에그, 이게 웬 야단이야?" 하며 누이는 보던 책을 덮어놓고 눈살을 찌푸리며 마루로 휙 나가버렸다. 나도 상을 밀어놓고 총총히 일어났다. 사랑으로 나가서 건넌방에 들어가 담배를 피우며 누웠으려니까, 낯 서투른 청년 하나가 찾아왔다. 소할(所轄)경찰서로 지금 본정서(本町署)에서 인계를 해왔는데 다시 떠날 때까지 자기가 미행을 하겠다 하면서,

"얼마 안 계실 테지요? 늘 쫓아다니지는 않겠습니다. 가끔가끔 올 테니 그 대신에 문밖이나 시골을 가시거든 요 앞 교번소로 통

기를 좀 해주슈" 하며, 매우 생색이나 내는 듯이 중언부언하고 가
버렸다. 마음대로 하라고 했다.

7

　삼사 일은 집구석에서 그럭저럭 세월을 보냈다. 아버지는 무슨
일이 그리 분주하신지 매일 아침만 자시면 김 의관하고 나가셨다
가 어슬어슬해서야 약주가 취해 들어오시기도 하고 친구를 한 떼
씩 몰아가지고 들어오시기도 하였다. 큰집 형님한테 들으니까, 요
사이 동우회(同友會)의 연종 총회가 있어서 그렇다 한다.
　"그런 데 상관을 마시래도 한사코 왜 다니신단 말요? 모두 반
미친놈들이 모여서 협잡질들이나 하고 남한테 시빗거리만 장만하
면서…… 공연히 김 의관이 들쑤셔내서 엄벙뗑하고 돈푼이라두
갉아먹으려고 그러는 것을 그걸 왜 짐작을 못하셔?"
　"내가 아나? 평의원이라는 직함 바람에 다니시는 게지, 하하하.
그런데 중추원 부찬의라두 하나 생길 줄 아시는지도 모르지." 큰
집 형님은 이런 소리를 하며 웃었다.
　"중추원 부찬의는 벌써 철겨운 지가 언젠데? 설령 그게 된다기
루 그건 왜 하지 못해 애를 쓰셔? 참 딱한 일이야."
　"그래두 김 의관은 무엇이든지 하나 운동해드리마던데, 하하
하."
　"미친놈! 저두 못 하는 것을 누구를 시키구 말구. 흥 또 유치장

에나 들어가구 싶은 게로군."

"그래두 김 의관 말은 자기가 총독이나 정무총감하고 제일 긴하다는데, 하하하."

"서가의 집을 뺏겼으니까, 아버지께 알랑알랑하고 집이나 한 채 얻어내려는 게 제일 긴한 게지."

"하……"

동우회라는 것은 일선인(日鮮人)의 무엇인가를 표방하고 귀족들을 중심으로 하고 전후 협잡꾼들이 모여서 바둑 장기로 세월을 보내고 저녁때면 술추렴이나 다니는 회이다. 회의 유일한 사업은 기생 연주회의 후원이나 소위 지명지사(知名之士)가 죽으면 호상차지나 하는 것이다.

"나는 요새 좀 바빠서 약 쓰는 것도 자세히 볼 수 없구 하니, 낮에는 들어앉아서 잘 살펴보아라."

내가 도착하던 날 아침에 아버지께서 이렇게 주의를 하시기도 하였고 또 나가야 갈 데가 없는 것은 아니지만 신산하기에 들엎드려서 큰집 형님하고 저녁때면 술잔 먹고 사랑 구석에서 버둥거리고 있었지만 알고 보니 다니신다는 데라야 고작해야 그러하다. 병인은 하루 한 번씩이고 두어 번 들여다보아야 더 나은 것 같지도 않고 더친 것 같지도 않고 의사가 와서 맥인가 본 뒤에 방문을 내면 큰집 형님이 쫓아가서 약봉지를 받아다가 끓여 디밀면 먹는지 마는지 하는 모양이다. 어머니께서만은 여전히 혼자 애를 쓰시나, 인제는 병구완에 피로도 하고 식구들의 마음도 심상해져서 일과로 약시중만 하면 그만인 모양이다. 나부터 약 묘리를 알 까닭이 없으니까 어떻게 되어가는지를 모르겠다.

"그 망한 놈의 흰지 무언지 좀 그만두고 어떻게 다잡아서 약이나 잘 쓸 도리를 하였으면 아니 좋을까" 하며 어머니께서 원망을 하시는 소리도 들었다.

"오늘도 또 나가우? 어젯밤부터는 좀 이상한 모양이던데……"

며느리를 들어가 보고 나오시는 아버지를 쳐다보며, 어머니께서 책망하듯이 물으시니까,

"오늘은 좀 늦을지도 모를걸! 그리 다를 것은 없던데" 하며 나가시는 날도 있었다. 그러나 더하다는 날도 그 모양이요 낫다는 날도 제턱이다. 또 며칠, 음산한 날이 계속되었다.

'어서 끝장이나 났으면!' 하는 생각이 불쑥 날 때에는 시즈코의 생각이 반드시 뒤미처 머리에 떠올라왔다.

'지금쯤 무얼 하고 있누? 경도로나 가지 않았나?' 하고 엽서를 띄운 것은, 1주일이나 지난 뒤였다.

시즈코에게 엽서를 부치던 날 저녁때에 '올라는 그 동안 나왔나?' 하고 인사 겸 병화의 집을 찾아가보았다. 병화는 동경 유학 시대에는 나의 감독자 행세를 했을 뿐 아니라, 비교적 정답게 지냈지만, 올라의 문제가 있은 후로는 그럭저럭 나하고 데면데면해지기도 하고, 만나면 어쩐지 묵은 부스럼 자국을 만지는 것 같아서 근질근질하기도 하고, 피차에 겸연쩍게 되었다. 더구나 이 사람 역시 지금 집에 있는 큰집 형님의 이복동생이기 때문에 형제간 자별하지도 못하려니와 우리 집에는 한 달에 한두 번쯤 들를 뿐이다.

나는 동대문 밑에서 전차를 내려서 아직도 눈에 녹은 땅이 질척

거리는 길을 휘더듬어 들어가며, 반가운 듯이 여기저기를 휘 돌아
보았다. 작년 여름에는 여기를 날마다 대어 섰었다. 하루가 멀다
고 와서는, 밤이고 낮이고 올라와 형수를 데리고, 문안을 헤매기
도 하고 달밤에 병화 내외와 올라하고 탑골 승방까지 가본 것도
그때였다. 밤이 늦었다고 붙들면 마지못해 자는 척하고 이틀 사흘
씩 묵은 일도 한두 번이 아니었다.

　'그러나 그때는 참 단순했어!'

　나는 발자국 난 데를 따라서 마른 곳을 골라 디디며 속으로 이
렇게 생각했다. 김장을 다 뽑아낸 밭에는 눈이 길길이 쌓이고 길
가로 막아놓은 산울[26]은 말라빠진 가지만 앙상하게 남았고 얽어맨
새끼도 꺼멓게 썩어 문드러졌다. '그때에는 여기에 퍼런 호박덩굴
외덩굴이 쫙 깔리고 누런 꽃이 건들거렸었겠다.'

　벽돌담을 쌓은 어떤 귀족의 별장인가 하는 것을 지나서 좁은 길
을 일 정(町)쯤 걸어가려니까, 오른편은 낭떠러지가 된다.

　'응, 저기가 날마다 세수를 하고 달밤에 나와서 올라와 수건을
잠가놓고 물튀기기를 하던 데로군' 하며 바위 밑을 내려다보니까,
물이 말랐는지 얼음눈이 허옇게 뒤집어씌워 있다.

　"언제 나왔나? 나온다는 말은 들었지만. 한번 간다면서 자연 바
빠서……" 하며 양복을 입은 병화는 방에서 튀어나왔다. 지금 막
들어온 모양이다. 방으로 쫓아 들어가서 아랫목에 앉으니까,

　"아씨는 좀 어떠세요?" 하며 형수도 반가운 듯이 어린아이를
안고 마주앉아서 인사를 한다.

"죽지 않으면 살겠지요. 하나를 낳아놓았으니까 신진대사로 하나는 가야지요" 하며 나는 웃어버렸다.

"에그, 흉한 소리두 하십니다."

"아, 참, 좀 차도가 있는 모양인가? 처음부터 양의를 대어가지고 수술을 한 뒤에 한약을 들이댄다든지 하였더면 좋을걸…… 언젠가 그런 말씀을 하였더니 아버지께서는 펄쩍 뛰시는 모양이시기에 시키시 않은 참견하기가 싫어서 그만두었지만……"

"나 역시 하시는 대루 내버려두지. 지금 무어니 무어니 해야 쓸데두 없구, 제 계집이니까 어쩐다구 하실까 봐서 되어가는 대루 내버려두지. 하지만 며칠 못 가리다."

"악담을 하십니까?"

형수가 웃으며 눈살을 찌푸렸다. 한참 병인의 이야기를 주거니 받거니 하다가,

"아, 그런데 을라 오지 않았에요?" 하며 형수를 쳐다보았다.

"아뇨. 왜, 나왔대요?" 하고 형수는 내 얼굴을 살피듯이 쳐다보며 웃었다. 병화는 못 들은 체하고 일어나서, 양복을 벗기 시작했다.

"아뇨, 글쎄, 나왔는가 하구요."

"아뇨" 하며 형수는 생글생글 웃다가 끼고 앉은 어린애를 들여다보고 말았다. 어쩐지 온 것을 속이는 것 같았다.

"오는 길에 고베에 들렀더니, 부득부득 같이 가자는 것을 떼어버리고 왔는데, 이삼 일 후에는 떠나겠다던데요?" 하며 나도 웃어보였다.

"네에" 하며 나를 한참 바라보다가, "바쁘신데 거기는 어째 들

르셨에요?"

"심심하기에, 들렀다가 형님께 소식이라두 전해드리려구요" 하
며 나는 슬쩍 웃어버렸다. 형수도 기가 막힌 듯이 웃었다.

"미친 소리로군."

병화는 옷을 갈아입고, 자기 자리로 와서 앉으며, 웃고 나서,

"그 무어 없지? 무얼 좀 사오라 하지" 하며 화두를 옮기려고 딴
전을 붙였다.

"아, 난 곧 갈 테예요…… 그런데 작년 생각 하십니까?" 하며,
나는 짓궂이 형수하고 을라의 이야기를 꺼냈다. 형수는 얼굴이 발
개지며 픽 웃고 말았다. 나도 상기가 되는 것 같았다.

"자네도 퍽 변하였네그려."

병화는 웃으며 나를 쳐다보았다. 다른 때 같으면 을라하고 아무
상관은 없더라도 누가 을라의 을 자만 물어보아도 얼굴이 발개지
던 사람이 되짚어서 을라의 이야기를 근질근질하리만치 태연히
하고 앉았는 것이 병화에게는 다소 불쾌하기도 하고 이상쩍은 모
양이다.

형수는 1년 전에 두 틈바구니에 끼어서 마음만 졸이고 있던 일
을 머리에 그려보았던지 한참 얼 없이 앉았다가,

"그래, 공부는 잘 해요?" 하며 물었다.

"그저 여전하더군요" 하며 모자를 들고 일어서려니까,

"조금만 앉아 있어. 좋은 술이 한 병 생겼으니 한잔하구 가란 말
이야. 어디, 나가서 할까?"

"술이 웬 거요? 아, 참 올 가을에 한 동 올랐답디다그려? 이제는

한턱 해야 하지 않소?" 하며 내가 웃으니까, 병화는 매우 유쾌한 듯이 따라 웃다가,

"어쨌든 앉아요. 누가 양주를 한 병 선사를 했는데⋯⋯" 하며 묻지도 않은 말을 끌어냈다. 아닌 게 아니라 한 동 올라간 덕에 집 안 세간도 그전보다는 는 모양이다. 윗목에는 양복 의걸이도 들여놓고 조끼에는 금시곗줄도 늘였다. 아버지가 보내주시던 넉넉지 않은 학비를 가지고 삼첩(三疊) 방에 엎드려서 구운 감자를 사다 놓고 혼자 몰래 먹던 옛날을 생각하면 여간한 출세가 아니다. 나는 더 앉아서 이야기를 듣고 싶었으나, 늦으면 귀찮기에 병인 핑계를 하고 나와버렸다.

해가 거의 다 떨어진 뒤에 집에 들어와보니까, 사랑에는 벌써 영감님들이 채를 잡고 앉아서 술상이 벌어졌다. '그럴 줄 알았더면 좀 늦게 들어올걸' 하며 안으로 들어가보니까 저녁밥 때에 술 치다꺼리가 겹쳐서 우환 있는 집 같지도 않게 엉정벙정하고 야단이다.

"사랑에 누가 왔니?"

나는 마루로 올라오며, 약두구리를 올려놓은 화로에 부채질을 하고 앉았는 누이더러 물으니까,

"누가 아우? '차지'가 또 왔단다우" 하며 깔깔 웃었다.

"뭐? 그게 무슨 소리야?"

"자네, 차지도 모르나? 일본 가서 그것도 모르다니, 헛공부했네 그려. 허허허."

술이 얼근하게 취해서 축대 위에 섰던 큰집 형이 놀리듯이 웃으

며 쳐다보았다. 여편네들도 깔깔 웃었다.

"차지라니 누구 집 택호(宅號)요?"

"버금 차(差) 자하고 지탱 지(支) 자의 차지(差支)를 몰라?" 하며 또 웃었다. 나는 무슨 소리인지를 몰라서,

"그래 차지라니?" 하고 덩달아 웃었다.

"일본말로 붙여보시구려."

이번에는 누이가 웃는다.

"사시쓰카에(差支)란 말이지?"

"하……"

"허……"

어리둥절해서 자세히 물어보니까, 바깥에 온 손님이 김 의관의 '봉'인데 처음에 찾아왔을 때에 방으로 들어오라니까 들어가도 관계없느냐는 말을 가장 일본말이나 할 줄 아는 듯이, "차지 없습니까?" 한 것을 큰집 형이 옆에서 듣고 앉았다가 나중에 김 의관더러 물어보니까, 그것이 일본말로 이러저러한 것이라고 설명을 하여준 것을 듣고 안에 들어와서 흉을 보기 때문에, 어느덧 '차지'라는 별명을 얻게 된 것이라 한다. 집안에서들은 코빼기도 못 보고 이름도 모르면서, '차지 차지' 하고 부르는 모양이다.

"미친놈이로군! 무얼 하는 놈인데 그래?"

나는 다 듣고 나서 큰집 형더러 물어보았다.

"무얼 하긴 무얼 해, 김 의관한테 빨리러 다니는 놈이지. ……그러나 한잔 먹지 않으려나?" 하며, 큰집 형은 마루로 올라온다. 목이 촉촉해서 핑계핑계 먹자는 말이다.

"또 먹어요? 형님이나 자슈."

"언제 먹었나? 나는 한잔했지만."

나는 먹고도 싶지만 조선에 돌아오면 술이 금시로 느는 것이 걱정이었다. 조선 와서 보아야 술이나 먹고 흐지부지하는 것밖에는 할 일이라고는 없는 것 같기도 하지만, 생각하면, 조선 사람이란 무엇에 써먹을 인종인지 모를 것 같다. 아침에도 한잔, 낮에도 한잔, 저녁에도 한잔, 있는 놈은 있어 한잔 없는 놈은 없어 한잔이다. 그들이 찰나적 현실에서 벗어나는 것은 그들에게 무엇보다도 가치 있는 노력이요, 그리하자면 술잔 이외에 다른 방도와 수단이 없다. 그들은 사는 것이 아니라 산다는 사실에 끌리는 것이다. 'To live'가 아니라, 'To compel to live'이다. 능동이 아니라, 피동이다. 그들에게 과거에 인생관이 없고 이상이 없었던 것과 같이 현재에도 또한 그러하다. 그들은 자기의 생명이 신의 무절제한 낭비라고 생각한다. 조선 사람에게서 술잔을 빼앗아? 그것은 그들에게 자살의 길을 교사(敎唆)하는 것이다.

'마셔라! 마셔라! 그리고 잊어버려라' ─ 이것만이 그들의 인생관이다.

"그럼 한잔하십시다"하며, 나는 큰집 형을 안방으로 청하였다.

저녁상을 받고 앉으니까, 어머니께서 다가앉으시면서,

"아까 김 의관의 친구의 천(薦)이라구 용한 시골 의원이 있다고 해서 들어와보았는데 또 약을 갈아 대면 어떻게 될는지⋯⋯"하며 못 미덥다는 듯이 나를 바라보셨다.

"김 의관의 친구가 누구예요?"

"차지 말일세."

잔이 나기를 기다리고 앉았던 큰집 형님이 대신 대답을 했다.

"그까짓 게 무얼 안다구?" 하며 내가 눈살을 찌푸리니까,

"글쎄 말일세. 김 의관이나 차지가 댄 것이 된 게 있을 리가 있나?"

"어떻든 나는 모르니까 아버님께 잘 여쭈어보구 하십쇼그려."

"난 모른다면 누가 안단 말이냐? 아버지는 밤낮 저 모양으로 돌아다니시거나 술로 세월을 보내시고……"

어머니는 나는 모르겠다는 말이 매우 귀에 거슬리고 화증이 나시는 모양이다.

"글쎄 내야 무얼 알아야죠…… 그래 지금 그 의원이란 자를 대접하는 것이에요?"

"아니란다네. 김 의관이 일전에 유치장에 들어갔었다 나왔지" 하며 큰집 형이 대답을 한다.

"글쎄 그랬다는군요."

"그런데, 잡혀가던 날이 바로 차지가 한턱을 내던 날인데, 그러한 횡액을 당해서 미안하다고, 차지가 나오던 이튿날 또 한턱을 내었다나. 그래서 오늘은 김 의관이 벼르고 벼르다가 어디 가서 돈을 만들어 왔는지 일금 오 원을 내서 지금 한턱 쓰는 모양이라네. 그런데 의원인가 하는 자는, 말하자면 곁다리지."

"차진가 무언가 하는 자는 무엇 하는 자길래, 두 번씩이나 턱을 내가며 그렇게 김 의관을 떠받친담?"

"그게 다 후림새지. 자세히는 몰라두 저희끼리 숙덕거리는 소리

를 들으면 군수나 하나 얻어 하든지 하다못해 능참봉(陵參奉) 차
함이라도 하나 하려구 연해 돈을 쓰며 따라다니나 보데…… 그런
놈이 내게두 하나 얻어걸렸으면 실컷 빨아먹고 혹 불어세겠구
먼…… 하하하."

큰집 형은 이따위 소리를 하고 유쾌한 듯이 웃었다. 옆에 앉으
셨던 어머님은,

"그것두 재주가 있어야지. 아무나 되는 줄 아는군" 하며 웃으셨
다.

"응! 그래서 일본말 하는 체를 하고 '차지 있습니까 없습니까'
하면서 다니는 게로군. 참 정말 차지 있는걸!"

나는 하도 어이가 없어서 이렇게 한마디 하고, 또 한잔을 기울
인 뒤에,

"그래 그 틈에 아버지께서두 끼셨나요?" 하며 물으니까,

"아닐세, 천만에. 김 의관이 그런 것은 변변히 이야기나 한다던
가" 하며 말을 막았다.

속이고 속고 빼앗고 빼앗기고 먹고 마시고 그리고 산다고 한다.
살면 무얼 하나? 죽지!…… 그러나 죽어도 공동묘지에 들어갈까
봐서 안심을 하고 눈을 감지 못한다. 아…… 나는 또 한 잔 따라
달라고 잔을 내밀었다.

술이 취하여갈수록 독한 것이 비위에 당겨서, 어머니께서 그만
먹고 어서 밥을 뜨라시는 것을 들은 체 만 체하고 어제 먹다가 둔
위스키를 가져오라고 해서 다시 시작을 하였다.

"애는 병구완하러 오지 않구 술만 먹으러 왔나. 죽어가는 병인

은 뻗어뜨려놓고 안팎에서 술타령들만 하구…… 응!" 하며 어머니께서는 한숨을 쉬시고 밥상을 받으셨다. 생각하면 그도 그렇지만 하는 수 없는 일이다.

"참, 아까 병화형한테 다녀왔지요."

나는 양주가 생겼으니 먹고 가라던 것을 생각하고 이런 말을 꺼냈다.

"응! 잘들 있던가? 그놈 주임대우(奏任待遇)인지 뭔지 했다면서 돈 한 푼 써보란 말도 없구."

얼쩡해진 큰집 형은 또 아우의 시비를 꺼내려는 모양이기에 나는,

"맡겼습디까? 주면 주나 보다 안 주면 안 주나 보다 할 뿐이지, 시비는 왜 하슈? 저두 살아가야지" 하며 말을 막 잘라버렸다.

"그래, 아우에게 얻어먹어야 하겠나, 삼촌이나 사촌에게 비럭질을 해야 하겠나?"

"……"

"계집은 둘씩이나 데리구, 그래 명색이 형이라면서 모른 체해야 옳단 말이야?" 하며 소리를 빽빽 지른다.

"계집이 둘이라니요?"

"아, 그 을란가 하는 미친년의 학비를 대어주지 않나? 그저껜가 잠깐 들렀더니 벌써 나와 있더군!"

"네? 와 있어요? 그럼 내게는 왜 그런 말이 없으셨소?" 나는 아까 병화 집 형수가 웃기만 하고 말을 시원히 안 하던 것을 생각하며 좀 책잡듯이 물었다.

"웬 셈인지 자네더러는 말 말라데그려."

"응!" 하며 나는 웃었다. 분할 것도 없지만 숨길 것이야 뭐 있
누, 하는 생각을 해보았다.

"그래 정말 학비를 대나요?"

"정말이지 거짓말일까. 아마 올 일 년 동안은 댔나 보데. 한 달
에 삼십 원씩은 대나 보데" 하면서, 언젠지 찾아갔다가 편지를 보
았다는 이야기까지 하여 들려주었다.

'그전부터 대주는 사람이 있는데 그건 또 웬일인구? 얌체 빠진
계집년이로군……' 하며 나는 속으로 웃었다.

그 이튿날 무슨 생각이 났던지 병화 집 형수가 을라를 데리고
왔다.

"어제 저기 오셨더라지요? 오늘 아침 차에 들어와서 동무 집에
짐을 두고 놀러 갔다가 끌려왔습니다" 하며 묻기도 전에 발뺌을
한다.

"그래, 병화 형님은 만나셨소?" 하고 내가 물으니까,

"사진(仕進)하신 뒤에 갔으니까……" 하며 을라는, 말끝을 흐
리고 고개를 숙여버렸다. 팔뚝에 감은 조그만 금시계를 보고 나는
무심코 눈을 찌푸렸다.

8

민주를 대면서도, 하루바삐 납시사고 축원을 하고 축원을 하면

서도 민주를 대던 병인은 그예 숨이 넘어가고 말았다. 김 의관이나 차지가 댄 의원의 약이 맞지를 않아서 그랬던지 죽을 때가 된 뒤에 횡액에 걸려드느라고 그 의원이 불쑥 뛰어들었던지는 모르지만, 그 약을 쓴 지 이틀 만에 죽고 말았다. 누구보다도 어머니께서 인사정신 모르고 가엾어하시고 슬퍼하셨다. '사람의 정이란 서로 들면 저런 것인가?' 하여보았다. 어머니 말씀마따나 시집이라고 왔어야 나하고 살아본 동안이 날짜로 따져도 며칠이 못 될 것이다. 내가 열셋, 당자가 열다섯에 비둘기장 같은 신랑방을 꾸몄으니까, 10년 동안이나 시집살이를 한 셈이다. 그러나 내가 열다섯 살에 동경으로 도망하였으니까, 실상은 부부라고 말뿐이다. 섣달 그믐날에 시집온 새색시가 정월 초하룻날에 앉아서 시집온 지 이태나 되었다는 셈밖에 안 된다.

"그러나 하는 수 없지 않아요. 그것도 제 팔자니까."

어머니께서 불쌍하다고는 우시고 우시고 할 때마다, 나는 냉정히 이렇게 대답을 하였다. 그러나 나중에는 "그 망한 놈이 의원을 천거한달 때부터 실쭉하더라……" 하시며 김 의관을 원망하셨다. 그러나 하는 수 없다. 사(死)라는 사실만이 엄연히 남았을 뿐이다.

죽던 날 밤중이었다. 사랑 건넌방에서 넙치가 되어서 한잠이 깊이 들어가는 판에 "여보게 여보게" 하며, 깨우는 바람에 눈을 떠보니까, 큰집 형이 얼굴이 해쓱하고 두 눈이 똥그래져서 아무 말 못하고,

"일어나게, 어서 일어나!" 하며 앞에 섰다. 나는 '벌써 그른 게로구나!' 하며 옷을 걸치고 따라나섰다. 저편 방에서 주무시던 아

버님도 창황히 나오셨다. 안으로 들어가서 건넌방을 들여다보니까, 식구마다 조그만 방에 그득히 들어섰다. 어머니는 염주를 돌려가며 무슨 소리인지 중얼중얼하시다가, 자리를 비켜 앉으시며 병인의 얼굴 앞으로 가라고 손짓을 하셨다. 아무도 입을 벌리는 사람은 없이 무슨 장엄하거나 그러지 않으면 이로부터 시작되려는 재미있는 일을 구경이나 하듯이 숨도 크게 쉬지 못하고 우중우중 늘어섰다. 나는 하라는 대로 병인 앞으로 가서 앉으면서 그저 숨을 쉬나? 하고 손을 코에다가 대어보니까, 따뜻한 김이 살짝 힘없이 끼쳤다.

"언제부터 그래?" 하며 물으시는, 아버님의 잠에 취한 거렁거렁한 소리가 뒤에서 들린다. 병인의 목은 점점 재어지게 발랑거린다. 감았던 눈을 실만큼 떠서 옆에 앉은 내게로 향하더니, 별안간 반짝 뜨며 한참 노려보다가 다시 감았다. 나는 머리끝이 쭈뼛하고 가슴이 선뜩하였다. 숨이 콕 막히는 것 같았으나, 방긋이 벌린 입가에 이번에는 생긋하는 낯빛이 보이는 것을 보고 나는 마음을 놓았다.

나는 어머님이 이르시는 대로, 지금 데워서 들여온 숭늉 같은 미음을 한술 떠서 열린 둥 만 둥한 입술에 흘려 넣었다. 병인은 또 한번 눈을 힘없이 뜨더니 곧 다시 감았다. 또 한술 떠서 넣었다. 병인은 한 숟가락 반의 미음이 흘러 들어가던 입을 반쯤이나 벌리더니, 가죽만 남은 턱을 쳐들면서 입에 문 것을 삼키려는 듯이 고개를 뒤로 젖히고 두어 번이나 연거푸 안간힘을 썼다. 목에서는 담이나 걸린 듯이 가랑가랑하는 소리가, 모기 소리만큼 났다.

여러 사람들은 눈을 한층 더 크게 뜨며 고개를 앞으로 내미는 듯하고 들여다보았다. 어머님은 여전히 염불을 부르시면서 베개 위로 넘어가려는 머리를 쳐들어놓으셨다. 베개를 만지시던 어머님의 손이 떨어지자 깔딱 하는 소리가 겨우 들릴 만치 숨소리도 없는 환한 방에 구석구석이 잔잔하게 파동을 치며 문틈으로 흘러 나갔다. ……이것이 모든 것이었다. 이 이상 아무것도 없었다. 다만 나는 이상할 뿐이었다. 대관절 이것이 죽음이라는 것인가 하며 눈을 꼭 감은 하얀 얼굴을 물끄러미 들여다보고 앉았었다. 가엾은지 슬픈지 아무 생각도 머리에 떠오르지는 않았으나, 나를 쳐다보던 그 눈! 방긋한 화평스러운 입이 머릿속에서 오락가락하는 일편에 내 손으로 미음을 떠 넣어준 것만이 무슨 큰일이나 한 것같이 유쾌했다. 어머님은 윗입술을 쓰다듬어서 입을 다물게 하여주시고 가만히 들여다보시더니, 염주를 놓고 눈물을 뚝뚝 흘리셨다.

나는 벌떡 일어나 나왔다. 사랑에 나와서 책상머리에 기대어 궐련을 한 개 피워 물고 앉았으려니까, 큰집 형님이 데리고 온 양의(洋醫)가 허둥지둥 들어왔다. 마침 나의 아는 의사이기에 들어와서 녹여가라고 하였더니 죽었다는 말을 듣고 똥줄이 빠져서 나가버렸다. 못난 자제라고 나는 속으로 코웃음을 쳤다.

이튿날 어두운 뒤에 김천 형님 내외가 딸까지 데리고 올라온 뒤에는 두서가 잡히고, 나도 모든 것을 휩쓸어맡기고 사랑에 나와서 담배만 피우며 가만히 누웠었다. 그러나 시체를 청주까지 끌고 내려간다는 데에는 절대로 반대를 하였다. 5일장이니 어쩌니 하는 것도 극력 반대를 하여 3일 만에 공동묘지에 파묻게 하였다. 처가 편에서 온 사람들은 실쭉해하기도 하고 내가 죽은 것을 시원하나 아는 줄 알고 야속해하는 눈치였으나 나는 내 고집대로 하였다.

그러나, 초상 중에 또 한 가지 나의 고통은 눈물 안 나오는 울음을 울라는 것이었다. 이것도 자기네끼리라든지 집안 식구들까지 뒷공론을 하는 모양이나, 파묻고 들어올 때까지 나는 눈물 한 방울을 흘릴 수가 없었다.

"팔자가 사납거든 계집으로 태어날 거야. 어쩌면 눈물 한 방울 안 흘리누……" 하며 과부댁 누이가, 마루에서 나더러 들으라는 듯이 한마디 하니까, 김천 형수가,

"남편네란 다 그렇지. 두구보시구려. 달이 가시기도 전에 여학생을 끌어들이실 테니" 하며 소곤거리는 것을 나는 안방에서 혼자 술을 먹다가 들었다. 나는 속으로 웃었다.

"너도 내년 봄이면 졸업이지? 인제 어떻게 할 셈이냐? 곧 나와서 무어라두 붙들 모양이냐? ……더 연구를 하련?"

장사 지낸 지 이틀 만에, 사랑에서 아침을 같이 먹다가, 조용한 틈을 타서 형님은 불쑥 이런 소리를 꺼냈다.

"글쎄, 되어가는 대로 하죠. 하지만 무어든지 내 일은 내게 맡겨두시는 게 좋겠죠."

나는 이렇게 위선 한마디 해놓고 나의 계획을 대강 말했다. 그리하여 자식은 요행히 잘 자라면, 김천 형님이 데려가거나, 만일 김천 형님이 아들을 낳게 되면 큰집 형님이 데려가는 대신에, 내 앞으로 오는 것이 다소간 있으면 반분만은 양육비와 교육비로 제공하되, 장성할 때까지 김천 형님이 보관하기로 김천 형님과만 내

약을 하게 되었다. 간단한 일이지만, 이렇게 온순하게 끝이 나니까, 한시름 잊은 것 같고 새삼스럽게 자유로운 천지에 뛰어나온 것 같았다.

1주일 동안이나 청명한 겨울날이 계속하더니 오늘은 또 무엇이 좀 오려는지, 암상스런 계집이, 눈살을 잔뜩 찌푸린 것처럼 잿빛 구름이 축 처지고 하얗게 얼어붙은 땅이 오후가 되어도 대그락거렸다. 사랑은 무거운 침묵과 깊은 잠에 잠긴 것같이 무서운 증이 날 만치 잠잠하다. 김 의관은 자기가 칭원이나 들을까 보아서 제 풀에 미안하여 그러는지 장사를 지내던 날부터 눈에 띄지 않았다.

우중충한 사랑방에 온종일 혼자 가만히 드러누웠으려니까, 무슨 무거운 돌멩이나 납덩어리로 가슴을 내리누르는 것 같았다. 안에서는 집을 가신다고 무당이 이상한 조자(調子)로 고리짝을 득득득 긁는 소리도 나고 가끔가끔 여편네들이 흑흑 느끼는 소리도 섞여 들린다. 그러다가는 또 무어라고 중얼중얼 하는 소리가 한참 계속한 뒤에 "옳소이다" 하는 나직한 소리도 들린다.

'무엇이 옳단 말인구?'

나는 이런 생각을 하고 가만히 누워서 여전히 귀를 기울여보았다. 조금 있다가 누가 안으로 난 사랑문을 후닥뚝닥 열어젖뜨리고, 우중충충 나오는 발자취가 나더니, 무엇인지 사랑 마루에다가 대고 쫙쫙 뿌리는 소리가 들린다. 나는 깜짝 놀라서 일어나 앉으며 미닫이를 화닥닥 열어젖뜨리고 내다보니까 나이 사십 남짓한 우둥퉁한 계집이 뻘건 눈을 세로 뜨고 하얀 소금을 담은 다리미를 들고 축대 밑에 다가서서 흰 가루를 한 줌씩 쥐어가지고 마루에 끼었다가, 내가 앉아 있는 것이 눈이 보이지 않던지 건넌방으로 향하고 또 끼얹는다.

'내가 죽었단 말인가, 죽으라는 예방이란 말인가?'

나는 슬며시 화가 불끈 났으나 다시 창문을 닫고 그대로 쓰러졌다. 기분은 점점 더 까부라져 들어가는 것 같은데 가슴속만은 지향을 할 수 없이 용솟음을 하며 끓는 것 같다.

'대관절 내가 무얼 하려구 나왔더람?'

이렇게 생각을 해보니까 나올 때는 도리어 잘되었다고 뛰어나왔지만, 암만해도 주책없는 짓을 했다는 후회가 아니 날 수 없었다. '에잇! 가버린다. 역시 혼자 가서 가만히 누워 있는 게 얼마나 편할지 모른다!'

나는 이렇게 속으로 작정을 하고 벌떡 일어나서 가방 속을 정리를 하며 가지고 갈 의복을 개어놓고 앉았으려니까, 안에 있던 병화 집 형수가 을라를 데리고 쏙 나오더니, 마루끝에 와서, "계십니까?" 하며 우둑우둑 섰다. 나는 짐 꾸리는 것을 보이기가 싫어서 가방을 구석으로 치우며 미닫이를 가로막아서며 내다보았다.

"얼마나 언짢으십니까?" 하며 상처 후에 처음 만나는 을라가 인사를 한다.

"나면 죽는 것은 인생의 당연한 도정이라고만 생각하면, 고만이지요."

나는 한참 을라의 얼굴을 바라보다가 이렇게 대답을 하였다.

"그래두 섭섭하시겠지요" 하며 나의 얼굴을 살피듯이 쳐다보는 을라의 얼굴에는 떠오르는 미소를 감추려는 듯한 빛이 역력히 보였다.

'그래두 섭섭해?'——나는, 속으로 이렇게 뇌면서, 사람이 죽은데에 보통 하는 인사는 아니라고 생각하였다.

"암만해두 죽었다구 생각할 수는 없는 것 같아요. 그러면 살았느냐 하면 물론 산 것도 아니지만."

나는 자기의 생각을 다시 한 번 관조하여볼 새도 없이 이러한 어림삥삥한 소리를 불쑥 하였다.

두 사람이 도로 안으로 들어간 뒤에, 나는 짐을 말짱히 꾸려놓고, 가방 속에서 나온 시즈코의 편지를 다시 한 번 펴보고 쪽쪽 찢어서 아궁이에 내다버렸다. 초상 중에 온 것을 잠깐 보고 넣어두었던 것이지만, 다시 자세히 보니까 암만해도 학비를 대달라거나 어떻게 같이 살아보았으면 하는 의사를 은근히 비쳤다. 어떻든 경도의 고모 집으로 온 것은 카페에 있는 것보다 훨씬 낫다고 생각해보았다.

'돈 백이고 일시에 변통해달라면 그건 될지도 모르지만⋯⋯'

나는 이런 생각을 하고 김천 형님이 돌아오기만 기다리면서, 시즈코에게 대한 태도를 어떻게 정할까 하는 생각을 하고 앉았었다.

'아무래도 데리고 살 수는 없어!'——속으로 이렇게 결심을 하고 책상을 끌어 잡아당겨놓고 뭐라고 편지 사연을 만들어야 지금의 나의 심리를 오해하지 않도록 표시할 수 있을까 하고, 머뭇거리며 앉았으려니까, 사랑문이 삐걱하는 소리가 났다. 깜짝 놀라서 유리 구멍으로 내다보니까 형님이다. 뒤미처서 병화도 따라들어왔다.

나는 마루로 나가서, 병화에게 인사를 한 뒤에, "형님, 잠깐 이리……" 하고 김천 형님을 큰방으로 끌고 들어갔다. 병화는 안으로 들어갔다.

"형님! 난 오늘 떠나겠습니다."

나는 다짜고짜 이렇게 말을 붙였다. 형님은 좀 놀란 모양이다.

"왜 그렇게 급히?"

"역시 조용하게 가서 있어야 무슨 생각두 하겠구, 게다가 미리 가야 추후 시험 준비를 하지요."

나는 귀국할 때에 H교수더러 어머님 병환을 팔고 어물어물하던 것을 생각하며 형님을 쳐다보았다.

"그리구서니 하루이틀 더 묵지 못할 거야 무에 있니?…… 그리고 어머니께서두 섭섭해하실 텐데."

형님 말은 옳은 줄 알면서도, 집안에서 섭섭해하고 아니하고를 돌볼 여유가 없었다.

"어떻든 3백 원만 주슈. 어디를 잠깐 갔다가 또 오는 한이 있더라두……"

"어딜 갈 텐데 3백 원 템이?"

다른 때 같으면 깜짝 놀라며 잔소리를 늘어놓을 테지만, 초상을 치른 끝이라 아무쪼록 나의 비위를 거스르지 않으려고 하는 터요, 또 처음 예산보다는 장비(葬費)가 거의 반이나 절약이 되었기 때문에 남은 돈도 있어서, 어떻든 승낙을 받았다.

형님이 안으로 들어간 뒤에 내 방으로 건너와서, 다시 시즈코에게 편지를 쓰려고 붓대를 드니까, 병화가 또 나왔다.

"자네 오늘 떠난다지?"

병화는 들어와 앉으며, 놀란 듯이 묻는다.

"글쎄 그럴까 하는데요?"

나는 좀 머릿살이 아프나, 붓대를 놓으며 온화한 낯빛으로 쳐다보았다.

"아직 개학은 멀었겠지?"

"개학이야 아직 반달이나 남았지만, 시험두 보다가 두고 나왔구, 졸업이 불원(不遠)하니까 하루바삐 가보아야지요."

"그두 그렇군!" 하며 병화는 한참 덤덤히 앉았더니,

"자네, 지금 틈 있나?" 하고 고개를 쳐들었다.

"왜요?"

"아, 글쎄 이번에 나왔다가, 조용히 이야기할 새도 없었구 하기에……"

"좀 바쁜데요. 두서너 달 있으면 어떻든, 또 나올 테니까……"

나는 벌써 알아차리고 거절하듯이 이렇게 대답하였다.

"아, 그래두 한잔 나가서 먹세그려. 잠깐만이라도 좋으니……"

"먹으려면 예서 먹지요…… 이 편지 써놓을 동안만 잠깐 안에 들어가서 기다리시구려" 하며 나는 붓대를 만적만적하였다. 병화는, "글쎄……" 하며 또 잠자코 앉아서 나의 기색을 한참 노려보다가,

"그런데, 그것두 그렇지만 오늘 마침 자네두 간다구, 안에 올라두 와서 있는데, 기회가 좋으니 우리끼리 한번 만나잔 말이야. 일전부터 을라도 우리끼리 한번 만나서 해혹도 할 겸 하루 저녁 이

야기를 하자구 하기에 말야."

"해혹은 무슨 해혹이에요. 나는 별로 오해한 것도 없는 줄 아는데……" 하며 나는 시치미를 떼었다.

"아, 글쎄 말야. 아무 까닭두 없이 작년 이래로 피차에 설면설면해진 것은 그 중간에 무슨 오해나 없지 않은가 해서 말야" 하고, 내가 무슨 말을 하려는 것을 막으며, "또 이번에 그런 일이 있어서 자네두 상심이 될 거니 위로 삼아 조용히 만나자는 말인가 보데."

병화 생각에는 내가 아무 눈치도 모르고 있는 줄 아는지 말씨가 좀 이상하였다.

"아무 까닭이 있는지 없는지는 나는 모르겠소마는, 어떻든 내게는 아무 오해가 없으니까, 그런 이야기를 을라에게도 전해주시는 게 좋겠지요…… 그리구, 내가, 상심을 하든 말든 을라가 특별히 위로니 무어니 하는 것은 우스운 소리겠지요."

"……"

"아무튼지 형님 말씀도 감사하지만 을라에게두 감사하다구 말해주시구려."

"암만해두 자네에겐 무슨 오해가 있는 모양이야? 언제든지 모든 것을 자네 일류의 신경과민적 해석을 지나치게 하기 때문에 병통이야……"

병화의 말이 나의 귀에는 좀 수상쩍게 들렸다. 을라와 병화와의 관계를 내가 너무 의심을 한다는 말 같게도 들리지만, 어떻든 병화가 을라를 연모하였고, 을라도 나중에는 어떻게 되었든지 병화의 심중을 알아주고 어떠한 정도까지 마음을 허락한 것은 분명하다. 그러기에 지금도 학비를 주고받는 것이다. 그뿐 아니라 올라는 현재도 쌍수집병의 태도다. 그러면서도 또다시 나에게 아무쪼록 가까이 하고 싶어서 애를 쓰며 병화까지를 이용하려는 것은 괘씸도 하거니와, 얌체 빠지게 그런 소리를 하고 돌아다니는 병화의 얼굴이 다시 쳐다보이지 않을 수 없었다. 나는 잠자코 붓대를 들었다.

"자네는 무슨 생각을 가지고 그러는지 모르네마는, 아무튼지 올라는 자네를 평생의 좋은 친구로 생각하고 자네를 매우 동정하는 모양일세……"

이런 말로 제정신을 가지고 하는 소리인지 까닭을 알 수가 없었다. 나는 들었던 붓대를 탁 놓고 병화를 똑바로 쳐다보며,

"형님! 그건 무슨 소리요?" 하고 될 수 있는 대로 목소리를 가다듬어서,

"……지금 새삼스럽게 형님이, 올라하고 나를 어떻게 하려는 것은 물론 아니겠지요?"

"……"

"……지금 와서 내게 떼어 맡기려는 것은 아니겠지요?"

나는 일부러 이런 소리를 한마디 하고 병화의 숙이고 앉았는 얼굴을 들여다보았다.

"그게 무슨 소린가. 새삼스럽게구 아니구 간에 어떻게 하긴 무얼 한단 말인가. 다만 자네에게 깊은 동정이 있단 말이지. ……그리고 자네는 늘 오해를 하나 보데마는, 나는 다만……"

"글쎄 그런 이야기는 그만두세요. 지금 그런 이야기를 할 경황

도 없구…… 하지만 대관절 나는 남의 동정을 받고 싶어하는 사람도 아니요 남에게 동정할 줄도 모르는 사람이니까, 그쯤만 알아두시구려. 더구나 을라가 동정이니 무어니…… 이렇게 말하면 너무 심한 말이지만 어쭙잖은 말이지요. ……동정이란 것은 그 사람의 '아(我)'라는 것을 무시하고 빼앗는 것인 줄이나 알고 그런 소리를 하나요? 동정이란 말은 그렇게 뉘게나 함부루 할 말이 아닙니다."

나는 어쩐지 신경이 흥분해서 나중에는 여지없이 쏘았다.

"그렇게 말할 게 아닐세. 내 말이 잘못되었는지는 모르지만, 그건 자네의 편견일세."

병화는 의외에 공박을 만나서 방패막이를 할 길이 없는 모양이다.

"글쎄, 내가 너무 지나치게 말을 했는지도 모르겠소마는, 이제는 피차에 냉정히 생각을 해가지고 제각기 제 분수대로 제 길을 걸어나가야 할 때가 되었겠지요. 남에게 동정을 하고 어쩌고 하기 전에 위선 마음을 가라앉혀가지고 내성(內省)을 할 때가 돌아와야 하겠지요. 을라나 형님이나 나나 우리는 원심적 생활을 해왔다고 하겠으니까 인제는 구심적 생활을 시작하여야 하겠지요. 어떻든 무엇보다도 냉정하고 심각하게 생각을 해서 내적 생활의 방향 전환에 노력하는 것이 자기 생활을 스스로 지도하는 데에 제일 착수점이겠지요……"

병화는 한 10분 동안이나 무료한 듯이 앉았다가,

"아무튼지 내가 말을 잘못하였는지는 모르나 하여간 오해는 말게" 하며 일어나 나갔다.

나는 유쾌한 듯이 혼자 웃고 붓대를 들었다.

경도에서 주신 글월은 반갑습니다. 나는 당신을 생각할 때마다 M헌의 하룻밤······ 동경역의 밤을 생각해보고는 혼자 기뻐합니다. 그러나 나의 주위는 그러한 기쁨을 마음껏 맛보도록, 나를 편하고 자유롭게 내버려두지는 않습니다. 다른 것은 그만두더라도 나의 주위는 마치 공동묘지 같습니다. 생활력을 잃은 백의의 민(民)—— 망량(魍魎) 같은 생명들이 준동하는 이 무덤 가운데에 들어앉은 지금의 나로서 어찌 '꽃의 서울'을 꿈꿀 수가 있겠습니까? 눈에 띄는 것 귀에 들리는 것이 하나나 나의 마음을 보드랍게 어루만져주고 기분을 유쾌하게 돋우어주는 것은 없습니다. 이러다가는 이 약한 나에게 찾아올 것은 아마 질식밖에 없겠지요. 그러나, 그것은 방순한 장미 꽃송이에 파묻혀서 강렬한 향기에 취하는 벌레의 질식이 아니라 대기와 절연한 무덤 속에서 구더기가 화석(化石)하는 것과 같은 질식이겠지요.

시즈코 상!

그러나 나는 스스로를 구하지 않으면 안 될 책임이 있는 것을 깨달았습니다. 스스로의 길을 찾아내고 개척하여 나가지 않으면 안 될 자기 자신에게 스스로 부과한 의무가 있는 것을 깨달았습니다. 나의 처는 기어코 모진 목숨을 끊었습니다. 그러나 그는 결코 죽었다고는 생각할 수 없습니다. 왜 그러냐 하면 그 남편 되는 나에게, '너 스스로를 구하여라! 너의 길을 스스로 개척하여라!'는 귀하고 중한 교훈을 주고 가기 때문이올시다. 과연 그렇습니다. 그는 나에게, 그의 일생 중에 제일 유정하게 굴던 나에게 이러한 교훈을 남겨주고 이 세상을 떠났습니다. 그것을 생각하면 그는 결코 죽었다고는 생각할 수 없습니다. 그의 육체는 흙에 개가(改嫁)하였으나, 그리함으로 말미암아 정신으로는 나에게 영원히 거듭 시집왔다고 하겠지요. 그뿐 아니라, 그는 나의 단 하나의 씨[種子]를 남겨주고 갔습니다. 유일이 아니라 단일이외다. 나는 그 씨를 북돋아서 남보다 낫게 기를 의무와 책임을 느낍니다. 물론 나는 장래에 나에게 분배가 돌아오리라고 예상하는 재산의 반분을 제공하는 조건으로 우리 종가에 양자로 주기를 자청하였지만, 그것은 형식과 물질의 문제요 근본적 내면과 소질에 있어서는, 그의 행복에 대한 전 책임을 질 책무가 의연히 나에게 있다고 나는 굳게 명심합니다.

시즈코 상!

아까도 내가 왜 귀국을 하였던가 하는 생각을 해보고 자기의 어리석은 것을 스스로 비웃어보았습니다. 그리하여 오늘 밤으로라도 곧 떠나려고 결심까지 한 터이외다. 그러나 이러한 모든 생각을 해보면 여기에 온 것이 결코 무의미하였다고는 생각할 수 없습니다. 사실 이번에 와서 처를 잃고 갑니다. 그러나, 나는 잃고 가는 것이 아니라 얻고 간다고 생각 않을 수 없습니다. 어떻든 우리는 우리의 길을 찾아서 나가십시다. 사(死)라는 것이 멸망을 의미하든 영생을 의미하든 어떠한 지수(指數)를 가리키든 그것은 우리로서 조금도 간섭할 권리가 없겠지요. 우리는 다만 호흡을 하고 의식이 남아 있다는 명료하고 엄숙한 사실을 대할 때에 현실을 정확히 통찰하

160

며 스스로의 길을 힘 있게 밟고 굳세게 살아나가야 할 자각만을 스스로 자기에게 강요함을 깨달아야 할 것이외다.

시즈코 상!

이제 구주의 천지는 그 참혹하던 도륙도 증언을 고하고 휴전조약이 완전히 성립되지 않았습니까? 구주의 천지, 비단 구주 천지뿐이리요, 전 세계에는 신생의 서광이 가득하여졌습니다. 만일 전체의 알파와 오메가가 개체에 있다 할 수 있으면 신생이라는 광영스러운 사실은 개인에게서 출발하여 개인에 종결하는 것이 아니겠습니까? 그러면 우리는 무엇보다도 새로운 생명이 약동하는 환희를 얻을 때까지 우리의 생활을 광명과 정도로 인도하십시다. 당신은 실연의 독배에 청춘의 모든 자랑과 모든 빛과 모든 힘을 무참하게도 빼앗겼다고 우시지 않았습니까? 그러나 오는 세계에는 그러한 한숨을 용납할 여지가 없겠지요…… 가슴을 훨씬 펴고 모든 생의 힘을 듬뿍이 받으소서.

시즈코 상!

이번에 동경 가는 길에 다녀가라고 하셨지요? 그러나 노하시지 마십시오. 가고 싶은 마음이야 참 정말 간절하지 않을 수 없습니다. 그러나 주위의 사정이 허락지를 않습니다. 실로 바쁩니다. 아시다시피 시험을 중도에 던지고 나왔고 게다가 졸업 논문이 그대로 있습니다. 용서해주시겠지요?

그러나 사랑이란 것은 간섭이나 소유에 있는 것이 아닌 것을 당신은 아시겠지요. 피차의 생활을 간섭하고 그 내부에 들어가서 밀접한 관계를 맺는 것이 사랑의 극치가 아닌 것은 더 말할 것 없습니다. 또한 사랑의 대상자를 전연히 소유하지 않으면 만족할 수 없다는 것도 사랑의 절정은 못 되는 것이외다. 비록 절정이라 할지라도 사랑의 이상은 아니외다. 나는 늘 주장하는 것이지만 그 사람의 행복을 진순한 마음으로 기축(祈祝)하는 것만이 진정한 사랑이외다. 이 세상에는 나를 사랑해주는 사람이 있거니, 또 내가 사랑하는 사람이 있거니 하는 생각만 가져도 얼마나 행복스럽고 사는 것 같습니까. 과연 그러한 것만이 순결무구한 신에 가까운 사랑이외다.

너무 장황하오나 용서하고 보아주시옵소서. 나머지는 일후에 만나뵐 날까지 싸서 두옵니다. 내내 만안(萬安)하심 비옵니다.

보내옵는 것은 변변치 않으나마 학비의 일부에 충용(充用)하실까 함이오니 허물 마시고 받으시옵소서.

이인화(李寅華) 배(拜)

니시무라 시즈코(西村靜子) 상(樣)

나는 편지를 써가지고 시계를 꺼내본 뒤에 형님에게 받은 3백 원이 든 지갑을 넣고 우편국으로 총총히 달아났다.

*

정거장에는 김천 형님 큰집 형님 병화 내외 을라 등 다섯 사람이 나왔다. 을라는 물론 입도 벌리지 않고 우두커니 섰지만 병화 내외도 플랫폼의 보꾹에 매달린 시계만 쳐다보며 선하품을 하고 섰었다. 그러나 병화의 얼굴에는 그렇게 보아서 그런지 안심했다는 듯한 화평한 기색이 도는 것 같았다.

　차가 떠나려 할 때 김천 형님은 승강대에 선 나에게로 가까이
다가서며,

　"내년 봄에 나오면, 어떻게 다시 성례(成禮)를 해야 하지 않니?
네겐 무슨 심산이 있니?" 하며 난데없는 소리를 묻기에,

　"겨우 무덤 속에서 빠져나가는데요? 따뜻한 봄이나 만나서 별
장이나 하나 장만하고 거드럭거릴 때가 되거든요!……" 하며 나
는 웃어버렸다.

해바라기

1

피로연이 칠팔 분이나 어우러져 들어가서 둘째번으로 일본 사람 편의 축사가 끝이 나려 할 제, 누구인지 프록코트짜리가 바깥에서 들어오더니 신랑의 귀에다 입을 대고 소곤소곤하는 사람이 있었다. 신랑은 채 다 듣지도 않고 귀를 떼며 매우 난처하다는 듯이 잠깐 멀거니 앉았다가 고개를 숙이며 신부의 옆구리를 꾹 찌르고 몇 마디 중얼중얼하니까, 신부도 역시 눈살을 잠깐 찌푸리는 듯하더니,

"아무려나……"라고 겨우 들리게 대답을 하였다.

신랑은 인제야 확신이 있는 낯빛으로 대답을 기다리고 옆에 섰던 프록코트짜리를 쳐다보며,

"그럼 얼른 분별을 시키럼" 하며 주의를 시켜 내보냈다.

이것을 눈치챈 사람들은 무슨 일인지 궁금증이 나서 연해 신랑 신부 편만 바라보는 사람도 있으나 실상은 그리 궁금해할 만한 일도 아니었다. 다만 피로연이 파한 뒤에 시아버지에게 폐백을 드리자는 의논이었다.

　원래 신랑 아버지는 이번 혼인에 대하여 절대로 간섭을 안 했다.

　"내야 아니, 너 알아 하렴. 이 집안에 주장할 사람이 너밖에 누가 또 있단 말이냐" 하며 못마땅해서 비웃는 수작인지, 상당히 행세도 하는 장성한 자식일 뿐 아니라, 재취 장가를 가는 노신랑이니까 모든 것을 믿고 그리하는 수작인지, 어쨌든 끝끝내 "내야 아니, 내야 아니" 하고 머리를 설레설레 내두르며, 시골 구석에 가만히 앉았었다. 실상 말하면 덮어놓고 간섭을 하려고 덤비는 것보다는 다행한 일이지만, 누가 자기를 내대지나 않는가 하는 꼬부장한 생각으로 너무도 야릇하게 구는 데에는 도리어 성이 가셨다. 모든 준비가 다 되어서 내일 예식을 거행할 터이니 올라가자고 할 때에도,

　"내야 올라가 무얼 하니? 애비를 애비로 알거든 어느 때든지 생각날 제, 너희들이 찾아와보면 고만 아니냐" 하며 애꿎은 둘째며느리까지도 올라올 수가 없게 고집을 세웠다. 그러나 밤사이에 무슨 꿈을 꾸고 어떻게 마음을 돌렸는지 별안간 오늘 아침에 아이들까지 데리고 뛰어 올라온 것은 의외였을 뿐 아니라 집안 식구들도 인제는 마음을 놓게 되었다.

　그러나 인사들이 끝난 뒤에,

　"그래두 궁금하던가 보구려, 어떻든 잘되었소" 하며 마누라가

이렇게 한마디 하니까, 여전히 벌레 먹은 배춧잎 같은 상을 응등 그리고,

"젊은것들이 올라오지를 못해서 날 쳐 죽일 듯이 여간 지랄들을 해야지…… 내야 보든 말든 상관있소마는……" 하며 입을 실룩거리는 것을 보면 아직도 비위가 가라앉지 않은 모양. 대체 이 '내야'라는 소리는 손주새끼까지나 보아야 고만둘는지 혼인 문제가 일어난 뒤로는 '내야'가 유난히 늘었다.

그는 그렇다 하더라도 무엇이 어떻게 잘못되었다든지 또는 어떻게 잘못되리라는지 말도 시원히 하지 않고 벙어리 냉가슴 앓듯 혼자 눈살만 잔뜩 찌푸리고 있는 것이 송구스러워서 못살 일이다.

그래서 자기는 마치 아들의 집이나 지켜주러 왔다는 듯이 쓸쓸한 집 속에 혼자 채를 잡고 앉아서 예식에도 얼씬을 안 하고 피로연에도 기어코 얼굴을 보이지 않고 말았다.

처음 예정으로는 부친이 종내 올라오지 않으면 예식은 예식대로 하고 다시 날을 잡아서 시골로 내려가 폐백을 드리든지 잔치를 하든지 하는 수밖에 없고, 다행히 올라오면 아주 식장에서나 피로연회에서나 절이나 한번 하여 떼어버리려고 하던 차에 마침 올라와주기 때문에 한시름 잊었고, 그중에도 이 말을 들은 신부는 머릿살 아픈 폐백이니 무엇이니 하는 것을 안 하게 되어서 천만의외에 다행으로 알았던 것이라서, 일이 이렇게 되고 보니, 신부부터 실쭉해하지 않을 수 없었다. 더구나 안에서들은 조비비듯 성화가 나서 먹을 것도 마음을 놓고 찾아 먹지들을 못하고 분주히 돌아다니며 뭇사람을 붙들고,

"이왕 언제든지 하고야 말 것이니, 오늘 아주 폐백을 드려버리면 소원도 풀어드리고 군일도 덜리지 않겠느냐."고 충동여서 신랑신부의 승낙까지 받게 된 것이다.

이처럼 불시에 꾸미는 일이라, 피로연회는 신랑신부에게만 맡겨두고 뒷구멍으로는 사람을 산지사방으로 늘어놓아서, 시부모가 입을 사모관대며, 큰머리와 나삼을 세물전에서 빌려 들인다, 수모를 부르러 간다, 안에서들은 자동차를 몰아서 집으로 선통을 하러 간다 하며, 수군수군 갈팡질팡하는 일편에 요릿집 숙설간에서는 대추를 꿰는 빛에 편포를 괴는 빛에, 신부를 주려는 것인지 시아버지를 공궤하라는 것인지 큰상을 차려가는 빛에 한참 어수선한 동안에, 안손님들은 어디서 얻어들었던지 신랑 집으로 구경 가자는 소리가, 군호같이 이 입 저 입에서 발론이 되어 연회가 파하기도 전에 우우들 일어나서 머리악을 쓰고 제각기 앞장들을 섰다.

그리하자 연회도 그럭저럭 파하고, 손님들이 하나 둘씩 헤어져가는 틈을 타서, 신랑신부를 외딴 방으로 데려 들여다가 예식에 썼던 면사포를 다시 씌우고 치장을 차리면서, 신랑 집에서 통기가 오기를 기다리고 있다.

……동생과 친구들이 옹위를 하고 치장을 차려주는 대로 가만히 체경만 들여다보고 섰던 신부는, 뒤에서 자기 오라버니를 따라 들어오는 신랑이, 커다란 입을 벌리고 벙글벙글하는 얼굴이 체경 속에 비치는 것을 보고 그대로 선 채,

"아 어떻게 된 셈예요?"하며 마치 체경 속에 있는 사람에게나 수작을 건네듯이 물었다.

"어떻게 되긴 무에 어떻게 돼. 호텔루 가는 길에 시아버지께 뵙고 가란 말이지…… 그러나 그렇게 꾸미구 보니까 정말 이쁘구나! 허허허."

오라비는 거울 속에 비친 누이동생의 불그레하게 상기가 된 얼굴을 바라보며 유쾌한 듯이 웃었다.

생전 분이라곤 발라본 일이 없는 계집애를 엷게 단장을 시켜서 아래위를 하얀 비단으로 휘감고 하드르를한 면사포를 뒤로 넘겨 꾸며놓고 보니까 한층 더 어울려 보였다. 얼굴 전체로 보면 그리 남에 없이 이쁘달 것도 없고, 똑바로 뜬 눈 오똑 선 코 꼭 다문 입 야무지게 모인 살갗…… 어디로 보든지 좋지 못하게 말하면 결기가 있는 기승스러운 얼굴이라 하겠지만, 조금 큰 듯한 입아귀를 삐뚜름하게 꼭 다문 위에 조그만 코가 종용히 휩싸고 앉았는 것이, 어디라고 꼭 집어낼 수는 없어도 침착하고 냉정한 이지(理智)와 굳은 심지가 있어 보였다. 그러나 좁은 듯한 이마 아래에 박힌 큼직한 눈은 시원하고도 단정해 보였다. 그중에도—얼른 보아서는 모르지만—약간 길까 말까 한 속눈썹이 더욱 조화가 되어 보였다. 만일 이 여자에게 이 눈이 없었더라면 그 얼굴에서는 다만 쌀쌀한 바람이 돌 뿐이요, 자칫하면 기승스러운 억지가 비집어나올 뿐이다.

말하자면 코와 입에서 억눌린 열정도, 이 눈에서 쏟아져나오고, 이지와 의지만 대그럭거리는 가슴속의 빈구석을 채울 만한 그 무엇도 이 눈으로 빨아들이려는 것 같았다.

"……아 폐백을 드린다면서요?"

누이도 생긋 웃으며 이마에 매인 면사포의 끈 아래로 늘어진 머리카락을 자기 손으로 다듬어 올렸다.

"글쎄요, 그예 안 오시고 마셨으니까 가서 뵈옵는 길에 폐백두 아주 드려야 하지 않아요?"

이번에는 신부 뒤에 서서 여전히 웃는 낯으로 거울 속에 있는 신부의 눈을 쏘듯이 들여다보고 섰던 신랑이 대답을 하였다.

"그리구서니 오다가다 별안간에 폐백은 무슨 폐백이에요, 당초에 왜 이리 모셔오지를 못했더람."

신부가 마음에 싸지 않은 듯이 이렇게 혼잣말처럼 한마디 하니까, 곁에 섰던 어머니가 쫓아들어온 손님들과 재껄재껄하던 말을 뚝 끊고 이리로 고개를 돌리면서,

"별소리를 다 듣겠구먼, 시집가는 년이 시부모에게 폐백 드리기를 다 싫다는 년이 어디 있단 말이냐. 눈을 감기구 큰절이나 시켰더라면 큰일날 뻔했군" 하며 조금 꾸짖는 듯이 말을 막고 나서 계집애들을 돌아다보며,

"인제 그만해두구 거기 좀 앉히려무나. 잠깐 섰기루 우리들 시집갈 때 모양으로 가래톳이야 서랴마는…… 자, 자네두 저기 좀 앉구려" 하며 사위를 쳐다보고 웃었다. 말이 새사위지 보기는 이태나 두고 보았지만, 어쩐지 '하게'가 대따라지게 나오지 않는 모양이다.

"……아 참 우리들 시집갈 때야 어디가 꿈쩍이나 해보았나! 혼인날이 닥쳐올수록 입맛을 잃구, 가슴만 두근거리구, 집안 식구 앞에선들 얼굴이나 변변히 들어보았나요?…… 그걸 생각하면 요

새 애들은, 너무 팔자들이 좋아서 지랄 발광들이에요. 아마 우리가 못해본 대신에 기를 써보려는지……"

어머니는 누구인지를 붙들고 이런 이야기를 하고 섰다.

"그야 말씀하실 게 무에 있습니까. 세상이 바뀌었는데……" 하며, 며느리가 가로채며 호젓한 듯이 웃었다.── '나도 학교에나 다녔더면……' 하는 생각이 없지 않은 모양이다.

"아니에요. 너무 좋아서 보채보는 수작이랍니다. 사람이란 너무 좋으면 복받쳐나오는 웃음을 감추려고 짜증을 내어보고 싶은 법입니다."

이번에는 오라비가 진정으로 귀엽다는 듯이 화기 만면하여 거울 속에 비친 새 부부를 나란히 들여다보면서 입을 벌렸다.

"듣기 싫어요…… 인제 오빠의 그 '사람이란' 하고 끌어내시는 잔소리를 안 듣게 되어서 정말 시원해……하하하."

"기껏 시집을 보내놓으니까 그따위 소리나 하구……그래두 내 '사람이란' 소리를 좀더 듣고 시집을 갔더면 좋았을걸, 허허" 하며 웃으면서도 어쩐지 형용할 수 없는 섭섭하고 언짢은 생각이 오라비의 마음속에 반짝 머리를 들어서 말끝이 풀리고 웃는 얼굴이 이상하게 뒤틀렸다. 이러한 감정은 신랑만을 빼놓고 그 방에 있는 사람에게 일시에 모두 옮았다. 여러 사람은 잠깐 입을 다물었다. 어머니는 돌아간 남편을 생각하였던지 눈물까지 핑 도는 모양이었으나, 그것을 감추느라고 애를 써서, 웃는 낯으로

"그만 앉히라니까! 좀 쉬어야지…… 우리두 좀 앉읍시다" 하며 자기부터 앉았다.

신랑신부도 앉았다. 이때까지 신랑은, 거울을 사이에 두고 거울 밖에 섰는 자기는 거울 속에 있는 신부를 바라보고, 거울 속에 있는 자기는 거울 밖에 있는 신부를 바라보고 있었으나, 인제야 체경을 등을 지고 기역 자로 앉은 신부의 얼굴을 거울의 힘을 빌리지 않고 마주 보게 되었다. 그러나 광선의 작용으로 그러한지 신랑의 눈에는 거울 속에서 보던 얼굴이 더 화려한 것 같았다. 그래도 여러 사람의 눈을 꺼리면서 애를 써가며, 흘낏 마주치는 그 눈만은——마음의 빈 곳을 채우려고 무엇인지 호소하며 찾는 듯한 그 눈만은, 여전한 것을 깨달았다…… 여러 사람들은 잠깐 동안 물끄럼말끄럼 바라보며 입을 닥치고 앉았다. 신부의 오라비도 어느 틈에 나가버렸다.

신부는 무슨 생각을 하였는지 고개를 숙이고 앉았다가 별안간 얼굴을 쳐들며,

"그러나저러나 폐백은 어떻게 드리는 거람?"

신부는 참 정말 걱정이 되는 모양이다.

"수모를 불렀으니까 시키는 대로만 하려무나."

어머니는 달래듯이 말대답을 하고 나서, 큰절이란 아주 퍼더버리고 앉는 것이니까, 두 발을 모으고 서는 것이 편하다느니, 수모에게 너무 매달리지를 말라느니 하며 절하는 법을 가르쳤다.

"이 옷을 입고 큰절이 다 무어예요? 아무렇게나 우물쭈물 해버리지…… 도무지 예식이니 무어니 하는 구살머리쩍은 그까짓 장난 없이는 못 사나!"

신부는 혼잣말처럼 또 한 번 짜증을 내어보았다.

폐백이라는 것이 그다지 어려워서 그리하는 것도 아니요, 가서 절 한 번만 하고 대추 한 줌만 받아가지고 왔으면 그만인 줄도 자기 역시 모르는 것은 아니지만, 영희는 그것이 어쩐지 자기의 마음을 속이는 것 같아서 속으로는 혼자 부끄러웠다.

소위 결혼식이라는 것을 당초부터 무시하던 영희로서는, 사회와 싸우면서라도 구습과 제도에 반항하여 어디까지 자기의 주장을 세울 만한 용기가 없어서 그리하였든지, 여러 사람의 눈에 띄는 번화한 예식을 거행하여보려는 일종의 허영심을 이기지 못하여 그리하였든지, 어떻든 신식으로 예식은 하였다 하더라도, 또다시 구식으로 폐백을 드리느니 다례를 지내느니 하는 것은, 의식을 허례라고 배척하여오던만치, 자기의 생각과 행동을 스스로 살피고 비평하는 눈이 밝고 날카로울수록 영희에게 고통이 안 될 수 없었다. 그러나 이러한 영희의 생각은 이 방에 앉았는 아무도 알아줄 사람이 없었다.

"그럼 예식은 왜 했누? 신식이나 구식이나 예식은 매한가지지."

어머니는 이렇게 핀잔을 주듯이 한마디 하였다.

"……"

어머니의 말이 딸의 생각을 잘 알고서 한 것은 아니지만 확실히 경위 있는 말이기 때문에 딸의 귀에는 찌르듯이 들렸다.

"어떻든 예식이란 그리 중대하게 볼 것은 아니지만, 필요하기야 필요한 것이지요."

신랑은 체경 앞에 앉은 신부를 잠깐 쳐다본 후에 눈을 장모에게로 옮기며 다시 말을 이어서,

"……하지만 다만 문제는 그러면 구식은 아주 타파하겠느냐 조금쯤만 참작을 하겠느냐는 것이지만, 제 생각 같아서는 암만해두 구식은 무의미한 일이겠어요"

하며 동의를 구하듯이 다시 신부를 바라보았다. 신부는 잠자코 신랑을 마주 보며 방긋 웃는 듯하였으나 그것은 분명히 코웃음이었다.

신부신랑이 단둘이만 만나서 이런 이야기를 하였더라면 일대 논전이 일어났을 것이었다. 결혼식 문제가 일어났을 때에도 둘이 한참 싸운 것이지만, 지금 영희의 어머니가 한 말과 같이 '대체 무슨 까닭으로 신식은 의미가 있고 구식은 쓸데가 없다고 하는가. 의미가 없기로 말하면 신구식이 매한가지 아니냐는 것이 영희의 주장이다. 지금도 뱃속에서는 불끈하였으나 코웃음만 치고 잠자코 앉았는 것이다.

이때에 마침 나갔던 오라비가 목사와 자기 친구인 교회 사람 두서넛을 데리고 들어왔다.

"아 여기 계신걸! 참 감사합니다."

목사는 이때껏 찾아다녔다는 듯이 이렇게 한마디 하고 우뚝우뚝 일어서는 사람에게 일일이 인사를 하고 신랑과는 악수를 하였다.

"선생님 저리 좀 앉으시지요. 너무 애를 쓰셔서 참 미안합니다."

신부의 어머니는 집안 식구 중에 제일 독실한 신자이니만치 목사라면 선교사만은 못하더라도 어떻든 천당 가는 인도자쯤으로는 짐작하는 모양이다.

"아, 관계치 않습니다. 가는 길에 좀 찾아뵈옵고 가려고……"

목사는 곧 갈듯이 뒤에 섰는 일행을 돌아다보더니 다시 신부에게로 향하며,

"영희 씨 참 놀랐습니다. 참 웅변이시더구먼요…… 하지만 영희 씨의 의견에는 찬성할 수 없던데요?" 하며 목사는 지나는 말처럼 껄껄 웃었다.

"어째서요?"

"……모든 의식이 종교적 배경을 가진 습관에 지나지 않는다고 하시는 것은 그럴듯하지만 그렇다고 영희씨 말씀처럼 '자각 있는 사람은 모든 의식이나 관습에서 벗어나야 한다'고 하셔서야 되겠습니까…… 더구나 예수교식까지를……"

이것은 아까 연회석상에서 신랑이 답사를 한 뒤를 따라서, 신부도 한마디 한 것을 목사는 그때부터 입을 삐죽하고 앉았더니, 그예 여기까지 쫓아와서 짓궂이 끄집어낸 것이다.

그야 영희로 말하면 시집가는 처녀로 스물네다섯 살이나 되었으니, 나이도 찰 만치 찼다 하겠고 또 실연이라는 인생의 면하지 못할 첫째 관문을 지났으니까, 보통 여자보다는 일되었다고도 하겠지만, 책상물림의 젊은 남녀가 가질 듯한 허영심도 있을 것이요, 아직 졸업은 못하였을망정 동경여자대학 문과에까지 올라간 영희에게는 남만 한 이상도 가졌다.

그러나 영희가 피로연에서 답사 비슷한 연설을 도도히 하였다는 것은 다만 남에 없는 중뿔난 짓을 하여보리라는 단순한 허영심으로만 그리한 것이라고는 못할 까닭이 있다.

이지적 자기 비판력과 명민한 자기 반성력을 가진 영희에게 대

하여 사상과 실행 사이에 틈이 벌어진다는 것, 다시 말하면 자기가 믿는 바의 사상대로 실행하지 못한다는 것은, 진정으로 양심에 부끄러운 일이요 일종의 고통이었다. 그러면 어느 때든지 자기의 사상대로 용감하게 실행하느냐 하면, 그렇지는 못하였다. 이것이 이 여자에게 대하여는 무엇보다도 괴로운 일이지만, 이 괴로움에서 벗어나려면 하는 수 없이 다른 이치를 끌어대어서 변명이라도 하는 수밖에 없다. 자기를 변명하는 그것도 역시 그리 마음에 편한 일은 아니지만, 그렇게라도 안 하면 안심을 할 수가 없다는 것이 이 여자의 병이다. 이러한 것은 피가 괄하고 성벽이 많으며 자신이 많으면서도 비상히 신경질로 생긴 사람에게 보통 있는 일이지만, 영희도 말하자면 그런 종류의 여자이다.

영희가 이번 자기 결혼에 대하여 제일 큰 걱정거리는 예식 문제였다. 이때까지의 주장대로 하면 물론 예식을 안 하는 게 옳겠지만, 그리하려면 남의 첩쟁이란 말을 달게 들을 결심이 있어야 할 것이다. 그러나 그것은 죽어도 못 될 일이었다. 그것도 첫사랑에 얼이 빠져서 미쳐 돌아다니던 3년 전만 같으면 그만한 용기는 없지 않았겠지만, 세상이 어떻게 돌아가는지 결혼이란 무엇인지 쓴맛 단맛 다 알고, 인제는 사랑이니 깨몽둥이니 하며 꿈속 같은 생각만 할 때가 아니라 일평생 몸을 의탁할 곳을 찾으려는, 말하자면 주판질도 다 해보고 앞뒤 경우도 다 살펴본 뒤에 하는 일이라, 그런 객기를 부리기에는 한풀이 죽었을 뿐더러, 지금 이 사나이에게 그만한 희생까지라도 돌아보지 않고 머리를 싸매고 덤비기에는 자기가 너무 아까웠다.

그러므로 신랑 편의 주장대로 마지못해 끌려가는 것처럼 내버려두기는 하였지만, 그래도 이때껏 예식이란 쓸데없다고 입찬소리를 하고 돌아다니던 사람이, 별안간 예배당에서 목사의 딸인지 하느님의 딸인지 되어서 '아멘'을 불러가며 신통한 꼴을 보이는 것은, 자기가 생각을 하여보아도 얼굴이 간지러운 일이었다.

사상 문제로 사귄 S나 P나 A는, 말은 안 할망정 '너도 하는 수 없나 보구나? 여자란 건 허영심에는 이길 장사 없지.' 하며 속으로 웃으려니 하는 생각을 하면 금시로 어깨가 움츠러져 들어가는 것 같았다.

……그러나 이때껏 내가 주장하여온 것은 진리가 아닌 것은 아니다. 다만 세상과 싸워나갈 용기가 없어서 실행할 수가 없을 뿐이다. 더구나 순택군의 의견을 존중하는 것은 순택군을 사랑하기 때문이니까, 이 경우에 자기의 주장을 희생하고 저편의 소원대로 신식 예식을 하였을 뿐이다. 이것까지를 허영심이 시키는 일이라고 하는 것은 너무 심한 말이다……

영희는 속으로 이러한 변명을 자기에게 하였다. 그러나 이러한 군색한 변명을 친구들에게 묻기도 전에 제풀에 발명하기는 열없었다. 그러므로 이것저것을 생각하면 피로연회에서 아주 자기의 사상까지를 껴서 피로를 하고, 그 길에 한마디 울려두는 것이 천연할 것 같았다. 그리하여 피로연회에서 도도한 연설을 하게 된 것이었다. 참 정말 군색한 변명이었다.

그러나 지금 목사의 수작이, 조롱하는 것 같기도 하고 꾸짖는 것 같기도 한 데에는, 심사가 나지 않을 수 없었다. 자기의 변명이

군색하니만치 더욱 화가 났다.

영희는 아까 예배당에서 목사 앞에 섰던 것처럼, 면사포를 늘이고 고개를 수굿하고 선 채 얼굴이 발개지며

"글쎄요, 말이 잘못되었더라도 너무 노하시진 마십쇼" 하고 그리 말대꾸를 하기 싫다는 듯이 입을 닫쳐버렸다.

"천만에, 노하긴 누가 노한단 말씀예요. 다만 그런 말씀을 하시면 공연히 세상에 오해만 받기 쉽단 말씀이지요."

목사는 타이르듯이 이렇게 대답을 하였다.

"선생님 말씀이 옳으시지요."

신랑은 이렇게 찬성은 하면서도 영희가 어떻게 생각할까 하여 눈치를 보며 힘없이 말끝을 흐려버렸다.

2

신랑신부의 자동차가 신랑의 집에 도착하였을 때는 길어갈 대로 길어진 늦은 봄 해도 벌써 넘어가고 전등불이 막 들어왔다.

신부가 들어온다는 바람에, 집안이 급작스레 떠들썩하여지고, 아까 피로연회에 왔던 사람 안 왔던 사람 할 것 없이 뒤범벅이 되어서, 대문간에서부터 발을 들여놓을 틈도 없이 빽빽이 늘어섰다.

신랑신부는 예식장과 달라서 팔을 맞겯고 나란히 걸어 들어올 수도 없던지, 신랑부터 앞장을 서서 길을 헤치며 들어가는 뒤를 따라 신부의 일행도 마루 앞까지 왔다. 마루 끝에 섰던 신랑의 어

머니가,

"넌 사랑으로 나가서 아버님부터 먼저 뵙고 들어오렴" 하며 주
의를 시키는 대로 신랑은 사랑으로 나가고, 신부의 일행은 건넌방
으로 들여다가 앉혔다.

그러나 웬 셈인지 구데데구데데한 여편네들이 방 안에 들어오
지도 못하고 겨끔내기로 이 문 저 문에서 통을 메고 기웃거릴 뿐
이요, 그 말썽 많은 폐백이라는 것은 언제나 드릴 작정인지 안팎
이 다 감감하다.

되지도 못한 외주물겻¹ 같은 것들이 들여다보며,

"이쁜걸! 게다가 학문이 많대!"

"웅, 아까두, 뭐? 피로연인가 무언가 할 때에 연설을 다 했대!"

"정말? 에구머니! 하지만 그리 이쁠 건 없군! 저 계집앤 누군
구?"

"신부 동생이래!"

"뭐? 에구 망측해라, 말만 한 처녀가 후배²를 서 왔어?"

영희의 귀에는 아무 종작도 없이 들리는 이러한 이야기를 저희
끼리 수군거리는 것이 귀에 거슬릴 때마다 영희는 쾌썸도 하고 갑
갑증이 나서 견딜 수가 없었다.

그러나 어떻게 된 까닭인지 그럭저럭 한 시간이나 된 모양인데
좀처럼 폐백 드릴 준비를 하는 것 같지도 않고, 애가 말라서 들락
날락하는 수모도 쫑쫑댈 뿐이요, '조금만 더 기다리라'는 소식밖
에는 들을 수가 없었다.

"아마 폐백을 아니 받으신다는 게로군…… 그러기루서니 무슨

이야기가 저렇게도 긴구?"

이것은 수모가 속살거리는 소리다. 영희도 벌써부터 그만한 짐작은 하고 앉았다. 그러나 필경 그렇게 된다 하면 무슨 꼬락서니가 될꾸? 하는 생각을 하여보고 영희는 벌써부터 얼굴이 벌겋게 상기가 되었다. 여기로 올 때까지는 예식을 전폐하라고 주장하던 죄로 구식까지 톡톡히 다 해보는구나 하고 불쾌히 생각하였지만, 지금은 또 폐백을 못 드리게 될까 보아서 걱정이다.

'며느리를 보아오지 않고, 난봉자식이 기생첩이나 떼어 들였더란 말인가……'

영희는 이런 생각을 속으로 하고 혼자 얼굴이 푸르락붉으락하였다.

건넌방에서 동으로 벽 한 겹만 격한 사랑에서는, 중얼중얼하는 소리가 어느 때까지 끊이지를 않더니 나중에는 꽥꽥 소리지르는 것이 신부가 앉았는 건넌방에까지 커다랗게 들린다. 수모는 참다 못하여,

"어디 내가 좀 나가봐야!" 하며 발딱 일어나서 출랑거리며 또 나갔다. 사랑 편은 다시 잠잠하고 안에서들만 여전히 법석이다. 부엌에서는 무엇을 차리는지 한참 부산한 모양.

……조금 있더니 누구인지 사랑에서 황황히 들어와서 수군수군하는 기척이 난다. 주인마님이 뒤따라나갔다. 아마 영감님을 달래려는 모양이다. 무어라 하는 소리인지 주인마님의 소곤소곤하는 소리만 나는 것 같다.

신부는 별로 낭패 될 것은 없으나, 아무개 집 새아씨가 폐백을

안 드렸다는 것과 달라서 못 드렸다는 것은 창피한 일이라 실없이 심사가 나지 않을 수 없었다.

……별안간 우당퉁탕하는 미닫이 여는 소리가 사랑에서 난다. 안손님은 이때껏 재깔대던 소리를 뚝 그치고 사랑 쪽으로 귀를 기울이며 물끄럼말끄럼들 서로 쳐다보았다. 영희도 숨을 죽이고 동정만 살폈다.

"쾅!" 하는 마루를 디디는 소리가 조용한 밤을 깨뜨렸다.

"……엣, 망한 놈들, 조상두 애비두 모르고, 제 집구석을 내버리고, 호, 호텔이 다 무어야! 엣, 그리구 집안이, 아, 아니 망해!"

──막걸리 동이나 없앤 거센 목소리다. 아마 이것이 시아버지의 목소린가 보다. 손님들은 무슨 구경이나 난 듯이 우우 뜰로 내려가 사랑문 밑에서 기웃거린다. 또 한참 잠잠하고 사랑 뜰에서 무어라고 수군수군하는 소리가 나더니, 인력거를 불러오라는 앳된 소리와 "고만두어! 고만두어!" 하는 거센 소리가 엇먹어 났다. ……잠깐 잠잠해졌다. 그예 영감은 가고 만 모양이다. 구경을 나갔던 사람들은 웬 셈인지 영문도 몰라서 어리둥절한 모양이다.

여러 손님들에게 옹위가 되어 들어온 시어머니는 아랫입술을 악물고 마루 끝에 걸어앉는다.

"……그것두 무슨 산소 탓이지 그저 트집만 잡으려구 판을 차리는 성미가 무슨 부어 터져 죽을 성미야…… 신식으로 하였든, 호텔에 가서 자든, 젊은것들의 일생의 행락이니, 저희끼리 하는 대로 내버려두었으면 고만이지…… 한 살 두 살 먹은 어린애람……어떻든 자기 할 도리만 차려서 이리이리 하라고만 하였으면 채례³를 지내든 폐백을 드리든 할 것을 이게 무슨 꼬락서니람."

영감을 붙들려다 못하고 지쳐서 가는 대로 내버려두었으나, 난가가 된 이 모양을 어떻게 조처해야 좋을지 민망하기도 하고, 또 무어라고 손님들에게 변명을 하여야 좋을지 몰라서 두서를 차리지 못하면서도 치받쳐 올라오는 분을 참지 못하여 한바탕 푸념을 시작한다.

"그렇구말구요."

"그야 구식 양반은 모두 다 못마땅해하시는 것도 괴이치 않지만 너무 심하세요."

누구들인지 이렇게 위로를 하며 연해 "그렇구말구요." "그렇다 뿐예요" 하는 소리가 젊은 여자의 입에서 장단을 맞추어서 나온다. 신부도 '그렇구말구요.' 소리가 목줄띠까지 나오다 말았다.

시어머니 될 사람을 본 것은 오늘이 처음이지만, 영희는 벌써 선악을 알아차렸다. 지금 하는 말을 들으면 얼굴이나 목소리로 짐작한 자기의 눈이 틀리지 않았다는 것이 유쾌하기도 하고 한편으로는 막연하게 안심이 되는 것 같아서 분한 생각도 풀리는 것 같았다.

신랑 형제는 대문 밖까지 아버지를 전송하고 들어와서 뜰 한구석에서 또 한참 수군거리더니, 아우만 전송을 가는지 모자를 쓰고 나가버렸다.

어쩐지 집안이 수성수성하여 손님까지 어색한 듯이 별로 입을 벌리려는 사람도 없이 얼빠진 것같이 멀거니들 앉았다.

축대 위에 우두커니 섰던 신랑은 어머니 앞으로 오더니,

"어서 올라오시지요······ 되어가는 대로 하는 수밖에······ 하여 간 너무 늦기 전에 우리는 가야 할 텐데······" 하며 자기부터 마루 위로 올라와서 열어젖뜨렸던 건넌방 문을 연해 기웃거리며 서성서성하였다. 신랑은 이러한 경우에 어떻게 하여야 좋을지도 모르거니와, 이러한 광경이 그리 불쾌할 것도 없고 걱정될 것도 없다. 그러나 다만 신부에게 무어라고 변명을 해야 좋을지 그것이 무엇보다도 난처하고 열없는 일 같았다.

수모는 신부 앞에 앉아서 하는 거동만 보다가, 발딱 일어나서 마루로 나오더니 마님의 귀에다 입을 대고

"어떻게 할까요, 신부는 어디로 가시나요?"

"응, 무어든지 먹어야 가지······ 어서 신부상부터 차리렴."

시어머니는 부산히들 상을 차리는 것을 건너다보며 한마디 하고 올라와서 건넌방으로 들어갔다. 신랑도 인제야 어머니를 따라 들어갔다.

"어서 앉아라, 앉아. 좀 늦었지만 시장할 테니 무어라도 마시고 가거라······ 너의 시아버진지 하시는 이는 공연히 객기가 나셔서 가셨지만, 네게는 아무 상관도 없는 일이다. 어떻게 알지 말고 안심하고 앉았거라."

시어머니는 진정으로 가엾은 듯이 이렇게 신부를 위로하고 나서 사돈아씨를 건너다보며,

"댁에 가건 어머니께, 불안하지만 얼마나 섭섭하시냐고 하시구 시아버지 되시는 이가 급한 볼일이 계셔서 급작스레 시골로 다시 떠나시느라고 폐백을 물려받게 되었다고 말씀해주슈" 하며 모두

들 서 있는 게 미안하다는 듯이 "고만 앉아라" 하고 나가버렸다. 이 시어머니란 이는 서울서 자라난 이인 만치 앞뒤가 휘동그랗다.

시어머니가 나간 뒤에 신부 일행이며 수모까지 앉았으나, 신랑은 무슨 말을 할 듯 할 듯하며 두 손을 바지 주머니에 찌르고 윗목에서 여전히 빙빙 돌아다니다가,

"퍽들 곤하실걸요" 하며 우뚝 서서 아랫목을 내려다보았다. 미안하다는 자기의 심중을 무어라고 발표를 하여야 좋을지 몰라서 애를 쓰다가, 겨우 말끝을 붙들었으나, 그다음을 잇댈 말을 얻지 못하여 또다시 어색한 듯이 벙벙히 섰다.

"아 참 오늘은 의외에 장하였어…… 회사의 K전무도 오고 총독부에서는 H과장두 왔더군……"

별안간 무슨 생각이 났던지 신랑이 불쑥 이런 소리를 하였다.

이 사람은 올 봄에 일본에서 공과대학을 졸업한 뒤에 나오는 길로, 어떤 일본 사람이 경영하는 만선건물주식회사(滿鮮建物株式會社)의 전속한 기사(技師)가 되는 동시에, 총독부 토목과(土木課)의 촉탁을 얻어 하였다. 그러므로 지금 전무 취체역이니 과장이니 하는 것은 자기가 근무하는 데의 상전네들이 왔더란 말이다.

영희는 역시 잠자코 앉았으나 회사의 전무 취체역이나 토목과장이 왔다는 것이 그리 재미없고 구석 없는 말처럼 들려서 그러는 것은 아니었다.

"……P후작은 오늘 마침 ○○회에 총회가 있어서 못 온다고, 비서를 대행을 시켜 보냈더군요" 하며 또 한 번 신부의 눈치를 살피려는 듯이 영희의 얼굴을 내려다보았다.

P후작이란 말에 수모는 귀가 반짝 띄었던지, 프록코트를 입고 비스듬히 선 신랑을 다시 한 번 쳐다보았다.

신부의 동생은 가만히 귀를 기울이고 앉았다가 옆에 앉았는 동무를 꾹 찌르며,

"얘, P후작이 누구냐?"

"왜 그 만물상점이니 회깟⁴이니 하구 놀리는 유명한 P후작이 없니? 회당을 한 다스인가 두 다스인가 가졌다는……"

"무어? 만물상점? 해해해." 두 계집애가 소곤거리며 입을 막고 깔깔대는 바람에 신부도 생긋하였다. "왜 만물상점은요? 그래도 조선서는 현대에 일류 명사랍니다" 하며 신랑도 허허허 웃다가 아주 마지막으로 한마디 더 하여두리라는 듯이,

"……참 전보가 한 백여 장 왔더군요" 하며 입을 닫쳤다.

이때의 영희 앞에 선 신랑의 태도는, 마치 전무 취체역이나 지배인 앞에서 보고를 하는 비서역 같았다. 좀더 속된 비유를 허락한다면, 여왕 앞에 국궁하고 섰는 궁내 대신이라는 것이 그 두 편의 복색으로 보아서 가장 적절할 것 같았다.

영희는 전보가 많이 왔다는 말을 듣고 가만히 고개를 숙이고 앉았다가, 무슨 생각이 났던지,

"그 전보를 지금 여기 가져왔에요?"

"가져왔겠지요. 좀 보시려우?" 하며 신랑은 하인을 불러서 사랑에 나가서 전보를 들여오라고 분부를 하였다.

……신랑은 비단 남보자에 꼭꼭 싼 조그만 보퉁이를 받아서 자기 손으로 풀며 앉더니 전보 한 뭉치를 내서 영희 앞에 놓았다. 계

집애들은 머리를 맞대고, 신부의 동생의 손으로 한 장씩 넘기는 것을 일일이 이름을 불러가며 들여다보았다. 알 사람 모를 사람 아닌 게 아니라 꽤 많았다. 영희는 눈을 깜작거리며 골똘히 내려다보고 앉았다가 한 중턱쯤 내려가서 홍수철[5]이라는 이름을 듣더니, 별안간 "응?" 하고 그 전보를 자기 손으로 누르고 성명이며 본문을 다시 한 번 보고 고개를 들었다. 이것을 옆에서 보고 앉았던 신랑은,

"아, 참, 홍군도 전보를 하였더군" 하며 신부의 얼굴을 쳐다보았다.

홍수철이라는 사람은 영희의 일생에 잊히지 못할 사람의 동생이었다.

3

홍수철의 축하 전보가 그다지 반가워서 영희가 그렇게 유심히 찾아내어 들여다보는 것은 아니다.

청첩을 띄울 때에 수철이에게도 보낸 것을 생각하고 혹시 인사 치레로라도 전보를 하였나 하는 호기심으로 찾아보았을 따름이요, 또 전보를 한 사람도 보통 하는 사교상 의미로 한 것일 것은 분명한 일이다.

그러나 영희는 그 전보를 보고 가슴이 선뜩하면서 무슨 납덩어리 같은 것이 뱃속에 가라앉는 것 같았다. 다른 사람들은 '축 가

레'라고 보통 쓰는 대로 하였고, 혹은 '기쁜 이날을 비옴'이라고
한 것도 있건마는 수철의 전보는 별다르게,

'행복의 첫걸음을 튼튼히 디디시옵'이라고 일본말로 기다랗게
쓴 것이 무슨 뜻이 있는 것 같았다. 진실한 교인인 수철이가 실없
는 수작으로나 혹은 비웃는 뜻으로 그런 것이 아닐 것은 영희도
짐작은 하지만 어쩐지 보고 볼수록 비웃는 것 같기도 하고 오금을
박는 것 같기도 하였다.

이태 전에 언젠지 수철이더러,

"나의 예술적 생명을 도와주겠다는 열심을 가지고, 모든 것을
희생하고라도 쫓아오는 사람이 있다면 혹 몰라도, 그렇지 않으면
결혼 생활이란 단념하였습니다. ……물론 그런 남자도 없을 것이
요……"

라고 이야기할 제,

"자기를 믿는 사람처럼 어리석은 사람은 없겠지요" 하며 똑바로
쏘듯이 쳐다보던 그 눈을 지금 영희는 다시 머릿속에 그려보지 않
을 수 없다.

'자기를 믿는 사람처럼 어리석은 사람은 없다'고 한 수철이의 예
언이 들어맞은 오늘날에,

'행복의 첫걸음을 튼튼히 디디시옵'이라는 축사를 보낸 것은 자
기 딴은 아무 의미 없이 한 말인지 모르지만 영희에게는 또 다른
어떠한 예상을 가지고 한 말같이 생각되었다.

'더구나 행복의 첫걸음이라 하였다. 그러나 나는 행복을 위하여
결혼한 것은 아니다. 나의 행복은 3년 전에 벌써 나를 걷어차고 달

아났다. 물론 순전히 이기적 동기로 결혼을 하기는 하였지만 결단코 행복이 있으리라고 한 것은 아니다. 사랑의 날개가 돋칠 때에 나의 행복에는 벌써 좀이 먹었었다. 그러나 좀먹은 행복이 다른 사랑으로 회복될 수는 없다. 다만 예술의 힘에 매달릴 지경이면 어떠한 정도까지는 회복되겠지만 그러나 예술이 밥은 먹여주지 않는다. 하니까 지금이라도 부모나 형제가 눈살을 찌푸리지 않고 하루 세 끼씩 먹여준다 하면 결혼할 필요는 없어지겠지……

저편의 사랑을 받아주는 것은 행복은 아니라도 유쾌한 일이요, 또한 신성한 의무이다. 그러나 사랑을 받아주는 보수로 밥을 먹여 달라는 것은 이편의 권리다. 조금도 구구한 일도 아니려니와 불유쾌할 것도 없다. 물질의 보수가 있는 사랑을 받고서 정신적 보수가 있는 예술을 이편에서 사랑하는 것은 그다지 행복이라고는 못 할지 모르지만 아무 모순도 없거니와 불유쾌한 일도 아니다. 이것이 아마 제일 현명한 인생의 길인지도 모른다.'

이렇게 생각을 하면 행복의 첫걸음을 튼튼히 디디라는 둥 결혼 생활이 행복스러우라는 둥 하는 수작은 주제넘은 소리 같기도 하였다.

'그러나 예술까지가 자기를 걷어차고 돌보아주지 않는다면 그 때에는 두 가지 길밖에 없을 것이다. 자살이나 그렇지 않으면 사랑의 대상을 사람에게 구하는 것이다. 그러나 이것은 지금 잠이 들어 있는 피가 깨어난 때의 말이다. 예술일지라도 피가 잠이 들어서야 예술다운 예술을 낳을 수는 없겠지만 예술에도 온전한 생명을 바칠 수가 없고, 사랑할 사람을 구하려는 기력조차 없다 하

면 죽는 수밖에는 다시 길이 없을 것은 뻔한 수작이 아닌가.'

영희는 이런 생각을 머릿속으로 이어나가다가 깜짝 놀라며 신랑을 쳐다보았다.

……신랑은 마주 쳐다보며 빙긋 웃었다. 신부도 의미 없이 따라 웃었다. 그러나 신랑의 눈에는 무슨 불안을 가지고 신부의 눈치를 살펴보려는 기색이 역력히 보였다.

……그 순간에 영희의 머리에는 먼 날의 기억에 남아 있는 수철의 형의 방그레하는 상과 머리가 기다랗게 자라고 눈이 옴폭 파인 해쓱한 상이 겨끔내기로 불똥같이 떠올랐다 꺼졌다 하였다.

그러나 그렇다고 영희가 순택이를 사랑하지 않는 것도 아니요, 또 자기의 남편으로 섬기는 것을 조금치라도 부끄럽게 생각하는 것은 아니다. 어떠한 때는 도리어 감사한 생각이 불같이 일어날 때도 있다. 그러나 감사하다는 생각이 일어날 때에는 반드시 순택이가 불쌍하다 가엾다는 생각이 뒤를 대어서 일어나는 것이 보통이다.

그러므로 그 사랑은, 감사하다 가엾다 불쌍하다는 감정에서 나오는 사랑이요, 가슴에서 솟아나는 뼈에서 우러나오는 피의 방울 방울이 끓어오르는 사랑은 아니었다. 영희의 영혼은 순택이의 영혼 속에서 살 수가 있어도, 영희의 영혼 속에 순택이의 영혼이 싸일 수는 없다. 그러나 그 대신에 순택이의 세계에는 영희가 들어갈 수 있지만 영희의 세계에는 순택이가 한 발자국도 들여놓을 수가 없다. 영희에게는 자기밖에는 아무도 침범할 수 없는 자기만 혼자 낙을 누릴 세계가 있다. 그것은 곧 예술의 세계이다. 하기 때

문에 영희는 결혼 생활로서 채울 수 없는 불만족을 자기의 세계
—예술의 세계—에서 채울 수가 있지만, 순택이는 그러할 수는
없다. 순택이에게 대한 영희는 자기의 전체이다. 영희가 없고는
자기도 없고 영희가 없는 데에는 다른 세계를 또다시 생각할 수도
없다. 여기에서 영희는 순택이를 가엾다고 동정하고 고맙게 생각
하며 또한 이것이 순택이에게 끌리는 첫째 이유이다. 만일 순택이
가 영희의 모든 시험에 순종하고 거의 모욕에 가까운 짓궂은 농락
을 잠자코 참을 뿐 아니라, 그러하면 그럴수록 열렬한 애정을 보
이지 않았더라면, 그리고 만일에 순택이의 가정이 넉넉지 못하다
거나 순택이의 사회적 지체가 보잘것없거나 하였더라면, 영희는
어떠한 젊은 문학자나 화가나 그렇지 않으면 음악가 같은 종류의
청년을 골랐을 것이다. 그러나 순택이의 열심은 영희를 마침내 정
복하고야 말았다. 그야 영희의 생각대로 말하면 자기가 순택이에
게 정복된 것이 아니라 순택이가 자기에게 정복된 것이니까, 영희
는 순택에게 대하여는 절대의 패권을 가진 왕자라고 생각지 않을
수 없을 것이다.

　그러나 만일 행복이라는 것이 감격에 넘치는 생활에서 얻을 수
있는 것이라 할 지경이면 누가 승리를 하고 누가 정복이 되었든지
간에 영희는 결혼 생활에서 행복의 앞잡이인 감격을 느낄 수 없는
것을 모르는 것은 아니다. 그것은 순택이와 결혼을 하였기 때문에
그런 것이 아니다. 설사 예술의 친구를 택하였다 하더라도 취미는
맞을지 모르나 감격에 채인 생활은 얻지 못할 것이다. 그러나 이
것이 순택이의 탓도 아니요 자기의 죄도 아닌 것은 영희도 안다.

만일 탓을 한다면 실연이라는 모진 서리뿐이다.

그러나 영희 자신은 자기의 청춘이 영원히 시들어버리고 말리라고는 생각지 않는다. 입으로는 '연애란 일생에 한 번뿐이지 두 번씩은 없는 것이다'라 하기도 하고,

'누가 행복을 얻으려고 결혼을 했나!' 하며 변명을 하면서도 순택이와의 결혼에서 무엇이든지 얻으려는 희망이나 예상이 없는 것은 아니다.

한때는 예술을 위하여 결혼을 희생하리라는 생각이 없지 않았을 뿐 아니라 예술 이외에는 모든 것이 심상하고 시들하였다. 그러나 자기 역시 이렇다고 꼭 집어낼 수 없는, 말하자면 소증⁶ 난 사람처럼 무엇을 먹고 싶다는 분명한 식욕이 동하는 게 아니건만 공연히 허전허전하여 못 견디겠다는 것 같은 욕망이며, 남에게 분명히 호소할 수도 없고 그렇다고 시원스럽게 눈물이라도 쏟아볼 수 없는 적막하고 애달픈 마음을 예술의 힘으로만은 위로할 수 없고 채울 수도 없었다.

그러나 이것은 시집가려는 사춘기의 처녀에게 보통 볼 수 있는 감정과는 다른 것이다. 그야 영희에게 생리적 관계로 이러한 구슬픈 생각이나 지향할 수 없는 감정이 없지도 않지만 다만 성욕의 충동이라는 단순한 이유가 시급히 결혼 생활을 하도록 영희를 괴롭게 한 것은 아니었다.

영희에게는 예술에서도 얻을 수 없고 진리에서도 얻을 수 없으며 신앙에서도 얻을 수 없고 그렇다고 단순한 성욕의 만족으로만으로도 얻을 수 없는 그 무엇에 주렸거나, 혹은 그 무엇이 있다가

없어진 마음속의 빈 곳을 채우려거나, 또는 있다가 없어지기 때문에 생긴 쓰린 상처를 고칠 만한 무엇인지를 얻으려는 고통이 있었다.

이것은 자기를 사랑하여주던 운명이 인생에게 늘 높은 절정까지 치받쳐주었다가, 아무 기별도 없이 별안간에 땅 위로 뚝 떨어 뜨려놓은 것을 원망하면서도 또다시 한 번 치받쳐주기를 기다리며 애원하는 고통이다. 그러나 영희는 자기의 예술이 그렇게 하여주리라고 믿고 바라면서도, 그 믿으며 바라는 바가 헛되지나 않을까 하는 근심과 두려움을 이기지 못하여, 다시 운명과 인간에 대하여 한 번 더 인생의 상상봉까지 치받쳐달라고 애원을 하는 것이다. 여기에 영희의 한층 더한 새로운 고통이 있는 것이다.

혹시는 정신을 가다듬어 밤 가는 줄도 모르고 이 책 저 책을 뒤적거리거나, 네모진 구멍에다가 붓대를 놀리고 앉았다가도,

"……당신은 참 정말 조선의 신흥 예술을 위하여 일생을 바치시오. 조선이 가진 단 하나의 보배는 아마 당신이겠지요. '이겠지요'가 아니라, 확실히 그러하리라고 나는 단언합니다. 그것은 당신이 장래에 남의 아내가 되고 어머니가 되리라는 예언만큼은 확실한 일이겠지요"라고 격려를 하여주기도 하고,

"……당신의 예술이 아침 햇발처럼 솟아오를 때, 세계는 얼마나 놀랄까요…… 아, 나는 그날을 기다립니다. 그날의 행복을 믿습니다. 그러나 나에게 그 행복을 나눌 권리가 있을까요"라고 어린아이 수작 같은 소리를 열심히 한 발 두 발씩 적어 보내며 칭찬을 하여주던 3년 전의 그──수철이의 형인 홍수삼──의 말이 문

득 생각날 때는,

'내가 이건 해서 무엇 하누? 누구더러 보아달래려구 지금 이걸 끄적거리누?…… 예술이란 무어냐? 인생이란 무어냐? 무슨 까닭에 이 신산한 세상을 아직도 몇십 년을 질질 끌려가며 살려는구?' 하는 생각이 걷잡을 새도 없이 복받쳐 올라와서 무심중간에 붓대를 들었던 손가락을 꽉 깨물어볼 때도 있었다.

그러면 영희는 예술도 세상도 사람도 다 던져버리고 자기 자신까지 그림자를 감추겠느냐 하면 그러기에는 너무도 용기가 부족하였다. 귀찮다 살 수 없다 하면서도 살아가지 않을 수 없는 것이 인생이다. 귀찮다 싫다 하는 것은 역시 살뜰히 구하고 원하기 때문이다. 자살이란 것은 그 사람의 요구와 희망과 상기가 편벽된 사람만 능히 할 수 있는 일이다. 편벽되다는 말은 많지 못하다는 뜻이니 한길만을 파다가 그 길이 막히면 목숨을 끊는 수밖에 없을 것이 아닌가. 재화만을 바라던 사람이 그것을 얻지 못하면 먹이라도 딸 수밖에 없고 사랑만을 구하다가 그것을 달하지 못하면 쥐잡는 약이라도 먹을 것이요, 예술만을 자기의 생명으로 알던 사람이 이에서 실패하면 한강 철교로라도 나가지 않으면 안심이 안 될 것이다.

그러나 영희는 하나로만 만족할 여자는 아니다. 사랑을 원하여 안 되면 예술의 길을 찾을 수 있고, 예술이 만족할 수 없다면 다시 사랑의 품을 찾으려 하며, 이것저것 다 안 되면 금전에라도 매달릴 것이다. 만일 이 모든 길에서 모조리 실패를 하였다 하면 혹은 영희 자신의 말마따나 자살하는 수밖에 없었겠지만, 아직 첫째 시험에 실패하였기로서니 그렇게 쉽사리 막다른 골목에 다닥뜨릴 리는 없었다.

다만 지난 일을 다시금 생각하여볼 제 그때의 행복과 기쁨이 그립고 그때의 행복을 잃은 것을 슬퍼할 따름이다. 그러나 이 슬픔은 받던 사랑이 스러진 뒤의 슬픔인 동시에 남을 사랑하여보지 못한 데에서 일어나는 애원이었다. 실연한 뒤에 예술에만 만족할 수 없고 이성을 그립게 생각하며 결혼을 꿈꾸게 된 때의 영희의 나이는 사랑을 받는 기쁨보다는 자기가 남을 사랑하는 기쁨이 한층 더 행복스러운 줄을 깨달을 만한 때였다.

그리하여 3년 전에 영희를 땅에 내던진 운명은 이번에는 순택이를 영희에게 뽑아주었다.

그러나 지금 영희는 순택이와 만난 지 이태 만에 결혼식을 거행한 이 자리에서 또다시 예술을 찾고 앉았다.

'행복을 구하여서 결혼을 한 것은 아니다. 나의 행복은 예술에 있다' 하면서도 한편으로는,

'사랑을 받아주는 유쾌한 의무를 다한 보수로 밥을 먹여달라'고 하며 앉았다. 그러나 이것이 영희로서는 정직한 생각일지도 모른다.

실상 말하면 영희가 순택이하고 만난 뒤로 이날 이때까지 순택이를 시험하면서도 그의 비위를 거슬러본 적은 없었다. 그의 요구대로 어떠한 정도까지는 만족을 주었다.—키스도 하여주었다. 포옹도 하여주었다. 밤이 이슥토록 이야기도 하였다. 여행도 같이 하였다. 서로 떨어져 있으면 만단정화를 그린 편지도 하였다. 그

러나 아무리 천만 번의 키스로 남자의 몸을 뻘겋게 달여놓았더라도 그것은 역시 의식적(意識的)으로 한 것이었다. 아무리 애정에 타고 가슴이 두근거릴 때에라도 일흔두 번이나 일흔세 번에서 얼마 지나지 않는 맥박이 뛸 뿐이었다.

그러나 순택이와 점점 가까워갈수록 순택이를 비평하여보게 되는 것이 영희에게는 고통이었다. 하지만 그것은 3년 전의 그 사람 ──홍수삼── 하고 비교하여보고서 하는 비평이요, 또 지금까지 영희의 머릿속에 남아있는 그 사람의 모든 점을 아름답고 옳은 것으로 생각하기 때문에 순택이를 그 사람에게다가 비교하려는 생각도 나는 것이요, 유심히 순택이의 결점이 눈에 뜨이는 것이다. 그러나 어느 때든지 그러한 것은 아니다. 피차의 열정이 높아지거나 그렇지 않으면 한참 긴장하였던 사랑에 피로를 느낀 뒤에 일어나는 것이었다.

애정을 느껴서 사랑의 표시를 주고받고 하다가도 지나치는 말 한마디에 불쑥 홍수삼의 그림자가 머리에 떠올라와서, 눈이 부시게 머릿속을 쩽쩽히 비치는 것 같을 때에는 수삼이에게 대한 의리가 안되었다는 생각까지는 일어나지 않아도, 말할 수 없는 가엾은 생각이 나서 맥이 풀리는 것 같았다. 그러나 사랑의 피로를 느껴서 아무 흥미를 느끼지 않게 될 때에는 반동적으로 수삼이에게 대한 애욕이 불같이 한층 더 일어났다. 이러한 때는 순택이의 대수롭지 않은 말땀이나 걸음걸이 하나를 보고도,

"요새 매우 말솜씨가 느셨구려!" 하며 짓궂이 웃었다.

"참 걸음걸이도 맵시 있는걸요!" 하며 농담처럼 천연덕스럽게

놀리면서 자기만은 수삼이의 재치 있는 말솜씨나 연연하고 날씬한 체격을 머리로 그리며 혼자 즐겨하였다. 그러나,

'왜 내가 이렇게두 순결한 마음이 없어졌누?' 하는 생각을 할 때에는 무슨 죄나 지은 것 같아서 순택이에게 대하여 미안하기도 하고 자기 자신이 가엾어 보이기도 하였다.

그러나 어떻든지 오늘 결혼식을 거행한 것은 엄연한 사실이다. 그리고 장래의 행복을 기다리는 것이 사실이니만치 행복하리라고 결혼한 것이 아니라 하여 예술로 그 부족한 점을 채우리라고 생각하는 것도 사실이다. 또 그리고 연애는 일생에 한 번밖에는 없다 하면서도 연애의 힘과 행복을 꿈꾸는 것도 사실이다. 그중에 어떠한 것이 영희의 길이 되고 안 될까는 영희의 피가 얼마나 깨이겠느냐는 문제로 결정될 것이다.

4

어젯밤에 그럭저럭하여 10시가 넘은 뒤에 호텔로 와서도 2시를 치는 것을 듣고 겨우 잠이 들기 때문에 오늘 식전에는 사지가 느른하고 곤하지 않은 게 아니지만 영희는 해가 돋을까 말까 할 때에 벌써 일어나서 부스럭거리며 치장을 차리기 시작하였다.

순택이도 얼마 안 되어서 부스스 일어나 앉더니,

"지금 몇 시길래 왜 이렇게 부지런해?" 하며 경대 앞에 앉았는 영희를 건너다보았다. 잠이 깊이 못 들었던지 연해 선하품만 하고

앉았다.

"그럼 어떡해요. 아침 차로 떠나려면 일찍이 서둘러도 될까 말까 한데, 이 집 저 집 다녀가진 않나요?"

영희는 머리를 만적거리던 손을 잠깐 멈추고 엷게 화장한 좀 보삭보삭한 얼굴을 이리로 돌리며 웃어 보였다.

"글쎄 오늘 떠나는 건 좋겠지만, 대관절 어디로 간담? 몇 시 차로?"

"그건 내게 맡기시지 않았에요?"

"허허허, 아무리 맡겼기루 갈 데를 정하는 것만 맡겼지 누가 새끼에 맨 돌멩이처럼 끌고 다니라구 내 몸뚱어리까지 맡겼나 뭬!"

"하하하…… 글쎄 온 밤새도록 조르시구 그래도 부족해서 첫새벽부터 이러슈. 세 시간만 참으면 금세루 아실 걸 가지구, 내 참 참을성두 없으슈."

영희는 어리광 비슷하게 이렇게 달래듯이 말막음을 하고 일어나서 남편의 양복을 주섬주섬 집어다가 이불 위에 차곡차곡 놓았다.

순택이는 영희의 하는 거동을 손 하나 놀리는 조그만 곡선까지라도 놓치지 않으려는 듯이 눈으로 쫓으며 앉았다가,

'이 계집애가 인제는 내 계집으로 아무 꺼릴 것 없이 잗다란 시중까지 들어주는구나.' 하는 생각을 할 제 새삼스럽게 반갑고 기쁘지 않을 수 없다. 그러나 거기에는 바라고 바라던 소원이 불시에 성취가 되어서 마음에 든든하기도 하며 그 성공이 너무도 분명한 일이기 때문에 도리어 신기하고 의심스러운 것 같은 심정도 섞였었다.

"어서 그만 일어나세요. 벌써 6시가 넘었는데."

영희가 머리치장을 마치고 재촉을 하면서 남편의 곁으로 와 섰으니까 순택이는 이때까지 느껴보지 못한 은근한 애정이 일어나서 영희의 손을 끌어 앉히고 이마로 떨어진 머리카락을 살금살금 쓰다듬어 올려주면서,

"웬 고집을 그리 부려요. 둘이 가면서 서로 의논을 해서 가는 게 좋지 않아? 어디루 갈꾸? 동래온천으로 갈까? 일본까지 갈까? 그렇지 않으면 평양으로 안동현으로 봉천까지 휘돌아 올까?" 생글생글 웃고 앉았는 영희의 얼굴을 귀여워 못 견디겠다는 듯이 코가 맞닿도록 들여다보며 주워섬기고 앉았다.

"아무려나 하시구려" 하며 영희는 웃었다.

"아 그럼 좋은 데 있군. 저 석왕사루 가지, 삼방에 들러서…… 금강산은 아직 이르기두 하구 틈두 없지만."

"글쎄, 이번 신혼여행엔 내게 절대로 복종하시겠다면서 공연히 왜 이렇게 성화세요. 정거장에만 나가시면 금세로 아실 것을! 잠자코 나 하는 것만 보시구 계세요. 더 재미있을 테니……"

"그럼 몇 시에 떠날 테야?"

"그것두 모르지!"

"모르구 어떻게 간담. 그럼 그런 명령엔 나는 아니 복종할 테야, 허허허……"

"쓸데없는 잔소리 그만하고 어서 입으세요. 이것두 명령이에요. 일어 — 낫!"

영희는 장교가 호령을 부르듯이 일본말로 '일어나!'를 우습게

장단을 붙여서 부르고 깔깔 웃으며 옆방으로 들어갔다.

순택이는 담배를 피워 물고 여전히 그대로 앉아서 어디로 갔으면 좋을까 하며 이리저리 생각을 하다가 시계를 다시 한 번 집어보고 벌떡 일어나서 주섬주섬 옷을 입고 세숫간으로 갔다.

영희는 벌써 옷을 다 갈아입고 나오며,

"인제야? 암만해두 오늘 못 떠나나 보군…… 정하면 나 혼자 가지, 하하하……"

"무슨 덜미를 잡는 일이 있나?"

"무엇이든지 하구 싶은 때에 해야지, 난 생각만 나면 발밑에서 새가 날아가듯이 후닥뚝닥 해버려야지, 그렇지 않으면 어느 때까지 마음에 꺼림해서 말라죽어요."

"신혼여행쯤 아무 때면 못하나" 하며 순택이는 수건질을 하면서 초인종을 눌렀다.

영희가 지금 시급하게 생각난 대로 하고 싶다는 것은 신혼여행이 그다지 중해서 그러는 것이 아니라, 자기가 한번 꼭 가보리라고 벼르던 데를 시급히 가고 싶다는 말이다. 그러나 순택이는 단순히 신혼여행이 시급히 하고 싶다는 뜻으로만 들었다.

순택이는 들어오는 보이더러 부산 급행이 몇 시에 있느냐고 물어보고 차(茶)를 가져오라고 명하였다. 저편 침대 위에다가 가방을 올려놓고 짐을 꾸려넣으며 섰던 영희는 부산 차 시간을 묻는 데에 눈이 휘둥그레서 획 돌아다보며 무어라고 입을 벌리려다가 다시 돌려 생각을 하고,

"그럴 게 아니라 저 『여행 안내』를 좀 가져오구려" 하며 보이를

쳐다보았다. 보이는,

"시간표일 지경이면 여기두 있습니다" 하며 호주머니에서 하얀 종잇조각을 꺼내서 영희에게 주고 나갔다.

"그거 무얼 그렇게 뒤적거려? 부산 차 시간만 알았으면 고만이지. 이건 혼인한 첫날부터 이래서야, 암만해두 고사를 지내든지 해야 하겠군! 허……"

"누가 부산 간다구요!"

영희는 보던 종이를 놓으며 무슨 생각을 하듯이 한눈을 판다.

"그럼 어딜?"——순택이는 또 물었다.

영희는 여기에는 대답하지 않고 잠깐 앉았다가,

"두 집이나 다녀가면 늦겠군. 어서 자동차를 준비하라구 하세요" 하며 자기 손으로 초인종을 눌렀다.

보이가 가져온 차를 마주 앉아서 마시면서도 두 사람은 제각각 다른 생각을 하고 앉았다. 영희는 무슨 생각을 하는지 머리를 수굿하고 앉아서 눈만 깜작깜작하고 있다. 순택이는 '이 계집애가 무슨 음모를 꾸미누?' 하며 영희의 얼굴을 들여다보고 앉았다가,

"그럴 게 아니라 위선 동래 온천으로 가지?"

"실없는 말이 아니에요. 정말 나 하는 대로 계셔요."

영희는 핀잔을 주듯이 이렇게 한마디 하고 또다시 무슨 생각을 하다가,

"좀 오래 될지도 모르니까 옷은 많이 가지고 가는 게 좋겠지! 댁에 가선 무어 무얼 가지구 갈지 아주 생각을 해두세요."

"이건 참 도깨비한테 홀린 수작 같구먼, 허허허. 그러나 그렇게

오래는 안 될걸, 회사두 있구 하니까……"

"2주일쯤은 상관없겠지?"

"2주일 템이?"

"그럼 한 열흘……"

"글쎄, 되어가는 대루 하지."

영희는 이 소리를 듣고 벌떡 일어나서 우산을 들고 나섰다. 순택이도 따라 일어섰다.

——그예 순택이가 항복하고 말았다.

호텔에서 떠날 때는 이래저래 7시 반이나 되었다. 여간 들몰아 다니지 않으면 차 시간을 댈지 몰라 영희는 조바심이 나서 자동차 속에서도 연해 연방 팔뚝에 감은 시계만 들여다본다.

"아직 아무 데도 아침밥이 안 되었을 테니 여간하건 차 속에서 무어든지 먹지요, 네?"

"몇 시에 떠나겠길래?"

"……"

그동안에 벌써 자동차는 순택의 집에 들어가는 동구에 와서 섰다. 또 어린아이들이 우우 모여든다.

정말 조선식으로 삼일을 치른다 하면 이맘때쯤은 신랑신부의 집에 문안 하인이 오락가락할 때밖에 안 되었다.

불쑥 달려드는 신랑신부를 맞은 집안에서는 어두운 데 홍두깨 내밀기다. 사랑에서는 아직도 오밤중이요, 안에서들도 아직 방도 치우지 않고 끼리끼리 모여 앉아서 어제 이야기 오늘 할 이야기 신부 이야기 신랑 이야기로 유산태평이다. 젊은이들은 부산히 무엇을 차리는 모양이나 시어머니는 아직 세수도 안 했다.

"이게 웬일이냐. 그러지 않아도 둘째애더러 어서 좀 가보라구 하려구 몇 번을 깨워야 천생 일어나야지."

방에서 나와 맞는 시어머니는 이렇게 한마디 하고 나서 절을 받았다.

"아침에 어딜 갈 데가 있어서 이렇게 좀 일찍이 동하였지요."

순택이는 영희가 절을 하는 옆에 서서 한마디 하였다.

"어데를 간단 말이냐······아버지께 가려구?"

"아──니오······"

"그럼 서울 안에서?"

"······"

"어떻든 가만있거라" 하며 어머니는 영희를 안방으로 데리고 들어가서,

"누님 절 받으슈" 하며 절을 시켰다. 영희는 오십쯤 된 시커멓게 건 상스러운 부인 앞에 앉았다 일어섰다.

"또, 이 마님 뵈어라."

영희는 한 번 더 앉았다 일어섰다.

"또, 저 마님께······"

영희는 네번째 같은 동작을 하였다.

"그다음엔 저기 저 마님!"

이번이 다섯번째다. 영희는 일어서서 눈을 내리깔고, '또 인젠 없나?' 하고 방 안을 살짝 돌려다보았다. 그러나 시어머니는 깜짝 놀란 듯이,

"아 참, 자네두 절 받게."

'또?' 하며 영희도 속으로 깜짝 놀랐다. 이렇게 하면 시어머니한테 한 것까지 도합이 여섯 번이다. 그러나 두세 번까지는 잠자코 받아주기 때문에 그래도 손쉬웠지만 차차 갈수록 힘은 이편이 들 건만,

"내야 무슨 절은 다——" 하며 장황히 늘어놓으며 승강을 한다. 그러면 아주 받지를 않고 마느냐 하면 그렇지도 않다. 마지못해서 절하는 사람의 생색이나 내어주겠다는 듯이, 절하는 사람의 아래 위를 훑어보며 앉았거나 서 있다.

절이란 원래 하기 좋은 것은 아니다. 더구나 스라소니같이 두 손을 뻗치고 앉았다 일어섰다 하는 것은 영희와 같이 선머슴처럼 자라난 사람에게는 일 년에 한 번이나 두 번은 마지못해 할지언정 하루에 대여섯 번씩은 좀 호된 노릇이다. 그뿐 아니라 지금 신혼여행으로 떠날 기차 시간이 절박하여 일 초 일 각이 새로운 영희를 데리고 노랫가락으로 어슬렁어슬렁 절을 시키는 것은 남의 사정을 몰라도 분수가 너무 없다. 영희는 천연덕스럽게 시키는 대로 앉았다 섰다 하지만 뱃속에서는 오만상이 나 찌푸리고 있다.

그러나 시어머니의 눈이 아무리 밝기로 새며느리의 뱃속까지는 아직 못 들여다볼 것, 더구나 새며느리를 보고 절 시키기란 시어머니 될 자격이 있고 없는 것을 시험하는 저울대다. 까딱하면 시빗거리다.

'아무개네는 공부한 며느리를 얻었다구 절두 아니 시키더군!' 하는 뒷공론이 한 입에서만 나와도 신부에게는 아무 걱정 없지만

시어머니에게는 겨드랑이가 간지러울 일이다. 며느리의 사정은 어쩌든지,

"인제 상우례를 시켜야지?" 하며 영희를 마루로 끌고 나와서 이 사람 저 사람 닥치는 대로 불러세워놓고 어느 때까지 앉았다 일어섰다 하게 한다.

'이러다간 절만 하다가 한나절 다 보내겠군?' 하는 생각을 할 제 영희는 기가 막혔다. ……스무 번을 하였는지 서른 번을 하였는지 나중에는 번수도 따질 수 없었지만, 차차 번수가 잦아갈수록 학교에서 체조나 하듯이 앉았다 일어섰다 하며 되는대로 날렸다.

영희가 마루에서 신이 오른 무당처럼 연해 앉았다 섰다 하는 동안에 순택이는 방 안에 앉아서 부산히 짐을 꾸려놓고 나서 영희의 절이 끝난 것을 보고 마루로 나오더니, 우두커니 섰는 영희에게 다가서면서,

"그럼 늦기 전에 어서 가지?" 하며 동의를 구하였다.

영희는 고개만 끄덕거렸다.

"그래 어디를 간단 말야?"

시어머니는 조금 꾸짖는 듯이 아들을 똑바로 쳐다보았다.

시어머니뿐만 아니라 집안 식구가 상하를 물론하고 무슨 변괴나 난 듯이 일시에 모두 순택의 내외에게로 시선이 몰렸다. 뜰에서 국수를 씻고 섰던 계집 하인까지 손을 멈추고 대청을 올려다보았다. 순택의 입에서 무슨 말이 떨어지나 분명히 듣겠다는 가장 긴장한 침묵이 거의 일 분간은 지났다. 그러나 순택이는 무어라고 대답을 하여야 좋을지 입이 떨어지지를 않았다. 자기 내외가 오늘

─결혼한 이튿날 아침에 이 집에서 잠깐 나갔다가 들어온다는 것
이 조금도 변 될 일도 아닐 것이요, 어디 갔다가 오겠다고 분명히
대답을 한들 흉 될 일도 아니건만 망단하여서 입이 딱 붙어버렸다.
자기의 부부가 이날─잔치를 물려 하겠다는 이날에 나간다는 일
이 이 집안의 화락과 단란을 깨뜨리는 큰 원인이 된다는 것은 순
택이에게 참을 수 없는 책임이요 무정한 일 같았다. 여러 사람이
섭섭해하며 입에 내어 말은 못해도 붙들었으면 하는 생각을 가지
고 있는 것을 생각할 제 순택이는,

"그럼 내일이구 모레구 가지요" 하고 주저앉고 싶지 않은 게 아
니지만 영희의 생각이 어떠할지 이 자리에서 바로 대고 물어본다
할 수도 없고 틈바구니에 끼어서 오도가도 못할 지경이다.

"글쎄요, 연일 돌아다니느라구 몸도 몹시 고단하고 게다가 마침
회사 일로 부산까지 출장 나갈 일이 있기에 아침 차로 떠날까 하
는데요…… 고만둘까 하였지만 저쪽에는 벌써 전보까지 쳐놓았으
니까…… 제 처는 본가에 가서 쉬라거나 데리구 가거나 되는대로
하겠지요만……"

순택의 대답은 이보다 더 교묘할 수는 없다. 영희도 자기 남편
을 다시 한 번 쳐다보지 않을 수 없었다.

"그럼 밤차로 떠나렴."

"몸은 곤한데 밤 찻길이란……"

순택이는 눈살을 잠깐 찌푸려 보였다.

"그래 아버지는 언제 가서 뵌단 말이냐?"

"곧 다녀올 테니까 오는 길에 내려서 들어가두 좋고 그때까지

어머님께서 여기 계시면 올라왔다가 다시 날을 잡아가지구 가두 좋겠지요."

"에그 모르겠다…… 정 그렇다면 허는 수 있니!"

이때껏 남의 말을 억제하여본 일이 없는 어머니는 이에서 더 붙잡을 수도 없고 더구나 몸이 괴로워서 쉬러 간다는 데에야 무어라고 더 할 말이 없었다.

그러나 어젯밤에 영감이 그 모양으로 떠나버리고 또 오늘 꼭두식전부터 아들이 밥 한술도 뜨지 않고 달아나는 것을 보니 섭섭하지 않을 수 없었다. 그러나 그 섭섭한 생각은 다만 잔치의 주인을 놓치기 때문에 일어난 것만은 아니다. 자식을 장성하게 길러서 장가를 들였다고 이때껏 한집에 모아놓고 재미도 못 보고 또다시 며느리를 보았다 하여야 저희는 저희대로 딴 세상에서 떠도는 것 같은 것이 말할 수 없이 호젓하고 섭섭하다는 늙은 부모의 바다같이 넓은 사랑에서 나오는 깊은 설움이다.

가방을 들고 우중우중 나서는 것을 보고 어머니는 옴폭 파인 눈이 글썽글썽하여지며,

"그럼 며칠이나 있다 올 테냐? 아모쪼록 몸들이나 성히……"

"늦어도 사흘만 하면 오지요."

순택이의 목소리도 좀 떨리는 것 같았다. 영희도 시어머니의 언짢아하는 양을 보고 어깨가 오그라드는 것 같기도 하고 마음에 거리끼지 않을 수 없었다.

그러나 대문 밖으로 나와서 자동차에 올라앉은 영희는 우릿간에서 벗어나온 것 같기도 하고 무슨 무거운 짐을 내려놓은 것같이

시원하지 않을 수가 없었다. 영희는 후우 하며 한숨을 쉬고 시계를 보더니,

"난 절 한 번만 하면 곧 빠져나올 줄 알았지! 그동안 한 시간이나 넘었네! 바루 가도 좋지만 집에 잠깐 들러서──가지구 갈 게 있으니까……"

"무얼?"

얼빠진 사람처럼 멀거니 앉았던 순택이는 입을 벌렸다.

"아무것도 아니에요" 하며 영희는 얼른 말을 막고 나서,

"옷을 몇 벌 가지고 가려구요" 하며 변명을 한 뒤에 남편이 좀 서운한 듯이 풀이 죽어서 잠자코 앉았는 것을 눈치채고,

"누구보다도 어머니가 가엾으셔! 퍽 섭섭해하시는걸…… 하지만 참 말씀두 영절스럽게 잘하시던걸. 난 얼굴이 쳐다뵙디다. 참 정말 용하셔, 하하하……" 하며 위로 삼아 칭찬을 하였다.

"허허허."

영희의 집은 그리 떠들썩하지는 않았다. 일가 식구도 눈에 띄고 아침밥을 차리느라고 분주한 모양이나 시집보다는 조용하였다. 그러나 신랑까지 같이 온 데에는 반가우면서도 놀란 모양이다.

"아 자네까지 왔나! 어서 올라오게, 그래 편히 쉬었나?"

사위의 절을 받으면서 장모는 반갑게 인사를 하였다.

"어머니 절 좀 많이 시키십쇼, 하하하. 난 지금 절을 스무 번을 하구 왔는지 서른 번을 하구 왔는지 다리에 알이 다 배었을걸! 하하하." 영희는 제 세상이나 만난 듯이 깔깔대며 신랑을 놀리고 자

기 방으로 쓰던 아랫방으로 내려가다가 돌쳐서며,

"어머니, 오빠는 어디 갔에요?"

"왜 못 만났니? 벌써 호텔루 갔는데."

영희는 못 만난 것이 잘되었다고 생각하였다.

아랫방으로 들어간 영희는 10분 동안이나 문을 닫고 부스럭거리다가 옷을 한 봇짐이나 가지고 마루로 올라와서 자기 가방에다가 차국차국 넣고 앉았다. 옷보퉁이 속에는 무엇인지 조그만 나무 상자 한 개가 있었다. 영희는 그것을 남의 눈에 띄지 않게 얼른 가방 속에 넣고 쇠를 채워버렸다.

"그건 뭘 하구 앉았니? 어딜 가니?"

어머니는 사위를 건넌방으로 들여다 앉히고 나오다가 보고 물었다.

"지금 곧 떠나요. 잠깐 몸을 쉬러 간다고 하니까 나두 쫓아가려구······"

"어디루?"

"부산을 간다니까 아마 온천이겠지요."

"그래 지금 곧 간단 말이냐? 무어나 먹어야 하지 않니?"

"떠날 시간이 30분 밖에 안 남았는데요. 배고프면 차 속에서 먹지······"

어머니는 사위를 무엇이든지 먹여 보내려고 애를 쓰나 하는 수 없었다. 부산히 분별을 하며 차리는 것을 보고 영희 내외는 뜰로 내려섰다.

어머니도 퍽 섭섭해하는 모양이나 영희는 거기에는 본체만체하

고 장모와 기다랗게 인사를 하고 섰는 순택이를 재촉하여 앞장을
세우고 나가서 자동차로 뛰어들어갔다.

5

경성역에 도착하여보니까 승객들은 거의 다 들어가고 남은 시
간이라고는 겨우 칠팔 분 밖에 없다.

"어디까지 살까?"

순택이는 자동차에서 내려서며 창황히 물었다.

"글쎄…… 돈을 이리 주슈. 내가 살게."

순택이가 자동찻삯을 주려고 지갑을 꺼내는 것을 보고 영희는
손을 내밀었다.

"어디까지 살 텐데? 부산까지?"

순택이는 미심한 듯이 또 물었으나 머뭇거릴 시간도 없어서 달
라는 대로 돈을 꺼내주었다.

영희는 총총걸음으로 표 파는 데로 들어가서 푸른 표 두 장을
급행권과 껴서 사가지고 개찰구로 앞장을 섰다. 아카보'에게 짐을
들려가지고 들어온 순택이도 쫓아 섰다.

두 사람은 허둥지둥 차에 올랐다. 차 속은 여간 붐비는 게 아니
나 겨우 자리를 잡고 나니까 차는 벌써 움직이기 시작하였다.

"아, 마침 잘되었다! 조금만 머뭇거리다가는 도루 들어간달 수
도 없구……하하하."

"도루 들어가기루 상관 있나, 하지만 표는 어디까지 샀어? 어디 좀 봐."

영희는 달라는 대로, 오페라 박스*에서 표를 꺼내서 순택이에게 웃으며 주었다. 순택이도 웃으며 받아가지고 무슨 제비나 뽑아가지고 펴보는 것처럼 큰 호기심과 기대를 가지고 넉 장 중에서 푸른 표 한 장을 선뜻 뽑아 들고 들여다보더니 실망하였다는 듯이 헛웃음을 웃었다.

"아, 이게 무어야? 그래 기껏 여기까지야? 허허허. 대관절 어디를 가겠기에……"

영희는 여전히 방글방글 웃고 앉았다가,

"글쎄 가만히만 계셔요. 내가 매니저 노릇을 하는 다음에야 그저 쫓아만 오시구려, 하하하."

"글쎄…… 암만해두 알 수 없는데."——순택이는 연해 고개를 기웃거리면서 생각을 해내려고 하였으나 이 여자가 신혼여행의 목적지를 대전으로 택한 의취를 터득하여낼 수가 없었다.

"대전엘 간대야 무어 볼 것 있나…… 호남선으로 들어간대도 역시 그렇지……"

"왜 이리 애가 말라하세요? 조금만 있으면 아실 테니 나만 탁 믿고 계시구려."

"못 믿는다는 게 아니라 갈 데가 없단 말이지. 이왕이면 대구까지나 갔으면 경주 구경이라두 가는걸……"

"하하하, 갈 데가 생길지 어떻게 아세요? 어떻든 아침이나 먹으러 가십시다. 아 시장하다."

영희는 이러한 딴전을 붙이고 선하품을 한 번 하고 일어섰다. 순택이도 일어나서 두 사람은 식당으로 들어갔다.

식당에는 아무도 없었다. 요리도 아직 준비가 못 되었다고 한 시간 후에 들어오라는 것을 그래도 시급히 만들라고 강청을 하여 분부를 하여놓고 두 사람은 마주 자리를 잡고 앉아서 우선 마실 것을 가져오게 하였다.

순택이는 사이다를 한 컵쯤 먹더니,

"맥주를 좀 먹어볼까" 하고 주문을 하였다.

"이거 웬일이세요. 술을 다 잡수시구?"

"왜, 나두 기분이 좋을 때에는 맥주 한 병은 먹는데……"

'기분이 좋다'는 말을 듣고 어쩐지 영희는 가슴이 선뜻하였다. 확실히 지금 순택이는 유쾌할 뿐 아니라 행복이 대끝까지 올라간 듯이 거의 어린애처럼 기뻐하는 것은 사실이다. 그러나 순택이가 이 재미있으리라는 여행으로 갖은 행락을 갖추 맛보려고 달고 아름다운 공상을 그리는 것을 볼 때에 영희는 지금 자기의 심중에 싸고 싸서 넣어둔 계획이 너무도 참혹한 것 같고 남을 함정으로 쓸어넣으려는 무서운 음모같이 생각지 않을 수 없다.

'이렇게 순결한 어린아이처럼 거의 취하다시피 된 사람에게 무어라고 그 소리를 끄집어내누?…… 설마 못하겠다구는 안 하겠지. 물론 싫다고는 못하겠지만 그러나 모처럼 하는 이 여행을 안 하였더니만 같지 못하였다고 실망을 하게 하는 것은 참 정말 악독한 일이다.'

영희는 이렇게 생각할 제 가슴이 아팠다. 무엇보다도 이처럼 모든 것을 탁 믿고 자기에게 맡겨놓고서 흡족하도록 즐겁게 지내보자는 이 사람을 꿈에도 생각지 않았던 구중중하고 컴컴한 길로 끌고 들어가려는 이 계획, 더구나 짓궂이 신혼여행으로 나선 이 기회를 타서 하려는 이 계획을 알게 될 제 얼마나 깜짝 놀랄까 하는 생각을 하면 자기의 하는 짓이 너무도 얌체 빠진 것 같아서,

'나도 참 악독한 짓도 하는군!' 하는 생각이 없지 않았다.

그러나 한편으로는,

'이것도 한 가지 시험조도 된다. 이 사람은 나를 위하여 모든 것을 희생하고 나를 자기의 목숨같이 사랑하고 또 장래에도 그리하겠다고 하였다. 그러나 무엇을 희생하였나? 그 열렬하다는 사랑의 표적이 이때껏 하나나 있었나? 나 때문에 사회에서 욕은 고사하고 피침한 소리 한마디라도 들어본 일은 없었다. 그뿐 아니라 나를 끌려고 연애의 대적하고 한 번이라도 애를 써서 싸워본 일도 없었다. 그러면서도 무얼 가지구 희생이니 사랑이니 한단 말이람…… 만일 인제는 내가 자기의 손아귀에 들어왔다고 해서, 이 마지막 청을 들어주지 않는다 하면 그것은 천하고 더러운 수작이다.'──이렇게 생각을 하면 이만한 일은 꺼릴 것도 없고 가엾을 것도 없다고 생각하였다.

영희가 사이다를 마셔가며 이런 생각을 하고 얼빠진 사람처럼 멀거니 앉았는 것을 순택이는 한참 바라보다가 흥을 돋우려는지,

"왜 그렇게 기운이 없어 보여? 포도주나 한 잔 가져오랄까?" 하며 나이프 자루를 세워가지고 식탁 위를 똑똑 쳤다.

"아뇨, 아무렇지두 않은데요. 너무 시장해 그런 게지."

영희는 이렇게 변명을 하고 나서도 여전히 머릿속으로는 또다시 생각을 이어나간다.

'그러나 어디 가서 그 말을 끌어낼까? 무슨 핑계를 해서든지 목포까지는 끌고 가겠지만 H군까지는 좀처럼 아니 가려 들걸. 아무리 절대루 내 말만 듣고 쫓아온다구 했기로서니. 그럼 아주 대전서 이야기를 해버려? 그러다가 회사에 너무 결근을 할 수 없다고 핑계하고 안 들으면 어쩌누? ……이왕이면 얼근한 이 바람에 아주 차 속에서 토설을 하는 게 어떨꾸?' 하며 영희는 벌써 주기가 돌아서 씨근씨근하고 앉았는 자기 남편을 쳐다보았다. 다행히 담배를 피우고 창밖을 내다보고 있기 때문에 눈은 마주치지 않았다. 영희는 한숨을 휘 쉬었다.

'……아니다. 그건 너무 참혹한 일이다. 될 것두 안 될지 모를 뿐 아니라 적어도 목포까지는 유쾌한 마음으로 가게 해야지……'

영희는 이렇게 생각을 하면서도 아직 결심을 못하고 남편의 얼굴을 또 한 번 쳐다보았다. 순택이는 입에 대었던 컵을 떼며, 영희를 마주 보고 빙긋 웃었다. 영희도 생긋하였으나 얼굴이 잠깐 붉어졌다.

"무얼 그리 생각을 해? 아까 호텔에서부터 무슨 걱정이 있는 사람처럼 가다가다 왜 그리 얼이 빠져 앉았어?"

"내가? 왜 어때서?"

영희는 상 위에 놓였던 오페라 박스에서 거울을 꺼내어 들여다보다가 웃으면서,

"내가 그렇게 뵐까? 정말 그래요?" 하며 입으로는 변명을 하여

도 얼굴은 더 발개졌다.

"글쎄 내가 잘못 보았나? 허허허. 그까짓 소리는 그만두고 어서 저거나 마셔요" 하며 옆에 따라놓은 포도주 잔을 턱으로 가리켰다.

꼬챙이 같은 굽이 높다란 큰 유리컵에 철철 넘치는 빨간 포도주를 영희는 날씬한 하얀 손가락으로 모시듯이 살그머니 들어다가 볼그레한 입술에 대고 호르륵 마시고 나서 남편을 쳐다보고 생긋 웃는다.

금시로 집어삼킬 듯이 눈을 똑바로 뜨고 쳐다보며 앉았던 순택이는 영희가 들고 있는 컵 속에 담긴 물빛같이 된 얼굴에 금방 터질 듯한 웃음을 띠고,

"어디 또 한 번 마셔보아!"

영희는 하라는 대로 또 한 번 마시고 컵을 상 위에 놓았다.

"고만 먹지! 둘이 다 얼굴이 홍당무가 되었다간 장관일걸…… 청도파*의 여자들이 오색주를 먹고 욕더미가 되듯이 조선에 청도파가 생겼다구 소문나게! 하하하……"

"뭐? 청도파?"

"아, 일본에 청도파라구 있었는데 —— 신여자끼리 모인 회가요. 그런데 오색주를 먹었더랍니다."

영희는 이런 이야기를 한다 하여도 그런 방면에 어두운 순택이에게는 별로 흥미가 없을 줄 알고 말을 끊었다.

"응, 나두 들은 법한데, 그래 어쨌더람?"

이런 일이야 혹시 알지 모르겠지만 어떻든지 자기가 전문하는

방면 이외의 것도 결코 모른다고 하는 법이 없는 것이 이 사람의 특징이다. 더욱이 영희와 이야기할 제 그런 모양이나 그렇게 넓은 상식을 가진 사람인지 아닌지는 아마 영희가 더 자세히 알 것이다.

"남자들하고 요릿집으로 떼를 지어 다니며 페퍼민트(서양 술 이름)를 먹느니 오색주를 먹느니 하기 때문에 한참 일본 사상계에서 들썩했더랍니다."

"미친년들이로군, 대개 어떤 것들이 모였길래?"

"왜 미치긴요…… 선생보담 정신이 똑똑한 사람들이라우. 술을 먹은 것은 한때 장난이니까 잘했든 못했든 말할 것 없지만 일본 여자로는 자유사상계의 선구자들이랍니다."

"술 먹구 남자들하구 요릿집 다니는 게 선구란 말이지? 허허 허……"

"왜 그렇게 말씀을 하슈" 하며 영희는 이맛살을 잠깐 찌푸렸다.

두 사람은 또다시 말이 끊겼다. 영희는 일어나서 이 상 저 상에 놓인 서양 꽃을 돌아다니며 골똘히 들여다보기도 하고 맡아보기도 하며 섰다가 요리가 나오니까 다시 자기 자리로 가서 앉았다.

영희는 배가 고프다면서도 수프는 한 술 두 술 떠먹고 나서 바꾸어 들여온 음식 접시를 잠깐 들여다보더니 고명으로 놓은 파란 풀잎을 집어서 조그만 줄기를 뜯어 질겅질겅 씹으면서,

"난 이 파슬리라는 게 언제든지 좋더라!" 하며 또 한 줄기를 뜯어 씹는다.

"어디 뭐길래?" 하며 순택이도 집어서 두세 입 씹어보더니,

"원 별소리두 다 하는군. 그게 무에 좋담? 비릿하구 쌉쌀한 듯

두 하구…… 이상한 향기는 있지만……"

"그렇길래 좋단 말이지요."——영희는 방긋 웃으며 고기를 끼운 삼치창(포크)을 입에 넣었다.

"자동차의 가솔린 냄새가 구수하단 사람두 있더군마는……"

"구수하진 않지만 그건 나두 싫진 않은데요."

"허허허, 여기 X군의 친구 하나가 또 생겼군……"

순택이는 영희와 이태 동안이나 사귀어오던 동안에 발견하지 못한 일면을 인제야 발견한 것 같기도 하고 한편으로는 어째서 그런 괴벽한 것을 좋다 하누? 하는 의심을 가지고 영희의 얼굴을 쳐다보았다. 두 사람은 참 시장하였던지 잠자코 한참 때그럭거리며 먹고 앉았다.

영희는 한 접시를 다 먹고 입을 씻으며,

"난 청요리는 암만 먹으려도 한두 점만 먹으면 실쭉해두, 양요리는 뭐든지 먹겠더구먼…… 조선서 학교에 있을 때에 요리법을 좀 배우긴 하였지만 지금은 다 잊어버려서……"

"사실 괜찮은 게지. 잘만 하면 차차 집에서 좀 만들어 먹어볼까? 책 같은 걸 참고하면 잊어버렸던 것이라두 되겠지."——순택이는 인제는 '가정'을 가졌다는 안심과 기쁨을 깊게 느끼고 한 말이다.

"하지만 제 손으로 만들어 먹는 건 아무리 잘되었어두 맛이 없어……"

"그럴 리야 있나. 잘못되면야 말할 것 없지만 웬만큼 되기만 하면 그것처럼 재미있는 것은 없을걸……"

"그야 내가 만들어 당신이 잡수면 좋을지 모르지만, 내가 만든 것을 내가 먹어두요? 밥 같은 건, 딴 문제지만……"

영희는 남이 만든 것이기 때문에 맛이 있다는 듯이 또 새로 가져온 접시를 벌써 비이게 만들어놓고 한마디 대거리를 하였다.

"말이 되는 말인가. 그래 화초 하나라두 자기가 만든 게 공력이 드니만치 고와 보일 것이요, 그림 한 장을 그려두 그럴 터요, 당신같이 소설 한 편을 써두 자기가 쓴 것이 마음에 맞을 게 아니란 말요?"

순택이는 이야깃거리가 없어서 심심파적으로 웃어가며 연해 대꾸를 하여준다.

"그두 그럴지 모르지! 혹 고와두 보이구 마음에 들기두 하겠지요. 하지만 고와 보인다구 입에 맞는 것도 아니요 고와 보이거나 입에 맞는다구 마음에 드는 것두 아니지요. 더구나 자기의 창작일수록 써서 놓은 그 당장엔 고와두 보이고 맘에 드는 것 같다가두 조금만 지나면 금세로 찢어버리거나 살라버리구 싶은 때가 많은데요? ……제 뱃속으로 나온 자식두 귀여우면서두 마음엔 안 드는 수도 있고, 귀엽고 마음에 들면서두 남의 자식을 보면 그만 못하게 생각되지 않아요?"

"아주 아이를 낳아본 경험이나 있는 듯이! 허허허…… 하지만 저기 저 애 같으면 이쁘기도 하고 마음에도 들겠지?"

순택이는 빙글빙글 웃으며 듣고 앉았다가 실없는 말로 저편 구석에 젊은 일본 사람 부부가 데리고 들어와 앉았는 아이를 턱으로 가리키며 웃었다.

영희는 가리키는 쪽을 힐끔 돌아보았다.

"참 이쁜걸. 몇 살이나 되었을꾸? 네 살? 다섯 살은 되었겠군!"

"탐나지? 하나 갖구 싶지 않아?"

하며 순택이는 눈웃음을 치며 영희를 들여다보았다.

"망측한 소리두…… 난 남의 아이는 귀여워도 가지구 싶은 생각은 꿈에도 없어. 지금 저런 게 생겼다간 큰일 나게!"

"그거야말로 내 손으로 만든 음식은 맛이 없다는 수작이로군! 그러나 큰일 날 거야 무어 있나! 안 생기는 게 큰일이지, 하하하!"

"그야말로 자식이 안 생겼다가 큰일 날 게 뭐 있누? 절손이 될까 봐서? 엘렌 케이는 '모성애'니 '모성애의 회복'이니 하지만 예술에 일생을 바치려면 아이를 낳는다는 것은 큰 걱정거리지요. 그야 일본의 Y여사[10] 같은 사람은 원래 타고나기를 정력가로 생겼으니까 예외지만……"

"그러다가 아들이 없어서 내가 첩이나 얻으면 어쩌려구? 허……"

순택이는 어디까지 실없는 말로 대꾸를 한다.

영희도 따라 웃으며,

"제발! 작히나 좋을까…… 몸이 가뜬하여지구…… 응! 그래서 이혼을 하셨군! 어디 나두 '칠거지악'의 한 죄를 당해볼까, 하……"

"실없는 말이지. 설마 아들이 없다구 이혼을 할 시러배 아들놈이야 있을까."

영희는 몇 접시째인지 또다시 포크와 나이프를 들며,

"그럼 왜 이혼을 했어?" 하고 농담 비슷 책망 비슷하게 물었다.

"싫으니까 하였지!"

"왜 싫어요?"

"어째 싫든지 싫은 거야 어쩌나?"

"그래두 까닭이 있겠지요. 왜, 학문이 없어서요? 여학생이 아니기 때문에?"

"그것두 한 가지 이유겠지!"

"그럼 또 무슨 이유가 있에요?"

"그까짓 소리는 고만두고, 어서 자— 그 포도주나 마저 마셔요."

순택이는 말을 피하려는 듯이 자기도 잔을 들며 술을 권하였다.

"왜 그까짓 거예요? 적어두 인생 문제의 반분은 성(性)의 문제가 차지를 하였다 해두 좋을 터인데……"

"글쎄 인생 문제의 반이든 왼통이든 그건 물어서 무엇 한단 말이야?"

"그래두 좀 알아두어야 나두 어떻게 이혼이나 당하지 않지, 하……"

"허……"

"아 이것 봐요. 그것은 실없는 말이지만 왜 말간 사람을 일생에 병신을 만들었에요? 너무 늙어서? 네?……"

순택이는 여전히 웃기만 하고 앉아서,

"몰라!"

"당신 일을 당신이 모르면 누가 안담! 하지만 늙은 게 실컷 밥이나 얻어먹게 가만 내버려두고 기생첩이나 학생첩을 얻었으면 좋지 않아요? 아 참 공부가 있어야 한다니까 학생첩이 더 좋겠지! 수두룩한 게 모두 그런 건데."

"흐흥! 왜 이렇게 조짐을 하우."

"글쎄 말야, 기생첩이라두 얻을까 봐서 겁이 나지 않아? 하……"

"그래 얻으면 어쩔 텐구?"

"좋지! 가끔가끔 나두 데리구 놀구, 좋은 로맨스나 가졌으면 이야기나 들어서 소설 하나 쓰구."

"그래 그뿐이야? 샘은 아니 날까?"

"그건 모르지. 하지만 첩을 얻게 되면 벌써 피차에 정은 없어진 것이니까 얻기 전에 끝장이 나고 말겠지."

"그렇지만 내가 이혼을 해주지 않으면 어쩌누?"

"누가 안 해주어요? 안 해줄 사람이 누구예요? 나두 전부인 같은 줄 아시는구려. 가라면 가구 말라면 말구. 흐흥! 저런 큰소리를 하다가 내가 이혼을 하자면 어쩌려구? 하하하."

"그야 안 되지, 법률이 있는데."

"네? 뭐예요? 법률이 어때요? 그래 법률이 나하고 결혼을 하라구 명령을 하니까 하셨군요? 하하하, 원 내 참 별소리를 다 듣겠군!"

"그야 말이 안 되지. 그럼 목사가 결혼을 하라구 해서 하였나? 모든 게 이 사회의 조직이요 형식이지."

순택이는 영희를 이겼다는 듯이 상쾌히 웃으며 맥주를 한 모금 더 마시고 나이프와 포크를 다시 들었다.

그러나 영희는 먹을 생각도 안 하고 한층 더 신이 나서 말을 받는다.

"그건 안 될 말이에요. 예수교식으로 결혼식을 한다는 것부터 나는 인정치 않지만 해두 좋고 안 해두 좋은 것을 한때의 편의로 예식을 했다기로서니 조금도 불합리할 거야 무어 있어요? 하지만 법률이란 것은 사람의 신령을 구속하고 절제하는 것이니까 피할 수 있는 대로 피하여야 할 게 아니에요? 법률이 인정해주지 않는다구 있던 정이 없어질 리두 만무할 것이요, 인정해준다구 없던 정이 금세루 생길 수도 없지 않아요? 네? 그렇지 않아요? 인제 지셨지요? 하하하" 하며 이번에는 영희가 유쾌한 듯이 웃으며 빨간 물이 반쯤이나 남아 있는 잔을 들어 한 모금 마시고 나서 또 무슨 말을 하려고 입을 빵긋빵긋하는 것을 순택이가 가로막으며,

"그래 법률의 수속두 없구 남편의 승낙두 없이 '난 이혼했소' 하면 고만이야?"

비웃는 듯이 웃어가며 입을 쫑긋거렸다.

"그럼요. 그러게 누가 결혼했다구 민적이니 무어니 하시라우? 장래의 자식을 위해서 그런 게 필요하다면 그 자식이나 남편 되는 사람의 이익으로 한 것이니까 이쪽에서는 그런 데 구속을 받을 게 못 되지 않아요? 어떻든지 오늘날 쓰는 법률이라는 것은, 여자를 너무 무시한 점으로 보아두 나는 암만해두 찬성할 수 없에요."

순택이는 삶아놓은 게딱지 같은 얼굴로 비웃는 웃음인지 재롱으로 듣는 셈 치고 귀여워서 웃는 것인지 여전히 빙글빙글하고 앉았다가,

"인제 고만 하지, 마님! 매니저! 하지만 대관절 요리나 잘할 줄 알구 이 야단인가? 서양 요리법두 지금 말하는 만큼만 알았으면 그리 흉하게는 아니 되렷다!"

하며 순택이가 껄껄 웃으니까 영희도 따라서 커다랗게 웃으며 찻

종을 들었다.

그러나 영희의 머리에는 또 무슨 생각이 반짝하고 떠올라서 금시로 풀이 죽었다.

두 사람은 차를 마시며 삥삥 돌아서 네 활개를 치며 뒤로뒤로 달아나는 창밖을 가만히 내다보며 앉았다가 다른 승객의 한 떼가 몰려들어오는 것을 보고 총총히 일어섰다.

영희의 내외는 객실로 돌아와서 자기 자리에 나란히 앉았다.

"그래 대전까지 가서 어떻게 할 테야. 누구 만나 볼 사람이 있어?"

한참 이를 쑤시고 있던 순택이는 창을 기대앉으며 이 이쁜 지휘관의 예정을 물었다. 그러나 볼그레하게 포도주 기운이 오른 영희는 눈웃음을 치며,

"그건 가봐야 알지."

아양스럽게 이렇게 한마디 하고 금세로 말소리를 변하여서,

"참, 그런데 아까 이야기하시던 걸 마저 해주세요."

"무엇 말야?"──순택이는 어리둥절한 모양이다.

영희는 조금 다가앉으며 고개를 앞으로 숙이고 소리를 낮추어서,

"이혼 문제 말예요" 하며 웃었다. 순택이도 웃으면서,

"그건 왜 새삼스럽게 물어? 왜 몰라?"

"아 글쎄 요새 와서 난 이상스러운 소리를 들었기에 말예요" 하며 또 웃는다.

"무슨 소리를?" 하며 순택이도 따라 웃다가

"그건 그렇게 알아 뭘 해. 그저 그렇다구 해두지."

"응응, 그만하면 알았어요. 그런데 이때까지 내겐 숨기시구……"
하며 영희는 책망하듯이 웃으며 눈을 똑바로 떴다.

"그럼 어떡해! 무어 좋은 일이라구 뭇사람을 보구 이야기를 할까?"

"그래 얼굴은 어땠던구?"

"그저 그렇지, 그는 하여간 그걸 보면 내가 이혼한 것이 시속 젊은 아이들처럼 무분별하게 한 것이 아닌 것은 알 수 있지."

영희도 그렇다는 듯이 고개를 끄덕끄덕하며 평상한 목소리로 고쳐서,

"실상 나부터 그래요. 그따위 짓을 하니까 이혼을 하셨겠지만 내가 만일 남자로 태어났더면, 나는 공부한 여자하구 결혼은 안 할 테야. 낫을 보고도 기역 자인 줄 모르구 지게를 보구두 A자인 줄도 모르는 여자라두 나 아니면 사랑할 사람두 없구 내 말이라면 하느님 말처럼 절대로 복종하는 여자를 데려오는 게 결국은 행복이지. 나두 공부랍시구 하였지만 보통학교나 고등보통학교쯤 졸업하였다구 쥐꼬리만 한 지식으로 코가 높아서 서두는 꼴이야 눈허리가 시어서 어떻게 보구 산담…… 그야 일반 사회를 위하여는 공부도 시켜야 하겠지만 그렇다구 여자가 학문이 있다는 것을 남자의 한 취미로 생각하고 덮어놓고 이혼 이혼 하는 것은 꼴사나워 못 볼 일이야!"

영희는 혼잣말처럼 말끝을 흐리고 순택이를 쳐다보며 웃었다. 그러나 순택이는

"옳은 말이야, 옳은 말이야!" 하며 찬성은 하면서도, 속으로는

자기에게 들어보라고 일부러 그런 소리를 하는 것 같아서 괴란쩍었다. 그는 영희의 이야기가 끝이 나니까 슬그머니 드러누우며 눈을 감았다.

남편이 드러누운 앞에 비스듬히 걸어앉아서 영희도 눈을 감고 꾸벅꾸벅하고 있는 모양이나 머릿속에 왕래하는 것은 자기 남편을 어떻게 하면 호남선 위에 올려 앉히겠느냐는 것이었다.

'도시 말하면 어젯밤에 호텔에서 여행 이야기가 났을 때 아주 말을 해버렸더라면⋯⋯' 하는 생각이 없지 않지만, 아무러기로서니 혼인한 첫날밤인데 어떻게 그런 소리를 할 수 있겠느냐고 생각하면 자기의 일이건만 그도 그럴듯하였다.

'그러나 내려서 어떻게 할까? 아주 목포까지 표를 샀더라면 이러니저러니 말이 없을걸. 역시 맘이 약하기 때문에 공연히 안 할 고생까지 해⋯⋯ 안 가기야 할까마는 거기까지 속이고 간다는 것이 너무 심한 일이다. 도리어 더 노엽게 생각할지도 모를 것이다.'

이리저리 생각을 하며 앉았으려니까 기차가 어느 정거장에 들어가는지 속도가 금세로 줄었다. 영희는 눈을 뜨고 내다보다가 정거도 안 하고 그대로 신탄진 역을 지나치는 것을 보고 남편을 흔들어 깨웠다. 그래도 잠이 깊이 들었는지 놀라며 벌떡 일어났다.

"인제 내릴 차비를 차리슈. 이다음이니까."

아직도 맥주 한 병이 깨지를 못한 모양이다.

"응, 내려?" 하며 잠꼬대처럼 어름어름하더니 창에 기대어 눈을 감고 앉아서, 자지 말라는 대로 응응 알았어 알았어 하는 소리만 뇌고 있다. 그동안에 영희는 행장을 말끔히 수습하고 차가 닿기만 기다리고 남편 앞에 앉았다.

　——차가 스르르 미끄러져 돌아가며 문득 섰다. 그 바람에 순택이는 눈을 딱 떴다.——씌워주는 모자를 받아서 다시 쓰고 영희의 뒤를 따라섰다.

　……영희는 위선 정거장 앞에 있는 일본 여관으로 남편을 권하여 들어갔다. 순택이는 그래도 잠이 덜 깬 것 같아서, 영희가 하녀하고 이야기하는 동안에 세수를 하고 왔다.

　"그래 인제는 어떡하누? 이건 정말 귀찮은걸."

　"목포까지 표를 사오라구 하였습니다. 여러 사람이 들끓는 온천이든지 되지 않은 명소란 데는 싫어요. 호젓하고 조용한 데를 찾아서 가는 게 좋지 않아요? 배두 타볼 수 있구……"

　"글쎄 아무려나 매니저의 명령대로 하지. 딴은 그렇기두 해."

　"그럼 어서 나가시지요."

　사람이란 당하기까지가 어려운 것이지 딱 당하고 보면 어떻게든지 길이 나서는 것이다. 영희가 차 속에서 이럴까 저럴까 하며 몇 시간이나 두고 애를 썼건만 하나도 소용은 없었고, 필경은 이 자리 이 시간에 옳든 그르든 비로소 결말이 난 것이다.

　순택이로 말하더라도 '목포까지 간다'는 말에 위선 안심이 되어 마음을 턱 놓고 나설 수가 있다.

　영희의 내외는 여관에서 나와서 차에 올라 한구석에 채를 잡고 앉았다. 지방의 지선이 되어 그런지 이등찻간에는 승객이 그리 없었다. 두 사람은 마음놓고 속살거리기도 하고 기롱도 할 수 있었다. 가끔가끔 하하하 하며 야단스럽게 웃는 소리가 왈가닥 뚜르륵 하는 기차 소리에 어느 때까지 높아졌다 꺼졌다 한다.

순택이는 영희보다도 더 피곤한 모양이나 그래도 기운 좋게 껄껄대며 어린 아기같이 좋아한다.

"어떤 여관에 가서 묵을까? 제일 좋은 데로 가지. 하지만 너무 떠들어서는 나두 재미없어."

순택이는 드러누워서 곁에 앉은 영희를 쳐다보며 의논을 하였다. 그는, 아니 그뿐 아니라 영희도 재미있는 나그네의 첫날밤을 즐겁게 기다리지 않을 수 없다.

조그만 항구——창망한 바다——바다를 앞에 두고 높직이 선 한적하고 정결한 여관——경치를 맘대로 바라볼 수 있는 조용한 방——젊은 남녀의 굳센 포옹——불길 같은 키스——만단정화의 속살거림——넓은 바다에 뜬 기선——그 속에 서로 의지하지 않고는 사고에 무친한 외로운 신혼한 부부……영희를 마음대로 사랑하고 흡족하도록 행락하겠다는 이 화락한 모든 꿈은 목포로 가기 때문에 순택의 머리에 맺히는 것이 아니라, '호젓하고 조용한 데를 찾아가는 게 좋지 않아요?'라고 한 영희의 입에서 주옥같이 굴러나온 그 한마디가 순택이의 마음을 사로잡기 때문이다.

6

해가 넘어간 뒤에도 한 시간 이상이나 지난 뒤에 목포에 도착하였다. 아침 10시부터 이때까지 거의 십여 시간을 차 속에서 지냈건만 영희 내외 두 사람에게 대하여는 결코 지리한 여행은 아니었다. 정거장 앞에 내려선 두 내외는 인력거를 타고 영희의 지휘대로 세관 근처에 있는 여관으로 향하였다. 이 여관이라는 것은 이 지방에서 제일류라고는 못하겠지만 그리 더럽거나 불편한 데는 아니다. 영희는 3년 전에 우연히 이 여관의 2층에서 '사키짱'하고 하룻밤을 새운 것을 생각하면 이 지방에 와서 이 집을 안 들여다볼 수는 없었다.

문에 들어갈 때에 마침 주인 여편네가 사무실에 앉았는 것을 보고 영희는 속으로 반가웠으나 그 주부는 영희를 말끄름히 내다보면서도 자세 몰라보는 모양이다.

'사키짱은 그저 있나?' 하는 생각을 하며 하녀를 따라 2층으로 올라가서 제일 좋다는 맨 구석 뒷방을 차지하였다.

"이왕이면 더 나은 데로 갈걸!"

순택이는 여러 날 있을 듯이 매우 불평이 있는 모양이다. 영희는 얼빠진 사람처럼 가만히 앉았다가,

"왜 어때요? 정 싫으면 내일이라두 옮기지!" 하며 가방에서 자리옷으로 가져온 일본 옷을 꺼내어 주고 남편이 벗는 양복 저고리를 받아서 걸었다.

"……목욕은 어떡하실까요? 지금 마침 더워오는데요?"

차를 가져온 하녀가 벗어놓은 속옷을 개며 권하였다. 순택이는 목욕탕으로 내려갔다.

영희도 목욕 갈 채비를 차리느라고 옷을 훌훌 벗고 역시 일복으로 갈아입었다.

"여기 사키짱이란 하녀가 있었지?"

자기가 벗은 옷을 개키며 하녀를 돌아다보고 물었다.

"사키짱 말씀요? 그 아인 벌써 작년 봄에 고만두었답니다. 그런데 어떻게 아세요?"

하녀는 이상한 듯이 물었다.

"응? 고만두었어? 그래 지금은 어디 가서 있누?"

영희는 무슨 까닭인지 얼마쯤 실망한 모양이다.

"부산에 나가 있지요. 그런데 언제부터 아세요?"

"한 3년 되지. 여기 와서 저 건넌방에서 같이 자기까지 하였는데…… 그래 지금은 무얼 하누? 시집갔나?"

"그러합니다" 하며 하녀는 커닿게 웃었다.

"아 정말이야?"——영희는 따라웃으며 채쳐 물었다.

"아니에요, 좋지 않은 데루 갔답니다" 하며 하녀는 의미 있는 듯이 웃었다.

"좋지 않다니…… 그럼 유곽으로 들어간 게로군?"

영희는 좀 놀란 듯이 물었으나 하녀는 다만 웃을 뿐이었다.

"그래 누가 그런 짓을 했더람?"

"말하자면 이 집 사람들이 고약하다구 하겠지만 당자도 당자지요. 벌써 열다섯 열여섯 적부터 바람이 키었었는데요. 계집이 그러구서야 언제든지 그런 데로 가구 말지 않아요?"

하녀는 웬 셈인지 꼬집는 소리를 한다. 그러나 영희는 가엾게 생각지 않을 수 없었다. 자기와 만나 본 우연한 연분으로 보든지 자기의 애인을 사랑하던 사람이라는 점으로 보든지 오늘 이 자리에 꼭 있어야 할 사람이건만, 그 사람이 유곽의 갈보로 팔려갔단 말을 듣고서야 섭섭하고 가엾게 생각지 않을 수 없을 것이다. 자기의 정랑이 살아 있었기로서니 유곽으로 팔려갈 사키짱이 안 가게 되었으리라고는 말 못하겠지만, 어떻든지 적지 않은 인연이 있던 사람이 지옥 같은 유곽으로 들어갔다는 것은 죽은 사람을 생각할수록 가엾은 일이다.

'하나는 시집가구, 하나는 갈보가 되구……'

이런 생각을 할 제 가엾은 것은 이 세상을 떠난 그 사람뿐이다.

영희의 자존심은 자기와 사키짱을 비교하여 생각하는 것을 불명예한 일로 생각하지만 이 세상을 떠난 그 사람을 생각할 제는 아무렇지도 않을 뿐 아니라 도리어 사키짱이 귀엽고 불쌍하였다.

"그런데 왜 사키짱을 데리구 주무셨어요?"

하녀는 영희가 얼빠진 사람처럼 가만히 앉았는 것을 보고 웃으며 물었다.

"옆의 방에 사내가 있기에 무서워서 그랬지. 그때만 해도 퍽 숫기가 없어서."

"호호호…… 목욕 안 가세요?" 하며 하녀는 일어섰다.

목욕을 하고 올라오자 이쪽 저쪽 창문을 열어젖혀놓고 내외가 밥상을 받을 때의 유쾌한 기분은 언젠지 동래온천에 도착하였던 날 저녁을 생각케 하였다.

순택이는 먹을 줄도 모르는 맥주를 또 가져오라고 하여 영희에게까지 강권을 하고 앉았다.

"여행의 재미는 이런 때에 있는 거야."

순택이는 천천히 맥주를 마시며 일본말로 이런 소리를 하였다. 영희도 하녀가 따라주는 맥주를 반 잔쯤 받아서 놓으며,

"서투른 지방에 가서 여관에 드는 첫날같이 유쾌한 때는 없을 거야"라고 역시 일본말로 남편의 말을 받았다.

"그렇구말구요. 약주 잡숫는 양반은 아주 살이 찌실 것 같다구들 하시는데요."

이번에는 하녀가 동의를 하였다.

"옳은 말일세. 자네두 살이 좀 쪄보게" 하며 순택이는 자기 잔을 하녀에게 주고 병을 들었다.

하녀는 싫다면서도 연해 고개를 꼬박거리며 철철 넘게 받아서 반 잔이나 한숨에 마시고 나서,

"그래 지금 어디로 가시는 길이에요?" 하며 영희를 처다보았다.

"그저 여기까지 왔지."——순택이가 웃으며 대답을 하였다.

"이 근처에 일가댁이 계세요?"

하녀는 여전히 의심쩍은 듯이 영희를 보고 물었다.

"아니!"

이번에는 영희가 대답을 하였다.

"그럼 그때에는 왜 오셨어요?"

"누가?"

순택이는 깜짝 놀라서 하녀와 영희를 반씩 타서 바라본다.

영희는 대답하기가 난처하여 잠자코 빵긋빵긋 웃고만 앉았다.

"아니 이 아씨께서 3년 전에 여기 오셨다가 이 집에 묵으셨더라는데요? 영감마님께선 모르세요?"

"응? 여기 언제 와 보았소? 흥! 그래 이 집으로 다짜고짜 들어왔군! 난 왜 그랬다구…… 하하하."

순택이는 껄껄 웃고 말았으나 속으로는 의심이 들어가지 않을 수 없었다.

"그러나 여기엔 무엇 하러 왔더람?"

순택이는 영희의 눈치를 살피려는 듯이 물끄러미 쳐다보았다.

"왜 난 여기 못 올 덴가……하하하" 하며 영희는 밥 보시기를 들었다.

"아 참, 주인마님더러 물어보니까 낯이 매우 익은데 그때는 일복을 입으시고 일본 사람 행세를 하셨던 듯하다구요. 그래서 조선 양반인지 일본 양반인지 기연가미연가하였는데 혹시 그 양반이 아니냐구요. 그때 다녀가신 뒤에 며칠 있다가 또 들러가신 일이 있어요?"

하녀는 웃으면서도 영희가 어떤 종류의 여자인지 그 본색을 캐어보고 싶은 듯이 말똥말똥 쳐다보며 물었다.

영희도 여전히 뱅글뱅글 웃기만 하면서,

"주인이 그래? 그이가 사람은 그리 흉치 않아 보이더군."

"제가 좀 올라오랄까요?"

하녀는 손님 부부를 이리저리 보며 의향을 물었다.

"그래 좀 불러와."——영희는 곧 찬성하였다.

하녀는 남았던 술을 한숨에 마시고 잔을 씻어서 순택에게 따라 주고 나서,

"주인이 오건 내겐 술 권하시지 마세요."

이렇게 미리 부탁을 하고 벌떡 일어나서 나갔다. 하녀가 나간 뒤에 순택이는 어리둥절해서

"그게 무슨 소리야? 일복을 하구 일본 사람 행세를 하였다니? 어딜 가기에 그러고 갔어?" 하며 웃으면서도 책망하듯이 물었으나 머릿속에는 어떠한 희미한 추측이 없지 않았다.

"이따가 자세히 이야기해요."

영희는 속으로 '기위 이야기가 났으니 오늘 저녁에 발설을 하는 게 상책이겠지.' 하는 생각을 하였다.

"그럼 동경에 있을 때 여기에를 왔더란 말이지?"

"그래요. 어떻든 이따가, 재미있는 이야기를 다 할게요."

순택이는 주인 여편네가 들어오면 자세한 이야기를 들으리라는 호기심을 가지고 연해 맥주를 훌쩍거려가며 앉았으려니까, 통통거리며 층계로 올라오는 소리가 멀리 들리더니 하녀가 앞장을 서고 뒤미처서 뚱뚱한 중늙은이가 들어와서 꿇어앉으며 다다미 위에다가 코를 박고 인사를 하였다.

인사가 끝난 뒤에 이번에는 영희에게로 향하여,

"그때 오셨더라는데 눈이 여려서 실례하였습니다. 그 후에 사키짱이 말씀을 하고 한번 뵈었으면 뵈었으면 하며 편지를 꼭꼭 싸두고 툭하면 말씀을 하였지요."

영희는 일일이 인사 대답을 한 뒤에,

"그러지 않아도 사키짱을 한번 꼭 만나보려구 벼르고 왔는데, 나두 참 섭섭하우. 그러나 어째서 그렇게 되었단 말이오?"

"말하자면 퍽 장황합니다만 어떻든 불쌍하게 되었지요. 지금이

라두 천 원 하나만 있으면 찾아 내오겠지만 그만한 돈도 없구 끌어 나온대야 인젠 몸이 더러워져서 하는 수 없지요."

"제 마음만 튼튼하면야 더러워지구 안 더러워지구가 문제가 아니지만 그래 그 돈은 누가 썼단 말이오?"

"어서 잡수셔가며 들으시지요. 영감마님! 약주 드시지요."

주부는 병을 들어 순택이에게 권하면서 안주를 더 만들어 오라고 하녀를 내보낸 뒤에,

"마음씨야 더 말할 것 없지요. 하지만 임자를 못 만나서 그렇지요…… 처음엔 육백 원에 들어간 것이 그동안에 두어 번 앓기 때문에 거의 갑절이 되었지요. 지금이라도 오백 원 하나만 누가 내놓으면 저희가 어떻게 해서든지 채어서 빼놓겠지만…… 어떻든지 제 어미 아비가 전 망나니들이기 때문에……"

영희는 여기까지 듣고 적지 않게 의심이 들었다. 아까 하녀의 말에는 이 집 사람들이 고약해서 그렇게 되었다는데, 지금 이 사람은 저의 부모가 망나니들이기 때문이라고 한다. 더구나 하녀를 내보내고 나서 그런 이야기를 하는 게 이상하다고 생각하였다.

"그래 지금 어디 있는지 아슈? 알건 번지를 좀 가르쳐주시구려."

"알다 뿐예요. 제게는 수양딸이 되는데요."

주부는 금세로 양딸이라고 난데없는 수작을 붙이며 부산부 녹정 몇 번지 아무개 집이라 하면 들어간다고 번지를 가르쳐주었다. 영희는 밥을 먹다 말고 가방에서 수첩을 꺼내서 적어넣었다.

영희가 사키짱이라는가 하는 계집애의 일을 이처럼 열심으로 묻는 것이 순택의 눈에 뿐 아니라 하녀가 보기에도 매우 이상하였다.

그러나 이 능구렁이 같은 주인마누라만은 짐작할 수 있고 또 영희 앞에서는 아무쪼록 사키짱을 가엾게 생각하도록 말하는 것이 필경에 이익 될 것은 없다 하더라도 필요한 일이라고 생각하였다.

순택이는 도무지 어떻게 된 까닭인지를 몰라서 귀만 기울이고 좀 무료한 듯이 앉았다가 주부에게 술을 권하면서,

"그래 그 사키짱이란 애는 어떻게 생긴 애란 말요?" 하고 말참례를 하였다.

주부는 옆에서 하녀가 따르는 술을 받으며,

"아이는 참 얌전하답니다. 이 마님두 아시지만, 얼굴은 더 말할 것두 없구 게다가 가무의 재주도 있기 때문에 막 기생으로 박으려 하던 차에 그 모양이 되어서…… 아 참 마님 오라버니께서두 아시지요?"

"오라버니라니? 아 영환군이 언제 여기 와서 있었던가" 하며 순택이는 영희를 쳐다보았다.

영희는 웃으면서 고개를 끄덕거리는 듯하였으나 어림뻥뻥한 수작이었다.

"아 왜 이 마님 의(義)오라버님을 모르세요? 참 그예 돌아가셨다지요? 얼마나 섭섭하실라구 우리들이 퍽 이야기를 했습니다. 사키짱까지 그 편지를 보구 울었답니다. 참 미남자로두 생기셨지만 재미있는 양반이었는걸. 오실 적 가실 적마다 꼭 저희에게서 묵어가셨지요. 약주도 잘 잡수셨지만 사키짱하고 노시기두 재미있게 잘 노세요. 조선 양반으로 그렇게 일본말을 잘하시는 이는 처음 보았어요……"

주기가 오른 주부는 영희의 의오라버니라는 이를 입에 침이 없도록 퍼붓듯이 칭찬을 한다. 그러나 이 말을 듣고 좋아할 사람은 영희밖에 없었다. 순택이는 깜짝 놀랐다.

'그렇지나 않은가?' 하던 아침 안개 같은 의심이 풀리는 동시에 놀라움과 노염과 분기가 한꺼번에 뒤섞여서 순택이의 가슴속에 용천을 하며 치받쳐 올라오는 모양이나, 영희가 근심스럽게 방그레 웃고 쳐다보는 그 눈을 볼 제 순택이는 모든 것을 용서하여주어도 아깝지 않다고 생각하였다.

7

아직 동이 트려면 먼 모양이나 부두에서는 선잠을 깬 듯한 중탁한 기적 소리가 가끔가끔 뚜――뚜―― 하며 새벽의 맑은 공기를 헤치고 떠올랐다가는 부르르 떨면서 간 곳도 없이 스러진 뒤에는, 쑤아 철렁 철썩 후르륵 쉬―― 하는 소리가 귀밑에서 나듯이 들리다가 살금살금 기어 나가듯이 멀어간다. 짐 싣는 인부들은 벌써부터 깨었는지 와글와글 쿵쾅 하는 소리가 앞뜰 한구석에 모여서 앵앵거리는 모깃소리만큼 들리는 듯 마는 듯하다가는 쨍그렁――쨍 하는 강철과 강철이 맞부딪는 바늘 끝 같은 모진 소리에 이것저것이 다 스러져버리고 귀에는 옆에 누운 남편의 숨소리도 안 들린다. ……영희는 여전히 드러누워서 끝없는 이 생각 저 생각을 꿈같이 이어나간다……하다가 잠이 들어가는지 점점 머릿속이 아리송아리송하여가는 판에 별안간 "여보!" 하며 부르는 소리가 들린 듯 만 듯하다. 영희는 깜짝 놀라 머리를 쳐들었다.

"거기 냉수 있건 좀 주구려."

순택이는 눈을 비비면서 부스스 일어나는 모양이다.

영희는 암말도 않고 일어나서 전등의 고동을 틀고 화로 위에 놓인 주전자의 식은 물을 한잔 따라서 순택이의 머리맡에 갖다놓았다.

"인젠 다 깨었소?"

"응 인제 시원한데. 아무튼지 먹을 줄 모르는 맥주를 두 병 턱이나 먹었으니까."

순택이는 한숨에 한잔을 키고 나서 이런 대답을 한 뒤에 연거푸 두세 종지를 마시더니 다시 주었다.

잠자코 앉았던 영희는 새벽녘의 기분을 깨뜨리고 싶지 않아서 전등불을 탁 꺼버렸다. 또다시 지암이 되었다. 창살이 아직도 훤해지지를 않는다. 영희는 어둔 데에 눈이 익기를 기다려서 미닫이를 열고 툇마루 끝에 덧문 한 짝을 살그머니 밀어젖뜨리고 하늘을 쳐다보았다. 아직 캄캄한 하늘에는 별이 드문드문 반짝거린다. 영희는 찬바람이 활짝 끼치는 바람에 어깨를 움츠러뜨리며 방으로 들어와서 자기 자리 위에 우뚝 앉았다.

쑤아— 출렁 철썩 후르륵 쉬—쿵 쾅 쨍그렁 쨍 삐—뚜……
여전히 번갈아가며 높았다 낮았다 가까웠다 멀어졌다 하다가 개미 숨소리도 들릴 만치 괴괴하여지며 이번에는 또다시 새판을 차리고 겨끔내기로 되풀이를 한다.

"여보 자우?"

컴컴한 속에서 가라앉은 목소리가 난다.

"네? 아니오."──앉았는 영희는 곧게 웃으면서

"그래 내가 보이지 않아요?"

"안 보여. 졸리지 않소?"

"뭘요, 조금만 있으면 곧 밝을걸."

영희는 좀 다가앉으며

"이만하면 보이겠죠."

"응. 그런데 어젯밤에 어떻게 된 일이오? 물어본다면서 그대로 자버렸지만 그 사람이 예서 작고(作故)하였소? 어딘지 시골이란 말은 그때 들은 법하건만."

"네? 그 사람이라니 누구 말씀요?"

영희가 이 기회를 타서 먼저 토설을 하려는 것을 저편에서 제풀에 발론을 하는 것은 좀 의외였다. 그래서 영희는 '그 사람'이라는 것이 누구를 가리키는 것인 줄을 번연히 알면서도 일부러 되짚어 물은 것이다.

"나두 그만하면 대강 짐작은 하였지만 왜 그리 딴전을 붙여! ······홍수철군의 형 말이야. 홍수삼군 말이야!"

홍수삼! 영희의 귀에는 이 '홍수삼'이라는 석 자의 발음이 얼마나 신기하고 반가웠을까. 3년 전까지는 하루에도 몇 번씩 불러보고 써보던 이름이요 글자이다. 그것이 지금 이 사람──이태 동안을 두고 사귀어오면서도 피차에 한 번이라도 불러보기를 싫어하던 이 석 자가 기어코 이 사람의 혀끝에서 굴러나왔다. 그 사람이라거나 수철이의 형이라거나 홍수삼이라거나 똑같은 한 사람을 가리키는 것이건만, 다른 사람이 홍수삼이라고 부르는 것을 들으면 거기에는 무슨 향기가 도는 것도 같고 미묘한 음악이 일어나는 것 같기도 하다——영희는 전신의 피가 별안간 확 퍼졌다가 잔잔히 가라앉는 것 같았다.

"……"

순택이는 영희의 대답을 기다리다 못하여 또다시 입을 벌렸다.

"……홍군 집이 원래 여기였던가?……그런데 사키짱인가 하는 계집애하고두 무슨 관계가 있었던 모양인 게지?"

영희는 여전히 입을 닫치고 오른편 무릎을 세운 위로 두 손길을 맞잡고 옹송그린 채 가만히 앉았다. 순택이는 점점 갑갑증이 생겼다.

"그 왜 속시원하게 말을 못해. 무어든지 소원대로 하고 싶은 대로 해주마는 게 떠나기 전부터 약조한 게 아니야…… 여기까지 온 것은 단지 조용한 데를 찾아오려고만 해서 온 것은 아니겠지?"

여기까지 와서 순택이는 일종의 분노를 느낀 듯이 약간 독기를 품은 듯한 목소리를 속으로 긁어 잡아당기며 말끝을 흐려버렸다.

영희는 컴컴한 속에서 뚱그런 두 눈을 깜짝깜짝하며 반듯이 드러누운 순택이의 입술이 희미하게 움직이는 것을 노려보고 앉았다가 순택이의 가슴 위에 탁 실리며,

"왜 노하셨에요?" 하며 기쁜 듯이 소곤거렸다.

"노하긴 누가 노해! 무슨 생각이 있어 왔을 지경이면 얼른얼른 해버리고 가든지 틈이 있으면 어디든지 옮겨보잔 말이지……"

순택이는 자기 가슴 위에 얹은 영희의 목을 오른팔로 얼싸안고 손바닥으로는 머리를 어루만져주었다.

"……그래 정말 아무 거든지 해주실 테예요?"

영희는 어리광 비슷 아양 비슷한 소리로 다시 한 번 다져보았다.

"그래 무어든지 원하는 대로 해주지, 해주어!"

이때에 순택의 목소리는 자식 사랑에 눈이 어두운 늙은 부모가 자식의 모든 잘못을 꿀꺽 참고 보채는 대로 무슨 청이라도 들어주마는 듯한 유순하고 온정에 가득한 소리였다. 사실 말이지 지금 영희가 '당신의 목숨을 잠깐만 빌려주슈' 하더라도 순택이는 결코 아깝다고는 못할 것이다. 그것은 자기의 목숨이 아까운 줄을 몰라서 그런 것도 아니요 영희의 청구를 거절하기가 어려워서 그런 것도 아니다. 영희의 원을 풀어주는 그 일이 자기가 살아 있는 첫째 조건이기 때문이다. 살아 있는 보람이 여기에 있기 때문이다. 이 경우에 이순택이라는 사람이 이 세상에 있는 것은 이순택을 위하여 있는 것도 아니요 사회를 위하여 있는 것도 아니다. 그러하면 영희를 위하여 있는 것이냐 하면 그것도 아니다. 다만 영희의 사랑을 얻기 위하여 있는 것이다. 함으로 영희가 청하는 모든 것을 수응하는 것은 그럼으로 영희가 행복스럽게 되리라고 하여서 극진히 순종하고 수응하는 것이 아니라 '영희의 사랑'을 얻기 위하여서만 하는 일이다. 설사 순택이가 영희에게 자기의 목숨을 바친다 하더라도 그럼으로 말미암아 영희의 운명이 손톱만큼이라도 더 좋아질 것도 아니요, 영희의 행복이 털끝만큼이라도 보탬이 될 것이 없을 줄은 번연히 알면서도──다시 말하면 피차에 아무 잇

238

속도 없을 것을 번연히 알면서도 목숨이라도 버리기를 아깝지 않다는 마음의 준비가 있는 것은 오직 영희의 사랑을 얻겠다는 생각이 있기 때문이다. 연애하는 사람은 모든 것을 희생하기를 기뻐하며 또 그리함으로 만족한다. 그렇지만 그 희생은 그 '사람'을 위하여 하는 것이 아니라 사랑으로써 갚아지기를 미리 짐작하고 바치는 희생이다. 필경은 어떠한 의미로 자기를 위하는 것이요 자기의 만족을 위하는 것이다.

그러면 지금 순택이가 속아서 여기까지 왔기로 그것이 얼마나 분하고 또한 영희의 사랑하던 사람을 위하여 금으로 동상을 만들어 세우기로 그것이 얼마나 아까우랴. 영희에게 바라는 사랑의 앞에는 아무리 분하고 노여운 일이라도 화로에 부은 휘발유같이 불길이 더 세어지면 세어졌지 꺼질 리도 없고 아무리 금 동상이라도 도가니 속의 납덩이처럼 사랑의 힘으로 녹여버리고야 말리라고 이를 악물지 않을 수 없을 것이다.

영희는 여전히 순택이의 가슴에 뺨을 대고 가로 엎드린 채 자기 남편의 반들반들하게 깎은 턱을 쳐다보며,

"정말 내 소원대로 해주실 테예요? ……내가 가자는 대로 가구 내가 하자는 대로 하실 테예요?"

"잔소리 퍽두 하네. 가자는 대로 여기까지 온 다음에야 더 말할 게 무어야!"

영희는 두 번이나 다져본 후에 별안간 남편의 팔을 뿌리치고 벌떡 일어나 앉으며 한숨을 휘 쉬었다. 두 사람은 잠깐 입을 다물었다. 컴컴한 방 속과 같은 침묵이 거의 일 분간이나 지나갔다.

사람의 감정이라는 것은 반드시 반동적으로 움직이는 것이다. 반동적이라는 것보다도 유사점으로 향하여 움직인다는 것이 더 분명할지 모른다. 압박과 구속에는 거역과 미움으로 대하지만 관대와 자유에는 사양과 겸손과 감사로 대한다.

영희는 순택이가 너무도 무조건으로 어떠한 청구든지 들어주마는 바람에 도리어 입을 벌리기 어렵게 되었다. 저편에서 안 된다거나 싫어하는 눈치가 보여야 예서도 기를 쓰고 고집을 세워보려는 생각이 나겠지만 달라기도 전부터 내어주는 다음에야 오히려 미안한 생각이 앞을 서고 사양하고 싶은 덕의심이 숨어 있게 되는 것이다. 그리하여 끝끝내 이기는 사람은 구하는 자가 아니라 주는 자이다. 순택이는 벌써 육분의 승리를 얻었다.

"그럼 나하구 가세요."

영희는 가라앉은 목소리로 조용히 입을 벌렸다.

"어디루?"

"H군으루요."

영희는 이렇게 대답을 하고 나서 "홍수삼군은 거기서 죽었답니다"라는 소리를 입이 메이게 한마디 하였다.

순택이는 천장만 쳐다보고 드러누웠다가,

"좋지, 좋아. 특별한 관계가 없었다 하더라도 좋은 일이지. 그래 언제 갈 테야?"

"그건 마음대로 하슈. 오늘 떠나든 내일 떠나든……"

"오늘은 좀 어려울걸. 잠두 잘 못 자구서 곧 배를 타면 몸이 휘져서 견디려구. 내일 가지. 내일이 좋아!"

"아무려나 나는 관계없지만 선생이 바쁘실 테니까."

영희는 남편더러 대개는 선생이라고 부른다. 그 대신에 선생은 영희더러 영군이라고 한다.

"뭘 그렇게 시급한 볼일은 없으니까……"

"그런데 암만해두 이번 가는 길에 비를 하나 세우고 오려는 데…… 친척이라곤 수철군하고 누이 하나만 남았는데 게다가 저렇게 멀리 떨어져 있으니까 가보는 사람두 없을 것이요, 하여간 내게는 연인이랄 게 아니라 은인이니까 이 생에서 갚는 셈치구 이번에 꼭 세워놓고 올까 하는데 어떨까요?"

영희의 말소리는 보통 때와 같이 힘이 있어오고 어느덧 정답게 의논성스럽게 되었다.

"그것두 좋지…… 다녀갔다는 표적두 나구!"

순택이는 묘비를 세워준다는 것을 마치 유람객이 석벽이나 방명록에 제명이나 하는 것같이 이야기를 한다. 그러나 이것은 무슨 비꼬아서 하는 말은 아니다.

"표적이 나거나 말거나 그까짓 것은 우스운 소리지만 대관절 얼마나 들꾸?…… 여기 한 오십 원쯤은 가지고 왔지만."

"그까짓 것 얼마 들라구! 비용이야 염려할 것 없어. 꼭 그 돈으로만 세워야 마음이 편하겠다면 하는 수 없지만 내가 가진 것두 넉넉하니까…… 하지만 날짜가 퍽 걸릴걸."

"그러기에 이번에 올 적에 사키짱을 믿구 왔는데 이 모양이 되었으니까……"

영희는 변명 삼아 이렇게 한마디 귀를 울리고 웃었다.

"뭐? 사키짱? 그래 사키짱이 있었다면 어떻게 한단 말이야?"

순택이는 부쩍 호기심이 생겨서 고개를 쳐들며 영희를 바라보다가 아까 열어놓은 덧문 쪽이 훤하게 비치는 것을 보고,

"벌써 밝았군!" 하며 일어나 앉았다.

방 안이 차츰차츰 훤하여갈수록 부두의 와글와글하는 소리는 점점 커지고 뚜—뚜— 하는 기적 소리도 작은 것 큰 것 하나 둘씩 늘어간다.

영희는 벌떡 일어나서 덧문 한 짝을 더 열어놓고 멀리 뿌옇게 보이는 바다를 한참 바라보고 섰다가 들어오면서,

"참 좋은데! 우리 산보 갈까?" 하며 순택이를 충동였다.

"아직 일러요. 해나 뜨건 나가지. 왼종일 시간이 있는데, 그리구 아주 좀더 자구 일어나야 할걸" 하며 순택이는 다시 드러누웠다. 영희는 역시 그 옆에 가서 앉았다.

"그러나 아까 이야기하던 걸 끝을 내야지…… 아마 홍군이 사키짱인가하구 관계가 있었나 보지? 어제 노파 말을 들으면 사키짱두 꽤 생각을 하였던 모양이던데."

순택이는 헤 웃으면서 영희의 얼굴에서 무슨 눈치를 살펴보려는 듯이 곁눈질을 하였다.

그것은 홍수삼과 영희의 관계가 어떠한 정도까지 깊었는가를 사키짱을 팔아서 추측하여보려는 것인 듯하나 말하자면 군짓이다.

"사키짱하구 관계는 없었던 모양이야. 나하구 만나기 전에는 모르지만 어떻든 자기 아버지가 여러 해 동안 H군이며 그 근방에서

군수 노릇을 하였으니까 육장 살기두 하구 들락날락하는 동안에 우연히 만난 모양인데 아마 사키짱이 한때는 무척 반하였던가 보더군."

영희는 지나간 때의 무엇인지를 머릿속으로 쫓듯이 한눈을 팔며 이야기를 하다가 생긋 웃고 말아버렸다.

"그건 어떻게 알았담?"

순택이는 점점 재미가 있는 듯이 캐어묻는다.

"……당자의 말을 듣구두 눈치를 채었지만 홍군이 죽기 전에 실없는 소리를 하는 것을 들어보아두 한때는 매우 좋았던 모양이야."

"참 그런데 홍군이 죽은 뒤에 왔었소?"

"아니, 죽기 한 달 전쯤 해서 잠깐 왔었지. 그때 고생하던 생각을 하면 소설을 써도 장편 하나는 넉넉히 될걸."

"그때 영군은 동경에 있었겠지? 그래 자꾸 오라구 했어?"

"그럼요. 그때 마지막으로 나갈 적에 다시 만날 때까지든지 죽을 때까지든지 매일 피차에 일기를 적어서 바꾸어보기로 약조를 하고 떠나던 날부터 통신이 있었는데 웬일인지 날이 갈수록 차차 써 보내는 분량두 적어가구 이틀 사흘씩 몰려가다가 한꺼번에 오기두 하구 어떤 때는 일기를 쓰지 못한 변명 삼아서 아주 절망적으로 비관을 한 소리두 하고 하더니 나중에는 아주 끊어져버린 뒤에 지금 동경 있는 수철군이 대필을 해서 오라구두 하구 수철군의 누이까지 내게 편지를 하고, 아버지도 남의 자식 하나 살리는 셈 치고 잠깐만 다녀가라 하신다고 법석들이기 때문에 덮어놓고 나섰지요. 하지만 오빠가 야단을 치니까……"

"무어? 오빠가 왜 야단을 쳐? 자기가 처음부터 찬성을 하였다면서 죽게 된 사람을 찾아가본다는데 야단을 해?"

순택이는 이렇게 한마디 새치기를 하였다.

"글쎄 오빠가 알면 야단 안 해요? 학교를 빠지고 험한 길에 혼자 간다는 걸 가만두겠에요? 그래서 하는 수 없이 몰래 빠져나와서 오빠한테는 나중에 편지로 기별을 하였지만 그때 고생이라니……"

"무슨 고생이람?"

"동경서 여기까지는 아무 탈 없이 왔지만 수철군 편지에 여기까지 와서 하루를 묵게 될 터이니 여관은 W여관으로 정하고 형님 이야기를 하면 친절하게 해주리라고 하였기에 이 집으로 와서 보니까 어쩐지 쓸쓸하구 손님이라곤 바로 내 옆방에 한 사람이 있구 저리 떨어져서 몇 사람이 있을 뿐이요 어쩐지 무서운증이 나기에 '니시무라 미네코(西村嶺子)'라 하구 일본 사람 행세를 하지 않았에요…… 내 참 그때처럼 혼이 난 때는 없었지! 내가 방을 막 잡구 나니까 옆의 방에서 젊은 남자 하나가 톡 튀어나와서 공연히 내 방 앞으로 왔다 갔다 하더니 저녁밥을 먹고 방문 앞에 나섰으려니까 숫기 좋게 말을 붙여가지구 따라 들어와서 판을 차리구 앉겠지요. 제 방이 내 방하구 장지 한 겹만 격하였으니까 아주 두 방을 통하여놓고 과자를 가져오네 바이올린을 가져오네 하며 지랄을 하다 못해서 내 얼굴빛이 이상스럽다구 청진기까지 가지구 와서 부덕부덕 진찰을 하겠다구 못살게 굴지요."

"별안간 청진기는 웬 거더람?"

순택이는 눈이 뚱그레서 영희의 낯빛을 그 이야기 속에 있는 의원보다도 더 빠르게 들여다보며 물었다.

　"어디 자혜의원의 의사라던가 하는데 젊은애가 아무튼지 못하는 게 없어요. 말을 납신납신[11] 해가며 나중에는 소설책을 가지고 와서, 로서아 소설은 로스케가 육초[12]를 먹는 형상이나 심리 작용과 똑같다느니 남국 작품은 야회에서 늦게 돌아와서 자고 난 이튿날 아침의 귀부인 같다느니 하며 어디서 얻어들었는지 밤 가는 줄을 모르구 떠들어대겠지요."

　"그래 어떡했담?"

　순택이는 이 한 고비가 어떻게 넘어가나 하고 가슴을 울렁거리며 귀를 기울이고 있다.

　"무얼 어떡해요. 겨울밤이 이슥하여지니까 저는 제 방으로 가구 나는 불도 못 끄고 누웠으나 암만해도 마음을 놓고 잘 수가 없기에 아래로 뛰어내려가서 하녀를 하나 빌리려 했더니 사키짱이 자청을 해서 쫓아오기에 데리구 와서 한 이불 속에서 끼구 잤지요…… 그때 벌써 열아홉이라던가 하는데 몸 피게[13] 생긴 것이 이쁜 어린애 같아요! 그래 같이 온 밤새도록 이야기를 하면서도 홍하고 친한 줄은 꿈에도 몰랐었지. 나중에 홍을 만나서 사키짱하고 같이 자고 왔다니까 웃으면서, 재미있는 계집애지? 하며 갈때에 들러서 소식을 전해달라 하기에 또 들어서 묵는 동안에 사키짱에게 자세한 이야기를 들었지요."

　"그래 그 옆의 방에서 잤다는 의원인가 하는 자는 어떻게 되었더람?"

순택이에게 무엇보다도 홍미 있는 것은 이 문제이다. 영희는 빵 긋빵긋 웃으며

"그게 똑 마치 활동사진 격이지요, 사람이 요절을 할…… 하……"
── 웃기만 하고 말을 시원스럽게 못한다.

"어떻게 되었길래?"

순택이는 웃으면서 더욱더욱 호기심을 가지고 대답을 재촉한다.

"아무튼지 여부없는 활동사진이에요. 그 이튿날 아침에 배에 올라서 이등실에 들어가 앉으려니까 궐자두 무심쿠 들어오다가 피차에 깜짝 놀라면서 깔깔 웃구 말았구먼…… 그래서 일 주야 반을 단둘이서 한 방에서 지냈지요……"

"단둘이서? 그럼 하룻밤하구 이틀 나절을?"

순택이는 놀란 듯이 이렇게 묻고도 자기의 말이 너무 우스운 것을 자기도 알았던지 혼자 빙그레하고 나서 '우리의 신혼여행보담 두 재미있었을걸!' 하는 생각을 하여보니까 금시로 영희가 얌체빠진 계집같이 보였다.

"뭘 그렇게 놀라슈? 호흐흥…… 사람이란 그렇게 딱 마주치니까 도리어 용기가 나고 마음이 퍽 순해지나 봅디다. 그렇게 침을 질질 흘리던 사람이 별안간 매우 정중하여지고 진정으로 친절하게 하여주는 모양인데 그래두 가다가다 기롱처럼 같이 살자는 둥 애인이 있느냐는 둥 하며 사람을 괴롭게 하지 않아요? 그래두 피하구 싶은 생각은 없었어!"

"그러다가 남자가 야심이 있으면 어쩌누?"

"대항하다가 안 되면야 하는 수 있나? 하지만 가만히 볼수록 내

눈엔 그렇게 안 보이니까 안심하고 같이 있었지. 마음이 약하게 생긴 남자니까 내가 불결한 생각을 하기 전에야 좀처럼 그런 소리는 입밖에 내지 못할 남자더군."

"그래 어디까지 같이 갔더람?"

순택이는 여전히 반신반의로 다른 생각을 머리에 그려나가다가 이렇게 물었다.

"글쎄 그게 우습단 말예요. 겨우 상륙을 해서 제다가 대고 전보를 놓을까 하다가 궐자가 알면 쫓아나오지 않을까 하는 의심두 들기에 그대로 자동차를 잡아 타구 나섰지요."

"그래서?"

"애를 써서 피해 가느라구 이틀 동안이나 사람이 나와서 기다리고 있는 것도 만나지 못하고 혼자 겨우 찾아 들어갔지요."

"그래, 들어가서 보니까 어때?"

순택이는 여전히 머릿속으로 일종의 불쾌한 생각을 이어나가다가는 억지로 그런 생각을 잊어버리려고 앓아 누운 홍수삼의 얼굴을 머릿속에 그려보며 물었다.

"말 아니에요. 눈이 움푹 패고 먼지가 케케앉은 수염이며 머리가 자랄 대루 자라구…… 참 깜짝 놀랐어. 단 두 달 동안에 이렇게두 변하였나 하구…… 그런 이야기는 고만두고 글쎄 이거 보세요. 그 이튿날 아침밥을 먹구 나가니까 순회 의사(巡回醫師)가 읍내로 들어와서 군청에 채를 잡고 앉았는데 곧 들어와서 본다지요…… 난 가슴이 털썩 내려앉는 것 같았습니다. 그러지 않아도 배 속에서 그 남자더러 어디로 가느냐고 물어보니까 여수까지 가서 앞서 간 사람을 만나보아야 알겠다고 하였는데 그 일행이 온 것은 분명한 일이지요."

"그 일행이기로 가슴이 털썩 내려앉도록 놀랄 거야 무어 있나?"

순택이는 코웃음을 치며 물었다.

"그래두 눈에 띄면 꼴사납지 않아요? 그래서 나는 부리나케 물을 데워다 놓고 수족이며 얼굴을 말갛게 씻기구 앉았으려니까 영감님이 앞장을 서서 우등우등 들어오지요! ……아니나다를까! 중년쯤 된 주임의사 같은 사람의 뒤에 하얀 소독옷을 입고 간호부를 데리고 들어오는 사람이 분명히 어제 배 속에서 나란히 앉았던 그 사람입니다그려. 그 사람은 나보다두 한층 더 깜짝 놀라며 딱 서버립니다그려. 다른 사람들은 눈치를 채었더라도 병인을 보고 그러는 줄 알겠지만 창피하기두 하구 부끄럽기두 하구……"

"그래 그후엔 어떻게 되었더람?"

순택이는 몸이 달아서 물었다.

"뭘 어떡해요? 고만 안으로 피하여 들어와버렸지요" 하며 영희는 웃어버렸다.

"그래 그후엔 한 번두 못 만났어?"

"만나긴 어디서 만나요. 그때 나오다가, 이 집에서 사키짱더러 물어보니까 이 집 단골이라구 하더구먼……"

이야기는 중간에 끊겼다. 영희는 3년 전의 일을 묵은 기억에서 들추어내어서 생각하여보느라고 얼없이 앉았으나 순택이는 순택이대로 3년 전의 영희를 머리에 그려보며 누웠다.

그동안에 아침 해가 훨씬 퍼졌으나 이 방에는 눈이 부시게 반짝

이는 바다 위에 반사광이 앞 창에 비칠 뿐이요 역시 우중충하여
잠자기에 똑 알맞다.

이야기에 피로한 부부는 한참 동안 벙벙히 있다가,

"잠깐 더 자고 일어날까?" 하며 순택이가 이불을 끌어올리며 돌
아눕는 바람에 영희도 자기 자리로 가서 누웠다.

바깥은 점점 더 떠들썩하여지고 아래층에서는 떼그럭거리며 그
릇 씻는 소리며 창살에 탕탕 부딪는 총채 소리며 비질하는 소리가
어울려서 매우 요란하다.

영희는 금시로 잠이 폭폭 쏟아졌다. 차차 어른어른하여지고 귀
가 멀어가려니까 별안간, "여보 여보" 하며 부르는 소리가 멀리서
들린다.

영희는 깜짝 놀라 깨었다.

"나 불렀소?"

"응, 벌써 잠이 들었어?"

"왜 그래요? 막 잠이 들까 말까 하는 판인데……"

"난 깨어 있다구."

"왜 그러세요?"

"아 글쎄 말야, 아까 사키짱이 있더라면 좋았겠다고 했으니 말
야…… 사키짱 없기로 낭패 될 거야 없겠지?"

"낭패는 아니라두 있었더라면 같이 H군까지 가서 만일 날짜가
더디게 되면 선생은 먼저 올라가시구 둘이 떨어져서 아주 비를 세
우는 것까지 보구 가려 했단 말예요…… 하지만 쓸데 있나! 선생
이 계셔주시면 다행이구 그렇지 않으면……"

"그렇지 않으면?"

"글쎄 나 혼자라두 떨어져 있을까 하지만!"

"거긴 아무도 없지?"

"있긴 누가 있어!"

"그럼 말이 되나…… 어떻든 좋도록 하지!"

말이 그쳤다. 순택이는 역시 복잡한 생각이 뒤를 대어 머리를 어시럽게 하여 잠을 이루지 못하고 엎치락뒤치락하는 모양이다.

그러나 영희는 어느덧 잠이 들어서 안심한 듯이 쌔근쌔근하며 평화로운 숨결이 높았다 낮았다 한다.

8

영희의 부부가 지난날의 정랑이었고 친구이던 홍수삼이 스물일곱이라는 청춘의 몸으로 영원히 평화로운 잠이 들어 고요히 누워 있는 H군에 도착한 것은 목포의 여관에서 떠난 그 이튿날 저녁때였다.

자동차 상회 앞에서 다른 손들은 떨어뜨리고 영희의 내외만 H 여관 문앞까지 태워다주게 되었다. 일본 사람의 여관이라고는 이 고을 읍내에 이 집 하나뿐. 여관이란 말뿐이요 조선 집을 뜯어고 친 얼치기의 시골 객주집이다. 영희 내외는 위선 방을 잡아놓고 행색을 매만진 후에 여관 하인을 앞장세우고 군청을 찾아 나왔다. 수삼이가 죽은 지 1년이 못 되어서 수삼이의 부친도 돌아가고 그의 친족이라고는 아무도 없는 오늘날에 수삼이의 묘를 알 사람이라고는 하나도 없다. 그러나 군청에 들어가서 조사하여달라면 알기가 쉬우리라 하여 파사하기 전에 시급히 그리로 찾아 들어가는 것이다.

다행히 아직들 파하지 않았다. 군수도 나가지 않고 있다 한다. 순택이는 자기의 명함을 들여보내어 군수에게 면회를 청하였다.

군수는 방문 밑까지 나와서 맞아들였다. 어쩌니어쩌니 하여도 총독부의 토목과 촉탁이라는 순택이의 직품이 매우 유력한 모양. 영희는 관리인 남편을 가진 덕을 우선 여기서 보게 되었다.

머리를 반지르하게 갈라붙이고 까만 수염을 코밑에 답수룩하게 기른 젊은 군수 영감은 서울 사람을 의외로 만난 것을 더욱이 반가워하는 모양이다.

"네, 홍군수의 자제 말씀이지요? 글쎄 아마 이 부근일 테지요…… 고참 서기에게 물어보면 알겠지요" 하며 금테 안경 위로 영희를 잠깐 흘겨보며 책상 위에 놓인 초인종을 땅땅 쳤다. 검정 양복을 입은 어린아이가 문 밑까지 들어와서 머리를 숙였다.

"저 민적계의 김서기 좀 들어오라구 해라."

김서기가 들어와서 영희 내외가 앉은 반대편으로 군수의 책상 가까이 섰다.

"……그 저 홍군수의 자제가 예서 돌아갔다지?"

"네……"

"그 산소가 어딘지 아나?"

"알죠, 그때 제가 주상을 해서 지냈으니까 알다 뿐이에요."

영희는 별안간 반색을 하며,

"그래 어디쯤예요?"

"예서 얼마 안 되지요. 이삼십 분이나 걸릴까요. 가보시려면 이따 파사 후에 안내해드리지요"

하며 서기는 영희의 내외를 유심히 바라보고 섰다.

"그럼 그렇게 하구려" 하며 군수는 잘 되었다는듯이 웃으며,

"이 영감은 본부 토목과의 촉탁으로 계신 이순택씨요, 저 내행은 부인이신데 김군이 아무쪼록 편의를 도와드리도록……"——이렇게 군수가 소개를 하자 순택이는 말이 맺기 전에 벌떡 일어나며,

"우리 인사나 합시다" 하고 명함을 바꾸었다. 인사가 끝난 뒤에 순택이는 영희를 가리키며,

"이 사람은 내 내자올시다. 홍군으로 말하면 내 처가의 친척도 되고 생전에 나하고도 매우 친한 터인 고로 이번에 마침 이리 지날 길이 있기에 좀 찾아보고 가려는데……다행히 노형을 만나서……"

"아 그러세요! 저도 홍군과는 매우 절친하게 지냈습니다…… 참 아까운 사람을 잃어버렸죠…… 홍군의 매씨가 한분 계셨지요"

하며 영희를 물끄러미 쳐다보고 나서

"지금 서울 계신지요? 또 계씨는 그저 일본에 계신지요?"

"네, 그 매씨는 벌서 출가하셨나 보지요. 그 계씨는 동경에 그저 있지요만."

순택이가 이렇게 대답하는 것을 듣고 서기는 잠깐 고개를 갸웃하는 모양이더니 웃는 듯한 표정으로 영희를 또 한 번 쳐다보았

다. 인제야 짐작이 나선다는 모양이다.

"그럼 길이 바쁘실 터인데, 어서 모시고 가서 안내를 해드리지……"

잠자코 두 사람의 수작에 귀를 기울이고 앉았던 군수는 서기를 재촉하였다.

김서기가 사무 보던 것을 치우고 두루마기를 떼어 입고 나오기를 기다려서 영희 부부는 군수와 작별을 하고 군청 문을 나섰다.

인력거를 타려고 하였으나 마침 세 채나 없기도 하고 이삼십 분도 채 걸리지 않는다고 하기 때문에 세 사람은 석양 판에 천천히 걷기로 하였다.

"홍군의 춘부영감도 역시 폐병으로 돌아가셨지요. 노인은 그렇게 전염 안 된다는데…… 아마 그 집안에 계통이 있었는지 여기서부터 각혈을 하시어서 서울로 올라가신 뒤에 즉시 돌아가셨다지요. 그것도 자제를 잃은 뒤에 너무 심통을 하여서 그렇게 급히 돌아가신 게지요."

김서기가 앞을 서서 가며 천천히 이런 말을 들려주었다.

"글쎄 그러신가 보더군요. 그때 우리는 일본에 있었기 때문에 자세한 건 모르지만."

순택이는 몽롱한 대답으로 말을 받았다.

"홍군도 역시 마음 편히 조섭만 잘하였더면 그렇게 쉽게는 안 죽었을걸…… 약혼한 처녀가 있었더라는데 일본서 이리 나온 뒤부터 그랬지만 그 옛 처녀가 잠깐 다녀간 뒤로는 아주 더쳐버려서 시시각각으로 달라졌었지요…… 아무튼지 그런 병은 심로를 하면 더한 거예요."

서기는 이런 소리를 하며 앞에서 고개를 숙이고 걷는 영희의 얼굴을 잠깐 돌려보았다. 영희가 그 여자가 아닌가 하는 의심이 없지 않지만 기연가미연가하여 일부러 이런 말을 끄집어낸 것이다.

영희는 서기의 말을 듣고 가슴이 뜨끔하였다.

얼마라도 살 수가 있었던 것을 자기 때문에 수가 줄었다는 생각은 벌써부터 영희에게 없지 않았었다. 그러나 지금 보도 듣도 못하던 이 사람에게 수삼이는 그 사랑하는 사람 때문에 그 아버지는 수삼이 때문에 제 수를 다 마치지 못하였다는 소리를 들을 제 그 장본인이 자기인 것을 알고 하는 말인지 모르고 하는 말인지는 모르지만, 어떻든지 가슴의 상처를 겨냥을 하고 콕 찌르는 것 같지 않을 수 없었다.

"그래, 그 여자가 수삼씨가 돌아간 뒤에 여기 왔었에요?"

세 사람은 잠자코 가다가, 영희가 시치미를 떼고 이렇게 물었다.

"몰라요, 아마 안 왔겠지요."

서기는 이렇게 대답을 하고 나서 영희를 또 한 번 쳐다보며,

"돌아간 이하고 어떻게 되시나요" 하며 물었다.

"내 사촌처남이에요."

순택이가 말을 가로막고 얼른 대답을 하였다.

세 사람은 또 잠자코 걸었다. 시가에서 빠져나와 촌가가 드문드문한 논두렁을 빙빙 돌다가 산비탈께 오더니 서기는 우뚝 서며,

"바로 저 위올시다. 이리 돌아가면 그리 힘들 것도 없지요……"

이렇게 한마디 하고 또다시 앞장을 서서 꼬불꼬불한 산길을 휘

돌아 들어갔다. 영희 부부가 암말 안 하고 따라섰다.

넘어가려는 석양이 저편 산모롱이에 걸려, 엷은 햇발이 꾸부리고 올라가는 세 사람의 뒤를 비추어서 희미한 그림자를 앞으로 기다랗게 던진다.

올몽졸몽한 무덤이 여기저기 옹기옹기 흐트러져 있는 틈을 휘돌아서 서기는 거의 끝까지 다 올라가서 우뚝 서더니 빙그르르 돌아서며 허덕허덕하고 뒤떨어져 올라오는 영희 내외를 내려다보고,

"고까짓 걸 걸으시고…… 여기예요, 이것입니다" 하며 자기 곁에 벌겋게 벗겨진 큼직한 무덤을 가리켰다.

영희는 발이 재게 기어올라와서 한숨을 휘 쉬며 분상 앞에 한참 섰다가 사방을 휘둘러다보았다.

"아무 표두 없구먼요?"

영희는 무심코 이런 소리를 하였다.

"왜 그러세요? 내가 잘못 찾았을까 보아 그러세요? 허…… 거기 찾아보면 조그만 말뚝이 있을걸요?" 하며 서기는 꾸부리고 이리저리 다니며 무엇을 찾더니,

"응! 여기 있군요. 어구, 물에 쓸려서 빠져버렸구먼요" 하고 한편 토성이 문드러져 나온 데서 뿌옇게 썩은 네모진 나무때기를 집어들고 영희 앞으로 왔다. 영희는 주는 대로 잠자코 받아서 들여다보았다.

'홍수삼지묘'라 한 다섯 자 중에 '삼' 자 하나만 겨우 보이나 위아래의 두 자씩은 거의 형적을 알 수가 없다.

영희는 한숨을 휘 쉬며 비에 썩은 검은 나무때기를 꽉 쥐며 눈을 감고 섰다.

영희에게는 이 광경이 슬픈지 어쩐지 자기의 마음을 알 수가 없었다. 그러나 이 속에 지금 그 사람이 누워 있다는 것은 암만해도 이상한 일 같았다. 이 얼굴을 쏘듯이 들여다보고 웃던 그 눈, 이 입에 불 같은 키스를 퍼붓던 그 입, 이 가슴이 부서져라고 껴안던 그 팔이 지금 이 속에서 썩는다고 생각할 수는 없었다. 죽음이란 무엇인지 새삼스럽게 이상한 것 같았다.

그러나 이 몸도 이 살도 썩을 날이 있으렷다! 하는 생각이 머리에 떠오를 제 금세로 허공을 밟고 낭떠러지로 날아들어가는 것 같았다.

건넛산머리에서, 오늘 하루 동안 만들어놓은 모든 열매, 오늘 하루 동안 내려다보던 대지 위에 붙은 모든 것을 그대로 내버려두고 숨어버리는 것이 애처롭고 섭섭하다는 듯이 한참 동안이나 오르락내리락하며 날름거리던 저녁 해는 기어코 쑥 빠져버리고 말았다. 나무라고는 별로 없는 뻘건 산 위에도 벌써 황혼이 솔솔 불어오는 봄바람에 싸여서 한 겹 두 겹씩 내려앉기 시작한다.

순택이는 김이 빠진 맥주를 마신 사람처럼 쓴지 단지 아무 느낌 아무 생각도 없이 멀거니 섰다가,

"그만 가지!" 하며 옆에 앉았던 영희를 내려다보았다. 영희는 잠자코 일어나서 분상을 다시 한 번 돌아다보고 앞장을 선 서기의 뒤를 따라섰다.

순택이는 영희를 앞세우고 따라가다가 무심히 이 경우에 자기

의 처지를 생각하여보았다.

사랑하는 영희의 원을 풀어준다는 뜻으로 또는 자기에게도 역시 친구가 되니까 같이 온 것이라고 속으로 변명은 하면서도, 이렇게 쫓아다닌다는 것이 옳은 일이라 할지 혹은 홀게[14] 빠진 짓이라 할지 자기의 일이건마는 분명히 판단을 할 수가 없다.

그러나 홍수삼의 묘를 보고 영희가 금세로 풀이 죽어진 것을 보면 벌써부터 짐작은 한 일이지만, 별안간 질투심이 생기지 않을 수 없다. 더구나 홍수삼이라는 이름이 쓰인 목표를 보고 반기면서 손에 꼭 쥐고 섰던 양을 머리에 그려볼 제 허청대고 공연히 심사가 난다…… 이런 생각을 이어가다가 순택이는 급작스레 머릿속이 띵하고 모든 생각이 흐트러져버렸다. 기운이 쑥 빠져 심한 피로가 전신에 확 퍼지고 다리가 휘청휘청하는 것 같았다. ──마치 목을 매어 끌려가듯이 영희의 가는 발자국대로 따라 밟으면서 질질 끌려 내려간다.

산비탈을 다 내려와서 세 사람이 한데 모여서 걷게 되었을 제 영희는 서기를 건너다보며,

"여기서 비를 세우려면 곧 될까요?" 하며 물어보았다.

"글쎄요. 하루이틀에 곧 될지는 마치 몰라도 되기야 하겠지요. 마침 깎아놓은 돌이 있었으면 한 이틀만 하면 되겠지요."

서기는 이렇게 대답을 하고 나서,

"이번에 비를 세우시게요? 그것도 좋지만 급한 것이 사초이겠더군요" 하며, 서기는 좀 늦은 듯하지만 곧 사초를 하도록 하여야 올 여름을 지낼 터라고 설명을 하고 자기에게 맡기면 몇 푼 안 들

이고도 잘할 수 있다는 말까지 하였다.

"그럼 지금이라도 석공을 불러볼 수가 있을까요?"

영희는 시급하다는 듯이 이렇게 물었다.

"불러오지 않더라도, 제가 오늘 저녁에 가서 물어보지요."

"그럼 어려우셔도 그렇게 해주세요."

"그러지요. 대강 물어보고 이따가 여관으로 가서 뵙지요."

서기는 홍수삼을 알아서 그랬는지 모든 것을 의외에 손쉽게 맡아서 해주마고 자진을 하였다.

군청 앞까지 와서 밤에 만나기를 약조하고 헤어졌다.

저녁이 끝난 뒤에 9시나 되어서 김서기는 영희 내외를 찾아서 여관으로 왔다.

"가서 물어보니까 마침 닦아놓은 돌이 두 개가 있는데 좀 좋은 것은 지경까지 닦고 세우는 데 오십 원 가량 먹고 그보다 못한 거면 십 원 하나가 틀린다더군요. 내일부터 시작하면 모레 저녁때는 끝이 날 모양이나 회로 터를 다져서 웬만큼 말려야 한다니까 내일 아침 썩 일찍이 시작해야 한다는데요" 하며 여러 가지 자세한 설명을 더 보태 말하였다.

영희는 당장에 자기가 가지고 온 오십 원을 내어놓고 좋다는 것으로 우선 착수를 하여 잘하여놓으면 부족되는 것은 일이 끝난 뒤에 치르마고 부탁하였다. 물론 사초까지 하고 일을 시작할 때에 지내는 산신제는 김서기 집에서 조금 차려다가 지내기로 모든 설비가 손쉽게 결정되었다.

"그럼 비문에는 무어라구 쓸까요? 글씨도 저희더러 쓰라고 맡겨버리시지요" 하며 서기는 호주머니에서 연필과 수첩을 꺼내었다.

"홍수삼지묘라고 앞에 쓰고 뒤에는 우리 이름하고 연월일만 쓰면 고만이겠지?" 하며 영희는 남편의 얼굴을 쳐다보았다.

"그렇지! 하지만 이름을 안 쓰면 상관있나."

순택이는 이렇게 대답을 하고,

"쓴다면 영군의 성명만 써두 좋지!"

"그거야 안 되지요. 그래두 두 분 함자를 다 쓰셔야지요."

서기는 붓대를 놀리면서 이러한 의견을 제출하고,

"영감 직함은 그저 공학사라고만 하지요?" 하며 물었다. 이것은 서기가 아까 받은 명함에서 본 것을 생각하고 알아차리고 하는 말이다.

"아무려나 하구려" 하며 순택이는 의미없이 웃었다.

"부인 함자는 무어라구 쓸까요?" 하며 영희를 쳐다보았다.

"최영희라고 하세요."

"네? 최영희씨세요? 최씨세요?"

서기는 눈이 뚱그레지며 다시 물었다.

"네 그렇게 쓰세요" 하며 영희는 생긋 웃었다.

순택이도 웃었다. 서기만은 붓끝을 놀리면서도 어림삥삥한 모양이다.

"이렇게 하면 좋겠지요?" 하며 서기가 수첩에 쓴 것을 두 사람 앞에 내밀었다.

순택이는 적은 것을 읽어보더니,

"영군의 이름을 먼저 쓰지! 영군이 역시 더 가까우니까."

하며 수첩을 영희에게 전하였다. 영희는

"아무래도 상관없지 않아요" 하며 반대를 하다가 결국은 만족한 듯이 찬성하고 나서, 그 대신에 간역자(看役者)[15]로 김서기의 이름까지 쓰자고 발론하였다. 서기가 사양을 하는 모양이나 이의 없이 영희의 의견대로 결정하였다.

영희는 지저분하게 된 것을 다시 정하게 쓰려고 서기더러 연필을 달라고 하여 수첩을 한 장 넘겨서 다시 쓴다.

…… 최영희(崔榮熹) 공학사 이순택 건지(工學士李淳澤建之)

　　감역 김××

　　임술년 사월 ○일

이라고 써놓고 영희는 한참 들여다보다가 혼자 방긋 웃었다.

"이렇게 써놓고 보니까 내가 세우는 비를 공학사 선생이 설계를 하고 김선생이 간역을 해주신 것 같군! 홍군에게 대하여는 참 명예로군!" 하며 유쾌한 듯이 또 한 번 깔깔 웃었다.

이튿날 아침에 영희 내외가 겨우 세수를 하고 앉아서 서울서 온 신문을 보며 있으려니까 김서기가 찾아와서 벌써 인부들을 끌고 올라가서 일을 시작시키고 내려오는 길이라 한다.

영희는 그만큼 열심히 일을 보아주는 김서기의 후의가 반갑고 감사하였다.

"참 여러 가지로 미안합니다. 김선생을 못 만나 뵈었더라면 어떻게 하였을지…… 그것두 무슨 적지 않은 인연이 있어서 그런가

보외다."

영희는 진정으로 감사하다는 뜻을 표시하며 아침이나 같이 먹자고 붙드니까 출근 시간이 바빠서 곧 간다 하며 낮에는 틈이 없기 때문에 믿을 만한 사람에게 부탁은 하고 왔지만, 나중에 좀 올라가서 보라는 말까지 이르고 나갔다.

서기가 간 뒤에 순택의 부부는 밥상을 받았으나 별로 이야기도 없이 잠자코 먹었다. 목포에서 떠난 뒤로는 신혼여행 같은 생각이 피차에 없어지고, 무슨 볼일이나 보러 가는 사람처럼, 여행이나 내외의 재미라는 것보다는 의무적 관념이 앞장을 섰다. 하기 때문에 대개는 서로 덤덤히 앉았을 때가 많다. 순택이에게는 영희가 하는 일이 그다지 불유쾌할 것도 없지만 그렇다고 껄껄대며 흥에 겨워할 형편도 못 된다. 또 영희로 말할지라도 미안하다고 생각하고 될 수 있는 대로는 온화한 낯으로 일부러 이야기도 끌어내지만 역시 제각기 자기 혼자대로의 기분 속에서 노는 수밖에 없다.

지금도 아침밥을 먹고 났으나 순택이는 별로 갈 데도 없어서 매우 무료한 듯이 집 안을 빙빙 돌아다니다가 다시 방으로 들어와서 벌떡 나가자빠져버렸다.

이 거동을 보고 앉았던 영희는 딱하기도 하고 또 산에 올라가기 전에 해야 할 일도 있어서 검사겸사하여,

"심심하시건 어디든지 산보나 하시구 오시구려. 그동안에 나는 머리두 빗구 옷두 갈아입을 테니!" 하며 남편을 나가도록 충동였다.

"나가면 같이 가지. 그동안 기다릴게……"

순택이는 이렇게 대답을 하고 여전히 드러누웠다가, 머리는 빗

을 생각도 안 하고 멀거니 자기만 바라보고 앉았는 영희를 보고
여자에게 보통 있는 일로 혹시 혼자 할 일이 있어 그러지나 않는
가 하는 생각이 나서,

"좀 나갔다가 들어올까?" 하며 벌떡 일어나서 양복을 주섬주섬
입었다. 영희는 어쩐지 남편을 내쫓는 것 같아서 미안하면서도 옷
입는 것을 거들어주었다.

순택이가 암말 없이 나가는 쓸쓸한 뒷모양을 방문 밖에 나와서
바라보며 섰던 영희는, 문간에서 구부리고 구두를 신은 남편이 길
로 나서는 것을 보고 자기 방으로 들어와서 자기의 가방이 놓인
앞에 펄썩 주저앉았다.

영희는 옆에 있는 손주머니 속에서 열쇠를 저그럭저그럭하며
찾아내어서 가방 뚜껑을 열고 옷 한 벌을 꺼내놓고 나서 다시 쑤석
쑤석하더니, 하얀 나무 궤짝을 꺼내어 열어본다. 그 속에는 수지[16]
뭉텅이 한 봇짐하고 자기의 사진 한 장이 들어 있다. 이것은 서울
서 떠나오던 날 자기 방에서 가지고 나와 마루에서 가방에 넣은
것이다.

영희는 위선 사진을 꺼내어 한참 들여다보다가 가방 속에 툭 던
지고 나서 그 수지 뭉치도 꺼내어 허리에 비끄러매인 노끈을 끄르
더니 손에 잡히는 대로 집어서 펴본다. 여기저기 눈에 띄는 대로
주워 읽어보았으나 끓는 사랑을 하소연한 아름다운 글귀를 볼 적
마다,

'나도 이런 말을 쓴 때가 있었나?' 하는 생각을 하고 혼자 웃고
앉았다가 날짜를 찾아보고,

"오 이건 그때 쓴 거로군!" 하며 먼 날의 흐릿한 기억을 생각하여보며 얼빠진 사람처럼 앉았다.

이 수지 뭉치에는 영희의 손으로 쓰지 않은 것이 한 장도 없다. 수삼이하고 만난 뒤에 자기의 타는 가슴 끓는 열정을 역력히 그린 기념탑이 이것이요, 수삼이에게 향한 한 조각 붉은 마음의 꽃다운 흔적이 있었다는 것을 보증하는 것도 이 묵은 수지 속에 박힌 글자밖에 또다시 없을 것이다. 그러나 이 글을 보아주던 그 사람— 이것을 기념하여서 일생의 보배로 잘 간수하여줄 그 사람—이 넓은 우주 가운데 꼭 한 사람이던 그 사람이 없어진 오늘날에— 그 글을 쓴 임자는 있어도 그 글을 볼 임자는 없는 오늘날에, 그 글은 그대로 흐트러져 이 사람 저 사람의 손으로 옮아다니게 내버려두는 것은 영희의 영원한 고통이다. 그리하여 수삼이가 죽은 뒤에 그 관 속에 넣지 않은 것을 섭섭히 생각하며 수삼의 아우의 손을 거쳐서 찾아다가 둔 것이었다.

그러나 임자를 잃은 이 사랑의 폐허(廢墟)를 영희 자신이 자기의 가슴에 품고 다니는 것은 한층 더 비참한 일이요 가슴이 저린 일이었다.

영희는 드디어 이 수지 뭉치의 임자를 찾아왔다. 이 사랑의 폐허를 인간의 폐허에 묻으려고—영원히 떠나신 님의 가슴에 품어두려고 영희는 여기까지 온 것이다.

그 속에는 수삼이와 동경에서 마지막으로 이별한 후에 매일 서로 교환하던 일기도 함께 섞여 있었다. 그중에는 훌륭한 감상문도 있었다.

영희는 또다시 한번 모조리 읽어보고 싶은 생각이 났으나, 남편이 돌아오기 전에 없애버려야 하겠다 하고 종이 뭉치를 두 손으로 휩싸서 들고 벌떡 일어나서 아래층으로 내려갔다.

어디서 태울까 하고 이리저리 호젓한 곳을 찾아다니다가 하녀를 불러 데리고 온돌방 아궁이를 찾아갔다.

영희는 아궁이 앞에 종이를 수북이 싸서 놓고 성냥을 확 그어댄 뒤에, 하녀더러 자기 방에 가서 흰 종이를 가져오라고 일렀다.

불은 당기기가 무섭게 보기 좋게 훨훨 타기 시작한다. 세차게 치받쳐 오르는 시원스러운 불길을 똑바로 들여다보고 앉았는 영희의 얼굴은 점점 상기가 되고 눈이 화끈화끈하여졌다.

한참 타오르던 불길은 별안간 확 꺼져버리고 까맣게 탄 재가, 차곡차곡 종잇조각을 접은 대로 가랑잎처럼 뻗친 속에는 불기가 아직 남아서 반짝거리며 뭉긋뭉긋 속으로 타들어간다. 영희는 좀먹어 들어가듯이 불빛이 번져가는 것을 골똘히 들여다보고 앉았다가 까만 재 위에 아직도 잉크로 쓴 글자가 희미하게 보이는 것을 들어서 읽어본 뒤에 그대로 사뿟이 놓았다. 어쩐지 태운 것이 아깝기도 하고 서운하기도 하였다.

영희는 하녀가 가져온 반지" 몇 장을 펴놓고 타고 남은 재를 둘이서 그러모아 봉지봉지 쌌다.

"이건 무얼 하세요?"

하녀는 이상한 듯이 물었다.

"약에 쓸 거야."

"무슨 병에요?"

"글쎄? 무슨 병에 쓸구? 상사병에 쓴달까!"

"하……"

하녀는 깔깔깔 웃으며 종이 봉지를 들고 영희를 쫓아 나왔다.

자기 방에 와서 영희는 돈 몇 푼을 꺼내서 하녀에게 주고 조선 백지를 석 장만 얼른 사오라고 이르고 나서 자기는 가방에 던져둔 4년 전의 자기 사진과 만년필을 꺼내 들고 머무적머무적하다가 사진 뒷장에 이렇게 썼다.

'가신 님의 아직도 따뜻한 품에 안기고저 님의 모든 것이요 나의 모든 것인 이 몸을 대신하여 바치나이다. 계해년 사월 ○일, 최영희.' 라고 꼭꼭 박아 써가지고 또다시 들여보다가 하녀가 사가지고 온 백지를 받아서 우선 사진을 네모반듯하게 싸놓고 또 한 장에는 재를 모아서 쌌다.

"그건 그렇게 싸서 무얼 하세요?"

뒤에 섰던 하녀는 기웃이 들여다보며 또 물었다. 영희는 무심코 앉았다가 깜짝 놀라며,

"무얼 하든지, 어서 나가!"

실없는 말처럼 웃으며 이렇게 소리를 질러서 내쫓았다.

하녀가 나간 뒤에 영희는 재를 싼 봉지를 궤짝 속에 넣고 그 위에 싸서 놓았던 자기 사진을 집어넣으려다가 그래도 미진한 것이 있던지 그 사진을 다시 헤치고 물끄러미 들여다보고 앉았다…… 영희의 눈에는 눈물이 글썽글썽하여졌다. 지금 영희는 자기의 사진을 들여다보는 것이 아니라 먼 데 가는 친구와 작별이나 하는 모양이다.

얼이 빠져 앉았던 영희는 이러고 앉았을 때가 아니라고 정신을

차리고 펴보던 사진을 얼른 싸서 궤 속에 넣고 뚜껑을 딱 닫은 뒤에 그 위를 백지로 또 한 번 싸서 보자에 다시 쌌다.

영희가 자기의 할 일을 마치고 머리를 막 빗으려니까 순택이는 재미없었다는 듯이 머쓱해서 들어왔다.

"어때요? 무어 볼 게 있에요?"

영희는 웃으며 남편을 쳐다보았다.

"무어 아무것도 없어…… 그런데 머리는 왜 이때까지 못 빗었더람?"

"고동안이 얼마나 되기에…… 옷 벗지 마세요, 곧 나설 테니."

영희는 경대 앞에 고개를 숙이고 앉아서 손을 싸게 놀린다.

순택이는 잠자코 바라보며 앉았다가

"내일 낮에는 떠나게 될까? 순천까지라도 갔으면 좀 낫겠군" 하며 갈 생각부터 한다.

"하루만 더 참으면 될 터인데, 나두 있구 싶어 있는 줄 아슈?"

영희는 이렇게 핀잔 같은 위로를 하고 경대 앞에서 일어나서 손을 씻고 들어와 옷을 갈아입었다.

"군수가 초대를 한다지? 가볼 테면 얼른 다녀와야지."

"글쎄 김서기더러는 폐가 되니 고만두라고 하였지만 어떻든 얼른 다녀오십시다."

두 사람은 방에서 나오면서 이런 이야기를 하였다. 영희 옆구리에는 나무 갑을 싼 보자기가 끼여 있다.

"그건 무어야?"――순택이는 앞장을 서서 나가다가 돌아서 보며 물었다.

"먹을 것! 하……"

"먹을 거라니, 점심을 가지고 간단 말야?"—순택이는 유심히 그 보따리를 들여다보며 웃었다. 영희도 생긋생긋 웃기만 하면서 대답은 안 한다.

영희의 부부는 어제 다녀온 길을 몇 번씩이나 물어가며 겨우 찾아 올라갔다.

아닌 게 아니라 꽤 분주히들 왔다 갔다 하며 떠들썩한다. 영희 내외가 올라오는 것을 보고 여러 일꾼들은 손을 멈추고 돌려다들 보았다. 토성 위에 앉아 간역하던 갓장이는 이 일행을 보더니, 뛰어내려와 맞으면서,

"영감께서 이 일을 시키시지요?…… 저 김주사가 친히 보질 못한대서 제가 대신합니다. 오늘은 한나절만 하면 사초두 거의 끝날 테요 지경도 다 되겠지요. 저기 저렇게 파놓기까지 하였으니까 곧 됩니다" 하며 묻기도 전에 설명을 하였다. 순택이는 응응 하며 듣고만 있다가 아무 흥미도 없는 듯이 이리저리 거닐며 서성거렸다. 그러나 영희는 진정으로 기뻤다.

자기의 사랑하던 사람을 위하여 죽은 뒤일망정 자기의 힘으로 하여주고 싶은 것을 해주게 된 것이 무엇보다도 기쁘지만 잔칫집 모양으로 엉정벙정하는 것을 보고 이 속에 누웠는 이 사람도 좋아하겠지! 하는 생각을 하면 마음에 더욱 기쁘지 않을 수 없었다.

영희는 신기가 좋은 듯이 남편 앞으로 가서 서며,

"우리가 결혼을 하고 여기 찾아온 것을 홍군의 영혼이 알았다 하면 노할까? 자랑이나 하러 온 줄 알고…… 너희들은 내 머리 위

에서 춤을 추러 왔느냐 하지는 않을까?" 하며 무두무미하게 이렇게 한마디를 하고 순택이의 얼굴을 쳐다보았다.

"뭘 그렇게야 알까. 그러게 이렇게 우리들이 비라두 세우려고 애를 쓰지 않나!"

"그래요. 참 그러기에 될 수 있는 대로는 잘해주어야 할 거예요…… 내일 비를 세우건 차례라도 한번 지내구 싶건만……"

영희는 남편의 눈치를 보려는 듯이 나란히 섰는 순택이의 얼굴을 곁으로 쳐다보았다.

"아무려나 하지 못할 게 무엇 있나" 하며 순택이는 찬성하는 모양이었다.

"그럼 오늘 내려가서 김 씨더러 부탁을 해두지……"

"그러는 게 좋겠지."——순택이의 대답은 힘이 없었다.

이때에 저 아래편에서 감역한다는 아까 만난 갓장이가 올려다보면서,

"아씨! 이리 와보시오. 지금 묻습니다" 하며 소리를 지르는 바람에 영희는 깜짝 놀라며 달음질을 하여 내려갔다.

인부들은 네모반듯하게 파놓은 구렁에 백회며 새벽[18]이며 조약돌을 섞어서 반죽을 한 흙을 부삽으로 퍼부어가며 달구질을 한다. 영희는 한참 들여다보다가 반쯤 긁어 넣은 것을 보고 잠깐 기다리라 하더니 보자에 싼 것을 꺼내어 달구질하던 인부에게 주며 꼭 한가운데에 파묻고 그 위로 흙을 부으라고 일렀다.

——이와 같이 하여 영희의 사랑의 전량(全量)과 반생의 청춘을 성냥 한 개비로 살라버리고 검은 재와 사랑의 절정에 이르렀을 때

의 기념이던 영희의 사진은 영희의 정성으로 세우는 한 조각 돌멩이의 비석 밑에 천재지변이 있을 그때까지 고요히 감추어지게 되었다. 홍수삼의 살과 뼈가 시신도 없이 녹아버리고 최영희의 몸이 이 세상에서 자취를 감추는 날에도 털끝만치 변함없이 이 땅 위에 아직 남아 있을 것은 백지에 싼 이 궤요 이 궤 속의 그 사진이며 그 재뿐일 것이다.

9

영희의 내외가 H군에 온 지 사흘째 되는 날이다. 순택이는 어젯밤에 군수의 집에서 늦게 돌아와서 곤하기도 하고 일찍이 일어난대야 별로 할 일이 있는 것도 아니기 때문에 어느 때까지 자리 속에 머뭇거리며 누워 있었다.

영희는 오늘 지낼 다례에 제문이 있으면 더욱 좋겠다는 김서기의 말에 끌려서 제문을 써볼까 하고 남편이 누워 있는 동안에 붓대를 들어보다가, 자기 감정을 너무 과장하는 것 같기도 하고 쓰고 싶은 대로 쓸 것 같지도 않아서 붓대를 던지고 잠깐 드러누웠다.

얼없는 사람처럼 개지도 않은 자리 위에 가만히 가로누웠다가 별안간 사키짱 생각이 나서 벌떡 일어나서 부산에 있는 사키짱에게 편지를 썼다.

영희에게 대하여 반갑고 기쁜 것은 지난날의 정랑을 생각게 하는 모든 것이었다. 이것은 아마 영희의 일생에 변함이 없을 것이다. 그중에도 살아 있는 여자로서 수삼이를 사랑하던 사람은 자기 외에 오직 사키짱 하나뿐이다. 영희의 생각대로라면 이 세상에서 수삼이를 사랑한 사람은 자기와 사키짱밖에 없으나, 자기는 마지막의 승리를 얻었다는 자만이 있으니만치 사키짱을 귀엽게 생각하고 동정하고 섭섭하게 생각하였다. 그래서 영희는 지금 자기가 어째서 H군에 왔다는 것과 며칠 있으면 부산으로 가서 만나 보겠다는 사연을 간단히 알려주려는 것이다.

순택이는 10시나 지나서 겨우 일어나서 아침을 먹은 뒤에 신문을 뒤적거리다가,

"오늘은 몇 시면 떠나게 될 텐구?" 하며 또 물었다. 영희는 송구스럽고 미안하다는 생각이 없지 않았으나,

"어떻든 곧 떠나게 되겠지요. 왜 그렇게 조바심을 해요" 하며, 좀 짜증을 내어 보였다.

점심때쯤 되어서 김서기가 데리러 왔다. 비도 다 세우고 제물도 올려 보냈다 한다.

영희 내외는 활기 있게 서기를 따라나섰다.

산에 올라와보니까 아직 인부들도 남아 있고, 촌에서 구경들을 왔다는 사람들이 엉정벙정하는 것이 영희 마음에 우선 좋았다. 여러 사람을 좌우편으로 좍 헤치고 김서기의 선도로 '홍수삼지묘'라는 다섯 자가 또렷한 비석 앞에 우뚝 설 제 영희는 무슨 엄숙한 제단에 제주로서 올라선 것같이 감격하지 않을 수 없었다. 흡족한 마음과 비창한 생각이 서로 얽혀서 눈물이 핑 도는 것 같기도 하고 머리가 저절로 수그러지는 것 같기도 하였다. 이십 명 가까운

사람이 푸르게 새로 꾸민 분상과 넓적하고 커다란 돌멩이 한 조각과 그 앞에 선 소복한 젊은 아씨를 에워싸고 섰건만 누구나 입술 하나 발끝 하나를 꼼짝하는 사람도 없다. ……영희의 가슴은 가볍게 잠깐 떨렸다. 영희는 이삼십 분이나 검푸른 돌멩이에 옴폭옴폭 파인 '홍수삼'이라는 글자를 자획이 돌아간 대로 쳐다보고 또 쳐다보다가 뒤로 돌아가서 자질구레하게 새긴 자기 내외의 성명을 들여다보았다. 순택이와 서기도 쫓아왔다. '최영희'라고 선명히 새긴 자기의 이름을 보고도 영희는 반가운 생각이 났다. 그러나 그 반가운 것은 '홍수삼'이라는 석 자를 대할 때의 반가운 것과는 다른 것이었다.

"어서 제물을 괴어서 지내지."

순택이는 덤덤히 섰다가 서기와 영희를 반반씩 쳐다보며 재촉을 하였다.

"다 차려놓았으니까, 곧 지내시지요."

김서기는 영희를 보고 물었다.

"내가 지내요?"

영희는 어떠한 절차를 밟아야 좋을지 몰라서 어리둥절한 모양이다.

"별게 있습니까. 약주 한잔만 부어놓으시면 고만이지요" 하며, 서기는 인부를 시켜 제물을 괸 젯상을 갖다놓고, 그 앞에 배석을 깔아놓았다. 영희는 머뭇머뭇하다가 구두를 벗고 배석 위에 조용히 꿇어앉았다. 김서기는 그 옆에서 제주를 부어서 분향을 하고 난 후 영희의 손에 쥐여주었다. 영희의 손은 으르르 떨렸다. 김서기는 다시 그 잔을 받아서 놓을 자리에 갖다놓았다.

영희는 향이 타서 오르는 것을 잠깐 보다가 일어섰다. 몸이 부르르 떨렸다. 동시에 눈에는 눈물이 그득히 고였다. 어깨가 또 한 번 흔들렸다. 그러나 그 눈물은 수삼이에게 대한 애도의 정에서 나온 것이라 하는 것보다는, 긴장한 기분에 끌려서 나온 것이다. 순택이는 영희의 거동을 일일이 바라보며 곁에 섰다가 영희의 어깨가 떨리는 것을 보고 외면을 하였다. ……한숨이 저절로 휘 하며 나왔다. 그러나 한번 껄껄 웃고 싶은 생각이 났다. 그 순간에 별안간 자기 부친이 폐백도 안 드리고 다례도 지내려 하지 않았다고, 화를 내고 떠나던 혼인날 밤의 광경이 눈에 떠올랐다.

……순택이는 역시 껄껄껄 웃어보고 싶었으나 쨍쨍한 볕에 비쳐서 아지랑이같이 날아오르는 향로의 연기를 바라보며 잠자코 섰다.

미해결

1

"아야 아야, 아하…… 아하……"

사랑방에 손님들과 앉았던 김장로는 깜짝 놀라며 남의 눈에 띄지 않게 안으로 귀를 기울였다. 머리에는 일시에 여러 가지 생각이 복잡하게 떠올라왔다. 그러나 무엇보다도 손님들의 귀에 그 소리가 들어가는 것이 무서웠다. 손님들이 어서 일어나주었으면 좋을 것 같았다.

"아야 아야, 아야 아야. 어구 어머니!"

김장로의 마음은 더욱 초조하여왔다. 아까 마누라가 사랑에 쫓아 나와서,

"암만해두 이상한데 어떻게 하면 좋소?" 하고 수심이 만면하여 의논을 할 때도,

"별소리를 다 하는군! 하여튼 가만있어요" 하고 핀잔을 줘 쫓아 들여보낸 생각을 김장로는 다시금 하여보았다. 김장로도 요사이에 와서는 마누라의 말을 믿지 않을 수 없었고 마누라의 근심하는 눈치가 나날이 유표하여가는 것을 보고는 김장로편이 도리어 정순이와 마주 대하기를 피하여왔다.

정순이 자신이 자기 앞에 나서기를 꺼리는 눈치가 미우면서도 가엾은 생각이 나서 그리 한 것이지만 나중에는 마누라가 그 이야기를 꺼낼 기회를 피하느라고 벌써 십수 일 동안이나 사랑에서 거처를 하고 식사까지도 사랑에 내어다가 하고 있는 터이다.

김장로의 생각으로 하면 조장로 같은 남도교회계(南道敎會界)의 인격자의 딸인 정순이에게 그런 일이 있다는 것은 자다가 생각을 하여보아도 못 믿을 일이요 무서운 일이었다. 그러나 그보다도 그것이 만일 사실이라면 뒷갈망을 어떻게 하느냐를 생각하면 앉은 자리가 물러나는 듯싶었다. 하도 어이가 빠진 김장로는 대관절 이런 일이 세상에 있을 법이나 한 노릇이냐고 내심으로는 벌벌 떨면서도 혼자 앉았을 때마다 남모르게 속으로 기도를 올리는 것이 요사이 와서는 버릇이다시피 하였다.

"……거룩하신 하나님 아버지시여! 불쌍하고 무지한 이 무리들로 하여금 광명을 찾게 하시옵소서. 사람을 의심하는 사악한 마음을 어리석은 저희의 마음속에서 빼어버리게 인도해주시옵소서. 그 일이 저희들의 간악한 마음의 탓인 것을 증거 세워주심으로 말미암아 저희로 하여금 하나님께 영광을 돌리는 마음이 더욱 깊게 하여주시기를 엎드려 비나이다. 아! 하나님 아버지시여……"

이러한 기도를 그동안 한 달짝이나 두고 김장로는 눈만 뜨면 속으로 뇌고 자리에 누웠다가도 일어나 앉아 캄캄한 방 속에서 중얼중얼 외우곤 하였다. 그것도 처음에는 마누라 말을 절대로 믿지 않았었건만 한 달 전부터 자기 눈에도 며느리의 몸이 완연히 이상한 것을 깨달았기 때문이었다.

정순이를 데려오게 된 것은 물론 김장로 내외가 의논하였을 뿐 아니라 김장로 부인은 처음부터 남편보다 더 찬성을 한 것이었다. 조장로가 남조선의 교육계와 종교계에 명망이 장하다는 것도 김장로의 명성에 비하여 부끄러울 것이 없는 것은 물론이려니와 김장로가 일생에 모은 누만의 가산을 학교와 교회 설립에 모조리 내어놓고 나중에는 집문서까지 은행에 잡힌 지금 형편으로 보아서 조장로와 같은 상주(尙州) 거부(巨富)의 딸을 데려오는 것은 김장로 부인의 위안을 주기에 충분한 것이었다. 말하자면 김장로는 조장로와 사돈이 됨으로 말미암아 금후의 자기 사업에 이용할까 하는 생각이 없지 않았고 또 김부인은 김부인대로 나날이 졸아가는 살림을 생각할 제 막연한 희망도 없지 않았었던 것이었다. 그러나 웬일인지 상주에 가서 굉장한 결혼식을 하고 신행을 하여 온 뒤에는 새며느리에 대한 김장로 부인의 태도가 생각과는 달랐었다.

"생김생김이 보아서는 사람이 여물지 못하였어요" 하기도 하고, "내가 간선을 하고 정하는 것을 공연히 일을 급히 서두른 것이 탈이었습니다!" 하며 후회도 하여보고 "사람이 참하지가 못하고 공중에 뜬 것같이 늘 허둥거려요" 하며 뒷공론을 하곤 하였다. 그럴 때마다 김장로는 마누라를 나무라며,

"아직 어리니까 그런 게지. 제 남편놈도 어리고 하니까 마누라가 데리고 잘 가르쳐야 하지 않소" 하며 결코 마누라의 말에 귀를 기울이려고는 아니하여 왔다. 그러므로 새며느리가 온 지 며칠 아니 되어서 새삼스럽게,

"여보슈 암만해두 큰일났소. 몸 쓰는 거라든지 앞맵시가 아무리 보아도 수상해요" 하며 서두를 때도 김장로는 첫마디에 윽박질러 두고 다시는 그런 소리를 말라고 한 것이었다. 그것은 김장로도 은근히 눈치를 채면서도 비불발설(秘不發說)하게 하려는 수단으로 그러한 것이 아니라 실상으로 그러한 일은 없으리라고 믿었던 것이었고 또 자기도 은근히 눈여겨보았으나 그런 눈치가 보이지 않기 때문이었다. 그리하여 김장로는 그후 석 달 동안이나 신지무의(信之無疑)하고 지내왔었다.

그러한 일은 남자로서는 자세히 모를 일이지만 마누라의 말이 정말이라 하고 보면 처음에 남의 눈에 띌 만큼 크던 배가 석 달 넉 달을 지내도록 제 턱대로 있는 것도 이상한 일이요 지지난 날에 제 남편이 왔을 때도 아무 다른 눈치 없이 한방에서 며칠 거처하다 간 것을 보아도 아무 의심할 여지가 없었던 것이다. 그후에도 몇 번 마누라가 그런 말을 비칠 때면 김장로는 소리를 쳐서 꾸짖는 일편에 결코 의심하는 것은 아니나 곰곰 생각하여본 때도 없지는 않았다.

첫째는 마누라의 눈에 나기 때문에 그렇게 보이는 것이 아닌가? 둘째는 당사자가 배를 몹시 잘라맨다든지 하여 교묘하게 감추어서 자기 눈에는 그렇게 보이지 않는 게 아닌가? 셋째는 아들이 아

직 나이 어려서 자세히 모르거나 혹은 요사이 알면서도 결혼한 뒤에 생긴 것이거니 하고 믿고 있는 것인가? 넷째는 당사자가 무슨 수단을 써서 어느덧 없애버린 것이나 아닌가? 이러한 생각까지 하여보았다. 사실 정순이는 원래 몸집이 좀 큼직하고 허울이 시원한 편이기 때문에 속에 어떠한 옷을 입고 어떻게 단속을 하였는지는 모르지만 어쩐등 하면 이상히도 보이고 어쩐등 하면 예사로 보였다. 그러던 것이 두 달 전부터는 김장로 자신도 가슴이 덜컥 내려앉게 되었던 것이었다.

그러나 김장로는 그래도 용이히 믿으려고는 아니하였다. 지금 그만한 것이 다섯 달쯤 된 것이 아닌가? 하는 일루의 희망이 있었다. 그러나 마누라는 절대로 그렇지 않다고 우겼다.

"두고 보시면 인제 알 날이 있으리다!"

김장로 내외가 싸우다가는 결국 부인 편이 이런 소리를 하며 수그러지는 수밖에 없었다. 수그러지지 않기로서니 지금 이 경우에 김장로 부인의 의견이나 수단으로는 어찌하는 수 없었다. 결말을 보기 전에 본가로 쫓아 보내는 것이 양편에 좋은 일이나 피차에 하나님 일에 종사하는 교인끼리 그러한 일이 있다고 의심한다는 일 그것부터 발설을 못 할 것이요 그렇다고 덮어놓고 본가에 가서 있으라고도 못 할 노릇이다. 더구나 당자를 맞대놓고 물어볼 일도 못 되고 물어볼 용기와 친절조차 시어머니에게는 없었다. 다만 남편된 사람이 눈치를 채고 먼저 발설을 하기를 바라나 남편된 자는 어린 데다가 두 달에 한 번 석 달에 한 번씩 손님처럼 다녀갈 뿐이다. 두 달 석 달에 한 번씩이라느니보다도 결혼하던 첫 삼일을 치

르고는 곧 서울로 달아났다가 윗학교의 입학 준비를 하는 동안에
임시로 초량(草梁)에 있는 같은 교회 학교 교원이 되어 갈 제 1주
일쯤 묵고 간 뒤에는 두 달 전에 하기 방학에 다녀간 것밖에는 집
에 붙어 있은 때가 없었다. 설사 집에 붙어 있기로서니 부모로서
는 어린 자식에게 그런 것을 물어볼 일도 못 되는 것이다. 성욕에
관한 일이라는 것은 비밀을 지키는 것이 도덕적이라고 생각하고
절대로 입 밖에 내는 것을 더럽고 무섭게 생각하느니만큼 죄악을
감추기에 편리한 경우가 많은 것이지만, 그보다도 더한 것은 사람
의 일로서 있을 법하지도 않은 일을 그런 일이 있느냐고 묻는 것
은 묻는 사람이 은연히 그런 일이 있을 수 있다는 것을 시인하는
의미가 되는 것이요, 더구나 교인의 심리와 도덕으로는 도저히 입
밖에 내는 것조차 허락할 수 없는 일이었다.

"……에구 어머니! 에구구……"

또 신음하는 소리가 안에서 모지락스럽게 들린다. 아픈 것을 참
고 참아서 소리를 안으로 긁어 잡아당기는 것이 분명하다. 김장로
의 머릿속은 화끈 하고 달았다. 사지가——몸뚱어리 전체가 앉은
대로 붙어버리는 것 같았다. 그것은 마치 오밤중에 도적놈이 들어
온 것을 자리 속에서 눈치채고도 긴가민가하며 벌벌 떨다가 도적
놈이 방문에 손을 대는 기척을 들을 제 숨이 콱 막히고 사지가 갈
가리 풀리는 것과 같은 것이었다. 김장로는 안으로 들어가보고 싶
었다. 그러나 손님들의 귀에는 그 소리가 안 들리는지 떠들고만
앉았다. 이것이 무슨 소리냐고 물으면 뭐라고 대답할지 김장로는
검사의 앞에 앉은 비겁한 죄인 같았다. 어서들 돌아가도록 말끝을

돌리고 싶었으나 말참섭을 할 용기조차 없었다.

김장로는 세상을 떠날 날이 며칠 안 남았는데 이것이 무슨 죗값인가 하고 남모르게 가슴을 두드리며 맥맥히 앉았을 뿐이다. 이것이 가운이 기울어지려는 무슨 징조나 아닌가 생각할 제 앞이 캄캄한 것 같았다.

'아니다! 하나님이 계시다! 지공무사하신 여호와께서는 두루 살피실 것이다! 이것이 시험이시다.'

지금 자기 앞에서 떠드는 사람들의 말은 하나나 귀에 들어오지 않고 김장로는 혼자 이런 생각을 이어나가다가는 '아멘!' 하며 속으로 부르짖었다.

그러나 일이 이렇게도 공교히 꼬여 들어가는 것을 돌려 생각하면 아무리하여도 범상히 생각할 수는 없었다. 자기 자신만은 하나님 나라를 위하여 헌신한 공로로 여호와께서 살피고 거두어주셔도 자기의 자식 상규에게는 큰 시험을 하시는 것이 아닌가? 아니 그보다도 자기의 청년 시대 장년 시대에 하나님의 말씀을 모르고 하나님의 뜻에 어그러진 일을 많이 한 죄가 그동안에 바쳐온 모든 정성과 재물로도 아직 대속되지 못하여 마지막으로 시험을 하시는 것일까? ──김장로의 생각은 맴을 돌아 제자리에 오고 제자리에 오곤 하였다. 나중에는 전보를 쳐서 상규를 불러온 것을 몹시 후회하였다. 그리고 며느리의 일신에 대하여 의심을 품은 것을 무서운 죄라고 생각 아니 할 수 없었다.

그러나 김장로 앞에 모여 앉은 사람들은 여전히 중얼중얼 떠든다.

"······상규군에게는 물론 아무 죄도 없지요. 다만 이영수(領首)가 그렇게까지 한 심리가 틀렸다는 말씀이에요. 가령 이후에 이영수의 딸이 살아난다 하면 어떻게 할 작정일까요? 상규군한테 시집보내겠다는 생각이겠지요? 예수님 말씀에는 여인네를 보고 마음만 그릇 먹어도 간음한 것이라고 가르치셨지 않습니까? 그러면 이영수가 이번에 한 일은 자기 딸의 그런 생각을 옳은 것이라고 생각하기 때문에 그리한 것이요 상규군까지 유혹한 것이 아닙니까? 김장로님 그렇지 않습니까? 그러니까 상규군은 도리어 미안하게만 된 셈이지요."

그중에 제일 교회 일 잘 보고 똑똑하다는 평판이 있는 부라우닝 선교사의 서기가 이렇게 주장하니까 그 외의 여러 노인측은 혹은 그렇다 하며 혹은 묵묵히 앉았으나 대개는 고개를 끄덕끄덕하여 보였다.

"글쎄 나는 지금 형편에 이 일에 대하여 간섭을 할 처지가 못 됩니다. 나까지 의심을 받는 처지니까 여러분이 상의하셔서 잘 조처하시면 나는 따라갈 뿐이외다" 하고 김장로는 입을 다물어버렸다.

"아야 아야 아흠아흠 으응으응······" 하는 소리가 또 멀리 깊숙하게 흘러나온다.

좌중은 잠깐 조용하여지면서 여러 사람의 시선이 김장로에게로 모였다가 다시 부라우닝 선교사의 서기에게로 모였다. 안에서 들리는 신음 소리도 잠깐 그치고 괴괴하여졌다. 밖에서는 벼를 가는 맷소리'만 따뜻이 창에 비치는 햇발과 같이 한가로이 들린다. 김장로는 안이 괴괴한 것이 다행이라고 생각하였다.

"어떻든지 간에 소문이 안 났으면 이어니와 이렇게 소문이 굉장히 난 다음에야 교회로서도 그대로 내버려둘 수는 없지요."

이것은 거무퉁퉁한 목사님의 말이었다. 그러나 김장로 자신까지 의심을 받는다는 김장로 말은 그렇지 않다고 위로 한 마디도 아니하였다.

"그는 그렇지요!" 하고 좌중은 응하였다.

어제 오늘 교회 안에는 일대 사건이 일어난 것이었다. 그리하여 김장로 집에 늘 모이는 축이 어제 저녁에도 모여서 한바탕 법석을 한 것이요 또 오늘 낮에도 이같이 모여든 것이었다. 그러나 오늘은 특히 부라우닝 선교사의 서기라는 임호식이가 참석을 하여 마치 부라우닝의 전권대사인 듯싶이 좌중의 의견을 좌우하려고 가장 강경히 또한 열렬한 하나님의 아들 노릇을 하고 있는 것이었다. 그뿐 아니라 이 문제는 실상 우연한 조그만 일이건만 일 없는 교회 속에 한 가지 일거리가 되었을 뿐 아니라 이 고을 읍내의 소위 유식 계급이라는 청년 남녀의 호기심을 자극하여 심심하던 판에 훌륭한 이야깃거리가 장만된 것이요 과시 조그만 이 천지 이 사회에는 큰 문제가 되어가는 것이었다.

그런데 문제의 발단은 이 집 김장로의 둘째아들이 그제 저녁에 자기가 시무하고 있는 초량학교에서 돌아온 뒤로부터 시작된 것이었다. 김상규가 자기 집에 돌아왔다기로 반가워할 사람은 하나도 없었다. 급히 오라고 전보를 친 그의 부친 김장로나 그의 형 김상진이 역시 아들이나 동생의 얼굴을 보고 반가운 웃음 한번 띨 형편은 못 되었다. 그러나 남모르게 반가워한 사람은 역시 이영수 내외뿐이었다. 독자는 이영수가 누구인가를 알 필요는 조금도 없다. 그러므로 이 이야기의 작자는 다만 이치원이가 이 고을 교회의 영수라는 것과 순후하고 구차한 노인이라는 것과 또 그에게는 공교히 무남독녀인 애련이라는 방년 열여덟 살 된 딸이 있다는 것과 그리고 자기 딸 애련이의 남편은 김장로의 둘째아들인 상규밖에 없다고 생각하였더라는 것과 또 그리고 그의 딸 애련이가 이고을 읍내의 청년이 넘볼 만한 평판 높은 미인이라는 것만을 보고하려 한다. 그러나 이만한 일로도 이런 풍파는 아직 예비되지 않았건만 상규에게는 천만의외의 일이 집에 돌아오는 길로 생겼다. 그것은 이영수가 절대 비밀로 앓아누워 있는 자기의 딸을 방문해달라는 것이었다. 애련이가 앓는다는 소문은 상규가 두 달 전에 왔을 때에 들어서 아는 일이다. 그러나 다 죽어가는 병인이 별안간 먼 데서 온 자기를 만나자고 하는 것은 놀랄 만한 일이었다. 자기 부친이 급히 오라고 하여 오기는 왔으나 아직 무슨 일인지 이야기도 채 듣기 전에 이영수가 달려와서 밖으로 불러내다가 눈물을 흘리며 잠깐만 다녀가라고 간청을 할 제 상규는 다만 어리둥절하였다. 그러나 목숨이 경각에 있는 딸의 마지막 소원을 풀어주겠다고 명예도 체면도 돌보지 않고 찾아와서 좍좍 울며 부탁하는 노인의 말에 끌려 상규도 어느덧 눈물을 뿌리지 않을 수 없었다.

'애련이가 그처럼 자기를 생각하였던가!' 하며 생각할 제 그는 가슴이 저리도록 아팠다. 감격한 눈물은 어두운 밭 도랑가에 섰는 두 노소(老少)의 소매를 소리 없이 적셨다. 그리고 자기 아버지까지 죽어가는 남의 딸을 구원하려고 전보를 놓아 불러왔구나 하는 생각을 할 제 감사한 마음이 들면서도 이 일이 이로부터 어떻게 되어가려누? 하며 몹시 고민을 하였다. 그러나 그때 상규는 이영수에게 물었다.

"따님의 병환이 나 때문이든지…… 아니 결단코 애련씨가 나 같은 사람을 생각하고 병까지 나셨을 리는 없지만 하여간 조금 가볍지요. ……그런데 아까 아침에 초량서 아버님께서 곧 오라고 하신다는 형님의 전보를 보고 급히 달려왔습니다만…… 그러고 보면 이영수께서 아버님께 의논을 하시고 불러달라고 하신 것인가요?"

상규는 아까 저녁때 집에 들어오면서 자기 형에게 무슨 일이냐고 물어보았더니 아버님께서 불러오라고 하신 것이니까 모른다고 하며 말을 피할 때부터 수상쩍게 생각하였으나, 부친 역시 이야기는 이따가 조용히 하자고 하고 말았기 때문에 상기는 불려는 왔어도 이때껏 영문을 모르고 있었다. 모친 역시 무슨 근심이 있는 눈치뿐이요 별로 말은 없었다. 그러자 불쑥 이영수가 찾아와서 천만 뜻밖의 소리를 하는 것을 듣고 보니 인제는 짐작이나 선 것 같아 이영수에게 안심하고 찾아가마고 허락한 것이요 또 서슴지 않고 자기 부친이 부른 것까지 도리어 이영수에게 물은 것이었다.

"아니오. 천만에! 실상 이 일은 김장로께서도 모르시는 일이오. 다만 우리 집 세 식구만 아는 것이니까 그쯤 생각하고 밤이 좀 든 뒤에 아무에게도 말 말고 와주!…… 그 애 역시 이때껏 아무 말 없더니 누구한테 들었던지…… 아니 그렇게 말하면 어제 영숙이에게 상규군이 온다는 말을 들었던지 별안간 잠깐 만나게 해달라고 제 어머니한테 조르기 시작하더랍디다그려. 나 역시 상규군이 오늘 올 줄도 몰랐고 그 애가 그런 생각을 가지고 있는 줄은 이날 이때까지 꿈엔들 알았겠소마는……" 하며 이영수 영감은 말을 맺지 않더니 다시 이어서

"하여간 인제는 죽는 사람이니 불쌍히 생각하고 잠깐 다녀가주슈. 다시 살아날 사람이라든지 웬만치 조르면야 무엇하자구 내 손으로 상규군과 만나게 하여줄 리가 있겠소. 장로님께 거절당한 게 부끄러워서라도 말을 못하겠소마는 부모의 힘으로 할 수 있는 마지막 청이요, 또 제 소원대로 하여준다기로 하나님 뜻에 어그러질 것도 아니겠기에 늙은 놈이 이런 청을 하고 다니는구려!" 하고 이영수는 한숨을 휘 쉬었다.

상규는 또다시 도무지 어리둥절하였다. 어떻게 된 셈인지 갈피를 찾을 수가 없고 헤갈이 된 생각을 수습할 나위가 없었다. 그러나 위선 부친을 만나서 이야기를 하려고 이영수와 상약(相約)을 한 뒤에 사랑으로 들어갔다. 그러나 벌써부터 육장 놀러 오는 교회축들이 두셋이 나와서 앉았을 뿐 아니라 부친은 상규의 얼굴을 보더니,

"너 이따가 자기 전에 나를 좀 보고 자거라" 하고 먼저 말을 거는고로 상규는 그대로 안으로 들어갔다가 이영수의 집을 찾아간 것이었다. 그날 10시가 넘어서 돌아온 상규는 허둥허둥 자기 아버지 방으로 가 보았으나 여전히 늙은이축들이 모여 있고 김장로는 아들을 전보를 쳐서 불러온 것은 잊어버렸다는 듯이, "응 곤할 테

니 어서 들어가 자거라. 이야기는 내일 해도 좋으니……" 하며 매우 태연한 눈치였다. 그리하여 그 이튿날이 지나고 오늘이 된 것이었다.

그러나 상규가 이영수의 집에 찾아간 것을 누가 어떻게 알았으며 이 소문이 누구의 입에서부터 굴러져나왔는지는 아무도 아는 사람은 없었다. 더구나 상규가 이영수의 집 안방에 누웠는 애련이와 만나보던 좌석에는 부모들도 자리를 피하여주었다든가, 또 두 남녀가 어떻게 서로서로 끼고 앉아서 어떻게 울었다든가 하는 형용까지 누가 보고 들은 듯이 역력히 소문이 나 돌아다닐 뿐 아니라, 애련이가 부부라는 이름을 띠고 이 세상을 떠나겠다고 애원을 하는 대로 상규는 울면서 허락하고 이영수 부부는 두 남녀를 비밀히 하나님 여호와의 이름과 주 예수 그리스도의 이름을 불러서 맹서하게 하고 기도를 올렸다는 말까지 소상히 전파되었다. 그리고 이것은 미리 이영수가 김장로의 승낙을 맡은 것이므로 김장로가 상규를 급히 부른 것이라고들 한다. 심지어 상규는 감격한 나머지 손가락을 찢어 병인에게 피를 흘려 넣어준 뒤에 그날 밤은 두 남녀가 내외같이 자고 왔기 때문에 애련이는 금세 생동생동하여졌다는 소문까지 짝자그르하여진 것이었다.

"그러나 이영수를 어떻게 한단 말씀들이오? 첫째 그런 결혼식인가 무언가를 정말 자기 집에서 했는지 안 했는지 위선 자세한 것을 알아보아야 할 게 아니오?"

이야기가 한참 중단되었다가 한구석에 묵묵히 앉았던 평교인인 최생원님이 겨우 한마디 했다.

"물론 그렇지요. 하니까 일의 순서로 보아서는 우선 이영수를 불러다가 자세한 이야기를 들어보시고 상규군의 말도 한번 들어본 뒤에 결정들 하셔야 하겠지요."

부라우닝의 서기 임호식이가 또 앞장을 서서 말을 받았다. 좌중은 다시 잠자코들만 있다.

"김장로께서는 상규군에게 무엇이라고 하는 말을 들어보셨나요?"

한참 있다가 목사님이 말을 꺼냈다. 멀거니 앉았던 김장로는 고개를 쳐들며

"어제 여러분이 가신 뒤에 물어보았으나 결혼하는 절차로 하나님 앞에 맹서를 하거나 그대로라도 언약 같은 것은 한 일이 절대로 없다고 하더군요마는, 나는 내 자식 일이라 교회의 일로 책임이 없는 것은 아니나 도무지 여러분께 맡기는 수밖에 없소이다"
하며 김장로는 온순히 대답을 하면서도 비창한 빛과 울분한 심회를 감추지 못하는 듯싶었다.

"하여간 상규군 같은 어린 사람을 괴롭게 하실 게 아니라 이영수에게 물어보시는 게 좋겠지요. 이영수야 설마 목사님 앞에 헛소리를 할 리는 없겠으니까······"

부라우닝 대리격인 임호식이는 은근히 상규를 싸고도는 듯이 말을 돌리면서도 이 자리에 영수를 불러오라는 듯이 충동이며 홍목사와 김장로를 반반씩 살짝 건너다보았다.

"하지만 이영수는 딸이 명재경각²이라는데 지금 우리가 불러오

는 것은 인사가 아닐 듯싶지 않소?"

아무 직분을 가지지 않은 최생원이 다시 의견을 제출하였으나 그리 자신은 없는 말소리였다. 여기에 대해서는 아무도 찬성하는 사람도 없고 불찬성하는 사람도 없었다. 임호식이는 무어라고 뼈가 지지 않게 반대의 의견을 발설하고 싶었으나 같은 교인끼리 너무 동정 없는 소리를 할 수도 없고 그렇다고 모가 안 나는 말도 마침 생각이 돌지 못 하여 입만 방긋방긋하다가 말할 기회를 놓친 모양이었다. 이 경우에 목사가 무어라고 한마디 함직하건만 웬일인지 홍목사는 무슨 생각을 하는 듯이 고개를 떨어트리고 앉았고 김장로는 자기의 아들이 관련된 일일 뿐 아니라 그야말로 내환외우에 싸여서 다만 조바심만 나고 어서 여러 사람들을 헤어져 가게 하려는 일념에 머리가 산란할 뿐이었다. 그 나머지 사람들은 김장로의 체면과 신망을 생각하여 상규의 편을 들자니 임호식이가 어떻게 생각할지 모르고 목사의 편을 들자니 김장로나 목사가 뭐라고 할지 몰라서 벙벙히 앉았을 뿐이었다.

"이 사실을 부박사도 알았나요?"

홍목사는 결국 한다는 소리가 이뿐이었다.

"물론 알았겠지요."

임호식이는 생긋 웃는 듯하며 쌍꺼풀진 눈을 치뜨며 좌중을 휙 돌려다보았다. 부박사라는 것은 임호식이의 상전 부라우닝이다.

"헤?" 하며 누구인지 놀란 듯이 얼빠진 듯한 소리를 내었다.

"부박사가 무어라고 합디까?"

홍목사는 잼쳐서 물었다.

"뭐라고 하는 게 아니라 왜 모를 리가 있겠습니까? 어제 헤어질 때에 이영수의 따님이 죽게 되었다니 정말이냐고 묻기에 무심코 그렇다고 대답을 해주었는데 오늘 아침에 소문을 듣고 나서 생각해 보니 그 능구렁이 같은 이가 나보다도 먼저 알았던 모양이에요. ……좀들 한가요…… 손톱만 한 일까지 제각기 경쟁을 해가며 알아들 바치는 터이니까요."

임호식이는 태연히 이러한 소리까지 하였다. 그러나 실상은 이 일을 부라우닝에게 보고한 것도 임호식이 자신이요, 오늘 아침에 김장로에게 가서 만나보고 사실을 염탐하여가지고 오마고 자청하고 나온 것도 임호식이었다.

"그러고 보면 하여간 문제는 그대로 무마시키기가 점점 더 어려워지겠군요."

홍목사는 이렇게 말하고 김장로를 쳐다보았다. 김장로는 잠자코 앉았다가 무슨 생각이 났던지 마지못해 하는 눈치로 입을 벌린다.

"부박사가 알았든지 세상의 평론이 어떠하든지 간에 우리가 교회로서 알아야 할 일은 사실 해볼 것이요 책할 것은 책하여 서로 좋게 하여야 할 것이니까, 여러분의 의견대로 하시는 것은 좋지만 이영수의 일은 사실 여부는 고사하고 아까 최생원 말씀과 같이 따뜻한 위문이나 동정은 못할망정 이 자리에 청하여오는 것까지는 미안한 일이니 나중 일로 미루어두고 지어 상규하여는 여러분이 직접 물어보시고 싶으시면 지금 불러와도 좋겠지요. ……그리고 나 자신에 대한 의심은 핵변[3]될 날이 있을 게니까 나는 다만 하나님의 뜻대로 되기만 비올 뿐이외다" 하며 김장로는 얼굴이 붉어지며 밖으로 대고 소리를 쳤다.

"아, 그러실 거 뭐 있나요. 이영수를 나중으로 미루어두면야 더구나 지금 이 당장에 자제를 불러 물어볼 필요는 없지요."

임호식이가 또 상규를 두둔하는 듯이 김장로의 말을 가로맡았으나 김장로는 임호식이가 아까부터 상규는 어리니까 믿을 수 없다는 듯이 하던 말이 심중에 불쾌하던 터라 못 들은 척하고 있다가 매질하고 있던 머슴이 들어오니까 둘째서방님을 불러오라고 일러 내어보냈다.

상규를 부르러 간 동안에 사랑은 조용하여졌다. 조용하여지니까 뚝 끊어졌던 신음 소리가 김장로의 귀에 또 들린다. 그러나 김장로는 아까부터 귀에 젖어서 헛들리는 것은 아닌가 하고 슬며시 일어나 마루로 나가 들으니

"으음, 아구 배야 아구 배야 어구— 어머니—" 하는 기를 펴지 못한 소리가 쌀쌀한 맑은 바람결에 완연히 들린다. 김장로는 찌푸렸던 눈살을 펴고 얼른 방으로 들어오며 문을 닫아버렸다.

"댁에 누가 편찮으신가요?"

자기 자리로 와서 앉으려는 김장로의 귀는 번쩍 하였다. 기어코 듣지 않으려던 소리가 백발이 성성한 김장로의 머리 위로 거슬러 갔다. 그것은 최생원이 아까부터 물으려던 것을 겨우 틈을 타서 동정이 가득한 얼굴빛으로 인사를 한 것이나 김장로에게는 부전부전한⁴ 인사였다.

"네에, 딸년이 체수로……"

김장로는 하는 수 없이 이렇게 어름어름하여버렸다. 그러나 어느덧 거짓말을 하게 된 자기를 돌아다볼 제 얼굴에 쥐가 오르는 것을 깨달았다.

　"허어, 아까 학교에서 보았는데…… 그거 안되었군!"

　홍목사는 놀란 듯이 김장로를 쳐다보았다. 김장로의 얼굴에는 '아뿔싸!' 하는 기색이 떠올라왔다. 홍목사가 김장로의 심중을 살피고 짓궂게 그러한 소리를 하지나 않는가? 하는 생각이 김장로의 가슴을 더욱 쥐어뜯었다. 동시에 자기 딸 영숙이가 지금 당장에 학교에서 돌아와서 사랑 마당에 나타나거나 이따가라도 이 좌중 사람이 학교에 있는 영숙이를 만나는 사람이 있으면…… 하는 불안이 은연중에 김장로로 하여금 새로운 거짓말을 꾸며대게 하였다.

　"글쎄 영숙이 목소리인 듯해서 나가 들어보았는데…… 누구인구? 아침결에도 영숙이가 복통이 난다고 하기에……" 하며 김장로는 속으로 '아―멘!'을 불렀다. 김장로는 요 조그마한 일까지가 자기의 육십 평생에 남보다 먼저 늙도록 쌓아놓은 공든 탑을 불시에 무너뜨리는 데에 가장 굳센 철퇴같이 생각되고 자기의 인격과 명예와 신세가 금세 뭇사람의 발밑에 짓밟힌 듯 생각되니 만큼 가장 비통하고 두려운 일순간이 오래오래 되도록 지나가는 것 같았다. 벌겋게 상기가 된 김장로의 얼굴에는 주름이 삽시에 또 하나 는 듯하였다.

　"그럼 안에 들어가 보고 나오시구려."

　최생원은 또 염려가 되는 듯이 한마디 하였으나 그것조차 김장로의 귀에는 예사로이 들리지 않았다.

"무어 그리 걱정할 건 없지요" 하며 김장로가 태연히 고개를 들어 최생원에게 대하여 감사한 뜻을 표하려 할 제 임호식이의 눈길과 마주쳤다. 그 눈에는 분명히 조소가 어린 듯이 보였다. 그것은 반드시 김장로의 곡자아의[*] 뿐만은 아니었다. 그러자 밖에서 "작은 서방님은 안 계셔요" 하는 소리와 함께 미닫이를 열며 상진이가 나타났다.

"상규는 학교에 올라갔는지 지금 없습니다."

상진이는 자기 부친에게 이렇게 말하고 다시 좌중에 대하여,

"저도 잠깐 들어가도 관계없을까요?" 하며 물었다.

"아 상진 씨! 들어오슈. 그러지 않아도 상진 씨가 있었으면 좋겠다고 생각하는 터인데……"

임호식이가 먼저 이렇게 생색나게 대답을 하였다.

"호식 씨! 내게도 문초 받으실 게 있습디까?"

이때까지 자기 방에서 이야기를 엿들은 상진이는 빙긋 웃으며 한구석에 앉았다. 상진이는 교회 축 중에서 임호식이가 누구보다도 싫었다. 말수가 없고 더구나 남의 말을 하기 싫어하는 상진이도 임호식이와 대하면 어느덧 직통 대하여 놓고 듣기 싫어할 소리도 곧잘 하는 터였다. 그중에서도 "나도 영어나 좀 배웠더면!" 하는 소리는 임호식이만 보면 입버릇같이 되었다. 임호식이 역시 상진이를 미워하고 몹시 꺼리지만 워낙 약은 사람이라 대개는 살살 발라맞출 뿐 아니라 상진이의 뒤에 김장로가 있는 다음에야 고개가 마음대로 들리지는 못하였었다.

"문초라니, 상진 씨! 그런 말씀을 왜 하슈? 피차의 의논이 아니오."

임호식이가 웃는 낯으로 이렇게 받아 넘기니까 홍목사도 뒤따라서,

"암 그렇지요. 상진 씨의 의견을 좀 들어봅시다. 별수는 없는 일이지만……" 하며 헛웃음을 친다.

"내 의견이라야 그야말로 별수 없습니다만……"

상진이는 홍목사를 바라보며 위선 한마디 걸어 놓고 잠깐 생각을 하는 듯하더니 뒤를 잇는다.

"자초지종을 이야기하자면 상규를 불러온 것은 집안일로 하여 나하고 의논을 하시고 가친이 불러오신 것인데 공교히도 이영수가 그날 밤에 불러가게 되어서 일이 우습게 된 것이지요. 또 상규가 이영수의 따님과 이때껏 인사 한 마디도 없이 지낸 것은 알 사람은 아는 일이겠으니까 얼마든지 핵변될 일이겠습니다. 또 결혼하는 절차를 밟았다느니 당자끼리 약조를 하였다느니 하는 것은 출처부터 의심나는 일이외다. 그런 일을 하였다 하면 물론 비밀히 하였을 것은 짐작할 일이요 따라서 그 집 안방에서 네 사람이 하였을 일이니 아무리 엿들은 사람이 있다 할지라도 거기까지는 모를 것이요. 만일 그래도 누가 들었다면 그 들은 사람부터 증인으로 찾아놓아야 할 게 아닌가 합니다. 그외에 가친께 대한 풍설이나 상규가 애련이에게 대하여 어떠한 생각을 가지고 있고 또 어떠한 행동을 취하였느냐는 것은 이 자리에서 내가 말하지 않아도 차차 아시게 될 것이니까 그리 급한 일은 아닐까 봅니다. 하여튼지 상규가 애련이를 위문해주었다든지 또 이영수가 상규를 청하였다는 일의 잘잘못은 둘째로 하고 위선 이 소문의 출처부터 사실해

놓아야 제일 중요한 요점——즉 그네들이 결혼의 절차를 행하고 언약을 맺었는가 안 맺었는가를 알게 될 것이외다. ……이영수나 상규를 불러오는 것이 어려운 것이 아니라 불러온댔자 그런 일은 없다고 하고 말 것이니 정작 그 증인부터 찾을 생각을 하여보시지요!"

상진이는 말을 맺고 뚱그런 눈을 더 한층 크게 뜨며 홍목사와 임호식이를 딱 바라보았다.

"글쎄 그러니까 우리도 항간에 돌아다니는 소문을 절대로 믿고 그러는 것이 아니라 그러한 소문을 한시바삐 핵변해버리려면 위선 이영수와 상규군의 말을 들어보는 것이 일의 순서라고 의논한 데에 불과한 게 아니오. 그것도 지금 당장에 이영수를 불러오자는 게 아니라 그 따님의 병이 좀 돌리기를 기다려서 서서히 하기로 여러분의 의견도 일치된 것이요 나 일개인의 의견으로는 실상 이렇게 떠들 필요도 없고 상규군까지라도 지금 불러다가 물어보나 마나 하다고 생각하건만……"

임호식이는 웬일인지 아까 그렇게 강경히 주장하며 여러 노인들을 떡 주무르듯 주물러가며 충동이던 것과는 딴판으로 상진이의 비위를 거스르지 않으려고 생글생글해가며 어루만지는 수작을 한다. 여러 사람들은 형세가 일변한 것을 보고 어리둥절한 눈치였으나 목사만은 뿌루퉁하여 앉았다. 그러나 목사 역시 형세를 관망만 하고 있는 것이 자기에게 유리하다고 생각하였는지 덤덤히 앉았을 뿐이다.

상진이는 또다시 입을 열었다.

"그러고 보면 처음부터 문제가 없는 일이 아니에요. 공연한 일을 문제를 만들어가지고 왈시왈비(日是日非)들 따지고 다닐 필요가 없지 않소? 주책없는 아이놈들이 장난삼아 말거리를 만들어가지고 다니며 떠드는 대로 여러분까지 큰일이나 생긴 듯이 이리저리 모여서 의논들을 하시면 교인들이 알기에도 정말 무슨 일이나 난 것같이들 오해만 더 깊어갈 게 아닌가요. ……대관절 한 소녀가 미장가 전인 한 소년을 사모하다가 죽을 때에 비록 그 남자가 결혼은 하였더라도 만나보았다기로서니 그것이 무슨 죄가 되는지 나는 성경 말씀은 자세히 몰라도 알 수가 없는 일이외다. 상규만하더라도 내 생각 같아서는 죽을 사람이 만나자는 대로 얼른 가서보고 온 것이 잘되었다고 믿습니다. 상규와 같은 위인이나마 순결한 마음으로 사모하였다는 것은 상규로서 당연히 감사함을 느껴야 할 것이요 따라서 치사를 하는 것이 사람의 도리일 것이며 그러한 호의를 깨닫지 못하고 본의는 아니건만 마침내 저버리게 된 것을 사과하여 이 세상을 떠나는 사람으로 하여금 안심하고 천당에 올라가게 하여야 할 것이 아닙니까. ……설사 일면식이 없는 사람이라도 죽는 사람을 보면 들여다보고 위로 한 마디쯤은 하는 것이 사람의 도리겠지요? 하고 보면 대관절 여러분은 무에 잘못되었다는지 알 수가 없습니다. 종교란 인정을 무시하고 따로 있는 것은 아니겠지요. 하나님께서는 어린 두 남녀나 이영수 내외분이나 다같이 불쌍한 자식이라고 따뜻한 품에 품어주실 것이외다. ……바리새 교인은 별다른 사람이 아니겠지요……"

점점 상기가 되어서 설교하던 말씨로 열변을 토하는 것을 눈살

을 찌푸리고 듣고 앉았던 홍목사는 고개를 번쩍 들며,

"상진 씨! 상진 씨⋯⋯" 하며 연거푸 불러놓고 부르르 떨기에 뒷말이 막혔다.

"네?"

상진이는 한층 더 흥분이 되며 태연히 딱 버티었다.

"⋯⋯그게, 그게 웬 말씀이오? 그럼 우리더러 바리새 교인이란 말이오? 응?"

목사는 벌건 불덩이가 두 눈과 입에서 금세 뿜어져 나올 것 같았다. 거무퉁퉁한 얼굴은 울퉁불퉁 뒤틀렸다.

"그건 홍목사님이 오해십니다. 목사님이나 여러분이 바리새 교인 같다는 게 아니라 이러한 조그만 일을 침소봉대로 꾸며가지고 다니며 남의 명예를 해치려고 하는 놈들을 말한 것입니다. 교회의 일을 무슨 당파 싸움인 줄 알고 끼리끼리 모여 다니며 지랄들을 버릇는 놈 말씀입니다⋯⋯"

상진이도 웬일인지 분이 치받쳐 올라와서 자기 부친이 옆에 앉은 것도 잊어버린 듯이 마주 소리를 쳤다. 김장로는 가만히 듣고 앉았을 수가 없는 듯이 자기 아들을 꾸짖었다 말렸다 한다.

"그러면 그런 말은 삼가시는 게 좋겠지요. 그러한 놈을 붙들고는 바리새 교인 아니라 무슨 욕을 하더라도 관계없겠지만 여기서 그러한 소리를 하면⋯⋯ 목사님이 노하시는 것도 그럴 듯한 일이 아니오. 하하하⋯⋯ 상진씨가 오늘은 많이 화가 난 게로구려."

임호식이가 중재도 아니요 남의 비위를 거스르려는 것도 아닌 듯한 소리를 야죽야죽 하며 웃으니까 상진이는 기를 눅이려고 잠

자코 앉았다가,

"당신은 좀 가만히 앉아 있구려!" 하며 예사로이 한마디 핀잔을 주었으나 상진이의 심중은 불끈불끈하였다. 그러나 이상하게도 임호식이는 눈을 샐룩하여 보일 뿐이요 그 이상 더 대꾸하지는 않았다.

목사는 여전히 씨근벌떡하고 앉았다가 벌떡 일어섰다.

"목사님 가시겠소? 같이 가십시다" 하고 임호식이도 따라 일어섰다. 다른 사람들도 뒤미처 일어섰으나 목사와 임호식이가 창황히[6] 앞장을 서는 바람에 다른 축은 이따가 저녁에 다시 이리로 모이자고 의논을 하고 하나 둘씩 제각기 헤어져 나간다. 그러자 김장로는 무슨 생각이 났던지 얼른 홍목사의 뒤를 쫓아나가서 몇 마디 이야기하고 돌쳐 들어오며 일변 마주 나가는 손님들을 붙들고,

"오늘 저녁에는 기도회가 끝난 뒤에 예배당 안에서 모이기로 하였소이다" 하며 일러주었다. 김장로는 홍목사를 보고 다시 자기 아들을 대신하여 오해를 풀라 하고 그길로 오늘 저녁 집회 장소를 변동시켜 놓은 것이었다. 가을부터 한겨울은 예배당이 춥기 때문에 김장로 집에서 회의를 하는 것이 십여 년래의 관례로 되어 있지만 요사이 며칠은 자기 집에 손님들이 모이는 것이 싫어서 그렇게 한 것이었다.

김장로는 사랑으로 다시 들어오며 아들이 문 밑에 섰는 것을 보고,

"그건 무어라고 말을 함부로 한단 말이냐. 내게 잘못이 있으면 그저 잘못되었다고 사과할 뿐이지……" 하며 눈살을 찌푸렸다.

"아버지께서도 상규의 일이 잘못되었다고 생각하십니까?……"
하며 상진이는 자기 부친을 쳐다보다가 김장로가 대답을 주저하
며 앉았는 것을 보고 다시 말을 잇는다.

"……잘잘못간에 아무튼지 일은 공교히도 되었습니다마는 그
리 염려하실 것 없어요. 양심에 부끄러울 것이 없는 다음에야 고
만이지요."

"물론 그야 그렇지만……" 하고 김장로는 가벼이 한숨을 쉬며
안으로 귀를 기울이는 눈치였다.

"……하여간에 이번 일도 분명히 임호식이 때문이에요. 부박사
나 홍목사나 아버지께 학교의 일을 내놓으시게 하여가지고 저희
끼리 휘두르고 싶으나 그게 마음대로 안 되어서 밤낮 게걸게걸하
고 다니던 판에 이런 일이 생기니까 좋아라 하고 덤비는 것은 번
연한 수작이죠마는 게다가 임호식이는 애련이에게 편지질을 하고
갖은 짓을 다 하다가 성공을 못하였다던가요.…… 그래서 한층 더
떠들고 다니는 거라고들 하더군요.……"

상진이는 걱정스러운 듯이 부친의 기색을 살피며 이런 소리를
하였으나 김장로는

"듣기 싫다! 저희들은 어쩌든지 간에……" 하며 잠깐 눈살을 찌
푸리다가,

"둘째애는 어딜 갔단 말이냐? 무어라고 하던?" 하며 초조히 묻
는다.

"별말 없어요……"

상진이는 이렇게 간단히 대답을 하고 나서 이야기가 난 끝에 아

주 다져두려는 듯이,

"……하여간 지금 형편에 그대로 학교를 내어놓으셔서는 안 됩
니다. 인제는 아버지께서 더 내놓으실 돈도 없는 것을 알고 하니
까 이번 일에 트집을 만들어가지고 어떻게 해보려고 하는 것이겠
죠마는, 부박사라야 온 지 얼마 안 되어 아무것도 모르는데 간물
들이 옹위를 하고 있고 홍목사 역시 믿을 수는 없는 사람이고 보
니 지금 그네들의 손에 내어맡겼다가는 학교가 망합니다……" 하
며 열심으로 자기 부친을 간하고 앉았다.

"글쎄 나도 생각이 있으니까 염려 마라. 그러나 그 사람들을 공
연히 비방하거나 감정 상할 소리는 아예 주의해야 한다. 어차피
이 학교란 내 소유물이 아니니까 사람만 적당하다면야 언제든지
내줄 것이지만 아직 두고 보자는 게지……"

김장로는 순탄히 이러한 대답을 해주면서도 지금 경우엔 그런
한가로운 생각을 하고 있을 때가 아니라고 다시 생각을 하며 말을
뚝 끊었다. 학교 일을 걱정할 만치 마음의 여유가 있는 아들이 부
러우면서도 초조해 못 견딜 지경인 자기의 심중을 조금도 살펴주
지 못하는 것이 밉살스럽기도 하였다.

"그는 하여간에 안에 좀 들어가보았니?"

부자간에 이야기가 잠깐 끊긴 뒤에 김장로는 다시 꺼냈다.

"네! 아까 들어가보고 제 처더러 좀 보살펴주라고 하고 나왔지
요마는……" 하며 상진이도 아닌 게 아니라 근심이 되는 눈치로
고개를 떨어뜨린다.

"그래 정말 진통이 심한 모양이던? 벌써 몇 시간이냐?"

"점심 먹다가 들어가 누웠다니까 세 시간이나 되었나요" 하며 상진이는 벽시계를 쳐다본다.

"그래, 상규는 어딜 갔단 말이냐? 저도 눈치는 채는 모양이던?"

김장로는 눈을 껌벅껌벅하며 아들의 대답을 기다린다.

"아까 밥 먹다가 산기가 있는 모양이 아니냐고 물으니까 깜짝 놀라던데요. ……그러면서 '어제 아버지께서 모두들 이상하다고 하니 물어보라고 하시기에 여러 가지로 물어보았으나 인제 여섯 달째 되는 거라 하면서 본가에 갔다 오겠다고 합디다만 나는 내일이라도 학교에 가야 할 터이니 집에서 보낼 테거든 보내주구려.' 하며 아무 걱정이 없는 모양이던데요.……"

"흥. 그럼 별안간 웬일이란 말이냐? 그래 어머니는 뭐라고 하던?"

김장로는 좀 안심한 듯이 묻는다.

"상규가 모르고 하는 말이라고 하시고 무서워서 들여다보기도 싫다고 하셔요. 거죽으로 보아도 아이가 노는 것이 완연히 알 수 있다고 제 처도 그러더군요……"

"그러나 너희 어머니는 이상도 하다! 무서울 게 뭐란 말이냐?"

"글쎄요……" 하며 상진이는 웃을 뻔하다가 다시 말을 이어서

"'어느 놈의 씨인구?' 하는 생각을 하면 무섭고 더러운 생각이 앞을 서서 그러지 않겠다고 마음을 단단히 먹어도 마주 서실 수가 없다고 하시는 말씀도 괴이치 않은 일이겠지요" 하고 눈을 껌벅껌벅하며 앉았다.

"그러나 정말 오늘내일이라도 일이 있으면 어떡한단 말이냐?"

김장로는 아들이 유산태평으로 생각하는 것이 갑갑한 듯이 의논을 하였다.

"어떻든지 얼른 보내두지요. ……그러나 정말 당장 산기가 있으면야 하는 수 있습니까. 좀 창피하지만 다른 사람에게라도 이실직고를 하여버리고 조섭할 동안은 그대로 두는 수밖에 없지요."

상진이의 생각도 별다른 것은 없었다. 그러나 되어가는 대로 당하는 수밖에 없다고 달관하고 있는 아들의 생각이 그럴듯하면서도 너무 낙관적인 것이 김장로에게는 갑갑하고 화가 났다.

"하지만 그 꼴을 당하고야 어떻게 낯짝을 들고 사람을 대한단말이냐! ……조장로의 체면도 생각을 해주어야지!"

과연 김장로는 상진이의 말과 같이 하면 자기 집안의 일시 불명예한 것은 참을 수 있으나 자기 변명을 하려고 조장로 편을 아주면목 없이 할 수는 없다는 것이 혼자 괴로워하는 또 한 가지 이유였다. 게다가 어제오늘 이영수 딸의 사건이 또 겹질리고 보니 변명은 아무러한 변명이고 할 수 있고 사리를 따지자면 시비의 판단은 얼마든지 명명백백히 할 수 있다손 치더라도 이러한 일이 생긴장본을 생각하면 자기의 불찰한 책임 관념과 일가의 불명예는 역시 그대로 남는 것이었다. 그뿐 아니라 실상은 자기의 명성을 우러러보고 그처럼 여러 군데서 청하는 것을 죄다 물리치고 고르고골라온 것이 이렇게 된 것을 생각하면 기가 막힐 노릇이었다. 아무리 생각하여도 사람의 지혜로는 알 수 없는 하나님의 섭리가 거기에 있는 것 같아 무서웠다. 그뿐 아니라 조장로와 사돈이 된 큰한 가지 이유요 희망이던—학교의 기부금을 조장로에게 내놓게 하려던 것도 한낱 봄바람에 날린 꿈이 되어버린 일편에 학교는 자기에서 완성이 못 되고 서양놈에게 빼앗기게만 되었다는 것을 돌아다볼 제 인간 일의 헛됨을 새삼스레 깨달은 것 같았다. 더구나 목전에 남의 집 딸 하나만 잡게 만들었다는 것을 생각하면 그 원인이 어디에 있었던가를 따지기 전에 김장로는 마음이 저렸다. 이영수를 무슨 낯으로 볼까? 이러한 생각도 김장로의 마음을 괴롭게 하였다. 며느리의 몸에서 딴 아비 자식이 나오려는 이때에 애련이가 숨을 몬다는 일—애련이가 숨을 모는 요때에 저주받은 한 생명이 소리를 치며 나오려는 일 그 어떤 것이나 사람의 힘으로 꾸미지 못할 인간 우주의 비웃음이요 그 어느 것이나 자기와 상규를—그보다도 이 김가의 집을 저주하는 것 같았다. 떠나는 목숨이 악착한 저주의 뼈진[7] 마음을 나오려는 목숨에 심어놓고 가는 것 같았다. 김장로는 이런 생각을 할 제 몸서리를 치지 않을 수 없었다.

"오, 주여!" 하고 김장로는 허공에 손을 내밀어 허공을 붙들지 않을 수 없었다.

김장로는 눈을 감고 앉았다.

"에고고…… 에고고…… 아구 어머니…… 아구 어머니 아구……"

영원을 찰나의 구멍으로 뿜어내는 소리다! 김장로는 눈을 번쩍 떴다. 앞이 핑 돌고 잠깐은 아무것도 안 보였다. 눈이 광선을 빨아들임을 따라 앞에는 상진이가 묵묵히 고개를 떨어뜨리고 앉았는 것이 보였다. 현실은 조금도 차착 없이 김장로 앞에 남아 있는 채로 흘러간다.

2

머슴에게 붙들려온 상규는 집안에 들어서며 공기가 다른 것을 깨달았다. 초상난 집같이, 만나는 사람마다 무슨 근심이 있는 듯이 하인까지 입을 봉하고 풀없이 오락가락할 뿐이다. 라켓을 들고 얼굴이 벌게서 들어온 상규는 침울한 공기에 저절로 눌리어 살금살금 들어오면서,

'정말 무슨 일이 생겼나?' 하며, 아까 나갈 때 아내가 배가 아프다고 방으로 들어가 눕던 것을 생각하여보았다. 하지만 좀처럼 믿을 수는 없는 일이다. 수상쩍게 생각한 것은 벌써 전부터의 일이요, 이번에 부친에게 그런 말을 듣고, 겁이 펄쩍 나서 당장에 들어가서 물어볼 때도, 손을 끌어다가 배를 만져보게 하며, 임신에 관한 책을 보니까, 몇 달 만에는 어떤 증세가 있고, 또 몇 달이 되면 어떻다고 세세히 설명까지 하여 들려주던 것을 생각해 보기로서니, 설마 오늘내일 나올 것을 가지고 그렇게 영절스럽게 거짓말을 한 것 같지는 않다.

"왜, 무슨 일이 났소?"

상규는 그래도 안에서 무슨 소리가 들리지나 않는가 하고 귀를 기울이며 마루 한구석에 웅크리고 앉았는 형에게 가만히 물었다. 형은 수심스러운 얼굴로,

"어서 아버지 들어가 뵈어라."고 할 뿐이다. 방 안에는 손님들이 다 가고, 부친만 있는 것을 보니, 필경 당회에서, 무슨 일이 생긴 것 같기도 하다.

부친은 눈을 감고 앉았다가, 깊은 명상에서 깬 듯이 눈을 번쩍 뜨고 아들을 한참 바라보다가,

"너 어디 갔다 오니?" 하고 묻는 눈치가 매우 못마땅해하는 기색이다.

"학교에서 놀다가 와요."

애련이한테나 가서 있다가 온 줄 알까 보아서, 상규는 얼른 이렇게 대답하였다. 부친은 좀 안심된 듯이 눈살을 펴면서,

"응, 거기 앉아라"

하여놓고 상진이를 불러들인다.

"일은 기위 당하고 앉은 것이니 과거지사의 잘잘못은 이 자리에서 따져서 쓸데없는 일이요, ……잘못을 말하자면, 내 불찰이니까 너희들도 그쯤 알아두고. 자, 그러면 어떻게 했으면 좋을지 너희 형제가 잘 의논들 해봐라."

김장로는, 아들이 싫다는 결혼을 억지로 하게 한 것은 아니지만, 일이 이렇게 된 이상에는 아들의 앞에서라도 모든 것이 죄밑 같아서, 발뺌부터 하듯이 자기의 불찰이라는 것을 먼저 업고 들어가는 수작을 한다.

"무엇인데요?"

상규는 부친과 형을 이리저리 바라보며 급히 묻는다.

"너, 안에 안 들어가보았니?" 하며 김장로는 갑갑하다는 듯이

물었다. 집에 이러한 큰일이 나고, 더구나 모든 것이 제 신상에 관계있는 일이건만 태연무심히 놀기에 미쳐 다니는 아들의 미거한[8] 것을 꾸짖기만 할 수도 없고, 심화만 한층 더 더럭 났다.

"아니오!"

상규는 이렇게 대답을 하며, 당회의 일이 아니라, 아내에게 정말 절박한 사정이 다닥뜨린 것을 즉각한 듯이 두 눈이 휘둥그레져서 부친을 바라보았다. 그러나 부친은 눈을 내리깔고 말이 없다. 다음 순간에는 형을 쳐다보았으나 시선을 피하듯이 하며 묵묵히 앉았을 뿐이다. 부친이나 형이나 무슨 일인지는 몰라도 차마 입밖에 내어서 발론을 하기를 꺼리는 것인 듯싶게, 서로 누구든지 먼저 말을 꺼내기를 미루는 눈치다. 상규의 머리에는 복통으로 신음하는 아내의 모양이 떠올라왔다. 그러자 어제 저녁에, 임신에 관한 이야기 끝에 아내가 체면 없이 굴며 선손을 걸어서 몹시 요구하던 양이 생각난다. 그제 밤에는 애련이 일이 상규의 마음을 산란하게 하여 혼자 심통을 하며 흐지부지 지냈기 때문에, 아내가 그러는 것이거니 하며 상규는 아내의 원대로 두어 번 응하여주었었다. 그래서 오늘 낮에 별안간 복통이 난대도, 실상은 임신한 여자가 방사를 과히 하면 그런가 보다 하고 아무 의심 없이 학교에 갔다가, 애련이 생각이며 여러 가지 문제로 뒤범벅이 된 번민을, 잊어버리기도 하고 학교의 선생들 보기에라도 아무 일 없는 사람처럼 하려는 생각으로, 태연히 테니스를 하며 놀던 것이었다.

"……대관절 어떻게 된 일이에요? 제 처가 어떻게 했어요?"

상규의 안색은 점점 긴장이 하여오며 무슨 공포를 느끼는 듯한 눈치였다.

"응, 그예 내 말대로 되고 말았단다."

김장로는 대단한 결심을 한 듯이, 한마디 입에 물었던 것을 뱉듯이 하였다.

"네?" 하며 상규는 무서운 소리를 한마디 하고 몸을 소스라치는 듯하더니, 다시는 말이 없다. 아무도 다시는 입을 벌리려고 아니하였다. 그럴 용기도 없는 듯이 세 사람은 어느 때까지 묵묵히 앉았다. 상규 형제가 앉았는 뒤의 영창에 반쯤 비껴 비추인 석양 햇발은, 번지르하게 기름땀이 솟은 김장로의 주름진 이마에 번질번질 비쳐, 상기가 된 얼굴을 한층 더 붉게 하였다. 방 안은 고요하다.

상규의 일시 긴장하였던 마음은 반동적으로 별안간 확 풀리고 말았다. '그런 일도 있었구나!' 하는 생각 이외에 아무 감동도 다시는 일어나지는 않았다. 머릿속만 뒤숭숭해져온다. ……해산을 하고 누워 있는 아내의 모양, 동생들이 날 때에 보던 것과 같은 갓난아이의 빨간 얼굴, 피걸레 담은 대야, 태를 뭉뚱그려놓은 짚단…… 이러한 것들이 불쑥 눈앞에 떠오를 뿐 아니라 방 안에 들어서면 피비린내가 훅 끼치려니 하는 쓸개 빠진 생각도 난다.

'그러나 아이는 꼭 열 달 만에 낳는 법인가? ……바보란 말은 팔삭둥이라는 말이렷다.' ──이런 생각도 해보았다.

'미친! 이런 생각을 할 때가 아니다. ……그럼 어떻게 한다고? 하지만 혼인한 지가 몇 달이 됐누? 3월, 4월, 5월……' 하며 상규는 속으로 꼽아보다가

'일곱 달이로군! 달수로는 하여간 일곱 달이니까 일곱 달에 난

다 하더라도 제법 사람 꼴은 되어서 나올 것이지! 더구나 어젯밤에 그랬기 때문에——말하자면 오래간만에 너무 과하여서 별안간 낙태한 듯이 그렇게 되는 수가 있는지도 모를 일이지…… 지금 그런 이야기를 하고 의사라도 불러다가 물어보자고 할까.' 하는 생각도 없지 않았으나 부형 앞에서 전후 사연을 말하기가 부끄러워서 머뭇머뭇하고 앉았다. 하여간 그런 생각을 하고 보니, 상규의 마음은 차차 가라앉아지는 것을 깨달았다.

"갓난아이는 꼴이 어때요?"

상규는 말을 돌려서 이렇게 물었다.

"누가 아니, 그게 지금 걱정이냐!" 하며 형은 핀잔을 준다. 생각하면 그도 그럴듯하다.

"아니, 그게 걱정이 아니라, 혹시 일곱 달 만에 조산을 하는 수도 없지 않을 테니 말이에요" 하며 상규는 부친과 형의 눈치를 이리저리 살폈다. 김장로나 상진이는 얼른 뭐라고 대답하지 않으나 그것은 쓸데없는 말이라는 기색이다.

"……그런 수도 있겠지만 일곱 달 만에 낳은 아이가, 제법 소리를 쳐서 울겠니?" 하며 상진이는 말을 끊다가,

"그러나저러나 아무 해산 제구도 준비를 안 해놓고 불쑥 낳았으니 어쩌잔 말이냐? 그래도 산모는 짐작이 있을 것이니, 어린아이 입힐 포대기라도 하나 장만해둘 게지!" 하며, 정순이의 요량 분수가 없는 것을 좀더 꾸짖고 싶은 것을 참는 눈치다. 애를 써 전보를 쳐서 불러온 보람이, 무어냐고 나무라는 것 같기도 하다. 그러나 상규는 형이 자기의 말을 부인하는 데 대하여는, 별로 놀라는 기

306

색도 없고, 그 이상으로, 더 고집을 하려고도 하지 않았다.

"참, 어린것은 어떻게 한 모양이던?"

김장로는, 그것이 큰 걱정은 아니련만 맏아들의 말에 정신이 난 듯이 묻는다.

"제 처가 죽은 놈아의 포대기를 갖다가 싸주었다고 하더군요."

상진이는 아까 자기 아내가 죽은 아들놈의 포대기를 꺼내면서, "죽은 아이 덮던 것은 부정하겠지만 하는 수 있나! 얼려 죽이는 것보다는 낫겠지! 어떤 놈의 씨알머리인지 애비에미 잘못 만나서 너도 팔자 사납다" 하며 입을 삐죽거리고 웃던 것을 생각하며, 부친에게 대답하였다. 세 사람은 제각기 무슨 생각을 하는지 또 머리를 떨어뜨리고 앉았기만 한다. 그러나 누구나 어떻게 처치하겠다는 방책이 머리에 떠오르지는 않고, 공연히 문제의 중심을 떠나서 언저리로만 빙빙 도는 모양들이다.

상규의 머리에는 죽은 조카의 처네에 싸여 누워 있는 조그만 핏덩이의 모양이 또 떠올라왔다. '에미가 그것을 알면 그래도 더럽고 불길하다고 질겁을 하렷다.' 하는 생각을 하다가는 죄 없는 아이가 불쌍한 증도 들었다. 그러자 어떤 놈하고 버둥거리며 누워서 시시덕거리는 정순이의 거동이 눈앞에 나타났다. 상규는 잡념을 물리치는 듯이 도리질을 하면서도,

'어떤 놈일까?' 하며 갓난아이의 씨를 뿌린 놈의 얼굴을 이리저리 그려보았다. 그러나 머리에 뚜렷이 나타나지를 않는다. 그러나 웬 셈인지 정순이에 대한 분한 생각도 없고 이때까지 속인 데 대한 미운 증도, 상규의 마음에는 떠오르지 않았다.

"번연히 자식을 밴 줄 알았을 것인데, 당초부터 혼인을 하다니…… 온 말 같지 않은 일이지! 그는 고사하고 어떻게 할 작정으로 그대로 이때까지 무사태평으로 지내왔더란 말이람! ……그뿐 아니라, 너도 너지, 그렇게도 눈치를 몰랐더란 말이냐? 참 별일을 다 보지!"

상진이가 이런 소리를 해도, 상규는 잠자코 앉았다. 상진이의 생각으로 하면, 아우가 이 경우에 좀더 놀라고 좀더 분해할 것이건만, 남의 일처럼 어릿어릿하고 멀거니 앉았는 것이 갑갑하고 화증이 났다. 얌체 빠진 계집의 가증한 소위를 생각하면, 자기 같았으면 분하고 기막힌 품이, 당장에라도 들몰아내고 싶건만, 아우는 아무리 어리기로서니 어떤 사람인지, 노할 줄도 모르고 이런 경우에 제가 어떻게 하여야 할지 자기 자신의 책임을 모르는 양이, 보고 앉았기에 안타까웠다. 그러나, 지금 상규는 '더러운 년, 망할 년, 죽일 년!' 하고 욕 한마디 할 용기도 안 나고 흥분도 없었다.

상규에 대한 정순이란 것은, 부모가 어떤 어여쁜 처녀를 하나 붙들어다가, 이것이 너의 계집이라고 쓸어맡기니까, 그런가 보다 하고 말았던 셈쯤 될 뿐이다. 별로 내 사람, 내가 귀여워하고 가꾸어서 지켜야 할 사람이라는 뚜렷한 책임감이나, 애정까지는 생기지 않았다. 그러나 다만, 이때껏 공상으로 그려보던 여자라는 것이 자기 임의대로 몸을 허락하게 되고 또는 상상의 세계에 나타나서, 부자연한 성욕의 만족을 채울 때에 허깨비로 위안을 주던 여성이란 것이, 실지로 자기의 여물지 않은 성욕을 충족시켜 준다는 것밖에는 더 깊은 인연도 없는 것 같았다. 도리어 떨어져 있을 때에 상상을 하여보거나, 몇 달 만에 마주 대해놓고 보면, 저편이 아내요 여자이건만, 어쩐지 손아귀에 버는 것 같고 스스러운 생각부터 앞을 섰다. 아직 스무 살도 못 된 자기보다는 한 살이 위일 뿐 아니라, 훤칠한 키라든지 이글이글하게 발육한 체질이 아내라고 하는 것보다는 누님이나 아주머니라고 하였으면 알맞을 것 같고, 얼마인지는 몰라도 살림을 따로 나면 주기로 한 땅 섬지기나 족히 있다는 것이며, 저희 집에서 해 가지고 온 세간과 의복 등속이, 이런 촌에서는 구경도 못하던 것일 뿐 아니라, 남편이라고 하는 자기는, 일시로 하는 일일망정, 30원 월급을 가지고 사는데, 금반지를 줄줄이 끼고 금시계를 차고 나고 하는 것을 보면, 그것부터 좀 자기의 형편과는 상거가 먼 것 같은데, 아무리 한편은 남자요 한편은 여자라고 할지라도, 여자로도 상당한 미인이라고 할 만한 정순이에 비하면, 암만해도 자기의 체격이며 용모가 떨어지는 것 같은 생각이 들어서, 어쩐지 서먹서먹하고 피차에 틈이 벌어지는 것 같았다. 둘이 만나면 정순이는 은근히 반가워하는 눈치요, 상규도 좋기는 좋으나, 그래도 자기 방에 정이 붙고 이것이 내 방이거니 하는 생각보다는, 구차한 집 손님이 부잣집 안방에 들어가 앉았는 것같이, 편치가 않고 남편인 자기를 넘보지나 않을까 하는 조심이 앞서는 때가 많았다. 그와 같이 반년 동안 스스럽게 지내던 계집이고 보니, 지금은 분명히 남의 사람이 되어서 김씨 집에서 떠나간다는 이 마당에, 놀랍고 인생살이란 이런가 하며 한숨짓지 않을 수 없다기로서니 그것은 한때의 일이라 상규에게는 그리 안타깝게 섭섭할 것도 없고 분할 것도 없었다. 용모를 생각한다든지, 장래에 서로 훨씬 친숙해져서 못할 말이 없이 지내게 되면 재미도 있을 것이요, 또 재산을 나누어 오게 되어서 따로 지내게 되면 좋으리라고 꿈같이 은근히 바라던 것을 생각하면 서운하고 아까운 증도 없지 않으나, 다시 생각하면 어근버근하던 둘의 사이에서 벗어나서 시원스럽게 기를 펴게 되는 것이, 상규의 생각에는 도리어 좋을 것 같기도 하였다.

'무얼! 보내면 상관있나. 어차피 보내는 사람이다. 애련이가 병만 나으면…… 하지만 애련이가, 왜 그런 소리를 하며 별안간 눈을 감고 돌아누워버렸누?'

상규는 어느덧 그제 저녁에 만났을 때에, 멀뚱멀뚱 쳐다만 보다가 몇 마디 이야기도 안 하고 어서 가라고 하며 눈을 감고 살짝 돌아눕던, 그 쌀쌀한 거동을 또 머리에 그려보지 않을 수 없었다. 그때 애련이가 무슨 생각이 별안간 났던지 불려갈 적과는 딴판으로 몹시 냉정히 굴며 어서 돌아가라고 하던 심사를 도저히 알 수가 없었다. 상규는 어제오늘 그것을 생각하느라고 혼자 몹시 고민하던 판이다. 세상에는 무어라고 소문이 났거나, 교회 당회에서 어떻게 책벌을 하거나, 정순이가 해산을 하였거나, 지금 이 경우에 애련이 하나만 붙들면, 그런 것은 그리 큰 문제는 아닐 것 같다. 도리어 세상에서, 애련이가 아내요 남편이라는 이름을 띠고라도 죽겠다고 졸라서, 이영수 내외의 기도로 부부의 의를 맺었다고들 떠들면서, 혹은 자기를 놀리고 혹은 비방하는 것이, 한편으로는 염려가 되면서도, 한편으로는 듣기에 싫지 않았다.

'젊은 새아씨가 상사병에 걸려서 죽게 되어 그 남자를 붙들고 울며 남편이라고 불러보고 죽겠다는 것이, 옛날 소설책에만 있는지은 이야기로만 생각하였더니, 내가 정말 그 옛날 이야기의 주인공이 되었구나!' 하는 생각만 하여도, 상규는 유쾌하고 감격하였던 것이다.

"하여간 네 생각에는 어떻게 하였으면 좋을지, 말을 하려무나. 이런 일이란 누구보다도 당자인 네가 조처를 하도록 해야 아니하겠니?"

상진이는 갑갑한 듯이 이런 소리를 하며 아우를 쳐다본다. 김장로는 여전히 초조한 기색으로 가만히 앉았기만 한다.

"글쎄, 난들 어떻게 한단 말씀요. 아버지께서나 형님이 마음대로 결정하시구려. 그러면 나는 아무 이의는 없을 테니요."

상규는 아까부터 '이혼!' 하는 생각이 없지 않았고 '애련이가 어서 병이 나아주었으면!' 하는 축원이 한층 더 간절하여졌지만, 자기 입으로는 이혼이니 쫓아보내느니 하는 말을 꺼내지는 못하였다.

"그럼 너두 인제는 우리 집 사람이 아니라고 단념한단 말이냐?"하며, 상진이는 역정스럽게 웃는다.

"아무렇게나 좋을 대로 하세요. 이왕 버린 사람이니까 나는 상관 아니할 테니요."

상규는, 아주 단념한 듯이 이렇게 대꾸를 하면서도, 머리에는 애련이의 백랍같이 여윈 얼굴, 곱다랗게 빗어서 댕기꼬리를 늘여 베개 옆으로 빼어놓은 머리, 까맣게 탄 입술…… 이러한 것이 떠올라서 어느 때까지 사라지지 않았다.

'……그래도 무슨 말을 좀더 했을 터인데, 스스러운 남자를 불러다 놓고 매정스럽게 싹 돌아눕는 것은 대관절 무슨 일인구? 인제는 남의 남편이 되었으니 단념한다는 말일까? 그러면 당초에 불러갈 것도 아닐 것 아닌가? ……부끄러워서 그랬나? 오랫동안 품었던 원한이 일시에 치받혀서인가? ……그러지 않으면 내 얼굴을 보고 금세 정이 떨어져서 그랬나?……'

상규는 어제오늘 머리를 썩이며 풀려야 풀 수 없는 수수께끼 같은 여자의 마음을 지금 이 자리에 앉아서도 또 혼자 궁리를 하고 있다. 오히려 어제오늘보다도 한층 더 실제 문제로 골똘히 생각하는 것이다. 그러나 애련이의 태도가, 모든 공상과 틀렸다는 것은 영원한 비밀인 동시에 자기도 입 밖에 낼 수 없는 일이었다.

"그러고 보면 한시 바빠 조장로를 불러오지요."

상진이는 자기가 모든 일에 설도'하는 수밖에 없다 하고 부친에게 의논을 한다.

"글쎄! 조장로에게 기별은 하여야 하겠지만, 무슨 신신한 꼴을 보이자고 늙은 사람을 불러오겠니! 산모도 하여튼 조섭을 시켜야 할 게고 하니까, 그렇게 서둘지 말고, 이편에서 무어라고 변명을 할지 그것이나 우선 의논을 하자꾸나!"

이때까지 묵묵히 앉았던 김장로는 겨우 이렇게 말한다.

"조장로가 왔다가 데리고 가느라면 수삼 일 걸릴 것이니까, 그만하면 산모도 기동하게 되겠지요. 하여튼 삼칠일이 되도록이나 두면야, 누가 뒤치다꺼리를 해주고, 남의 이목이 사납게 그 꼴을 보고 지내겠습니까."

상진이는, 아까 아내가 얼굴을 오만상이나 찌푸리고 "어서어서 배송을 내지요. 어머니도 들여다보시려고 안 하는데, 나는 무슨 팔자로 그 시중을 한답니까" 하던 말을 지금 부친에게 전하는 모양이다.

　"그러면 어쩌니, 어렵고 귀찮기들이야 하겠지만, 사람의 인정이 당장 데려가랄 수야 있니! 제 잘못은 제 잘못이요, 예서 할 일은 예서 해야 할 게 아니냐."

　"그도 그렇습니다만 소위를 생각하면 참 가통하지 않습니까? 돈푼 있는 것을 떠세하고, 아무 짓을 하든지 싸주고 내쫓지는 않으리라는 생각으로 그런 것이 아닙니까. 당자는 물론이려니와, 조장로 내외만 하더라도 우리 집을 넘보고 그런 것이외다. 학교에 기부나 하고 재산이나 넉넉히 주면, 더구나 같은 교인끼리니까, 잘 무마될 줄 알고, 제 딸이 자식 밴 줄을 번연히 알면서도 보낸 것이 분명치 않습니까? 아이 밴 지 석 달 넉 달이면 바깥부모는 혹시 모를지 모르나, 안부모는 알았을 것이요, 또 저희 모친이 와서 보고 간 것은, 신행해 온 지 두 달이나 된 뒤였으니, 그때라도 알고 갔을 것이지요. 그런 것을 시치미를 떼고 있던 것을 보십시오그려! 애초부터 혼인하면 저희 게 근처에 따로 내어서 살리겠다고 조르고, 그래야만 마음놓고 재산을 나눠주느니 학교에 기부를 하느니 하며, 틈틈이 변죽을 울리고 다닌 것도, 역시 그 수단이 아닙니까. 그렇게 되면 어린 상규를 우물쭈물 꼬여서 무마를 시키자는 계책이었는지 누가 압니까. 하여튼 소위가 가증하여서라도 가만 내버려둘 수 없지요……" 하며 상진이는 길길이 뛴다.

"당치 않은 소리 마라. 그랬기로서니, 지금 와서 어떻게 한단 말이냐. 하여튼 여기서 여러 사람에게 창피하지 않게 할 도리만 차리자" 하고 부친은 말을 막는다.

"……하니까 제 생각 같아서는 불러다가 자세한 사연도 물어보고 사과를 시키는 동시에, 없는 사람이 1년에 장가를 두 번씩 들일 수 없으니, 비용을 배상시키고, 두 집의 명예를 회복하고 인심을 사기 위하여서라도 학교에 기부를 이번에는 시행하라고 하여야지요. 기부야 벌써 승낙한 것이니까, 이 일이 있다고 또 핑계 대지 못하겠지요."

상진이는 이 집의 장남이니만치 여러 가지 생각이 많다. 원래 부친이 마지막으로 남은 집문서를 들고날 때, 상진이는 집안 식구를 굶겨 죽인다고 반대를 하였으나, 내 손으로 번 것은, 너희에게 줄 것이 아니라고 단연히 물리치고, 은행에 넣어서 학교의 석탄값이며 교사의 월급을 치렀었다. 말하자면, 지금 들어 있는 이 집은, 학교의 난로 속과 선생들 집 식구의 뱃속에서, 한 모퉁이씩 녹아들어가는 형편이다. 이때부터 부자간에는 다소 의견 충돌이 되어갔지만, 하여간 상진이는 집안 살림을 줄이고 자기 월급을 모으고 모아서, 집문서의 이자와 본전을 조금씩 꺼가는 형편이나, 조장로의 기부금만 들어오면, 학교의 회계인 자기 손으로 우선 이 집 하나는 건져내려고 하던 터요, 학교도 아직은 자기 부자 수중에서 지탱을 하여서, 천하의 간물들을 윽박주려던 것이다. 그러던 것이 한 계집아이의 불품행으로, 사회의 일, 집안일 할 것 없이, 송두리째 와르르 하고 무너질 뿐 아니라, 삼부자의 얼굴에까지 똥

칠을 하게 된 것을 생각하면, 치가 떨릴 일이요, 자기가 늘 학생들에게 훈계하던 말——쪽을 모아 맨 설거지통의 한 조각만 썩어도 그 통은 물이 샌다. 오지독에 모래 한 개만 박혔어도 거기에 담은 장은 흘러나올 날이 있다——고 하던 말이 여기에서 실례를 목도하는 듯이 몸서리를 치는 것이었다. 그는 고사하고 살기에 어려운 이 처지에, 상규를 또다시 장가들이려면, 누이 하나 있는 것도 걱정인데, 얼마 안 남은 밭뙈기나 땅마지기까지 졸아들어가야 할 것이니, 무어나 자기의 어깨에 내려얹히는 부담 아닌 게 없다.

부친도 상진이의 이런 사정이나 염려를 모르는 것은 아닌지라, 조장로를 불러다가 이번 기회에 학교 기부를 시행하고 심지어 혼인에 든 비용까지 물리자는 생각이, 한편으로는 동정할 만도 한 일이라고는 생각하면서도,

"그게 될 말이냐. 이때까지 미루고 미루어 끈 것을 보면, 기부는 더구나 수포로 돌아간 것으로 보는 게 옳겠고, 배상이니 무어니 하는 소리는 아예 입 밖에도 내지 마라" 하며 상진이의 말을 막아놓고, 다시 상규를 바라보고,

"너는 어떻게 하였으면 좋을 듯싶으냐?" 하고 묻는다.

"글쎄요……" 하고 상규는 질정한 의견이 서지 못한 듯이 어물어물하다가,

"아버님 말씀대로 몸이 충실히 되거든 보내지요. 떠들 것 없이 제가 데려다 주지요"
하고 매우 손쉽게 대답을 한다. 상진이는 하마터면 코웃음이 나올 뻔하도록 어린 아우의 뼛골 없는 생각과 기상이 딱하였다. 그러나

부친은, 제일 분하여야 하고 상심할 줄 알았던 상규가, 제 속은 어찌 되었든지 그만큼 마음이 고운 것을 기뻐하지 않을 수 없었다. 더구나 '이것이 모두 아버지 탓입니다!' 하는 원망하는 기색조차 없는 것은 자격지심이 있는 노인의 마음을 풀리게 하였다.

"네 말이 옳다! 응, 그렇게 하는 수밖에 없지! 허나, 아까들, 여럿이 모였을 때도, 네게 매우 치의하는 모양이고 한데, 젊은 놈이 이래저래 남의 구설거리가 되겠으니, 무엇보다도 그게 딱하지 않으냐?" 하며 늘 어리다고 생각하는 아들이건만, 혹시나 무슨 지혜가 나올까 하고 묻는다.

"욕을 하라면 하라지요. 하는 수 있습니까."

상규는 낙망한 듯이 자포자기하는 말을 한다. 김장로는 가슴이 아팠다.

"그러나 이왕 욕을 먹는 다음에야 제가 전 책임을 지고 나서지요" 하며 상규는 부친을 쳐다보다가 말을 또다시 잇는다.

상규의 말을, "응, 응……" 하며 열심히 듣고 앉았던 김장로는 희색이 만면하여 아들을 쳐다보고,

"응, 알아들었다. 그러면 자식은 네 자식이라고 하고, 해산 후에 조섭하러 친정으로 가는 것이라고 소문을 내자는 것이지…… 응, 그렇게만 하면 너는 일시 불명예지만 하여튼 피차에 낯 깎일 것 같은 것은 면하게 될 게다. 좋은 의견이다. 상진아, 상규의 말이 좋지 않으냐? ……그럼 이말 저말 다 할 것 없이 그렇게 하기로 하자" 하며 김장로는 새로운 활로를 얻은 듯이 매우 기뻤다. 늘 어리다 미거하다고 생각하던 자식이 어느 틈에 장성하여, 제법 지각

이 든 소리를 하는 것이 반갑고, 그보다도 자기 몸을 희생하여 아무리 제 계집일망정 버릴 사람의 체모를 보아준다는 것은 좀처럼 한 사람으로는 못할 일이다. 사람이 빨리라고도 그리하였지만, 가뜩이나 충실치 못한 몸이 젊은것들을 너무 한방에 넣어두면, 첫정에 끌려 건강에까지 해롭게 되지나 않을까 하는 염려로, 학교에 들어갈 동안만 가서 있으라고 초량으로 쫓아둔 것이나, 그것이 도리어 젊은것들의 정을 비스러지게 하는 결과나 되지 않을까 염려하였더니, 지금 와서 생각하면 정이 깊이 안 들었던 것도 제 신상을 위하여서는 차라리 다행한 일이었고, 또 그만큼 정이 들지 않고도 인자한 마음을 보이는 것은, 실로 기특하고 가상한 일이라고 생각지 않을 수 없는 일이다. 비록 정이 들어서도 그처럼 아끼는 마음이 있을지 모르나, 그러고 보면 정이 든 만큼 놀라고 분하여야 할 것을 참고, 남아답게 태연히 인후한 처사를 하자는 것일 지경이면 그 심정이 가엾으면서도 또한 내 자식의 훌륭한 정신을 고맙게 알아주어야 할 일이다. 김장로는 태산 같은 앞뒤의 걱정을 다 잊어버린 듯이 마음이 기뻤다. 상규도 부친이 좋아하는 것을 보고는 유쾌하지 않을 수 없었다. 실상은 자기가 졸업한 중학교 선생의 일을 생각하고 문득 그렇게 발론하여본 것이지만, 나중 일은 어쨌든지 하여간 이때까지 해보지 못한 좋은 행실을 하는 듯싶어서 기뻤다. 중학교 선생의 일이라는 것은 다른 것이 아니다. 그 선생이 장가를 간 지 다섯 달인지 얼마 만에 딸을 하나 낳았다. 그래서 그 선생이 느리광이요 도학자연한 탓으로, 이 사실을 들은 학생들은, 오쟁이를 졌느니 멍텅구리니 하고 뒷공론을 하며 놀리다가 급기야 알고 보니, 예전부터 교제하다가 상관이 있어서 아이를 배었으나 혼례를 할 돈도 없고 또 없는 돈에 혼례는 해서 무얼하느냐고, 그대로 친구끼리만은 통사정하고 지내는 것을, 그래서 낳은 아이가 이후에 성장하여 알게 되면 좋지 못하다고 하여 부모들도 애를 쓰고 선생 측이나 친구들도 협력을 하여 겨우 혼인 예식을 하고 나서니까, 다섯 달 만엔가 해산을 한 것이라는 것이었다. 상규는 이번에 와서 부친에게 그 말을 들을 때부터 학생 적에, "피 검사를 해보지! 마누라를 내쫓나?" 하며 평판들을 하다가는 결국 그 선생이 아무 탈 없이 사는 것을 보고, "비위도 좋다! 노래회 먹겠네"하고 또 웃고들 하던 생각이 났었던 것이다. 그리하여 지금 부친과 형이 이러니저러니 하며 노심을 하는 것을 보고는, 우연히 그 생각이 들어서, 자기들도 예전부터 교제하다가 그렇게 된 것이라 하면, 과히 창피할 것도 없고 잠깐 어물어물하여 넘기기만 하면, 자기에게 그리 손해 될 것도 없다고 생각한 것이었다.

"그럼, 그렇게 하기로 하자꾸나. 상진아, 어떻겠니?"

김장로는 다지듯이 맏아들의 의사를 다시 묻는다.

"글쎄요……" 하고 상진이는 불만인 듯이 말을 시원히 하지 않더니, 차차 꺼낸다.

"……그런대봤자 별 수 없을 성싶습니다. 공연히 조장로 편에서라도 돈에 무서워서 그래도 한 발 걸쳐두는 줄로 알지 모를 게요. 그런 소문을 들으면 정말 이영수 딸과 무슨 관계나 있는 듯이들 짐작할 게니, 한 사람 체면 보아주다가 애매한 사람들만 끌고 들어가게 되지 않을까요. 더구나 임호식이나 홍목사 패들이 좀들

318

들싸겠습니까?"

"별소리를 다 한다. 저희들이 아무리 그런다기로서니, 자연히 자세한 정을 알게 될 것이요, 따라서 상규의 이번 처사가 도리어 감복할 만한 것도 깨닫게 될 게 아니냐. 그러면 저희들도 나중에는 부끄러울 날이 있으리라."

"그러니까 말씀이지요. 언제까지든지 조장로나 당자를 위하여, 상규가 욕을 먹더라도 은사죽음으로 감추어준다면 별문제지요만, 일이 주일 동안은 딴소리를 하여두었다가, 당자가 발길을 돌리기가 무섭게 다시 변명을 하러 다닐 바에야, 처음부터 툭 터놓고 설파를 하는 것이 좋지 않아요? 그러다가 변명도 할 수 없게 되거나 변명을 해도 곧이듣지 않게 되면 어떡합니까?"

"그런대도 하는 수 없지!" 하는 김장로의 목소리는 좀 불쾌한 모양이다.

"그렇게 말씀하실 게 아니라, 무슨 일을 앞가림으로만 하시려 마시고, 철저히 하도록 하세요. 지금 사면초가 속에 들어앉은 판인데, 그럭저럭하는 동안에 학교 일도 망해요, 상규나 이영수네만 희생을 하게 되면 어떻게 됩니까? ⋯⋯"

"그럼 넌 어떻게 했으면 좋겠단 말이냐?" 하며 김장로는 또 역정을 낸다. 근자에 와서는 아들이 재산을 남겨주지 않는다고 불평을 품는 듯한 것이 김장로에게는 불쾌한 것이었다.

"별생각이 있는 것은 아니지요만, 타락한 계집 하나의 체면을 보아주려다가 일이 모두 뒤틀릴까 봐 걱정이 아닙니까? 아버지께서는 상규가 제 몸을 희생하면서라도 그렇게 하겠다는 정신이 칭찬할 만하다고 그렇게 하려 하시지만, 그런다고 그것이 근본적 문제를 해결하는 것이 못 되지 않습니까? 그런 정신이 있으면야 쫓아보내는 것부터 안된 일이 아닙니까. 그것도 만일 그렇게 해서 그 여자가 고칠 수 있다든지, 일이 당장 핀다면 저도 찬성이지요만……" 하며 상진이는 열심으로 자기 의견을 주장하려 하였으나, 김장로는 귀를 기울이려고도 하지 않고,

"너는 무어나 곧이곧솔로 이론만 캐려니까 병통이니라. 세상일이 어디 생각하는 대로 이론에 맞게 되던!" 하며 말을 막는다. 상진이는 그 이상 더 말을 꺼낼 수 없었다. 삼 부자는 또 잠깐 잠자코 앉았다가, 상진이가 그래도 미진한 듯이,

"……하여간 그렇게 되면 애련이와도 예전에 무슨 상관이 있다가 버린 것이라고들 할 것이요, 어린애가 남의 집 계집 버려놓으러 다니는 불량소년으로 평판이 돌면, 다시 장가를 보내려야, 다시는 누가 딸이나 주려고 하겠습니까? 한번 소문을 내놓은 다음에야, 나중에 천만 사람을 일일이 붙들고 변명을 하러 다니면 될 일이겠습니까……" 하며 내던지듯이 한숨을 쉬었다. 그러나 한번 이렇게 하리라고 생각한 다음에는 다시는 변통성이 없는 김장로는 점점 더 흥분이 되어서 가만히 앉았을 뿐이다.

그러나 상규의 귀는 형의 말에 반짝 뜨였다. 아닌 게 아니라, 다시 장가를 들려고 해도, 평판 난 불량소년, 게다가 재취라고 하면야 누가 딸을 주려고 할지 의문이다. 다른 것은 고사하고, 애련이부터 어떻게 생각할지 모를 일이다—하고 걱정이 안 되는 것도 아니었다. 그러나 지금 새삼스럽게 무어라고 할 경우도 못 되

었다.

"하여간 그렇게 하기로 하고 어서 너도 좀 안에 들어가보아라."

김장로는 무슨 생각을 하는 모양이더니, 상규에게 자상한 낯빛으로 한마디 이르고 일어나서 모자를 떼어 쓴다. 뜰로 내려선 김장로는 무슨 마음이 내켰는지, 그동안 그렇게 안 들어가던 안에를 들어가리라 하고 안문으로 향하려니까, 마침 등대하고 있었던 것처럼, 부엌데기가 툭 튀어나오면서 황황히,

"어구, 장로님, 어서 좀 들어가보세요" 하며 허둥거린다.

"왜 이러니?"

"아씨, 아씨가 돌아가시게 되었어요. 그대로 얼굴이……" 하며 말을 잇지 못한다. 김장로의 머리에는, 어떤 불길한 생각이 전광과 같이 번쩍 떠오르며, 달음질을 하여 들어간다. 문틀에 모자가 채어서 떨어지는 것을 뒤따라선 상규가 집어가지고 쫓아들어갔다. 상진이는 눈살을 잔뜩 찌푸리고 멀거니 섰다가, 맥이 빠진 사람처럼 부엌데기 뒤로 어슬렁어슬렁 들어가면서, 무슨 생각이 떠올랐는지,

'……죽을 만큼 부끄러운 줄 알면야 벌써 죽었겠지……'

하는 생각을 속으로 했다.

3

"매우 애쓰셨소이다. 별탈은 없겠지요?"

뜰에 섰던 김장로는 의사 나오는 것을 기다려서 물었다.

"네, 너무 난산이기 때문이에요. 조선말로 하면 소위 풍이 동한[10] 것인데, 먹국밥을 곧 먹이지를 않아서도 그래요. 또 한 가지는 너무 기진을 한 데다가, 국부가 생각하였던 것보다는 몹시 열상(裂傷)이 되었군요"하며 의사는 좀 웃음을 띤다.

"하여간 다시는 염려 없을까요?"

"네, 어서 국밥을 들여보내주시고, 아무쪼록 몸을 쓰지 않도록 가만히 누워 있게 하십시오. 꿰맨 것이 다시 찢어지거나 하면 오래 갑니다"하며 의사는 큰마루로 와서 손을 씻다가,

"갓난아이도 매우 충실하더군요. 그리 큰 아이라고는 못하겠으나, 발육이 잘된 모양이던데요. ……하여간 올해는 겸두겸두[11] 경사십니다"하며 치하를 한다.

"아, 무얼…… 한데, 들어오시구려. 추운데 뜨거운 국물이라도 좀 자시고 가시라고, 우리 집에는 술은 없지만 특별히 받으러 보냈는데……"

"천만에요. 두었다가 한번 손자 보신 턱을 단단히 내십쇼그려"하며 의사는 갈 차비를 차리다가,

"어떻게 되시는 셈인가요? 이번이 맏손자신가요?"

하고 의사는 지나는 말로 묻는다. 김장로는 가슴이 뜨끔하다가,

"아니, 맏놈은 올 봄에 죽고, 이번이 둘째지요"하며 은근히 맏아들의 둘째 손자라는 뜻으로 대답을 하여놓았으나, 그래도 의사가 둘째 며느리인 줄을 모를 리가 없을 듯해서,

"요새 젊은 아이들이란 어디 믿을 수 있습디까. 연전에 결혼만

하여두고, 그대로 내버려두었더니, 벌써 저희끼리……" 하고 김장로가 말끝을 흐리마리하려니까, 의사는 인제야 알아차렸다는 듯이 곧 뒤를 받아서,

"하하하, 그러면 어떻습니까. 이 세상은 무엇이든지 빠른 게 위주니까! 허허허……" 너털웃음을 웃고 모자를 집어 들며 인사를 하고 나간다.

김장로는 의사의 웃음이 자기 말을 비웃는 말이나 아닌가 하는 생각을 하며 안방으로 들어왔다.

"그런데, 지금 그게 무슨 소리요?"

마누라는 어둑한 방에 맥없이 앉았다가, 눈이 뚱그래서 영감을 쳐다본다.

"무엇 말요?"

"아니, 젊은 것들이 어쩌구어쩌구 하니 말애요?"

"응,……" 하며 김장로는 웃음을 띠며, 소리를 낮춰서,

"샹규란 놈이 그런 줄 몰랐더니, 생각이 제법이야. 이번 일을 어떻게 하겠느냐니까, 소문을 내놓으면 피차에 창피하니, 제가 이전부터 관계가 있어서 그렇게 된 것이라고 남들에게는 말을 하고, 조섭이나 잘 시켜서 보내자고 하는 구려……" 하며, 아무 근심 없는 사람처럼 화순한 낯빛이다. 마누라는, 그렇게 하면 어떻게 되는 갈피일지 자세한 것은 생각할 여유가 없었으나, 하여간 남편이 아주 마음을 턱 놓는 눈치를 보고는, 이때껏 조비비듯 하던 마음이 풀리는 듯하여 따라서 반색을 하며,

"네에, 상규가 제풀에 그래요?" 하고 감탄하는 소리를 내다가,

문득 생각이 들었는지,

"그러나, 상규는 아주 영영 보내지는 않겠다는 말이에요?" 하고 물어본다.

"아니, 그런 게 아니라, 당장 꼴이 사납고, 또 당자도 이왕 이 집에서 나가는 마당에야, 잠시 한때의 연분을 생각해서라도, 극진히 해주어 보내자는 것이지. 젊은 것이 아이를 낳아도 부끄러울 터인데, 그런 소문이 나면야 며칠 있는 동안일지라도, 고개를 쳐들고 남을 보겠소. 하여간 상규란 놈은 요새 쇠양배양[*]한 젊은 놈과는 다른 놈이야. 사람이란 이런 때에 알아보는 게야…… 그놈은 상진이와도 다를 뿐 아니라, 나 죽은 뒤라도 그놈이 그래도 나 하던 일을 따라할 걸!" 하며 김장로는 생각할수록 상규의 심지가 가상한 것을 마누라에게까지 자랑하고 싶었다. 마누라도, 며느리를 보낸다는 데에 안심된 모양이다.

"참, 말은 바른 대로 말이지, 상규야 원체 마음이 어질고 싹싹하지요. 한데 상진이는 무어라고 합니까?"

"그놈은 언제나 앞뒤 경우를 재고 욕심챔을 하려고 하지……"

"무어라구 하길래요?"

"무어라구 다 하든지? ……뭐, 조장로를 불러다가 사죄를 받고, 학교 기부를 시행하게 하고 어쩌고 어쩌고 하며 괴둥되둥하더군마는……" 하며 김장로는 탐탁히 대답을 아니 한다.

"상진이 말두 옳지요. 남의 집 망하라고 그따위 딸을 시치미 딱 떼어 보내놓고, 모른척하니 그런 법이 있어요? 나 같으면 손해배상이라도 물리고 싶은데……" 하며, 아까와는 딴판으로 참았던 분이 치받치는 모양이다.

"에잇, 그 지각없는 소리 고만두오. 손해배상이란 어떤 경우에 받는 것인지나 알고 그리하우? 자식들이 모두 임자를 닮아서 수심이 많고, 남을 위해서 희생한다는 생각이 없는 거요" 하고 역정을 내보였다.

"밤낮, 그건 무슨 소리슈? 그럼 인제, 상규는 영감 닮았다고 하시겠구려?" 하며, 아주 역정을 내면서도 마누라가 웃으니까, 김장로도 따라 웃으면서,

"그는 고사하고, 이때까지 먹국밥도 아니 끓여 들여보내서 바람이 나게 하다니, 그런 일이 어디 있단 말이오" 하고 순순히 나무랬다.

"누가 일부러 그랬나요? 마음이 차지 않아서도 그랬겠지만, 미역을 구하러 간 놈이 열나절[13] 가옷 만에 왔으니 허는 수 있어요" 하고 마누라는 변명을 한다.

"하여간 삼칠일만 꿈적 참으면 될 것이니, 마누라부터 잘 동독을 할 생각을 해요. 마누라가 그러니까, 다른 젊은 것들은 더할 것이 아니겠소."

"내가 어떻게 했길래 말씀예요?"

마누라는 좀 듣기 싫었던 것이다.

"아니, 어떻게 했다는 게 아니라, 좀 잘 보살펴주란 말이오. 상규의 마음을 받아주어서라도, 저 사람의 잘못을 용서하고 좋은 길로 돌아오도록 감화를 시켜야 할 게 아니오. ……난, 아까 죽게되었단 말을 듣고, 어찌나 놀랐던지! 안 할 말루 약을 먹는다든지

하면, 정말 그 노릇을 어떡한단 말이오. 하여간 가끔 좀 들어가 보아주" 하며 김장로는 마누라를 달랜다.

"아까두 두 번이나 들어가 보았에요. 보아주기 싫은 게 아니라, 걱정이 앞을 서니까 마음이 차지를 않았지만 그렇게 하기로 작정한 다음에야……" 하며 마누라도 인제는 친절히 해주겠다는 말눈치다. 이때까지 상규가 제 계집에게 빠져서, 빤연히 알면서도 싸주느라고 모른척하는 것이거니 하는 짐작을 하던 모친은, 상규까지를 미워하였었다. 그러나 아들의 칭찬을 하는 영감의 말을 듣는다든지, 조섭 시킨 뒤에 쫓아버린다는 말을 들으면, 적이 안심도 되고 아들이 예수의 말씀을 지켜서, 그렇게까지 인자하게 하는 것은 남편의 말을 들을 것도 없이 기쁜 일이요 감사하였다.

"그리구, 여보 마누라, 어린 것이, 처네도 없고 입힐 것도 없다니, 내가 나가다가 포목전에 말하고 갈께시니, 무엇이든지 들여다가 만들어서 입혀주오" 하고 김장로는 총총히 일어섰다.

김장로는 여러 사람이 소문에 듣고 공연히 떠들고 다니기 전에, 자기가 먼저 여러 사람을 찾아가서, 이야기 이야기 끝에, 아까 의사에게, 시험해보듯이,

"이때까지 몰랐더니, 서울서 약혼한 뒤에 저희끼리 만나서, 어느 틈에……온, 요새 젊은 것들이란 참 믿을 수 없어……" 하고 미리 설토를 하고 다닐 작정으로 아까부터 급급히 나가려던 것이다.

상진이는 얼굴을 오만상이나 찌푸리고, 학교로 뒷산으로 서성거리며 돌아다니다가, 자기 집 사랑대문 앞에를 오니까, 아우가 돌멩이를 늘어놓고 장작을 포갬포갬 놓고 앉았다.

"무얼 하니?"

"태를 사르려구요."

상규는 꾸부리고 앉은 채 대답을 한다.

"이따가 저물거든 누구든지 시켜서 하려무나. 애를 써 남 보는 데서 할 것 무어 있니."

상진이는 못마땅한 듯이 한마디 하였다. 아까 산모가 경풍이 동하였다고 할 제는, 무서워 그랬는지, 제방에도 잘 들어가려고 아니하던 양을 생각하며, 혼자 우습기도하고 가엾기도 하였다.

"아무 때 사르나 마찬가지지요" 하며 상규는 태를 싼 짚단을 들어다가 놓고 불을 그어댄다. 많던 짚단에는 불이 훨훨 붙기 시작한다.

"불이 잘 붙니? 장작을 한꺼번에 부쩍 지피고 태워야지, 그렇지 않으면 짚만 후루를 타버리고 만다."

뒤에서 모친이 소리를 치고, 나와서 옆에 선다. 손에는 피걸레를 수북이 담은 질자박이를 들고 있다.

"어머니, 그건 무얼 하러 가지고 나오셨소?"

상진이는 깜짝 놀란 듯이 물었다.

"누가 빨 사람이 있니? 내나 빨아야지" 하며 모친은 웃는 듯하다가,

"참, 포목전에 가보아라. 아버지께서 무엇인가 일러두구 가신다더라" 하며 맞아들을 쳐다본다.

"포목전에는 왜요?"

상진이는 피걸레가 눈에 띄지 않게 고개를 쳐들며 묻는다.

"갓 빠져나온 게 무에나 걸칠 게 있니! 그래서 아버지께서 들여오라시는 게다."

"포목전이고 무에고 자꾸 들여만 오면 어떻게 하여요? 그보다 더한 것도 못하는데……아무거나 집에 없어요?" 하며 상진이는 말을 돌려서,

"그것은, 애년더러 빨라고 하시구려. 왜, 어머니께서 애를 써 빠시지 않으면 빨 사람이 없을라구요" 하며 핀잔처럼 말린다.

"무에 있기는 무에 있단 말이냐. 몇 푼 들 것두 아니요, 애비 없는 자식이, 나오면서 벌거벗어서야 가엾지 않으냐" 하며, 모친은 앞개울로 내려간다.

상진이는 한참 타는 불길을 내려다보며 섰다가, 발길을 돌렸다.

'식구마다 어쩌면 그렇게도 당장에 변하누!' 하며 혼자 생각하였다.

'상규놈은 그래도 떼치지 못할 정(情)이 남아 있는 게다.……그렇지 않으면 세상이 시키고 허영심이 시키는 위선(僞善)이다. 그 위선을 에워싸고 모두가 공중 걸려서 허둥거리는 셈이다.……하지만 왜 좀 실제를 보지를 못 하는구!' 하며 상진이는 컴컴하여 들어오는 자기 방 속에 끄떡질을 하고 맥없이 앉았다.

부엌에서는 나무 꺾는 소리만 똑똑 난다. 어둠침침한 집안은 까부라질 듯이 고요하다. 다섯 시를 치는 예배당의 종소리가 울리기 시작한다.

'오늘밤 기도회에는 고만두겠다!' 고 상진이는 혼자 생각을 하며 성냥을 그어서 등잔에 불을 헤어대었다.

4

정순이가 해산하던 그 이튿날 첫차로 도망하듯이 초량으로 갔던 상규는, 채 열흘도 못 되어서 별안간 돌아왔다. 얼굴이 헬쑥해서 창황히 사랑마당으로 뛰어 들어오는 것을, 상진이는 작은 사랑방에서 내어다보고 깜짝 놀라며 나와서 맞았다. 손에는 가방 하나를 들었으나, 하는 거동이 먼 시골 갔다가 온 사람 같지도 않게 변변히 인사 한 마디도 똑똑히 하려 아니하고, 마치 금방 문밖에 나갔다가 무슨 무서운 것을 보고 곤두박질하여 뛰어 들어오는 사람 같다.

"지금 오는 길이냐? 그런데 왜 그러니?" 하며 상진이는 의아한 눈으로 동생의 얼굴을 바라보며 마루로 나서려니까, 문밖에서는 왁자지껄하고 사람들이 몰려들어오는 눈치다. 상규는 마루 끝에 가방을 덜컥 놓으며 숨이 찬 듯이 입술만 바르르 떨면서 대답이 없다. 금시로 울 듯 울 듯이 입을 실룩거리며 두 눈이 어른어른하여지는 모양이다.

"웬일이야? 대관절 어떻게 된 일이야? 왜 말을 못하니?" 하며 상진이도 점점 황당하여지는 눈치로, 고무신짝을 꿰며 뜰로 뛰어 내려서려니까, 이번에는 안마당에서 왁자지껄하더니, 안으로 통한 문에서,

"요놈, 숨으면 어델 가서 숨겠니? 요놈, 이리 나오너라" 하고 소

리를 고래고래 지르며 헙수룩한 머리를 트레트레[14]해 얹은 늙은 아낙네가 헤매며 우당퉁탕 뛰어나온다. 상진이는 얼이 빠진 듯이 두 눈이 휘둥그레지며 딱 섰다. 이영수 아내다. 먹으나 굶으나 비위 좋고 뱃속 편하게 너털웃음을 웃고 드나들던 이 늙은 전도부인이 그야말로 실진한 사람 같다.

"요놈, 늙은 에미까지, 마저 잡아먹으련? 왜 길바닥에다 거꾸러뜨리니?" 하며 울상을 하고 마루에 올라선 상규의 검정 수목두루마기[15] 자락을 붙들고 늘어지다가, 상규가 떨어질까 봐 몸을 뒤로 끌어당기며 자기 두루마기 자락을 잡아 채치는데 따라서, 이영수 아내는 축대 위로 쭈르르 끌려올라갔다. 중문 안이며 마당에는 어른 아이가 빽빽이 들어서고, 안으로 통한 일각 대문에서는 상규 어머니를 앞장세우고 상진이 아내, 영숙이(누이동생), 부엌데기 할 것 없이 문이 메어라고 눈들이 회동그레져서 쫓아나오고, 동넷집 아낙네들도 구경난 듯이 앞뒷문으로 휘젓고 들어와서 넘실거린다.

"영수댁네, 이거 망령이 났단 말이오? 상규가 무에 잘못한 게 있다고 지금 막 온 아이를 붙들고 이러슈?"

상진이는 잠깐 하는 대로 내버려두더니, 겨우 정신을 차린 듯이, 늙은 아낙네 뒤로 달려들어서 소리를 지르며 뜯어놓으려 하였다.

"요놈, 요놈, 대가리에 피도 안 마른 놈이, 요놈, 남의 집 딸 버려놓으려고 시골로 서울로 다니니? 요놈, 내 딸 잡아먹고 무에 부족해서, 이 늙은 년을 길바닥에다가 거꾸러뜨려놓고 다니니?······ 어디 너희 두 형제가 할 대로 해봐라! 나는 자식도 없는 거지깍정이 같은 두 늙은 내외다!"

　상규의 두루마기 섶을 놓은 이영수 아내는, 어느덧 짚신발로 마루 위에 한 발을 걸쳐놓으며 우뚝 올라서더니, 상규의 멱살을 잡는다는 것이, 고름을 덥석 움켜쥐자, 상규가 홱 뿌리치고 문이 열린 방 안으로 피해 들어가는 바람에, 고름이 우두둑 떨어지면서, 하마터면 이 늙은 아낙네는 댓돌 아래로 구를 뻔하였다.

　"에구머니, 글쎄 어쩌자구…… 이이가 별안간 실성을 하였단 말인가……" 하며 뒤로 달려들던 상규 어머니가 떠받쳐서, 이영수 아내는 겨우 마룻전을 붙들고 주저앉더니, 목청을 놓고 울기 시작한다.

　"나도 어서 쳐 죽여다오. 나도 너희 집에서 죽으련다. 살인 만날까 봐 차마 못 죽이면 내 손으로 여기서 목을 매달아서라도 죽고서야 가겠다."고, 기승스럽게 소리를 벽력같이 질러가며, 울음 반 푸념 반으로 아주 판을 차린다. '죽고서야 가겠다.'는 말에 마당에 몰켜섰던 젊은 축 중에서는 누구인지 픽 하고 웃는 소리가 난다.

　다른 사람들도 좋은 구경난 듯이 픽픽 웃으며 노려보고 섰다. 어쨌든 이영수 마누라의 울음소리는 딸 죽은 설움이 뼈에 맺혀서 운다는 것보다는, 공연한 발악을 하려고 강짜를 부리듯이 헤식은 소리를 가끔 내어가며 얼마 울지도 않으며 흑흑 느끼기부터 한다.

　"그런데 너는 언제 왔는데, 애련네는 어데서 만나서 어떻게 된 일이란 말이냐? 어데 다치지나 않았니?"

　모친은 우는 여편네를 내버려두고 방문 안으로 들어서며, 끈 떨어진 두루마기를 입고 어쩔 줄을 모르는 듯이, 오르르 떨면서 방

한구석에 섰는 아들을 쳐다보며 민망한 듯이 묻는다. 상규는 두루마기 귀에 두 손을 찌르고 여전히 고개를 떨어뜨린 채 아무 대답이 없더니, 외면을 하며 눈물을 똑똑 떨어뜨린다. 어머니를 보더니, 참았던 울음이 별안간 터진 것이다. 감정이 극도로 격분된 그는 걷잡겠다고 속으로는 애를 쓰면서, 그만 어린아이처럼 울음이 복받쳐서 소리를 엉엉 내며 책상 모퉁이에 쓰러져 앉았다. 그러나 그처럼 인사 사정 없이 우는 상규의 귀에도 지금 자기 모친이 '애련네' 라고 한 소리가 분명히 들렸고, 또 그것이 좀처럼 흘러가버린 것이 아니라 어느 때까지 귀밑에 와서 철썩 붙은 것 같았다.

아까 정거장에서 나서는 길로 이영수 마누라에게 끄들려서 찾으려던 짐도 못 찾고 무거운 가방을 손에 든 채, 사람이 복작대는 장거리로, 갖은 창피 갖은 악담을 다 들으며 올 제,

'아! 애련이가 죽었고나!' 하는 즉각이 어리둥절한 머릿속에 떠오르자, 당장 애련이 어머니에게 욕을 보는 미운 생각이라든지, 장 사람, 동리 사람들에게 창피하다는 생각은 다 스러지고, 전신의 맥이 확 풀리며 가슴이 덜컥 내려앉는 듯이 뭉클하였었지만, 그때는 오히려 애련이라는 이름조차 잊어버린 듯이 분명히 생각이 아니 났고, 다만 커다란 베개 위에서 푹 꺼진 눈을 말뚱히 뜨고 몹시 노려보던 해쓱한 얼굴이 떠올라왔었다. 그러던 것이 지금 모친의 입에서 '애련네' 라고 하는 말을 들을 제, 상규는 아주 잊어버렸다가, 생각해내려고 애를 쓰던 이름을, 옆에서 똥겨준[16] 때와 같이 놀라게 반갑고, 애련이란 두 발음이 감칠 듯한 애착을 가지고 귓바퀴에서 가슴속으로 파고들어와 안기는 것 같았다. 그러나 동

시에 그것은 함부로 불러서는 아니 될 이름 같기도 하고, 무어라고 설명할 수 없는 슬픈 소리로도 들렸다. 사실 지금 처지로 상규가 이 고향에 다시 발을 내려디디는 큰 희망과 용기는, 전연히 애련이라는 두 글자에 있었던 것이다. 상규는 정거장에서 이영수 마누라가 힐끗 눈에 뜨이면서 첫대바기에, "이, 딸 잡아먹은 놈" 하고 덤벼들 제부터,

'아차차. 서울로 바로 갈걸!' 하는 생각이 선뜻 앞을 섰던 것이다.

울음소리는 안팎에서 자지러지게 난다. 이영수 마누라의 울음은 푸념이 차차 줄어가는 대신에, 인제 정말 딸 죽은 설움이 다시 복받친 듯이, 인사 사정 모르고 땅바닥을 치며 대굴대굴 구르며 운다. 처음에는 웃음거리로 보던 여자들도 코끝이 알싸하여지는 듯이 낮은 한숨들을 쉬며 외면을 한다.

"인젠 어서들 나가주어요! 그만큼 구경했으면 시원할 것 아니오?" 하며, 상진이는 이때껏 목이 쉬도록, 구경꾼을 쫓아내느라고, 다른 것에는 정신을 차릴 여가가 없었다. 그러나 나가면 번갈아 들어오고 들어오고 하던 사람들, 머슴과 급히 달려온 친구들과 합력하여, 겨우 다 내몰고 문을 닫아버렸다.

"대관절 어떻게 된 셈이란 말이여?"

누구나 서로 물으나 누구도 영문을 몰랐다.

"그런데 상규군은, 왜 또 별안간 왔더람?" 하고 상진이의 친구가 물었으나, 상진이도,

"나 역시 모르지!" 할 뿐이다.

하여간 이영수를 불러와야겠다 하여, 머슴이 줄달음질을 쳐서

나갔다.

"오빠, 오빠, 안으로 들어갑시다."

어느 틈에 방으로 들어와서, 오라비가 울고 앉아 있는 옆에, 소리 없는 눈물을 몰래몰래 씻으면서 오도카니 섰던 영숙이가, 밖의 사람들이 삐인[17] 것을 보고, 위로 삼아 이렇게 말을 걸었다.

"참, 어서 데리고 들어가라."

모친이 인제야 정신 차린 듯이 이렇게 부추기며, 딸을 보고 서창으로 턱짓을 하니까, 신발을 서창으로 옮겨다가 놓고, 오라비를 데리고 안으로 들어갔다. 김장로 마누라는 부끄러운 듯이 외면을 하면서 순순히 누이동생의 뒤를 따라서 웅숭그리고 들어가는 아들의 뒤를 바라보다가, 꺼질 듯이 한숨을 휘 쉬며, 무심코, "하느님 맙시사!" 하고 부르짖었다.

"……하느님 맙시사? 어느 입으로 그런 소리를 해? 그따위 자식을 낳아놓고 남 못할 노릇을 하면서, 하느님을 원망하다니!"

울음이 조금 진정되어가던 이영수 마누라는 김장로 마누라의 혼잣말처럼 한 한탄을 얼른 되잡아가지고 또 발악을 하기 시작한다.

"그래, 내 자식이 어쨌단 말이오? 무얼 잘못했길래 내 집에 와서 이 야료[18]란 말요? 그게 하나님 말씀을 전도하러 다니는 사람의 말본새야?" 하며, 김장로 마누라도 피가 부그르르 끓는 듯이, 발을 구르며 맞장구를 쳤다. 목소리나 태도가 어마어마한 것으로 보아서는 말을 좀더 빼지게 못하는 것은, 그래도 자기가 장로의 아내라는 의식을 잃지 않기 때문이었다.

"전도고 똥대가리고 인제는 다 집어치웠다! 패 차고 나선 미친 년이다! 어디, 너희 년놈들이 해볼 대로 해봐라!" 하며 이영수 마누라는 벌떡 일어나서 짚신발로 마루 위로 다시 올라서려 한다. 뒤에서 일변 젊은 사람들이 붙들고, 상진이는 단걸음에 뛰어올라 가서, 자기 어머니를 붙들며 안으로 들어가라고 말렸다.

"아무리 제 밑구멍으로 낳은 제 자식의 선악을 모르기로서니, 남의 집 딸자식을 모조리 버려놓고, 우리 애련이를 복통이 터지게 말려 죽여놓고, 제 계집이 자식을 불쑥 내질러놓으니까, 무어 어 째고 어째? 행실이 나빠서 다른 놈의 씨라고? 홍! 너희들 같은 연 놈이 지옥에를 아니 가면 지옥 갈 년놈이 없겠다!" 하며, 여전히 이영수 마누라는 이를 부득부득 갈면서 뿌리치고 뛰어가려 하나, 기운은 벌써 한풀 죽은 것 같았다. 이때까지 발악을 하던 끝이라 공연히 남 보기에라도 그리하여보는 것 같았다.

"누가 헐 소리인지 모르겠다. 가랭이에 바람 킨 년이 남의 집 자 식 데려다가 말썽 일으켜놓고, 제 혼자 달떠서 말라죽거나 부어죽 거나 누가 안다던? 그따위 딸자식 가지고 혼인하자고, 말을 걸치 는 염체도 뻔뻔스럽다만, 퇴짜 맞은 분풀이를 지금 새삼스럽게 하 는 수작이냐?"

김장로 마누라도 얼굴이 검붉어지다 못하여 새파랗게 질려서 길길이 뛰다가, 상진이의 처까지 덤벼서 잡담 제하고 끌어내는 바 람에, 여편네들에게 옹위가 되어서 안으로 들어갔다. 이영수 마누 라도 뒤쫓아 들어가려고, 두 팔을 붙잡혀서 머리를 파발을 하고 마루청이 빠지도록 날뛰다가, 또다시 제 분에 못 이기는 듯이 펄썩 주저앉아서 몸부림을 하며, 대성통곡으로 또 판을 차린다. 젊은 사람들은 망단한[19] 듯이 지키고만 앉아 있다.

"전도마님! 전도마님!……"

마루 끝에 퍼더버리고 얼없이 잠깐 앉았던 상진이는 무슨 생각이 났던지 순탄한 목소리로 저편에서 흑 흐느끼고 앉았는 이영수 마누라를 불러놓고, 말을 잇는다.

"……이영수네 마나님. 어떻게 된 사단인지는 나도 아직 자세히는 모르겠소마는, 남이 충동인다고 죽은 내 딸자식의 흉하적[20]을 하고 다닌단 말이오?……"

상진이가 이렇게 타이르듯이 말을 꺼내니까,

"또 그래두 무슨 큰소리야! 무슨 아가리로 큰소리야!" 하고, 이영수 마누라는 발버둥을 치며,

"여북 기가 막혀야 죽은 딸의 남부끄러운 행실을 광고를 내며 돌아다니랴…… 남이 충동이다니? 응, 남의 충동에 빠져서 그런 남 못 들을 소리를 하고 다닐 벼락맞을 년이 어데 있더란 말이냐?" 하며 악을 악을 쓴다. 상진이는 가만 내버려두었다가 소리가 끝난 뒤에 또다시 꺼낸다.

"글쎄, 세상놈들이 공연히 말을 만들어가지고 떠드는 대로, 덩달아서 그러니까 딱한 일이 아니오? 지하에 누운 따님이 들으면 어떻겠소? 우리 삼부자를 못살게 들볶고 속에 품었던 분풀이를 하는 것은 일시 유쾌한 일이겠지만, 그래 부모 된 사람으로 그런 소리를 삼동네 사동네 다 듣도록 외치고 다니는 게 옳단 말이오? 죽은 딸자식을 생각하고 사랑하는 본의란 말씀이오?……"

상진이는, 이영수 마누라가 또 되받아서 주절대는 데에는 귀도 기울이지 않고, 목구멍이 컥컥 막힐 듯이 분기가 치받치는 것을 참아가며 다시 말을 계속한다.

　"……생각을 해보슈. 설사 딸자식에게 그런 혐이 있었더라도, 죽은 다음에야 죽은 사람의 명복을 빌기 위해서라도 이때 소문에도 없던 일이니, 쓸어 덮어둘 것이 아니오? 그런 것을 뭇놈들이 충동이고 돈푼이나 써가며 얼렁얼렁 꼬이는 바람에, 그래 이렇게 하고 다녀야 옳단 말씀이오? 설사 상규나 우리 삼부자가 갈아 마실 듯이 밉기로서니, 아니 그건 고만두고 십여 년 동안 하나님을 믿어오던 것을 생각하기로서니, 마지막 판에 그래야 옳단 말이오? 아, 오늘만 살고, 내일은 안 사실 작정이오?……"

　"그렇다, 그래! 오늘만 살고 내일은 안 살 테다. 돈을 먹고 어쩌고 어쩐다고? 너, 어데서 그따위 소리를 듣고 콩밥 먹을 소리를 뉘 앞에서 하니? 응? 응?" 하며, 이영수 마누라는 어느덧 울음도 그치고, 성큼성큼 상진이에게로 덤벼든다. 상진이는 이를 갈면서도, 눈을 부릅뜨고 태연히 앉아서, 늙은 마누라의 눈물에 더러운 시뻘건 상판을 노려보고 있다.

　"대라! 대! 누가 뉘게 돈을 얼마를 받아먹고──죽은 딸을 팔아먹고 다닌다던? 대라! 지금 주절대던 그 아가리로 대라!" 하며 여차하면 멱살을 달려 붙들 듯이 엉거주춤하며 덤빈다.

　"흥!" 하며 코웃음을 치는 상진이는, '이 여편네가 십 년 동안 전도를 하고 다녔다!' 하고, 소리를 커닿게 지르며 시원스럽게 웃어버리려는 생각이 났으나, 잠자코 외면을 해버렸다.

"왜 말을 못 하니? 증인을 대라! 응?" 하며, 마누라는 게딱지 같은 얼굴을 부쩍부쩍 들이대고 한층 더 기승을 떤다.

"왜, 공연히 이래요? 등신같이 가만히 있으니까, 누구는 남만큼 못해 그런답디까? 더 창피한 꼴 당하기 전에, 어서 국으로 가만히 가서 죽은 딸 무덤에나 가서 사죄를 해요! 전도도 똥대가리도 없다니, 하나님께 기도 올릴 생각도 말고 죽은 딸에게나 사죄를 하라는 말이오! 어서 가요, 어서 가!" 하며, 상진이는 분이 벌컥 치밀어오른 듯이 이영수 마누라를 지르르 끌어내렸다. 이영수 마누라는 그 바람에 다시 말로는 저항치 못하고 또다시 금시로 사람 하나 잡는 듯싶게 어구구 소리를 치고 제풀에 마당에 나동그라지며 울음을 꺼낸다. 옆에 섰는 청년들은, 아무도 말리려고 하지 않는다. 그러자 안에 모였던 동리 집 여편네들이 눈이 뚱그레서 또 우르르 몰려나오자, 뒤미처 김장로가 모자를 쭈그려 쓰고 여자들 틈을 비집으며 들어온다. 이영수도 김장로와 함께 있었던지 뒤따라서 황황히 나타난다.

"왜 그래? 웬일들이야?" 하며 김장로는 축대 위에 뿌루퉁하여 서 있는 아들을 쳐다보다가, 남편과 김장로를 보더니, 한층 더 호들갑스럽게, 울며 거꾸러지는 이영수 마누라를 구부리고 붙들어 일으키려 하면서,

"영수네 마님, 이거 망령이슈? 어서 고만 울고 일어나슈. 지금 들어오면서도 이야기하였소마는 자식이라야 단지 딸 하나 있던 것을 없애면야 오죽하시겠소마는, 그게 다 하나님의 뜻으로 생각하면 허는 수 있소. 그렇게 너무 심로를 하면 몸에도 해로우실 터

이니, 자 어서 안으로, 뜨뜻한 방으로 들어가십시다……" 하며, 김장로는 창연한 낯빛으로 위로를 하였다. 여러 젊은 사람은 묵묵히 늙은 아낙네를 내려다보고 섰고, 이영수는 달려들어서, 어서 집으로 가자고 끌어 일으키려 한다.

"가긴 어데를 가! 나는 예서 오늘 요정[21]을 내련다. 나도 어서 딸 따라가련다. 영감이고 뭐고 다 쓸데없다……" 하며, 영수 마누라는 버럭 소리를 치며, 김장로를 물끄러미 쳐다보더니,

"이놈 너는 누구냐? 너두 날 잡아먹으려 덤비니? 네가 장로가 다 뭐냐. 이놈! 이놈! 네 자식은 고이 성할 줄 아니?" 하며, 와락 일어나서 덤벼들려 한다.

"이건 정말 실진을 하였나?"

이영수는 어쩔 줄을 모르고 허둥허둥하며 마누라를 뒤로 껴안았다.

"아, 어서 가시는 게 좋겠군. 어서 모시고들 가거라" 하며, 김장로가 아들과 젊은 사람들을 돌려다보니까, 그제야 좌우로 와서 몸부림을 하는 늙은 마누라를 부축이고, 안문으로 하여 나간다. 문지방에 두 발을 버둥키고도 김장로 욕설을 하고, 안마당에서도 또 한바탕 몸부림을 하며, 상규와 상규 모친더러 나오라고 야단을 치다가, 또다시 몰려드는 구경꾼에 에워싸여서 간신히 자기 집으로 끄들려갔다.

"언제 왔니? 내 편지는 보았겠구나."

김장로는, 한바탕들 법석을 하다가 다들 몰려나간 뒤에 마루로 올라서며, 안방에서 나와 맞는 상규를 쳐다본다. 내 편지 보았겠구나? 왜 이렇게 일찍 왔느냐는 뜻이다. 아무 일 없으니 안심하고 있다가, 삼칠일이나 되거든 와서 제 처를 데려다 주라고 일전에 한 편지다. 상규는 발갛게 핏발이 선 눈을 하고 그대로 부친의 뒤를 따라 들어왔다. 상진이도 문밖에까지 나갔다가 허둥허둥 들어오며,

"집안이 금시로 난리로군! 난리야!" 하고, 혼자 부글 끓는 소리로 중얼거린다.

"아주 고만두고 왔다는구려."

안방에서는 영감 곁에 앉은 마누라가 대신 대꾸를 한다.

"응? 고만두고 오다니?"

"여기서 누가 뒷구멍으로 기별을 했나 봅디다. 학생들이 들고일어나서 동맹파업인가 휴학인가 한다고 날뛰자, 직원회에서도 나가달라고 하였다는구려" 하며, 마누라가 또 역정스럽게 대신 대답을 한다.

"내, 벌써 그럴 줄 알았지!"

방문 밑에 들어와 섰던 상진이는, 쭈그리고 앉으며 고개를 끄덕여 보인다. 상규는 고양이에게 물린 병아리처럼 한구석에 죽치고

가만히 앉았기만 한다. 이때까지 자기 처가 있는 방에는 들어가 보지도 않고, 점심 삼아 만들어다가 준 떡국도 국물만 마시는 체하고, 어린아이처럼 저물도록 어머니 앞에서 훌쩍거리고만 있었던 것이다. 상규는 어째서 저물도록 울고 싶은지 알 수가 없었다. 자기 마음을 갈피를 못 잡았다. 학교에서 등줄기를 몰리듯이 하여 쫓겨올 제 상규는 속으로 코웃음을 쳤다. 오래 있자는 것도 아니다만, 어디 두고 보자! 너희들도 후회할 날이 있으리라…… 하며, 오히려 마음이 편했었다. 이영수 마누라가 덤벼들 제, 놀랍고, 이 사람이 미치지나 않았나? 하는 생각이 들었지만, 그래도 속으로 버티는 마음이 있었다. 길거리에서 매달려 쥐어뜯으며, 갖은 푸념을 당할 제, 애련이가 죽었구나! 아뿔싸 하는 생각에 가슴이 덜컥하고 금시로 무엇이 창자 속에 가라앉는 듯했지만, 그래도 정신은 또렷하고 서러운 생각은 안 났었다. 그러나, 상규는 지금 다만 이것이 인생이던가? 이것이 사람들이던가? 하는 막연한 생각만 나면서, 어쩐지 몹시 고독한 증이 부쩍 가슴속에 스며들면서 자꾸만 울고 싶다. 아까는 애련이에 대한 낙망, 분한 생각…… 이것저것이 뒤섞여서 울었으나, 지금은 그와도 다르다. 남자에게 처녀의 자랑을 올려 바쳐놓고 나서, 그것이 고약한 일이었던가! 죄였던가?…… 하며 혼자 올지 갈지 의심하면서도, 세상이 모두 산란하고 공연히 서러운 것 같은…… 그런 눈물이 상규의 눈물이었던가!……

"그래, 얘는, 오늘 밤에라도 서울로 가겠다는구려."

상규의 모친은 또 옆에서 이렇게 말을 전하여주었다.

"그건 차차 어떻게든지 할 일이요……" 하고 묵묵히 앉았던 김장로는 눈살을 찌푸리다가, 점점 얼굴빛이 험악하여지면서,

"……그놈들이 당회에서 결정한 것도 아니고 한데, 기별하는 놈은 누구요, 면직을 함부로 시키는 놈은 어떤 놈들이란 말이냐? 저희들이 정 그러면 어디 해볼 대로 해보라지! 나도 생각이 있으니!" 하고 노발대발하는 양이 무척 심사가 사나운 눈지요, 이때껏 꾹꾹 참았던 분이 한꺼번에 속에서 들볶이는 모양이다. 상진이는 속으로,

'인제야 이 양반이 정신을 차리셨나 보다!' 하며, 은근히 좋아하면서,

"모든 게 제 말씀대로 안 되었습니까? 그동안 그렇게 떠들고 법석을 하다가 십여 일이나 잠잠히 있는 것은, 이편만 싹 돌려놓고 저희끼리 뒷구멍으로 음모를 꾸미려고 그런 것이 확연한 일이 아니에요? 진(秦)장로가 애련이 죽은 데 부의라는 명색으로, 그 쇠귀신이 무척 오십 원을 내놓고, 부라우닝에게서 삼십 원, 또 홍목사에게서 한꺼번에 이십 원이란 돈이 나올 제야, 그지간에 임효식이나 홍목사나 무슨 뒷길을 두고 한 일이 아니겠습니까? 게다가 홍목사가 진장로를 꼬드겨서, 늙은 내외가 의지할 데가 없게 되어 가엾다고, 학교 뒷밭을 별안간 최생원에게서 뺏어들여서, 내년부터는 부쳐먹으라고 하였다니, 저희들은 아니라고 쉬쉬하지만, 그만하면 무슨 일을 꾸미는지 알조가 아니에요?" 하며, 상진이는 그동안 부친에게 틈틈이 귀띔으로 하다가 핀잔만 맞은 말을, 다시 한 번 하면서 슬며시 충동였다.

"아, 최생원네 것을 뺏어들였대?"

옆에서 듣고 앉았던 모친은 눈이 뚱그레지며 묻다가, "그거 안 되었구나. 최생원네 못할 일을 하였구나" 하며 혼자 한탄을 한다. 상진이는 거기에는 대꾸도 안 하고 또다시 말을 잇는다.

"어쨌든 그런 소문뿐만 아니라, 아까 이영수네가, 미친 체하고 떡 목판에 엎드러진다는 셈으로, 일부러 실성한 사람처럼 여러 사람 듣는데, 상규를 죽일 놈 살릴 놈 하는 것도 다 조건이 있어서 그러는 노릇이지요. 딸 죽은 설움이 그렇게 복받치면야 딸의 없는 실행(失行)을 장거리로 광고를 하며 돌아다닐까요……"

이 소리를 들은 상규는 귀가 반짝하는 듯이 자기 형의 얼굴을 쳐다본다. 상규는 이때껏 그렇게 시달림을 받으면서도 애련이 어머니에게 손톱만큼이라도 미운 생각은 없었던 것이다.

"그럼, 그렇게 해가지고 저희들이 어떻게 하겠다는 말이에요?"

상규는 한참 궁리를 해보다가 형에게 물었다.

"어떻게 하긴 무얼 어떻게 해? 그래가지고 당회에서나 교회에서 문제를 일으키게 되면, 증인으로 이영수 내외를 내세우자는 말이지…… 인제는 애련이와 너와 저번에 만나서 혼인 예식 같은 맹세를 하였다는 소문은 쏙 들어가고, 새판으로 딴 문제를 끌어내자는 것이지. 그렇게 하면, 이영수 내외는 감쪽같아지고, 너나 우리만 망신을 주어서 고개를 못 들게 하겠다는 말이지…… 결국은 학교를 뺏자는 것이지마는……" 하며, 상진이는 자기 부친을 슬쩍 쳐다본다.

"그런 몹쓸 놈들이 어데 있단 말이냐? 그놈들이 우리와 무슨 원

수졌다던? 그래, 그 생부처 같은 이영수까지 한데 어울려서 그런 다던?"

모친이 정말 분한 듯이 상기가 되면서 이런 소리를 하니까, 상진이는 교인인 자기 모친이 '생부처'라는 말을 쓰는 것이 귀에 이상히 들린다고 속으로 웃으면서,

"물론 알기야 알겠지요마는, 그런 음모를 꾸미는 내용은 애련이 어멈네만 알지도 모르지요. 그 마누라도 어쩌면 홍목사 마누라하고 임가가 자꾸 충동이면서, 상규와 관계가 있었다고 꾸며대니까, 고지식하게 정말 그런 줄을 알고 속아넘어간 것인지도 모르긴 모르지요마는……" 하고, 상진이는 말을 끊으려다가 부친을 쳐다보며,

"……그런데, 아까들 모이셨을 때엔 무슨 의논들을 하셨어요?" 하며 오늘 홍목사 집에 회의가 있었던 것이, 비로소 생각난 듯이 묻는다.

김장로는 아들의 말이 안 들리는 듯싶게 여전히 입을 악물고 가만히 앉았을 뿐이다. 이 사람은 울화가 뜰 때든지 못마땅한 일이 있을 때면, 아주 입을 봉하여버리고 가슴속이 진정될 때까지 누가 뭐래야 말이 없거나, 혼자 묵도를 하거나, 혹은 사람을 옆에 놓고, 별안간 생각난 성경 구절을 찾으려는 듯이 성경책을 호주머니에서 꺼내서, 손에 잡히는 대로 펼쳐 읽은 뒤에 말을 꺼내는 버릇이 있다. 그만큼 성미가 급하고 핏기[22]가 센 것을 자제하려는 것이다. 그러나 지금은 잠자코만 앉았고, 별로 묵도를 하거나, 성경 구절을 속으로라도 생각하는 것은 아니다. 김장로도 무슨 일이 몹시

절박하여온 것을 깨달은 듯이 얼없이 혼자 궁리를 하는 한편에, 분하고 절통하여 자기 마음을 진정시키려는 것이다.

"역시 상규 일절이에요? 아까 최생원이 와서 하는 말을 들으니까, 내일 예배 파한 뒤에는 정말 이 문제를 교인회에 부쳐서 해결하리라고 하던데요……" 하며, 상진이는 또 한 번 채쳐 물었다. 최생원이라는 것은, 정순이가 해산하던 날 사랑에 모였을 때에, 이영수를 불러다가 문초하겠다는 것을 반대하던 강강한 노인이다. 이분은 이번 통에 진장로의 밭을 빼앗기게 되기 때문에, 한층 더 꼬장꼬장한 소리를 하고 다니는 듯도 하지만, 하여간 요사이는 침식을 잃고 부지런히 소문을 알아다가는 연통을 해준다. 그러기 때문에 상진이 편인 젊은 축에는 원래부터 호의도 사고 있지만, 이번 일에는 더욱이 한편이 되었다. 최생원 역시 밭은 빼앗겼을망정, 젊은 축과 가까이 어울린 것을 속마음으론 든든히 여기고,

"진가란 놈은 그런 줄 몰랐더니 배은망덕하는 놈이야. 배은망덕한 놈이야!" 하고, 만나는 사람마다 붙들고 노랫가락하듯이 외우며 다닌다. 배은망덕이라는 것은, 진장로가 김장로 외가 쪽 붙이일 뿐 아니라, 진장로가 지금 재산을 모으게 된 것도 기실은, 김장로 덕이요, 또 예수교를 믿은 것도 애초에 김장로 발천[33]이며, 작년에 장로로 올라선 것도 김장로가 떠받쳐주기 때문이었다. 그런 관계로 김장로 배척 운동이 부라우닝을 중심으로 하고 임호식이와 홍목사 사이에 일어날 때부터도, 진장로는 침묵을 지키고 오히려 김장로 편이던 것이, 이번에는 홍목사나 임호식에게 어떻게 삶기었던지 태도를 홀변하여, 뒷구멍으로 홍목사와 악수를 하고 이

영수에게 별안간 돈을 준다, 땅을 거의 거저 빌려주다시피 하게 된 것이었다. 내용으로는 장래에 학교 교장을 시킨다는 풍설도 있으나, 그것도 실상은 최생원의 입에서 나온 말이다. 그러나 최생원은 어떤 때는 옹송망송하고[24] 다니기 때문에 종잡기 어려운 말도 있거니와, 이편 말을 앞뒤 생각없이 아무에게나 하기 때문에, 도리어 홍목사 편에 속을 뽑히는 수가 많다. 이번에도 정순이가 예전 정부의 자식을 배고 시집온 것을 몰랐다가 불쑥 아이를 낳게 되니까, 소문을 일시 그렇게 낸 것이라고 발설한 것은 실상 최생원이었다. 최생원은 모두들 상규를 나무라는 것이 분하고 안타까운 생각으로, 사실이 여사여사하니까, 실상은 상규가 도리어 가상하고 동정할 만하다고 변명 삼아 이야기를 한 것이라서, 의외로 되돌려잡혀서, 상규가 못된 놈, 대가리에 피도 안 마른 놈이 혼인하기 전에 그따위 짓을 하고, 자식이 들게 되니까 혼인을 하였다가, 인제는 애련이에게 다시 되돌아 붙으려고 계집을 쫓을 작정으로, 최생원 같은 늙은이를 내세워가지고 은근히 뒷구멍으로 그따위 소문을 또다시 내는 것이라고, 저희끼리 떠들게 된 것이었다.

김장로는 역시 입이 달라붙은 듯이 몸만 끄덕이고 앉았다가, 별안간 얼굴에 무슨 결심한 빛을 보이면서,

"무어라고 하든지 꾹 참지! 참어! 참는 게 수니라. 마귀의 시험이란 이러한 것이다! 이것을 이겨야 하느니라!" 하고 혼잣말처럼 하며, 벌떡 일어선다. 김장로는 아까 분김에, 그놈들과 할 대로 해보자고 한 말을 뉘우치는 듯한 눈치였다.

"그럼, 어떻게 하신단 말씀이오?"

상진이도 무어라고 입을 벌리려 할 제, 마누라가 아수한[25] 듯 근심스러운 듯한 낯빛으로 남편의 얼굴을 쳐다본다.

"어떻게 하긴 무얼 어떻게 한단 말이오. 그저 하나님 뜻대로 순종할 뿐이지……" 하며, 김장로는 방문을 홱 열며 마루로 나선다.

"아버지, 전 오늘 저녁에……"

상규는 이때까지 입을 벙긋도 안 하다가, 벌떡 일어나서 김장로의 뒤를 대서며, 조르듯이 겨우 한마디 했다.

"오늘 저녁에, 어떻게 한단 말이냐?……" 하고, 좀 역정난 듯이 돌려다보다가, 아들이 다시 입을 못 벌리는 것을 보고,

"서울로 가겠단 말이지? 하지만 네 처는 어떻게 한단 말이냐?" 하고 또다시 말을 끊으면서 아랫방을 잠깐 내려다본다. 거기에서는 소리를 죽여가며 우는 흑흑 흐느끼는 소리가 가냘프게 새어나온다. 그 울음소리를 비로소 귀담아들은 김장로는, 또다시 눈살을 잔뜩 찌푸리며 무슨 생각을 하는 눈치더니,

"그러면 가는 길에 데려다가 주고 갈 테거든 오늘 밤차로라도 떠나려무나" 하고 문을 닫는다.

"가다니 어델 간단 말이냐?"

상진이는 아우를 쳐다보며 한마디 말리고 나서, 뜰로 나가려는 부친을 쫓아나서며,

"내일 요정을 낸다고들 한다지요?" 하고 다시 다져보았으나, 부친은 아무 말 없이 사랑으로 나가버린다. 상진이는 방으로 다시 들어오면서,

"얘, 가는 건 다 무어냐. 지금 가버리면 도망하였다고 또 무슨

말을 지어낼지 누가 아니? 아버지께서는 너희 내외를 붙들어두고, 그놈들이 찧고 까부는 꼴이 보기 싫어서, 어서 멀리 보내려고 하시는 모양이지만……" 하고 타일렀다.

"참, 그렇지. 하여간 어떻게 되는 거나 보고서 떠나야지……" 하며 모친도 맞장구를 친다.

6

교회는 파할 무리[26]가 되었다. 3장 찬미가 끝나자 홍목사는 빽빽히 들어섰는 사람들에게 대하며,

"기도가 끝난 뒤에 의논할 일이 있으니, 다 가시지 마시고 잠깐들 앉아주시오" 하고 광고를 하여놓고, 두 팔을 벌리며 축도를 올렸다. 신자들은 뒤따라서 주기도문을 외운 뒤에, 한참들 부산히 서성거리다가, 앞에서부터 앉으면서 책보들을 뭉뚱그리고들 있다. 일단 내려왔던 홍목사는, 부라우닝과 웃으며 몇 마디 수군수군한 뒤에, 다시 단으로 올라섰다. 가장자리로 놓은 교의[27]에 다섯째로 걸어앉았던 상진이는 홍목사와 부라우닝의 이야기를 들으려는 듯이 유심히 바라보며 귀를 기울이다가 눈살을 찌푸린다. 말을 들은 것이 아니라 홍목사의 비열해 보이는 그 웃음이 보기 싫어서 그러는 것이었다.

홍목사는 다시 단에 올라와서, 대단히 유감된 일이나 당회에서만 결정할 수 없는 일이 있어서 여러 형님, 누님과 같이 의논하고

자 하는 중대 사건이 있다는 말과, 좌장으로 부박사를 천거한다는 말을 기다랗게 늘어놓고, 부라우닝에게 눈짓 손짓을 하여 불러 올린 뒤에 내려갔다.

부라우닝은 단에 올라와서, 두 손을 한참 싹싹 비비며 섰더니 별안간,

"우리 ××교회, 대단히 좋소……" 하고 무엇에 놀란 듯이 소리를 버럭 지르며 말을 꺼낸다.

"……또 우리 김장로, 대단히 좋은 사람이오. 이 교회, 우리 신성학교, 다 김장로 덕이오. 그러나 우리 교회에 좋지 못한 사람 한 사람 있소. 우리 집 연못 있소. 고기 한 마리 죽을 것 같으면 물이 썩소. 그러므로 우리는 곧 낚시질해버려야 하겠소. 그와 마찬가지로, 그 불쌍한 교인 위하여 하나님께 기도 올리고, 회개할 때까지 우리 교회에서 건져버려야 하겠소…… 그러면 지금 임호식씨 나와서 자세한 말씀 드리겠소" 하고, 부라우닝은 임호식이에게 손짓을 하여 부르고, 그 뒤에 놓인 교의에 가서 앉았다.

임호식이는 퉁퉁퉁 구두 소리를 내며 올라와서, 얼굴이 새빨개지며 섰다. 오늘은 어깨통이 널따란 부유스름한 양복을 입고, 머리를 반지르르하게 빗어서, 한가운데로 가르마를 타서 좌우측에 착 갈라붙였다.

"이 사건에 대하여는 내가 가장 부적당한 설명자입네다! 그러나 다른 분들은 나오실 사정이 못 되어서 지금 잠깐 대신으로 나와서 여러분의 의견을 전하여 드릴 뿐입네다. 만일 지금 내가 하는 말씀이 모다 사실이라 하면 나도 의분(義憤)이 없는 것은 아니지마

는, 실상 나 자신은 확실히 모르는 일입네다……"

"확실히 모르거든 말하지 말 일입네다!" 하고, 임호식의 입내를
내어서 놀리는 소리가 뒤에서 났다. 여러 사람은 우흐흐 하며 웃
었다. 임호식이의 말은 계속된다.

"……그러므로, 다만 이 사람은 이러저러한 일이 있다고들 합
니다는 보고만을 할 뿐인 고로, 거기에 대한 더 자세한 설명이라
든지 증인은 추후로 다른 분들이 나오시게 될 듯합네. 아무쪼록
사실무근이기를 중심으로 바랍네다마는, 불행히 사실이고 보면
이 거룩한 교회의 명예를 위하여, 또한 하나님의 영광을 위하여
공과 사를 혼동하지 말고 잘 조처하시기 바랍네다……"

임호식이는 이렇게 서두를 내놓고, 양복 윗호주머니에 꺼내기
쉽게 준비하여 넣어두었던 쪽지를 꺼내서 테이블 위에 펴놓는다.
사실 지금 임호식이가 연해 변명을 하듯이, 이번에 임호식이는 홍
목사와 같이 뒤로 앉아서 일만 꾸미고 결코 앞장은 서지 않으려던
것이다. 그러나 홍목사도 나설 수 없고, 진장로도 김장로에 대한
체면이 도저히 맞대놓고 나와서 입을 벌릴 수 없는 처지요, 그렇
다고 말 한마디 변변히 못하는 이영수를 붙들어내어 세울 수도 없
는 형편이었다. 다만 하나, 진장로의 당질인 진수삼이가 이번 일
을 꾸미는 데에도 임호식이와 부동이 되어서 매우 공로가 있지만,
수삼이 역시 상진이와 어렸을 때부터 같이 자라나다시피 한 동창
생이었고, 또 이때까지 김장로를 턱에 닿지도 않는 아저씨라고 불
러오다시피 한 형편이라, 이래저래 다 빠져 달아나고, 임호식이가
울며 겨자 먹기로 나서게 된 것이었다.

청중은 무슨 사건인지 대개들은 짐작이 있고 어떻게 되어가나 하며, 호기심들을 가지고 있으나, 누구나 굿에 간 촌여편네 모양으로, 구경이나 하고 떡이나 얻어먹겠다는 낯빛이다. 그들은, 다만 연단을 한번 쳐다보다고는, 풍금 옆으로 홍목사와 나란히 고개를 숙이고 앉았는 김장로와, 또 기역 자로 벽에 기대어서 학교 선생님들 틈에 끼어 앉았는 상진이의 얼굴을 쳐다보거나, 저 뒤의 한구석에 머리를 사타구니까지 파묻고 앉았는 상규를 돌려다볼 뿐이다. 오늘 상규는 안 오겠다 하였고, 부친도 고만두라 하는 것을, 상진이와 학교 축들이 충동여서 데리고 온 것이었다. 여차하면 상규 자신까지도 출동을 시켜서 상진이를 중심으로 한 젊은 사람 패에서, 총공격을 개시하여 이 기회에 대확청²⁸을 하려는 계획이 이편에도 서 있던 것이었다.

오늘 임호식이의 말은 평시의 똑똑한 푼수 보아서는, 웬일인지 몹시 더듬거리고 조리가 충분히 서지 못하였다. 어느 날, 어느 때, 어디서…… 하며, 쪽지를 들여다보며 시일 장소를 소상히 들면서도, 정작 상규와 애련이가 어떻게 하였다는 것은, 두 사람의 명예와 특히 죽은 처녀의 혼령을 위하여 차마 말 못하겠다고 피할 뿐이요, 공연히 테이블을 두드려가며,

"……이것이 만일 사실이라 하면 김장로에게 대해서는 대단히 미안할 일이나, 실로 ×× 교회는 물론이요, ×× 교육계, 청년계를 위하여 통곡할 일입네다!" 하고 아무쪼록 인심을 격동하기에만 힘을 쓰는 것 같았다. 통틀어 요점을 말하자면 애련이가 죽은 병인(病因)은 상규가 상관을 하고 버린 것, 또 그것은 상규가 정순

이에게 아이를 배게 하여 부득이 결혼한 것으로 보아 용이하게 판단할 수 있다는 것, 다시 상규가 이혼하려고 무근지설을 지어내서, 정순이와 정순이의 부친 되는 조장로와 같은 종교계 교육계의 공로자요 인격자를 모함하려 한 것, 또 김장로는 그러한 사정과 내용을 알면서도, 조장로가 학교에 기부 안 한다는 것을 불쾌히 생각하여 아들의 지각없는 행동을 은근히 충동일 뿐 아니라, 애련이와 만나보게 하느라고 전보질을 해서 불러왔다는 것들이었다.

김장로는 졸고 앉았는지, 손 하나 까닥 안 하고 눈을 감은 채, 그린 듯이 홍목사 옆에 앉았고, 상진이는 얼굴이 붉으락푸르락하면서, 두 손을 부르쥐고 노려보고만 앉았으나, 역시 입을 꼭 다물고 있다. 상규는 어떻게 하고 앉았는지 앞에서는 자세히 보이지도 않았다.

"그, 장히 똑똑하다" 하기도 하고, "누가 보았다던?" 하기도 해가며, 상진이와 나란히 앉은 축 가운데서, 가끔 비꼬는 수작으로 단상에 섰는 임호식이를 놀릴 때마다, 임호식은 상이 새빨개지나, 그 뒤의 부라우닝의 커다란 눈과 홍목사의 뿌연 부리부리한 눈은, 그 소리나는 편으로 번득였다. 그러나 임호식에게 '실컷 조잘대봐라'는 듯이 아무도 말을 못하게 막는 사람은 없었다. 다만 임호식이가 말을 맺고 내려오려니까, 맞은편 뒤의 교의에 앉았던 어떤 청년 하나가 껄껄 웃으며, "좋다! 그렇게들 서로 뜯어먹는 동안에는 이 허위의 전당도 제풀에 주춧돌이 물러날 날이 있으리라!" 하고, 소리를 치며 또 한 번 커닿게 웃는 소리가 청중을 놀라게 했을 따름이었다. 여러 사람은 모두 일시에 돌려다보았다. 그 청년은 요사이 ××무산청년동지회의 회원인 구멍가게의 반찬 장사하는 청년이었다. 그는 최생원의 셋째아들이었다. 청중이 그 청년을 돌려다보고, 연단으로 고개를 돌리니까, 거기에는 어느덧 최생원이 올라와 서서, 부라우닝과 옥신각신하고 있다.

청중은 누구나, '부자가 앞뒤에서 발동이로구나!' 하며, 속으로 웃었으나, 상진이가 앉았는 편의 어떤 청년이 소리를 치며 일어나서,

"왜, 말을 못한단 말이오? 이것은 일반 교인회니까, 누구나 자유로 의견을 말하게 할 것이 아니오?" 하고 내달으려니까 여기저기서, "옳소! 옳소!" 하는 소리가 떠들썩하고, 장내가 금시로 살기를 띠게 되는 바람에, 일반 청중도 조용해지고, 부라우닝도 뿌루퉁하여 제자리에 가서 앉았다.

최생원은 까만 조그만 얼굴이 발갛게 상기가 되어서, 작달막한 몸집을 테이블 앞에 바짝 대어 서더니, 모지랑비[29] 같은 흰 수염을 턱째 얼러서 한번 쓰다듬어 내리며 말을 꺼낸다.

"여러분, 내 나이 지금 예순다섯이오. 이 늙은 몸을 어째서 하나님께서, 이때껏 아니 불러가시누 하였더니, 오늘날 이 꼴을 보이려고 하시는구려! 그러나 이것도 하나님 뜻이고 보면야, 이 늙은 무력한 놈일망정, 하나님 뜻대로 적으나 크나 일을 해놓고 오라시는 것인지도 모르겠소. 여러분 저기 앉았는 저 진장로란 자는(하며 최생원은 상진이가 앉았는 맞은편에, 저희 도당을 거느리고 임호식이와 나란히 앉았는 진장로를 손가락질로 가리킨다) 여러분이 아시다시피 수십 년 내의 내 친구요. 내 친구일 뿐만 아니라, 저기

앉았는 우리 교회와 우리 교육계의 은인인 김장로의 인척 관계로
한집안같이 지내왔고, 또 김장로 덕택으로 오늘날 밥술이나 편히
먹게 된 것은 이 ×× 사람 쳐놓고 모르는 사람이 없을 것이오. 그
런데 오늘날 와서 보니, 하는 행세가 개만도 못한 놈이오!" 하고,
그 강철 같은 모진 목소리를 쨍그렁쨍그렁하며 길길이 뽑아내니
까, 잠잠하던 일순간이 지나가고, 최생원이 숨을 돌려서 다시 말
을 이으려는 때에,

"저, 늙은 놈이 보이는 게 없더란 말이냐? 이리 내려오너라! 밭
뙈기나 빼앗기니까, 악이 받쳐서 못할 소리가 없고나!" 하고, 연
단으로 뛰어올라가는 것은, 지금까지 진장로의 곁에 앉았던 진장
로의 당질 수삼이다. 건장해 보이는 후리후리한 몸집이며 검붉은
우악스런 상판이, 조그만 늙은이 하나쯤은 반짝 들어 태질을 칠
것 같다. 그러나 진수삼이 뛰어 올라가서, 최생원의 소맷자락을
붙들자, 뒤에서 눈을 홉뜨고 일어난 반찬 장사인 최생원 아들이,
손에 들었던 방한모를 집어 팽개치며,

"저놈이 웬 놈이냐?" 하는 소리와 함께, 단걸음에 뛰어 달려간
다. 뒤쫓아서 젊은 축이 우르르 연단에 몰려 올라갔다. 장내에는
아우성 소리가 나며 와짝 일어섰다.

"집어내라! ……흠씬 정신이 번쩍나게 만들어 주어라! ……어
구 하나님 맙시사! ……한 묶음에 묶어서 단매에 때려죽여라!
……올라가지를 말아요! ……글쎄 내려가요!"

제각기 제멋대로 한마디씩 떠들고 발길질 손찌검—아구구 이
놈 사람 죽인다! 놔라, 나가자! 하며, 쥐어지르고, 떼밀고, 뒹굴고

하여 한바탕 위아래가 발칵 뒤집히더니, 어쩐둥하여 얼기설기한 덩어리가 연단 아래로 구르고 미끄러져서 내려왔다. 별안간 텅 빈 듯 연단에는 쌔근벌떡하는 최생원이 테이블 앞에 찰거머리처럼 달라붙어 섰고, 벌벌 떠는 부라우닝과 씨근거리며 뚱뚱한 어깨로 숨을 쉬는 홍목사가, 좌우에 서서 최생원더러 제발 내려가달라고 비두발괄[30]을 하며 애걸을 하나, 최생원은 못 들은 척하고 꼼짝도 않고 서 있다.

아직도 부산하던 청중석은, 겨우 뜯어말려서 좀 간정이 되고, 소리가 잔잔하여졌다. 다시 제자리에 앉아서, 제가끔 사방을 휘돌려다 보니, 수삼이도 제자리에 가 앉아서 씨근벌떡거리고, 반찬 장사인 최생원 아들도 친구들에게 옹위가 되어서, 뒤에 서 있다. 그의 얼굴에는 태연한 유쾌한 듯한 웃음까지 어려서, 자기 부친의 말이 시작되기를 귀를 기울이고 주의하며 섰는 모양이었다. 김장로와 상진이는 어떻게 되었누? 하고 보니, 아까대로 제자리에 팔짱을 끼고 꼭 붙어 앉았고, 상규는 어느덧 자리를 옮겨 형의 발밑에 고개를 숙이고 꿇어앉았다. 또 이영수는 앞자리에 소매에 팔을 끼고 웅숭그리고 앉았는 양이, 쭈뼛쭈뼛하여 고개도 잘 쳐들지 못하는 눈치요, 다만 이영수 마누라만 오른편 부인석에서, 무어라고 지껄대는 것이 자세히 들리지는 않으나, 밤낮 하는 넋두리를 변명 삼아, 또는 여러 친구의 동정을 사려고 늘어놓는 모양이었다.

"여러분, 조용, 조용하시오. 여러분, 그런 일 해서 대단히 남부끄럽소. 인제 최생원 또 말하오. 최생원 아까 말 잘못했소. 또 그렇게 말하면 인젠 말 못하오. 알았습네까?"

부라우닝은 이런 소리를 가뜩이나 숨이 턱에 걸려서 떠듬거리며 하고서, 최생원의 대답을 기다리듯이 그의 조그만 얼굴을 내려다보았으나, 최생원이 청중만 바라보고 서서, 부라우닝은 쳐다보지도 않으니까, 부라우닝은 못마땅한 듯이 눈살을 찌푸리며 제자리로 가서 맥없이 펄썩 주저앉았다.

"양코배기 혼났구나" 하는 소리가, 뒤의 최생원 아들 근방에서 웃음소리와 함께 들렸다.

"내 말이 조금도 잘못되었다고는 생각지 않습니다마는, 하여간 지금 풍파는 대단 미안합니다……" 하며, 최생원은 차근차근히 하려고 더 주의를 하는 듯이 가라앉은 목소리로 말을 꺼낸다.

"……진가의 땅뙈기를 빼앗겨서 분풀이로 악담을 한다고 하였습니다. 보리 말이나 무 배추 짐이나 못 얻어먹게 되어서 살기에 구간[31]도 하겠고, 또 그만큼 신세를 끼쳐오던 진가에게 이 자리에서 그런 말을 하면, 나 역시 배은망덕한 놈이라고 하겠습니다. 그러나 사리에 어그러지고 하나님 말씀과 뜻에 거역하는 자이면, 아무리 은의가 있기로 그대로 내버려둘 수는 없습니다. 신성학교 교장이라는 것이 얼마나 명예스러운 것인지는 모르겠습니다마는, 교장 하나쯤 시켜준다는 꼬임에 빠져서 친구와 은인을 저버리고, 천하의 간물[32]들과 짝을 지어서, 지각없는 젊은 애들의 춤에 노는 놈은, 그것이 개 같은 놈의 인사가 아니고 무엇입니까?" 하고, 최생원은 뼈다귀만 앙상히 남은 꺼칫한 주먹을, 책상 위에 콩 하고 내려놓았다. 옳소! 옳소! 하는 소리가 좌편과 뒤에서 났다. 오른쪽에서는 또다시 임호식이와 진수삼이가 거의 동시에 벌떡 일어

났으나, 진장로와 그 옆의 노인이 소맷자락을 붙잡아당기고, 홍목
사가 눈짓을 하는 바람에, 눈을 세로 뜨고 주저앉았다. 최생원은
또 계속한다.

"……하여간 그네들은 얼마나 김장로를 꺼리는지, 또는 갖은
음모와 무근지설을 꾸며가지고 일을 만들어놓는지, 나의 아는 바
만 모두 이 자리에서 말하라 해도 이 해가 저물겠지만, 만일 그처
럼 김장로가 잘못한 것이 있다 하면, 이때까지의 김장로의 공로를
생각하든지 또는 김장로에게 대한 우정을 생각하든지, 더 한 걸음
나아가서는 우리 교회와 교육계와 청년계를 위하여서라도, 김장
로에게 조용히 사연을 물어보고 나서, 책선할 것이 있으면 책선하
고, 의논할 일이 있으면 의논할 것이 아니오! 삼척동자더러 물어
보아도 당연하다고 할 일을 그렇게 아니하고서, 김장로는 모르게
숨기고서 일을 공연히 만들어낸 것만 보아도, 그 심사는 가히 알
것이 아니오. 더구나 당회에서 결정도 하지 않은 일을, 저희끼리
임의로 초량교회에 기별하여서 김상규군을 학교에서 쫓아내게 하
고, 그것도 아무쪼록 마침 오늘 이 일을 꾸미기 위하여, 급히 어제
돌아오게 만들어가지고, 이영수 부인을 충동이어서 정거장에 나
가 맞아가지고 장거리로 끌고 오며, 욕을 보이도록, 세상에 널리
광고를 펼쳐놓도록, 모든 일을 꾸몄다는 것은 무슨 심사로이겠습
니까?" 하고 최생원은 오히려 일종의 유쾌한 느낌을 가슴에 품으
며 두번째 조그만 주먹을 책상 위에 탕 하고 내려놓았다.

"옳소!" 하고, 손바닥을 딱딱 두들기는 소리가 아까와 같이 뒤
와 왼편에서 났다. 그러나 이번에는 이영수 마누라가 잠자코 있을

수는 없다.

"저놈의 늙은이가 무얼 알고 개소리를 지껄여?" 하고 부인석에서 우뚝 일어났다.

"저놈의 할미년은 어떤 개가 뜯어먹다가 놓친 거야?" 하고 맞장구를 치고, 남자가 몰켜 앉은 중턱에서 덥수룩이 일어난 것은, 최생원의 둘째아들이다. 이 사람은 아까 동생이 앞장을 선 때에 뒷배만 보아주었으나 아까의 분이 아직 식지 않았을 뿐 아니라, 자기 부친의 말을 들을수록 한층 더 의분의 감격이 단순한 머리를 펄펄 끓인 것이었다.

"……여러분은 남녀노소가 다 덤벼들어서 이 최가가 일개의 사혐의로 이러한 말을 한다고 생각하시든지, 또는 이 자리에서 이 늙은 놈을 밟아 죽이는 한이 있더라도, 하나님께서는 다 아시는 것이외다. 오직 지공무사하신 하나님께서는 모든 것을 밝게 굽어살피사이다! 아—"

최생원은 자기 둘째아들과 이영수 마누라가, 서로 욕설을 하고 마주 선 것은 눈에 보이지도 않는 듯이 열심으로 하던 말을 계속하다가 이렇게 끝을 맺고, 열에 뜬 사람처럼 합장을 하며 눈을 감고 혼자 중얼중얼 기도를 올린 뒤에 통통거리고 단으로 내려왔다. 최생원의 둘째아들이 부친이 내려오며 앉으라고 손짓을 하는 바람에 앉았으나 영수 마누라는 실성 들린 사람처럼,

"어디 너희 삼부자 사부자가, 할 대로 해봐라. 우리는 단 두 내외다. 늙은 거지들이다……" 하며 동에 닿지도 않은 소리를 퍼부으니까, 얼이 빠진 듯이 앉았던 여러 사람들 속에서는, 쿡쿡 웃는

소리도 났다. 그동안에 이때껏 헛분이 줄띠까지 치받쳐오른 것을, 꿀꺽꿀꺽 참고 있던 진수삼이가, 최생원이 단을 내려서기가 무섭게 뛰어올라갔다.

"여러분! 여러분!"

진가는 뛰어올라가기는 갔으나, 부픈 성미에 말을 가다듬어서 할 줄을 몰랐다. 여러분을 불러만 놓고, 두 팔을 한참 휘두르다가,

"진가가 배은망덕이니 무어니 괴둥되둥하였지만, 최가야말로 배은망덕한 놈이다! 김상규가 어떻게 하였는지, 김장로가 어떻게 하였는지는 여기 증거가 환히 있는 일입니다. 위선 이영수네 전도마님이 일전에 꿈을 꾸니까, 그 따님이 현몽하여 나와서……" 하고, 말을 허둥허둥 하려는데, 벌써 어느 틈으로 살살 기어왔는지, 최생원의 셋째아들이 뛰어올라오며,

"이놈아, 누가 배은망덕을 해? 이영수네 꿈이 어째?" 하고, 보기 좋게 그 유착한[33] 못이 박힌 손으로 수삼이의 두둑한 뺨을 철썩 붙이더니 잼쳐[34] 또 한 번 갈기면서,

"전도마님이란 죽은 딸의 서방질하였다는 하소연 들으라는 것이던? 이놈아, 네 당숙의 떠세도 이만저만 해라! 네 되지 못한 행패 보기 싫어서 그 밭뙈기 없어진 것 속이 시원하다" 하며, 멱살을 잔뜩 쥔 손을 두서너 번 흔들어서 일어나 덤벼드는 부라우닝에게로 홱 뿌리쳤다. 두서너 걸음 뒤로 헛디디며 한꺼번에 쓰러지려던 두 사람은, 뒤에 놓인 교의에 버티고 몸을 가누게 되자, 부라우닝은 수삼이의 뒤에서 맹수와 같이 달려들었다. 복작대는 틈에서 수삼이는 어떤 다른 청년의 고작[35]을 휘잡고, 그동안에 부라우닝과

맞어울린 최청년은 부라우닝의 넥타이를 후려잡은 채 또 그대로
뒤로 밀었다. 부라우닝은, 공교히도 단에 올라서서 갈팡질팡하는
홍목사의 가슴을 등어리로 받으며, 교단 아래로 골패짝 쓰러지듯
이 굴렀다. 그제서야 황황히 김장로가 일어나서, 두 손으로 홍목
사 뒤를 떠받치며,

"여러분, 여기가 어데로 생각하고 이 야료요!" 하고, 그 줄기찬
목소리를 목청이 찢어질 듯이 뽑아냈다. 선 사람, 앉은 사람, 교단
에 올라선 사람, 맞붙들고 늘어진 사람 할 것 없이 일순간 멈칫하
며 돌려다보았다. 공연히 단 밑에서 휩쓸고 헤매는 이영수 마누라
의 깩깩 지르는 소리만 장내에 높게 퍼졌다.

김장로는 단 위로 한 발을 떼어놓으며, 참았던 분이 목에서 터
져나오는 듯한 목소리를 한층 더 높이며, "사생을 결단할 일이 있
더라도, 단 1분간만 참아주시오!" 하는 강철 두드리는 소리가 쩌
르르 하고 울렸다.

"여러분, 최후로 문제의 장본인인 내 말 한마디를 여러분은 들
을 필요가 있을 것이오!"

김장로는 여전한 목소리로 외치고서 좀 소리를 낮춰서, "앉읍시
다. 여러분도 잠깐만 내려갑시다" 하며, 아직 단에 올라섰는 사람
을 내몰았다. 수삼이는 어느덧 저편 구석 문 밑에 가 서서, 떨어진
두루마기 고름을 이어서, 허리를 어린아이 돌띠³⁶ 띠듯이³⁷ 매고 섰
다. 최생원 셋째아들은 그것을 비웃는 눈으로 노려보며 교단 앞에
버티고 섰다. 이영수 마누라는 인제는 부인석 앞에 퍼더버리고 앉
아서,

"에구, 이를 어쩌나! 이 원수를 어쩌나! 애련아, 애련아! 에미아비 잘못 만난 탓으로 죽은 원혼도 못 풀어보는구나!" 하며, 우는지 웃는지 알 수 없는 기괴한 소리를 내고 있다.

"나는 이번 일에 대하여 절대적으로 변명을 하거나 의견을 말씀치 않기로 결심하였습니다. 모든 것은 하나님 뜻대로 될 줄 믿습니다. 하나님 뜻이란 정의 공도로 된다는 말입니다. 여러분이 어떻게 조처를 하시든지 나는 절대로 순종할 작정이외다. 다만 이렇게 문란하여서는, 아무 일도 조처를 못하시고 말 것인즉, 좌장이신 부박사의 지휘대로 순서 있게 얼른 일을 처리하시기만 바랍니다. 나의 하고자 하는 말은 이뿐이외다" 하고, 김장로는 내려갔다. 청중은 좀 기대하던 바가 어그러진 듯이 멀거니 앉았다.

뒤미처 단 밑에서 뛰어올라와 선 사람은, 반찬 장사요 이곳 무산 청년동지회원인 최생원의 셋째아들이었다. 그는 부라우닝이,
"당신, 나빠요. 당신 나빠요" 하고 막으려는 것을 뿌리치며,

"두 번이나 풍파를 일으킨 것은 매우 유감으로 생각합니다. 그러나 나도 이 교회에서 세례를 받은 사람이요, 또 ×× 청년계의 한 사람이니까, 이러한 교회나 일반 사회에 큰 영향이 있는 문제에 대하여는 발언할 권리가 당연히 있는 줄 압니다……" 하고 시초를 꺼냈다. 그것은 그가 올 봄에 지금 자기가 다니는 회에 들면서부터, 교회에는 발을 끊고 이때까지 다니지 않아서, 여러 가지로 비난도 많이 받던 터인 고로 변명을 한 것이었다. 임호식이 편에서는 교회를 비방하고 저주하는 사람이니까, 말을 시킬 수 없다고 야단을 쳤으나 왼편에서는,

"좋소! 이야기하오" 하고 대항하여, 결국 말을 하게 되었다.

"……사단은 매우 복잡한 모양이외다. 그러나, 나는 지금까지 우리 아버님을 협박하려는 자를 항거한 데에 그쳤고, 누구 편을 거든 것은 아니외다. 금후로도 절대 중립이외다. 그러므로 나도 공정히 이 사건의 진상을 조사하고 공평한 판단을 내리는 사람의 한 사람이 되고자 할 뿐이외다. 그런데 이 일을 조사하려면 애련 인가 하는 처녀하고 김상규군의 부인하고, 또 조장론가 하는 이의 부처의 말까지 들어보지 않고는 안 될 것이라고 생각합니다. 이영수 마나님은 망령이 났는지 딸의 원혼이 꿈에 나타나서 원혼을 풀어달라고 하였느니, 죽을 때에 김상규군과 관계까지 있었다고 한마디 하고 죽었느니 하는 소리를 하고 다니지만, 그 역시 꿈에 나왔던 애련이라도 붙들어와야 하겠고, 또 어느 날 어느 때 김상규군이 애련이와 몇 번을 만났느니 손을 잡고 어쨌느니 하는 임호식 군 같은 똑똑한 증인이 여기 있기는 있지만, 그것도 김상규군과 대질을 한댔자 쓸데없는 일이외다. 하여간 무덤 속에서 애련이를 끌어내다 놓고 물어보았으면 좋겠지만, 여러분이나 내나 뾰족한 수는 없을 것이오. 그런즉, 위선 살아 있는 김상규군 부인에게부터 위선 몇 분을 뽑아 보내서 전후 사실을 조사하여 올 지경 같으면, 첫째에 김상규군이 그러한 불량소년이었던지, 또는 요사이 와서 이혼하려고 무근지설을 만들어내고, 또 김장로까지 알면서 찬성을 하였던지를 당장에 알게 될 것이오. 그러고 보면 우리는 위선 위원부터 뽑아가지고 보내보고 이 자리에서 기다리든지 추후에 다시 모이든지 하십시다."

조선 청년은 누구나 입심 하나는 좋지만, 시골서 자라난 반찬 가게 장사쯤으로서는 실로 웅변이었다. 그뿐 아니라 아까는 그렇게 주먹다짐으로만 덤비던 사람이 매우 침착하게 조리 닿는 말을 한 것이 여러 사람의 반감을 다시 회복하였다. 그러나 노상 발악과 푸념으로 가뜩이나 현 교당 안을 뒤집어놓는 이영수 마누라의 시끄러운 소리 가운데에서, 왈시왈비의 격론이 한참 동안이나 계속되다가 결국은 홍목사의 마지막 찬성으로, 최청년의 의견을 채용하게 되었다. 실상은 홍목사나 임호식이 일파에서는, 정순이를 조사하게 되기를 은근히 바라던 것이었다. 그러므로 최청년이 그런 발론을 안 한다더라도, 만일 자기편이 불리할 듯한 눈치면, 도리어 저의 편에서 먼저 정순이를 조사하자고 발론하였을 것인데, 다른 사람, 더욱이 종교 반대자가 발론한 것이기 때문에, 잠깐 가짜로 반대를 하여본 것이었다. 어쨌든지 간에, 그리하여 위원 세 사람을 뽑아서 지금 당장으로 가서 간단히 조사해가지고 오기로 결정하였다. 세 사람이란 진수삼이, 김장로 편이라고 지목할 만한 신성학교의 역사 교사 이모, 또 한 사람은 일반 사회 측 대표격으로 발론한 당자인 최청년 등이었다.

점심을 먹은 뒤에 다시 모여서 의논을 하자는 의견도 다시 나왔으나, 홍목사가 앞장을 서서 반대하여, 회중은 그대로 기다리게 되었다. 홍목사의 이유는, 조사한댔자 단 5분이 못 걸릴 것이요, 또 오늘은 시간이 아직 이르다는 것이었다. 아닌 게 아니라 오늘 이 문제를 끌어내느라고, 목사의 설교도 30분도 채 못 되어서 끝내버렸기 때문에, 그동안 그 법석을 몇 차례나 치르고도 아직 오정이 못 되었다. 그러나 5분도 못 걸리리라는 홍목사의 장담에 대하여는, 임호식이나 진장로 등 일파 외에는 아무도 까닭을 몰랐거니와, 수상스럽게 생각한 사람도 없었다.

세 위원은 김장로 삼부자와 같이 나갔다. 김장로 마누라, 딸, 맏며느리도 모두들 뽀로통하여 뒤따라섰다. 상규의 풀죽은 행색은, 그 모친이 차마 못 볼 것이라 가슴이 찔리는 것 같았다.

교회에서는 끼리끼리 모여앉아서 제각기 기염들을 토하는 빛에, 궁금증과 호기심에 못 이겨서 김장로 집까지 쫓아 들어가는 빛에, 또 한참 떠들썩하였다. 이영수 마누라는 여전히 여자들 틈으로 휘젓고 다니며 무슨 큰일이나 난 듯이, 꿈 타령과 '상규란 고놈' 타령을 하고 떠들어대었다. 다만 이영수 영감만은 풀 없이 한 구석에 죽치고 앉아서 말참례도 안 하고 있다.

7

김장로 집에서는 부엌데기가 혼자 점심밥상을 보고 있었다. 김장로는 위원들을 위선 사랑으로 데리고 들어가고, 상진이 형제와 여편네들은 안으로 들어갔다. 뒤쫓아오던 사람들도, 혹은 가까운 사람은 자기 집으로 밥을 먹으러 들어가고, 혹은 뒤따라 들어오기가 겸연쩍어서, 문밖에 서성거리며 망들만 보고 있었다.

김장로 부인은 아들들을 따라서 안방으로 들어가고 맏며느리는 제 방에 가서 목도리를 벗어놓고, 행주치마만 갈아입으며, 다시 나와서 부엌으로 들어갔다. 집은 그동안 부엌데기와 머슴이 앞뒤를 말짱히 치우고 밥솥의 밥도 제쳐놓았었다. 아랫방의 해산한 아씨는 지금껏 교당에서 자기 때문에, 콩이니 팥이니 하며 찧고 까분 것도 모르고 있는지 알고 있는지, 여전히 문을 꼭 닫고 쥐 죽은 듯이 숨 하나 크게 못 쉬고 들어엎드려 있다.

'망할 것. 젊은 년이 그렇게 주변성이 없이 일을 이렇게 대자바기만 하게 벌여놓고도, 날 쳐 잡아잡슈 하며 허구한 날 나자빠졌을 양이면, 애초에 어떻게 서방질은 할 줄을 알았더람? 그렇게 팔자가 좋으려서야, 서방질만 하겠네!'

상진이 아내는 밥그릇을 솥뚜껑 위에 포갬포갬 엎어놓으며 이런 생각을 속으로 하다가,

"애, 얼른얼른 해라! 또들 교당에 곧 가신단다" 하며, 부엌데기를 재촉하였다.

"왜요?……" 하며 묻는다.

"왜는 뭐냐? 지금, 사랑에 상주아씬지 해산 아주머닌지를 조사하러 왔단다."

"네? 순검들이요?……" 하며, 부엌데기는 손에 들었던 행주를 하마터면 놓칠 듯이 등잔만 한 눈을 홉뜨며 입을 딱 벌린다. 아씨는 웃음을 참으면서,

"그렇단다! 너두 후일에 몸조심해야지, 그렇지 않고 새아씨처럼 몸을 함부로 가지면, 순검한테 붙들려간단다!" 하며 쌕쌕쌕 웃어버렸다.

그러자 안방에서 시어머니가,

"어멈애야, 어멈애야!" 하고, 부르는 소리가 난다. 아씨는 쪼르르 올라갔다. 요사이 아씨의 몸은 더 잽싸지고 더 고분고분 공손하여졌다. 자연히 시부모의 귀염도 두 몫이 한데 모이기도 하였지마는.

"네?" 하고, 방문 안에 들어서니까,

"녀, 저, 아랫방 아긴지한테, 좀 들어가서 일러주렴" 하고, 시어머니는 어려운 것처럼 분부를 한다. 위원들이 왔다는 사연을 선통하라는 뜻인 줄 물론 알아차리면서, 며느리는 아랫목 한구석에 시름없이 앉았는 시아버지를 가엾은 듯이 건너다보았다.

"네. 뭐라구 해요?"

"무어라고 하긴, 사연대로 일러두려무나. 서방님 아이더러 들어가 말하라니까, 죽여라 하고 싫다는구나! 얼른 가서 방도 좀 치워주고, 헤갈을 하고 있을 게니 머리도 얼른 빗질이라도 하게 하여주어라. 오죽지 않게 하고 있을 게니……" 하며, 시어머니는 눈살을 찌푸려 보인다. 아닌 게 아니라, 상규는 이번에 와서, 어제오늘 들여다보지도 않았다.

"이거 봐. 나 좀 봐" 하고, 아씨가 나오려니까 남편이 부른다.

"……공연히 놀라게 하지 말고 잘 타일러서, 사실대로 숨기지 않고 말을 하면, 나중에 좋은 도리라도 생길 것이라고 순순히 타이르게!" 하며 주의를 시킨다. 아씨는 고개로 대답을 하고 나왔다.

아씨가 아랫방으로 쪼르르 가는 눈치더니, 방문 미닫이를 덜그덩덜그덩 흔드는 소리가 난다.

"여보게, 아씨! 여보게! 자나?" 하는 소리가 들린다. 또다시 잼

처서,

"여보게, 왜 문은 걸어맸어?" 하는 소리가 들리더니 창문을 드르륵 하는 소리가 나자,

"으악!" 하며, 곤두박질을 치는 소리와 함께, 젊은 아씨는 언 땅 위에 나자빠진다. 밥을 퍼 들고 부엌에서 나오던 부엌데기는, 하마터면 밥주발을 놓칠 뻔한 것을 마루전에 내동댕이를 치며, 아씨에게로 달려들다가, 미닫이가 한편으로 몰아붙여진 방을 힐끗 건너다보더니, 에구머니 소리를 치며 아씨를 내버리고 비켜선다. 안방에서들도 우우들 네 식구가 몰려나왔다. 기역 자로 앉은 방이라 마루에서는 물론 방 안이 보이지 않는다. 부엌데기는 벙어리처럼 손가락질만 하고, 벌벌 떨며 그대로 입과 발이 얼어붙었다.

무엇인지를 직각한 상진이는, 단걸음에 뛰어내려와서, 아내도 거들떠보지도 않고, 반쪽이 한편으로 치우쳐 열린 방문 앞에 섰다. 거기에는 맞은 벽 들창에, 흔들흔들 늘어붙은 소복한 여자의 뒷모양이 있었다. 상진이는 멈칫하다가 방으로 한 발을 들여놓으면서, 방 한가운데에 뉘어놓은 아이의 포대기를 획 끌어젖혔다. 누런 조고만 무명 요 위에는 사지를 바짝 오므리고 눈이 옴폭 파인 파란 얼굴이 조막만큼 놓여 있었다. 상진이는 얼른 처네를 뒤집어씌고 돌쳐섰다. 지금 본 어린아이의 얼굴같이 된 자기 아내는 모친에게 안겨서, 마루 앞에서 누이가 먹여주는 숭늉을 마시고 섰다. 그런 중에도 휘휘 둘러보며, 동생을 찾았으나 눈에 띄지는 않는다. 상진이는 잠자코 획 하며 사랑으로 나는 듯이 나갔다. 모두가 입을 봉하고 손발만 움직인다. 우주에 가득한 소리는 오직 발

자취 소리뿐인 것 같다. 네 여자는 모두 눈을 내리깔고 서서 덜덜 떨 뿐이다.

　사랑으로 달음질하던 상진이는 부친과 동생을 맞아서 앞장을 서고, 죽 뒤따라 남자들이 들어온다. 모두 발자국 소리뿐이다. 위원 세 사람도 물론 뒤따라섰다. 머슴은 어디 가 있었던지 일곱째로 들어온다. 모든 사람의 눈과 팔다리는 공중제비로 뛰나, 두 입술은 찰떡같이 붙었다.

　일곱 남자의 머리는 한쪽으로 열린 방문 앞에, 상규를 맨 나중으로 하고 한데 모여붙었다. 끄떡이 없다. 열네 눈이 쏘는 앞에, 축 늘어진 흰 그림자도 '영원' 그것같이 끄떡이 없다. 방바닥에 놓인 검은 뭉치도 개벽 이후에 사람의 발길이 닿아보지 못한 어떤 깊은 준령(峻嶺) 틈에 놓인 대로 놓여 있는 조그만 돌멩이같이 끄떡이 없다. ……염병에 걸린 환자가 사람의 눈을 기우면서, 다만 한 모금 물을 마시려고, 냇가로 허위단심 기어나가서, 흐려진 물에 입을 대고 한 모금 물자, 곤두잡이를 쳐서 풍덩 하는 소리가, 한 찰나 동안 천지의 적막을 깨뜨리며, 작고 큰 파문이 동글동글 번져나가다가, 제 물결에 쓸려서 쓰러진 뒤에는, 오직 큰 침묵 가운데 물만은 제대로 흐르고 또 흘러간다. 시치미 떼고 흐른다. 다만 그뿐이다!

*

"얘, 들어가서 끌러놓아라."

김장로는, 엄숙한 태도를 애를 써 의식하려 하면서, 목이 마른 소리로 한마디 했다. 그것은 아들에게 한 소리인지, 머슴에게 한 소리인지, 혹은 자기 혼잣소리인지 자기도 몰랐다. 아들도, 머슴도, 선뜻 들어서는 사람이 없다. 상규는 깊은 한숨을 쉬며, 얼굴이 백랍같이 되어서 돌아섰다. 모친은 축대 위에서 손짓으로 부른다. 그 옆으로 기계적으로 가서 마루에 기대어섰다. 머슴은 서성서성하며 마당에서 베돈다.[38]

"상진이, 자네가 들어가기도 안되었고…… 내 들어감세" 하고, 머리에 얹었던 방한모와 함께 두루마기를 활활 벗어서, 하는 대로 내버려두는 상진이에게 맡기는 사람은, 반찬 가게 장사 최위원이다.

그는 들어가는 길로, 들창 윗고리에 매달린, 배배 꼬인 흰 삼팔[39] 수건을 풀면서, 송장을 왼손으로 껴안는다. 송장은 워낙 키가 크기 때문에, 무릎께서부터 종아리는, 벽에 버티어서 비스듬히 방바닥에 닿았다. 그러므로 흰 양말을 신은 송장의 조그만 발바닥[40]은, 문 밖에 섰는 사람에게 보였다. 최청년은 송장을 무거운 듯이, 그러나 조심조심 곱게 끌어다가 아랫목에 누이고 나서, 조그만 애송장은 의걸이 옆으로 끌어당겨놓은 뒤에, 큰 송장을 다시 빙글 돌려서 머리를 저편으로 두게 뉘었다. 원체 긴 모가지가 성큼히 빠졌으나, 두 무릎을 엉거주춤히 세운 것을 보면, 따뜻한 방바닥 위에서 금시로 살아날 것같이 최청년에게는 생각되었다. 김장로는 끌러내리는 송장의 얼굴을 잠깐 힐끗 볼 제, 외면을 하고 돌아서서 다시는 들여다보지를 않았으나, 상진이는 꼭 눈으로 지키고 섰다. 손에는 최청년의 모자와 두루마기를 감사한 물건같이 받들고.

최청년은 묵묵히 모든 행동을 끝내고, 송장을 다시 한 번 쓰다듬어보다가, 무릎이 선 것을 보고 한 손으로 누르며, 왼손으로 발목을 가만히 잡아당겼다. 아직 그리 굳지 않았던지 생각대로 두 다리가 펴졌다. 그러면서도 그는—최청년은—자기를 잃지 않았다. 그는 방 안을 휘휘 둘러보았다. 송장을 덮어줄 무엇을 찾는 눈치다. 그러다가, 어린 송장이 누운 머리맡에 놓인 가방 위로 눈이 갔다. 거기에는 조그만 흰 양봉투가 놓여 있다. 그는 그것을 언뜻 집어서 잠깐 보고, 잠자코 상진이에게 내민 뒤에, 이불보를 헤치고 담요를 끌어내려서 송장의 머리 위에서부터 씌워놓았다.

상진이는 여전히 꼭 붙어섰다가, 나오는 최청년의 손을 덥석 잡았다.

'우리 형제여!' 하거나 '우리 친구여!' 하고 싶은 마음이었으나, 입에는 나오지 않았다. 그 침착한 태도, 그 다심한 주의—거기에 상진이는 감사 이상으로 존경하는 마음이 일어났던 것이다. 김장로가 한 번 다시 들여다본 뒤에, 안으로 비끄러맨 미닫이를 그대로 가만히 닫았다.

상진이는 최청년에게 두루마기를 입혀준 뒤에 마루 끝으로 와서, 봉투를 동생에게 주었다. 그는 손 하나 움직일 기운조차 없는 듯이 받아서 뜯었다. 그 속에서는 종이 한 장과 열쇠 한 개가 나왔다.

나란히 섰던 모친과 누이와 같이 읽은 뒤에, 몹시 피로한 듯이 마루로 와서 앉는 부친에게로 전했다. 부친도 잠깐 보고 앞에 섰는 상진이에게 넘겼다. 상진이는 다른 청년 세 사람(위원)들과 같이 본다.

거기에는 이렇게 씌어 있다.

부모의 은애, 당신의 덕택으로 이제까지 살아왔습니다. 그러나 그 은애 그 덕택을 갚을 길은 이 길밖에 없습니다.

○월 ○일 오전 10시 반 정순

이 열쇠는 당신이 맡으십시오. 제 가방 열쇠입니다. 그대로 안 열어보시는 것이 좋으나, 당신 신상이 위태하실 때에 열어보십시오. 그러나 꼭 혼자 열어보십시오.

상진이는 두 번이나 자세자세히 읽어보았다. 최청년도 그 유서를 맨 나중에 자기 손에 받아 들고서 보고 또 보고 하더니,

"문제는 이만하면, 해결된 것이군!" 하며 한마디 하고, 종잇장을 상진이에게로 돌려보냈다. 이때까지의 여러 사람의 무언극, 무거운 침묵은, 비로소 깨졌다.

"그러나, 문제는 영원히 해결될 날 없지!"

상진이도 묵묵히 섰다가 한마디 하였다.

"그렇지만, 그 가방에 무에 들었는지 꺼내보면, 당장 알 일이 아닌가?" 하며 이번에는 학교의 역사 선생인 이위원이 입을 벌렸다.

"그야 알겠지. 그리고 상규의 변명은 얼마든지…… 이 유서 한 장만으로도 되겠지! 하지만 영원한 문제는 영원히 해결될 날이 없겠네……" 하며, 상진이는, '말하자면 자네 같은 역사가는 손쉽게 해결했다고 하겠지만……' 하며 한마디 하려다가, 이 자리에서 그런 소리를 하는 것이 맞지 않는다고 금시로 생각하고 입을 닫아버렸다.

"그렇게 말하면 한이 없는 것이지마는, 어쨌든 오늘 일 말일세.…… 자, 가세. 여러 사람이 기다릴 텐데……" 하며, 최청년은 축대 위에서 내려섰다.

진수삼이는 끝끝내 말이 없었다. 그는 두어 번 열쇠를 쥐고 섰는 상규의 오른손을 유심히 노려보았으나, 대개는 고개를 떨어뜨리고 풀죽어 섰다가 최청년의 뒤를 따라나섰다.

그 이튿날 초상을 치른 뒤에(초상에는 상규 편에서 기별한 데 대하여, 조장로 편에서는 잘 부탁한다는 말뿐이요, 아무도 오지 않았다), 상규는 혼자 그 가방을 열어보기가 무섭다고, 상진이 방에서 둘이 열어보았다. 그러나 그 속은 텅 비고 다만 편지 한 장이 들어 있을 뿐이었다. 두 사람은 기대하였던 것이 어그러졌다는 듯이, 서로 어이없는 낯빛으로 물끄럼말끄럼 보며, 위선 겉봉부터 보았다. 필적은 분명히 조장로의 필적인데, ××군 북하동(北下洞)이라고만 주소를 썼고, 또 우표도 안 붙였다. 뒤에는 물론 부서(父

書)라고 하였고, 날짜는 죽던 날로부터 이레 전쯤 되는 것이었다.

이 편지를 누가 손수 전해 주었을까가 두 사람의 위선 떠오른 의문이었다. 상규는 무슨 무서운 것이나 만지듯이 속을 꺼냈다. 거기에는 이러한 사연이 씌어 있었다.

……너는 내 자식이 아니라고 한 지가 벌써 1년 가까워온다. 너 어머니 편으로 소식은 들었다마는, 자식이 어떻게 못생겼으면, 기어코 네 아비를 이 사회에서 죽이고야 말 작정이냐. 이 편지도 아니 하련마는 처음 겸 마지막으로 쓰는 것이다. 지금 너의 취할 길은 두 가지 길밖에 없다. 김씨 집에서 어떻게 해서든지 너의 잔명을 보전하거나, 그러지 않으면 너는 너의 죗값으로, 또는 너의 부모의 명예를 위하여, 모든 비밀을 혼자 품고 이 세상을 떠나다오. 부모로서 이 말을 할 제, 이 글의 일 자 일 획이, 피로 엉킨 것인 줄을 너도 알겠구나. 이것이 못할 말이다. 벼락을 맞을 말이다. 그러나 허는 수 없다. 네 죄땜이다. 허는 수 없다. 아! 참, 인제는 허는 수 없다. 못 죽겠거든 이리 속히 오너라. 같이 죽자. 세 식구가 같이 죽자. 모든 비밀을 그대로 가지고 같이 죽자! 네 아비는 너 하나 살리려고, 그리고 늙은 우리 내외의 명예도 그대로 보전하여보려고, 갖은 못할 짓을 다하여왔다. 돈도 많이 썼다. 그러나, 이 못생긴 자식아, 이 업원[*]아, ……너 어머니가 약을 가지고 갔을 제 왜 못 먹었니? 그 약은 또 어떻게 고심 참담하여 얻은 것인 줄 아느냐. 그 약 때문에 돈도 쓸 대로 썼다마는, 하마터면 봉변을 당할 뻔한 것을 몇 번이나 면한 줄 아느냐. 낙태 방조죄로 몬다

고 허구한 날 그 의사놈이, 뒷구멍으로 사람을 갈아들여가며 가짜인지 진짜인지 모를 형사를 앞세우고서는, 저는 뒤에 숨어 앉아서, 이 늙은 놈이 차마 못 당할 욕까지 당하게 하던 것이다. 그것을 설사 너 어머니가 갔을 제, 곧 먹으면 수상쩍다고 하여, 그 당장에 안 먹었기로서니, 그후에라도 먹었을 게 아니냐. 끝끝내 안 먹은 것은 네가 무서워서 안 먹은 것이 아닌 줄은, 내가 번연히 아는 일이다. 너는 네 몸을 제 손으로 스스로 망칠 작정으로 그리한 것이 아니냐. 나는 이때껏 말을 아니 하였다만, 일을 일부러 발각시켜서 김씨 집에서 쫓겨나도록만 만든 것이 아니냐. 그러나 오늘날 네 신세는 어떻게 되었는가 생각해보아라. 태가(太哥)라는 놈은 벌써 기생 작첩하여 가지고 나가자빠지지 않았니? 김씨 집에서 문제가 되어 쫓겨만 나면, 태가에게 다시 기어들게 될 줄 알고 그따위 못생긴 것을 한 게 아니고 무엇이냐. 부모는 부모요, 딸은 딸이지— 딸이 타락하였다고 부모의 낯 깎일 것이 무엇인가……라는 말이, 천지개벽 이후에 너 같은 불효자식 입에서나 들을 일이지, 또 어데 그런 말버릇하는 년이 있단 말이냐. 그리하여 태가의 자식을 낳아놓은 오늘날 어떻게 되었니? 너도 좀 지각이 났거든 생각을 하여보아라. 일전에 너 어머니가 태가의 편지를 받아 보낸 것을 보고도, 너는 그래도 또 못 믿을 것이다. 너를 단념시키느라고 태가에게 일부러 그렇게 씌어 보낸 것이라고 의심할 것이다. 실상은 그래서도 내가 이 들기 싫은 붓을 든 것이다. 지금도 너는 김씨 집에서 쫓겨나오는 것을 다행히 알 것이다. 그러나 너는 거기에서 나오면, 길거리에서 굶어 죽을 길밖에 없다. 태가에게로 갈 수 있거든 네 마음대로 가보아라. 이 조가의 집 문지방에는 내 눈이 검은 동안에는 발길을 얼씬도 못하게 할 것이다. 내가 변성명을 하고 맹서하고, 마루구멍에 있는 저 바둑이를 두고 맹서한다. 네 남편이 아무리 미흡하다 할지라도 김씨 집으로 간 것은 네 분수에 겨운 팔자인 줄을 왜 모르느냐. 네 흉을 그만큼 싸주는 사람이 이 세상에 어데 있으랴. 그걸 모르는 다음에야 그 죄를 받아서 싸니라. 잔소리를 이루 다 할 수 없다. 너의 앞에는 다만 두 가지 길이 있는 것을 말할 따름이다. 그러나, 홍목사에게 다 일러 놓았으니 홍목사가 하라는 대로만 하여라. 네 남편이 말한 대로 예전에 서울서 관계가 있었더니라고만 누구에게든지 말하고 모든 것을 꾹 참고 있거라. 그밖에는 너나 내나 살아나는 수가 없다. 그리하여 잘만 되면 나도 그리 가서 뒷일을 잘 조처할 것이다. 김장로나 상규에게 미안하지만 어찌하니! 살고 보아야 할 것이 아니냐. 김씨 집은 장래에 내가 맡아서 살리기만 하면 그 죄땜은 될 것이다. 부디 홍목사의 말대로 순종하여라. 모든 것이 너 하나에 달렸다. 이 편지 보고서 곧 불살라다오.

○월 ○일 부서

두 출발

1

안양덕 댁에서는 벌써 설 차리가 벌어졌다. 워낙 많이도 하지만 장정 네 사람이 매달려서 오늘 알라 사흘을 두고 쌀을 찧는다 떡을 친다 하며 법석이나, 아직도 다 못 치고 시골 밤이 벌써 여덟 시가 넘었는데 안에서는 떡 치는 소리가 아직도 끊이지를 않는다.

원래부터 일본 사람이라고는 군청의 세무계원이나 그렇지 않으면 1년에 두 번씩 하는 청결[1] 때에 주재소 순사가 오는 것밖에는 이 집에 발 그림자도 얼씬을 안 하느니만큼 완고인지 배일[2]인지는 모르겠으나 하여간에 신식 교제하고는 담을 쌓은 안양덕 댁인지라 자연히 양력설은 읍내의 보통학교에 다니는 손자도련님 증손자도련님들의 설이요 그 대신에 음력설이 정작 설이요 어른의 설이다. 조선 사람이 설을 두 번 쇠게 되는 것은 시골 서울이 매한가

376

지요 아무리 시골에서라도 일본 사람과 교제가 있다거나 돈푼 있는 사람은 자연히 일본 사람과 왕래가 있게 되어서 부득이 약간설 명색이랍시고 지내는 것이 보통이지만 양덕 댁만은 구습의 관례를 한번도 깨뜨려본 적이 없다. 깨뜨리기는 새로에 양력설도 어름어름 지내고 음력설마저 쇠는 둥 마는 둥하여 넘기는 것이 괘씸하다고 생각하여 그 반동으로 그러한지 근년에 와서는 그 쇠귀신 같은 손씨[3]로도 설 잔치만은 점점 더 굉장히 차린다. 그러므로 일년 열두 달을 가야 마름이나 소작인 이외에는 얼씬도 않던 사람들이 설 때만 되면 부모님 제사 때밖에는 써보는 일이 없는 먼지가 켜켜이 앉은 갓을 머리 등성이에 삐딱이 젖혀 쓰고 원근 할 것 없이 문이 메어라 하고 몰려든다. 그것은 노영감이나 양덕영감에게 세배도 하여야 하겠지만, 그보다 더한 것은 평생에 입에 넣어보지 못하던 강정 알갱이에 불어터진 떡국일망정 구수한 곰국 국물이라도 변변치는 못한 것이나마 세배상이 차례에 오는 것이 더 긴하기 때문이다. 사실 이 고을 사람 치고 이 안양덕 댁의 막걸리 한잔이밥 한 톨이라도 얻어먹어본 것은 주인 노영감(양덕영감은 그의 맏아들이다)의 환갑잔치와 칠십잔치 때밖에는 수십 년 내에 없었다. 그러나 어쩐 일인지 근년에 와서 비로소 정초의 세배 손님에게만은 상하 귀천이 없이 모조리 한 상을 겪게 된 것이었다. 노영감이 3년만 더 살면 팔십이 된다니까 그때의 팔십잔치와 또 그보다 가까운 내년 봄에 양덕영감의 환갑잔치에는 예의 그 막걸리 동이하고 떡 알갱이가 얻어걸릴 것이다. 그러지 않아도 촌늙은이들은 이야기가 나면 지금부터 자기의 환갑이나 되는 듯이 한 행탁[4]

으로 배를 축이고 있다.

  어쨌든 이런 까닭에 섣달 그믐께가 되어서 이 집에서 떡 치는 소리만 나면 큰사랑 작은사랑이며 하인들의 방까지 끼리끼리 모여들어서 벌써부터 설 기분에 싸여 엉정벙정하게 된다. 웬일인지 이때만은 주인영감들도 공연히 모여서 떠든다고 꾸지람도 안 하고 밤이 이슥하도록 불을 켜놓고 작은사랑의 서방님들이나 바깥방의 하인들이 장자윷토수윷'들을 놀아도 기름이 닳는다고 애를 부덩부덩 쓰지도 않는다. 으레 그렇게 할 것으로 알고 도리어 좋아하는 눈치다. 말하자면 일 년 열두 달 부지런히 긁어모아서 앞뒤뜰에 산더미같이 쌓아놓은 나무 더미처럼 양덕영감의 침방머리에 놓인 문갑 속이나 금궤 속이 뿌듯한 바람에 1년에 한 번 쓰면 얼마 쓰겠니 하고 과세 전후 며칠만은 뱃대끈을 풀어놓고 한숨 돌리는 모양이었다. 그러기 때문에 이때만은 혹시 마음 내키면 작년 설에 쓰다가 남았던 것인지 곰팡이 슬다 못하여 말라붙은 곶감깨도 나오고 단물은 좀이 다 빨아먹은 북어깨도 바깥방 차례에까지 오게 되는 수가 있다. 게다가 차차 음식이 벌어져서 숙설간' 멍석이 앉게 되면 밤이 이슥하여 모였던 사람들이 하나둘씩 헤어져가고 식구가 단출하여진 틈을 타서 하인들이 꾸려 내온 도둑술, 도둑국[湯] 도둑떡 같은 것이 얻어걸릴 때도 있다. 그런 날은 물론 일진이 좋은 날이요 여간 복력을 가지고는 날마다 바랄 수도 없는 일이지만 깊은 겨울밤 출출한 판에 큰소리도 못 내고 수군수군 먹는 맛이란 곧 기가 막힐 것이었다.

2

　오늘 밤에도 원석의 방에는 초저녁부터 마을 온 농군들이 사오 명이나 몰려 앉아서 제각기 곰방담뱃대를 떨고 담고 해가며 떠들어댄다. 하속배 중에서도 늙은이 축은 중문 안방에들 모이고 원석이 방에는 대개 이십 남짓한 젊은 축이 모인다. 그러나 그중의 연장자는 아랫마을의 치전(致田)이라. 삼십이 훨씬 넘은 그는 사실 늙은이 축에도 붙기 어렵고 젊은 사람들과도 손이 덜 맞는 편이어서 좀 어중되기는 하나 원석이가 이제야 스물너댓밖에 안 되는 젊은 아이로서는 퍽 노성한 폭인 고로 이런 때에도 놀러오게 되는 것이다. 술은 물론이요 담배도 그리 즐기는 편은 아닌 데다가 별로 입담이 없이 늘 묵중한 사람이기 때문에 친구도 그리 많지 않으나 다만 한 가지 글자도 있을 뿐 아니라 이야기책 같은 것을 시원스럽게도 보고 목소리가 좋은 바람에 이것만은 특별히 늙은 축에서나 젊은 패에서나 환영하는 것이었다. 오늘도 방 임자인 원석이가 안에서 일을 하고 아직 안 나오기 때문에 단풍표(궐련) 내기 판윷7도 놀지들을 않고 치전이는 가만히 아랫목에 누워서 옆에서 괴둥대둥 지껄이는 소리에 귀를 기울이고 있다가 어저께 김선달네 집에서 빌려다가 두고 보아오던 언문(諺文) 수호전(水滸傳)을 머리맡에서 집어 펴들었다. 이것은 여러 사람이 듣기 위하여 자기 집으로 가지고 가서 혼자 읽지는 못하고 밤이면 여기 와서 틈틈이 읽기로 한 것이었다. 치전이는 누운 채 책을 펴면서,

"어젯밤엔 어디까지 읽었더라?" 하며 혼잣말처럼 묻는다.

"노지심이가 오대산에서 쫓겨나서……"

하며 젊은 한 사람이 잠깐 머릿속에서 기억을 뒤져 찾는 모양이
더니,

"응 저 이충이하고 만났다가 불한당의 그릇들을 도적질해가지
고 산에서 굴러내려온 데까지 보지 않았나!" 한다. 어제 하루밤에
보지 않아서 아직 처음 찌인 모양이다.

치전이는 잠자코 책장을 뒤져서 찾아내더니 큰기침을 한번 하
고 읽기 시작한다.

"……화설 이때 노지심이 수개산파를 지내매 일좌의 큰 송림이
보이고 일조의 산로가 나타나는지라 노지심이 그 산로로 들어서
아직 반리(半里)를 다 가지 못하여 문득 고개를 들어 바라보니 한
채의 패락한 사원(寺院)이 눈에 띄더라……"

"벌써 대상국사(大相國寺)에 왔나?"

아까 뚱기어주던 젊은 사람이 골똘히 듣다가 한마디 한다.

"아직도 노중에 있는 모양인데…… 지금의 절(寺)은 다른 절이
겠지" 하며 치전이는 다시 이어 읽는다. 여러 사람도 혹은 담배를
피우며 혹은 한구석에 쓰러져 꺼멓게 그을은 천정을 바라보며 귀
를 기울이고 있다. 치전이는 웬일인지 힘은 빠진 모양이나 시원스
러운 목소리로 슬슬 꺾어 넘어가며 읽더니

"……지심이 꾸짖어 가로되 이 중놈들이 도리를 모르는고나.
금방 3일 동안이나 굶주렸다 하더니 이제 이 냄비의 죽이 있지 아
니하냐. 어찌 출가한 사람으로 그와 같이 황당한 말을 하여 사람

을 속이냐뇨 하매 중들은 지심이에게 죽을 들킨 것을 보고 어찌할
줄 몰라 황망히 그릇들을 치우니……"

"흥, 노지심이 같은 놈도 배가 고프면야 하는 수 없는 게로구나"
하며 누구인지 한마디 새치기를 한다. 치전이는 잠자코 입맛을 다
시며 그대로 읽어나간다.

"……지심이는 허기가 져 견딜 수 없는 터이라 죽을 보고 먹으
려 하였으나 그릇이 없어 어찌하는 수 없으매…… 지심이 부뚜막
앞으로 가서…… 냄비를 떼어내어 마침 얻어낸 칠한 바릿대에 기
울여 쏟으매 모든 중들이 달려와 다투어 빼앗아 먹으려 하다가 지
심이 떼쳐밀어 엎드러질 놈은 엎드러지고 달아날 놈은 달아난 뒤
에 지심이 죽을 들어 몇 모금 마실 새 늙은 중이 와서 말하기를 우
리는 정말 3일간 밥을 굶다가 겨우 동리에 가서 좁쌀 시주를 약간
얻어다가 죽을 조금 끓여놓았던 터이러니 당신이 다 자시면 우리
는 굶어 죽을 지경이노라 하매 지심이 이미 대일곱 모금 마신 뒤
나 중의 말을 듣자 그대로 내놓으며 다시는 먹지 않더라……"

치전이는 여기까지 보다가 "흥!" 하고 감탄하더니 책을 놓고 일
어나 앉아서 담배를 한 대 붙인다.

"노지심이란 놈이 도적놈의 물건을 또 한 꺼풀 벗겨먹을망정 그
래도 다르군!" 하며 한 젊은 사람도 노지심이가 죽그릇을 내놓는
것이 기특하다고 생각한 모양이었다.

"……하지만 생 개고기를 반 마리씩 널름하는 놈이 죽 한 냄비
를 다 먹어야 간에 기별도 아니 가겠네!"

치전이보다는 좀 젊으나 삼십은 되었을 듯한 또쇠 아버지가 이

런 소리를 한다.

"그야 개 반 마리쯤이야 얼마 되게! 웬만한 사람은 넉넉히 먹지만 아무튼 예전에 남이 읽는 것을 혹시 들어봐두 여기 나오는 놈들은 모두 소대장들인지 걸쌈스럽게들은 먹지! 이야기만 들어도 침이 저절로 고이느니……" 하며 치전이는 왼손에 곰방대를 든 채 책을 다시 잡는다.

"에이, 여보게, 아무렇기로서니 생 개를 반 마리씩 먹는단 말인가?"

차차 출출하여질 때가 되어서 그런지 또쇠 아버지는 책 읽는 것을 들으려고도 아니하고 또 개 타령을 한다.

"생으론 양반이 잡숫기 어렵지만 나두 한 마리라도 먹으라면 먹겠네" 하며 치전이는 책으로 눈을 주며 입맛을 또 다신다.

"개 한 마리 뜯어먹는 양반! 그놈의 양반도 신세 다 마쳤군" 하며 젊은 사람도 웃는다.

"양반은 어디 가나! 궁하면야 개 한 마리커녕 소죽 한 냄비라도 들이킬 걸세" 하며 치전이는 싱긋 웃고 소리를 한층 뽐내서 다시 책을 읽는다. 여러 사람은 웃다가 말고 귀를 기울인다.

안에서는 어느덧 떡 치는 소리가 스러지고 아랫사랑에서 서방님네들이 떠드는 소리만 들린다. 그러자 조금 있다가 원석이가 안에서 나와서 방문을 펄쩍 연다.

"떡은 다 쳤나?"

치전이는 보던 책에서 눈을 거들떠보며 묻는다.

"응, 치기는 다 쳤으나 인제는 베어서 콩가루를 묻히네 팥가루를 묻히네 하고 아직도 야단들일세" 하며 방으로 들어선다. 여러 사람은 안반* 위에 너부죽이 늘어붙은 흰 찰떡에서 더운 김이 무럭무럭 일어나는 것을 누구나 머리에 그려보며 침을 삼키다가 원석이의 손에 누런 식지*에 싼 조그만 뭉치가 있는 것을 보고,

"그건 무언가? 먹을 건가?" 하며 또쇠 아버지가 묻는다.

"사냥개 모양으로 냄새는 잘 맡는다!" 하며 원석이는 웃다가

"그런데 몇 개 안 돼! 이것두 마침 꼬깔 참봉이 오줌 누러 간 틈을 타서 한 줌 집어온 걸세" 하며 툭 던진다. 여러 사람의 손길은 분주히 모여들어서 이리저리 맞걸려 야단이다. 컴컴스그레한 방 한가운데에 콩가루가 묻은 누런 식지만 남았을 때에는 제각기 두세 조각씩 흐늘흐늘하는 콩찰인절미를 좌우 손에 추켜들고 쩌덕거리고 있었다. 원석이는 밤은 들어가는데 밖에서 일하기에 너무 추워서 옷을 덧입으러 나왔던 모양이었다. 누렇게 흙때와 담배 연기에 그을은 흰 두루마기를 떼어서 포개입으며 야단스럽게들 먹는 양을 내려다보다가

"공연히 비위만 덧들여놓게 되어서 미안하이!" 하며 웃는다.

"하여간 고마웠네."

어느 틈에 벌써 널름 먹고 빈손을 툭툭 털던 또쇠 아버지가 인사를 했다. 치전이는 요행히 세 조각이나 차례에 왔기 때문에 두 조각을 먹고 한 조각은 손에 들고서 종이를 찾다가 고비*에 긴 약봉지 쌌던 것인지 먼지 앉은 백지 조각을 빼내서 싸가지고 저고리 앞섶 속에 달린 호주머니에 넣었다.

"흥, 노지심이만은 못해두 그래두 자식 귀한 줄은 아네그려!"

또쇠 아버지는 물끄러미 바라보고 앉았다가 선웃음을 쳤다. 또 쇠 아버지는 두 개밖에 손에 잡히지 않아서 자식 갖다가 줄 생각 도 채 아니 났지만 남기려야 남길 것도 없었다.

"아무튼지 개 한 마리를 왼통으로 먹겠다는 자네가 떡 한 점이 라도 남기는 것은 제법일세" 하며 또 한 사람이 대꾸를 한다.

치전이는 어금니에 붙은 떡점을 혀끝으로 긁어내어 우물우물하 면서 웃어 보인다.

"아무려니 개 한 마리를 어떻게 먹더람."

원석이는 안으로 가지고 들어갈 계집의 덧저고리까지 떼어서 놓고 앉으며 말참례를 한다.

"가져만 오게그려. 하지만 떡이나 좀더 먹게 하게. 그 좋은 자네 권리로……"

치전이가 이런 소리를 하니까 옆에서 한 사람은,

"아닌 게 아니라 한 여남은 개 더 먹었으면 좋겠다" 하고 비위가 부쩍 당기는 소리로 충동인다.

"자네 같은 그런 쇠배때기를 채우려면야 떡 한 안반을 다 들여 와도 부족할 걸세."

원석이는 더 갖다가 줄 듯이 웃으며 담배를 붙인다.

"그렇게야 먹겠냐마는 한 삼십 개 먹으면 먹은 듯싶을 걸세."

"서른 개?" 하며 원석이는 놀란다.

"서른 개야 못 먹는단 말인가? 개 한 마리는 못 먹어도 더구나 그렇게 잘디잘게 썬 거면야 쉰 개라두 먹겠네."

이것은 또쇠 아버지의 식욕 자랑이다. 아닌 게 아니라 큼직한

384

몸집에 술 아니 먹겠다. 어린애 손바닥만도 못한 인절미 쉰 개쯤
은 먹을 것 같기도 해 보였다.

"이놈아 쉰 개를 넘체가 먹는대?"

원석이는 또쇠 아버지를 비웃는 듯이 대거리를 했다.

"쉰 개 먹지! 좋은 꿀이나 꾹꾹 찍어 먹으면야 먹다마다."

"이놈 팔자 좋은 소리 퍽도 한다."

원석이는 연해 이놈저놈 해가면서 슬며시 감질을 내는 것 같기
도 하다.

"쉰 개?⋯⋯"

옆에 한 사람은 떡 쉰 개를 부피를 요량하여보듯이 생각하더니
"어구 배 터져 죽을 걸세" 하고 한숨을 쉰다.

"쉰 개 먹을 테니 하여간 가져오기만 하게."

또쇠 아버지는 바짝 다가앉는다.

"얼마라도 갖다가는 주겠네마는 그럼 못 먹으면 어떡하려나?"

"못 먹으면 자네에게 받을 것을 탕감해줌세."

또쇠 아버지가 받을 것이란 것은 그 동안 판홰과 화투에서 원석
이에게 1원여 각이나 져놓은 것이었다. 원석이는 그동안 내리 지
기만 하였다.

"그까짓 것 가지고는 안 되네."

원석이는 평상시에 담배 한 대 먹어보라고 주어보는 법이 없는
또쇠 아버지를 좀 시달리는 것이었다.

"욕심두 경치게 많다. 그럼 얼마 말인가?"

"오 원은 해야지!"

"그럼 내가 다 먹으면 자네도 오 원 내겠나?"

"그건 왜 그런단 말인가. 떡 먹이고 오 원씩!" 하며 원석이는 웃었다.

"여보게들, 오 원 내기면 나두 하겠네."

이때껏 옆에서 가만히 듣고 앉았던 치전이가 내기가 성립이 아니 될 듯한 눈치를 보고 나섰다.

"자네, 오 원 어떻게 내려나?"

또쇠 아버지는 치전이를 업신여기는 수작으로 먼저 돈 걱정부터 물었다.

"그거야 어떻게든지 못하겠나?"

치전이는 이렇게 대답은 하였으나 사실 정말 내기를 한다면 5원이라는 돈이 나올 처지가 아니었다. 다만 우선 떡이나 먹고 보자는 생각으로 장난삼아 손쉽게 말한 것이다.

"정말 내일이라도 낼 수만 있다면 우리 셋이 다 해보세."

또쇠 아버지는 부쩍 욕심이 나서 진짬"으로 팔을 걷고 나선다. 떡 50개쯤 먹을 자신도 있지만 땅 마지기나 제 앞으로도 있고 양덕영감의 눈에 든 또쇠 아버지는 세 식구 살아나가기쯤은 그 중에서는 넉넉한 편이었기 때문에 한번도 시행해본 일은 없으면서 이런 때는 자신을 가지고 앞장을 서는 것이었다.

"셋이 어떻게 한단 말인가?"

"자네 같은 귀골이야 못 먹을 것이니(원석이가 양덕 댁에 있기 때문에 친구들은 귀골이라고 한다) 우리들만 먹고 누가 지든지 오 원만 내자는 말일세. 한 사람만 이기면 두 사람한테 오 원씩 받고 둘이 다 이기면 자네 오 원을 반씩 나누면 고만 아닌가."

또쇠 아버지의 설명하는 말눈치가 정말 시행하고야 말 것 같다. 치전이도 돈이 생기든 떡이 생기든 나중 일은 어쨌든지 해롭지 않다고 생각했다. 자기의 지금 시장한 품으로 보아서는 쉰 개라면 어마어마한 듯하지만 어떻게든 허풍선을 치는 또쇠 아버지보다는 더 먹을 것 같고 못 먹더라도 원석이에게 2원 50전쯤 지는 것은 피차에 웃고 넘길 수 있다고 생각하였다.

"그럼 자네들이 못 먹으면 오 원씩 내서 내게 십 원을 바친단 말이지?"

원석이는 진담인 듯도 하고 아닌 듯도 한 소리를 하며 웃었다.

"그래요. 이렇게 제길헐 당길 힘만 있어서 셈은 잘 따진다마는" 하며 소리를 낮춰서, "어떻든 떡 백 개나 내오겠나?" 하고 또쇠 아버지는 다진다.

"가만있게. 그것도 벌잇속인데 아무려면 못하겠나. 내 떡도 아니고 남의 떡을 가지고 돈 십 원 벌일세."

원석이도 소리를 낮춰서 이런 말을 하며 식지와 계집의 저고리를 들고 일어선다.

"여보게 우릴랑은 개평이나 먹게 하게."

하나는 눕고 하나는 안고 하여 이때까지 가만히 있던 젊은 사람이 나가는 사람을 보고 귀띔을 한다.

3

이야기책 볼 재미도 없거니와 사실 저녁밥이라고 물 만 밥 한술을 벌써 해질머리에 먹은 치전이는 떡 두 개로 비위를 건드려서 어서 원석이가 나오기만 기다렸다. 어디고 좀 꾸어먹으려면 못 꾸어먹을 게 아니로되 지금부터 꾸어먹다가는 한이 없고 세전으로 양식이 떨어졌다고 하기는 남이 듣기에도 창피할 것 같아 좀 수줍은 치전이는 그렁저렁 지내며 대판(大阪)에 간 동생이 얼마간 보내줄 것만 오늘내일하고 기다리는 판이었다. 그래서 오늘도 저녁을 지을 것이 없는 것은 아니지만 돈 올 때까지 단 이삼 일이라도 하루에 한 끼씩만 끓이기로 하여 아이들만 찬밥을 데워 먹이고 자기 내외는 더운 숭늉만 흘려 넣은 터였다. 아까 주머니 속에 궁상맞게 싸서 넣은 떡도 가지고 가면 세 놈년이나 되는 자식들을 삼분파해줄 수도 없는 일이요 초저녁부터 잘 것이니까 실상은 아내를 먹이려는 생각이었거니와 지금 내기를 하자는 것도 쉰 개의 떡을 다 못 먹으면 내기는 진다손 치더라도 떡은 남겨 가지고 갈 것이요, 다 먹는다면 10원 돈이 다 들어오지는 못할망정 단 몇 원이라도 생길 것 같아서 이래저래 하겠다는 궁리도 있던 것이었다.

원석이가 안으로 들어간 뒤에도 떡 쉰 개 놀래로 한참 지껄대다가 언제나 올지 모르는 사람을 기다리기가 조급하였던지 이야기책이나 듣세 하고 졸라서 치전이는 뱃심이 점점 더 빠지는 것 같아 시원스럽게 나지 않는 목소리를 돋우면서 읽고 앉았다.

한 시간 반이나 지체를 하여 원석이는 나왔다. 같이 일하는 젊은 사람들도 둘은 돌아가고 한 사람은 따라 들어왔다. 원석이는,

"에잇 추위 추위" 하며 들어와서,

"나도 실없는 놈이야!" 하고 웃다가 두루마기 속으로 숨겨 가지고 온 밥보자기에 싼 뭉치를 털썩 하고 내놓는다. 묵직해 보이는 품이 백여 개는 될 것 같다.

"몇 개가 되는지 몰라도 하여간 먹기들이나 하게."

원석이는 또쇠 아버지가 허겁지겁 푸는 것을 보고 또 싱긋 웃었다.

"왜 내기는 고만두려나?" 하며 또쇠 아버지는 쳐다본다.

"헐 테면 허세그려. 허지만 쉰 개씩은 못 먹을 게니 마흔 개씩만 하고 남겨서 다른 사람도 먹어야지 않겠나?"

원석이는 두루마기를 벗어 걸고 앉으며 펼쳐놓은 떡을 끌어당겨서 헤아린다.

"원 별일을 다 보겠군!"

새로 들어온 사람은 사흘 동안 떡을 주무르다가 겨우 일을 마친 판이라 이제는 떡을 보기만 하여도 넌덜머리가 나는 듯이 웃는다. 다른 사람은 내기라는 바람에 감히 손도 못 대고 가만히 옹위를 해 앉았다.

떡은 모두 백여 개나 되었다. 그만한 것을 어떻게 꺼내왔는지 용하다고 누구나 생각하였다. 원석이는 떡을 열 개씩 헤아려놓으며,

"정말 내기를 할 텐가? 돈들을 당장 내놓고 하세" 하며 또쇠 아버지를 쳐다보았다.

"나는 염려 말게. 치전이나 단단히 다져놓게."

"그럼 자 마흔 개, 치전이도 마흔 개" 하고 원석이는 두 사람에게 나누어주고 다른 사람은 몇 개씩 집어준 뒤에 나머지를 치워놓았다.

여러 사람은 쩌덕거리기 시작하였다. 원석이 계집도 일을 다 마쳤는지 앞치마 밑에 커다란 주전자를 들고 나왔다.

"어구 이건 뭘 돌잡히슈?"¹²

원석이 처는 두 사람 앞에 수북이 놓인 떡을 보고 놀라는 듯이 웃으며 주전자를 남편에게 내어준다. 오늘은 떡일을 끝내었다고 여러 사람이 안에서 한잔들 하였지만 특별히 남편을 위하여 막걸리를 두어 사발 퍼내온 것이었다. 원석이는 같이 일하던 친구와 마주 앉아서 막걸리를 켜며 떡 먹는 구경을 하고 앉았다.

어느덧 여남은 개씩 두 사람의 입에 들어갔다. 그러나 두 사람의 입 놀리는 속도는 점점 줄어가는 것 같았다.

"아유 참, 장난도 무슨 놈의 장난이…… 길성 아버지 목두 안 메슈?" 하며 원석이 처는 방문 앞에 앉아서 바라보다가 어이없는 듯이 웃는다. 길성이 아버지란 치전이다. 이 계집은 길성이 아버지의 이야기책 읽는 그 단조한 음악에 대한 제일 찬미자다. 게다가 술 안 먹고 부지런하고 엄전해서¹³ 이 마을에서는 제일이라고 하며 자기 남편을 늘 놀린다.

"그 국 국물이나 좀 갖다가 주시구려?"

또쇠 아버지는 반도 못 먹고 한숨 돌리며 일전에 입맛을 붙여본 국맛을 생각하고 말을 꺼냈다.

"갖다가 드리구 싶어도 또쇠 아버지 잡숫는 게 보기 싫어서 안 가져와요" 하며 노상 젊은 원석이 처는 새새 웃다가,

"왜 고만 잡수슈? 암만해두 길성 아버지가 이기시겠군!" 하며 놀린다.

"남 놀리지 마슈. 지금 돈 오백 냥이 왔다갔다하는 판인데!" 하며 또쇠 아버지는 떡 한 개가 무거운 듯이 집어서 입에다가 넣고 반벙어리 소리로,

"물이라도 좀 주구려" 한다.

"이 막걸리 한잔 먹으려나? 찰떡 위에 막걸리가 들어가면 서울서 여름에 먹는 합주가 되느니!" 하고 원석이도 웃는다. 치전이의 손과 입도 점점 더 느럭느럭하여졌으나 그래도 벌써 스물댓 개 먹었다. 얼큰해진 원석이는 치전이 앞에 놓은 떡을 얼른 눈으로 헤아려보고 나더니 또쇠 아버지를 보고,

"여보게, 어떻게 된 셈인가? 암만 다 먹더라도 먼저 먹는 사람이 이기는 걸세. 뒤떨어진 사람은 도리어 이 원 오십 전을 물길세" 하며 웃었다.

"언제 그런 약속했나?"

또쇠 아버지는 새로 넣은 떡을 흰 눈동자를 보이며 꿀떡 삼키고 급히 대꾸를 한다.

또쇠 아버지가 눈 희번덕거리는 것을 보고 원석이 처는 손뼉을 치며 웃는다. 좌중도 껄껄대었다. 치전이만은 여전히 꿀 먹은 벙어리 모양으로 입을 우물거리고 앉았다. 그는 아까보다는 얼굴이 검붉어지고 눈살을 잔뜩 찌푸린 양이 차마 싫어 먹을 수 없는 것

같아 보였다. 여러 사람……그중에도 원석이 처는 가엾어서 안타까웠다.

"어서 먹기나 하게. 하지만 일로부터 그렇게 정하세그려."

"그건 안 될 말이야! 공연히 그런 이야기를 꺼내서 자꾸 시간만 보내면 그건 어떻게 하나? 지금 이야기하는 동안에 두 개는 밑졌으니까 두 개는 감하여주어야 하겠네" 하며 또쇠 아버지는 차마 떡을 못 들겠는 듯이 머무적거린다.

"이건 무슨 떼를 쓰나? 그래 두 개 감해줄게 내 말대로 시행하여야 하네. 그리고 한 개라도 감추거나 하였다가는 안 되네."

"감추긴 내가 요술을 하겠나!" 하면서도 침이 마른 입을 연해 쩍쩍 다시며 치전이 편을 바라보더니 날 죽여라 하고 떡을 두 조각이나 포개서 넙죽 집어넣는다.

"우리 소 장사다!" 하고 옆에서 웃는다.

"여보 원석네 댁 참 정말 좀 살리우. 김칫국이고 냉수고 좀 갖다가 주구려."

또쇠 아버지는 목을 길게 빼고 눈을 끔벅거리며 간신히 삼킨 뒤에 가슴이 답답한 듯이 얼굴이 벌게서 애걸을 한다.

치전이도 인제는 손을 쉬고 멀뚱히 앉았다. 이것을 보더니 원석이 처는 일어나려는 차비를 차리듯이 벗어놓았던 덧저고리를 다시 입는다.

"왜 자네두 못 먹겠나?" 하며 원석이는 치전이를 돌려다보았다. 치전이는 아무 말 없이 픽 웃고서 가슴이 몹시 뭉클한 듯이 오른 주먹으로 두세 번 두드린다.

"음식이란 무엇인구? 그렇게 먹고 싶던 것이 그까짓 것을 먹고서 이렇게도 먹기 싫더람!" 하며 치전이는 혼자 한탄을 하였다. 몹시 시장한 끝이라 그러한지 사지가 노곤히 풀리고 점점 더 상기가 되어서 머릿골이 욱신욱신하고 얼굴이 확확 취하여온다. 마치 술내[14]에 취한 것 같기도 하다. 그의 머리에는 아내가 캄캄한 속에서 미지근한 방바닥에 옹송그리고 새우잠을 자는 양이 떠올랐다. 이것을 싸다가 주면 작히나 좋아하랴 하는 생각이 불현듯이 났다.

"……에라 고만 먹자. 생길지도 모르는 돈 오 원에 계집 굶겨놓고 배 터져 죽겠니!" 하며 그는 곧 남은 떡을 싸려 하였다. 그때에 마침 원석이 처가 사대접[15]을 들고 들어와서 큼직한 대접을 갖다가 치전이 앞에 놓았다.

"길성이네 아버진 이제 얼마 안 남았군! 자 이것 마시구 얼른 또쇠 아버지 이겨주슈. 또쇠 아버지 돈이 얼마나 나오나 어디 봅시다" 하며 웃는다.

치전이는 김칫국을 보기도 하였거니와 원석이 처가 그렇게 편을 들어주는 바람에 잠깐 어찌할까 하며 지금 먹었던 마음이 돌아서는 것을 깨달았다. 이것만—그때 치전이 앞에는 여남은 개밖에 안 남았었다—먹으면 어쨌든 여러 사람이 울력[16]으로라도 어디서든지 돈 5원이 나온다 하는 욕심도 한층 더 부쩍 간절하여졌다.

치전이가 잠깐 머뭇거리는 동안에 둘이 다같이 손을 떼고 앉았던 또쇠 아버지는 얼른 대접을 들어서 둥실둥실 떠도는 얼음 조각을 입으로 후후 불고 동치미 국물을 꿀떡 들이킨다. 원석이 처는 못마땅한 듯이 눈살을 찌푸려 보였다. 반 넘어나 마시고 거의 얼

음만 남은 대접을 내어놓고 부리나케 떡을 틀어박는다. 원석이도 좀 못마땅한 듯이 바라보다가,

"어서 자네두 마시고 이왕이면 해보게그려. 설마 그것 마저 먹고 죽겠나!…… 어떤 놈이 죽을 어찌 몹시 좋아하던지 동짓날 죽을 잔뜩 먹고 나왔더니 친구가 인사를 하는데 대답을 할 수가 없어서 손가락으로 목구멍에서 꼭 찍어 내보이더라데마는……" 하며 웃어버린다. 모두들 깔깔 웃는다. 남의 기막히는 사정은 모르고.

치전이는 동치미 국물을 쪽쪽 빨았다. 확확 단 입안이 금시로 선뜩하여 열기가 걷히고 침이 술술 나오며 가슴이 쑥 내려앉는 듯하였다. 욕심에 얼음덩이를 입술로 빨아 넣고 우드득우드득 씹어 삼킨 뒤에 떡 한 조각을 입에 깊이 넣고 서너 번에 우물우물 씹는 둥 마는 둥해 삼키자 또 한 개가 널름 하고 들어간다. 또쇠 아버지도 앞선 경쟁자를 흘끔흘끔 보며 마구 틀어넣는다. 거의 치전이를 쫓아가게 되었다.

원석이 처는 속이 차차 조하여 오는 듯이 두 사람의 남은 떡 개수를 속으로 헤아리며 골똘히 노려보고 앉았다가 남편을 바라보며,

"아 참, 꼬깔 참봉이 사랑으로 나왔어. 김칫국 떠 가지고 오다가 안마당에서 들켰지!" 하고 낮은 소리로 한마디 한다.

"그래 어쨌나?"

"무얼 어째? 물 떠가지고 나오는 것처럼 그대로 천연히 나와버렸지."

"벌써 행순 돌 시간인가? 그렇게 늦었나?" 하며 원석이는 부리

나케 쩌덕거리는 두 사람을 이리저리 보면서 속으로는 '행순을 하다가 방문이나 펄썩 열어봐라!' 하는 생각을 해보았다.

꼬깔 참봉이라는 것은 이 집 맏아들이다. 정말 참봉 첩지라도 얻었는지는 모르지만 꼬깔 참봉의 부친인 양덕영감은 농장이며 바깥살림을 맡아보고 대소가의 안살림은 이 꼬깔 참봉의 권리에 매인 것이었다. 뚱뚱한 얼굴이 아래가 몹시 퍼지고 머리로 올라갈수록 쪽 뽑아진 때문에 고깔 같다고 하여 꼬깔꼬깔하는 것이다. 그악스러운 것도 대를 물려서 집안 여편네나 하속배들이 기를을 못 펴게 안팎으로 드나들며 부엌일까지 쌩이질"을 하는 버릇이다. 오늘은 원석이 방에서 떡 내기를 하게 만들려고 그랬던지 다행히 아까는 꼬깔이 오줌을 누러 가서 처음으로 떡을 훔쳐오게 되고 이번에는 또 몸이 으스스 춥다고 하여 일이 끝나기 전에 일찍 안방으로 들어가기 때문에, 그 대신으로 젊은 마님이 나와서 지키기는 하였으나 자기 남편에 비하면 그래도 어리보기인지라 입들을 모으고 틈틈이 꾸려두었다가 가지고 나왔던 것이었다. 하여튼 떡도 못 지킬 만치 몸이 아프다고 하던 꼬깔 참봉이 밤 11시면 나와서 집안을 한번 삥 도는 순경을 오늘도 빼놓지는 않았다.

인제는 떡이 치전이에게 여섯 개가 남고 또쇠 아버지에게는 열한 개가 남았다. 두 개를 약속대로 제하여주면 아홉 개가 남는 셈이다. 십여 개나 차이가 있던 것이 어지간히 쫓아왔다. 치전이도 좀더 속히 먹었으련만 동치미 국물을 마신 뒤에는 입 속이 한참 저조하여져서 덜 녹은 얼음물을 겨끔내기로 마시느라고 늦어졌던 것이다.

"이게 사람이 헐 노릇인가?" 하고 또쇠 아버지는 어깨로 숨을 쉬며 또 하나 입에 들여뜨린다. 치전이 앞의 것은 어느덧 네 개로 줄었다. 그는 잠자코 관자놀이가 아픈 듯이 씹는다. 또쇠 아버지 앞의 것은 두 개가 겨우 줄었다.

"암만해두 자네 졌네!" 하며 누구인지 웃으며 한마디 했다.

또쇠 아버지는 또 한 개를 집다가 치전이 앞에 두 개 밖에 안 남은 것을 보더니 손에 든 것을 팽개치며

"어구— 져두 하는 수 없다!" 하고 픽 쓰러진다.

"그럼 자네두 고만 먹게!" 하며 원석이는 얼른 치전이를 말렸다. 치전이도 두 눈이 무섭게 껄떡 질리고 찰인절미로 뱃속에 봉을 박은 듯이 꼼짝 못한 채 씨근벌떡하며 어깨만 전후상하로 움직이고 앉았다.

"어구, 나 죽거든 또쇠놈에게 유언해주게. 노름은 얼마든지 해두 좋으니 떡 내기만은 그저 제발 하지 말라구" 하며 또쇠 아버지는 낑낑 뒹군다.

"그렇게 괴로운가?" 하며 묻고도 여러 사람은 웃었다.

"어구 이놈의 떡이 언제 삭으려나? 바로 누우면 앞남산만 한 게 내리누르고 모로 누우면 옆구리가 뀌어질 것 같고……" 하며 턱에 차오르는 숨을 돌리고서,

"……여보게들, 사람 좀 살리게. 어구구 어구구… 해산어머니가 이랬다가는 자식 낳을 잡년 없겠네……" 하고 아프다는 사람이 실없는 소리를 한다. 여러 사람은 또 웃으면서도 좀 걱정이 되는 듯이 두 배불뚝이를 이리저리 번갈아 보았다. 원석이 처는 샐

샐 웃다가,

"그럴 걸 왜 장담을 하구 덤비랍디까. 좀 고생하셔두 싸지!" 하고 남 못할 소리를 야죽야죽 한다.

치전이도 실상은 몸을 가누기도 어렵고 정신이 흐리터분하여져서 어디가 아픈지 얼떨떠름했었다. 그러나 또쇠 아버지가 낑낑대는 것을 보고는 한층 더 몸을 꼬느고 앉는 판이다.

"어구 악담을 하슈, 악담을 해! 원석이댁네 어디 두고 봅시다! ……이런 제미붙을 팔자가 떡벼락 맞고 죽을 줄 누가 알았더람!" 하며 또쇠 아버지는 여전히 엄살 비슷한 소리를 하여 또 여러 사람을 웃겼다. 하여간에 턱에 닿는 듯하던 숨소리가 줄어가는 것을 보면 괴롭기야 하겠지만 얼마쯤은 강짜로 그러는 것 같기도 하다.

"자네는 어떤가?"

원석이는 그래도 좀 걱정이 되는 듯이 치전이에게 물었다.

"글쎄……" 하며 치전이는 겨우 입을 벌렸으나 뱃속이 묵직하고 입이 느끼한 모양이다.

"또쇠 아버지는 괜히 돈 내기가 싫으니까 핑계하느라고 저러시지! 남을 좀 봐요. 길성 아버지는 아무렇지도 않은데……"

원석이 처는 이런 소리를 하고 또쇠 아버지의 껌벅껌벅하는 눈을 흘겨보고 웃는다.

"저놈은 어떻게 된 창자길래 꿈쩍도 않고 저렇게 말뚝같이 앉았더람!" 하며 또쇠 아버지는 원석이 처에게 할 화풀이를 치전이에게 하며 괴로운 듯이 고개를 쳐든다. 여러 사람은 또 웃었다.

"인제 고만 일어나게. 그런다고 돈을 탕감해줄 리는 없으니까……" 하고 원석이도 마음놓은 듯이 놀렸다.

"어구, 죽으면 죽었지 일어날 수는 없네…… 무슨 새털이구 닭털이구 없나? 좀 돌려야 하겠네" 하고 또쇠 아버지는 또 누워버린다.

"그런 건 없어요. 남두 못 먹게 혼자 먹구 무슨 잔소리슈!"

원석이 처가 연해 놀리며 웃으려니까 그동안에 치전이는 술 취한 사람 보양으로 어릿어릿하다가 호주머니에서 아까 싸서 넣은 떡 봉지를 꺼내더니 남은 떡 두 개를 한데 뭉뚱그렸다.

"딱 알맞군요. 두 아이(치전이의 셋째놈은 젖먹이였다)하구 마누라님하구 하나씩은 되겠군요" 하며 원석이 처는 궁상맞아 보이기도 하고 가엾기도 한 듯이 멀뚱히 바라보다가 얼른 생각난 듯이 남편의 뒤에 놓인 밥보자기를 끌어당겨 아까 남편이 남긴 떡 몇 개에 또쇠 아버지가 못 먹은 것까지 합쳐서 싸주면서,

"아무튼 길성 아버지 같은 이는 드물 게야…… 임자는 어디 가서 떡 한 조각이고 얻어다가 먹어보라고 주어본 일이나 있소?" 하고 젊은 계집은 서방에게 턱짓을 두어 번 하였다. 아닌 게 아니라 치전이는 자기가 배가 불러 괴로운 것을 깨달을수록 배 아프다는 소리가 차마 입에서 나오지 못할 뿐 아니라 아내에 대한 향의가 더 간절한 것을 깨달았다.

"왜, 굶어 걱정이야? 떡을 못 먹어 걱정이야? 얻어다가 먹이는 것이 그렇게 맛있겠나? 평생 소원이 고뿐이야?"

원석이는 웃으면서도 이렇게 아내에게 핀잔을 주었다. 원석이는 이 집에 길러난 이 계집에게 말하자면 데릴사위처럼 들어와서

만난 내외이지만 하여튼지 간에 의도 좋으려니와 아무 부족할 것
이 없었다. 이 자리에 모인 사람끼리로만 보아도 그중에서 또쇠
아버지만은 좀 나은 편이라 하겠으나 그래도 자기와 같이 일평생
굶을 걱정이 없는 사람도 그리 많을 것 같지는 않았다. 양덕 댁이
망한다든가 자기가 무슨 죄를 짓기 전에야 이 대문 밖으로 쫓겨나
갈 리는 만무한 노릇이요, 또 워낙 큰살림이 되기 때문에 집안일
에 몰려서 농사를 시키지 않는 것이 무엇보다 편하고 다행한 일이
었다. 더구나 그것이 계집의 덕이 아니라 자기 자신이 충실히 일
을 하여 주인에게 잘 보인 까닭이라고 생각할 제, 계집에겐들 앞
이 굽을 리가 조금도 없고 친구끼리라도 '귀골'이니 무어니 하는
놀림 반 거염[시기] 반의 소리를 듣기는 하지만 어디를 가기로서
니 결코 남이 푸대접은 아니한다. 그것도 따지자면 양덕 댁의 위
풍으로이겠지만 어떻든지 간에 원석이 내외는 자기 또래로 보아
서 남부끄러울 것이 없는 상팔자라고 생각하고, 따라서 치전이같
이 굶주리고 비릿비릿한 짓을 하는 것을 보면 한편으론 가엾으면
서도 좀 뽐내보려는 호기스런 생각이 은근히 속으로 나는 것이었
다. 다만 올 봄에 낳은 첫자식을 여읜 것이 분할 뿐이다.
　이야기가 잠깐들 그쳤다가 치전이가 떡을 받아 들고 일어서려
니까 원석이는,
　"가려나? 배가 무거워 걷겠나?" 하고 묻는다. 여러 사람은, 몇
달이나 된 아인가? 하고 모두들 웃었다.
　"어구, 지독한 놈이다. 그래두 그 떡을 싸 가지구 가네그려. 그
런 놈하고 맞걸렸으니…… 나, 나만 곯지 않겠나?" 하며 또쇠 아

버지는 헐떡증 들린 사람처럼 또다시 헐레벌떡하면서 일어나 앉는다.

"길성 아버지가 가니까 인제 금세루 나으셨구려. ······길성 아버지! 돈 받아가지구 가슈."

원석이 처가 또 지껄이며 방문 밑까지 어름더듬 나온 치전이를 들여다보려니까 나가려던 사람은 별안간 비슬비슬하더니 한 걸음 안으로 디디고 펄썩 주저앉는다. 여러 사람은 깜짝 놀랐다. 이때까지 진짜인지 가짜인지 낑낑 신음하던 또쇠 아버지까지 몸을 소스라쳐서 눈을 크게 뜨고 엉거주춤 고개를 떼내어본다. 아직 풋내기의 강주정꾼이 정작 호된 주정꾼이를 만나면 뜨끔하여서 어린 아아의 딸꾹질이 들어가듯이 들어가는 것이다. 그는 자기도 저렇게 되면 어쩌나 하는 겁이 펄쩍 난 것이었다. 그 옆에 앉았던 원석이 처도 몹시 놀랐다.

"길성 아버지, 이게 웬일이오?" 하고 달려들어 흔들었으나 치전이는 술 취한 사람처럼 눈을 감고 입을 딱 벌린 채 고개를 길게 빼어서 휘젓고만 있다.

"여보게, 정신차리게. 이리 와서 좀 눕게" 하며 원석이도 황망히 뛰어와서 끌려 하였으나 무엇을 토하려는 듯이 꿀꺽꿀꺽하다가 손을 내두르며,

"김, 김······ 김치······" 하고 모깃소리만큼 겨우 하였다.

"김칫국!" 하며 남편이 소리를 치기 전에 원석이 처는 벌써 대접을 들고 일어났다. 그러나 방문을 안에서 펄쩍 열자 누구인지 중문 안으로 휙 하고 들어가는 기척이 난다. 흰 두루마기 입은 뒷

모양이 분명히 꼬깔 참봉이 아니면 서방님네인 듯하였다. 원석이 처는 기어이 큰일이 벌어지나 보다 하고 가슴에서 두방망이질을 하였으나 중문 안으로 쏜살같이 따라 들어왔다. 사람의 그림자는 벌써 스러지고 늙은이 농군 축이 모이는 방도 벌써 자는지 불이 꺼졌다. 아랫사랑에서만 덧문 닫은 장살 틈으로 불이 환히 비치고 지껄지껄하는 소리가 난다. 원석이 처는 발소리를 죽여서 김칫광 앞까지 와서 보니 어느덧 쇠가 채워졌다. 아직 헐지 않은 김칫광 은 으레 쇠를 채워두나 헐어 먹게 되면 밤에도 채우는 법이 없더 니 아까 김칫국 떠온 뒤에 벌써 눈치를 챈 모양이다.

원석이 처는 하는 수 없이 도적질이나 하는 듯이 부엌 문고리를 벗기고 들어가서 살얼음이 잡힌 냉수를 한 대접 뜨고 붙장[18] 속에 서 소금 한 줌을 쥐어가지고 나서려니까,

"거, 누구냐?" 하는 꼬깔 참봉 나리의 우렁차면서도 안으로 끌 어당기는 목소리가 흘러나온다. 원석이 처는 춥기도 하려니와 마 당에 그대로 얼어붙었다가 다시 돌려 생각하고 대청 앞으로 가서 서며,

"소인네올시다!" 하고 죽어가는 소리를 떨며 하였다. 무서워서 떨리는지 추워서 떨리는지 몸째 소리째 달달달 떨렸다. 아직 덧문 이 안 닫혔던 미닫이가 획 열리고 꼬깔대가리가 반쯤 나오더니 어 두운 데 서 있는 원석이 처를 한참 내다보다가 인제야 어두운 데 에 눈이 익었는지,

"그 손에 든 것은 무에냐" 하고 묻는다.

"소금하고 물이옵니다."

이 두 마디 하는 데에 두 번 목이 칵칵 막혔다.

"이 밤중에 그건 뭘한단 말이냐?"

"……길성 아범이…… 관, 별안간 관격¹⁹되었습세요……"

"관격? ……관격?" 하며 꼬깔이 눈을 부릅뜨더니 "무얼 먹었길 래?" 하고 소리를 한층 높인다.

'흥, 분명히 들킨 게다! 허지만 섣달 대목에…… 이 바쁜 때에 아무러면 내쫓기야 할라구……'

원석이 처의 머리에 떠오르는 것은 이것뿐이었다. 꼬깔이 무슨 소리를 하였는지? 손에 가진 것이 무슨 까닭이었는지? ……일순 간 잊어버렸다. 대답이 없는 데에 부쩍 화가 더 돋친 꼬깔 참봉님 께서는 소리를 버럭 지르며,

"그놈들 다 들어오라고 하여라!" 하고 창문을 후닥닥 닫는다. 원석이 처는 어떻게 나왔는지 어떻든 방 안에 들어설 제 자기 자 신을 깨달았다.

치전이는 아랫목에 누워서 인사정신을 모른다. 입을 헤벌리고 눈을 희번덕거리며 그대로 온 전신을 꼬고 삥삥 매인다. 팔은 팔 각각 다리는 다리 각각 뒤틀려서 마치 독사에게 허리를 감긴 것처 럼 소리도 냅다 지르지 못하고 아래턱이 뼈개질 듯이 벌린 입으로 헉헉 하며 써늘한 입김만 내뿜는다.

"무얼 하느라구 그렇게 늦었어?"

원석이는 치전이의―개구리 삼킨 배암의 배 같은―검은 배를 내어놓고 문지르고 있었다.

"김칫국은 없어, 이 소금을 먹이슈" 하고 원석이 처는 입도 잘

어우르지 못하고 손을 내어민다.

"왜 김칫국이 없어?" 하며 남편은 또 역정을 냈다.

"쇠를 채웠어요. 그런데 어서 이걸······" 하며 조그마한 몸을 바들바들 떤다.

"망할 것!" 하고 남편은 다른 젊은 사람과 같이 누운 사람을 쳐들었다. 원석이 처는 얼른 소금을 입에 들이뜨려주면서,

"한데 모두들 들어오라구······" 하고 물을 들이붓듯이 치전이 입에 한 모금 물렸다.

"누가?"

남편은 병자를 붙든 채 계집을 쳐다본다.

"꼬깔 말예요. 다 알았어요."

"내 그럴 줄 알았지!" 하며 원석이는 눈살을 찌푸린다. 여러 사람은 누가 시키듯이 서로 물끄럼말끄럼 쳐다보았다.

치전이는 속정신은 분명한 모양이었다.

입에 문 소금물을 꿀꺽꿀꺽하며 삼키더니 눕겠다는 듯이 두 팔을 떼어서 뒤로 짚으려고 손짓을 한다. 그러나 원석이 처는,

"이것, 마저······" 하고 손에 남은 소금을 또 들이뜨리고 물을 물려주었다. 바짝 조였던 입이 축여져서 그런지 이번에는 입을 잘 놀려서 두서너 모금 마셨다. 여러 사람은 좀 안심한 듯이 물러앉으며 치전이를 뉘었다.

"어서 들어가들 보우."

원석이 처는 까맣게 더러운 이불을 내리면서 주의를 시켰다.

"사람이 죽어가는데 어딜 들어가!" 하고 남편은 핀잔을 주듯이

소리를 질렀다.

뒤에서 이때껏 혼자 낑낑 하고 누웠던 또쇠 아버지는 이제서야
다시 정신을 차리고 일어나서 치전이에게 먹이고 남은 물대접을
들어 한 모금 마시고 나서,

"나두 어서 집에 가서 소금을 좀 먹어야 하겠네" 하고 엉금엉금
기어나간다.

아프기도 물론 아프겠지마는 그 눈치가 몹시 토라진 모양이었
다. 그는 아까 치전이가 거꾸러지는 바람에 혼이 나서 정신을 차
렸다가 역시 무서운 증이 버쩍 나는 동시에 사실 배도 켕기고 무
거워서 다시 엎디어 둥개고 있었던 것이다. 그러나 여러 사람의
주의가 치전이에게만 쏠리고 또 돈 들지 않는 소금이면야 자기에
게도 한 줌 줄 법한 노릇인데 모른 척하는 것이 심사가 틀렸었다.
여러 사람이 잘못은 잘못이나 하도 얼들이 빠져서 무심했던 것이
다. 그러나 또쇠 아버지가 아픈 배를 움켜쥐고 급히 가는 것은 그
보다도 꼬깔이 무서웠던 것이다.

"어떻게, 혼자 가겠나?"

원석이는 눈살을 여전히 찌푸리고 한마디 인사를 하였다.

"가다가 거꾸러지면 고만이지" 하고 또쇠 아버지는 씨근씨근하
며 나가려니까 중문 밖으로 매달린 설렁줄이 요란스레 난다. 남은
여러 사람들은 가도 오도 못하고 벙벙히 마주 보기만 하고 앉았
다. 또 요령이 흔들린다.

"에잇. 난 가겠네" 하고 이번에 원석이와 같이 일하던 친구는 옆
에 놓아두었던 신문지 뭉치를 들고 일어섰다. 신문지 뭉치도 역시

훔쳐 싼 떡이었다. 이 사람이 방에서 나서려니까 사랑을 돌아 안에서 누가 나오는 발자취 소리가 난다. 그는 걸음아 날 살려라 하고 뺑소니를 쳤다. 벙어리처럼들 한구석에 앉았던 젊은 축도 뒤따라서 슬슬 꽁무니를 빼며 나오려다가 방문이 덜컥 하고 꼬깔대가리가 쑥 들어오는 바람에 나가자빠질 듯이 멈칫하고 우뚝우뚝 섰다. 그러자 조금 안정이 되었었던 치전이는 덮어준 이불을 젖히며 엎드리자, 꼬르륵 하고 누런 물을 쏟았다. 그러나 다만 흐들흐들한 코 같은 것이 몇 점 섞여 나왔을 뿐이다. 찰진 놈이 빈 속에 들어가서 한데 뭉쳤는지 속에서 꼼짝도 아니하는 모양이다. 털썩 나자빠진 사람은 또다시 숨이 턱에 닿으며 두 손을 공중에 휘두르고 몸을 비비 꼬면서 버둥댄다.

4

부아가 나면 한시를 못 참는 것이 꼬깔 참봉의 중의 대가리 같은 그 얼굴의 특색과 같이 유명한 특징이거니와 기어코 죽을지 살지 모르는 사람만 빈방에 내버려두고 아닌 밤중에 우르르 다섯 명 남녀를 몰아서 데리고 안으로 들어왔다. 검사정으로 한 줄에 묶여 가는 죄수같이 꼬깔의 뒤를 따라선 것이었다. 예전 세월 같으면 어느 광에다가 쓸어넣고 자물쇠라도 채울 만한 무시무시한 기세였다. 다섯 사람을 댓돌 아래에 세워놓고 꼬깔은 안대청에 걸어앉았다. 꼬깔도 오늘 저녁에 찰인절미를 몇 개나 먹었는지 씨근벌떡

하며 숨이 가빠한다. 다만 꼬깔은 제 분에 못 이겨하기 때문인지라 다만 어깨로 쉬지 않고 코로 쉰다.

안방에서 조그만 몸하인년이 나와서 분합 밖에 걸린 유리등잔에 불을 켜놓고 우두커니 구경난 듯이 서서 내려다본다.

"이놈들, 남의 물건을 도적질하면 어떻게 될지 알겠지?"

노영감님은 큰사랑에 기침 듭시고 양덕영감께서는 내외분이 뒷초낭에서 주무시기 때문에 같은 호령에도 목소리는 죽여서 한다. 그 대신에 눈을 좀더 몹시 뜬다.

일평생의 소원인 꼬깔 사또님 소리를 못 들어보고 겨우 꼬깔 참봉 행세밖에 못하게 된 이 양반은 이러한 일이 생기는 것이 도리어 재미있고 이상하게도 유쾌하였다. 요사이는 모의(模擬)재판소라는 것이 외국에 유행한다는 말이 있거니와 지금 꼬깔 원님이 차리고 앉았는 것이 하릴없는 모의동헌이었다. 몸하인년이 모시고 섰는 것까지 원님 옆에 섰는 방자와도 같다.

"그런 짓을 하면 어떤 벌이 있는 것인지, 당장에 너희 눈깔로 보았으면 알겠구나! 그것이 마음이 고약한 놈의 천벌이야!"

"네. 그저 소인이 모두들 먹고 싶어서 하옵기에 그랬지요만…… 저희끼리 놀기에 미쳐서 그랬습지요마는…… 그저 이번만……"

원석이는 양수거지[20]를 하며 고개를 떨어뜨리고 서서 이렇게 빌 수밖에 없었다.

"놀기에 미쳐서? 놀기에 미치면 도적질을 해두 상관이 없더란 말이란 말이냐?"

'없더란 말이란 말이냐가 또 나오는군.' 하며 원석이는 속으로 웃었다.

"애, 업아. 너 안방에 들어가서 다락에서 떡 목판을 끄집어 오너라" 하고 원석이 처더러 분부를 하였다. 업이란 원석이 처의 어렸을 때의 이름이다. 양덕 댁에 어미 대부터 종이었던 까닭이다. 원석이 처는 남편의 뒤에 쪼그리고 서서 감히 올라오지를 못한다. 여간한 일이 있기 전에는 안방에 들어가본 일도 없거니와 이 경우에 성큼 나설 수가 없었다.

"어서 올라가!"

하는 수 없이 관에 들어가는 송아치처럼 마루 한구석으로 올라섰다. 안방에는 마님이 쥐 죽은 듯이 들어앉았다. 감독상 부주의한 책임으로 무색해서 말 한마디도 못하는 것이었다.

원석이 처는 떡 목판 하나를 들고 나와서 마루 끝에 놓았다.

"자, 네 손으로 헤아려봐라. 그리고 떡이 몹시 잔 까닭이 웬 까닭이란 말이냐?"

"세어보지 않아도 축이 납니다."

한 목판에 오백 개씩 담으라는 것이기 때문에 한 켜에 백 개씩 깔면 다섯 켜가 되는 것이었다. 오늘 마지막으로 쳐서 만든 것까지 다섯 목판 반인 것은 꼬깔 참봉 내외가 보아서 알았다. 그런데 일하던 사람이 얼마씩 꾸려가고 원석이 내외가 백여 개나 축을 내려니까 전에 감추어둔 것도 있지만 제각기 꺼내느라고 여러 사람이 공론을 하고 속은 얼쯤하고 거죽 두 켜만 제대로 입혀서 올려 보냈던 것이다. 그런 것을 순행하다가 떡 내기하는 것을 엿듣고 부리나케 헤아려보고 이 야단을 꾸민 것이다.

"너희들도 놀기에 미쳐서 그따위 버릇을 했니?"

한참 있다가 꼬깔은 소리를 버럭 질렀다.

"저희들은 먹고 싶던 차에 갖다가 주니까 조금씩들 얻어먹었습니다" 하고 젊은 사람이 대답을 하였다.

"흥, 저희들은……" 하다가 다시 고쳐서,

"너희들은……" 하고 무슨 말을 하려고 했었던지, 잊어버린 듯이 입을 닫아버렸다. 여러 사람들은, '너희들은 나가라.'고 하는 줄 알았겠지만 실상은 '소인'들이라고 아니하여서 잠깐 엇먹어 한 말이었다. 직접 부리는 사람 외에는 소인들이라고 하는 사람도 없고 또 그렇게 부르게 하라고까지는 아니하는지 못하는지 모르지만 귀에 익은 '소인'이 이런 경우에 그들 '죄인'의 입에서 안 나온 것이 좀 못마땅하였던 것이다.

하여간 네 장정과 한 여자는 이러한 문초를 한 식경이나 받고 겨우 풀려나왔다. 으르르 떨면서 또다시 주레주레 바깥방으로 들어왔다.

치전이는 얼굴이 파랗게 질리고 입술이 자줏빛이 되어서 넙치같이 나자빠져 있다. 이불은 다 걷어차버리고 머리를 윗목으로 두고 누운 것을 보면 어지간히 몸부림을 하고 헤맨 모양이다. 그렇게 멀쩡하던 사람이 그 몹쓸 떡 몇 개에 금세 이렇게 될 수 있단 말인가 하고 새삼스레 여러 사람은 놀라고 무섭지 않을 수 없었다.

"찰떡이 마흔 개나 들어갔으니 사람 못 견딜 노릇이지……"

한 사람이 이런 군소리를 또 뇌고 섰다.

"그거나마 이 집 것은 작았길래 망정이지, 정말 커단 거면야……"

또 이런 소리를 한 사람은 받는다. 그밖에는 할 말도 없고 속수 무책이었다. 아닌 게 아니라 이 집에서는 경풍(京風)을 따르기도 하거니와 그것도 경제속으로 경단보다 좀 클 듯하게 썰어 만든 인 절미이기에 사십 개나 먹고 위선 이만한 것이었다.

"여보게, 어쨌든 아랫마을에 가서 길성 어멈네더러 곧 오라구 해주게."

원석이는 팔짱을 끼고 앉아서 병인을 들여다보다가 이렇게 한 사람을 보고 명령하듯이 했다. 말을 들은 사람은 좀 괴로운 듯이 머뭇거리며 동무의 얼굴을 쳐다본다. 아랫마을이 멀기도 하거니 와 떡 몇 개 얻어먹느라고 듣지 않을 호령까지 듣고 잠도 못 자고 이게 무슨 팔자냐는 눈치다.

"그럼 둘이 가게. 그리고 오다가 또쇠 집에도 좀 들여다봐주게. 잘 가기나 했는지."

새삼스레 또쇠 아버지의 일이 마음에 키였다. 그래도 머무적거 리고 쓱 떠나가지를 않는다. 우리 죄도 아닌데 왜 임자는 못 가고 반 시간이나 한지에서 떨고 섰다가 들어온 사람을 몸도 녹기 전에 그 먼 데를 가라느냐고 하는 눈치였다.

"자, 어서 나서세. 나는 약 지으러 가야겠네" 하며 원석이가 일 어서니까 그제야 모두 따라섰다. 약을 지으려면 사랑에 있는 선다 님[21]만 깨면 훌륭한 약재가 있겠다 좀 좋으련만 큰사랑에서 노영 감을 모시고 자는 터에 더구나 이런 일이 있은 끝에 될 법도 하지 않은 일이다.

약을 지어가지고 와서 보니 달일 데가 없다. 약두구리를 얻어내오고 불을 피우고 하려면 안에를 꼭 한 번은 더 들어갔다가 나와야 하겠는데 그것은 죽으면 죽었지 못할 노릇이다. 안중문도 인제는 닫아걸었을 것이다. 시골 밤이 벌써 자정이나 되었을 텐데 동리집에 가서 싸리짝 문일망정 열어달라기가 죄 같아서 이것도 차마 못할 일이다. 어떡하우? 어떡하우? 하며 내외가 맞붙들고 앉아서 길성 어머니가 오기만 기다리는 수밖에 없었다. 병인은 그래도 가다가다 경련이 일어나는지 몸을 덜덜 떨기도 하고 두 주먹을 부르쥐고 이를 북북 갈기도 한다. 이 가는 소리를 들을 때마다 원석이 처는 질겁을 하여 남편의 곁으로 기어든다. 눈에는 눈물까지 글썽글썽했다.

길성 어머니는 혜갈[22]을 하고 혼자 달겨들었다. 한 사람은 또쇠네에게 들렀더라도 한 사람은 바래다가 줄 줄 알았었다. 밤길에 여편네를 혼자 보내다니…… 하는 못마땅한 생각이 원석이 내외에게는 없지 않았다. 어쨌든 울며불며 잔소리를 내놓는 것을 부축여서 병인을 원석이가 업고 나섰다. 원석이 처도 따라나섰다. 원석이의 어깨에 척 늘어져 붙은 병인은 송장같이 무겁기도 했지만 송장같이 아주 정신을 못 차렸다. 찬바람을 쐬니까 중간쯤 가서는 등 위에서 사시나무 떨리듯이 걷잡을 새 없이 떤다.

치전이 집 방은 거의 냉돌이 되어 있었다. 아끼고 아끼던 나무를 원석이 처가 달려드는 길로 일변 때고 일변 불을 받아내서 질뚝배기에 약을 안쳐놓았다. 길성 어머니는 안절부절을 못하고,

"죽지나 않나요? 죽지나 않을까요?" 하며 원석이가 의사나 되는 듯이 뇌고만 앉았다.

"저 약 한 첩만 먹고 푹 쓰고 땀을 내면 낫지요. 어떻든지 몸을 덥게 하고 먹은 것을 돌려내기만 하면 아무렇지도 않겠지요."

원석이는 아까 의사에게 들은 대로 위로를 하고 곁에 앉았다. 사실 그렇게만 하면 원석이 생각에도 별로 걱정될 것은 없을 것 같았다. 그러나 덥게 푹 쓸 이불조차 변변치 못하였다. 꺼먼 솜이 비죽비죽 나오는 손바닥만 한 뗏덩이 이불 한 채를 가지고 아랫목에 내외가 눕고 한가운데 세 자식을 넣고 보면 덮은 둥 마는 둥 할 것이다. 그 얄따란 것으로 치전이를 아무쪼록 푹 싸주도록 하였으나 정신없이 누운 사람은 여전히 덜덜덜 떠는 양이 이불 위로 보인다.

약이 끓는 동안 원석이 내외는 냉돌 같은 위에 앉아서 길성 어머니의 팔자타령을 듣고 있을 수밖에 없었다. 가끔 병인의 이마를 만져보고 요 밑에 손을 넣어보았으나 방은 좀처럼 덥지 않고 얼굴은 그대로 파랗게 질려 있다. 추운데 끌고 오느라고 더 더치지 않았는지 그것이 무엇보다도 염려였다. 그러는 동안에도 원석이는 길성 어머니가 자기를 청원이나 할까 무서워서 계속 변명을 하였다.

"……하도 먹고 싶어들 하기에……"

이 말을 원석이는 몇 번이나 뇌었다. 사실 원석이는 갓한 떡을 젊은 사람들이 먹고 싶어서들 끼룩거리는 것이 안타까워서 내기야 하든 말든 갖다가 먹으려던 것이 실없는 생각에 그렇게 한 것이라서 이 모양이 되고 만 것이다.

"그러나저러나 나는 실없이 안팎곱사등이가 되었어요" 하고 원석이는 자탄을 하였다. 내일은 단연코 내쫓는다는 꼬깔 참봉의 말을 생각하고 하는 말이었다. 그 사연을 듣고 길성 어머니는 그런

중에도 가엾은 듯이,

"먹는 음식을 좀 그랬다구 아무리 그악하기루 그럴 수야 있어요. 그랬다가는⋯⋯" 하며 도리어 걱정을 해주었다. 치전이 내외는 원래 충청도 양반의 씨로 거덜이 난 뒤에 이 지방으로 피해 온 사람들이다. 그래도 마구 고된 사람들이 아니긴 하지만 길성 어머니부터 그렇게 지각없이 서두르거나 남을 원망하는 기색은 없었다.

원석이 내외는 약을 먹여놓은 뒤에 일어났다. 길성 어머니가 혼자는 무서운 듯이 좀더 있어주기를 바라는 눈치일 뿐 아니라 차마 떨치고 나서기가 어려웠으나 아직 어린 계집을 그대로 두고 갈 처지도 못되고 그렇다고 둘이 다 있을 경우도 못 되었다. 양덕 댁 대문을 밤새도록 열어놓고 나가 갔다간 그야말로 내일로 당장 내쫓길 것이다.

두 내외는 캄캄한 밤길을 걸으면서도 걱정이 잦았다.

"아⋯⋯ 약을 다 토하였으니 어디 돌려내겠습디까. 뱃속이 꼭 차서 약이 들어갈 틈이 없는 게야! 안 할 말로 죽으면 저걸 어떻게 하우?" 하며 아내는 겁이 펄쩍 나는 소리를 한다. 원석이도 하도 혼이 나서 좀 안심은 안 되었다.

"설마 죽기야 할라구! 날이 새거든 약을 또 한 첩 지어다주지⋯⋯" 하고 맥없는 소리를 하였다.

5

대문이 별안간 찌걱찌걱하는 소리에 원석이 처는 어렴풋이 잠이 깼다. 들창을 쳐다보니 벌써 훤히 동이 텄다. 곤한 판에 하마터면 늦잠이 폭 들 뻔한 것을 잘됐다 생각하고 소스라쳐 발딱 일어났다. 남편은 한잠 곤히 깊게 든 모양이다.…… 또 문이 찌걱찌걱한다. 길성 어머니? 하는 생각이 번쩍 떠오르자 바짓바람으로 컴컴스그레한 속을 더듬어서 들창을 열고 내다보았다. 획 하고 쏘달는 모진 바람에 정신이 반짝 들었다. 문 밑에 매달리듯이 붙어 섰던 헙수룩한 여편네는 단걸음에 이리로 뛰어와서,

"어서 문 좀……" 하고 울상으로 발을 동동 구른다. 원석이 처는 모든 것을 알아차린 것 같았다.

"한참 됐소?" 하고 돌쳐서서 치마를 부리나케 휘두르며 나갔다. 밖에서는 엉엉 하며 울음을 참는 을씨년스러운 소리가 난다. 너무 추워서 저러나? 정말 무슨 일이 났나? 약을 지어달라고 왔나?…… 원석이처는 황황히 나가면서도 차차 뻐근해오는 가슴속에 이런 생각이 휘돌았다.

"어떻게 됐소? 왜 그러우?"

으르르 떨고 선 사람을 끌어안듯이 하며 물었다. 큰소리가 날까 보아서 죽으라고 참던 울음이 길성 어머니의 입에서 칵칵 막히며 터져 나왔다.

"여보, 어서 들어갑시다. 신새벽에…… 안에 들리면 또 야단나

우……"

원석이 처는 가슴에 덜컥하며 모든 것이 분명해진 것을 깨달았으나 위로 한마디 하지 못하고 이런 소리를 먼저 하지 않을 수 없었다.

"어서 이 뜨뜻한 데로 발을 좀 넣으우" 하며 둘이 누웠던 자리 밑을 발치께로 들치고 길성 어머니를 앉게 한 뒤에 남편을 흔들어 깨웠다. 길성 어머니의 입에서 나올 그 무서운 소리를 혼자 듣기가 싫었다. 남편은 부스스 눈을 뜨다가 깜짝 놀라며 벌떡 일어나 앉는다.

"좀 어떱디까?"

"어떤 게 뭐예요……" 하며 길성 어머니는 이불 위에 고개를 파묻고 그대로 정말 울음이 터졌다. 원석이 내외는 한참 동안 등신같이 앉았을 뿐이었다.

'내 죄다!' 하는 한마디가 원석이 머리에 떠오르자 머리가 어찔하였다. 마치 제 손으로 마음에도 없이 금방 죽여놓은 송장 앞에 앉은 것처럼 팔다리가 옴쭉하고 전신의 맥이 금시로 폭 빠지며 가슴만 이상히도 덜덜 떨렸다. 부모를 여의고 자식을 잃어버린 일도 있지만 이렇게까지 무섭고 놀라운 증을 경험해본 일은 없었다.

길성 어머니가 울음 반 섞어서 겨우 한 말을 간단히 종합해보면 이런 것이었다. ──원석이 내외가 간 뒤에 방이 더워질수록 병인은 점점 더 몸을 떨고 얼굴은 까맣게 타더니 나중에는 미친 사람처럼 몸을 어찌할 줄을 모르는 듯이 뒤재주를 치고[23] 방으로 헤매다가 겨우 진정이 되는가 하여 마음을 좀 놓으려니까 고만 목이 꼭 막힌 듯이 숨을 들이걷더라——고 한다. 그런 지가 벌써 두 시간 전 일이나 날이 새기를 기다려서 겨우 달아나왔다고 한다.

속이 바짝 말라붙은데다가 잘 씹지도 않은 찰떡, 시큼한 김칫국 얼음덩이, 얼어붙을 듯한 소금 냉수…… 이러한 것을 함부로 틀어넣고 나서 찬바람을 몹시 쐬었으니 배겨낼 장비가 없을 것이다.

울음과 이야기가 웬만큼 끝난 뒤에 길성 어머니는 아우성들을 싸며 기다릴 자식들 때문에 어서 가보아야 하겠다고 몸을 가누지를 못하며 일어선다.

"……자식들만 없으면야 무엇하자고 살겠소…… 하지만 정 하는 수 없으면 그것들까지 데려가라지!"

길성 어머니는 이런 소리를 하며 또 운다. 원석이 내외도 따라 울지 않을 수 없었다. 그들은 이 여편네까지 악이 받친 바람에 목이나 매달지 않을까 하는 겁이 펄쩍 났었다. 그러나 설마하는 생각으로 위선 혼자 그대로 보내었다. 원석이가 쫓아가고 싶기도 하지만 아침 군불도 때놓아야 하겠고 뜰이나 다 쓸어놓은 뒤에 여러 사람을 만나 의논을 해가지고 가리라는 생각이었다.

원석이는 각 방에 아침 불을 지펴놓고 앞뒤로 다니며 뜰을 쓸면서도 이리저리 궁리궁리하여보았다. 그러나 뾰족한 수가 나서지를 않았다.…… 양덕영감에게나 꼬깔 참봉에겐들 무어라고 할말이 없었다. 그렇다고 숨길 수는 없지만 치전이를 감장²⁴하겠으니 돈푼이라도 도와달라고 해야 될 법한 노릇도 아니다. 그러나 그외에는 어떤 놈한테고 피천 샐닢이고 내어놓으랄 체면도 체면이려니와 내놓을 만한 놈도 없다. 더구나 친구들을 마주 볼 낯이 없을 것 같았다. 죽은 사람에게 미안한 것은 열두째요 뒤에 남은 처자들은 어떻게 살아가란 말이요. 자기인들 이 집에서 쫓겨나지 않는다기로서니 첫째 동리 사람들이 부끄러워서 어찌 살아나갈지 기가 막힐 노릇이다. 쥐구멍이 있으면 들어가고 싶다는 말이 있지마는 어떤 모를 귀신이 감쪽같이 붙들어 가주었으면 좋을 것 같았다. 제 손으로 목이라도 얼른 매어서 이것저것 다 잊어버렸으면 속시원하겠지만 그러고 보면 계집은…… 어린 귀여운 계집은 어찌하나?

원석이는 일을 마치고 제 방에 들어와 앉아서도 어떻게 이 당면한 문제──우선 송장을 치울 문제부터 해결할까를 아무리 궁리해 보아야 별 도리가 나서지를 않았다. 돈백 모아둔 것이 없지 않지만 이따가 어떻게 될지 모르고 내일 어떻게 될지 모르는 이 판에 무어라고 계집에겐들 내놓으라고 입을 벌릴 용기가 나설 것 같지 않았다. 그 돈이나마 원석이의 것은 아니었다. 원석이 처의 친부모가 오륙십 년을 양덕 댁에서 뼛골 빼이고 이 세상을 떠날 때에 무남독녀 업[25]이에게 이 세상에 나왔던 오직 하나의 표적으로 물려주고 간 것이었다. 원석이의 장인 장모가 원석이 처에게 남겨준 것은 그 돈 외에 저기에 놓은 구 년 묵이의 지장(紙欌) 한 바리가 있지만 그 농장도 실상은 양덕 댁의 것이다. 다만 그 돈이 한 푼 두 푼 그들의 목숨을 말려가며 평생을 두고 모은 것이었다. 그것을 얼없는 장난을 하여 죽인 사람의 뒷수쇄에 쓰자 할 염의가 뻔뻔스러워서도 못 나올 것이다.

'……이 못생긴 놈은 떡 훔쳐다가 생사람 배 터져 죽이려고 이 세상에 태어나왔던가?' 하며 원석이는 혼자 컴컴한 방 속에 얼없이 앉았었다. 아무에게도 호소할 수 없는 뉘우침과 분하고 서러운 생각이 가슴을 저렸다. 그러나 왜 분하고 서러운지는 자기도 알 수 없었다. 잠이 부족한 그의 머리는 점점 더 흥분해오고 혼란하여질 뿐이다.

'이런 놈의 세상에서 왜 사누?……' 하는 막연한 텅 빈 생각이 머리에 떠올라왔다. 모든 것이, 모든 희망과 모든 행복이 자기에게서 떨어져 나가는 것 같았다. 계집조차가, "에이 바보! 너 따위를 믿고 어떤 얼빠진 년이 살련!" 하고 싹 돌아서는 듯한 허깨비[幻影]가 머릿속에 생각으로 나타났는지 눈앞에 떠올라왔다가 스러졌는지 갈피를 잡을 수 없다. 그대로 혼자 이렇게 앉았다가는 금시로 자기도 모르게 무슨 무서운 짓을 할 것 같다. 그는 제풀에 겁이 더럭 나며 눈에서는 까닭을 자세히 알 수 없는 눈물이 소리 없이 뚝뚝 떨어졌다.

안에서 밥을 안쳐놓고 틈을 타서 빠져나온 아내는 방문을 펄썩 열고 잠깐 우두커니 서서 남편의 이 꼴을 바라보다가 들어오며 목멘 소리로,

"여보! 숭없소. 울지 말우" 하며 옆으로 와서 앉는다. 원석이는 가위에 눌렸다가 깨어난 사람처럼 적이 안심이 되고 다행이라고 생각하였다. 고맙고 귀여운 생각이 한층 더 부쩍 나면서도 눈물은 더 흘렸다.

"내…… 불찰은 내 불찰이지만 이렇게 될 줄이야 누가 알았더람! 어저께 내가 무슨 거지영신이 씌었더란 말인가?"

한참 있다가 이런 자탄을 하였다.

"내 불찰은 무슨 내 불찰이란 말이오? 그것도 다 제 팔자지!"

조선 사람은 누구나 이런 때에 팔자타령을 안 하고는 못 배긴다. 거기에서는 당장 앞가림할 만한 말 방패막이를 손쉽게 얻을 수가 있기 때문이다.

"무슨 놈의 팔자가 떡 먹고 배 터져 죽으란 팔자가 있더란 말인가!…… 그대로 내버려두었으면 곱게들 가서 잘 것을 공연히 그 따위 짓을 했기 때문에……" 하며 원석이는 또 자책지심에 분하고 절통한 것을 못 참는 눈치였다.

"그도 그렇지만 떡 먹었다구 다 그럴라구! 또쇠 아버지두 그만큼 먹고 피둥피둥한 걸 보슈…… 길성이네두 굶지만 않았더면 아무려니 그렇게 되었을라구! 팔자 탓이 아니면 굶는 탓—먹는 탓이지!…… 모두 없는 탓이지!"

아무쪼록 남편을 위로하려고 아내는 이런 소리를 했다. 진리는 지나는 말— 무식한 계집의 입에서도 흘러나오는 것이다. 다만 그것을 거죽으로 볼 뿐이요. 속으로 모르고 생각지 않을 따름이다. 결과만이 생활을 끌고 간다.

원석이는 어린 계집하고 의논을 할 수도 없고 벙어리 냉가슴 앓듯 혼자 속만 조비비듯 하고 앉았다가,

"어떻게 하시려우. 길성이네한테 좀 가봐야 하지 않겠소?" 하며 아내가 말을 꺼내는 바람에 벌떡 일어났다.

"어쨌든 돈 오 원만 꺼내주구려" 하며 원석이는 방문 밖에 나서서 망설이다가 입을 벌렸다. 그 오 원쯤은 자기가 모아서 맡긴 것

으로만으로도 셈은 되겠지만 그래도 차마 시원스럽게 냅뜨지는 못하였다.

그는 나서는 길로 위선 또쇠 아버지를 위문 겸 의논하려 찾아갔다. 그중에서는 돈푼도 가졌으려니와 기위 내기니 난장이니 한 것도 있고 한즉 부의하는 셈치고 자기와 같이 5원씩 내서 송장이나 치우도록 하자고 하려던 것이다. 그러나 또쇠 아버지는 사실 괴로워하기도 하는 모양이었으나 원석이를 보더니 한층 더 끙끙 앓는 소리를 내며 엄살을 하다가 치전이가 죽었다는 말을 듣자 두 눈이 뚱그레지며 겁이 펄쩍 나서 "어구, 사람 죽는다— 또쇠야, 어서 저 지주부네한테 가서 약 한 첩 지어다 다우. 돈은 생기는 대로 곧 가져오마고 하여라" 하고 죽어가는 소리를 하며 버둥거리고 누워서 남의 말을 귀담아 들으려고도 안 했다. 원석이는 가엾기도 하고 조금은 제버릇으로 엄살을 떠는 것이 밉살맞기도 하였으나 위로를 해가며 하려던 말을 대강 비쳐보았다.

"천만에, 내게 무슨 놈의 돈이 오 원씩이나 있단 말인가? 어제부터 약 한 첩 지어서 먹으려두 꼼짝할 수가 없는데……" 하며 또쇠 아버지는 눈을 더 크게 뜨고 펄쩍 놀라는 소리를 할 뿐이다.

"어쩌면 무지스럽게 찰떡을 그렇게 먹는 사람도 깜냥이 없지만 먹이는 사람두 먹이는 사람이지 그렇게들도 분수가 없더람!"

옆에서 눈살을 오만상이나 찌푸리고 앉았던, 또쇠 아버지보다도 늙은 거의 마누라가 다 된 댁내조차 치전이 죽었다는 데는 한마디 놀라는 소리를 낼 뿐이요 다시는 아무 말 없다가 이런 소리를 중얼거렸다. 원석이는 다시는 아무 말 못하고 나왔다. 그 또래 중에서는 그래도 또쇠 아버지가 5원 돈이라도 내놓을 만하건마는 그렇게 딱 잡아떼는 것을 보고서는 다시는 다른 사람에게 단돈 50전이라도 보태달라고 입을 벌리지 않으리라고 생각했다. 이 판에 시골에서 무척 돈 5원 팀이 내놓으라고 한 것도 어림없는 수작이지만 더구나 같은 병으로 앓는 사람이고 보니 또쇠 아버지 아니라도 내놓으려 할 리가 없을 것이라고까지 원석이는 생각하면서도, 약 한 첩 값에 치를 부들부들 떨면서 자기도 치전이같이 될지 안 될지 모르는데 약 한 첩이라도 지어가지고 와서 얼른 들여다보아주지 않은 것을 야속하다는 듯이 중얼거리고 누웠던 것을 생각하면 더 밉살스럽기도 하였다.

'…… 제기랄, 죽기는 이때까지 멀쩡하던 놈이 죽어? 떡 내기하자고 당초에 충동인 놈은 누구길래?'

원석이는 이런 생각까지 아니할 수 없었다. 그는 그길로 초상집에 가서 죽은 친구의 얼굴에 대고 한바탕 울고 나서 돈 5원을 내놓은 뒤에 마침 거기에 와서 있는 치전이의 육촌 형을 시켜서 주재소에 가서 매장 신고를 하게 하고 돌아왔다.

6

원석이가 아침밥 뒤에 또 초상집으로 가려고 나서니까 복장 입은 순사가 이리로 향해 온다. 원석이는 가슴이 뜨끔했다.

"네가 김원석이지?"

순사가 딱 앞에 서며 눈을 세로 뜬다.

"네."

"주인 있니?"

원석이는 두번째 가슴이 덜컥 내려앉았다. 꼬깔 참봉에게는 차마 이때까지 그댓사연을 못했던 것이다. 어찌된 영문인지는 모르겠으나 치전이 죽음에 대하여 그동안 무슨 일이 난 것은 분명하다.

"이리 오너라" 하며 순사는 죄인이나 다루듯이 원석이의 소맷자락을 잡아채친다. 가슴이 떨리나 하는 대로 내버려두었다. 설령 죄가 돌아온다 하더라도 받는 것이다! 고까지 생각하며 마음을 가라앉히려 하였다. 사랑 마당에 들어서서도 원석이의 소매를 놓지 않고 큰방에다가 대고 주인을 부른다.

노영감이 유리로 내다보다가 누구든지 나가보라고 소리를 치니까 약(藥) 맡아보는 선달이 나왔다.

"당신이 주인이오?"

"아녜요……" 하고 이 늙은이는 벌벌 떨면서 뒤로 들어가더니 곧 양덕영감이 나왔다.

"왜 그러우?"

양덕영감은 망건을 도드라지게 쓴 위에 곱다란 인모탕건을 얹어놓았다. 탐스런 대모풍잠[26]이 은은히 비추인다. 말소리가 좀 거만한 듯한 데에 불끈한 순사는,

"당신이 주인이요? 호주요?" 하고 연거푸 물었다. 양덕영감은 왜 그러는지 잠깐 머뭇거리다가,

"네" 하고 겨우, 그러나 아까보다는 좀 수그러진 목소리로 대답

을 했다.

"주재소로 좀 갑시다. 어서 옷 입으우."

"무슨 일인데요?"

"나도 모르우. 어서 옷 갖다가 입우."

이러는 동안에 노영감은 마루로 나서고 꼬깔 참봉은 누가 기별 했는지 안에서 눈이 뚱그래서 고깔을 휘젓고 튀어나오고 아들 손 자 하인 할 것 없이 삽시간에 마당이 빽빽하게 모여들었다. 원석이 처는 코끝이 빨개서 뛰어나와서 뚱그란 두 눈을 홰홰 내젓다가 남편이 순사에게 붙들려 섰는 것을 보고 틈을 비비고 나서다가 꼬깔 참봉께 호령만 당하고 사람의 틈으로 물러섰다.

"왜 그러슈? 치전이 죽은 데 무슨 상관이 있는 줄 알고 그러슈? 그 일이면 내가 자세히 아니 나하고 갑시다."

꼬깔 참봉이 나서며 이렇게 물었다. 이 말에 누구보다 놀란 사람은 원석이었다. 벌써 소문이 돌았던 게다.

"응? 치전이가 죽었어?" 하고 놀라는 소리도 그중에서는 들렸다.

"그럼 갈 테건 당신도 갑시다" 하며 순사는 부자를 다 데리고 갈 눈치다. 꼬깔 참봉이 나중에는 허리를 굽실거리며 쇤네를 개올려 가며 애원을 해보았으나 끝끝내 고집을 세우고 어디로 도망이나 할 염려가 있는 듯이 부자의 옷을 내어다가 입혀서 앞장세우고 주재소로 갔다. 경관의 앞에는 상전 하인이 없었다. 이런 일은 이곳에 주재소가 나와 선 지 수십 년 래에, 아니 이 집의 가문에 없던 일이었다. 양반이 순사 조라치[27]에게 끄들려간다는 일도 전고미문의 일이요 이 집 대문 안에는 1년에 두 번 하는 청결 때에 순사가

들어와서 하속배를 홀뿌리는 외에는 순사니 일인이니 하는 것이
접근을 할 여지도 없고 할 까닭도 없었다. 다만 요사이 생긴 일로
는 작년과 올에 양력 정초가 되면 읍내에서 새로 된 소방대가 하
는 것이 출초식(出初式)인지 무언지 자개벽[28] 이래에 듣도 보도 못
하던 식(式)인가 장난인가 한다고 하여 대문 앞에 와서 사당다리[29]
를 놓고 줄 타는 광대가 공중제비를 놀고서 구경 값을 달라고 하
여 꼬깔이 짜증을 내고 2원씩 두 번 주어서 쫓아보낸 것이 말하자
면 순사 이외에 일본 사람이 이 집에 찾아온 것이었다. 또 그밖에
따지자면 재작년엔가 서울서 내려온 군수가 찾아와서 도평의원
(道評議員)인가 무언가 하라고 권고를 할 제 선거비와 교제비가
조금 든다는 말을 듣고 솔깃하게 비위가 동하다가 별로 직함도 안
주는데 돈 쓸 필요가 없다고 삼대가 의논을 하고, "아, 성주님께서
이처럼 행차를 하셨는데……" 하는 따위 수작으로 아까운 가양주
만 잔뜩 먹여 보낸 뒤에는 다시 발그림자도 얼씬을 못하게 하였
다. 그러면서도 그후부터는,

"이 고을에 군수가 와도 신임 인사로 내 집부터 찾아오느니!"
하며 봉인첩설[30]을 하곤 하였다.

그는 하여간에 붙들려간 사람은 좀처럼 놓여나오지 않았다. 사
람이 줄줄이 늘어서서 알아 들여오는 소문에는 어젯밤에 원석이
방에 있던 사람은 모조리 불려갔다 한다. 또쇠 아버지도 못 가겠
다고 앙탈을 하는 것을 등줄기를 몰아서 데려갔다 한다. 이 말을
들은 원석이 처는 간이 콩알만 해져서 풀방구리에 쥐 드나들듯 방
문을 팔짝거리고 드나들었다. 그러나 결코 안에도 아니 들어가고

길성이 집에도 못 갔다. 안에를 들어가면 마나님 야단에 제자리에서 목숨이 자지러질 것 같고 길성이 집에 가면 곧 붙들려갈 것 같았다. 그러나 소문은 알아봐야 하겠고 혼자 방 속에 앉았을 수도 없어서,

"이게 무슨 팔자야! 이게 무슨 수땜이야!" 하며 드나드는 것이다. 그러나 웬일인지 요행히 붙들러 오지는 않았다. 여편네라고 업수이 여기고 그러는 모양이나 업수념"도 이런 때는 하느님 덕분같이 고마웠다. 낮쯤 되더니 읍에서 일본사람 의사가 나왔다 하는 소문이 들렸다. 그리고 양덕 댁에서 만든 떡에 분명히 무슨 독이 들었다고 하여 인제 경찰서에서 그 떡을 다 가져가고 시체는 배를 째고 볼 터라 한다. 원석이 처는 관에 들어온 송아지처럼 부엌 속에 틀어박혀서 점심을 차리다가 가슴이 덜썩하였다. 순사가 또 올 것만 같은 생각을 하여도 쥐구멍이 좁아라고 바둥거릴 것인데 떡에 독약이 들었다면 죄는 없지만 누구보다도 자기가 먼저 붙들려갈 것이다. 얼굴이 금세 새파랗다 못해 까맣게 타고 피가 바싹바싹 졸아붙는 것 같았다.

그러는 대로 안팎에서 맞장구를 치며 야단이다. 그대로 기둥 밑이 물러앉을 것 같다. 안방에서는 꼬깔 마누라가 금세 사람이 죽어가는 듯이 목청을 놓고 울고 양덕마님은 며느리를 달래랴 하인들을 들볶으랴 야단이요 손주며느리 아기들은 발발 떨며 쫄쫄거리며 다니면서 원석이 처의 원망을 하고 들볶으려 종알대고……
어중간에 말라죽을 사람은 이 불쌍한 조그만 계집 하인 하나였다. 그러나 밖에서는 한층 더 야단이다. 일가친척이며 근방 사람이 위

문하랴 구경하랴 방마다 사람이 잔뜩 몰려들어서 제각기 떠들고 노영감은 길길이 뛰며 어서 보교를 꾸며놓으라고 망령을 부린다.

"이번 등내[32]로 온 원놈이 내게 신임 문안도 안 오더니 기어이 트집을 낸 것이다. 내가 군수를 만나보고 청을 하면 제가 안 들을 리도 없거니와 안 들으면 주재소에 가서 나부터 그놈이 찬 칼로 찔러죽이고 저의 마음대로 하라고 할 게다" 하고 모진 소리를 길길이 뽑아내고 앉았다. 군수에게 청하러 간다는 말을 들으면 망령의 소리만은 아닌 모양이다. 하여튼 이 모양으로 안양덕 댁에는 떡이고 설차리고 다 집어치우고 삽시간에 또 하나 초상집이 생긴 것이다. 그러나 하나는 송장 없는 초상집에 손님이 욱시글욱시글 끓고 하나는 차디찬 냉방에 누운 찰인절미의 귀신을 또다시 배때기까지 쨌다고 칼 찬 조객〔佩刀弔客〕밖에는 아무도 얼씬을 안 하게 되었다.

그러는 동안에 이번에는 치전이의 사망 진단서를 내준 한방 의사 지주부(이 사람은 새벽에 약을 지어준 사람이다)도 지금 불려간다고 떠들더니 뒤미처 참 정말 순사가 또 달려들었다. 아까 왔던 그 순사는 사랑으로 들어서서 누구든지 이 집 사람 하나 나오라고 훌뿌리는 소리를 한다. 이번에는 꼬깔 참봉의 아들이 나서려니까 노영감이 와락 나서며,

"주인 예 있소. 이번에는 날 잡아갈 테요? 갑시다" 하며 소리소리친다. 일흔일곱 해를 써내려온 그 목청이 저렇게도 닳지 않고 싱싱할 수야 있나 하며 모두들 놀라지 않을 수 없었다.

"노인은 들어가 있어요" 하며 순사는 볼멘소리를 하고 노인의

증손자를 따라서 안으로 들어간다.

"저놈이 남의 집에 내정 돌입을 하지 않나! 내오랄 게 있으면 내오랄 게 아닌가!" 하며 반망령난 노인은 맨발바당으로 뛰어내려가려는 것을 좌우에서 몰려들어 붙잡았다. 그러나 또 뿌리치고 겨우 신을 찾아 신고 안으로 들어갔다. 안마루에는 떡 목판이 열좌를 하였다. 아직도 다락에서는 아이놈하고 원석이 처가 날라 내온다. 원석이 처는 얼굴이 잿빛이 되어서 함지박이나 목판 든 손을 달달달 떤다. 안식구는 모두들 건넌방으로 몰려들어가서 문을 꼭꼭 닫고 앞창 유리조각에는 젊은 계집들의 분 바른 상만 두셋씩 달라붙었다.

"떡에 독약이 들었다고? 그 떡 내가 먼저 먹고 죽겠다" 하며 노영감은 달려드는 길로 뼈만 남은 앙상한 손에 인절미를 한 줌 쥔다. 옆에 섰던 증손자들은 와락 달려들어서 좌우로 얼싸안고 놓으라고 손까지 붙들었다. 잘못하다가는 그 손에 쥔 떡을 순사에게 휘뿌릴까 보아서 건넌방 여편네들이나 바깥 젊은 아이들이나 발발 떨었다.

"어구 세상이 망하니까 별꼴을 다 보는구나. 왜 이 늙은 놈이 살아 있었더란 말이냐?……" 하며 노인은 손에 쥐었던 떡을 놓더니 헛헛헛 하며 운다. 그러자 건넌방에서도 또 여편네 울음 소리가 난다.

순사는 모른 척하고 떡 목판을 다 날라온 것을 보더니 구두 신은 발로 성큼 마루로 올라가서 안방으로 들어간다. 원석이 처는 그런 중에도 얼른 앞서 들어가서 다락편으로 깔린 보료 한끝을 접어놓았다. 순사는 다락 안을 휘휘 둘러본 뒤에 나와서 굵다란 골무떡을 서레서레 담아놓은 흰 떡 목판은 모두 다시 들여가라고 명하고 인절미 다섯 목판만 간밤에 꼬깔 참봉이 모의동헌을 꾸몄을 때와 같이 마루 끝에 놓아두게 하였다. 노영감은 며느리 손자며느리까지 내외 여부없이 쫓아내려와서 부축이는 바람에 뒷초당—아들의 방으로 들어갔다.

순사는 다시 하인들을 시켜서 절구, 쇠공이 안반떡뫼들을 마당 한구석에 모아놓게 한 뒤에 주인 젊은 애더러는 거기에 말라붙은 쌀가루나 떡점을 씻어버린 흔적이 있으면 큰 죄에 걸릴 것이니 네가 단단히 책임을 지라고 엄명을 하고 그다음에는 원석이 처를 불러세웠다. 원석이 처는 인제는 떨지도 않고 혼이 다 나간 사람처럼 무슨 인형이나 저용[33]을 끌어당기고 들쑤시는 것 같았다. 여러 사람들도 마지막으로 원석이 처까지 데려가라는 것을 보고는 이때까지 반신반의하던 일이 부쩍 의심나게 되었다.—정말 독약을 탔나? 그럼 왜 탔을까? 원석이가 탔을까? 업이(원석이 처)가 탔을까? 치전이에게 먹이는 떡에만 탔나? 원석이가 치전이는 왜 죽이려고 하였을까? 찰떡에 죄다 탄 것을 우리는 한두 점씩만 먹어서 몰랐나? 치전이가 정말 관격으로 죽은 것을 그러나?—이러한 생각이 순사 앞에 쪽치고 서 있는 조그만 계집의 뒷모양을 볼 때에 무섭고 새삼스레 놀라우면서도 모든 남녀의 머리에 맴돌았다. 그러나 순사는 웬일인지 그리 으르딱딱거리는 눈치도 없이 예사로운 말소리로,

"네가 공연히 도망을 하거나 하면 도리어 너의 남편이 좀처럼

못 나온다. 이따고 내일이고 혹 부르러 나오더라도 마음놓고 가서 이실직고를 하면 무사할 수 있지만 조금이라도 거짓말을 했다가는 안 돼!" 하고 머슴 둘을 불러서 떡 목판을 어깨에 메게 하여 압령³⁴을 하고 나가버린다. 원석이 처는 마치 꿈에 가위가 눌렸다가 깬 것처럼 숨이 턱에 닿고 손끝마다 맥이 풀려서 마루 끝으로 와서 엎어지며 울음이 터졌다.

'그래도 네 얼굴 덕이다!'─건넌방에서 우르르 나오는 젊은 계집들은 제각기 조잘대면서도 속으로는 이렇게 생각을 하고 곁눈질을 슬슬 할 뿐이었다.

젊은 아이들도 얼이 빠져서 순사를 보낸 뒤에 마당에서 어정버정하다가,

"그런데 아저씨는 웬일이시냐?" 하며 꼬깔의 맏아들이 동생을 보고 혼잣말처럼 한다.

"글쎄, 마저 붙들렸나?"

"하여튼 너 좀 가서 눈치 좀 보고 오렴."

"아서라. 가는 게 다 무어냐!"

뒷초당에서 나와서 또 한바탕 푸념을 하던 모친은 질겁을 하는 소리로 말린다.

"아무려니 가는 사람마다 붙들라구요."

맏아들은 이런 소리를 하기는 하였지만 아우와 달라서 서울 학교에도 다녀보지 않은 그는 어쨌든 자기가 가기는 좀 서먹하였다. 아우도 형이 가느니보다는 자기가 가는 것이 낫다고 생각하였다.

"하여간 내 다녀오지" 하며 동생은 사랑으로 나갔다.

7

아저씨라는 것은 윗마을에서 사는 칠촌 숙이다. 안씨 가문에서
는 제일 개명한 신식 신사로 물론 일본 유학생이요 나이도 근 사
십 되었다. 그러나 '일본 졸업생'이라야 고향에 돌아온 뒤에는 허
구한 날 개화장³⁵을 휘두르고 시골로 서울로 돌아다닐 뿐이요 별
로 뾰족한 수가 없기 때문에 학생 시대보다는 일가친척 사이에서
도 그리 대수롭게 알아주지를 않게 되었었다. 그러던 것이 '만세'
뒤에 서울 가서 평안도엔지 함경도엔지 제지회사를 세운다고 한
참 떠들고 있는 동안에 자기 앞으로 있던 천량은 거반 다 까불리
기만 하고 요사이 몇 해는 꿈쩍 아니하고 들어앉은 터다. 그러기
때문에 안양덕 집에서는 더욱 이 사람을 신용하지 않게 되었을 뿐
아니라 그때에 회사의 주(株)도 들어주지 않았던 것을 잃었던 물
건이나 찾은 듯이 기뻐하고 있는 터다. 지금도 꼬깔 참봉은 이 개
화장 신사를 만나면,

"그 자네 회사에 나도 들었더면 지금 굶었는지 누가 아나!" 하
고 비웃곤 한다. 그러나 이 신사는,

"글쎄 모르는 소리 고만 하슈. 형님 같으신 중산계급 이상 사람
이 모두 겁을 먹고 발을 빼는 수작만 하니까 일이 될 까닭이 있겠
소? 우리 같은 좀 깨었다는 사람은 모두 졸맹이 자본가요 정말 혼
자라도 할 수 있는 사람들은 형님 같은 완고 덩어리니까 만날 가
야 조선 사람은 아무것도 못하는 게 아니오?" 하며 핏대를 올리며

덤벼들었다. 그러나 누구나 코웃음을 칠 뿐이었다. 이래저래 일자 이후에는 피차에 아이들 이외에는 왕래까지도 드물게 되었던 것이었으나 오늘 이 일이 나자 젊은 아이들은 그래도 개화 편이니만큼 이 아저씨를 모셔다가 활동을 개시한 것이다. 조카들이 전과는 딴판으로 빌붙는 것을 보고는 좀더 배를 내밀어보고 싶었으나 이 기회에 이 양덕 집과 다시 가까이하여 신용을 회복하면 후일에 이용한 날도 있을 것을 생각하고는 쾌히 승낙을 한 것이다. 사실 이 경우에 나설 사람은 자기밖에 없고 또 오래간만에 그런 출입을 하는 것은 심심한 판에 일거리도 생겨서 좋지만 유쾌하기도 했었다. 그리하여 위선 주재소장인 순사 부장을 찾아가보고 나서 읍으로 들어가서 경찰서장을 만나본 뒤에 되짚어서 주재소로 나온 것이었다. 아까 동생아이가 갔을 때에는 읍에 가고 없을 때였다. 이것은 나중에 들은 말이지만 읍에서 그 양복 입은 아저씨가 나오더니 조카를 보고 하는 말이(정말인지 거짓말인지는 알 수 없으나) 자기의 청으로 본서에서는 주재소에 대하여 서류만 만들어 본서로 보내고 하여간에 몸뚱어리들은 모두 내보내라고 명령이 조금 있으면 나올 것이니까 기다리라고 하고 또다시,

"서장도 내 말은 좀 괄세하기가 어려워서 그런 것이니까 설마 거짓말이야 하겠니!" 하며 주재소로 들어가더라 한다.

하여간 동생도 그래서 하회를 기다리느라고 밖에 기다리고 있었다 하거니와 집 속에서 눈이 빠지게 초절을 하고 있는 사람은 더 복통을 할 지경이다. 시간은 벌써 오후 3시가 넘었다. 꼬깔 참봉의 맏아들은 들락날락하다가 이번에는 다른 하인을 또 보내리

라 하고 누구 없느냐고 방에서 소리를 치니까 노영감이 큰사랑에서 부른다.

"이 자식, 네 아비 네 할아비는 붙들려가서 욕을 보고 있는데, 그래 너는 뜨뜻한 방 속에 들어앉았단 말이냐? 에잇 후레자식!" 하며 화풀이 겸 땅방울같이 얼러댄다. 아닌 게 아니라 생각해보니 잘못은 되었다. 의관을 정제하고 나섰다. 이 사람은 장손인 까닭에 제사기구의 하나로 상투를 그저 달아두었었다. 그러므로 물론 갓을 썼다. 동생도 혹 붙들려서 문초를 당하는지 모르지만 어떻든 늙은이하고 여편네만 빼놓고는 다 붙들려간 셈이니까 인제는 생각해보니 무서울 것도 없을 것 같다.

그러나 헐레벌떡하고 뒷등성이 마루에 올라서니, 멀리서 거뭇거뭇한 것이 눈에 띈다. 분명히 앞에 선 사람은 자기 할아버지요, 그 뒤에는 동생과 젊은 사람들이 따라섰다. 그는 달음질을 쳐서 내려갔다. 경찰서도 사정을 보아 마지막으로 양반 행세를 해야 할 이 장손만은 주재소에까지 오지 않게 한 것이었다.

"어떻게 되었니?"

양덕이 댓돌에 올라서려니까 노영감은 창문을 열어젖히고 앉은 채 내다보며 급급히 묻는다.

"나만 나가라고 하고 참봉 아이는 그저 붙들려 있어요" 하며 양덕은 방문 옆에 가 서며 갓 밑에 썼던 풍채³⁶를 벗는다. 이 집에서는 아랫사람이 윗사람에게 기대하여 자기를 가리킬 때에 반드시 '나'라고 한다. '제'라는 말을 쓰면 아우 제(弟)자 뜻이 된다고 하여 그러는 것이다. 축대 아래에는 원석이가 들어와서 허리를 굽실하고 국궁하고 섰으나 노영감은 거들떠보지도 않는다. 여러 사람은 뜰에 마루에 모여 섰다.

양덕 영감의 말을 들으면 붙들려갔던 사람은 (한의인) 지주부까지 다 놓여나왔으나 꼬깔만은 본서로 데리고 갈 눈치라 한다. 그래서 (양복 신사) 신원이는 또다시 주재소 소장과 교섭을 하느라고 떨어져 있다 한다. 노영감은 깜짝 놀라며,

"본서로 데리고 가?" 하고 소리를 빽 지르다가,

"……하지만 신원이쯤으로— 그 애 능력으로 빼놓을 수야 있겠니?" 하며 풀이 죽는다.

"잘만 하면 되겠지요. 신원이도 꼭 빼놓아가지고 데리고 온다고 장담을 하다시피 했으니까요."

"하지만 그 애 말이란 종작 있니!" 하고 노영감은 짜증을 낸다.

"그도 그렇습니다마는 하여간 그편에 신용은 있는가 보더군요. 이번 일도 그 애가 읍에까지 가서 서장을 만나보고 왔기 때문에 얼른 무마가 된 모양이니까요."

'그놈은 개화장 두르고 다니다가 집안 망해놓은 놈'이라고 손자 자식들에게 오륜행실 가르치듯이 말끝마다 뇌던 이 안양덕 영감 입에서 이러한 말이 나올 줄은 옆에서 듣고 선 누구나 꿈에도 생각지 못하던 일이다.

"개화 속을 쫓고 굽실거리고 다니는 놈이니까 왜놈들에게야 긴할 것이지!" 하며 노영감은 여전히 역정을 내는 말소리다. 그러나 그 말눈치는 그것이 그르다는 것보다는 자기도 젊어서 일본말깨나 하였다면 아무려니 그놈만 못하겠느냐는 것 같았다.

"그러나 모다들 휩쓸려오고 신원이 하나만 맡겨두면 어쩌란 말이냐? 너는 무엇하느라고 이때껏 못 갔단 말이냐?" 하고 축대 위에 선 맏증손자를 보고 또 호령을 한다. 가다가 고개 넘어서 할아버지를 만나 도로 온 것을 모르고 야단이다. 맏증손자가 찔끔하여 나가려니까 노영감은 또다시 원석이를 내려다보고 그 강강한 소리를 빼낸다.

"이놈아, 이 일이 모다 뉘 때문인 줄 아느냐? 이 녀석아, 그래 네가 뻔뻔스럽게 이 집에를 돌아온단 말이냐? 그래 네가 먼저 왜 나와야 옳단 말이냐? 아무리 상놈의 새끼기로서니 그만한 요량은 있겠구나!" 하며 창문턱을 뼈만 남은 손바닥으로 탁탁 친다. 원석이는 핏기가 빠진 얼굴이 퍼레서 고개를 떨어뜨리고 서 있다. 이 노영감님 생각 같아서는 상전 하인이 모두 주재소 앞에 나가 멍석대죄를 드리면 꼬깔이 놓여나올 것 같은 모양이다. 오늘 온종일 무겁게 꺼물꺼물하던 하늘에서는 눈발이 휘날리기 시작한다. 원석이는 더 섰을 맛도 없고 하여 자기 방으로 나왔다. 중문 밑에서 멀리 바라만 보고 섰던 아내는 남편을 보자 매달리듯이 하며 울음이 북받쳤다.

그러자 밖에서 지껄지껄하며 또 한 떼가 몰려들어온다. 앞선 사람은 물론 양복장이의 신원이다. 꼬깔 참봉이 빠져나왔다. 꼬깔은 대문 안에 발을 들여놓기가 무섭게 벼락같이 원석이를 부르며 가뜩이나 축 처진 두 볼을 뒤룩대고 사랑으로 올라간다.

"이놈아, 두말할 것도 없이 당장 나가거라. 이놈, 너 같은 놈을 두었다가는 이 집안이 망한다!"

꼬깔 참봉은 자기 조부도 뵙지 않고 연방 들어오는 원석이를 바라보며 고래고래 소리를 친다. 이를 북북 갈며 사지를 부르르 떠는 양이 주재소에서 못 푼 화를 한꺼번에 쏟아놓는 것 같았다. 원석이는 잠자코 섰을 수밖에 없었다.

"이놈, 얻어맞기 전에 어서 짐을 뭉뚱그려가지고 어서 나가거라. 다시 내 눈앞에 띄었다가는 네가 죽든지 내가 죽든지 무슨 일이 나고야 말 게다!" 하며 말이 턱턱 막히고 두 주먹이 부르르 떨린다. 원석이는 덤덤히 서 있다. 어젯밤에 내쫓는다는 선언도 들었지만 일이 이렇게 벌어진 다음에야 붙어 있지 못할 것이라고 벌써 주재소에 붙들려갈 때부터 짐작하고 실상은 이때까지 혼자 은근히 그 궁리를 하던 것이다. 놀라울 것도 없으려니와 한편으로는 속시원하게 따로 나가서 어디 기를 펴고 마음놓고 살아보겠다는 생각도 없지 않고 또 한편으로는 나중 일이야 될대로 되라지 하는 자포자기지심도 없지 않았다. 다른 때 같았으면, "소인이 잘못이었습니다. 그저 처분만 바랍니다."고 하든지 무어라고 해서 주인의 마음을 돌리게라도 해보겠지만 원석이는 끝끝내 잠자코 말았다. 자책지심이 없는 것은 아니지만 차차 굳어가는 자기의 결심도 있고 또 빌붙어본댔자 아무 효과가 없을 것 같아 그리한 것이었다. 그러나 꼬깔 참봉은 이왕 내쫓는 사람이라도 잘못했다고 빌지 않는 것이 분하여 더 화가 치받쳤다. 꼬깔 참봉은 무슨 말을 좀더 하려다가,

"애, 원석이 일은 나중에 천천히 하고 어서 들어오너라" 하며 방에서 부친이 부르는 바람에 하는 수 없이 분풀이를 마음껏 다 못

하고 방으로 들어갔다. 원석이는 자기 방으로 나갔다. 아까와 같이 중문 밑에 서서 남편의 운명, 아니 자기네 두 내외의 운명을 근심하며 엿보던 아내는 남편을 맞으면서 또 울음이 터졌다. 원석이의 가슴은 쓰렸다. 눈이 펄펄 날린다.

8

"……하여간 그 사람들과 일로부터는 가까이해둘 필요가 있습니다. 제가 만들려던 제지회사가 틀린 것도…… 조선의 자본가들이 너무 시세를 몰라서 그렇게도 되었습니다마는 한편으로는 총독부의 후원도 없기 때문에 그렇게 되었습니다. 하지만 인제는 총독부에서도 깨닫는 바가 있었는지 우리 재산가들과 가까이하려고 하는 모양이니까요…… 이런 기회에 어떻게 해보지 않으면 저는 안 될 줄 압니다……"

사대(四代)가 모여 앉은 큰사랑에서는 양복쟁이 신원이의 목소리만 흘러나왔다.

"……하니까 그 사람들의 비위를 좀 맞추어주도록 하지 않으면 안 될 줄 압니다. 아까두 읍내에서 나왔다는 의사에게 물어보니까 시체를 해부하나마나 떡을 먹고 급성 화농성 복막염이라고 매우 자신있는 말을 하더구먼마는요, 경찰서에서 해부를 해보느니 어쩌느니 하는 것은——즉 경찰서에서 문제를 삼는 것은 경찰의(警察醫)의 말을 듣고 그러는 것이 아니라…… 좀 말하자면 말썽을 삼으려는 것이 분명해요. 너희들이 돈을 믿고 그런다마는 어디 두고보자 하는 수작으로 그 사람들은 퍽들 벼르는 모양이야요."

"저희들이 벼르면 어떻게 할 작정이란 말이야?"

노영감님은 역정스레 한마디 새치기를 했다.

"그야 별수는 없지요마는……"

신원이는 이렇게 노인을 어루만져놓고 말을 잇는다.—"그러노라니 말썽이 자꾸 생기지 않습니까. 아까도 왜 이런 급한 때에만 와서 쓸데없는 소리를 하고 귀찮게 구느냐고, 서장도 그러고 주재소장도 짜증을 내는 것을 보면 어쨌든 우리 집이 저희끼리 벌써부터 말썽이 되어 있던 것은 뻔한 일이 아니야요……" 하고 신원이가 또 말을 이으려니까,

"듣기 싫다! 해볼 대로 해보라지!" 하며 노영감이 혼잣말처럼 호령을 한다. 안양덕 이하 다른 사람들은 신원이의 말을 좀더 들으라는 것처럼 가만히 묵묵히 앉았다. 신원이는 또 말을 꺼낸다.

"글쎄 그런 할아버지께서 예전 말씀이야요. 가만 내버려두어두 어쩌기야 하겠습니까마는 그러자니 자연 말이 많지 않습니까. 위선 내일도 근원이더러 또 들어오라고 하니 이래저래 귀찮지 않습니까?……"

근원이라는 것은 꼬깔 참봉이다. 주재소에서는 꼬깔 참봉더러 위선 내보내기는 하나 내일 아침 9시에 또다시 들어오라고 명령했었다. 노영감은 이 말을 듣더니 깜짝 놀라며,

"또 오라고 해?" 하고 소자(꼬깔)의 얼굴을 바라본다. 신원이는 이때를 놓쳐서는 안 되겠다고 속으로 생각하면서,

"할아버지! 이 일이 그렇게 쉽게 끝날 줄 아십니까? 오늘은 제 체면을 보아서 이만큼 했지만 두고두고 얼마나 성가시게 할지 어떻게 아십니까?……"

이 사람은 또 '제' 라고 한다. 안씨 집에서는 '저' '제' 라는 말을 아니 쓰기로 했는데 신원이는 개명을 해서 그런지 '나' 라고 할 것을 '제' 라고 한다. 하여튼 신원이는 슬며시 제 공치사를 하고 나서,

"그러니까 제 생각 같아서는 이 구력 세말[7]에 저편 사람들에게 무슨 선사라도 하고 좀 가까이하는 눈치를 보여두는 것이 좋을 것 같습니다마는…… 이것은 벌써부터 읍내에서 소문에 도는 말을 들었습니다마는 소방대가 왔을 때에도 아무도 내다보지 않고 단돈 2원을 내주니 누가 동냥을 다니느냐고 시비가 자자한 모양이더군요" 하며 신원이는 아무쪼록 충동이려는 말눈치였다.

"너는 소문도 잘 듣고 다닌다마는 소방대가 이 촌구석에 무슨 소용이란 말이냐? 이 원 준 것도 끔찍한 줄 모르고……" 하며 노영감은 참 정말 역정을 낸다. 신원이는 말을 끊고 잠깐 잠자코 앉았다.

"그러면 여보게……" 하고 꼬깔이 감투 대가리를 신원이에게로 돌리며,

"정 선사라도 해야 할 것 같으면 꿩이나 몇 자웅 보내도록 하게 그려" 하고 눈을 두리번두리번한다.

"형님은 밤낮 자기 생각만 하시는구려. 꿩 같은 것쯤은 지금 그 사람들 집에 주체를 못하도록 쌓였겠소" 하며 신원이는 꼬깔을 핀잔을 준다.

"그러면 무얼 보낸단 말이야?"

이번에는 안양덕 영감이 묻는다.

"그거야 돈 가지고 하는 일이니까요……" 하고 신원이가 말을 꺼내려는데 원석이 처가 나와서 작은 영감님과 나리와 아랫댁 나리를 안에서 들어오시라고 한다고 죽어가는 목소리로 전갈을 한다. 안에서 떡국을 쑤어놓고 놓여나온 사람들과 오늘의 공로자를 부르는 것이었다. 세 사람은 늙은이와 사랑 사람을 남겨놓고 일어섰다. 그들이 안방에 들어간 뒤에는 선사할 공론이 수군수군 벌어졌다.

원석이는 양덕 영감이 다시 불러서 꾸지람꾸지람하고 오늘 밤은 그대로 잔 뒤에 내일 마음대로 어디든지 떠나가라고 분부를 내렸다.

9

"뭘 하느라구 그렇게 늦었나?"

원석이는 아내가 오르르 떨면서 들어오는 것을 보고 고리짝을 묶던 손을 쉬며 쳐다보았다. 아내의 머리에서는 희끗희끗한 눈이 사르르 녹는다. 아닌 게 아니라 원석이가 저녁 먹은 뒤에 초상집에 갔다가 와서 짐을 거의 다 묶도록 안에서 아내가 나오지를 않았다. 오늘 밤 안으로 짐을 묶어놓고 자고 내일 일찍 떠나자고 아까 의논까지 해두었던 것이다.

"……공연히 마님이 붙들고 쓸데없는 이야기를 하느라구……"

하고 아내는 앉으며,

"그런데 길성이네한테는 다녀왔소? 어떡하구 있습디까?" 하고
묻는다.

"송장은 경찰서에서 기별이 있을 때까지 묻지를 말라고 하
구…… 한데서들 오르르 떨고 야단들이지……" 하며 남편은 눈살
을 찌푸리다가, "그런데 안에서 무슨 이야기를 하던가? 또 꾸지람
이던가?" 하고 물어보았다.

"괜한 소리지! 마님들은 놓치기가 아까워서 하지만 참봉이 들어
먹나!" 하며 남편의 눈치를 살짝 바라본다.

"괜한 소리라니? 그대로 있으라고 해?"

원석이는 초당 마님이나 누가 영감 나리를 말려서 그대로 도로
있으라고 하지 않았나? 하는 생각이 없지 않았으나, 그러나 만일
그렇게 된다 하면 당장 추운데 쫓겨나지 않는 것은 다행한 일이지
만 자기도 이때까지 꿈에도 생각해보지 못하던 일을 단연코 결심
하고 또 아내의 마음도 애를 써서 굳혀놓은 것이 풀리고 말리라고
얼마간 염려가 안 되는 것도 아니었다. 그러나 아내는 마님들하고
이야기한 것을 남편에게 알리고 싶지 않은 눈치였다.

"그건 차차 이야기해요. 그런데 길성 어멈네는 무얼 하고 있습
디까? 나두 좀 가보고 싶지마는, 네 식구들이 인제 어떻게 살아간
단 말이오?…… 아이들은 어떡하구 있습디까?" 하며 아내는 말을
돌린다.

"무어 말할 것 있나! 참 기막히지! 캄캄한 방 속에는 송장을 그대
로 뻐듯드려두구 부엌 아궁이 앞에서 길성 어머니는 송사리 새끼

같은 자식들을 오르르 몰아놓고 앉아서 아까 내가 갖다가 준 오 원으로 읍에 가서 난목[軟木]³⁸을 바꿔왔다나…… 수의랍시고 울며불며 짓고 있더구만. 그 불쌍한 꼴이란 참 거들떠볼 수 없지……"

남편은 마님들이 무어라고 하더냐는 말을 어서 좀더 자세히 묻고 싶었으나 참고서 위선 묻는 대로 들려준 뒤에 한숨을 휘 쉬며,

"……그러니 누가 들여다봐주는 사람도 없고 차마 발길이 돌처서지를 않건만……" 하고 원석이는 입에 물었던 담뱃대를 빼며 두 눈에 괴는 눈물을 소맷자락으로 씻는다. 아내도 숨을 들이마시며 주르르 흐르는 눈물을 씻으려고도 안 했다. 두 사람이 다 온종일 흥분된 머리가 아직도 식지를 않아서 툭 하기가 무섭게 눈이 여리어졌다.

"흥, 이놈의 세상이 어떻게 되려누?"

원석이는 한참 앉았다가 이를 악물며 혼잣말처럼 했다.

"그럼 지금 가서 길성 어멈네를 데리구 옵시다."

아내는 내 신세 남의 신세를 생각하며 훌짝거리다가 남편을 쳐다보았다.

"송장은 어떻게 하구?"

원석이도 그렇게 하고 싶은 생각이 없지 않았으나 이렇게 대답을 했다.

"가엾긴 하지만 설마 송장 집어갈라구. 어쨌든 산 사람이나 살아야지! 송장하고 같이 잘 수도 없을 게요. 이 추운 밤에 한데서 헤매다가는 떼송장 나게!"

"그두 그래! 또 한 번 가서 보구 어떻게든지 하지. 하지만 칠성

네두 너무 심해!"

원석이는 한참 앉았다가 이런 소리를 한다. 칠성네라는 것은 아까 주재소로 매장 신고하러 갔던 죽은 사람의 육촌 형이다. 이 일이 벌어진 것도 어릿광이 같은 칠성 아버지가 순사가 묻는 대로 고지식하게 답을 했기 때문이지만 상관없으려니 하고 들은 대로 겁결에 말한 것이라서 온 동네가 금시로 뒤집히고 순사가 길성네 집에 드나들게 된 것을 보고는 한층 더 혼이 나서 그 후에는 온종일 발길을 얼씬도 안 했던 것이다.

"구차하면야 일가는 있답디까?"

아내도 이런 소리를 하며 한탄했다.

"한데 마님인가 무언가는 뭐라구 해?"

원석이는 다시 잠자코 짐을 묶다가 생각난 듯이 묻는다.

"괜히 쓸데없는 말이에요" 하며 여전히 말을 피한다.

"무어라구 하기에?……"

남편은 또 채쳐 묻는다.

"나가지 말구 있으라구……"

아내는 그래도 한참 망설이다가 겨우 내던지듯이 한마디 한다.

"나가지 말구 있으라구?" 하며 남편도 자기 짐작이 맞았다는 듯이 웃는 듯하며 아내를 쳐다보다가,

"그건 또 무슨 마음이 내켰누? 초당 마님이 그래?" 하고 묻는다. 그러나 아내는 또 그대로 잠자코 있다.

"그래, 무어라고 했나?"

갑갑한 듯이 다시 남편이 물었다.

"내일 떠나기로 했으니까 의논해봐야 하겠다구 했지……" 하며 남편의 얼굴을 곁눈질로 잠깐 엿보았다. 남편도 짐을 묶다가 말고 무슨 궁리를 하고 앉았다.

"그럼 자네 생각에는 어떡했으면 좋은가?"

한참 있다가 이렇게 물었다. 역시 그런 말을 듣고 보니 마음이 솔깃해지지 않는 것도 아니었다. 그러나 웬일인지 아내는 한층 더 수색[39]이 끼어서 고개를 파묻고 앉았다가

"한데 마님 말은 그런 게 아니야요……" 하고 또 말을 멈춘다.

"그런 게 아니라?……"

"위선 나만 떨어져 있다가……"

"떨어져 있다가 어떡하라구?"

남편은 급히 되받는다.

"……차차 당신이 마음을 고쳐서 사죄를 하고 돌아오면 제대로 둘이 같이 살게 하마고 하는데……" 하고 아내는 차마 냅뜨지 않는 말을 억지로 이만만 하였다. 그러나 마님들이, "말이 혼인이지 살다가 헤어지는 수도 있고 헤어졌다가 만나는 수도 있지. 자식이 있는 것도 아니겠다, 아무려면 누가 너를 나무라겠니. 이 추운데 불알 두 쪽밖에 없는 그까짓 놈을 쫓아가면 어떻게 될 줄 아니?" 하며 여러 가지로 달래고 충동이던 말은 한마디도 입 밖에 내지 않았다.

"그래서 의논해보마고 하였단 말이지?"

원석이는 한참 잠자코 앉았다가 좀 못마땅한 듯이 비꼬아보았다.

"글쎄, 그러니까 의논해서 임자도 같이 그대로 있게 해보자는 말이지……"

남편이 불쾌해하는 눈치를 채고 곧 이렇게 자기의 진정을 보이려는 듯이 하였다.

"의논하구 안 하구가 어데 있어……"

원석이는 더 뻐긴 소리를 하고 싶었다. 그러나 그만큼 뻗댈 힘이 없었다. 그는 오늘로 모든 자신을 잃어버렸다. 이 세상에서 자기처럼 하잘것없는 못생긴 위인은 없겠다고 생각했던 것이다. 계집이 떨어져 있겠다면 그렇게라도 하여주겠다고 생각했다. 실상 데리고 시골로 서울로 돌아다니느니보다는 도리어 피차에 좋을 것 같기도 하였다. 다른 데로 시집을 가겠다면 그것이라도 지금의 자기로는 어찌하는 수 없을 것 같았다.

'하여간에 나는 떠나는 사람이다! 계획대로 해보는 게다!' 하고 원석이는 생각했다. 그러나 그렇게 생각할수록 고해절도에 혼자선 것 같아 급작스레 섧고 가슴이 저렸다.

"그래, 자네는 어떡할 텐가? 나는 염려 말고 자네 하고 싶은 대로 결정하게그려."

두 내외는 또 한참 묵묵히 앉았다가 원석이 처가 이렇게 말을 꺼냈다.

"글쎄, 내가 마음이 변한 것이 아니라 마님이 그렇게 말씀하니 내일 아침이라도 임자가 또다시 한 번만 잘못되었으니 용서해줍시사고 하면 그대로 눌러 있게 되겠단 말이야요."

"그건 쓸데없는 소리야. 마님은 그래도 길러낸 정이 있고 또 다른 사람보다는 자네를 두는 것이 부려먹기에도 긴하니까 그러는 것이지만 나야 있으나 없으나 마찬가지가 아닌가."

아내는 이 말에 속으로 가슴이 뜨끔했다. 귀에는 아까 마님이 "그러는 동안에는 차차 좋은 일도 있을 게요……" 하던 말이 남아 있었다. '좋은 일!' 그 말을 들을 때 원석이 처는 가슴이 뜨끔하면서도 근질근질한 이상한 생각이 떠올라왔다. 아내는 여전히 고개를 화로에 파묻고 앉았기만 한다. 자기의 심중을 자기가 수습하기가 어려웠다. 마님의 말이 옳은 것도 아니요 또 마님의 말대로 쫓으려는 것도 아니지만 무엇보다도 마님이 "이 추위에 지금 나가면 어떡할 작정이란 말이냐?"고 하던 말만은 참 정말이라고 생각하였던 것이다. 아까 남편이 어쨌든지 "우선 서울로 가서 그동안 모아둔 돈 일백칠팔십 원만 가지면 어쨌든 삼사 삭은 지낼 것이니까 그동안에 일자리를 구해가지고 봄부터는 나도 공부를 시작해서 인제는 참 정말 사람답게 살 도리를 차리겠다'고 할 때는 그럴듯이도 들리고 더욱이 남편이 생게망게하게 공부를 하겠다는 말에 무슨 광명이나 비친 듯이 마음에 든든한 생각도 없지 않았었다. 그러나 마님의 말마따나 그 돈을 홀짝 다 쓰고 나면 일자리가 꼭 금시로 있으란 법도 없는 일이요 있다손 치더라도 공부를 하게 될지 안 될지 알 수 없는 일이다. 소학교를 2년급까지는 다녀보았다 하고 아주 판무식은 아니지만 십수 년 동안 그대로 내버려두었던 것을 지금 새삼스럽게 다시 시작한댔자 마치 될 것인지 안 될 것인지 무식한 여편네의 생각으로도 믿을 수 없는 것이었다.

"……이러니저러니 할 것 없이 그러면 자넬랑은 떨어져 있게.

그편이 자네에게도 좋을 것이요 실상 같이 나섰댔자 둘이 고생만 더할 것이니까…… 어쨌든 자네더러 있으라는 것도 뻔한 수작이요 지금 내가 다시 마님이나 영감님더러 청을 한댔자 쓸데없을 것이니까 내 걱정은 하지 말고 마음대로 하라구! 만날 때가 되면 다시 만나게 될 것이니……"

남편은 또 꾸물꾸물 생각을 하다가 인제는 아주 딱 결심한 듯이 이런 소리를 하며 아내의 얼굴을 쳐다보았다. 아내는 두 눈이 글썽글썽하여 남편을 마주보다가 고개를 떨어뜨리며,

"왜 그런 소리를 해요? 무슨 임자를 따라가기가 싫어서 그런 게 아니라……" 하며 웬일인지 홀짝홀짝한다.

"울긴 왜 울어? 서로 의논해서 좋도록 결정하면 고만 아니야!"

원석이는 얼마쯤 아내에게 대하여 부족하게 생각하는 점이 없지 않으나 모든 것을 자기 죄라고 꾹 참고서 달래듯이 한마디 하였다. 하여간에 아내의 마음은 아까 서울 가서 얼마간이라도 고학을 하여 단돈 2, 30원이라도 월급 먹을 도리도 차려야 하겠고 길성네 네 식구도 될 수 있는 대로 보아주도록 해야겠다고 할 제, 반가운 낯빛으로 "그렇게 되면 오죽이나 좋겠소!"하고 진정으로 친성을 하던 때와는 여간 변한 것이 아니었다. 그것이 모두 마나님이 충동이는 바람에 그렇게 된 것인 것은 원석이도 얼른 짐작한 것이었다.

"그러면 내일 떠납시다…… 나는 정말 혼자 여기 떨어져 있으려고 그런 말은 아니니까 서울로 가십시다. 사람 살 덴 다 있다는데……"

아내는 여전히 훌쩍거리면서도 결심한 듯이 이렇게 남편을 위로하였다. 고향을 떠나고 스물두 해를 길러준 상전을 떠나는 것은 아무리 예전 세상과 달라서 종의 몸은 아니로되 섭섭한 노릇이었다. 그러나 남편을 그대로 혼자 보낼 수는 없었다. 치전이가 이 마을에서는 제일이라고 칭찬을 하고 남편이 부족한 듯이 놀리기도 해왔지만 그래도 이 남편이 부족해서 그러한 것은 아니었다.

"공연히 그러지 말고 정말 여기 떨어져 있으라구! 내 먼저 서울 가봐서 잘만 되면 곧 불러갈 터이니……"

남편은 이렇게 달래보았으나 거기에는 계집의 속을 떠보려는 생각도 없지 않았다. 아내는 역시 그대로 잠자코 앉았다. 먼저 서울 가서 형편 보고 기별한다는 말이 그럴듯하기도 하나 그동안에 내 몸이 어떻게 될까? 마님들이 어떻게 음모들을 하고 무슨 짓으로 옭아넣을까?를 생각하면 자기의 마음을 자기가 믿을 수가 없고 무서웠다. 마음을 질정⁴⁰키기 어려운 것은 일반이었다.

"왜 선뜻 말을 못해? 갈 테란 말이야? 안 갈 테란 말이야?"

나중에는 남편이 역정을 내었다.

"가요, 가요! 서울이 아무리 가깝다기루서니……" 하며 목이 멘 소리를 하다가,

"임자 혼자 가면 먹는 건 어떡하고 입는 것은 어떡한단 말이오! 무슨 꼴이 될지 누가 알겠소?" 하며 눈물을 또 씻는다. 아내의 눈 앞에는 헐벗고 허기가 져서 서울 장안을 헤맬 남편의 꼴이 떠오르는 것 같았다. 고향을 등지고 나서기가 무섭고 섭섭하지만 그래도 자기가 따라가지 않으면 남편이 무슨 꼬락서니가 될지 마음을 놓

지 못할 것 같았다. ……두 내외는 밤이 들도록 맞붙들고 가만히 앉았다. 이 시간은 그들이 인생에서 처음으로 경험하는 가장 값있는 것이었다.

10

그 이튿날은 밤새도록 퍼붓던 눈이 반 자나 쌓였으나 아직도 멈출 것 같지 않았다. 어둑어둑해서부터 일어나 앉은 원석이 내외는 이부자리까지 개어서 뭉뚱그려놓고 밖으로 나왔다. '이 눈보라에 오늘 떠날 수가 있을까?' 하는 생각이 두 사람에게 다 있었으나 아무도 입 밖에는 내지 않았다. 그러한 말을 하면 피차에 이 집을 떠나기 싫어하는 눈치나 보이는 듯싶어서 그러던 것이었다. 하여튼 떠나더라도 주인댁에서들 일어나는 것을 기다려서 작별 문안도 해야겠고 아침밥술이라도 얻어먹어야 할 것이었다. 원석이 처는 안부엌으로 들어가고 원석이는 방방이 아침 불을 지피러 돌아다녔다. 오륙 년 내에 하루도 궐하여보지 않던 일을 오늘로 마지막 끝을 내는구나 하는 생각을 하면 시원하면서도 섭섭했다.

군불을 지펴놓고 다른 사람들과 사랑 마당의 눈을 치우려니까 벌써 안에서 뛰어온 꼬깔 참봉이,

"그래, 오늘 떠나니? 어데로 갈 작정이냐?" 하고 공연히 퉁명스럽게 묻는다.

"위선 서울로 가볼까 합니다."

원석이는 일을 하면서 태연히 대답했다.

"서울루? 서울 가면 이 판에 밥 빌어먹을 데나 있을 줄 아니? 네 처는 두고 갈 테지?"

원석이는 더 대꾸를 안 했다. 꼬깔은 아직도 상투를 그대로 두었을망정 세태가 변한 것도 알 만한 낫세다. 그러면서도 자기 집 문갑 속에 종문서가 그저 있는지 없는지는 몰라도 어엿한 남의 계집을 제 마음대로 아무렇게나 처치할 것 같은 수작을 한다.

"데리고 가서 굶겨 죽이는 것보단 내게 맡겨두면 너도 한시름 잊고 좋을 게 아니냐? 그만큼 네 사정을 보아주는 게니 딴소리는 없을 게 아니냐! ……아, 그러구 어제 주재소에서 너도 오늘 아침에 데리고 오라구 하더라. 이따가 나하구 같이 가자……"

꼬깔은 볼멘소리로 이런 말을 연거푸 했다. 원석이는 여전히 잠자코 넉가래질만 하고 있다.

"업이는 제 에미아비가 죽을 때 유언도 있었거니와 내가 길러낸 내 자식과 다름이 없는 것이다. 아무리 네 계집이라 하기로서니 덮어놓고 너를 맡겨서 내보낼 수는 없는 게다. 네가 서울 가서 마음을 바로 먹고 잘되어서 집 한 칸이라도 의지할 데를 장만하면 보내주는 거요……" 하며 꼬깔은 또 이런 소리를 하다가 뒤를 흐리마리한다. 원석이가 잠자코 있는 데에 부아가 나서 공연히 남의 비위를 긁죽이려는 듯도 싶었다.

'흥, 마누라가 또 쏘삭였구나!'

원석이는 속으로 이런 생각을 하며 분을 꿀꺽 참고 있다가 경찰서에 갈 걱정만 했다. 그렇게 위협을 하여 원석이가 다시 빌붙으면 내외를 다 그대로 있게 하려는 생각인지도 모르나, 설사 그렇다손 치더라도 꼬깔의 말본새가 아무리 부리는 사람에겐들 너무나 귀에 거슬릴 뿐 아니라 덮어놓고 큰 죄나 저지른 것처럼 마음을 고쳐먹어야 계집을 보내주느니 어쩌느니 하는 것이 더욱 분하였다. 훔쳐다가 먹인 떡에 동티가 나서 멀쩡한 생목숨 하나 잡은 것을 생각하면 원석이도 자기 목숨을 바쳐서라도 죽은 고혼에게 사죄하고 싶을 만큼 가슴에 못이 박혔지만 그렇다고 꼬깔의 뱃속같이 주인의 떡을 훔치고 또 그로 인하여 주인이 주재소에 붙들려가고 한 것만으로 그리 죄가 깊다고는 생각할 수 없는 것이었다. 원석이는 끝끝내 잠자코 있었다.

원석이는 아침을 부리나케 먹고 꼬깔을 따라서 주재소로 갔다. 갈 적에 아내에게,

"누가 무어라구 하든지 또 이러쿵저러쿵하지 말고 이따가 낮차에 떠나세. 가기만 하면 어떻게든지 될 것이니……" 하며 다시 한번 다지니까 아내는,

"염려 말아요. 그 대신에 임자는 술 담배를 끊으슈. 첫째 돈 안 드니 좋구…… 어제두 한잔 한 김에 공연히 그런 일이 생긴 것이 아니오……" 하고 이런 소리를 하였다. 어제 일이 결코 술 탓은 아니지만 어쨌든지 옳은 말이라고 생각하고 원석이는 무슨 생각이 났던지 아내가 보는 앞에서 담뱃대를 당장에 지끈 하고 꺾어버렸다. 아내는 눈물이 스미도록 기쁘면서도 어쩐지 서운하기도 하고 남편이 몹시 가엾어 보였다.

주재소에서는 시말서인가 무언가에 도장을 찍고 나왔으나 어제

조사한 서류를 만드느라고 한참 거레를 하고 오정이 넘은 뒤에 겨우 빠져나왔다. 나올 때에 주재소 순사가 치전이의 매장 허가장을 찾아가라고 가서 이르라고 하기에 원석이는 그러면 자기가 가지고 가서 전하겠다고 청을 하여 받아가지고 나왔다. 눈이 여전히 오니까 순사가 치전이의 집까지 통지를 하러 가기가 싫어서 얼른 내준 모양이었다. 원석이는 같이 갔던 머슴놈과 떡 목판을 주재소에서 나누어 지고 와서 안에 들이밀고 그길로 곧 치전이 집에 가 보았다.

초상집에서는 칠성 아버지도 와서 있고 동리 사람들도 몇 사람 와서 거적으로 둘러막은 부엌에 옹기옹기 모여 있었다. 누구나 무어라고 하는 것은 아니지만 원석이는 여러 사람들이 자기를 칭원하는 것 같아서 앞이 굽고 얼굴을 어엿이 쳐들 수가 없었다. 어찌했든 날도 좀 번하고 한즉 오늘로 송장을 뒷산에 파묻자고 의논이 곧 결정되어서 원삼이와 칠성 아버지는 난목으로 만든 수의를 들고 위선 염을 하러 방으로 들어가고 젊은 사람 서넛은 먼저 땅 팔 제구를 들고 산으로 올라갔다. 언 땅을 파고 묻기가 어렵기도 하나 원석이가 떠나기 전에 일을 거들어주지 않으면 안 될 것이니까 여러 사람도 그대로 좋은 것이다.

송장에게서 벗긴 윗저고리를 터드럭 내려놓다가 원삼이는 어제 죽은 사람이 호주머니에 넣었던 떡이 그대로 있을 것을 생각하고 무슨 무서운 소리나 들은 듯이 속으로 질겁을 하였다. 그러나 마지막으로 목을 놓고 섧게 울던 길성 어머니가 그 저고리를 어째 들었던지 쳐들어보다가 호주머니가 묵직이 처지는 것을 보고 손을 집어넣어서 떡 봉지를 꺼내어 펴놓고 보더니 또 한소끔 기가 막힐 듯이 운다. 원석이는 잠자코 손을 놀리면서도 목이 메어 오르는 것을 참을 수가 없었다. 그러나 어린아이들이 굳은 떡 조각을 달라거니 어미는 안 주고 대강팽이를 후려갈기며 소리소리 지르거니 하여 온 방 안이 어른 아이의 울음소리로 발칵 뒤집히게 되자 원석이도 하는 수 없이 손을 멈추고 소리를 내어 울었다. 칠성 아버지도 따라서 훌쩍훌쩍 울었다.

두 사람은 염을 마치고 산으로 따라 올라갔다. 두서너 치 가량은 언 땅을 꺼내었으나 여러 사람이 돌려가며 파도 온종일 걸릴 것 같았다. 그러나 파 들어갈수록 차차 땅이 물러서 그리 깊게는 못 팠으나 어떻든 사태가 나더라도 쓸려나가지 않을 만큼은 파놓은 뒤에 길성이 집으로 내려왔다. 해는 벌써 반이나 서천으로 기울어졌다.

길성이 집에 와보니 뜻밖에 읍에서 젊은 청년들이 위문을 와서 앉았다. 이 집에 구두 신고 캡 쓴 청년이 생전 들어와봤을 일이 없다. 원석이나 여러 사람이나 처음에는 가슴이 덜컥하였다. 또 무슨 일이나 생기지 않았나? 하고 놀란 것이었다.

"당신네들은 돌아간 이의 일가가 되슈?"

여러 사람이 우중우중 부엌으로 들어서며 불로 덤비는 것을 보고 두 청년은 일어서서 묻는다. 의외에 말씨가 공손한 것을 보고 위선 마음들을 놓으며,

"네, 왜 그러시나요?" 하고 원석이가 대꾸를 했다. 알고 보니 읍내에 있는 혁진청년당지부(革進靑年黨支部)에서 위문을 온 것이

라 한다.

"오늘 아침에야 소문을 듣고 유지(有志) 몇 사람이 의논을 하고 우리가 대표로 온 것이올시다" 하며 한 청년은 봉투를 꺼내서 원석이를 준다. 그 속에는 돈 오 원이 들어 있고 한문으로 몇 줄 쓴 종잇장이 있었다.

"지금도 자세한 이야기를 들었소만 모두들 살기에 어려워서 그런 장난이 나중에는 이런 일까지 생기게 한 것이니까 생각하면 피차에 기가 막히는 일이지마는…… 어떻든 산 사람이나 살아야 아니하겠소? ……한데 당신이 김원석씨요?" 하며 청년은 잼처 이렇게 물었다. 원석이가 이런 학문 있는 청년에게 '씨' 자를 붙여서 불러주는 것을 받아본 일도 난생 처음이거니와 코빼기도 못 본 촌 사람이 죽었다고 돈까지 가지고 와서 위문을 해주는 것은 이 세상에서는 듣도 보도 못하던 일이었다. 여러 사람은 다만 고개만 꾸벅꾸벅하면서 무어라고 변변히 인사를 할 줄도 몰랐다. 청년의 이야기를 종합해보면 읍내에서 소문이 돌기를 치전이가 밥을 굶고 떡 내기를 하여 급사를 하였는데 그것도 안양덕 집에서 추운 밤중에 들몰아내기 때문에 더욱 더친 것이요, 또 감장을 할 가망도 없건마는 양덕 집에서는 단돈 한푼 안 내놓기 때문에 그대로 송장을 뻐듯드려놓았다고들 하기 때문에, 이 사람들이 주장하는 청년당 지부에서는 우선 위문과 부의를 하여 감장이나 시키고 차차 안양덕 집 일족에게 대하여 성토를 시작하리라 한다. 듣는 사람들은 무슨 소리인지 자세히 알 수는 없으나 하여간 안양덕이 미워서 하는 말인 것은 알았다.

"이 아낙네한테 맡기고 가려다가 하여간 여러분을 좀 만나도 보고 자세한 사정을 들으려고 기다리고 있었소이다. 그러나 위선 어서 장례나 지내십시다. 우리도 같이 할 일이 있으면 도와드릴 터이니……"

이야기를 대강 한 뒤에 한 청년은 이렇게 말하여 도리어 여러 사람들을 동독[41]을 하였다.

"원 천만의 말씀이외다. 저희들이 합지요. 안심하시고 어서 들어가주십시오" 하고 원석이는 말렸으나 청년들은 끝까지 보고 가겠다고 듣지 않았다.

치전이의 장사는 하여간 이와 같이 하여 그날 저녁때에 눈발이 날리고 쓸쓸한 가운데──그러나 읍내의 청년단체의 대표자의 호상까지 받고서 무사히 지냈다. 송장을 파묻고 내려올 제 그 청년들은 원석이를 붙들고,

"기위 양덕 집에서 쫓겨나게 되었다니 나올 바에야 오늘로라도 나오슈. 우리도 이리 올 때에는 그 집에 가서 장비라도 부조를 하라고 권고를 할 작정이었으나 그까짓 놈이 내놓으면 얼마나 내놓겠소. 그래서 그만두었지만 저희도 좀 정신차릴 날이 있으리다" 하며 남의 일이건만 왜 그러는지 성벽[42]을 내어서 여러 사람을 충동이는 것 같았다.

"아닌 게 아니라 저희도 좀 양덕 댁에 말해볼까 하다가 핀잔만 만날 것 같아 그만두었습죠."

원석이도 이렇게 맞장구를 쳤다.

"그렇다마다요. 우리 지부에서도 창립할 때 원조를 청했더니 단

돈 일 원 한 장도 안 내고 그런 건 우리는 모릅니다고 뻣뻣하기가
바지랑대던데……"

이것은 또 다른 청년의 말이다.

"그는 하여간에 김원석씨는 그 집에서 나오면 당장 어데를 가시
려우?"

거의 길성이 집 근처까지 와서 한 청년은 원석이를 쳐다보며 발
을 멈춘다. 길성 어머니는 어찌나 추운지 이제는 울지도 못하고
자식들이 기다리는 집으로 달음질을 해 간다.

"왜 그러시죠? ……저두 이번 일에 무식한 생각이나마 깨달은
것이 있어서 단정코 서울로 올라가렵니다" 하고 원석이도 발을 맘
추며 섰다.

"서울루? 서울루 가서 뭘 하려우?"

"무얼 하자는 게 아니오라 여기 있으면 어떻게 땅뙈기라도 부쳐
서 먹고 지내려면 지낼 수도 있겠지마는요……" 하며 원석이는
추운지 어깨를 으쓱하며 두루마기 소매로 코를 쓱 씻는다. 여러
사람은 원석이의 나중 말을 들으려는 듯이 잠자코 쳐다본다.

"글쎄 말요. 시골 사람은 덮어놓고 서울 서울 하지만 서울 처음
가서 어릿어릿하다가는 여기 있는 것보다도 더 어려울 것 같은
데……"

청년은 이런 소리를 한다.

"그것도 모르는 건 아닙니다마는……" 하며 원석이는 자기가
아직 나이 늙기 전에 노동을 하면서라도 공부를 해서 사람답게 살
아보겠다는 말이며 길성이네 네 식구를 적어도 장래는 자기가 뒤

를 보아주어야겠다는 말, 또 이곳에 떨어져 있으려면 친구들에게 낯이 없어서 괴롭다는 여러 가지 사정을 간단히 말하였다.

청년은 다 듣고 나더니,

"그도 그러실 것이오. 하여튼 좋으신 생각이오. ……그러면 언제 떠나시는지는 모르겠소만 떠나기 전에 우리 회관에 잠깐 들러 가슈. 그런 결심으로 서울 가신다면 말리지도 않겠거니와 될 수 있는 대로는 편의도 도와드릴 것이니……" 하며 의외에 이런 반가운 소리를 남겨놓고 헤어져 갔다. 원석이는 그 회관이 어디 있는가를 묻고 그처럼 지도해 주마는 호의를 사례한 뒤에 친구들과 같이 길성이 집에서 쉬며 서울 가서 잘되면 언제든지 불러 올려가겠다는 약조까지 하고 총총히 자기 아내에게로 돌아왔다.

그 이튿날 새벽에 원석이 내외는 안에 들어가 인사도 안 하고 도망하듯이 양덕 댁에서 빠져나왔다. 원석이 처에게 충동이는 말눈치가 기어코 무슨 트집이든지 잡아서 원석이 처만은 붙들려는 싹이 보이는 고로 정 심하면 싸우고라도 둘이 빠져나올 수가 없는 것은 아니나 그러노라니 말썽이 또 일어날까 보아서 이편에서 피해 나온 것이었다. 그들은 고리짝 하나와 이불보를 나누어 지고 이고 하고서 눈보라에 씻은 듯이 곱게 깔린 눈 위를 사뿟사뿟 밟으며 읍내로 들어갔다. 그리하여 그날 아침 차에는 어제 만난 두 청년의 전송을 받고 두 친구가 무사히 차에 올라탔다. 같은 차 이등실에는 꼬깔 참봉과 양복 신사도 오르는 것을 멀리서 보았다. 그렇지 않아도 서로 마주칠까 봐 염려를 했더니 그들은 나중에 황황히 와서 오르기 때문에 대합실에서도 마주치지 않고 넘겼다. 차에 올라앉은 원석이는 안심한 듯이 한숨을 휘 쉬면서도 앞일이 캄캄한 듯하여 어린 아내의 얼굴을 얼없이 바라보다가 창 밖의 청년들을 다시 보고는, '이 사람들이 뒤에서 보아주는 다음에야 설마……' 하는 든든한 생각도 없지 않았다. 연해 두 청년에게 치사를 하며 섰는 동안에 차는 서울로 뚝 떠났다.

서울 온 뒤의 원석이와 꼬깔 참봉은 어떻게 되었나? 이것은 일로부터의 그들의 생활을 알고자 하는 독자나 필자나 한가지로 궁금히 생각하는 바이다. 그러나 이 이야기의 작자는 그후의 그들의 행동에 대하여 다만 짧은 소식만을 풍편에 들었기로 여기에서는 잠깐 그것만 보고해두고 후일에 더욱 자세한 소식을 받는 대로 적어볼까 하는 바이며 또한 하루바삐 분명한 기별이 어디서든지 오기를 기다리는 바이다.

그런데 위선 꼬깔 참봉의 소식을 듣건대 그는 그날 양복 신사를 따라서 물건 흥정을 하러 서울로 올라간 것이었다. 그 물건은 설차리에 쓸 것도 있었거니와 실상 서울까지 꼬깔 참봉이 종제를 앞세우고 올라간 것은 그보다도 발기의 첫 대가리에 쓰인 물건들을 사려 하기 때문이었다. 그 물건들은 물론 양덕 댁에는 족보를 꾸미기 시작할 때부터 오늘날까지 문 안에 들어와보지 못하던 것이거니와 그것을 무엇에 쓰겠느냐는 것은 다만 양복 신사를 비롯하여 양덕 부자밖에 모르는 것이요 노영감 귀에도 알리지는 않은 것이다. 그리하여 위선 꼬깔은 정거장에서 차표를 살 때부터 자기

재종제(再從弟)인 양복 신사와 이등표를 사느니 삼등표를 사느니
하여 한참 말썽을 하다가 결국은 꼬깔이 지고 이등을 타게 된 것
이었다. 그러나 차에 올라앉은 참봉은,

"돈을 곱이나 주었지만 아닌 게 아니라 좋기는 좋구먼!" 하고
신기가 풀리더라 한다. 그러는 대로 양복 신사는 옆에 앉아서 실
없는 소리로,

"형님 생전에 돈 불과 일 원여 각 더 쓰고서 이런 신선놀음 해봤
겠소?" 하고 놀리더란 말도 그후에 어떤 수다꾼이 전하던 말이거
니와 하여튼 이와 같이 그들은 서울 오자 새로 지은 경성역의 그
넓은 집을 한 바퀴 구경하고 나서 꼬깔은 위선 양복 신사에게 끌
려 남대문 옆으로 시원스럽게 뚫린 길을 허위단심 올라가서 조선
신사(朝鮮神社)를 구경하고 그길로 진고개를 저녁때까지 휘돌며
양복 신사가 물건을 잡는 대로 꼬깔은 눈이 동그래지며 입을 딱딱
벌리면서도 그래도 하는 수 없이 돈은 치르더라 한다. 물론 삼월
오복점(三越吳服店)에 들어가서 '라디오' 듣는 것을 잊지는 않았
다. 그날은 서울서 묵고 그 이튿날은 남대문 센창[43]이며 배오개장
까지 돌아서 살 것을 다 사가지고 내려갔으나 종형제가 거리로 돌
아다니면서 이발소 앞을 지날 때마다 양복 신사가,

"형님 같은 갓장이하고 같이 다니기는 정말 창피해요" 하며 부
득부득 끌고 들어가려 할 때마다 꼬깔은 전에 종제를 비웃던 기는
다 어디로 쏙 들어갔는지,

"가만있게. 나두 생각이 아주 없는 것은 아니지만 할아버지께서
돌아가시거든 어떻게 해보세" 하고 비대발괄을 하여 나중에는 양

복쟁이만 들어앉아서 머리를 깎게 하고 꼬깔은 한 시간 동안이나 이발소 난로 앞에서 기다리고 앉았었다는 것도 그 보고의 하나였다. 그리하여 사가지고 내려간 물건은 보낼 데에 다 나누어 보내고, 설도 아들 손자가 죽었다가 살아난 듯하여 풍파가 없었더니보다는 새롭게 기뻐서 그랬든지 구력 과세는 마지막이 되어간다고 하는 생각으로 그랬든지 하여간에 이번에는 예년보다도 더한층 굉장히 지냈다 한다.

그러나 할아버지가 돌아가야 깎는다는 꼬깔 참봉의 머리는 그 후 두어 달쯤 되어서 조부의 승낙까지 받아가지고 서울 올라갔다가 기어이 깎고야 말았다 한다. 그러나 그의 부친 양덕 영감은 물론이려니와 자기의 맏아들도 결단코 깎이지는 않았다고 한다. 그것은 좀 이상한 일인 듯도 하나 다시 생각하면 이상할 것도 없는 것이었다. 자기는 '교제'상 하는 수 없으니까 깎았지만 아들은 장손 값으로—다시 말하면 제사의 한낱 제기로 상투를 남겨둘 필요가 있었기 때문이라 한다.

또 그리고 더욱 놀랄 만한 것은 꼬깔 참봉이 서울에 올라가서 머리를 깎고 내려올 제 양복까지 한 벌 맞춰가지고 왔다는 사실이다. 집에 가지고 와 안방에서 차자가 보는 앞에서 입었다 벗었다 하며 열없어하기는 했다 하나 기실 한편으로는 좋아하는 기색도 없지 않아하더라 한다. 그러나 이마에 허연 망건 자국이 있는 것이 양복을 입어볼 때면 더욱 유표히 눈에 띄어서 보기 싫은 고로 당자도 몹시 마음에 꺼려하여 요사이는 그 꼬깔 대가리에 아무것도 쓰지 않고 볕을 쬐며 다닌다고 한다. 그것은 물론 볕에 걸려는⁴⁴

생각일 것이다. ……아무렇든 그리하여 근자에는 꼬깔 참봉의 양복 입은 그림자가 군청 문 앞에도 나타나게 되고 경찰 서장실에서도 발견되며 간혹은 도청과 총독부의 과장실에서도 만나는 사람이 있으나 만나는 사람마다 깜짝깜짝 놀란다 한다. 그러나 그 이외의 일은 별로 소문에 들은 것도 없고 또 기실 아직은 아무 이야깃거리 될 만한 것도 없는 모양 같았다.

그다음에 원석이는 그 눈 오던 날에 서울 와서 어떻게 되었는지 꼬깔 참봉의 소식보다도 더욱 묘연하다. 정거장까지 전송하여 주던 두 청년이 자기의 기관인 혁진청년당의 본부로 소개장을 써서 준 것은 사실인 고로, 원석이 내외는 우선 그리로 찾아가서 거기 사람들의 주선으로 셋방도 얻어들고 일자리도 구하고 있는 중이며 또 일자리는 어찌 되었든지 간에 그 본부에서 경영하는 강습소부터 곧 시작하게 되었다는 소문은 지나는 편에 들었으나, 자세한 이야기는 별로 아는 사람도 없고 또 같은 동아리에서라도 그리 알려고 하는 사람도 없기 때문에 근자에는 더욱이 모르게 되었다. 그러나 그가 서울 간 뒤로 길성 어머니에게는 매삭에 10원씩이라는 돈을 한 달도 거르지 않고 보낸다 하며 원석이 처도 지난 사월 파일과 오월 단오 때에 어린아이들 해 입히라고 무명 반 필과 길성 어머니의 치맛감 한 감을 끊어 보냈더라는 말을 들으면 길성이네에게 대하여는 극진히들 하려 하는 모양이요 또 이런 일을 아는 사람들은 원석이네가 서울 가서 잘되었나 보다고들 이야기를 하나, 웬걸 그리 잘되어서 그런 것이 아니라 의리를 지키려고 하는 무던한 생각이 있어서 그리하는 것일 듯싶었다. 어쨌든 그것으로 보면 서울로 간 원석이가 타락했거나 실패하지 않은 것은 분명한 모양이다. 하지만 만일 누구든지 그의 고향에 가서 그의 소식이나 종적을 물어보면 한 사람도 자세히 아는 사람이 없을 뿐 아니라,

"……네, 원석이요? 그놈 미친놈입네다. 친구 떡 벼락 맞게 해서 죽여놓고 도망한 뒤에는 서울 가서 노동한다던가요……" 하고 코웃음들을 친다 한다. 그리고 그 동네에서는 지금도 못생긴 짓을 하거나 어설픈 말을 하는 사람을 보면, "자네 떡 내기하나?" 하고 비웃는 것이 한 속담 삼아 유행이 되다시피 하였다 하나 아무도 그 이상으로 치전이 죽음에 대하여 이야깃거리를 삼거나 더 생각을 해보는 사람도 없다고 한다.

만세전

* 1924년 고려공사 발행판본.

* 해방 전 간행된 고려공사본과 해방 후 간행된 수선사본에는 일본 지명과 인명이 '東京' '大板' '神戶' '靜子' 'P子' 등 한자로 표기되어 있다. 외래어표기법에 따르면 지명과 인명은 모두 '도쿄' '교토' '시즈코' 등으로 표기되어야 하지만, 조사해본 결과 당시 일본 지명의 경우 대도시는 한자명 그대로 발음되었다는 점을 감안해, '동경' '경도' '대판' 등지는 한자명 그대로 표기하였고, '神戶' '長崎' '名古屋' 등은 '고베' '나가사키' '나고야'로 표기하였다. 그밖에 일본 거리명도 일본식 발음 그대로 표기하였다. 또한 주인공 이인화가 외국여인과의 연애 문제를 전면에 내세우고 있다는 점을 감안해 '靜子'는 '시즈코'로, 'P子'는 'P코'로 표기하였다. 외국지명과 인명의 경우, 작가가 한자로 표기한 것은 국내 독자를 의식했기 때문인 것으로 보이는데, 아마도 당시 독자들은 한자 표기가 되어 있어도 일본식으로 읽었을 것이다.

1 자곡지심 스스로 고깝게 여기는 마음.

2 맥락상 '키스'라는 말을 생략한 것으로 보임.

3 우좌하다 보기에 어리석은 데가 있다는 뜻을 지닌 '우자스럽다'의 오기인 듯.

4 팔초하다 얼굴이 좁고 아래턱이 뾰족하다.

5 인버네스 소매 대신에 망토가 달린 남자용 외투.

6 독약 '양약(良藥)'의 오기로 보임.

7 납청장 사람이나 물건이, 몹시 얻어맞거나 짓눌려 납작해진 것을 이름.

8 판도방 절에서 불도를 닦는 중들이 모여 공부하는 방.

9 외동다리 금테 조선 말기 관료의 최하 직계인 '판임관'을 일컫는 듯.

10 화방(火防) 흙에 돌을 섞어 중방 밑까지 쌓아 올린 벽.

11 잣단 잡다한.

12 고시마기(腰卷) 여자가 일본옷을 입을 때 아랫도리 맨살에 두르는 속치마.

13 경모하다 남을 하찮게 보아 업신여기거나 모욕함.

14 엇먹다 사리에 맞지 않는 말과 행동으로 비꼬다.

15 상우례 신랑이나 신부가 처가나 시가의 친척과 정식으로 처음 만나 보는 예식.

16 앞에 등장했던 '조카 딸'의 오기인 듯.

17 보짱 마음에 품은 생각이나 요량.

18 끄레발 단정하지 못하여 텁수룩한 옷차림.

19 양색 왜증(兩色 倭繒) 양색은 두 가지 빛깔. 왜증은 바탕이 얇은 비단.

20 밀타승 일산화납, 종기에 바르는 살충약.

21 구랄만 하다 '구람만 하다'의 오기인 듯. '구람'은 굴밤이나 도토리 등을 뜻함.

22 은구 땅 속에 묻은 수채.

23 남문 안 장 수선사본에는 '남문 안 신창'으로 되어 있다. 신창은 일본인들이 조성한 유곽인 신마치(新町)를 가리키는 듯.

24 오동 검붉은 빛이 나는 구리.

25 치롱 싸리로 가로 퍼지게 둥긋이 결어 만든 그릇.

26 산울 '산울타리'의 준말. 生籬.

해바라기

* 1924년 7월 31일 박문서관 발행판본을 저본으로 한 민음사본을 토대로, 1923년 7월 18일부터 8월 26일까지 『동아일보』에 연재된 연재본과 대조하였다. 연재본과 단행본은 거의 차이가 없다. 연재본에는 작품 서두에 '홍수철'의 이름이 영문 이니셜 'S'로 처리되어 있고, 영희 부부가 묵는 여관이 'W여관'으로 표기되어 있다.

1 외주물것 마당이 없어 길가에 바싹 붙어 지어서 길 밖에서도 안이 들여다보이는 작고 허술한 집을 뜻하는 '외주물집'에서 파생한 듯한 낱말로, 그런 데에 사는 사람들이라는 뜻.

2 후배 후행(後行)의 오기인 듯. 혼인 때에 가족 중에서 신랑이나 신부를 데리고 가는 사람.

3 채례 납폐(納幣). 혼인할 때 사주단자의 교환이 끝난 후 정혼이 이루어진 증거로 신랑 집에서 신부 집으로 예물을 보냄. 도는 그 예물.

4 회깟 소의 간, 처녑, 콩팥 따위를 잘게 썰고 온갖 양념을 하여 만든 회.

5 연재본에는 이름이 밝혀져 있지 않고, 'ㅇㅇㅇ'으로 처리되어 있다. 이후에는 'S군'으로 표기되다가 후반부에 이름이 드러난다.

6 소증 푸성귀만 먹어서 고기가 먹고 싶은 증세.

7 아카보(日)〔赤帽〕 플랫폼에서 빨간 모자를 쓰고 돈을 받고 보따리를 날라다 주는 사람.

8 오페라 박스 소형 핸드백.

9 청도파 '청탑파(靑鞜派)'의 오기. 1911년『청탑』을 간행하면서 일본 근대 여성해방운동을 펼친 신여성들의 모임.

10 Y여사 요사노 아키코(與謝野晶子). 메이지 시대부터 쇼와 시대에 걸쳐 활약한 일본 와가(和歌) 작가.

11 납신납신하다 입을 빠르고 경망스럽게 자꾸 놀려 말하다.

12 육초 쇠기름으로 만든 초. '육초를 먹다'는 육초를 얻어먹은 강아지가 더 얻을 수 있을까 하여 졸졸 따라다니듯이 남의 꾀에 넘어가 그가 하는 대로 따라가는 사람을 비유적으로 이르는 말.

13 몸 피게 연재본에는 '가냘프게'로 되어 있음.

14 홀게 매듭 따위를 단단하게 조인 정도나 어떤 것을 맞추어서 짠 자리. '홀게 빠지다'는 정신이 똑똑하지 못하고 흐릿하거나 느릿느릿한 태도를 이름.

15 간역(看役) 토목이나 건축의 공사를 돌봄. 또는 돌보게 함. 감역(監役)과 같은 말.

16 수지 편지를 의미하는 일본말 '수지(手紙)'를 한자어 그대로 옮긴 것.

17 반지 얇고 흰 일본 종이. 세로 25cm, 가로 35cm 정도로 종이의 질은 질기고 거칠며, 종류와 쓰임이 다양하다.

18 새벽 누런 빛깔의 고운 흙.

미해결

*1926년 11월 ~ 1927년 3월 『신민』연재본

*「미해결」의 경우 인명과 몇몇 단어는 평안도 발음대로 표기되어 있다. '정순'은 '명순'으로, '이영수'는 '리영수'로, '전도부인'은 '뎐도부인'으로 되어 있는 것이다. 이는 이야기의 배경이 평안도라는 것을 의식한 결과로 보인다. 하지만 서술자의 서술에서마저 두음법칙이 지켜지지 않고 있어 현대 맞춤법에 따라 통일하였다. 단 인물들의 방언은 그대로 살려두었다.

1 맷소리 맷돌소리

2 명재경각(命在頃刻) 거의 죽게 되어 숨이 곧 끊어질 지경에 이름.

3 핵변(覈辨) 사실에 근거하여 밝힘.

4 부전부전하다 남의 사정은 돌보지 않고 자기가 하고 싶은 일에만 서두르다.

5 곡자아의(曲者我意) 마음이 비뚤어진 사람이 매사를 자기 마음대로 함을 이르는 말.

6 창황하다 놀라거나 다급하여 어찌할 바를 모르다.

7 뼈지다 속이 옹골차다.

8 미거하다 철이 없고 사리에 어둡다.

9 설도 도리를 설명함.

10 풍이 동하다 살갗이 돌비늘이나 뱀 허물같이 되는 증상. 선천적으로 영혈이 부족하고 풍이 동하여 피부에 영양이 결핍되어 생긴다.

11 겸두겸두 겸사겸사

12 쇠양배양 북한어. 철없이 함부로 날뛰거나 생각이 얕고 분수가 없어 아둔한 모양.

13 열나절 일정한 한도 안에서 매우 오랫동안.

14 트레트레 빙빙 꼬인 모양.

15 수목두루마기 낡은 솜으로 실을 뽑아 짠 무명 두루마기.

16 똥겨주다 일러서 깨닫게 해주다, 귀띔해주다.

17 야료(惹鬧) 생트집을 하고 함부로 떠들어대는 것.

18 망단하다 바라던 일이 실패하다.

19 흉하적 남의 결점을 들어 말하는 것.

20 요정(了定) 일을 결판냄.

21 핏기 혈기.

22 발천(發闡) 앞길을 개척하여 세상에 나서게 함.

23 옹송망송하다 정신이 흐릿하여 무슨 생각이 나다 말다 하다.

24 아수하다 북한말. 아깝고 서운하다.

25 무리 함께 일하는 사람들이 같이 떼를 지어 나오는 때.

26 교의 의자.

27 확청 더러운 것을 없애버리고 깨끗하게 함.

28 모지랑비 끝이 다 닳은 비.

29 비두발괄 하소연을 하면서 간절히 정하여 빎. '비대발괄'의 북한말.

30 구간(苟艱) 매우 가난하다.

31 간물 간사한 인물.

32 유착하다 몹시 투박하고 크다.

33 챔처 어떤 일에 바로 뒤이어, 거듭.

34 고작 상투.

35 돌띠 어린아이의 두루마기나 저고리에 달린 깃 옷고름. 등 뒤로 돌려 매게 되어 있음.

36 띠다 띠를 두르다.

37 베돌다 한데 섞여 어울리지 않고 따로 떨어져 밖으로만 돌다.

38 삼팔 삼팔주의 준말, 중국에서 나던 명주.

39 발바당 '발바닥'의 경남, 평안 방언.

40 업원 불교에서 전생에 지은 죄로 말미암아 이생에서 받는 괴로움을 말함.

두 출발

* 1927년 3월, 5월~7월 『현대평론』 연재본.

1 청결(聽決) 1920년대 일제가 매년 춘추 2회에 걸쳐 경찰관서나 헌병대를 통해 하던 민간의 위생검사.

2 배일(排日) 일본을 배척하다

3 손씨 솜씨의 방언

4 행탁 '행색'의 오기인 듯.

5 장자웆토수웆 각각 '장작웆'과 '토시웆'을 가리킴.

장작웆: 웆의 한 종류로 농가에서 참나무로 크고 굵게 장작만 하게 만든 웆.

토시웆: 토시처럼 만들어 세운 것 속에 던져 넣는 방식으로 노는 웆.

6 숙설간(熟設間) 잔치 때 음식을 만들거나 차리기 위하여 베푼 곳.

7 판웆 산웆. 웆놀이의 하나. 산가지를 규정대로 벌여놓고 웆을 던져 나온 수대로 산가지를 거두어들이고 나온 수가 없으면 자기가 딴 산가지를 내놓아 많이 차지 한 쪽이 이기는 놀이로, 평안도와 함경도 등지에서 행함.

8 안반 떡을 칠 때 쓰는 넓고 두꺼운 나무판.

9 식지 밥상과 음식을 덮는 데 쓰는 기름종이.

10 고비 종이 따위를 만들어 벽에 붙인 편지 따위를 꽂아두는 곳.

11 진짬(眞~) 잡것이 섞이지 않고 순수한 것. 여기에서는 '진심으로'라는 의미임.

12 돌잡히다 돌날에 여러 가지 음식과 물건을 상 위에 차려놓고 마음대로 잡게 하 다.

13 엄전하다 태도나 행실이 정숙하고 점잖다.

14 숯내 숯불에서 나오는 가스의 냄새.

15 사대접 사기대접.

16 울력 여러 사람이 힘을 합하여 일을 함, 또는 그 힘.

17 쌩이질 씨양이질의 준말. 한창 바쁠 때에 쓸데없는 일로 남을 귀찮게 하는 것.

18 붙장 부엌 벽의 안쪽이나 바깥쪽에 붙여 만든 장.

19 관격(關格) 한방에서 음식이 급하게 체하여 먹지도 못하고 대소변도 못 보며 정 신을 잃는 위급한 병을 이르는 말.

20 양수거지 두 손을 마주 잡고 서 있음.

21 선다님 선달의 높임말.

22 헤갈 허둥지둥 헤매는 일.

23 뒤재주치다 물건을 함부로 내던지는 것.

24 감장 장사(葬事) 지내는 일을 돌봄.

25 업 원석이 처의 이름.

26 대모풍잠(玳瑁風簪) 대모갑으로 만든 풍잠. 풍잠은 망건의 당 앞쪽에 대는 장식품.

27 조라치 본래는 절이나 불당의 청소를 맡은 사람의 뜻, 여기서는 '순사'를 경멸 한 말.

28 자개벽(自開闢) '자(自)'는 '~부터'라는 의미가 있음.

29 사당다리 사다리의 평북 방언.

30 봉인첩설(逢人輒說) 만나는 사람마다 붙들고 지껄여 소문을 퍼뜨리는 행위.

31 업수념 경멸하는 것.

32 등내 벼슬아치가 벼슬을 살고 있는 동안.

33 저용 짚으로 만든 사람의 형상(제웅).

34 압령 호송.

35 개화장 개화기 때 잘 썼던 지팡이.

36 풍채 풍잠(망건 앞쪽을 꾸미는 물건)의 방언인 듯.

37 구력 세말 음력 연말.

38 연목 재질이 무른 나무('난목'은 '연목'의 방언).

39 수색(愁色) 근심스러운 표정.

40 질정 갈피를 잡아서 분명하게 정함.

41 동독 독촉.

42 성벽 '성깔'의 뜻을 가진 방언.

43 센창 일제시대 유곽인 신마치(新町)인 듯.

44 걸다 그을다.

식민지 현실의 발견과 그 소설화
—염상섭의 초기 중편소설에 대하여

김경수

1

횡보 염상섭은 초창기 한국 근대문학의 형성에 지대한 공헌을
한 작가다. 1897년 서울에서 태어나 1963년 타계하기까지 염상섭
은 근 40여 년에 걸쳐 16편의 장편소설과 160여 편에 이르는 중·
단편소설들을 발표했다. 염상섭이 작품 활동을 한 시기가 망국과
식민지 치하 그리고 해방과 한국 전쟁으로 이어지는 굴곡 많은 근
대사의 시기였다는 점을 감안한다면, 이런 다작은 매우 이례적인
것이다. 하지만 보다 중요한 것은 그의 작품들의 소설사적·사회
적 의미와 그 위상이라고 할 수 있다. 이 책에 수록된 「만세전」을
비롯해서 「표본실의 청개구리」로 대표되는 그의 초기 작품들과
장편 「삼대」와 「무화과」 연작 및 해방 후의 「취우」에 이르기까지,
그의 작품들은 작가 자신이 처해 있던 사회적 현실을 충실히 반영

하면서, 소설이 한 시대의 사회사적 증언 이상으로 추구해야 할 본령이 무엇인지를 여실히 보여주는 빼어난 문학적 성취를 자랑하고 있다. 이는 오늘날 거의 모든 사람들이 동의하고 있는 사실이다.

1919년 기미독립운동으로부터 촉발된 염상섭의 작가로서의 생애는, 식민지 시대에 한정할 경우 식민지 현실의 소설화라는 역사적 책무의 실천이라는 말로 요약될 수 있을 것이다. 망국의 일분자로서 일본 유학을 통해 서구의 근대적인 장르인 소설에 눈뜨고, 그것을 조선의 현실과 조응하는 한국적 장르로 갱신하기 위해 노력했던 염상섭의 생애는 한국 근대문학 형성기에 처했던 작가들의 지난한 노력과 고통을 그대로 대변한다고 해도 과언이 아니다. 물론 그보다 앞서 춘원과 동인이 근대적 장르로서의 소설을 실험한 힘겨운 역사를 도외시해서는 안 될 것이지만, 일본의 통치세력에 대해 일관된 저항 의식을 견지하면서 식민지 하에서 왜곡되고 있는 조선인들의 현실을 우리말로 담아내고 또 그런 작업을 통해 조선 문학의 나아갈 길을 모색한 염상섭의 공로는 그 중에서도 각별한 것이다. 식민지 시대의 그의 대표작인 「삼대」와 「무화과」 연작에서 보듯이, 염상섭은 소설 시학적으로 허구의 이야기 속에 끊임없이 일본 경찰을 등장시키고, 주요 등장인물들의 삶을 항일 독립운동의 맥락과 연결지으면서 이야기를 전개해나가는 나름대로의 소설 문법을 확보하고 있다. 때문에 그의 소설들은 대부분 정치소설 내지는 사회소설적 성격을 강하게 드러내고 있는데, 이런 저항적인 성격만으로도 그의 소설은 식민지 시대 우리 소설의 정통성이 무엇인지를 선명히 보여준다. 어떤 행위를 해도 정치적으로 연루될 수밖에 없는 식민지 시대의 삶을 한 개인의 의식은 물론이거니와 가족 관계와 사회적 관계를 두루 망라하면서 그려내고 있는 염상섭의 소설들은, 우리가 흔히 일컫는 바 리얼리즘의 전망이 어떠해야 하는가를 단적으로 증거하고 있는 훌륭한 예들인 것이다.

그러나 사정이 이러함에도 불구하고 염상섭의 소설 세계는 비교적 충분히 알려져 있다고 보기는 어렵다. 「표본실의 청개구리」와 「암야」와 「제야」등의 단편소설과 장편 「삼대」가 그나마 일반에게 널리 알려져 있으나, 160여 편에 이르는 단편의 세계를 초기의 몇 작품이 대표한다고 보기도 어렵고, 또한 1920년대의 대표작인 「사랑과 죄」와 「이심」으로부터 해방 후의 「취우」와 「미망인」에 이르는 다양한 장편소설의 세계를 도외시한 채 「삼대」에 대한 이해가 온전할 수 없을 것 또한 분명하다. 염상섭의 소설 세계가 작품 편수에 있어서 방대한 만큼 이런 한계가 노정된 것은 어쩌면 자연스러운 것인지도 모른다. 그러나 한 작가를 이해하는 데에 그의 소설 형성의 과정에 대한 이해가 관건이라고 한다면, 소설사에 대한 일목요연한 이해의 목적이 전제되어 있긴 하겠지만 편의상 단편과 장편의 세계로 나누어 염상섭의 소설 세계를 이해하고자 했던 관행은 지양되어야 할 필요가 있다. 이런 문제의식에 입각해 볼 때 염상섭의 초기 중편소설들은 매우 유용한 자료라고 말할 수 있다. 염상섭의 소설들을 어떻게 분류할 것인지는 여전히 의견이 통일되어 있지는 않으나, 오늘날의 기준으로 보더라도 「만세전」

을 위시한 몇 편의 작품들은 길이에 있어서나 주제에 있어서 그의 장·단편과는 구분되는 독특한 특성을 지니고 있다고 할 수 있는데, 여기에는 그의 대표작 「만세전」과 「해바라기」, 「미해결」과 「두 출발」 그리고 「남충서」 등의 중편소설들이 포함된다. 「만세전」이 우리 소설사에서 차지하고 있는 비중은 비교적 널리 알려져 있으나, 그 밖의 작품들은 여전히 일반에게 낯설다. 그러나 염상섭 소설의 본령이 장편이며, 그런 장편의 세계가 「만세전」을 위시한 일련의 중편의 습작을 거쳐 확보되었다는 점을 감안한다면, 그가 1920년대에 발표한 중편소설들은 특별한 관심의 대상이 될 수밖에 없다. 이런 의미에서, 여기서는 「만세전」을 위시해서 1920년대에 발표된 그의 네 편의 중편소설을 대상으로 그 작품들의 의미를 해석해보고 그것이 그의 소설 세계에서 차지하는 비중과 소설사적 위상을 간략히 살펴보기로 하겠다.

2

주지하는 것처럼 「만세전」은 식민지 시대 염상섭의 대표작일 뿐만 아니라 한국 근대소설의 기념비적 작품이다. 이 작품은 조선에서 태어나 일본으로 유학 간 한 유학생이 조혼한 아내가 위독하다는 전보를 받고 고국으로 돌아오는 여정을 순차적으로 그리고 있는데, 그 과정에서 주인공 이인화의 눈을 통해 포착되는 식민지 치하 조선의 현실이 파노라마처럼 제시된다. 그 과정에서 드러나는 바 조선의 변화한 현실이 그것대로 당대의 충실한 반영이 되고 있는 것은 분명한 사실이다. 조선인이면서도 서툰 일본말을 써가며 스스로의 국적을 속이고 제국의 신민이 되고자 하는 하급 관리, 조선인 어머니와 일본인 아버지 사이에서 태어났으면서도 조선의 비루함 때문에 일본인 아버지를 꿈꾸는 술집의 여급, 일본 관헌들에게 구박 받는 편이 오히려 낫다고 상투를 자르지 않는 촌로와 나라의 쇠망 따위에는 무관심한 채 일본인이 들어와 땅값이 오르게 된 것을 내심 기뻐하는 친형 등, 이 소설에는 식민지 체제가 공고하게 될 즈음 조선인들이 보이는 다양한 현실 적응의 양태와 속물적 의식이 적나라하게 그려져 있다.

조선의 현실이 이렇듯 비교적 객관적으로 그려질 수 있었던 소설적 장치는 무엇보다도 이 작품의 주인공 이인화가 열다섯에 유학을 가서 일본에서 6, 7년간이나 유학 생활을 한 유학생으로 설정되었기 때문인데, 이는 비슷한 연령대에 일본 유학을 떠난 작가의 자의식을 일정 부분 반영한 결과이기도 하다. 이른 시기에 조국을 떠난 조선인 유학생의 시점을 택함으로써 이 작품은 식민지 사회의 급격한 사회 변동을 객관적으로 담아내는 데 성공하고 있는데, 외견상 조선인과 조선적인 현실에 대한 환멸의 감정을 동반하고 있는 이런 관찰의 과정은 이 작품에서 주인공 이인화의 자아 정체성의 문제와도 긴밀하게 연관되어 있다. 작품에서 이인화는 서울로 오는 동안 목격한 조선의 현실에 대해 줄곧 냉소적인 태도를 보인다. 유학생으로 일본 내지의 교육을 받고 그곳에서 일정한 수준에 오른 근대적인 가치관과 생활방식을 향유했던 그로서는,

전근대적인 삶의 관성이 완고하게 지켜지고 있는 조선적 현실을 도저히 용납하지 못하는 것이다.

주인공 이인화의 이런 환멸의 감정은 묘지 문제와 연관되어 특히 강조되고 있다. 일제가 공동묘지 제도를 시행하기로 한 정황 속에서 종형이 팔아먹은 집안의 산소 문제는 주인공이 김천에 올라온 순간부터 친형과 나누는 대화에서 하나의 중요한 초점이었을 뿐만 아니라 갈등의 원인이 되기도 한다. 뿐만 아니라 그는 서울로 오는 기차 속에서도 공동묘지 제도에 대해 의구심을 갖고 있는 갓장수와의 대화를 통해 나라의 흥망과는 무관하게 가문과 선영 지키기에만 혈안이 되어 있는 전근대적인 의식의 일단을 접한다. 이런 일련의 과정을 겪으면서 그는 조선의 현실을 "무덤 속"이라고 인식하게 되는데, 결국 이런 인식 끝에 그는 아내의 주검을 청주의 선산으로 끌고 내려가는 것에 반대하고 눈치 볼 것 없이 공동묘지에 묻는다. 이 작품이 애초(1922년)에 『신생활』지에 연재될 당시의 제목이 「묘지」였다는 점을 감안하면 그 상징성은 작가 자신도 뚜렷하게 자각하고 있었던 것으로 보이는데, 그러나 「만세전」의 의미는 비단 조선적 현실에 대한 지식인 청년의 환멸의 확인에만 머물지 않는다.

작품에서 시종일관 자신의 주변적 정체성에 혼돈을 겪었던 이인화는 아내의 죽음을 경험하고 또 그것을 처리하는 과정을 겪으면서 비로소 자신의 그런 변두리적 정체성을 극복해야 할 하나의 숙명으로서 인식한다. 이는 그가 마음에 두고 있던 일본 카페의 여급인 시즈코(靜子)에게 보내는 마지막 편지에서 확인된다. 즉,

그는 아내의 죽음이 자신에게 스스로를 구하여야 할 책임이 있음을 일깨웠다고 시즈코에게 편지를 쓰면서 무엇보다 근대적인 개인으로 거듭나야 한다는 각오를 다지는데, 여기서 우리는 주인공 이인화가 아내가 남기고 간 자신의 단 하나의 혈육과 마찬가지로, 비로소 조선의 현실을 자기의 몫으로 떠안을 수밖에 없다는 자각에 도달했음을 알게 된다. 「무정」의 이형식이 작품 결말부에서 내보이는 탈국가적 낙관론과 비교해볼 때 「만세전」의 주인공 이인화가 도달한 이런 인식은, 그 심리적인 자성(自省)의 깊이와 근대적인 개인으로 홀로 서고자 하는 결연함에서 근대소설의 한 이정표로서 손색이 없다고 할 수 있다.

시기적으로는 「만세전」과 거의 같은 시기인 1923년에 『동아일보』에 발표된 「해바라기」는 초창기 염상섭 소설의 또 다른 형성축을 보여주는 작품이다. 조선 최초의 여류 화가라고 할 수 있는 나혜석을 모델로 쓰인 이 소설은 한 신여성의 신혼기(이 작품은 나중에 『신혼기』로 개제되어 출간된다)인 셈인데, 무엇보다도 당시 신교육의 세례를 받고 예술에 눈뜬 신여성의 의식의 파탄을 꼼꼼하게, 그리고 회화적으로 그리고 있는 작품이다. 이 작품의 여주인공 최영희는 동경여자대학 문과에 재학 중인 방년 스물네다섯 살의 처녀로, 현재 일본 사람이 경영하는 만선건물주식회사의 전속 기사이자 총독부 토목과의 촉탁으로 있는 이순택과 결혼식을 치른다. 작품은 두 사람이 신식으로 결혼식을 치른 장면에서부터 시작해 남해의 한 섬인 H군으로 신혼여행차 떠나는 여정과 그곳에서의 작은 에피소드를 담고 있는데, 그 과정 전체가 쉽사리 이

해되지 않는 수수께끼처럼 그려지고 있다. 무엇보다 그것은 그들의 신혼여행이 남편인 이순택은 철저히 배제된 채 신부인 최영희의 주도 아래 비밀스럽게 계획되고 실행에 옮겨진다는 점과, 그렇게 결행된 신혼여행이 기실은 삼 년 전에 죽은, 최영희의 전 애인이었던 홍수삼이라는 사내의 무덤을 찾아 묘비를 세워주기 위한 여행이었다는 점에서 확인된다. 말하자면 신혼여행을 이전 애인에 대한 정리(情理)를 정리하는 이별 여행으로 둔갑시킨 계획 자체에서부터 이 작품의 예사롭지 않음이 드러나는 것이다.

이런 작품의 줄거리에서 우리는 몇 가지 의미심장한 사실들을 확인할 수가 있다. 그 첫번째는 이 작품이 실존 인물 나혜석의 경우를 그대로 소설화했다는 것에서 드러나는 것처럼, 염상섭이 초기 작품의 소재 선택과 그 사실성 확보의 차원에서, 이미 있는 현실이라든가 자신이 알고 있는 사건들을 소재로 취급했다는 점이다. 소설사의 전개 과정을 볼 때 그 초기에는 실존 인물의 이야기 혹은 공개적으로 대중에게 알려져 있는 사실이나 사건으로부터 이야기 소재를 찾는 현상이 일반적인데, 우리 소설의 경우 이런 사례를 가장 분명하게 보여주는 사례가 바로 염상섭이다. 신문과 잡지를 통해 대중에게 알려진 사건들을 이야기의 소재로 삼을 경우, 그 작품은 사실적인 소재가 지니는 대중성으로 인해 독자들을 유인할 수 있는 이점을 가지게 된다. 뿐만 아니라 새로운 이야기를 창조하고자 할 때 범할 수 있는, 일반적인 개연성을 위반함으로써 빚어지는 소통불능의 위험으로부터도 안전하게 되는데, 이런 사정은 어떤 전범이 없는 가운데 소설이라는 장르를 실험하려

했던 초창기 작가들에게는 더욱 긴요했을 것이라 생각된다. 이른바 '모델소설'이라는 말로도 불리는 염상섭의 이 작품은 이런 의미에서 우리의 소설사의 초창기 특징의 한 단면을 보여주는 시험적인 작품이라고 해도 과언이 아닐 듯하다.

「해바라기」에서 눈여겨볼 또 하나의 중요한 사항은 이른바 소설적 주인공으로서의 신여성의 이중적인 위상이다. 초창기 작가 가운데 염상섭은 그 누구보다 앞서 여성 인물을 소설의 전면에 포진시켜 이야기의 흥미를 창조한 작가다. 「제야」의 여주인공 정인이 그렇고, 한국판 「죄와 벌」이라 할 수 있는 「이심」의 여주인공 춘경이 그렇다. 뿐만 아니다. 「삼대」와 「취우」같은 대표적 장편소설을 통해서도 염상섭은 근대적인 문명의 세례를 받은 신여성들을 이야기의 부속물이 아닌 살아 있는 존재로서 또렷이 새겨낸 선구적인 작가였다. 이야기의 복잡함과 긴장 창조를 위해 꼭 필요한 여성 인물을 창조해냄에 있어서 염상섭은 초기부터 신여성들을 작품의 주요한 인물로서 활용했는데, 「해바라기」 또한 그 대표적인 경우라 할 수 있다. 특히 이 과정에서 그는 신여성의 내밀한 심리는 물론 그들의 의식의 파탄을 직시했는데, 「해바라기」의 경우 주인공 영희가 신여성답게 모든 전근대적인 허례허식을 무의미하다고 부정하면서도 작품의 말미에 가서 정작 자신이 명분 없는 의례의 실천자로 전락하게 되는 희화적인 장면은 그중 압권이라 할 만하다.

또한 염상섭은 이 작품에서 예술과 같은 이상의 헌신과 현실적 생활을 별개로 상정하고 그 둘 사이의 간극을 자각하지 못하는 신여성 영희의 자기모순 혹은 자가당착을 정면적으로 다루고 있는데, 이는 당시의 신여성의 위상에 대한 작가의 관찰이 얼마나 정확했는가를 보여주기에 손색이 없다. 염상섭 소설이 여성 인물을 생기 있게 형상화하고 있는 동시에 이면적으로는 신여성에 대한 일종의 여성 혐오증을 내보이고 있다는 점은 연구자들에 의해 간혹 거론되고 있는 측면인데, 이런 문제를 차치하고라도 염상섭의 「해바라기」는 초기 자본주의 시대의 예술가의 위상이라든가 근대적 제도로서의 연애결혼의 안팎 그리고 더 나아가서는 그들로 인해 균열을 일으키는 격변기 가부장제의 현실 등, 당시 사회의 여러 현상들 간의 복합적인 관계를 증언하고 있는 문제작이라 할 수 있다.

「만세전」과 「해바라기」가 1920년대 초반의 작품이라면, 「미해결」(『신민』 1926년 11월~12월, 1927년 2월~3월)과 「두 출발」(『현대평론』 1927년 4월~7월)은 1920년대 후반, 그것도 염상섭이 두 번째로 일본에 유학했던 시절에 발표한 작품들이라는 점에서 대별된다. 여기서 이 두 작품이 염상섭의 재도일(再度日) 기간에 발표된 작품이라는 점은 주목을 요한다. 염상섭은 1926년 1월에 다시 일본에 건너갔는데, 이때 그의 도일 목적은 본격적인 문학 수업이었다. 그리하여 이 시기 그는 일본에 머물면서 왕성한 작품 활동을 하는데, 「악몽」 「초련」 「유서」 「조그만 일」 「숙박기」 등의 단편이 바로 이 시기의 작품이며 중편으로는 「남충서」를 위시해서 위의 두 작품이 포함된다. 시기적으로 염상섭은 유학 초기에는 단편의 습작에 치중하다가 후기로 오면서 중편의 세계에 손을 대는데, 「미해결」과 「두 출발」은 바로 이 후기 중편에 속하는 작품들이다. 일반에 널리 알려진 「남충서」와 더불어 「미해결」과 「두 출발」이 문제가 되는 것은, 이 작품들이 단편의 습작을 통해 숙련된 자신의 방법론을, 장편을 통해 조선의 현실을 담아내기 전의 과도기적인 모습을 보여주기 때문이다.

먼저 「미해결」부터 살펴보기로 하자. 이 작품은 평안도 지방의 한 교회와 그 부속학교의 운영을 둘러싼 교인들의 암투와 모략을 중심으로 하고 있다. 독실한 기독교 신자로서 사재를 털어 학교를 세워 경영하고 있는 김장로는 경영난에 고심하다 못해 역시 남도 교계의 원로인 조장로의 재산을 기대하고 자신의 아들을 조장로의 딸 정순과 결혼시킨다. 그러나 이미 혼전에 다른 남자와 교섭이 있던 정순이 일곱 달 만에 아이를 낳게 되는 사건이 벌어지게 되고, 이 사건을 무마하려고 올라온 남편 상규는 오는 길로 우연찮게 한동네의 애련의 아버지에게 이끌려 그녀의 병 위문을 갔다가 그녀와 결혼하기로 약속했다는 누명을 쓰게 된다. 그리하여 김장로를 축출하고 자신들이 교회와 학교의 경영권을 장악하려는 부라우닝 목사와 서기 임호식 그리고 홍목사와 진장로 일파는 이런 일련의 소문과 음해로써 김장로 측을 협박하여 교회에서 일대 논전을 벌이게까지 되는데, 사건은 결국 조정순이 진실을 알리는 유서를 남긴 채 자살을 함으로써 무마되는 선에서 그친다.

「미해결」은 무엇보다도 작품의 사건 전체가 교회와 교회 신도들을 중심으로 하고 있다는 점에서 우리의 주목을 요한다. 염상섭은 초기부터 인물화라든가 사건의 전개에 있어서 기독교와의 연관성을 자주 천착한 작가였다. 이는 개신교가 학교 사업 등을 통해 일반에 자리 잡아가고 있던 1920년대의 정황을 감안해볼 때 매우 시의 적절한 것이었는데, 이런 기독교에 대한 염상섭의 관심은 이후 장편 「너희들은 무엇을 얻었느냐」 등으로 이어지면서 보다 심화된다. 이 작품에서 염상섭이 문제삼고 있는 것이 기독교 자체가 토착화하는 과정에서 빚어졌거나 빚어질 수 있는 여러 가지 시행착오라는 것은 더없이 분명하다. 물론 이에 대해서는 한국 교회사에 대한 보다 폭넓은 참조가 필요하다. 그러나 「미해결」에서 설정된 사건과 갈등을 한 사람의 신도의 가정사에 대한 교회의 관여의 정당성 여부로 이해해보면, 이 작품에서 작가가 힘주어 말하고자 했던 것은 초기 기독교 신자들의 시대착오적인 의식의 한 단면이었던 것만큼은 분명해 보인다. 더 추상화하자면 그것은 세속적인 삶의 양상에 그릇된 종교적 맹목이 어떤 식으로 개입할 수 있는가 하는, 기독교의 교리와도 무관하지 않은 원론적인 문제 제기랄 수 있는데, 불행하게도 이 작품은 그러한 현실의 진단에만 머물 뿐 어떤 답도 명쾌하게 제시하지 않는다. 이런 사정은 아마도 당시 기독교에 대한 작가의 이해의 부족을 반영하는 것일 테지만, 그럼에도 불구하고 이 작품이 1920년대 사회의 과도기적 삶의 한 단면을 정확하게 포착하고 있다는 점은 부정되어서는 안 될 것이다.

「미해결」의 뒤를 이어 발표한 「두 출발」은 식민지로 전락한 조선 사회의 모습을 보다 더 사실적으로 그리고 있는 작품이다. 이 작품은 농촌의 지주 집안인 안양덕 집안을 무대로 하여, 설맞이 준비를 하는 과정에서 우연히 벌어진 동네 사람의 죽음을 소재로 하고 있는 작품이다. 작품의 주인공인 원석은 주인댁의 눈을 피해 떡을 몰래 훔쳐다가 동네 사람들에게 주는데, 공교롭게도 그 자리에 모인 몇 사람이 떡 먹기 내기를 하다가 떡을 너무 많이 그리고 급하게 먹는 바람에 치전이라는 인물이 급체로 죽는 사고가 벌어진다. 이를 계기로 평소 안양덕 집안의 소극적인 협력에 분심을 품은 일본의 관헌이 개입하게 되어, 안양덕 댁의 여러 사람들과 원석을 비롯한 여러 사람들이 주재소에 끌려가 조사를 받게 되는 고초를 겪게 된다. 사실상 치전이가 죽게 된 사건은 지극히 우발적인 것으로 그렇게까지 확대될 성질의 사건이 아니었다. 그럼에도 불구하고 사건이 확대된 이유는 평소 안양덕 가문이 재력이 있으면서도 주재소 설치며 소방서 설치 등, 점차 체제를 갖춰가기 시작한 일제의 정책에 썩 호의적이지 않았기 때문이다. 그리하여 사건의 빌미를 제공한 원석 내외는 피치 못하게 주인집으로부터 내쳐지게 된다. 이 작품의 제목이기도 한 '두 출발'은 사건을 마무리하는 과정에서 안양덕 가문의 2대 인물인 꼬깔 참봉이 친(親)체제적 입장을 견지하면 일상적 삶이 한결 수월하다는 사실을 알게 되어 문명에 대한 견문을 넓히려 서울 나들이에 나서는 것과, 안양덕 가문에 붙어살던 원석이 아내와 함께 새로운 삶의 가능성을 찾아 서울로 떠나는 것을 의미하고 있는데, 작가는 작품의 말미에서 원석과 꼬깔 참봉의 후일담은 나중에 후술하겠노라고 부연 설명을 하고 있다.

이런 이야기 줄거리에서도 드러나는 바이지만, 「두 출발」에서 설정된 사건과 인물들의 관계는 여러 면에서 염상섭의 대표적 장편소설인 「삼대」와 닮아 있다. 주된 이야기 공간이 4대가 함께 사는 전통적 대가족 집안으로 설정되어 있다는 점과, 급체로 죽은 한 사람의 죽음에 독살의 혐의가 들씌워져 일본 관헌의 수사망이 조여들어오는 것, 그리고 중심이 되는 하인 인물인 원석이 사회의 저항적 조직과 연이 닿아 보다 가치 있는 삶의 행로를 모색하는 일련의 구도는 「삼대」의 조의관 가문의 인물 구도와 비소 중독, 그리고 '바깥애'의 행적과 그대로 병행하고 있기 때문이다. 뿐만 아니라 「미해결」에서 작가는 교회에서의 논전 과정에서 반찬 가게 장수이면서 무산청년동지회 회원을 등장시켜 정론적 발언을 하도록 하는데, 이 점은 또한 「삼대」에서 병화라고 하는 인물의 저항적 성격을 앞서서 예고하고 있는 것으로 보아도 무방하다. 그런 점에서 보면 「두 출발」과 「미해결」은 장차 발표될 그의 대표작인 「삼대」의 전신이라고 해도 과히 틀리지 않다.

이렇게 보면 「두 출발」과 「미해결」은 염상섭이 장차 장편소설 작가로서 식민지 조선의 현실을 담아내고 나름의 저항 의식을 형상화하기 위한 소설적 수련의 과정을 단적으로 보여주는 작품이라고 할 만하다. 같은 시기 염상섭은 조선인과 일본인 사이에서 태어난 혼혈아의 의식을 문제삼고 있는 「남충서」라는 작품을 발표하는데, 이 작품에서 설정된 혼혈아의 정체성 문제는 또한 1920년대 후반 그의 대표 장편이랄 수 있는 「사랑과 죄」로 이어져 보다 본격적으로 고찰되고 있다. 따라서 이 시기 염상섭이 일본에서 써서 발표한 일련의 중편소설들은, 근대적인 소설 장르는 무엇보다도 동시대의 근대적인 삶을 정면으로 다루어야 하며, 이 경우 그 무대는 조선적 현실일 수밖에 없으며, 그 조선적 현실은 무엇보다도 일본 제국주의의 통치라고 하는 구조적인 모순과 한계에 대한 인식 없이는 파악할 수 없다고 하는 작가적 인식을 명확하게 보여주는 작품들이라고 평가할 수 있다.

1920년대 우리 소설의 아주 예외적인 성취라고 평가받는「만세전」과 나혜석의 삶에서 소재를 취한「해바라기」의 모델소설적 특성들, 그리고 방금 살펴본「미해결」과「두 출발」에서 드러난 식민지 조선의 현실에 대한 관찰은, 염상섭의 소설적 행로가 어떤 과정을 걸어왔는가를 단적으로 보여주는 데 손색이 없는 작품들이다. 말하자면 염상섭은 바로 이러한 일련의 중편소설의 집필을 통해 1930년대의 대표적인 장편 작가로 도약할 수 있었던 것이다. 특히 이 과정에서「미해결」과「두 출발」이 제국주의 일본 동경의 한 하숙방에서 쓰였다는 점은 여러 모로 시사적이다. 예컨대「두 출발」에서 드러난 민족의식과 저항 의식의 싹은, 관동대진재 이후 일본 전역에서 표면화된 조선인에 대한 일본인의 폭력과 박해의 분위기와 절대로 무관할 수 없을 것이기 때문이다.「만세전」에서 설정되었던 변두리인으로서의 조선인의 정체성의 문제는 이런 일련의 과정을 겪으면서 식민지 현실 속에서 어떻게 조선인으로서의 삶을 정립할 것인가 하는 근본적인 물음으로 보다 심화되고 있는 것이라고 볼 수 있는데, 이렇게 본다면 1920년대에 염상섭이 발표한 일련의 중편소설들은 소설의 조선적 갱신의 방향이 어떠해야 하는가에 대한 투철한 모색의 과정을 여실히 보여주고 있다고 해도 과언이 아니다. 1920년대 소설의 빛나는 한 성취를 우리는 염상섭의 이 작품들에서 확인할 수 있으며, 아울러 1930년대의 대표작인 「삼대」와 같은 작품이 어떻게 산출될 수 있었는가를 분명히 인식할 수 있다. 〔2005〕

「만세전」의 개작에 대하여

김경수

 이 책에 수록된 「만세전」은 1924년 작가가 고려공사에서 펴낸 판본을 저본으로 한 것이다. 이 작품의 판본은 네 개다. 1922년 『신생활』에 연재되다가 중단된 「묘지」가 첫번째 판본이며, 1924년 4월 6일부터 『시대일보』에 연재된 「만세전」이 두번째 판본, 고려공사에서 펴낸 단행본이 세번째 판본, 그리고 해방 후 작가가 가필·수정하여 수선사에서 펴낸 「만세전」이 네번째 판본이다. 현재 시중에 나와 있는 「만세전」은 1924년 간행된 고려공사본이나 1948년 간행된 수선사본을 저본으로 한 경우로 대별되는데, 이 두 판본은 줄거리 면에서는 큰 차이가 없지만 세부적으로 살펴보면 단어의 교체와 문장구조의 변화, 그리고 삭제된 부분과 가필된 것을 합쳐 무려 227곳이나 수정이 이루어져 상당히 다르다.

 문학연구에서 판본의 비교는 일차적으로 전문연구자들의 몫이지만, 일반 독자들의 입장에서도 알아두면 작품 해석에 일정한 도움을 준다. 작품이 여러 차례 개작되었다는 것은 해당 작품에 대한 작가의 애정을 방증하는 것으로서, 그 변화 과정 자체가 한 작가의 세계관의 변화를 살펴볼 수 있는 의미 있는 창(窓)이 되기 때문이다. 게다가 일제의 검열과 그것을 내면화한 작가 개인의 자기검열까지를 감안하면 사정은 더더욱 복잡해진다. 현재 우리 학계에는 한 작가가 식민지 현실에 맞서 보인 문학적 응전의 참모습을 보기 위해서는 식민지 시대에 출판된 작품을 대상으로 해야 한다는 의견과 작가가 생존 시 최후로 손을 본 작품을 결정본으로 삼아야 한다는 의견이 모두 받아들여지고 있는데, 시중에 두 판본이 나와 있는 것도 이런 이유 때문인 것으로 이해된다. 이를 감안해 이 글에서는 독자들의 이해를 돕는 선에서 고려공사본과 수선사본의 차이를 대체적으로 지적하고자 한다.

앞서 지적한 것처럼 고려공사본과 수선사본은 무려 227곳에서 차이가 난다. 먼저 단어의 차이로서 한자어를 고유어로 바꾼 경우인데, 이를테면 '馥郁한' → '북돋아 오르는', '병하여' → '얼러서', '은휘하다' → '숨기려하다', '잔교' → '부산 선창', '삼 첩' → '한 간', '일 정(町)' → '한 마장' 등과 같은 경우들이다. 한자어 혹은 일본식 단어를 우리말로 풀어 쓴 경우는 물론 해방을 맞아 자유롭게 우리말을 쓸 수 있게 된 정황을 반영한 것이겠지만, 작가의 우리말에 대한 감각의 변화와 어휘에 대한 지식도 한몫을 했을 것이다. 염상섭 초기 소설은 우리말 어휘보다는 한자 어휘 내지는 일본식 한자(예를 들면 '안가(安價)한', '수지(手紙)'와 같은)를 더 친숙하게 구사하고 있기 때문이다. 이런 수정이 우리말에 대한 횡보

나름의 인식의 심화를 보여주는 것임은 분명하다. 하지만 예외적
으로 '구석방'을 '다다미방'으로 바꾼 사례도 있는데, 해당 서술
의 대상이 되는 장소가 부산의 일본식 가옥인 것을 감안하면, 역
사적 사실성에 대해서만큼은 일정한 기준을 갖고 있었던 것으로
보인다. 고려공사본에 '남문 안 장'으로 표현된 장소가 수선사본
에서는 일본인들이 조성한 유곽인 신마치(新町)을 가리키는 '남
문 안 신창'으로 구체적으로 수정된 것 또한 마찬가지다.

　어휘의 변화 차원을 넘어서 문장이 삭제되거나 한 두어 줄 추가
된 부분, 혹은 앞뒤 문장을 연결함으로서 문장구조를 바꾼 대목도
적잖은데, 이 부분은 일일이 거론하기에는 번거로워 언급하지 않
는다. 이 부분을 건너뛰어 의미 있는 변화를 지적하자면 작품의 시
대적 배경에 대한 서술을 들 수 있다. 특히 서두와 결말 부분이 그
렇다. 이 책에 수록된 고려공사본의 서두가 되고 있는 1장의 첫 단
락은 장차 벌어질 이야기의 시간적 배경과 그 단초상황을 서술하
고 있다. 수선사본 또한 마찬가지인데, 그 정도는 고려공사본보다
훨씬 구체화되어 있다. 이 부분을 대조하여 제시하면 다음과 같다.

　조선에 만세가 일어나던 전해의 겨울이었다. 그때에 나는 반쯤
이나 보던 연종시험을 중도에 내던지고 급작스레 귀국하지 않으면
안 될 일이 있었다. 그것은 다른 때문이 아니었다. 그해 가을부터
해산 후더침으로 시름시름 앓던 나의 처가 위독하다는 급전을 받
은 까닭이었다.

── 고려공사본

조선에 만세가 일어나던 전해의 겨울이었었다. 세계대전이 막 끝나고 휴전조약(休戰條約)이 성립되어서, 세상은 비로소 번해진 듯싶고, 세계개조(世界改造)의 소리가 동양천지에도 떠들썩한 때이다. 일본(日本)은 참전국(參戰國)이라 하여도 이번 전쟁 덕에 단단히 한밑천 잡아서, 소위 나리긴(成金) 하고 졸부(猝富)가 된 터이라, 전쟁이 끝났다고 별로 어깻바람이 날 일도 없었지마는, 그래도 또 한몫 보겠다고 발버둥질을 치는 판이다.

동경(東京) W대학 문과(文科)에 재학중인 나는, 때마침 〔……〕

— 수선사본

위의 인용문을 보면, 해방 후의 수선사본은 이야기될 사건의 시대적 분위기가 훨씬 구체적이고 전망 또한 다분히 역사적인 견지에서 서술되고 있다는 것을 알 수 있다. 일본의 패배와 뒤이은 해방이 역사적인 사실로서 인식된 이후였으므로, 해방기의 독자들을 대상으로 하기에는 위와 같은 역사적인 사실의 반영이 어느 정도 요구되었다고도 할 수 있을 것이다. 4반세기 이전 시대를 배경으로 하고 있는 이야기에 보다 분명한 역사적 맥락을 부여하려는 개작의 의도는 여러 곳에서 확인된다. 김의관 같은 인물이 모인 동우회(同友會)가 "일선인의 무엇인가를 표방하고 귀족들을 중심으로 하고 전후 협잡꾼들이 술추렴이나 다니는 회"에서 " '동화(同化)'를 표방하고 귀족 떨거지들을 중심으로 하여 파고다공원패보다는 조금 나은 협잡배" 같이 폄하되고 있는 것은 물론, 주인공 이인화를 비롯하여 시즈코(靜子)와 을라와 같은 여성 인물들의 개인적 정황이나 성향도 아주 구체화되고 있다. 즉, 망국 유학생으로서의 이인화의 정체성이라든가 문학애호가로서 조선인 유학생에게 마음이 있는 시즈코, 그리고 병화와 이인화 사이에서 줄타기를 하는 을라도 보다 구체화되어 있는 것이다. 고려공사본과 달리 더 강화된 인물화의 정도에 대해서는 아마도 다음과 같이 가필된 부분이 충분한 증거가 될 것이다.

가) 현대적 생활을 영위할 수단 방도도 없고 생산화식(生産貨殖)에 어둡거든, 안빈낙도(安貧樂道)의 생활철학에나 철저하다든지, 이도 저도 아닌 비승비속으로 엉거주춤하고 살아온 가난뱅이의 이민족이, 그 알뜰한 살림이나마 다 내놓고 협포로 물러앉고 나니 열 손가락을 늘이고 앉아서 팔아라, 먹자! 하고 있는 대로 깝살리는 것이 능사라, 그러나 팔고 깝살리는 것도 한이 있지 화수분으로 무작정하고 나올 듯싶은가! 그렇거나 말거나 이 따위 백성을 휘둘러 내고 휩쓸어 내기야 누워서 떡먹기다. 그래도 속임수에 빠진 노름꾼은 깝살릴 대로 깝살리고 두 손 털고 나서면서도 몸은 달건마는, 이 백성은 다 털리고 나서도 몸이 달긴 커녕 고작 한다는 소리가,
"그저 굶어죽으라는 세상야." 하는 한마디에 지나지 않는다.

나) 무슨 까닭에, 자기는 굳세고 높게 살리겠다면서 가련한, 저 갈 길을 찾겠다고 발버둥질치는 불쌍한 여성을 농락하려는가? 사실 말하자면 오늘까지 나의 정자에게 대한 태도는 실없었다. 저편

이 나를 범연히 생각지 않았다면 더욱이 불쾌하고 모욕이라고 생각하는 것은 당연한 책망일 것이다. 그러나 정자 자신이 얼마나 실답고 자기 자신에게 충실한가는 누가 알 일인가? 사랑이니 무어니 머릿살 아픈 노릇이다마는 세상이 경멸하는 조선 청년에게 그런 호소를 하고 오는 것은 실연을 한 일본 남성에게 대한 반항이라는 것인가?

다) 나는 놀랄 것도 없으나 아까 병화 댁이 웃기만 하고 말을 시원히 안 하던 것을 생각하면 역시 불쾌하다. 그러나 그 집 형수가 나와 을라가 교제하는 것을 은근히 막으려는 것은 작년부터의 일이다. 한때는 오해도 없지 않았지마는 일전 을라의 말을 들으면, 그 집 형수가 그런 태도를 취하는 데는 여러 가지로 생각되는 점이 없지도 않다. 지금 이 형님의 말을 들으면 병화와 벌써 전부터 그렇지 않은 사이 같기도 하지마는, 을라의 말 같아서는 병화 댁은 친한 동무지마는 이씨 집에 들어오게 하고 싶지 않다는 단순한 의미로 막는 것인지도 모를 일이다. 더구나 작년만 해도 아내가 시퍼렇게 살아 있으니 으레 그랬을 것이다. 또 이번은 내가 신호에 들러서 만나고 왔다니까 한층 더 경계를 하느라고 만나지도 못하게 하려는 눈치인 듯도 싶다. 혹은 아내가 죽게 되었으니까 딴생각을 먹고 신호까지 찾아갔는가 하는 의심이 있어 그러는지도 모를 일이다. 그러나저러나 나의 을라에 대한 향의는 작년에 멋모르고 덤비던 첫 서슬과는 지금은 딴판이다. 문제도 아니 되는 것이다.

위 인용문 중 가)는 부산에 내린 이인화가 조국의 현실에 대해 보이는 반응인데, 고려공사본에서보다 자각한 근대인으로서 조선과 조선적인 것에 대한 환멸과 비판이 한층 강화되어 있다. 이는 이 책에 수록된 작품 4장의 첫 단락과 비교해보면 금방 확인될 것이다. 인용문 나)는 고베(神戶)로 향하는 기차 안에서 자신이 희롱했던 시즈코를 떠올리는 장면인데, 보다 앞에 그녀가 자라난 가정의 불화와 실연 이야기, 그리고 문학에 대한 감상벽이 추가로 서술된 것과 함께 제국의 국민과 식민지 백성 사이의 이성애를 거리를 두고 생각해보는 이인화의 진지함이 보다 선명하게 서술되어 있다. 인용문 다)는 을라에 관한 서술이 추가된 부분인데, 이 부분 또한 고려공사본에서 다소간 막연하게 그려져 있던 을라와 병화 및 이인화의 관계를 보다 분명히 알려주는 정보가 추가되어 있다.

수선사본에서 추가된 이런 정보들은 고려공사본에서 개별 인물들의 성격과 인물들의 관계가 충분히 서술되지 못했다는 판단에 따른 것으로 보이는데, 작품의 완성도 측면에서 이런 부분은 어느 정도 긍정적인 변화로 보인다. 그리고 이런 변화는 고려공사본과 수선사본을 결정적으로 구별 짓는, 작품 결말부 처리와도 연결되어 있다. 고려공사본에서 작가는 초상 중에 시즈코의 편지가 왔으며, 내용은 함께 살아보았으면 한다는 뜻이 언뜻 비쳐 있다고 하는 것을 이인화의 기억을 통해 정보로 전달하고 있는데, 수선사본에서는 이 부분이 이 시즈코의 편지가 독자들의 눈앞에 직접 제시된다. 그리고 그에 부응하듯 제시되는 이인화의 편지에도 다음과 같은 부분이 부연되어 있다. 이 두 부분을 제시하면 아래와 같다.

〔……〕과장(誇張) 없는 말씀으로, 저는 이제야 겨우 악몽에서 깨어나서 흐리터분하고 어리둥절하던 제정신이 반짝 든 듯싶습니다. 오랜 방황에서 이제야 제 길을 찾아든 것도 같습니다. 그렇다고 무슨 신앙을 붙든 것도 아니요, 생활의 도표(道標)를 별안간 잡은 것은 아닙니다마는, 언젠가 말씀처럼 고민은 역시 제 길, 저 살 길을 열어 주고야 말았는가 합니다. 반년 동안 레스토랑의 경험은 컴컴하고 끈적끈적한 생활이었습니다마는 그래도 저는 그 생활 속에서 새 길을 찾았는가 싶습니다. 인간 수양, 세간 수양이 조금은 되었는가 합니다. 만일 내가 지금 지향(志向)하는 길로 나갈 수 있다면 M헌에서의 반년 동안 얻은 문견이 무슨 보토가 될지도 모르겠지요. 그러나 그보다도 그 동안에 당신을 만나 뵈었다는 것은 저의 일생에 잊지 못할 새로운 기록이었겠지요.

〔……〕인생은 오뇌로 쌓아 올라가는 것인가 봅니다. 아니 번민, 오뇌로 쌓아 올라가는 노력이 있어야 할 것인가 합니다. 왜 이 말씀을 하는고 하니, 당신이 너무나 인생 문제와 사회 문제에 대하여 자기의 불만불평보다는 더 큰 것을 위하여 애쓰시는 것이 가엾어 그럽니다. 민족의 운명에 대해서 번민하시고 오뇌하시기 때문에—또 저는 거기에 경의를 느끼기 때문에 이런 말씀을 하고 싶은 것입니다. 고진감래(苦盡甘來)라는 그런 속된 말로가 아니라 괴로움을 알아야 사람은 거듭나는가 합니다. 일본의 남자들은 너무나

괴로움을 모릅니다. 역시 대륙적이라 할지? 괴로움을 꾹 참고 딱 버티고 섰는 거기에 깊이 있는 생활이 있는가 싶습니다.

〔……〕 소학교 선생님이 사벨(환도)을 차고 교단에 오르는 나라가 있는 것을 보셨습니까? 나는 그런 나라의 백성이외다. 고민하고 오뇌하는 사람을 존경하시고 편을 들어 주신다는 그 말씀은 반갑고 고맙기 짝이 없습니다. 그러나 스스로 내성(內省)하는 고민이요 오뇌가 아니라, 발길과 채찍 밑에 부대끼면서도 숨이 죽어 엎디어 있는 거세(去勢)된 존재에게도 존경과 동정을 느끼시나요? 하도 못생겼으면 가엾다가도 화가 나고 미운증이 나는 법입니다. 혹은 연민의 정이 있을지 모르나, 연민은 아무것도 구하는 길은 못 됩니다……

위 인용문 중 처음 둘은 시즈코의 편지 내용이며 나중 것은 이인화의 답신이다. 고려공사본이나 수선사본이나 작품의 결말이 주인공 이인화가 공동묘지로 인식되는 조선의 현실에 환멸을 느끼고 일본으로 성급하게 돌아가는 것으로 처리된 것에는 다름이 없다. 하지만 위와 같은 새로운 내용의 추가는 작품의 의미를 조금 다르게 변질시킨다. 결정적인 것은 시즈코가 새학년부터 동지사대학(同志社大學) 여자부로 진학할 예정이라는 정보인데, 이는 앞서 살펴본 것처럼 시즈코의 인물화상의 중대한 변화로서, 결국은 시즈코를 일개 카페 여급으로 취급하고 농락했던 이인화의 인식을 변화시키는 결과를 초래한다.

안지나의 논의(「「만세전」의 식민지적 근대성 연구」, 『한국문학이론과비평』 제22집)를 참조하여 말한다면, 유학생(대학생) 대 여급의 우열 구도가 수선사본에 와서는 제국의 신민 대 식민지 백성의 역전된 우열 관계를 전제로 한 이국적 남녀의 이성애적 관계로 전화되면서, 이인화의 조선인으로서의 정체성을 강화하는 쪽으로 급변하는 것이다. 물론 고려공사본에서도 작품 결말부에 그려진 이인화의 행동으로부터 이런 의미를 읽어내지 못할 이유는 없다. 하지만 그 정도는 수선사본에 비해 약하며, 그 결정적인 이유는 이인화와 시즈코의 이성애가 놓여 있는 역사적 맥락이 이처럼 선명하게 그려져 있기 않기 때문이다. 고려공사본과 수선사본은 이 부분에서 아주 결정적인 차이를 보인다.

「만세전」의 판본과 관련해서는 이정임의 「염상섭 소설의 판본 비교 연구」(연세대학교 석사학위논문, 1998), 박현수의 「「묘지」에서 「만세전」으로의 개작과 그 의미」(『상허학보』 19집), 그리고 박정희의 「「만세전」 개작의 의미 고찰」(『한국현대문학연구』 31집) 등을 참조할 만하다. 〔2014〕

1897년(1세) 8월 30일(음력 8월 3일) 서울 종로구 필운동 야조현 고가 나무골에서 염규환과 경주 김씨의 8남매 중 넷째로 태어남. 본명 상섭(尙燮), 필명 상섭(想涉), 제월(霽月), 횡보(橫步).

1904년(8세) 1906년까지 조부에게서 한문 수학.

1907년(11세) 9월 관립 사범보통학교에 입학.

1909년(13세) 관립사범에서 조선 역사를 가르치지 않고, 이토 히로부미가 오는 날에 전체 학생을 참가시키고 황제의 거행시에는 반대표만 보낸 것에 항의하여 3학년 겨울에 자퇴함. 이기붕, 최승만 등과 함께 보성소학교로 전학.

1911년(15세) 보성중학 입학. 이듬해 1912년 보성중학 2학년 1학기를 마치고 9월 12일 일본 유학.

1913년(17세) 마포중학 2학년에 편입. 이듬해 1914년 성학원 3학년에 편입. 찬양대의 일원으로 침례교 세례를 받음. 혼혈인 미스 브

라운을 연모.

1915년(19세) 성학원 3학년을 수료하고 경도부립제2중학교로 전학. 「우리 집 정월」로 문장력에 호평을 받음.

1918년(22세) 경도부립 제2중학교 졸업. 경응대(慶應大) 문과 예과 입학, 1학기만 마치고 병으로 자퇴.

1919년(23세) 『삼광(三光)』의 동인이 됨. 오사카에서 3·1운동 소식을 듣고 오사카 천왕사공원에서 거사하기로 했으나 피검되어 옥고를 치름. 옥중에서 「어째서 조선은 독립하지 않으면 안 되는가」라는 글을 써 아사히 신문사로 보냄. 10월 26일 「암야」 초고 작성. 『삼광』에 작품 기고 및 습작 활동을 함.

1920년(24세) 『동아일보』 창간 정경부 기자가 됨. 2~4월 『폐허』의 동인을 결성함. 남궁벽, 황석우, 김찬영, 김억, 오상순, 민태원 등. 7월에 동인지 『폐허』 출간. 동아일보 퇴사 후 오산학교 교사가 됨.

1921년(25세) 『폐허』 2호 간행. 「표본실의 청개구리」 탈고, 『개벽』 8~10월호에 연재. 오산학교 퇴직 후 『동명』에서 기자로 활동함.

1922년(26세) 「개성과 예술」을 『개벽』 4월호에 발표. 「지상선을 위하여」를 『신생활』 7월호에 발표. 「묘지(만세전)」을 『신생활』 7월~9월호에 연재함.

1923년(27세) 변영로, 오상순, 황석우, 송진우, 최남선, 진학문 등과 함께 조선문인회를 결성함.

1924년(28세) 『폐허이후』 간행. 『시대일보』 사회부장이 됨. 현진건, 나도향과 함께 일함. 「묘지(만세전)」 재연재. 첫 창작집 『견우화』 및 『만세전』 출간.

1925년(29세) 「진주는 주었으나」를 『동아일보』에 연재. 「윤전기」를 『조선문단』에 발표함.

1926년(30세) 「신흥문학을 논하여 박영희군의 소론을 박함」으로 프로 문학파에 도전함. 일본 문단 진출을 꾀하며 창작에 전념.

1927년(31세) 「남충서」를 『동광』에 연재. 「배울 것은 기교——일본문단 잡관」을 『동아일보』에 연재. 「사랑과 죄」를 『동아일보』에 연재.

1928년(32세) 「이심」을 『매일신보』에 연재.

1929년(33세) 김영옥과 결혼. 조선일보사 학예부장을 맡음. 『조선일 보』에 「광분」 연재.

1931년(35세) 『조선일보』에 「삼대」 연재. 『매일신보』에 「무화과」 연 재. 조선일보 사직.

1932년(36세) 김동인의 「발가락이 닮았다」로 인해 논쟁이 벌어지고 「모델보복전」을 『동광』에 보냈으나 실리지 않자 『조선일보』에 「소위 모델문제」를 발표함.

1933년(37세) 1932년 11월부터 『조선중앙일보』에 연재한 「백구」를 끝냄.

1934년(38세) 「모란꽃 필 때」를 2월 『매일신보』에, 「무현금」을 11월 『개벽』에 연재.

1935년(39세) 「청춘항로」를 6월 『중앙』에 발표함.

1936년(40세) 『매일신보』 정치부장. 『만선일보』 편집국장을 지냄.

1945년(49세) 8·15 해방을 맞이함. 11월 신의주 학생 사건을 체험함.

1946년(50세) 서울 돈암동 거주. 창간된 『경향신문』의 초대 편집국장 이 됨.

1947년(51세)『경향신문』사퇴. 성균관대에 출강하며 창작에 전념.

1948년(52세) 10월 『만세전』을 개작하여 수선사에서 출간. 『삼대』를 을유문화사에서 출간.

1949년(53세) 2월 단편집 『해방의 아들』을 금룡도서에서 출간. 중간노선을 견지한 채 문협에 참가함.

1950년(54세) 6·25 발발. 12월에 이무영, 윤백남과 함께 해군 입대. 이듬해 소령으로 임관하여 해군본부 정훈감실에서 편집과장으로 근무함.

1952년(56세) 「취우」를 『조선일보』에 연재.

1953년(57세) 해군본부 서울분실 정훈실장으로 근무. 해군 중령으로 제대.

1954년(58세) 「취우」로 서울시 문화상을 받음. 서라벌 예술대학 학장 취임.

1955년(59세) 7월 「젊은 세대」를 『서울신문』에 연재.

1956년(60세) 3월 자유문학상을 받음.

1957년(61세) 7월 예술원 공로상을 받음.

1958년(62세) 12월 「대를 물려서」를 『자유공론』에 연재.

1960년(64세) 9월 단편집 『일대의 유업』을 을유문화사에서 출간.

1961년(65세) 삼양동으로 이사. 가톨릭에 입교함.

1962년(66세) 성북동으로 이사. 8월 대한민국 문화훈장 서훈 받음. 12월 「횡보 문단 회상기」를 『사상계』에 발표.

1963년(67세) 3월 14일 성북동 자택에서 별세. 3월 18일 명동 천주교회에서 문단장. 방학동 천주교 묘지에 안장됨.

▌작품 목록

1. 단편 및 중편소설(신문, 잡지 발표)

작품명	발표지	발표 연월일
표본실의 청개구리	개벽	1921. 8~10
암야(闇夜)	〃	1922. 1
제야(除夜)	〃	1922. 2~6
E선생	동명	1922. 9. 17~12. 10
죽음과 그림자	〃	1923. 1. 14
해바라기 (「신혼기」로 제목 바꿈)	동아일보	1923. 7. 18~8. 26
잊을 수 없는 사람들	폐허이후	1924. 2
금반지	개벽	1924. 2
전화	조선문단	1925. 2
고독	〃	1925. 7
검사국 대합실	개벽	1925. 7
윤전기	조선문단	1925. 10
악몽	시종	1926. 1~3
초련(初戀)	조선문단	1926. 3~5(중단)
유서	신민	1926. 4

작품명	발표지	발표 연월일
조그만 일 ("자살미수」와 같은 작품)	문예시대	1926. 11
남충서(南忠緖)	동광	1927. 1~2
미해결	신민	1926. 11~12, 1927. 2~3
밥	조선문단	1927. 2
두 출발	현대평론	1927. 4~7
숙박기	신민	1928. 1
세 식구	대중공론	1929. 3, 1930. 4
E부인	문예공론	1929. 5(미완)
조그만 복수	조선문예	1929. 5~6
썩은 호조(胡桃)	삼천리	1929. 6
출분한 아내에게 보내는 편지	신생	1929. 10~11
똥파리와 그의 아내	신민	1929. 11
남편의 책임	신소설	1929. 12~1930. 2
질투와 밥	삼천리	1931. 10
구두(콩트)	월간매신	1934. 7
불똥	삼천리	1934. 9
기화(奇禍)(콩트)	월간매신	1934. 9
어떤 날의 여급(콩트)	〃	1934. 12
효두(曉頭)의 사변정가(沙邊停駕)(콩트)	〃	1935. 1
실직	삼천리	1936. 1~2
첫걸음 ("해방의 아들」로 제목 바꿈)	신문학	1946. 11
엉덩이에 남은 발자욱	구국	1948. 1
이합(離合)	개벽	1948. 1
영감 가쾌와 돌쇠	학풍	1948. 1
그 초기	백민	1948. 5
바쁜 이바지 ("양과자갑」으로 제목 바꿈)	해방문학선집	1948. 6
재회	개벽	1948. 8
도난난(盜難難)	신태양	1948. 12
허욕	대조	1948. 12

작품명	발표지	발표 연월일
화투(콩트)	신천지	1949. 5, 6 합병호
임종	문예	1949. 8
두 파산	신천지	1949. 8
일대의 유업	문예	1949. 10
채석장의 소년	소학생	1950. 1~
굴레	백민	1950. 2
속 일대의 유업	신사조	1950. 5
해방의 아침	신천지	1951. 1
거품	신천지	1951. 3
탐내는 하꼬방	신생공론	1951. 7
순정	희망	1951. 12
소년수병	군항	1952. 9~11
가택수색	대한신문	1953. 7. 20
해지는 보금자리 풍경	문화세계	1953. 7
가두점묘	신천지	1953. 9
추도(追悼)	신천지	1954. 1
환각	실화	1954. 2~3
흑백	현대공론	1954. 7
비스켓과 수류탄	자유공론	1954. 9
귀향	새벽	1954. 9
부부	사상계	1955. 2
짖지 않는 개	문학예술	1955. 6
청첩장	아리랑	1955. 7
감사 전	신태양	1955. 7
말기풍경	아리랑(증간호)	1955. 8
두 살림	전망	1955. 11~1956. 1
부성애 (「두 살림」과 같은 작품)	문학예술	1956. 1
위협	사상계	1956. 4
자취	현대문학	1956. 6
댄스	신태양	1956. 8
후덧침	문학예술	1956. 8

작품명	발표지	발표 연월일
우정	아리랑	1956. 10
어머니	현대문학	1956. 12
절곡(絶穀)	문학예술	1957. 2
신정(新情)	신태양	1957. 4
돌아온 어머니	현대문학	1957. 6
동서	〃	1957. 9
인플루엔자	문학예술	1957. 10
아내의 정애	자유문학	1957. 10. 11 합병호
김의관 숙질	야담	1957. 10
정염에 사른 모욕감	신태양	1957. 11
남자란 것 여자란 것	사상계	1957. 11
그 그룹과 기녀	아리랑	1957. 12
늙은 것도 설운데	현대문학	1958. 1
길에서 주운 사랑	소설계	1958. 2
순정의 저변	자유문학	1958. 3
동기(動機)	해군	1958. 3
쌀	현대문학	1958. 3
노염(老炎) 뒤	한국평론	1958. 5
택일(擇日)하던 날	자유공론	1958. 5
두번째 홍역	아리랑	1958. 6
공습(空襲)	사조	1958. 6
대목 동티	사상계	1958. 6
수절 내기	현대문학	1958. 6
이해(利害)	자유세계	1958. 7
법 없어도 사는 사람들	사상계	1958. 8
어부의 이(利)	소설계	1958. 8
장가는 잘 갔는데	코메트	1958. 9
이연(離緣)	예술원보	1958. 12
복건(幞巾)	자유문학	1959. 1
싸우면서도 사랑은	사상계	1959. 1
올수(금년 운수)	현대문학	1959. 1
박수	자유문학	1959. 5

작품명	발표지	발표 연월일
동기(同氣)	사상계	1959. 8
십자매	자유문학	1959. 9
결혼 뒤	현대문학	1959. 9
삼각유희	문학	1959. 11
두 양주	사상계	1959. 12
남의 집살이	예술원보	1959. 12
십대를 넘는 전후	학원	1960. 1
해복(解腹) (「후덧침」과 같은 작품)	자유문학	1960. 2
20대에 들어서서	현대문학	1960. 3
하치 않은 회억	예술원보	1960. 12
얼룩진 시대 풍경	예술원보	1961. 7
어설픈 사람들	현대문학	1961. 7
의처증(마지막 단편)	현대문학	1961. 10

2. 게재지 또는 발표 연대 미상이거나 단편집에 수록된 중단편 작품들

작품명	발표지	발표 연월일
난어머니(1925년작)	『해방의 아들』에 수록	1949
삼팔선	『삼팔선』에 수록	1948. 1
모략	〃	1948. 1
잭나이프 (신문 2회 게재 사실만 확인됨)	미상	1951. 9
산도깨비(1951년작)	『얼룩진 시대 풍경』에 수록	1973
자전차(1952년작) (「생지옥」으로 제목 바꿈)	〃	1973
가위에 눌린 사람들 (「자전차」와 같은 작품)	해양소설집	연대미상
그리운 남의 정(포켓판)	해군생활	1952. 6. 25
서글픈 질투	소설계	연대미상
지선생(池先生)	미상	
봄	『얼룩진 시대 풍경』에 수록	1973

작품명	발표지	발표 연월일
염서(艷書)	미상	
피	주간예술	연대미상
가엾은 미끼	미상	
혼란(1948년작)	『얼룩진 시대 풍경』에 수록	1973
모략(1948년작)	〃	1973
욕(1952년작)	〃	1973
세 설계(1952년작)	〃	1973
혈투(1953년작)	〃	1973
숙명의 여인(1955년작)	〃	1973
출분한 아내(1956년작)	미상	
달아난 아내(1958년작)	『얼룩진 시대 풍경』에 수록	1973
장가는 잘 갔는데(1958년작)	〃	1973
겨울 사랑 갚을 길 없어(1958년작)	〃	1973
우주시대 전후의 아들딸 (1958년작)	〃	1960
비에 젖은 황토 자국	미상	
감격의 개가	미상	
동포	미상	
가정교사	미상	
12시간의 감투	미상	
중노녀(中老女)	미상	

3. 장편소설

작품명	발표지	발표 연월일
* 묘지(만세전)	신생활	1922. 7~9
	시대일보	1924. 4. 6~6. 7
너희들은 무엇을 얻었느냐	동아일보	1923. 8. 27~1924. 2. 5
진주는 주었으나	〃	1925. 10. 17~1926. 1. 17
사랑과 죄	〃	1927. 8. 15~1928. 5. 4
이심(二心)	매일신보	1928. 10. 22~1929. 4. 24
광분	조선일보	1929. 10. 3~1930. 8. 2
삼대	〃	1931. 1. 1~9. 17
무화과	매일신보	1931. 11. 13~1932. 11. 12
백구(白鳩)	조선중앙일보	1932. 11. 1~1933. 3. 31
모란꽃 필 때	매일신보	1934. 2. 1~7. 8
무현금	개벽	1934. 11~1935. 3
그 여자의 운명	중앙	1935. 2
청춘항로	〃	1936. 6~9
불연속선	매일신보	1936. 5. 18~12. 30
개동(開東)	만선일보	게재 연대 미상
효풍(曉風)	자유신문	1948. 1. 1~11. 3
난류 (6·25로 중단)	조선일보	1950. 2. 10~6. 25
입하의 절(節)	신천지	1950. 5~6(6·25로 중단)
홍염	자유세계	1952. 1~10, 1952. 12, 1953. 1
취우(驟雨)	조선일보	1952. 7. 18~1953. 2. 20
새울림	국제신문	1953. 12. 15~1954. 2. 27
미망인	한국일보	1954. 6. 15~12. 6
지평선	현대문학	1955. 1~6
젊은 세대	서울신문	1955. 7. 1~11. 21
사선	자유세계	1956. 10~12, 1957. 3~4
화관	삼천리	1956. 9~1957. 9
대를 물려서 (마지막 장편)	자유공론	1958. 12~1959. 12
추락	미상	

4. 단행본

단편집

책이름	출판사	발행 연도
견우화	박문서관	1924
해바라기	〃	1924
고독	글벗집	1926
삼팔선	금룡도서	1948
해방의 아들	〃	1949
신혼기	〃	1954
일대의 유업	을유문화사	1960
얼룩진 시대 풍경	정음사	1973
염상섭 1, 2	문원각	1974

장편집

책이름	출판사	발행 연도
만세전(「묘지」의 개작)	고려공사	1924
	수선사	1948
남방처녀(번역)	고려공사	1924
사랑과 죄	박문서관	1939
이심(二心)	〃	1941
삼대	을유문화사	1947~1948
	민중서관	1959
취우(驟雨)	을유문화사	1954
모란꽃 필 때	한성도서	1954
그리운 사랑(번역)	문학당	1954

＊「묘지」(만세전)의 경우 분량상 중편 또는 장편으로 간주하는 양자의 견해가 있으며, 본 도서에서는 초기 중편 작품과의 연관성에 근거를 두어 중편으로 소개하였다.

▌참고 문헌

염상섭과 그의 문학에 관한 논의는, 그가 한국 현대문학사에서 차지하고 있는 비중이 큰 만큼 방대하게 집적되어 있는 형편이다. 따라서 일일이 예로 들어 거론하기가 불가능하지만, 작가론의 경우 대체로 김종균, 김윤식, 이보영의 세 권의 저서는 특기할 만한 것이다. 김종균은 『염상섭 연구』(고려대출판부, 1974)에서, 수차례 작가를 탐방하는 노력 끝에 그의 전기적 기록을 최초로 작성했을 뿐만 아니라, 여기저기에 산재해 있던 염상섭의 전 작품 세계를 일목요연하게 정리하고 일차적으로 해석함으로써 염상섭 연구의 길을 열었다. 각 장르별로 염상섭의 작품 세계를 검토한 끝에 김종균은 염상섭을 "자기 사회를, 환경을 부정함으로써 문학을 저항으로 본 작가"로 규정하고, "민족주의에 입각한 동양적인 유 · 불 정신이 밑바탕이 된 윤리 도덕과 인문사회과학의 역사성과 실증주의의 과학 정신"이 염상섭 문학의 기본적인 정신적 특징이라고 해석한 바 있다.

김윤식의 『염상섭 연구』(서울대출판부, 1987)는 염상섭 연구의 두번째 단계를 이룬다. 염상섭에 관한 문학 평전을 겸한 이 작가론에서, 김윤식은 서울의 중산층 출신으로 한국 근대문학의 자기화에 애쓴 염상섭의 역사적 행적을 심도 있게 재구하는 동시에, 필자 특유의 '제도로서의 고백체'라는 관점으로 염상섭의 초기 소설을 해석하고 있으며, 이른바 근대소설의 금과옥조로서의 '가치중립성'이라는 것이 염상섭 소설을 규정하는 리얼리즘적 특성임을 규명하였다. 뿐만 아니라 작품의 세계와 작가 개인사의 접점을 간명하게 연관지어 작품 세계를 고찰함으로써 작품론이 작가론과 불가분리의 관계에 있음을 실증적으로 규명하였다.

김윤식의 뒤를 이어 작가론의 차원을 심화시키는 이는 이보영으로, 그의 『난세의 문학』(예지각, 1992)은 식민지 시대를 그 누구보다 철저히 살다 간 작가로서의 염상섭의 문학 세계를 심층적으로 해명한다. 이때 그가 동원한 방법론은 이른바 식민지 작가의 정치적 저항의식이라는 것인데, 이보영은 이 여과기를 통해 염상섭의 소설이 식민지라는 난세에 대응한 정치소설이자, 근대의 시민사회의 시민권의 문제를 최초로 제기한 시민소설, 그리고 부조리한 식민지 사회를 고발하고 있는 사회소설로서의 성격을 두루 갖추고 있다는 점을 설득력 있게 제시하고 있다. 가급적 많은 작품들을 검토하고자 했던 이보영의 이런 작업은 이후 『염상섭 문학론——문제점을 중심으로』(금문서적, 2003)로 이어지는데, 이 과정에서 이보영은 염상섭의 소설뿐만 아니라 문학평론 및 정치평론, 그리고 수필에 이르기까지 광범위한 1차 사료들을 면밀히 검토하는 태도를 견지한다.

이 책에 수록된 염상섭의 작품들에 대한 개별 작품론들 또한 부지기 수로 많지만 대표적인 것들을 들면 다음과 같다. 「만세전」의 경우는 김우창의 「비범한 삶과 나날의 삶」(『뿌리깊은 나무』, 1976)과 이재선의 「일제의 검열과 「만세전」의 개작」(『문학사상』, 1979. 11)이 도움이 된다. 김우창은 현대 소설의 발생론적 맥락을 추적하면서, 「만세전」이 일본 제국주의의 충격 속에서 이루어진 조선의 근대화 과정을 전체적인 의식으로 조망하고 있는 첫 작품이라고 평한다. 이재선은 이 작품의 전신인 「묘지」에서부터 단행본으로 출간된 작품 『만세전』에 이르기까지 네 개의 판본을 면밀히 대조 검토하여 작가 의식의 추이를 추적함으로써 식민지 시대 문학 연구에 있어서의 판본 연구의 중요성을 일깨웠으며, 아울러 「만세전」이 식민지 통치 하의 한국인의 삶의 현실을 공동묘지의 상태로 진단하고 있다는 해석을 제시한 바 있다. 「만세전」에 대한 기존 논의는 너무나 많아서 별도의 연구사가 필요할 정도인데, 최근에 오면서는 식민지적 근대성의 측면에서 주로 논의된다는 점만 밝혀둔다.

염상섭의 중편소설 「해바라기」에 대해서는 많은 논의가 이루어지지 못했다. 해방 후 작가가 『신혼기』라는 제목으로 결정본을 냈음에도 불구하고 이 작품은 염상섭의 초기 습작으로 줄곧 간주되어왔는데, 부정적인 평가가 압도적이다. 이선영의 논의 「시각상의 진보성과 회고성」이 이러한 경향의 단적인 예인데, 이 글에서 이선영은 이 작품이 작가가 「만세전」 이후 당대의 현실에 대한 대결을 회피하여 어정쩡한 풍속 개량과 회고적이고 감상적인 애정 윤리를 추구하는 선에서 그치고 말았다고 비판한다. 이런 논의는 많은 논자들에 의해 되풀이되고 있다.

다른 각도에서 해석된 글로 눈여겨볼 만한 논의로는 조동일과 이동하, 최혜실 등의 논의를 들 수 있다. 조동일은 『한국문학통사 5』(지식산업사, 1988)에서 이 작품을 예술가가 교환 가치 시대의 불리해진 여건을 견디어나가는 타협의 방식을 읽어냈는데, 이런 논의는 이동하의 논의와 상통한다. 이동하는 「한국 예술가소설의 성격과 전개 양상——해방 전의 작품들을 중심으로」(『현대소설연구』, 2002, 15집)에서 영희에게 초점을 맞추어 예술가의 이중성을 논하고 있다. 한편 최혜실은 『신여성들은 무엇을 꿈꾸었는가』(생각의 나무, 2000)에서 이 소설이 여류화가 나혜석을 모델로 쓰인 점에 주목해, 염상섭이 일본 사소설의 영향으로 사실에 집착하여 소설을 쓰게 된 증거로 보고 있다. 연재본 「해바라기」와 작가가 개작한 『신혼기』는 전체 이야기 전개는 유사하지만 그것이 드러내는 주제적 국면에서 있어서는 상당한 차이를 보인다.

「두 출발」과 「미해결」은 염상섭의 재도일 시기에 발표된 소설로서, 이보영의 소개로 1999년에야 공개된 작품이다. 따라서 기존 논의가 별로 많지 않다. 이보영은 『염상섭 문학론』에서 이 두 작품을 논하고 있는데, 특히 「두 출발」을 염상섭의 대표 장편소설인 『삼대』의 전신으로 보고 있으며, 「미해결」에 대해서는 이 작품이 1920년대의 한국 사회에 대한 보고물로서, 하층민의 정의감에 적극적으로 공감한 작가의 계급 관념이 드러나 있는 작품으로 해석하였다. 두 작품의 존재를 처음으로 밝힌 바 있는 김종균의 논의도 「두 출발」에 대한 몇 안 되는 논의 가운데 하나다. 그는 「민족현실 대응의 두 양상——「만세전」과 「두 출발」」(『염상섭 소설연구』, 국학자료원, 1998)이라는 글에서 「두 출발」을, 전근대적인 유산자와 무산자가 어떻게 근대성을 지향해나가는지를 보여주는 작품이라고 평하면서, 이 작품이 당시 득세하던 카프 작가들의 공식화된 농민소설에 대항하고자 쓰인 작품이라고 하는 해석을 제시한다. 김경수는 염상섭의 재도일 기간에 발표된 작품들에 대한 연구 논문인 「횡보의 재도일기 작품」(『한국문학이론과 비평』(2001, 봄)에서, 이 두 작품이 염상섭이 일본에서 본격적으로 소설 연습을 시작한 시기의 작품으로서, 그가 단편의 습작을 거쳐 장편의 세계로 나아가는 중간 단계의 작품으로서, 조선 현실의 소설화라고 하는 궁극의 목적을 향해 나아가는 일련의 과정으로서 주목했다.

이외에 개별적인 작가론과 작품론의 차원에서 검토해볼 만한 자료로는 김승환과 최시한의 논의가 있다. 김승환은 「염상섭 소설에 나타난 가족 중심의 인간상 고(攷)」(서울대 대학원, 1983)에서 염상섭의 장편소설을 중심으로 그의 가족주의적 세계관의 일단을 밝혀낸 바 있으며, 최시한은 「염상섭 소설의 전개」(『서강어문』 2집, 1982)에서 초기 염상섭의 단편들을 중심으로 하여 그의 소설이 서술적 객관성을 확보하는 과정을 추적하고 있는데, 서사론적으로 염상섭 소설의 형성 과정을 이해하는 데 도움을 주는 글이다.

한국문학전집을 펴내며

오늘의 한국 문학은 다양한 경험과 자산에서 비롯된 것이지만, 그중에서도 우리 앞선 세대의 문학 작품에서 가장 큰 유산을 물려받고 있다. 그럼에도 우리는 가끔 우리의 문학 유산을 잊거나 도외시한다. 마치 그것 없이는 살아갈 수 없는 소중한 물을 쉽게 잊고 사는 것처럼 그동안 우리는 우리가 이루어놓은 자산들을 너무 쉽게 잊어버리고 있었는지도 모르겠다. 인기 있는 외국 작품들이 거의 동시에 번역 출판되고, 새로운 기획과 번역으로 전 세계의 문학 작품들이 짜임새 있게 출판되고 있는 요즈음, 정작 한국 문학 작품들을 체계적으로 정리하지 못하고 있었다는 점을 최근에 우리는 깊이 반성하게 되었다. 그리고 이러한 때늦은 반성을 곧바로 '한국문학전집'을 기획하는 힘으로 전환하였다.

오늘의 시점에서 '한국문학전집'을 기획한다는 것은, 우선 그동안 양적으로나 질적으로 괄목할 만한 수준에 이른 한국 문학 연구 수준을 반영하는 새로운 시각이 전제되어야 할 것이다. 그리고 '우리 것을 지키자'는 순진한 의도에서가 아니라, 한국 문학이 바로 세계 문학이 되는 질적 확장을 위해, 세계 문학 속에서의 한국 문학의 정체성을 찾는 일을 간과해서는 안 될 것이다.

이번 기획에서 우리가 가장 크게 신경 썼던 점은 크게 두 가지이다. 하나는, 그동안 거의 관습적으로 굳어져왔던 작품에 대한 천편일률적인 평가를 피하고 그동안의 평가에 대한 비판적 평가와 더불어 새로운 평가로 인한 숨은 작품의 발굴이었다. 그리하여 한국 문학사를 시기별로 구분하여 축적된 연구 성과들 위에서 나름대로 중요한 작품들을 선별하는 목록 작업에 가장 큰 공을 들였다. 나머지 하나는, 그동안 여러 상이한 판본의 난립으로 인해 원전 텍스트가 침해되고 있는 심각한 상황을 고려하여 각각의 작가에게 가장 뛰어난 연구자들을 초빙하여 혼신을 다해 원전 텍스트를 확정하였다는 점이다.

장구한 우리 문학사의 주옥같은 작품들을 한자리에 모아, 세대를 넘고 시대를 넘어 그 이름과 위상에 값할 수 있는 대표적인 한국문학전집을 내놓는다. 이번에 출간되는 한국문학전집은 변화된 상황과 가치를 반영하는 내실 있고 권위를 갖춘 내용으로 꾸며질 것이며, 우리 문학의 정본 전집으로서 자리매김해 한국 문학의 전통을 계승하고 발전시키는 데 기여하고자 한다. 이 기획이 한국 문학의 자산들을 온전하게 되살려, 끊임없이 현재성을 가지는 살아 있는 작품들로, 항상 독자들의 옆에 있게 되기를 기대한다.

(주)문학과지성사

01 감자 김동인 단편선

최시한(숙명여대) 책임 편집

수록 작품 약한 자의 슬픔 / 배따라기 / 태형 / 눈을 겨우 뜰 때 / 감자 / 광염 소나타 / 배회 / 발가락이 닮았다 / 붉은 산 / 광화사 / 김연실전 / 곰네

극단적인 상황과 비극적 운명에 빠진 인물 군상들을 냉정하게 서술해낸 한국 근대 단편 문학의 선구자 김동인의 대표 단편 12편 수록. 인간과 환경에 대한 근대적 인식을 빼어난 문체와 서술로 형상화한 김동인의 주옥같은 작품들을 만날 수 있다.

02 탈출기 최서해 단편선

곽근(동국대) 책임 편집

수록 작품 고국 / 탈출기 / 박돌의 죽음 / 기아와 살육 / 큰물 진 뒤 / 백금 / 해돋이 / 그믐밤 / 전아사 / 홍염 / 갈등 / 먼동이 틀 때 / 무명초

식민 치하 빈궁 문학을 대표하는 최서해의 단편 13편 수록. 식민 치하의 참담한 사회적 현실을 사실적으로 전해주는 작품들. 우리 민족의 궁핍한 현실에 맞선 인물들의 저항 정신과 민족 감정의 감동과 울림을 전한다.

03 삼대 염상섭 장편소설

정호웅(홍익대) 책임 편집

우리 소설 가운데 서울말을 가장 풍부하게 살려 쓴 작품이자, 복합성·중층성의 세계를 구축하여 한국 근대 장편소설의 대표작으로 꼽히는 염상섭의 『삼대』. 1930년대 서울의 중산층 가족사를 통해 들여다본 우리 근대의 자화상이다.

04 레디메이드 인생 채만식 단편선

한형구(서울시립대) 책임 편집

수록 작품 논 이야기 / 레디메이드 인생 / 미스터 방 / 민족의 죄인 / 치숙 / 낙조 / 쑥국새 / 당랑의 전설

역설과 반어의 작가 채만식의 대표 단편 8편 수록. 1920~30년대의 자본주의적 현실 원리와 민중의 삶을 풍자적으로 포착하는 데 탁월했던 채만식. 사실주의와 풍자의 절묘한 조합으로 완성한 단편 문학의 묘미를 즐길 수 있다.

05 비 오는 길 최명익 단편선

신형기(연세대) 책임 편집

수록 작품 페어인 / 비 오는 길 / 무성격자 / 역설 / 봄과 신작로 / 심문 / 장삼이사 / 맥령

시대를 앞섰던 모더니스트 최명익의 대표 단편 8편 수록. 병과 죽음으로 고통받는 인물 군상들을 통해 자신이 예감한 황폐한 현대의 징후를 소설화한 작가 최명익. 너무나 현대적이어서, 당시에는 제대로 평가받을 수 없었던 탁월한 단편소설들을 만난다.

06 사하촌 김정한 단편선

강진호(성신여대) 책임 편집

수록 작품 그물 / 사하촌 / 항진기 / 추산당과 곁사람들 / 모래톱 이야기 / 제3병동 / 수라도 / 인간단지 / 위치 / 오끼나와에서 온 편지 / 슬픈 해후

리얼리즘 문학과 민족 문학을 대표하는 김정한의 대표 단편 11편 수록. 민중들의 삶을 통해 누구보다 먼저 '근대화의 문제'를 문학적으로 제기하고 예리하게 포착한 작가 김정한의 진면목을 본다.

07 무녀도 김동리 단편선

이동하(서울시립대) 책임 편집

수록 작품 화랑의 후예 / 산화 / 바위 / 무녀도 / 황토기 / 찔레꽃 / 동구 앞길 / 혼구 / 혈거부족 / 달 / 역마 / 광풍 속에서

한국적이고 토착적인 전통 세계의 소설화에 앞장선 김동리의 초기 대표작 12편 수록. 민중의 삶 속에 뿌리 내린 토착적 전통의 세계를 정확한 묘사와 풍부한 서정으로 형상화했던 김동리 문학 세계를 엿본다.

08 독 짓는 늙은이 황순원 단편선

박혜경(인하대) 책임 편집

수록 작품 소나기 / 별 / 겨울 개나리 / 산골 아이 / 목넘이마을의 개 / 황소들 / 집 / 사마귀 / 소리 / 닭제 / 학 / 필묵장수 / 뿌리 / 내 고향 사람들 / 원색오뚝이 / 곡예사 / 독 짓는 늙은이 / 황노인 / 늪 / 허수아비

한국 산문 문체의 모범으로 평가되는 황순원의 대표 단편 20편 수록. 엄격한 지적 절제와 미학적 균형으로 함축적인 소설 미학을 완성시킨 작가 황순원. 극적인 사건 전개 대신 정적이고 서정적인 울림의 미학으로 깊은 감동을 전한다.

09 만세전 염상섭 중편선

김경수(서강대) 책임 편집

수록 작품 만세전 / 해바라기 / 미해결 / 두 출발

한국 근대 소설의 기념비적 작품인 「만세전」, 조선 최초의 여류화가인 나혜석의 삶을 소설화한 「해바라기」, 그리고 식민지 조선의 현실을 담아내고 나름의 저항의식을 형상화하기 위한 소설적 수련의 과정을 단적으로 보여주는 「미해결」과 「두 출발」 수록. 장편소설의 작가로만 알려진 염상섭의 독특한 소설 미학의 세계를 감상한다.

10 천변풍경 박태원 장편소설

장수익(한남대) 책임 편집

모더니스트 박태원이 펼쳐 보이는 1930년대 서울의 파노라믹 풍경화. 근대 자본주의 사회의 이데올로기와 일상성에 대한 비판에 몰두하던 박태원 초기 작품의 모더니즘 경향과 리얼리즘 미학의 경계를 넘나드는 역작. 식민지라는 파행적 상황에서 기형적으로 실현되던 근대화의 양상을 기층 민중의 생활에 초점을 맞춰 본격화한 작품이다.

11 태평천하 채만식 장편소설

이주형(경북대) 책임 편집

부정적인 상황들이 난무하는 시대 현실을 독자적인 문학적 기법과 비판의식으로 그려냄으로써 '문학적 미'를 추구했던 채만식의 대표작. 판소리 사설의 반어, 자기 폭로, 비유, 과장, 희화화 등의 표현법에 사투리까지 섞은 요소로, 창을 듣는 듯한 느낌과 재미를 선사하는 작품. 세태풍자소설의 장을 열었던 채만식이 쓴 가족사소설의 전형에 해당한다.

12 비 오는 날 손창섭 단편선

조현일(홍익대) 책임 편집

수록 작품 공휴일 / 사연기 / 비 오는 날 / 생활적 / 혈서 / 피해자 / 미해결의 장 / 인간동물원초 / 유실몽 / 설중행 / 광야 / 희생 / 잉여인간 / 신의 희작

가장 문제적인 전후 소설가 손창섭의 대표 단편 14작품 수록. 병적이고 불구적인 인간 군상들을 통해 전후 사회 현실에서의 '절망'의 표현에 주력했던 손창섭. 전쟁 그리고 전쟁 이후의 비일상적 사태를 가장 근원적인 차원에서 표현한 빼어난 작품들을 선별했다.

13 등신불 김동리 단편선

이동하(서울시립대) 책임 편집

수록 작품 인간동의 / 홍남철수 / 밀다원시대 / 용 / 목공 요셉 / 등신불 / 송추에서 / 까치 소리 / 저승새

「무녀도」의 작가 김동리가 1950년대 이후에 내놓은 단편 9편 수록. 전기 작품에 이어서 탁월한 문체의 매력, 빈틈없는 구성의 묘미, 인상적인 인물상의 창조, 인간에 대한 깊이 있는 통찰이라는 김동리 단편의 미학을 다시 한 번 경험할 수 있는 기회이다.

14 동백꽃 김유정 단편선

유인순(강원대) 책임 편집

수록 작품 심청 / 산골 나그네 / 총각과 맹꽁이 / 소낙비 / 솥 / 만무방 / 노다지 / 금 / 금 따는 콩밭 / 떡 / 산골 / 봄·봄 / 안해 / 봄과 따라지 / 따라지 / 가을 / 두꺼비 / 동백꽃 / 야앵 / 옥토끼 / 정조 / 땡볕 / 형

고단한 삶을 살아가는 순박한 촌부에서 사기꾼에 이르기까지 다양한 삶의 모습을 문학 속에 그대로 재현한 김유정의 주옥같은 단편 23편 수록. 인물의 토속성과 해학성, 생생한 삶의 언어와 우리 소리, 그 속에 충만한 생명감을 불어넣은 김유정 문학의 정수를 맛본다.

15 소설가 구보씨의 일일 박태원 단편선

천정환(성균관대) 책임 편집

수록 작품 수염 / 낙조 / 소설가 구보씨의 일일 / 애욕 / 길은 어둡고 / 거리 / 방란장 주인 / 비량 / 진통 / 성탄제 / 골목 안 / 음우 / 재운

한국 소설사상 가장 두드러진 모더니즘 작품으로 인정받는 「소설가 구보씨의 일일」을 비롯한 박태원의 대표 단편 13편 수록. 한글로 씌어진 가장 파격적이고 실험적인 작품으로 주목받은 박태원. 서울 주변부 중산층의 삶이라는 자기만의 튼실한 현실 공간을 구축하여 새로운 소설 기법과 예술가소설로서의 보편성을 획득한 작품들이다.

16 날개 이상 단편선

김주현(경북대) 책임 편집

수록 작품 12월 12일 / 지도의 암실 / 지팡이 역사 / 황소와 도깨비 / 공포의 기록 / 지주회시 /
동해 / 날개 / 봉별기 / 실화 / 종생기

근대와 맞닥뜨린 당대 식민지 조선의 기념비요 자화상 역할을 하는 이상의 대표 단편
11편 수록. '천재'와 '광인'이라는 꼬리표와 함께 전위적이고 해체적인 글쓰기로 한국
의 모더니즘 문학사를 개척한 작가 이상. 자유연상, 내적 독백 등의 실험적 구성과 문체
로 식민지 근대와 그것에 촉발된 당대인의 내면을 예리하게 포착해낸 이상의 문제작들
을 한데 모았다.

17 흙 이광수 장편소설

이경훈(연세대) 책임 편집

한국 최초의 근대 장편소설 『무정』을 발표하면서 한국 소설 문학의 역사를 새롭게 쓴
이광수. 『흙』은 이광수의 계몽 사상이 가장 짙게 깔린 작품으로 심훈의 『상록수』와
함께 한국 농촌계몽소설의 전위에 속한다. 한국 근대 문학사상 가장 많이 연구되고
있는 작가의 대표작답게 『흙』은 민족주의, 계몽주의, 농민문학, 친일문학, 등장인물
론, 작가론, 문학사 등의 학문적·비평적 논의의 중심에 있는 작품이다.

18 상록수 심훈 장편소설

박헌호(성균관대) 책임 편집

이광수의 장편 『흙』과 더불어 한국 농촌계몽소설의 쌍벽을 이루는 『상록수』. 심훈의
문명(文名)을 크게 떨치게 한 대표작이다. 1930년대 당시 지식인의 관념적 농촌 운동
과 일제의 경제 침탈사를 고발·비판함으로써, 문학이 취할 수 있는 현실 정세에 대
한 직접적인 대응 그리고 극복의 상상력이란 두 가지 요소를 나름의 한계 속에서 실
천해냈고, 대중적으로도 큰 호응을 불러일으킨 작품이다.

19 무정 이광수 장편소설

김철(연세대) 책임 편집

20세기 이래 한국인이 가장 많이 읽고 가장 자주 출간돼온 작품, 그리고 근현대 문학
가운데 가장 많이 연구의 대상이 된 작가 이광수의 대표작 『무정』. 씌어진 지 한 세기
가 가까워오도록 여전히 읽히고 있고 또 학문적 논쟁의 중심에 서 있는 『무정』을 책
임 편집자의 교정을 충실하게 반영한 최고의 선본(善本)으로 만난다.

20 고향 이기영 장편소설

이상경(KAIST) 책임 편집

'프로문학의 정점'이자 우리 근대 문학사의 리얼리즘의 확립을 결정적으로 보여주는
이기영의 『고향』. 이기영은 1920년대 중반 원터라는 충청도의 한 농촌 마을을 배경
으로 봉건 사회의 잔재를 지닌 채 식민지 자본주의화가 진행되어가는 우리 근대 초기
를 뛰어난 관찰로 묘파한다. 일제 식민 치하 근대화에 대한 문학적·비판적 성찰과 지
식인의 고뇌를 반영한 수작이다.

21 까마귀 이태준 단편선

김윤식(명지대) 책임 편집

수록 작품 불우 선생 / 달밤 / 까마귀 / 장마 / 복덕방 / 패강랭 / 농군 / 밤길 / 토끼 이야기 / 해방 전후

'한국 근대소설의 완성자' '단편문학'의 명수. 이태준은 우리 근대 문학의 전개 과정에서 결코 간과할 수 없는 역할을 담당했던 작가 가운데 한 사람이다. 문학의 자율성과 예술성을 상실하지 않으면서도 현실 문제에 각별한 관심을 보여주었던 그의 단편은 한국소설사에서 1930년대를 대표하는 것으로 인정받고 있다.

22 두 파산 염상섭 단편선

김경수(서강대) 책임 편집

수록 작품 표본실의 청개구리 / 암야 / 제야 / E선생 / 윤전기 / 숙박기 / 해방의 아들 / 양과자갑 / 두 파산 / 절곡 / 얼룩진 시대 풍경

한국 근대사를 증언하고 있는 횡보 염상섭의 단편소설 11편 수록. 지식인 망국민으로서의 허무적인 자기 진단, 구체적인 사회 인식, 해방 후와 전후 시기에 대한 사실적 증언과 문제 제기를 포함한 대표작들을 통해 횡보의 단편 미학을 감상한다.

23 카인의 후예 황순원 소설선

김종회(경희대) 책임 편집

수록 작품 카인의 후예 / 너와 나만의 시간 / 나무들 비탈에 서다

인간의 정신적 순수성과 고귀한 존엄성을 문학의 제일 원칙으로 삼았던 작가 황순원. 그의 대표작 가운데 독자들의 가장 많은 사랑을 받은 장편소설들을 모았다. 한국전쟁을 온몸으로 체득하면서 특유의 절제되고 간결한 문장으로 예술적 서사성을 완성한 황순원은 단편에서와 마찬가지로 변함없는 감동의 세계를 열어놓는다.

24 소년의 비애 이광수 단편선

김영민(연세대) 책임 편집

수록 작품 무정 / 소년의 비애 / 어린 벗에게 / 방황 / 가실 / 거룩한 죽음 / 무명 / 꿈

한국 근대소설사와 이광수 개인의 문학 세계에서 중요한 의미를 갖는 단편 8편 수록. 이광수가 우리말로 쓴 최초의 창작 단편 「무정」, 당시 사회의 인습과 제도를 비판한 「소년의 비애」, 우리나라 최초의 서간체 소설인 「어린 벗에게」, 지식인의 내면적 갈등과 자아 탐구의 과정을 담은 「방황」, 춘원의 옥중 체험을 바탕으로 씌어진 「무명」 등 한국 근대문학의 장르와 소재, 주제 탐구 면에서 꼼꼼히 고찰해야 할 작품들이다.

25 불꽃 선우휘 단편선

이익성(충북대) 책임 편집

수록 작품 테러리스트 / 불꽃 / 거울 / 오리와 계급장 / 단독강화 / 깃발 없는 기수 / 망향

8·15 해방과 분단, 6·25전쟁으로 이어지는 한국 근현대사의 열병을 깊이 있게 고찰한 선우휘의 대표작 7편 수록. 평판작 「불꽃」과 「깃발 없는 기수」를 비롯해 한국 근현대사의 역동성과 이를 바라보는 냉철한 작가의식이 빚어낸 수작들을 한데 모았다.

26 맥 김남천 단편선

채호석(한국외대) 책임 편집

수록 작품 공장 신문 / 공우회 / 남편 그의 동지 / 물 / 남매 / 소년행 / 처를 때리고 / 무자리 / 녹성당 / 길 위에서 / 경영 / 맥 / 등불 / 꿀

카프에 맹목을 같이하며 창작과 비평에서 두드러진 족적을 남긴 작가 김남천. 1930년 대 초, 예술운동의 볼셰비키화론 주장과 궤를 같이하는 「공장 신문」 「공우회」, 카프 해산 직후 그의 고발문학론을 담은 「처를 때리고」 「소년행」 「남매」, 전향문학의 백미로 꼽히는 「경영」 「맥」 등 그의 치열했던 문학 세계의 변화를 일별할 수 있는 대표작 14편 수록.

27 인간 문제 강경애 장편소설

최원식(인하대) 책임 편집

한국 근대 여성문학의 제일선에 위치하는 강경애의 대표작. 일제 치하의 1930년대 조선, 자본가와 농민·노동자의 대립 구조 속에서 농민과 도시노동자가 현실의 문제를 해결하고자 하는 주체로 성장하는 과정과 그들의 조직적 투쟁을 현실성 있게 그려 낸 작품. 이기영의 『고향』과 더불어 우리 근대 소설사에서 리얼리즘 소설의 수작으로 꼽힌다.

28 민촌 이기영 단편선

조남현(서울대) 책임 편집

수록 작품 농부 정도룡 / 민촌 / 아사 / 호외 / 해후 / 종이 뜨는 사람들 / 부역 / 김군과 나와 그의 아내 / 변절자의 아내 / 서화 / 맥추 / 수석 / 봉황산

카프와 프로문학의 대표 작가 이기영. 그가 발표한 수십 편의 단편소설들 가운데 사회사나 사상운동사로서의 자료적 가치가 높으면서 또 소설 양식으로서의 구조미를 제대로 보여주는 14편을 선별했다.

29 혈의 누 이인직 소설선

권영민(서울대) 책임 편집

수록 작품 혈의 누 / 귀의 성 / 은세계

급진적이고 충동적인 한국 근대의 풍경 속에 신소설이라는 새로운 서사 양식을 창조해낸 이인직. 책임 편집자의 꼼꼼한 텍스트 확정과 자세한 비평적 해설을 통해, 신소설의 서사 구조와 그 담론적 특성을 밝히고 당시 개화·계몽 시대를 대표하는 서사양식에 내재화된 일본적 식민주의 담론을 꼬집는다.

30 추월색 이해조 안국선 최찬식 소설선

권영민(서울대) 책임 편집

수록 작품 금수회의록 / 자유종 / 구마검 / 추월색

개화·계몽시대의 대표적인 신소설 작가 3인의 대표작. 여성과 신교육으로 집약되는 토론의 모습을 서사 방식으로 활용한 「자유종」, 구시대적 인습을 신랄하게 비판한 「구마검」, 가장 대중적인 신소설 가운데 하나로 꼽히는 「추월색」, 그리고 '꿈'이라는 우화적 공간을 설정하여 현실 비판의 풍자적 색채가 강한 「금수회의록」까지 당대의 사회적 풍속과 세태의 변화를 민감하게 반영한 작품들을 수록했다.

31 젊은 느티나무 강신재 소설선

김미현(이화여대) 책임 편집

수록 작품 안개 / 해방촌 가는 길 / 절벽 / 젊은 느티나무 / 양관 / 황량한 날의 동화 / 파도 / 이브 변신 / 강물이 있는 풍경 / 점액질

1950, 60년대를 대표하는 여성 작가 강신재의 중단편 10편을 엄선했다. 특유의 서정 적인 문체와 관조적 시선, 지적인 분석력으로 '비누 냄새' 나는 풋풋한 사랑 이야기 에서 끈끈한 '점액질'의 어두운 욕망에 이르기까지, 운명의 폭력성과 존재론적 한계 를 줄기차게 탐문한 강신재 소설의 여정을 한눈에 볼 수 있는 기회다.

32 오발탄 이범선 단편선

김외곤(서원대) 책임 편집

수록 작품 일요일 / 학마을 사람들 / 사망 보류 / 몸 전체로 / 갈매기 / 오발탄 / 자살당한 개 / 살 모사 / 천당 간 사나이 / 청대문집 개 / 표구된 휴지 / 고장난 문 / 두메의 어벙이 / 미친 녀석

손창섭·장용학 등과 함께 대표적인 전후 작가로 꼽히는 이범선의 대표작 14편 수록. 한국 현대사의 비극에 대한 묘사를 바탕으로 하면서도 잃어버린 고향, 동양적 이상향 에 대한 동경을 담았던 초기작들과 전후의 물질적 궁핍상을 전통적 사실주의에 기초 해 그리면서 현실 비판적 성격을 강하게 드러낸 문제작들을 고루 수록했다.

33 메밀꽃 필 무렵 이효석 단편선

서준섭(강원대) 책임 편집

수록 작품 도시와 유령 / 깨뜨려지는 홍등 / 마작철학 / 프레류드 / 돈 / 계절 / 산 / 들 / 석류 / 메 밀꽃 필 무렵 / 삽화 / 개살구 / 장미 병들다 / 공상구락부 / 해바라기 / 여수 / 하얼빈산협 / 풀잎 / 낙엽을 태우면서

근대 작가의 문화적 정체성이 끊임없이 흔들렸던 식민지 시대, 경성제대 출신의 지식 인 작가로서 그 문화적 혼란기를 소설 언어를 통해 구성하고 지속적으로 모색했던 이 효석의 대표작 20편 수록.

34 운수 좋은 날 현진건 중단편선

김동식(인하대) 책임 편집

수록 작품 희생화 / 빈처 / 술 권하는 사회 / 유린 / 피아노 / 할머니의 죽음 / 우편국에서 / 까막잡 기 / 그림운 흘긴 눈 / 운수 좋은 날 / 발 / B사감과 러브 레터 / 사립정신병원장 / 고향 / 동정 / 정조와 약가 / 신문지와 철창 / 서투른 도적 / 연애의 청산 / 타락자

한국 근대 단편소설의 형식적 미학을 구축하고 근대적 사실주의 문학의 머릿돌을 놓 은 작가 현진건의 대표작 21편 수록. 서구 중심의 근대성과 조선 사회의 식민성 사이 에서 방황하는 지식인의 내면 풍경뿐만 아니라, 식민지 조선의 일상을 예리하게 관찰 함으로써 '조선의 얼굴'을 담아낸 작가 현진건의 면모를 두루 살폈다.

35 사랑 이광수 장편소설

한승옥(숭실대) 책임 편집

춘원의 첫 전작 장편소설. 신문 연재물의 제약에서 벗어나 좀 더 자유롭고 솔직한 그 의 인생관이 담겨 있다. 이른바 그의 어떤 장편소설보다도 나아간 자유 연애, 사랑에 관한 작가의 생각을 엿볼 수 있는 작품. 작가의 나이 지천명에 이르러 불교와 『주역』 등 동양고전에 심취하여 우주의 철리와 종교적 깨달음에 가닿은 시점에서 집필된, 춘 원의 모든 것.

36 화수분 전영택 중단편선

김만수(인하대) 책임 편집

수록 작품 천치? 천재?/운명/생명의 봄/독약을 마시는 여인/화수분/후회/여자도 사람인가/하늘을 바라보는 여인/소/김탄실과 그 아들/금붕어/차돌멩이/크리스마스 전야의 풍경/말 없는 사람

1920년대 초반 자연주의, 사실주의적 색채가 강한 작품 세계로 주목받았던 작가 전영택의 대표작선. 이들 작품에서 작가는, 일제 초기의 만세운동, 일제 강점기하의 극심한 궁핍, 해방 직후의 사회적 혼돈, 산업화 초창기의 사회적 퇴폐상에 대한 자신의 경험을 소박한 형식 속에 담고 있다.

37 유예 오상원 중단편선

한수영(동아대) 책임 편집

수록 작품 황선지대/유예/균열/죽어살이/모반/부동기/보수/현실/훈장/실기

한국 전후 세대 문학의 대표 작가 오상원의 주요작 10편을 묶었다. '실존'과 '행동'에 초점을 맞춘 그의 작품은, 한결같이 극한 상황에 처한 인간 존재의 의미를 묻는 데 천착하면서 효과적인 주제 전달을 위해 낯설고 다양한 소설적 실험을 보여준다.

38 제1과 제1장 이무영 단편선

전영태(중앙대) 책임 편집

수록 작품 제1과 제1장/흙의 노예/문 서방/농부전 초/청개구리/모우지도/유모/용자소전/이단자/B녀의 소묘/O형의 인간/들메/며느리

한국 농민문학의 선구자로 평가받는 이무영의 주요 단편 13편 수록. 이들 작품에서 작가는, 농민을 계몽의 대상이 아닌, 흙을 일구는 그들의 삶을 통해서 진실한 깨달음을 얻는 자족적 대상으로 바라본다. 이무영의 농민소설은 인간을 향한 긍정적 시선과 삶의 부조리한 면을 파헤치는 지식인의 냉엄한 비판 의식이 공존하고 있다.

39 꺼삐딴 리 전광용 단편선

김종욱(세종대) 책임 편집

수록 작품 흑산도/진개권/지층/해도초/GMC/사수/크라운장/충매화/초혼곡/면허장/꺼삐딴 리/곽 서방/남궁 박사/죽음의 자세/세끼미

1950년대 전후 사회와 60년대의 척박한 삶의 리얼리티를 '구도의 치밀성'과 '묘사의 정확성'을 통해 형상화한 작가 전광용의 대표 단편 15편 모음집. 휴머니즘적 주제 의식, 전통적인 서사 형식, 객관적이고 냉철한 묘사 태도, 짧고 건조한 문체 등으로 집약되는 전광용의 작품 세계를 한눈에 살필 수 있는 계기.

40 과도기 한설야 단편선

서경석(한양대) 책임 편집

수록 작품 동경/그릇된 동경/합숙소의 밤/과도기/씨름/사방공사/교차선/추수 후/태양/임금/딸/철로 교차점/부역/산촌/이녕/모자/혈로

식민지 시대 신경향파·카프 계열 작가로서 사회주의 리얼리즘 문학을 추구한 작가 한설야의 문학적 특징을 잘 드러내는 단편 17편을 수록했다. 시대적 대세에 편승하며 작품의 경향을 바꾸었던 다른 카프 작가들과는 달리 한설야는, 주체적인 노동자로서의 삶을 택한 「과도기」의 '창선'이 그러하듯, 이 주제를 자신의 평생 과제로 삼아 창작에 몰두했다.

41 사랑손님과 어머니 주요섭 중단편선

장영우(동국대) 책임 편집

수록 작품 추운 밤 / 인력거꾼 / 살인 / 첫사랑 값 / 개밥 / 사랑손님과 어머니 / 아네모네의 마담 /
북소리 두둥둥 / 봉천역 식당 / 낙랑고분의 비밀

주요섭이 남녀 간의 애정 문제를 주로 다룬 통속 작가로 인식되어온 것은 교정되어야
마땅하다. 그는 빈민 계층의 고단하고 무망(無望)한 삶을 사실적으로 재현하는 데 탁
월한 기량을 보였으며, 날카로운 현실인식과 객관적 묘사의 한 전범을 보여주었고 환
상성을 수용함으로써 보다 탄력적인 소설미학을 실험하기도 하였다.

42 탁류 채만식 장편소설

우찬제(서강대) 책임 편집

채만식은 시대의 어둠을 문학의 빛으로 밝히며 일제 강점기와 해방기의 우리 소설사
를 빛낸 작가다. 그는 작품활동 전반에 걸쳐 열정적인 창작열과 리얼리즘 정신으로
당대의 현실을 매우 예리하게 형상화했다. 특히 『탁류』는 여주인공 초봉의 기구한 운
명의 족적을 금강 물이 점점 탁해지는 현상에 비유하면서 타락한 당대의 세계상을 여
실하게 드러내주고 있다.

43 벙어리 삼룡이 나도향 중단편선

우찬제(서강대) 책임 편집

수록 작품 젊은이의 시절 / 별을 안거든 우지나 말걸 / 옛날 꿈은 창백하더이다 / 여이발사 /
행랑 자식 / 벙어리 삼룡이 / 물레방아 / 꿈 / 뽕 / 지형근 / 청춘

위험한 시대에 매우 불안하게 살았던 작가. 그러나 나도향은 불안에 강박되기보다 불
안한 자유의 상태를 즐기는 방식으로 소설을 택한 작가였다. 낭만적 환멸의 풍경이나
낭만적 동경의 형식 등은 불안에 대한 나도향 식 문학적 향유의 풍경으로 다가온다.

44 잔등 허준 중단편선

권성우(숙명여대) 책임 편집

수록 작품 탁류 / 습작실에서 / 잔등 / 속습작실에서 / 평대저울

한국 근대소설사에서 허준만큼 진보적 지식인의 진지한 자기 성찰을 깊이 형상화한
작가는 없었다. 혁명의 필연성을 기꺼이 인정하면서도 혁명과 해방으로 인해 궁지와
비참에 몰린 사람들에 대해 깊은 연민과 따뜻한 공감의 눈길을 던진 그의 대표작 다
섯 편을 한데 모았다.

계속 출간됩니다.